荣如德译文集

XIII

上海译文出版社

- 布尔加科夫《图尔宾一家的日子》
- 奥青纳雪克《公民布里赫》
- 连奇《训斥》

目录

屠尔宾一家的日子

〔苏联〕米哈伊尔·布尔加科夫　著

米哈伊尔·阿法纳西耶维奇·布尔加科夫（Михаил Афанасьевич Булгаков）是苏联早期的一位重要剧作家和小说家。他的四幕剧《屠尔宾一家的日子》（《Дни Турбиных》，1925—1926）曾使他获得盛誉，然而他在此后所写的剧本和小说，或因创作方法，或因题材内容，而在他生前相当长的时间内引起非议，大都得不到演出和出版。但是到了他身后，特别是从五十年代起，情况剧变，他的作品一一问世，风行全国；他的剧本在苏联各大城市上演时，观众蜂拥；评论家称他是“普希金和果戈理式的现实主义者”，认为他“立场鲜明地同情苏维埃政权”。他在东欧和西方也享有声誉。那里的一些苏联文学研究者甚至称扬他是苏联戏剧的一代宗匠。这些国家数十年来一直上演他的剧作。1960 年英国还把他的《屠尔宾一家的日子》拍成电视剧。

布尔加科夫的身世和创作道路是相当复杂的。他于 1891 年 5 月 15 日生于基辅一个神学院教授的家庭。1916 年以优异成绩毕业于基辅大学医学系。旋即去尼古尔斯克村行医两年。后返回基辅开业行医。到 1920 年初脱离了医生生涯，专门从事写作，在一个外省城市里为当地的剧院写了三个剧本。1921 年底定居莫斯科，在《汽笛报》充任记者和小品文作家。1923 年脱离《汽笛报》，开始写幻想小说，陆续刊载在《俄罗斯》杂志上。1925 年发表幻想小说《不祥的鸡蛋》，写一个教授把他发明的一种助长剂误注入鸡蛋，结果孵出了小爬虫。这些小爬虫不断生长，成了一百米长的怪物，而且繁殖得很快，迅速地蔓延到各地农村，吞噬、蹂躏周围的一切。红军被召集来扑灭怪物，但一无成效。正当灾难看来不可收拾的时候，北极的特大寒流突然降临，冻死了所有的怪物。这篇小说发表后，高尔基曾赞誉说："布尔加科夫的《不祥的鸡蛋》写得机智、巧妙。"然而正是这篇小说在将近三年之后，同他的一些剧本一起，导致了对作者的批判。

也是在1925年，《俄罗斯》杂志连载他的长篇小说《白卫军》。小说描绘的是国内战争时期的基辅，情节都是作者在1918至1919年期间亲身经历或者目击的。鉴于这部小说的艺术成就，法捷耶夫将其列为"苏维埃俄罗斯的优秀散文作品"。小说也激起了莫斯科艺术剧院的兴趣。在剧院的要求下，作者将其改编为剧本，这就是著名的《屠尔宾一家的日子》。此剧于1926年10月5日正式上演，由斯坦尼斯拉夫斯基任艺术指导，苏达科夫任导演，名演员赫麦辽夫和索科洛娃等分别扮演男女主角。演出获得了巨大的成功，然而剧本的思想内容却引起了热烈的争论。一方认为此剧用生动的笔触描写了"红军占领前夕的、首席执政官时期与彼得留拉时期的乌克兰，表现了革命如何改变着人，指出了接受革命的和不接受革命的两种人的不同下场"，"尖锐地提出并解决了知识分子在这场革命中应当跟什么人走的问题"。另一方的论者则认为此剧"名义上是否定'白卫运动'，肯定十月革命的历史必然性和正义性，可实际上却是在为白卫军开脱"。他们要求禁演此剧。

当时任苏联教育人民委员的卢那察尔斯基同意后者的观点，但不赞成采取行政手段禁演此剧，而且还认为"《屠尔宾一家的日子》的演出是艺术剧院向前迈出的一大步"。据近年来苏联国内外评论布尔加科夫的著作称，斯大林对此剧是"颇为赞赏"的。苏联作家涅克拉索夫（《在斯大林格勒战壕里》的作者、1947年度斯大林奖金获得者）在其流寓法国后所出版的《旁观者随笔》（《Эаписки эеваки》，1976）中说："米哈伊尔·布尔加科夫的剧本《屠尔宾一家的日子》的演出，斯大林看了十七次！不是三次、五次，也不是十二次，而是十七次！"就在这样的情况下，《屠尔宾一家的日子》在苏联的首轮演出达到数百场次。

1927 年，布尔加科夫为莫斯科艺术剧院写了剧本《逃亡》，描绘白俄流亡者在土耳其和巴黎的境遇，写他们中“有的人如何贪婪地寻求公正，而另一些人则如何诅咒自己所遭到的不公正待遇”。次年，他又为莫斯科室内剧院写了讽刺剧《红得发紫的岛屿》。但是这两个剧本都在排演阶段就被剧院从节目单中勾掉，禁止上演。与此同时，报刊上开展了对布尔加科夫的批判，指出《不祥的鸡蛋》寓意恶毒，竟把苏维埃政权比作荼毒生灵的怪物，一心指望上帝降寒流把它消灭，无疑是一本反对苏维埃政权的作品；并指出，他所写的剧作也都有不同程度的反苏维埃倾向，因此必须“消灭文化战线上的布尔加科夫主义”。在这种情况下，莫斯科艺术剧院也停止演出《屠尔宾一家的日子》。

据有关资料，布尔加科夫被批判以后，他所有的剧本被禁止上演，也找不到任何工作，因此申请护照，要求出国。一天他正没精打采地呆在家里，忽然电话铃响，电话里有人对他说：“斯大林同志要跟你谈话。”他认为这是哪个朋友开玩笑，没有答话就把电话挂上。过一会儿，电话铃又响了，还是同样的声音：“我是绝对认真的。确实是斯大林同志。”事实果然如此。斯大林问布尔加科夫为什么要抛弃自己的祖国。布尔加科夫解释说，他是以编剧为生的，可是在苏联他不能做这项工作，所以希望到外国去。斯大林对他说：“不要轻率行事，我们会作出安排的。”几天后，布尔加科夫被任命为莫斯科第一艺术剧院的助理导演。他的《屠尔宾一家的日子》在这剧院重新演出。于是，从 1930 年起直至 1936 年，布尔加科夫一直在莫斯科艺术剧院任助理导演。《屠尔宾一家的日子》自 1930 年起又重新公演了数百场次，并由著名女演员塔拉索娃扮演女主角叶列娜。据统计，自 1926 年至 1941 年，莫斯科艺术剧院共演出《屠尔宾一家的日子》达九百八十七场次。

在莫斯科艺术剧院工作期间，布尔加科夫继续从事文学创作，共写出剧本和小说三十余部。其中主要的剧本有：《莫里哀》《最后的日子（普希金）》《堂吉诃德》等。在他生命的最后几年里，他完成了讽刺长篇小说《大师和玛格丽塔》和传记《莫里哀先生的生平》。这两部遗著都是在六十年代才在苏联出版问世的。

1940 年 3 月 10 日，布尔加科夫病逝于莫斯科。

登场人物

阿列克塞（别称：阿辽沙、阿辽什卡）·瓦西里耶维奇·屠尔宾——炮兵上校，三十岁

尼古拉（别称：尼古尔、尼古尔卡、尼古拉沙）·屠尔宾——其弟，十八岁

叶列娜（别称：列诺琦卡、列娜）·瓦西里耶夫娜·塔尔伯格——其妹，二十四岁

弗拉吉米尔（别称：沃洛佳）·罗贝尔托维奇·塔尔伯格——叶列娜的丈夫，总参谋部上校，三十八岁

维克多（别称：维简卡）·维克多罗维奇·梅什拉耶夫斯基——炮兵上尉，三十八岁

列昂尼德·尤里耶维奇·舍尔文斯基——中尉，首席执政官的机要副官

亚历山大·布罗尼斯拉沃维奇·斯图津斯基——大尉，二十九岁

拉里昂（别称：拉里奥西克）·拉里昂诺维奇·苏尔让斯基——从日托米尔来的表亲，二十一岁

斯柯罗帕茨基——全乌克兰首席执政官

波尔波冬——彼得留拉军队的第一骑兵师师长

加兰巴——彼得留拉军队的骑兵中队长，前枪骑兵大尉乌拉甘基尔帕蒂

封·施拉特——德国将军

封·杜斯特——德军少校

德国军医

哥萨克逃兵

提篮子的人

宫中侍从长

马克西姆——中学学监，六十岁

哥萨克电话兵

军官甲、乙、丙

士官生甲、乙、丙

其他士官生及哥萨克

时间：第一、第二、第三幕发生在一九一八年冬，第四幕发生在一九一九年初。

地点：基辅城。

第一幕

第一场

〔屠尔宾家的住所。晚上。壁炉里有火。幕启时钟敲九下，并且轻柔地奏出波凯里尼的小步舞曲[①]。

尼古拉 （一边弹吉他，一边唱）

消息一小时比一小时坏。
彼得留拉[②]杀奔我们而来！
我们给机枪装上弹带。
我们向着彼得留拉把火开。
机枪手哇……
亲人哪……
你们救了我们，英雄们哪！

阿列克塞 鬼知道你在唱些什么！这是厨娘唱的小调。你就唱些正经的吧。

尼古拉 凭什么说是厨娘的小调？这是我自己的创作，阿辽沙。

（唱）

你唱也罢，不唱也罢，
反正你的歌声没人夸！
有些嗓子了不得……
能叫人头发竖起像钢叉……

阿列克塞 你的嗓子正好属于这一类。

尼古拉 阿辽沙，你也太过分了，真的！当然，我的嗓子不如舍尔文斯基，但还是相当可以的。最确切的说法叫做戏剧男中音。列诺琦卡，列诺琦卡！你认为我的嗓子怎么样？

叶列娜 （在自己房间里）谁的嗓子？你的？你压根儿没有嗓子。

尼古拉 她是因为心境不好，才这样回答。不妨告诉你，阿辽沙，歌唱老师曾经对我说过："尼古拉·瓦西里耶维奇，说实在的，要不是爆发了革命，您可以去唱歌剧。"

阿列克塞 你的歌唱老师是个笨蛋。

尼古拉 我早就料到。屠尔宾一家子的情绪糟透了。歌唱老师成了笨蛋。说我没有嗓子，明明昨天还有的；总之，悲观得很。可我生性比较倾向于乐观主义。（拨动琴弦）不过，阿辽沙，你知道我自己也开始担心。已经九点了，可是他说上午就要来的。他会不会出了什么事？

阿列克塞 你小点儿声。懂吗？

尼古拉 造物主啊，做一个嫁出的姐姐的弟弟可真够麻烦的。[3]

叶列娜 （在自己房间里）餐室里的钟几点了？

阿列克塞 呃……九点。列诺琦卡，我们的钟快。

叶列娜 （在自己房间里）请不要胡诌。

尼古拉 可不是，她心里乱得慌。（哼）迷茫……啊，一切都是那么迷茫！……

阿列克塞 请你不要惹我心烦好不好？唱一支快乐的歌吧。

---

① 波凯里尼（1743—1805）：意大利作曲家、大提琴演奏家。他写过许多大提琴曲和室内乐作品。小步舞曲原来是他所创作的一部弦乐四重奏中的一个乐章，以其轻快的节奏和清丽的旋律为大众所喜爱。

② 西·瓦·彼得留拉（1877—1926）：一译佩特留拉，系乌克兰资产阶级民族主义者的首领。1917 年是反革命的乌克兰中央拉达陆军事务总书记。在外国武装干涉和国内战争时期为乌克兰反革命魁首。1918 年初，他在德国占领者的帮助下，在基辅重建了乌克兰中央拉达。苏维埃政权在乌克兰重新建立后，彼得留拉流亡法国。1926 年 5 月在巴黎被杀。

③ 俄国古典诗体喜剧《聪明误》（格里鲍耶陀夫著）中农奴主法穆索夫有一句台词："造物主啊，做一个长大了的女儿的父亲可真够麻烦的。"

尼古拉 （唱）

你们好，消夏的老爷先生！
你们好，消夏的太太小姐！
我们这儿早已开始出租别墅……
嗨，我的歌哟！……亲爱的！……
来，来，来，来一瓶
专卖的官酒！！……
体面的无檐帽，
时式的靴子，
那是近卫兵士官生在行进……

〔电灯突然熄灭。窗外有军队唱着歌经过。

阿列克塞 鬼知道是怎么搞的！每分钟都会停电。列诺琦卡，请把蜡烛拿来。

叶列娜 （在自己房间里）来了！……来了！……

阿列克塞 一支部队走过去了。

〔叶列娜拿着蜡烛出场，一边留神听着。远处传来一声炮响。

尼古拉 声音很近！给人的印象好象就在斯维亚托申诺附近开仗。不知道那边出了什么事？阿辽沙，你是不是派我去了解一下总参谋部的情况？我可以去跑一趟。

阿列克塞 算了吧，别再把你也丢了。请你老老实实坐在那里。

尼古拉 是，上校先生……说实在的，我是因为闲得慌……怪气人的……人家在那边打仗……我们的炮兵营也该快些作好准备才对。

阿列克塞 我什么时候需要你在炮兵营的战备问题上出点子，我自己会对你说的。懂吗？

〔电灯亮了。

叶列娜 阿辽沙，我的丈夫究竟在什么地方？

阿列克塞 他会来的，列诺琦卡。

叶列娜 可是怎么能这样呢？他说上午就来的，可现在都晚上九点了，还不见他的人影。他是不是出了什么事？

阿列克塞　列诺琦卡，这当然不可能。你也知道，往西去的铁路有德国人保护。

叶列娜　那么为什么他直到现在还不来？

阿列克塞　很明显，准是逢站停车的缘故。

尼古拉　这就是革命时期的行路难，列诺琦卡。走一个小时，停两个小时。

〔铃声响。

他不是来了吗，我早说过！（跑去开门）谁？

梅什拉耶夫斯基的声音　开门，看在上帝分上，快开门！

尼古拉　（让梅什拉耶夫斯基进入前室）是你啊，维简卡？

梅什拉耶夫斯基　当然是我，我真愿意让火车轧死！尼古尔，请把步枪拿去。真他妈的见鬼！

叶列娜　维克多，你从哪儿来？

梅什拉耶夫斯基　从红酒店附近来。尼古尔，小心点儿挂。口袋里有一瓶伏特加。别砸了。列娜，让我在此地过一夜吧，我到不了家，实在冻僵了。

叶列娜　哦，我的上帝，当然可以！快去烤烤火。

〔他们向壁炉那边走去。

梅什拉耶夫斯基　喔……喔……喔……

阿列克塞　怎么，他们不能给你们发双毡靴吗？

梅什拉耶夫斯基　“毡靴”！你们不知道，那是些什么样的混蛋！（急忙跑去烤火）

叶列娜　听我说：那儿正在烧洗澡水，你们快帮他把衣服靴子脱了，我去给他准备换洗的内衣。（下）

梅什拉耶夫斯基　亲爱的，脱吧，脱吧，脱吧……

尼古拉　就来，就来。（给梅什拉耶夫斯基脱靴子）

梅什拉耶夫斯基　轻一点儿，老弟，喔，轻一点儿！让我喝一口伏特加。

阿列克塞　我马上给你拿来。

尼古拉　阿辽沙，他的脚指头冻坏了。

梅什拉耶夫斯基　脚指头已经见他妈的鬼去了，完了，这很清楚。

阿列克塞　你怎么说的！会好的。尼古尔卡，你用伏特加擦他的脚。

梅什拉耶夫斯基　我居然让人用伏特加擦脚了。（喝）用手搓搓吧。喔，疼！……疼！……轻点儿。

尼古拉　喔唷唷！……上尉竟冻成这样！

叶列娜　（拿着一件浴衣和一双便鞋上）马上让他洗澡。给！

梅什拉耶夫斯基　愿上帝保佑你身体健康，列诺琦卡。再让我喝一口伏特加。（喝）

〔叶列娜下。

尼古拉　怎么样，身子暖和了吗，上尉？

梅什拉耶夫斯基　好些了。（点烟）

尼古拉　你说说，红酒店附近是怎么回事儿？

梅什拉耶夫斯基　红酒店附近在刮暴风雪。就这么回事儿。我恨不得把这场暴风雪，把这么冷的鬼天气，把那些德国混蛋和彼得留拉统统！……

阿列克塞　我不明白，干吗把你们赶到红酒店附近去？

梅什拉耶夫斯基　都是为了红酒店附近的农民。也正是陀思妥耶夫斯基先生笔下那些该死的信徒。

尼古拉　怎么会这样的呢？报上明明写着，农民站在首席执政官[①]一边……

梅什拉耶夫斯基　士官生，你别搬出报纸来跟我抬杠！我真想把你们所有在报上耍笔杆的废物统统吊死在一根树枝上！今天早晨我自己在侦察过程中碰见一个老大爷，我问他："你们的年轻人都

---

① 所谓"全乌克兰首席执政官"（音译为"黑特曼"）指的是巴·彼·斯柯罗帕茨基（1873—1945）。他本是沙俄将军，大地主。第一次世界大战期间指挥过军团。1918 年 4—12 月为德国帝国主义在乌克兰的傀儡。后逃亡德国。

到哪儿去了？”村子里好像人都死光了似的。他老眼昏花，没看清我风帽的长耳朵遮着领章，用乌克兰话回答说：“全跑到彼得留拉那边去啦”……

尼古拉　哎呀呀！……

梅什拉耶夫斯基　的确要叫“哎呀呀！”……我一把揪住这个敬神的老王八的胸部，说：“全跑到彼得留拉那边去啦？我这就毙了你这条老……我要叫你知道跑到彼得留拉那边去的好处。我叫你跑到西方极乐世界去。”

阿列克塞　你是怎么到城里来的？

梅什拉耶夫斯基　今天换防了，谢天谢地！来了一支步兵义勇军。我在信号楼的参谋部里发了一通脾气。那光景怪吓人的！他们坐在车厢里喝白兰地。我说：“你们跟首席执政官坐在宫殿里，把炮兵军官们赶到冰天雪地里去，又不发毡靴，叫他们穿着皮靴用枪去跟农民打仗！”他们拿我没有办法，只想把我打发走。他们说：“上尉，我们可以派您到任何炮兵部队去干您的本行。您可以到城里去……”阿辽沙，你把我收下吧。

阿列克塞　欢迎。我自己也想要把你召来。我把一连给你。

梅什拉耶夫斯基　你真是我的恩人……

尼古拉　乌啦！……我们全在一起。斯图津斯基当参谋长……妙极了！……

梅什拉耶夫斯基　你们驻扎在什么地方？

尼古拉　我们占用了亚历山大中学。明天或后天就可以上阵。

梅什拉耶夫斯基　你活得不耐烦了，巴不得彼得留拉砸碎你的脑壳？

尼古拉　谁砸谁的脑壳，那还得走着瞧！

叶列娜　（拿着被单上）走吧，维克多，走吧。去洗个澡。给你被单。

梅什拉耶夫斯基　亲爱的列娜，你这样为我张罗，请允许我抱住你吻一下。列诺琦卡，你看我还是现在喝伏特加呢，还是回头吃夜宵的时候一起喝？

叶列娜　我看还是回头吃夜宵的时候一起喝吧。维克多！你没看见我丈夫吗？他失踪了。

梅什拉耶夫斯基　你别胡思乱想，列诺琦卡，会找到的。他马上就来。（下）

〔响起了持续不停的铃声。

尼古拉　这回一定是他！（跑到前室里去）

阿列克塞　天哪，这铃是怎么搞的？

〔尼古拉开了门。拉里奥西克出现在前室里，带着一只手提箱和一个包裹。

拉里奥西克　我来了。你们的铃不知给我弄坏了没有。

尼古拉　铃钮给您按下去以后没弹起来。（往门外扶梯上跑）

拉里奥西克　啊，我的上帝！看在上帝分上，请原谅！（走进房间）我来了。您好，深受尊敬的叶列娜·瓦西里耶夫娜，我看到过照片，所以一下子就认出您来。妈妈要我向您转达她最热烈的问候。

〔铃声止。尼古拉上。

也向阿列克塞·瓦西里耶维奇问好。

阿列克塞　您好。

拉里奥西克　您好，尼古拉·瓦西里耶维奇，我经常听人谈起您。（向所有的人）我看得出，你们都感到惊奇，是不是？请允许我向你们递交一封信，你们看后就全明白了。妈妈要我一到这里就让你们看信，甚至外衣也先不要脱。

叶列娜　这字写得很不好认！

拉里奥西克　是的，潦草得可怕！还是我自己来念吧。妈妈的字往往写了以后连她自己也看不懂自己写的什么。这是我们的祖传家风。（读信）“亲爱的，亲爱的列诺琦卡！我老实不客气叨在亲谊把小犬打发到府上去；请收留他并给他温暖，我知道您是善于这样做的。府上的住宅是那么大……”妈妈非常敬爱您，同样也敬爱阿列克塞·瓦西里耶维奇。（向尼古拉）还有您。（读信）“这孩子准备考基辅大学。凭他的才能……”——哎呀，妈妈也真是！……——“……不可能呆在日托米尔蹉跎光阴。费用我会按期给您汇去。我是不想让这习惯于家庭气氛的孩子住到外人那里去的。不过我的时间很紧迫，医护列车马上要开了，一切让他自己对您说吧……”唔……就这些。

阿列克塞 虽然我有幸与尊驾谈话，可是请问尊驾是谁？

拉里奥西克 我是谁？您不认识我吗？

阿列克塞 很遗憾，确实如此。

拉里奥西克 我的上帝！叶列娜·瓦西里耶夫娜，您也不认识我？

尼古拉 我也不认识。

拉里奥西克 我的上帝，这简直像有巫师在作法！妈妈明明给你们发了电报，这份电报应该把一切都向你们说清楚的。妈妈给你们发了六十三个字的电报。

尼古拉 六十三个字！……喔唷唷！……

叶列娜 我们没有收到任何电报。

拉里奥西克 没收到？我的上帝！请原谅我。我以为你们在等我呢，所以，一进门，连外衣也不脱……对不起……好像有什么东西被我踹了一脚……我这个人手脚笨得可怕！

阿列克塞 劳驾告诉我们，您贵姓？

拉里奥西克 敝姓苏尔让斯基，拉里昂·拉里昂诺维奇·苏尔让斯基。

叶列娜 这不是拉里奥西克吗？！住在日托米尔的我们的表亲？

拉里奥西克 是的。

叶列娜 您……到我们这儿来了？

拉里奥西克 是的。可是，真不好意思，我以为你们在等我呢……请原谅，我把地板都弄脏了……我以为你们在等我，既然如此，那我就去找一家旅馆……

叶列娜 现在哪有什么旅馆？！等一下，您先把外衣脱了。

阿列克塞 谁也没撵您走哇，请把大衣脱了。

拉里奥西克　衷心感谢你们。

尼古拉　请这儿来。大衣可以挂在前室里。

拉里奥西克　衷心感谢您。你们的住宅真好!

叶列娜　（耳语）阿辽沙，我们怎么安置他呢?他挺讨人喜欢。让他住在藏书室里吧，那间屋子反正空着。好吗?

阿列克塞　当然好。你去告诉他。

叶列娜　那么，拉里昂·拉里昂诺维奇，您首先去洗个澡……那里已经有一位在——梅什拉耶夫斯基上尉……您才下火车，路上想必……

拉里奥西克　对，对，真可怕!……太可怕了!……从日托米尔到基辅我坐了十一天……

尼古拉　十一天!……喔唷唷!……

拉里奥西克　可怕，可怕!……这简直是在做噩梦!

叶列娜　好了，请吧!

拉里奥西克　衷心感谢……噢，对不起，叶列娜·瓦西里耶夫娜，我不能去洗澡。

阿列克塞　为什么您不能去洗澡?

拉里奥西克　请原谅我。一些坏人在医护列车里把我一只放换洗衣服的手提箱偷走了。放书和稿子的一只箱子留了下来，可是衣服全完了。

叶列娜　这事儿好商量。

尼古拉　我给您，我给您!

拉里奥西克　（向尼古拉密语）衬衫我这里好像有一件。我用它包了契诃夫的全集。能不能麻烦您借一条裤子给我?

尼古拉　我乐于效劳。我的裤子您穿起来也许太大，不过可以折起来用别针别住。

拉里奥西克　衷心感谢您。

叶列娜　拉里昂·拉里昂诺维奇，您就住在我们的藏书室里。尼古尔卡，你领他去!

尼古拉　请跟我来。

〔拉里奥西克和尼古拉下。

阿列克塞　一个莫名其妙的人物！我倒是首先想把他的头发剃去。欸，列诺琦卡，你把灯开一下，我到自己屋子里去，我还有一大堆事情要做，可是在此地静不下心来。（下）

〔铃声响。

叶列娜　是谁？

塔尔伯格的声音　我，是我。请开门。

叶列娜　谢天谢地！你究竟在哪儿？可把我急死了！

塔尔伯格　（上）别吻我，我身上冷得很，你会着凉的。

叶列娜　你究竟上哪儿去了？

塔尔伯格　德军参谋部里把我留住了。有要紧事情。

叶列娜　来，快来烤烤火。我这就给你沏茶。

塔尔伯格　我不要茶，列诺琦卡，回头再喝。请问，这是谁的上衣？

叶列娜　梅什拉耶夫斯基的。他刚从前沿阵地来，都冻僵了。

塔尔伯格　还是应该收拾起来。

叶列娜　我这就拿开去。（把军服上衣挂到门外）你可知道，还有新闻。刚才意想不到地从日托米尔来了我的表亲，大名鼎鼎的拉里奥西克。阿列克塞留他住在我们藏书室里。

塔尔伯格　我早知道！来了一位梅什拉耶夫斯基先生还不够，又冒出什么日托米尔的表亲来。这哪儿像家啊，简直成了招商客栈。我实在不明白阿列克塞的心思。

叶列娜　沃洛佳，你无非是累了，心境不好。你为什么讨厌梅什拉耶夫斯基？他人挺好。

塔尔伯格　好极了！小酒店的常客。

叶列娜　沃洛佳！

塔尔伯格　现在没工夫谈梅什拉耶夫斯基。列娜，把门关上……列娜，发生了可怕的事情。

叶列娜　怎么回事？

塔尔伯格　德国人要把首席执政官扔下不管了。

叶列娜　沃洛佳，你说什么？你打哪儿知道的？

塔尔伯格　刚刚从德军参谋部得悉的绝密情报。目前谁也不知道，甚至首席执政官本人也不知道。

叶列娜　现在该怎么办呢？

塔尔伯格　现在怎么办……唔……九点半。是啊……现在怎么办呢？……列娜！

叶列娜　你说什么？

塔尔伯格　我说的是——“列娜”！

叶列娜　“列娜”怎么样？

塔尔伯格　列娜，我必须马上逃跑。

叶列娜　逃跑？逃到哪儿去？

塔尔伯格　去德国，柏林。唔……亲爱的，你设想一下，如果俄国军队打不退彼得留拉，让他进了基辅城，我会怎么样？

叶列娜　可以把你藏起来。

塔尔伯格　我心爱的人哪，怎么能把我藏起来呢？我又不是一枚针。城里没有一个人不认识我。把军事部长的副手藏起来！我可不能像梅什拉耶夫斯基先生那样，上衣也不穿呆在别人家里。他们不费吹灰之力就能把我找到。

叶列娜　等一等！我不明白……这是不是说，我们俩都要逃跑？

塔尔伯格　不，问题就在这里。我刚刚把情况摸清，形势糟得很。城市被团团围困，唯一的出路是坐德军参谋部的列车走。他们不让女人上车。我靠熟人帮忙才弄到一个位子。

叶列娜　换句话说，你要一个人走？

塔尔伯格　亲爱的，不是“我要”，而是不能不这样做！要明白，这是总崩溃！火车过一个半小时就开。你得作出决定，越快越好。

叶列娜　过一个半小时就开？越快越好？那我现在就决定——你走吧。

塔尔伯格　你深明事理。我一直是这样说的。我还想说什么？对，我想说你深明事理！不过，这我已经说过了。

叶列娜 我们要分别多久？

塔尔伯格 我想大约两个月。我只要在柏林避过这场大混乱，等首席执政官回来后……

叶列娜 假如他永远不回来呢？

塔尔伯格 这不可能。即便德国人放弃乌克兰，协约国也会把它占领，重新把首席执政官扶上台。欧洲需要由首席执政官掌权的乌克兰，作为与莫斯科布尔什维克隔离的一道防疫线。你瞧，我把一切都计算好了。

叶列娜 是的，我看得出，但有一点我不明白：首席执政官明明还在这里，正在整编军队，可你竟在众目睽睽之下逃跑。这样不难堪吗？

塔尔伯格 心爱的，你太天真了。我是作为秘密告诉你"我要逃跑"的，因为我知道你决不会对任何人说这话。总参谋部的上校当然不会逃跑。他们可以去出差。我口袋里就有德国部里发的去柏林的出差证明。怎么样，不坏吧？

叶列娜 很不坏。可是他们大家怎么办呢？

塔尔伯格 请允许我感谢你把我跟大家作了对比。我不是"大家"。

叶列娜 你得通知他们兄弟俩。

塔尔伯格 当然，当然。这次我一个人要去那么长的时间，我在一定程度上甚至感到高兴。不管怎样，你还是要把我们的几间屋子照看好。

叶列娜 弗拉吉米尔·罗贝尔托维奇，这里有我的哥哥和弟弟！难道你认为他们会把我们挤出去？你没有权利这样……

塔尔伯格 哦，不，不，不……当然不会……但你也知道法国有句谚语："Qui va à la chasse，perd sa place."——"人在窝也在，人去门庭改。"最后还有一个请求。嗯……我走了以后，那个……舍尔文斯基当然会到此地来……

叶列娜 你不走他也来的。

塔尔伯格 很遗憾。是这么回事，亲爱的，这个人我讨厌。

叶列娜 请问，他哪一点使你讨厌？

塔尔伯格 他向你献殷勤变得太不知趣了，我希望……嗯……

叶列娜 你希望怎样？

塔尔伯格 我不能对你说希望怎样。你是个明事理的女人，又受过很好的教育。你完全懂得应该怎样检点自己的行为，免得塔尔伯格的家声遭人物议。

叶列娜 好……我不让塔尔伯格的家声遭人物议。

塔尔伯格 你为什么这样干巴巴回答我？我又不是说你可能对我不忠。我清楚地知道这是不可能的。

叶列娜 弗拉吉米尔·罗贝尔托维奇，为什么你认为这是不可能的呢？

塔尔伯格 叶列娜，叶列娜，叶列娜！我简直认不出你来了。这正是跟梅什拉耶夫斯基交往的结果！一个有夫之妇，不守妇道！……已经九点三刻！我要迟到了！

叶列娜 我这就去给你整理行装……

塔尔伯格 心爱的，不用，什么也不要，只要一只小手提箱，放几件换洗衣服就行了。不过，看在上帝分上，得快些，我给你一分钟。

叶列娜 你还是应该跟他们兄弟俩告别一下。

塔尔伯格 那自然，不过要注意：我是去出差的。

叶列娜 阿辽沙！阿辽沙！（跑下）

阿列克塞 （上）来了，来了……啊，你好，沃洛佳。

塔尔伯格 你好，阿辽沙。

阿列克塞 你在忙什么？

塔尔伯格 听我说，我要告诉你一个重要的消息。从昨天夜里起，形势对首席执政官已变得极其不妙。

阿列克塞 怎么？

塔尔伯格 不妙，而且极其不妙。

阿列克塞 怎么回事？

塔尔伯格　很可能德国人将不给援助，那就必须靠自己的力量打退彼得留拉。

阿列克塞　你说什么？！

塔尔伯格　很有可能。

阿列克塞　看来凶多吉少……谢谢你告诉了我。

塔尔伯格　现在谈第二件事。由于我马上要动身去出差……

阿列克塞　去哪儿，如果不是机密的话？

塔尔伯格　柏林。

阿列克塞　哪儿？柏林？

塔尔伯格　是的。尽管我推之再三，仍旧不得脱身。真是莫名其妙！

阿列克塞　恕我冒昧动问：你要去多久？

塔尔伯格　两个月。

阿列克塞　啊，是这样。

塔尔伯格　好吧，那就祝你一切顺利。请照看好叶列娜。（伸出一只手）

〔阿列克塞把自己的手藏到背后。

这是什么意思？

阿列克塞　这意思就是：我认为您这次出差不大对头。

塔尔伯格　屠尔宾上校！

阿列克塞　有，塔尔伯格上校。

塔尔伯格　刚才嘱托的事情您必须向我作出交代，我的舅老爷！

阿列克塞　您要我在什么时候作出交代，塔尔伯格先生？

塔尔伯格　在什么时候……哦，十点只差五分了……等我回来以后。

阿列克塞　在您回来之前，天知道会发生什么事情！

塔尔伯格　您……您……我早就想跟您谈一谈。

阿列克塞　不要让您妻子过于激动，塔尔伯格先生！

叶列娜　（上）你们在谈什么？

阿列克塞　没什么，没什么，列诺琦卡！

塔尔伯格　没什么，没什么，亲爱的！那就再见吧，阿辽沙！

阿列克塞　再见吧，沃洛佳！

叶列娜　尼古尔卡！尼古尔卡！

尼古拉　（上）有，我在这儿。哦，他回来了？……

叶列娜　沃洛佳要去出差。你跟他告别一下。

塔尔伯格　再见，尼古尔。

尼古拉　一路平安，上校先生。

塔尔伯格　叶列娜，这点钱给你。我到了柏林马上再汇来。我告辞了。（点头行礼，然后迅速走向前室）别送我，亲爱的，你会着凉的。（下。叶列娜跟在他后面）

阿列克塞　（以一种听着很不舒服的语调说）叶列娜，你会着凉的！

〔静场。

尼古拉　阿辽沙，他怎么就这样走了？去哪儿？

阿列克塞　柏林。

尼古拉　去柏林……在这样的时刻……（望着窗外）他在跟马车夫讲价钱。（用谈哲理的口吻）阿辽沙，你知道不，我发现他像一只老鼠。

阿列克塞　（下意识地）完全正确，尼古尔。而我们的家像一艘船。好了，到客人那里去吧。去，去。

〔尼古拉下。

炮兵营打朝天炮都像命中一戈比的铜子儿一般费力。“极其不妙。”“不妙，而且极其不妙。”老鼠！（下）

叶列娜　（从前室回来。望着窗外）走了……

第二场

〔桌上摆好了吃夜宵的餐具。

叶列娜　（在钢琴旁，老是弹同一个音）走了。走了……

舍尔文斯基　（突然出现在门口）谁走了？

叶列娜　我的天！您把我吓了一跳，舍尔文斯基！您怎么没按铃就进来了？

舍尔文斯基 府上的门开着——开得笔直。您好，叶列娜·瓦西里耶夫娜。（取出用纸裹着的一大束鲜花）

叶列娜 列昂尼德·尤里耶维奇，我请求过您多少次不要这样做。我不喜欢您胡乱花钱。

舍尔文斯基 钱就是为了让人花而存在的，这是卡尔·马克思说的。能允许我卸去斗篷吗？

叶列娜 要是我说不允许呢？

舍尔文斯基 那我就穿着斗篷在您脚下坐一夜。

叶列娜 哦，舍尔文斯基，这是丘八的恭维话。

舍尔文斯基 不，至少是近卫军人的恭维话。（在前室卸去毡斗篷，上身穿着潇洒风流的切尔凯斯卡[①]）见到您我真高兴！我很久没看见您了！

叶列娜 如果我没有记错的话，您昨天还到舍间来过。

舍尔文斯基 啊，叶列娜·瓦西里耶夫娜，在我们这个时代，“昨天”意味着什么？您刚才说什么人走了？

叶列娜 弗拉吉米尔·罗贝尔托维奇。

舍尔文斯基 怎么？他不是今天要回来吗？

叶列娜 是的，他回来以后……又走了。

舍尔文斯基 去哪儿？

叶列娜 多可爱的玫瑰花！……

舍尔文斯基 去哪儿？

叶列娜 柏林。

舍尔文斯基 去柏……林？请问要去多久？

叶列娜 大约两个月。

舍尔文斯基 两个月！您说什么？！……伤心，伤心，伤心……我心

---

① 切尔凯斯卡：高加索山民及某些地方的哥萨克所穿的一种长襟窄腰上衣，胸前有弹巢。

里乱得很，我心里乱得很！！……

叶列娜　舍尔文斯基，您已经是第五次吻我的手了。

舍尔文斯基　我苦闷极了，可以这样说……我的天，这下可好了！乌啦！乌啦！

尼古拉的声音　舍尔文斯基！鬼东西！

叶列娜　您为什么这样兴高采烈？

舍尔文斯基　我高兴极了……啊，叶列娜·瓦西里耶夫娜，您无法理解！……

叶列娜　您太不顾社交礼数，舍尔文斯基。

舍尔文斯基　我不顾社交礼数？请问，这究竟为什么？……不，我是讲究社交礼数的。只不过我心里乱得很……这么说，他走了，而您留了下来。

叶列娜　是这样。您的嗓子怎么样？

舍尔文斯基　（在钢琴旁吊嗓）Ma-ma … mia … mi …他已去远，他已……他已去远，他不会知道……嗯……嗓子无与伦比。我坐马车到府上来的时候，好像嗓音失润，可是到了此地，嗓子又好了。

叶列娜　乐谱带来了？

舍尔文斯基　当然，那还用说？……您是一位不折不扣的女神！

叶列娜　您身上唯一的好东西就是一条嗓子，您的天赋使命应该是在歌剧院大显身手。

舍尔文斯基　本钱是有一些。您可知道，叶列娜·瓦西里耶夫娜，有一次我在日梅林卡唱一首新婚曲，正像您所知道的那样，那首曲子有一个加线的高音 fa，而我索性唱 la，而且时间长达九小节之多。

叶列娜　多少？

舍尔文斯基　长达七小节之多。您不应该怀疑。真的！耿德里科娃伯爵夫人也在场……她听了这个 la 以后就爱上了我。

叶列娜　后来又怎样呢？

舍尔文斯基　服毒自杀了。吞氰化钾。

叶列娜 唉，舍尔文斯基！说真的，您就是这个毛病。诸位，舍尔文斯基来了！大家请入席！

〔阿列克塞、斯图津斯基及梅什拉耶夫斯基上。

阿列克塞 您好，列昂尼德·尤里耶维奇。请。

舍尔文斯基 维克多！你活着！哦，感谢上帝。你干吗缠着头巾？

梅什拉耶夫斯基 （头上缠着一条毛巾）你好，副官。

舍尔文斯基 （向斯图津斯基）请接受我的敬意，大尉。

〔拉里奥西克和尼古拉上。

梅什拉耶夫斯基 请允许我给你们互相介绍一下。这位是我们炮兵营的参谋长斯图津斯基，这位是苏尔让斯基先生。刚才我和他在一起洗澡。

尼古拉 他是我们的表亲，从日托米尔来。

斯图津斯基 很高兴。

拉里奥西克 认识您我衷心地感到愉快。

舍尔文斯基 女皇陛下禁卫军枪骑团中尉、首席执政官机要副官舍尔文斯基。

拉里奥西克 敝姓苏尔让斯基，拉里昂·苏尔让斯基。认识您我衷心地感到愉快。

梅什拉耶夫斯基 您完全没必要自惭形秽。什么禁卫军、什么枪骑团，都是过去的事了……

叶列娜 诸位，请就座。

阿列克塞 对，对，请吧，都十二点了，明天一早就得起床。

舍尔文斯基 喔，好阔气！请问，举行这宴会为的是什么？

尼古拉 这是炮兵营最后的夜宵。明天我们要上阵了，中尉先生……

舍尔文斯基 啊……

斯图津斯基 您坐哪儿，上校先生？

舍尔文斯基 您坐哪儿？

阿列克塞 哪儿都行，哪儿都行。你们请！列诺琦卡，你就做女主人吧。

〔众人就座。

舍尔文斯基　这么说，他走了，而您留了下来？

叶列娜　舍尔文斯基，住口。

梅什拉耶夫斯基　列诺琦卡，要不要喝一点伏特加？

叶列娜　不，不，不！……

梅什拉耶夫斯基　那就来一点白葡萄酒。

斯图津斯基　可以给您斟酒吗，上校先生？

阿列克塞　谢谢，您请给自己斟吧。

梅什拉耶夫斯基　您的杯子。

拉里奥西克　我不会喝伏特加。

梅什拉耶夫斯基　我也不会的呀。不过一小杯还是可以的。您不喝伏特加怎么吃咸鲱鱼？我绝对无法理解。

拉里奥西克　衷心感谢您。

梅什拉耶夫斯基　我很久很久没喝伏特加了。

舍尔文斯基　诸位！祝叶列娜·瓦西里耶夫娜身体健康！乌啦！

斯图津斯基
梅什拉耶夫斯基　乌啦！……
拉里奥西克

叶列娜　轻一点！诸位，你们不要胡来！这样会把全胡同的人都吵醒的。人家本来已经在说我们这儿天天花天酒地。

梅什拉耶夫斯基　嗨，好！伏特加确能提神。可不是吗？

拉里奥西克　是的，很能提神！

梅什拉耶夫斯基　求求您，再来一杯。上校先生……

阿列克塞　维克多，你别喝得太多，明天还要上阵。

尼古拉　一定能上阵！

叶列娜　您说说，首席执政官怎样了？

斯图津斯基　是啊，首席执政官怎样了？

舍尔文斯基　一切顺利。昨天宫里的夜宴真够豪华的！……安排了二百人的酒席。有松鸡……首席执政官穿着民族服装……

叶列娜 可是据说德国人准备扔下我们不管?

舍尔文斯基 不要听信任何传闻，叶列娜·瓦西里耶夫娜。

拉里奥西克 谢谢，深受尊敬的维克多·维克多罗维奇。说真的，我实在不会喝伏特加。

梅什拉耶夫斯基 （一边喝酒）真丢人，拉里昂!

舍尔文斯基
尼古拉 } 真丢人!

拉里奥西克 万分抱歉。

阿列克塞 尼古尔，你别一个劲儿地灌伏特加。

尼古拉 是，上校先生！我喝白葡萄酒。

拉里奥西克 维克多·维克多罗维奇，您干得真利索。

梅什拉耶夫斯基 这叫做熟能生巧。

阿列克塞 谢谢，大尉。要不要色拉?

斯图津斯基 不，谢谢。

梅什拉耶夫斯基 黄金一般的列娜！你可以喝白葡萄酒。你是我的欢乐！红头发的列娜，我知道你为什么这样懊丧。想开点儿！一切都会好起来的。

舍尔文斯基 一切都会好起来的。

梅什拉耶夫斯基 不，不，要喝干，列诺琦卡，要喝干!

尼古拉 （拿起吉他来边弹边唱）美酒一杯，长命百岁……美酒一杯……

众人 （唱）光明属于叶列娜·瓦西里耶夫娜!

列诺琦卡，喝吧!

您喝吧……喝吧……

〔列娜饮酒。

好极了！！！

〔鼓掌。

梅什拉耶夫斯基 今天你显得分外妩媚。真的。连这件家常袍子你穿也挺相称，我愿以名誉担保。诸位，请看，这件长袍多么好看，通体碧绿！

叶列娜 维简卡，这是一件连衫裙，而且不是绿的，是灰色的。

梅什拉耶夫斯基 那就扫兴了。不管怎样，诸位，请你们注意，她难道不是个美人吗？你们倒说说看。

斯图津斯基 叶列娜·瓦西里耶夫娜十分美。祝您健康！

梅什拉耶夫斯基 亲爱的列娜，让我抱住你吻一下。

舍尔文斯基 嗳，嗳，维克多，维克多！……

梅什拉耶夫斯基 列昂尼德，走开！别缠住有夫之妇！

舍尔文斯基 让我……

梅什拉耶夫斯基 我可以这样做，我们童年时代就是朋友。

舍尔文斯基 你是一头猪，而不是什么童年朋友。

尼古拉 （起立）诸位，为炮兵营长的健康干杯！

〔斯图津斯基、舍尔文斯基及梅什拉耶夫斯基起立。

拉里奥西克 乌啦！……请原谅，诸位，我不是军人。

梅什拉耶夫斯基 没关系，没关系，拉里昂！对！

拉里奥西克 十分可敬的叶列娜·瓦西里耶夫娜！我无法表达我在府上感到有多么好……

叶列娜 非常荣幸。

拉里奥西克 十分可敬的阿列克塞·瓦西里耶维奇……我无法表达我在府上感到有多么好！……

阿列克塞 非常荣幸。

拉里奥西克 诸位，在奶油色的窗帘后面……你的心灵得到休息……你会忘却内战的种种恐怖。要知道，我们伤痕累累的心灵是多么渴望安宁……

梅什拉耶夫斯基 请问，您平时做诗不？

拉里奥西克 我吗？是的……我写一点诗。

梅什拉耶夫斯基 原来如此。请原谅我打断了您的话。说下去吧。

拉里奥西克 遵命……奶油色的窗帘……把我们同全世界隔开……不过，我不是军人……嗨！……再给我斟一杯。

梅什拉耶夫斯基　行啊，拉里昂！原来你在耍花招，还说不会喝呢。你是个讨人喜欢的小伙子，拉里昂，不过你发表演说实在像一只深受尊敬的饭桶。

拉里奥西克　不，您不能这样说，维克多·维克多罗维奇，我曾经不止一次发表演说……在日托米尔……在先严的同事们中间……那多半是一些税收检查员……他们把我也……骂得一文不值！

梅什拉耶夫斯基　大家知道，税收检查员都是些畜生。

舍尔文斯基　喝吧，列娜，喝吧，亲爱的！

叶列娜　想把我灌醉？哦，真讨厌！

尼古拉　（在钢琴旁唱）

魔法师，你是神的宠儿，
请说一说我未来的吉凶荣枯。
敌人是否即将高兴地看到
我被覆盖上一抔黄土？

拉里奥西克　（唱）

音乐啊，把凯歌奏得更响吧。

众人　（唱）

我们胜利了，敌人纷纷逃。
为了……

拉里奥西克　为了沙皇！……

阿列克塞　您说到哪儿去了？！

众人　（先唱一句无词歌）

………………
让我们高呼乌啦！乌啦！乌啦！

尼古拉　（唱）

从阴暗的树林里迎着他……

〔众人唱。

拉里奥西克　啊！亲爱的叶列娜·瓦西里耶夫娜，在你们这里真是快乐！灯火辉煌！……乌啦！

舍尔文斯基 诸位！祝全乌克兰的首席执政官殿下政躬康泰。乌啦！

〔静场。

斯图津斯基 对不起。明天要打仗我去，但这杯酒我不喝，并且劝其他军官也不要喝。

舍尔文斯基 大尉先生！

拉里奥西克 真是出人意料。

梅什拉耶夫斯基 （醉）都是这个魔鬼不好，害我冻坏了两条腿。（饮酒）

斯图津斯基 上校先生，你赞成这次祝酒吗？

阿列克塞 不，不赞成！

舍尔文斯基 上校先生，让我来说！

斯图津斯基 不，让我说！

拉里奥西克 不，还是让我说。祝叶列娜·瓦西里耶夫娜以及她那位到柏林去的深受尊敬的丈夫身体健康！

梅什拉耶夫斯基 着哇！你想得真妙，拉里昂！要想出更好的祝酒辞怕是很难的了！

尼古拉 （唱）

告诉我全部真情，别害怕……

拉里奥西克 请原谅，叶列娜·瓦西里耶夫娜，我不是个军人。

叶列娜 没关系，没关系，拉里昂。您是个重感情的人，是个好人。到我这儿来……

拉里奥西克 叶列娜·瓦西里耶夫娜！啊，我的上帝，红葡萄酒……

尼古拉 盐，撒点儿盐……不要紧。

斯图津斯基 你们那位首席执政官哪！……

阿列克塞 且慢，诸位！……这究竟是怎么回事？他这不是在拿我们开心吗？要是你们的首席执政官不去搞这套乌克兰化的鬼把戏，而是着手整编军官队伍的话，那么，彼得留拉在小俄罗斯[①]根本

① 乌克兰的旧称。

没有立足之地。不光是这样，我们还可以把莫斯科的布尔什维克们像拍苍蝇一样干掉。而且现在正是时机。据说，那边饿得连猫也宰了吃。这混蛋本来满可以拯救俄国！

舍尔文斯基 德国人不会允许整编军队的，他们怕军队。

阿列克塞 不对。应当向德国人讲清楚，我们对他们并不构成威胁。战争，我们已输给他们。我们现在另有心腹大患，这要比战争、比德国人，乃至比世上的一切更可怕，这就是布尔什维克。早就应当对德国人说："你们要什么？要面包，要糖？你们尽管拿，哪怕吃得胀死、撑死，只要你们帮助我们，别让我们的老百姓染上莫斯科的瘟疫。"现在晚了，现在我们的军官都变成了咖啡馆的座上常客。好一支咖啡馆军队！谁要谁去捡吧。这样的队伍能为你打仗？！那混蛋口袋里有外币。他泡在岔路口的咖啡馆里，还有那总部近卫队的一大帮子人也跟他在一起。岂不妙哉？！他们把一个炮兵营交给屠尔宾上校，说："快，火速前往组编，去吧，彼得留拉杀来了！……"好得很！可是昨天我去看了一下给我的人，这里可以向你们说句真心话：我的心有生以来第一次往下一沉。

梅什拉耶夫斯基 阿辽沙，我的好营长！你生就一颗炮兵的心！祝你健康！

阿列克塞 我的心往下沉，是因为一百名士官生搭配了一百二十名大学生，他们拿枪的姿势跟拿铁锹一个样。昨天在操场上……天下着雪，远处雾蒙蒙的……说实话，我隐约看到了一口棺材……

叶列娜 阿辽沙，你干吗说这种丧气话？不许说！

尼古拉 请不要难过，营长先生，我们决不丢脸。

阿列克塞 所以，诸位，此刻我人虽坐在你们中间，可头脑里老是盘旋着一个摆脱不了的想法。唉！我们要是早一点预见到这一切就好了！你们可知道那个彼得留拉是什么玩意儿？是虚构的神话，是一团黑雾。根本没有他这么个人。你们朝窗外瞧瞧，看外边有些什么。外边在刮暴风雪，还有黑影憧憧……诸位，俄国存在两大势力：布尔什维克和我们。我们跟他们还会遭遇的。我认为更严峻的时期在后头。我认为如此……现在算了吧！我们挡不住彼得留拉。不过他也待不长久的。在他之后来的将是布尔什维克。正是为了这个缘故，我才要去！明知山有虎，偏向虎山行！因为一旦我们跟他们遭遇，戏会唱得热闹些。要末我们把他们埋葬，要末他们把我们埋葬——这种可能性比较大。诸位，为了这场遭遇战，干杯！

拉里奥西克 （在钢琴前唱）

渴望着把遭遇战来打，
渴望着宣誓、讲话——
世上的一切
统统不在话下……

尼古拉 好极了，拉里昂！（唱）

渴望着把遭遇战来打……
渴望着宣誓、讲话……

〔众人杂乱无章地唱着。拉里奥西克忽然放声大哭。

叶列娜 拉里奥西克，您怎么啦？

尼古拉 拉里昂！

梅什拉耶夫斯基 你怎么啦，拉里昂，谁欺负你啦？

拉里奥西克 （醉）我害怕。

梅什拉耶夫斯基 怕谁？怕布尔什维克？我们马上要给他们点儿厉害瞧瞧！（拔自动手枪）

叶列娜 维克多，你要干什么？！

梅什拉耶夫斯基 我要打布尔什维克的政治委员。你们谁是政治委员。

舍尔文斯基 诸位，枪是上了子弹的！！

斯图津斯基 上尉，立刻坐下！

叶列娜 诸位，把他的枪拿走！

〔梅什拉耶夫斯基的枪被拿去。拉里奥西克下。

阿列克塞　你发疯了不成？立刻坐下！诸位，都怪我不好。

梅什拉耶夫斯基　这么说，我闯进布尔什维克圈子里来了。十分荣幸。你们好，同志们！来，为政委们的健康干杯。他们真讨人喜欢！

叶列娜　维克多，别再喝了！

梅什拉耶夫斯基　闭嘴，你这个女政委！

舍尔文斯基　天哪，竟醉成这个样子！

阿列克塞　诸位，这都是我的过错。刚才我说的话你们别当真。这无非是我心绪纷乱的结果。

斯图津斯基　哦，不，上校先生。您可以相信，我们理解而且同意您所说的一切。我们将永远保卫俄罗斯帝国！

尼古拉　俄国万岁！

舍尔文斯基　请允许我说几句！您没有理解我的意思！首席执政官一定会照您所建议的那样去做。等我们打退了彼得留拉，同盟国又帮我们粉碎了布尔什维克以后，首席执政官定会把乌克兰奉献到帝国君主尼古拉·亚历山德罗维奇陛下的脚边……

梅什拉耶夫斯基　哪个亚历山德罗维奇？还说我醉得不成样子。

尼古拉　皇帝被杀了……

舍尔文斯基　诸位！关于皇帝陛下已死的消息……

梅什拉耶夫斯基　多少有些夸大。

斯图津斯基　维克多，你是个军官！

叶列娜　诸位，让他说下去！

舍尔文斯基　……是布尔什维克捏造的。你们可知道，当首席执政官一行进宫觐见德皇威廉的时候，发生了什么事情？威廉皇帝说："同你们作进一步磋商的将是……"——这时帷幕拉开，我们的国君走了出来。

〔拉里奥西克上。

他说："诸位军官，你们到乌克兰去组编你们的部队。时候一到，朕将亲自率领你们向俄国的心脏进军，向莫斯科进军！"他还掉下了眼泪。

斯图津斯基　他被杀了！

叶列娜　舍尔文斯基！这是真的？

舍尔文斯基　叶列娜·瓦西里耶夫娜！

阿列克塞　中尉，这是瞎编的神话！这个故事我已经听过了。

尼古拉　反正都一样。即使皇帝死了，我也要高呼：皇帝万岁！乌啦！……唱国歌！舍尔文斯基！唱国歌！（唱）上帝啊，保佑沙皇！……

舍尔文斯基
斯图津斯基
梅什拉耶夫斯基
　上帝啊，保佑沙皇！

拉里奥西克　（唱）强大的、威武的……

尼古拉
斯图津斯基
舍尔文斯基
　君临于……

叶列娜
阿列克塞
　诸位，你们怎么啦！不要这样！

梅什拉耶夫斯基　（哭）阿辽沙，这哪里是人民！这明明是强盗。是一伙弑君者的职业同盟。彼得三世……他哪一点亏待了他们？哪一点？他们嚷嚷说："不要战争！"好得很……他就停止了战争。还有谁？一个宗室贵族竟把瓶子往沙皇脸上扔！……一个公爵用烟盒打保罗·彼得罗维奇的耳光……至于留连鬓胡子、模样挺讨人欢喜的那一个……我忘了他叫什么名字……他心想："我来做一件农奴们高兴的事情吧，把这些鬼东西解放算了。"难道请他吃炸弹就是报答这番苦心？[①]阿辽沙，应当用树枝抽那些恶棍！喔，我觉得好像要吐，弟兄们……

叶列娜　他要呕吐！

---

① 此处指的是1881年被民意党人炸死的沙皇亚历山大二世。

尼古拉 上尉要呕吐！

阿列克塞 到浴室里去。

〔斯图津斯基、尼古拉和阿列克塞把梅什拉耶夫斯基搀起来扶出去。

叶列娜 我看看他去。

舍尔文斯基 （把门堵住）别去，列娜！

叶列娜 诸位，诸位，怎么会弄到这样……杯盘狼藉……烟雾腾腾……拉里奥西克，嗨，拉里奥西克！……

舍尔文斯基 您干吗，您干吗？别叫醒他！

叶列娜 都是您不好，连我也喝多了。上帝啊，腿也迈不开。

舍尔文斯基 我来扶着您，往这儿走……您可以让我……待在您身边吗？

叶列娜 坐下吧……舍尔文斯基，我们会怎样呢？这一切将以什么告终？啊？……我做了个噩梦。总之，周围的情况最近愈来愈糟。

舍尔文斯基 叶列娜·瓦西里耶夫娜！一切都会顺利的，至于梦里的情景您别相信……

叶列娜 不，我的梦是个先兆。好像我们乘船到美国去，大伙坐在底舱里。海上狂风咆哮，波涛汹涌。天冷得要命，而我们却在底舱里。水不断地往脚边愈漫愈高……我们爬上一些板铺。忽然出现许多老鼠，一只只都丑得恶心，大得惊人，实在可怕。

我心一慌，就醒了。

舍尔文斯基 叶列娜·瓦西里耶夫娜，我有句话不知当说不当说？

他不会回来了。

叶列娜 谁？

舍尔文斯基 您的丈夫。

叶列娜 列昂尼德·尤里耶维奇，这太无礼了。他回来不回来跟您有什么相干？

舍尔文斯基 跟我大大的相干。我爱您。

叶列娜　我听过了。这都是您凭空编造的。

舍尔文斯基　真的，我爱您。

叶列娜　那就爱在心里吧。

舍尔文斯基　我不干，我讨厌这样的爱。

叶列娜　等一下，等一下。为什么在我谈到老鼠的时候，您想起了我的丈夫？

舍尔文斯基　因为他像老鼠。

叶列娜　列昂尼德，您毕竟是一头猪！首先，他一点也不像老鼠。

舍尔文斯基　像得无以复加。夹鼻眼镜，尖尖的鼻子……

叶列娜　多么漂亮的行为！在背地里说人家的坏话，而且说给人家的妻子听！

舍尔文斯基　您哪里是他的妻子！

叶列娜　这话是什么意思？

舍尔文斯基　您不妨照照镜子。您美丽而又聪明，可以说理性高度发展。总之是个顶儿尖儿的女人。您弹得一手好钢琴，伴奏的功夫出色。跟您相比，他只能算一具衣架，一个长袖善舞的参谋罢了。

叶列娜　背后中伤！品德可嘉！（捂他的嘴）

舍尔文斯基　这话我当面也要对他说。我早就想这样做。我要说，我还要和他决斗。您跟他的结合是不幸的。

叶列娜　那么我跟谁在一起能幸福呢？

舍尔文斯基　跟我。

叶列娜　您不配。

舍尔文斯基　哦呵呵！……我为什么不配？

叶列娜　您有什么好的地方？

舍尔文斯基　您不妨仔细瞧瞧。

叶列娜　无非是副官都有的一些小玩意儿，无非是小天使似的一张小白脸儿。还有一副嗓子。别的没有了。

舍尔文斯基　我早知道。真是苦命！人人都这么说：舍尔文斯基是副官，舍尔文斯基会唱歌，非此即彼……至于舍尔文斯基有心灵，这一点谁也不理睬。舍尔文斯基只能过着野狗一般的日子，舍尔文斯基想要把脑袋偎在别人胸前，可就是没有这样的人。

叶列娜 （推开他的脑袋）讨厌的情场猎手！您的风流轶事我亦有所闻。您对所有的女人都这么说。其中也包括您那位涂口红的高个儿女人。啐！……

舍尔文斯基 她并不算高。那是个女中音。叶列娜·瓦西里耶夫娜，我确实没有对她说过类似的话，也决不会说。您不应该这样，列娜，太不应该了，列娜。

叶列娜 不许您这样叫我！

舍尔文斯基 你不应该这样，叶列娜·瓦西里耶夫娜。您对我毫无感情。

叶列娜 不幸的是，我非常喜欢您。

舍尔文斯基 哈哈！您喜欢我。而您不爱自己的丈夫。

叶列娜 不，我爱他。

舍尔文斯基 列娜，别撒谎。爱丈夫的女人眼睛不是这样的。我见过不少女人的眼睛。从中什么都看得出来。

叶列娜 当然喽，您有丰富的经验。

舍尔文斯基 他是怎么走的？！

叶列娜 您也会这样做的。

舍尔文斯基 我？决不！这太可耻了。还是承认您不爱他吧！

叶列娜 好吧：我不爱，也不尊敬。我不尊敬他。满意了吧？但由此并不能得出任何结论。把手拿开。

舍尔文斯基 可那时您为什么跟我接吻？

叶列娜 你胡说！我从来没有跟你接过吻。你是个戴肩缕的吹牛大王！

舍尔文斯基 我胡说？……那天在钢琴旁是怎么回事？我唱了一曲《万能的上帝》……当时只有我们俩。我甚至可以说出具体的日子——十一月八号。当时只有我们俩，你吻了我的嘴唇。

叶列娜 我吻你是为了你的嗓子。懂吗？为了嗓子。我是怀着母爱吻的。因为你有一副出色的嗓子。别无他意。

舍尔文斯基 别无他意？

叶列娜 这简直是存心折磨人。真的！杯盘狼藉。醉多醒少。丈夫出门去了。周围又是那么亮……

舍尔文斯基 灯可以关掉。（熄吊灯）这样可好？听着，列娜，我非常爱你。我反正不放你走。你将做我的妻子。

叶列娜 你像一条蛇那样缠住我……像一条蛇。

舍尔文斯基 我怎么是蛇呢？

叶列娜 利用每一个机会诱惑人。你什么也捞不到的。肯定捞不到。不管他是怎么个人，我不会为了你毁坏自己的生活。也许，你还不如他呢。

舍尔文斯基 列娜，你真美！

叶列娜 走开！我醉了。是你故意灌我的。你是个大坏蛋。我们的生活整个儿在崩溃。一切都完了，一切都在垮下来。

舍尔文斯基 叶列娜，你别怕，我不会在这样的时刻把你撇下。我将待在你身边，列娜。

叶列娜 放开我。我怕塔尔伯格的家声遭到物议。

舍尔文斯基 列娜，你干脆甩了他嫁给我吧……列娜！

〔接吻。

你跟他离婚吧，怎么样？

叶列娜 啊，统统见鬼去吧！

〔接吻。

拉里奥西克 （出人不意地）不要接吻，我要吐了。

叶列娜 放我走！我的上帝！（跑下）

拉里奥西克 哟！……

舍尔文斯基 年轻人，您什么也没有看见！

拉里奥西克 （迷迷糊糊）不，我看见了。

舍尔文斯基 这是怎么回事？

拉里奥西克　要是你有K，就出K，可不许碰Q！……不许碰！……哟！……

舍尔文斯基　我没跟你打过牌。

拉里奥西克　不，你打过。

舍尔文斯基　天哪，醉成这个样子！

拉里奥西克　我死了以后，不知妈妈会对您说些什么。我说过，我不是军人，我不能喝这么多伏特加。（倒在舍尔文斯基胸前）

舍尔文斯基　醉成这个样子！

〔钟敲三下，并奏小步舞曲。

〔幕落。

第二幕

第一场

〔首席执政官宫中的办公室。一张巨大的写字台上有好几架电话。另外还有一架战地电话。墙上是一张镶有边框的巨幅地图。夜。室内灯光明亮。门开处，宫中侍从长放舍尔文斯基进来。

舍尔文斯基 您好，菲尧多尔。

侍从长 您好，中尉先生。

舍尔文斯基 怎么？！一个人也没有？哪个副官值班接电话？

侍从长 诺沃日尔策夫公爵阁下。

舍尔文斯基 他在哪儿？

侍从长 不知道。大约半小时前出去了。

舍尔文斯基 怎么能这样呢？这半个小时就没有人值班接电话？

侍从长 也没人打来过电话。我一直在门口。

舍尔文斯基 没人打来过电话！万一打来了怎么办？在这样的时刻！鬼知道这是怎么搞的！

侍从长 我会把电话记录下来。公爵正是这样吩咐的，要我把电话记录下来，直到您来。

舍尔文斯基 要您作军事电话记录？！……莫非他害了脑软化症不成？啊，我明白了，明白了！他病了，是不是？

侍从长 完全不是。公爵索性从宫里走了。

舍尔文斯基　什么叫做索性从宫里走了？您在开玩笑，亲爱的菲尧多尔。他不等到交班就从宫里走了？这么说，他是到疯人院去了？

侍从长　不知道。不过公爵从副官室拿走了他自己的牙刷、毛巾和肥皂。我还给了他一张报纸。

舍尔文斯基　什么报纸？

侍从长　我正要向您报告，中尉先生；公爵用昨天的报纸包了肥皂。

舍尔文斯基　这不是他的军刀吗？

侍从长　公爵是穿便服离开的。

舍尔文斯基　要么是我疯了，要么是您疯了。至少他有便条留给我吧？他有没有吩咐转告什么话？

侍从长　公爵吩咐代他辞行。

舍尔文斯基　您可以走了，菲尧多尔。

侍从长　是。有件事可以向您报告吗，中尉先生？

舍尔文斯基　什么事？

侍从长　公爵接到了不愉快的消息。

舍尔文斯基　从什么地方？家里？

侍从长　完全不是。是从战地电话中得悉的。他立刻就忙碌起来。而且脸色大变。

舍尔文斯基　菲尧多尔，我希望您不要去管执政官殿下的副官脸色如何。您多嘴了。

侍从长　请原谅，中尉先生。（下）

舍尔文斯基　（在首席执政官桌上打电话）12－23……谢谢……是诺沃日尔策夫公爵的住所吗？……请谢尔盖·尼古拉耶维奇接电话……什么？在宫里？他不在宫里。我就是在宫里打电话……等一等，谢辽沙，这不是你的声音吗？！谢辽……喂……

〔电话响起话终的信号。

岂有此理！我听得出这明明是他本人。（静场）舍尔文斯基，舍尔文斯基……（打战地电话，电话吱吱作声）接斯维亚托申诺队部……请参谋长接电话……什么？他不在！那就叫副参谋长……

斯维亚托申诺队部吗？……究竟搞的什么鬼名堂！……（坐在桌上，按铃）

〔侍从长上。

（写字条）菲尧多尔，马上把这字条交给传令兵。叫他立刻到利沃夫街我的住所去一次，那里的人见条会交给他一包东西。叫他马上把东西带到此地来。这两个卢布给他雇马车。这是通行证。

侍从长 是。（下）

舍尔文斯基 （摸摸左右鬓角，若有所思）究竟搞的什么鬼名堂，真是莫名其妙！

〔桌上电话铃响。

喂……是的……我是首席执政官殿下的机要副官舍尔文斯基中尉……您好，大人……什么？（静场）波尔波冬？！……什么，带着司令部全体人员？……是！……遵命，我一定转达……是，大人……首席执政官殿下应当在午夜十二点到达。（挂上听筒）

〔电话响起话终的信号。静场。

这下我完了，诸位！（吹口哨）

〔台后传来空荡荡的口令声："立正！"接着有好多条嗓子一起喊致敬词："祝您健康，殿下！"

侍从长 （打开两扇门扉）殿下驾到！

〔首席执政官上。他身穿华丽的切尔凯斯卡和绛色的裤子，足蹬高加索型的无跟平底靴，也不带踢马刺。将军肩章光芒四射。斑白的小胡子修剪得很短，头剃得精光，年纪在四十五岁上下。

首席执政官 您好，中尉。

舍尔文斯基 祝您健康，殿下。

首席执政官 他们到了没有？

舍尔文斯基 恕卑职斗胆请问：您指的是谁？

首席执政官 怎么还要问谁？我指定十一点三刻在我办公室里开会。应该出席的有俄军司令、卫戍司令和德军指挥部的代表。他们在哪里？

舍尔文斯基　卑职不知道。谁也没有到。

首席执政官　他们老是迟到。把最近一小时的战报给我。快！

舍尔文斯基　恕卑职斗胆报告殿下：卑职刚刚接班。在我之前值班的骑兵少尉诺沃日尔策夫公爵……

首席执政官　我早就要向您和别的副官提出警告：必须说乌克兰语。太不成体统了！我的军官没有一个说本国语言，这对乌克兰部队的影响极坏。请说吧。

舍尔文斯基　遵命，殿下。值班副官骑兵少尉诺沃日尔策夫公……公爵……（旁白）真要命，乌克兰话“公爵”是怎么说的？……鬼知道！（向首席执政官）本应临时代理职务。卑职想……卑职像……卑职香……

首席执政官　算了，说俄语吧！

舍尔文斯基　是，殿下。在我之前值班的骑兵少尉诺沃日尔策夫公爵想必突然患病，没等我到此接班就回家去了……

首席执政官　您说什么？不交班就走了？您自己呢？是否神志不清？怎么不交班就走了？这不是擅离职守吗？你们这里究竟在搞什么名堂？（打电话）城防司令部吗？……马上下令……你们根据声音就应该听得出我是谁。马上下令派人前往我的副官骑兵少尉诺沃日尔策夫住所将他逮捕并押到城防司令部。立即执行。

舍尔文斯基　（旁白）活该！谁叫他变了嗓音打电话。混蛋！

首席执政官　（向电话里）快去！（向舍尔文斯基）那么，记录他留下了？

舍尔文斯基　是的。不过记录带上什么也没有。

首席执政官　他到底是怎么回事？神经错乱？疯了？我马上就把他枪毙，马上把他枪毙在宫前的胸墙旁，让你们所有的人看看！马上同俄军司令部接通电话。请司令立刻来见我！把卫戍司令和各团团长也统统叫来。快！

舍尔文斯基　殿下，卑职斗胆向您报告一个极其重要的消息。

首席执政官　还有什么消息？

舍尔文斯基　五分钟以前卑职接到从司令部来的电话，说直属殿下的志愿军司令突然患病，带着司令部全体人员坐德军列车到德国去了。

〔静场。

首席执政官　您是不是在说胡话？您的眼神不正常……您的报告是否通过您的大脑？发生了什么事情？崩溃了还是怎么着？他们跑啦？您为什么不作声？嗯？……

舍尔文斯基　正是崩溃，殿下。晚上十点钟，彼得留拉的部队突破了城市的防线，波尔波冬的骑兵开始向突破口……

首席执政官　波尔波冬？……在什么地方？……

舍尔文斯基　在斯洛波德卡的那一边，离此约十俄里。

首席执政官　等一下……等一下……这……这是怎么回事？……听我说……不管怎样，您是个出色的、干练的军官。我早就注意到这一点。听我说。您马上接通德军指挥部，请他们的代表立即光临敝处。快，亲爱的，快！

舍尔文斯基　是。（打电话）三号。Seien Sie bitte so liebenswürdig, Herrn Major von Dust an den Apparat zu bitten.[①]

〔有人敲门。

Ja...Ja...[②]

首席执政官　进来。

侍从长　德军指挥部代表封·施拉特将军和封·杜斯特少校求见。

首席执政官　立刻请他们到这里来。（向舍尔文斯基）电话不用打了。

〔侍从长引封·施拉特和封·杜斯特上。两人都穿灰色军装。封·施拉特长脸白发。杜斯特面色绯红。两人都夹着单片眼镜。

---

① 德语：劳驾，请封·杜斯特少校先生接电话。

② 德语：是的……是的……

封·施拉特 Wir haben die Ehre, Euer Durchlaucht zu begrüssen.①

首席执政官 Sehr erfreut, Sie zu sehen, meine Herren. Bitte nehmen Sie Platz.②

〔德国人坐下。

Ich habe eben die Nachricht von der schwierigen Lage unserer Armee erhalten.③

封·施拉特 Das ist uns schon längere Zeit bekannt.④

首席执政官 （向舍尔文斯基）请把会议情况记录下来。

舍尔文斯基 可以用俄语吗，殿下？

首席执政官 将军，可以请您说俄语吗？

封·施拉特 （带着很重的外国口音）当然可以！非常乐意。

首席执政官 我刚才得悉，彼得留拉的骑兵突破了城市的防线。

〔舍尔文斯基记录。

此外，从俄军司令部我还接到一些完全难以置信的消息。俄军司令部可耻地逃跑了！Das ist ja unerhört! ⑤（静场）我通过你们二位向德国政府发表如下声明：乌克兰面临着致命的危险。彼得留拉匪帮可能占领首都。如果出现这种局面，首都将陷入混乱。因此，我请求德军指挥部立刻调拨军队击退涌向此地的匪帮并在对德国如此友好的乌克兰恢复秩序。

封·施拉特 很遗憾，德军指挥部不能这样做。

首席执政官 什么？将军，请教为什么？

封·施拉特 Physisch unmöglich! ——事实上办不到。Erstens——首先，根据我们的情报，彼得留拉拥有二十万装备精良的军队。而德军指挥部正要把好几个师调回德国去。

---

① 德语：参见殿下。

② 德语：见到二位我很高兴。请坐。

③ 德语：我刚才接到敝军情况严重的消息。

④ 德语：这我们早已知道。

⑤ 德语：这真是闻所未闻！

舍尔文斯基　（旁白）混蛋！

封·施拉特　因此，目前没有足够的兵力可供我们调遣。Zweitens——其次，整个乌克兰都支持彼得留拉。

首席执政官　中尉，把这一句从记录中划掉。

舍尔文斯基　是。

封·施拉特　我毫无异议。可以划掉。总之，要抵挡住彼得留拉是不可能的。

首席执政官　这样说来，德军指挥部突然要把我、军队和政府撇下不管了？

封·施拉特　不，我们是奉令前来采取措施拯救殿下的。

首席执政官　指挥部打算采取什么措施？

封·施拉特　立即将殿下安全转移。上了车厢就去德国。

首席执政官　请原谅，我完全不明白……这是怎么一回事？……对不起。也许，是德军指挥部把别洛鲁可夫公爵转移了？

封·施拉特　正是这样。

首席执政官　不征求我的意见？（激动起来）我不同意。我向德国政府抗议这样的行动。我还有可能在城里集合军队自己想办法保卫基辅。但首都遭破坏的责任将由德军指挥部承担。我认为，英国和法国政府……

封·施拉特　英国政府！法国政府！！……德国政府感到自己有足够的力量不让首都遭到破坏。

首席执政官　将军，这是不是威胁？

封·施拉特　殿下，这是警告。殿下手中没有任何兵力。局势是灾难性的……

封·杜斯特　（轻声向封·施拉特）Mein General, wir haben gar keine Zeit. Wir müssen ...[1]

---

[1] 德语：将军阁下，我们没有时间了。我们必须……

封·施拉特 Ja, Ja ...[①]殿下，请允许我奉告最后一件事：根据我们刚才截获的情报，彼得留拉的骑兵离基辅只有八俄里了。明天早晨他们就要进入……

首席执政官 我是最后一个得悉的人!

封·施拉特 殿下，您可知道，万一殿下被俘，将遭到什么待遇? 对殿下是作出了判决的。这项判决十分可悲。

首席执政官 怎样判决?

封·施拉特 请殿下原谅。(静场)判处的是绞刑。(静场)殿下，我请您立刻作出答复。我只有短短的十分钟时间，过了这十分钟，我对殿下的生命安全概不负责。

〔静场良久。

首席执政官 我走!

封·施拉特 啊，您同意走了? (向封·杜斯特)劳您驾，行动要保密，切勿声张。

封·杜斯特 当然，决不声张! (用手枪朝天花板放了两枪)

〔舍尔文斯基慌了手脚。

首席执政官 (拔手枪)这是什么意思?

封·施拉特 哦，殿下放心。(躲在右面一道门的门帘后面)

〔台后人声鼎沸，纷纷叫喊："紧急集合，取枪!"脚步杂沓。

封·杜斯特 (打开中间的一道门) Ruhig! [②]镇静! 封·施拉特将军的裤子挂住了手枪，误伤了自己的头部。

〔台后纷纷叫喊："首席执政官! 首席执政官在哪里?"

首席执政官安然无恙。殿下，劳驾把头伸出去……让警卫队看一看……

首席执政官 (在中门口)平安无事，不要慌张。

封·杜斯特 (在门口)请放大夫带器械进来。

---

① 德语：对，对……

② 德语：别慌!

〔惊慌渐趋平静。德国军医带着药箱和急救包上。封·杜斯特把中门关好锁上。

封·施拉特 （从门帘后面出来）殿下，请换上德军制服，扮成我的模样，而我是受了伤的。我们设法秘密送您出城，不让任何人知道，免得引起警卫队的愤怒。

首席执政官 随你们的便吧。

〔战地电话铃响。

首席执政官 中尉，接电话！

舍尔文斯基 这里是殿下办公室……怎么？……什么？……（向首席执政官）殿下，两团哥萨克倒向彼得留拉一边去了……敌人的骑兵已出现在那一段真空地带。殿下，有什么命令要转达吗？

首席执政官 转达？请您转达，要他们挡住骑兵，哪怕挡住半个小时也好！我必须有时间离开基辅！我可以给他们装甲车！

舍尔文斯基 （向电话里）喂，您可听着？……你们哪怕顶住半个小时也好！殿下会拨装甲车给你们！

封·杜斯特 （从药箱中取出一身德军制服）殿下！在哪儿更衣？

首席执政官 到卧室里去。

〔首席执政官和封·杜斯特自右下。

舍尔文斯基 （在台口）要不要逃跑？叶列娜愿不愿意走呢？（下决心，向封·施拉特）将军阁下，恳求您把我和首席执政官一起带走，我是他的机要副官。此外，还有……我的……未婚妻……要和我同行。

封·施拉特 很抱歉，中尉，不但您的未婚妻，就连您我也不能带走。如果您愿意离开，可以到车站去乘我们参谋部的列车。我要预先说明，座位可一个也没有，那里已经有了一位机要副官。

舍尔文斯基 谁？

封·施拉特 他叫……对了，他叫诺沃日尔策夫公爵。

舍尔文斯基 诺沃日尔策夫！他倒是捷足先登了！

封·施拉特 大难临头的时候，人人都会变得十分机灵。他刚才到我们参谋部来过。

舍尔文斯基 到了柏林以后，他还将在首席执政官身边当差吗？

封·施拉特 哦，不！首席执政官将只有一个人，没有任何随从。我们只把想从你们的农民手中逃命的人带到国境线上，以后各自听便。

舍尔文斯基 喔，敬谢不敏。我即使在这里也有办法保全性命……

封·施拉特 对，中尉。任何时候都不应该抛弃祖国。Heimat ist Heimat.①

〔首席执政官及封·杜斯特上。首席执政官乔装成德国将军。他茫然若失，只好吸烟。

首席执政官 中尉，把此地的文件全部烧毁。

封·杜斯特 Herr Doktor, seien Sie liebenswürdig.②殿下，请坐。

〔他们让首席执政官坐下。军医用纱布把他的头部作密封式包扎。

军医 Fertig.③

封·施拉特 （向封·杜斯特）准备汽车！

封·杜斯特 Sogleich.④

封·施拉特 殿下，请躺下来。

首席执政官 可是，按说这件事应该向人民宣布一下……要不要发表一项宣言？……

封·施拉特 发表宣言！……大概要的……

首席执政官 （声音低沉）中尉，写吧……上帝不给我力量……我……

封·杜斯特 宣言……没有时间发表宣言了……上了火车可以打电报……

---

① 德语：祖国乃是祖国。
② 德语：大夫，劳您驾。
③ 德语：好了。
④ 德语：马上就来。

首席执政官　那就算了！

封・杜斯特　殿下，请躺下来！……

〔首席执政官被放上担架。封・施拉特躲起来。中门开，侍从长上。封・杜斯特、军医和侍从长把首席执政官从左门抬出去。舍尔文斯基帮着抬到门口，然后回来。封・施拉特上。

封・施拉特　一切都妥了。（看手表）夜里一点钟。（戴上军帽，穿上大氅）再见，中尉。我劝您不要在此地久留。你们可以悄悄地散去。把肩章摘了。（侧耳静听）听到没有？

舍尔文斯基　分散的群射。

封・施拉特　正是这样。妙语双关！"分散的"群射！有边门出入证吗？

舍尔文斯基　有。

封・施拉特　Auf Wiedersehen！[①]抓紧时间。（下）

舍尔文斯基　（颓丧地）干净利落的德国做法。（突然活跃起来）快，时间没有了。没有了，没有了……没有了……（在桌旁）哦，烟盒！金的！首席执政官遗忘的。要不要把它留在此地？不行，侍从们会捞走的。喔呵！想必有斤把重。还是件历史文物。（把烟盒藏在口袋里）快……（开抽屉）文件一概不烧，只烧去副官的名单。（烧名单）我是不是一头猪？不，我不是猪。（打电话）14－53……对……炮兵营吗？……要营长接电话！有紧急公事！……叫醒他！（静场）屠尔宾上校吗？……我是舍尔文斯基。阿列克塞・瓦西里耶维奇，您注意听着：首席执政官溜了……溜了！……我不是开玩笑……不，天亮以前还有时间……请转告叶列娜・瓦西里耶夫娜，叫她明天千万别出家门……早晨我要上你们家躲一躲。再见。（电话响起话终的信号）我算是抹去了心上的阴影……菲尧多尔！〔侍从长上。

传令兵把那包东西带来没有？

---

① 德语：再见！

侍从长 带来了。

舍尔文斯基 快拿到这里来!

〔侍从长下，然后拿着一包东西回来。

侍从长 （大惑不解）请问，殿下怎么样了?

舍尔文斯基 怎么问起这个来?首席执政官已安寝。您还是少开口为妙。您是个好人，菲尧多尔。您的脸上有一种……怎么说呢……有一种动人的……无产阶级的气质……

侍从长 哦。

舍尔文斯基 菲尧多尔，您到副官室去把我的毛巾、剃刀和肥皂拿来。

侍从长 是。报纸要不要?

舍尔文斯基 完全正确。报纸也要。

〔侍从长从左门下。这时舍尔文斯基穿上便装大衣，戴上宽边呢帽，卸去踢马刺。他把自己的军刀和诺沃日尔策夫的军刀包起来。侍从长上。

舍尔文斯基 这顶帽子我戴可合适?

侍从长 非常合适。剃刀放在口袋里?

舍尔文斯基 剃刀放在口袋里……行了……亲爱的菲尧多尔，请允许我留下五十卢布做个纪念。

侍从长 万分感激。

舍尔文斯基 让我握一下您一贯诚实地劳动的手。您不用奇怪，我天生是个民主主义者。菲尧多尔!我从来没在宫中待过，也从来没当过副官。

侍从长 明白了。

舍尔文斯基 我并不认识您。总之，我是个歌剧演员……

侍从长 难道他跑了?

舍尔文斯基 溜之大吉。

侍从长 啊，这个骗子!

舍尔文斯基 十恶不赦的强盗!

侍从长　把我们统统扔下不管了？

舍尔文斯基　事情就是这样。您还不打紧，可是我怎么得了？

〔电话铃响。

舍尔文斯基　喂……啊！大尉！……是的！把所有的事情统统扔下，让一切都见他妈的鬼去，快逃……我的话绝不是开玩笑……我是舍尔文斯基……祝一切顺利。再见！……亲爱的菲尧多尔，尽管我很乐于跟您谈谈，可是您也明白，我实在没有时间了……菲尧多尔，眼下我有权做主，我把这间办公室送给您。您瞪着眼睛干吗？真是个怪人！您不妨合计合计，用这门帘是否可以改成一条毯子。（下）

〔静场。电话铃响。

侍从长　喂……我能为您提供什么帮助？……听着：把所有的事情统统扔下，让一切都见他妈的鬼去，快逃……我是菲尧多尔……菲尧多尔！……

第二场

〔一间空荡荡、暗沉沉的屋子。上面用乌克兰文写着："第一骑兵师师部"。蓝、黄两色的军旗。入口处有一盏煤油灯。晚上。窗外间或有马蹄声传来。手风琴轻轻奏出熟悉的曲调。

电话兵　（向电话里）我是弗兰柯，把线路重新接通……我说把线路重新接通！……听见没有？……这里是骑兵师师部。

〔电话响起有节奏的信号。台后人声嘈杂。乌拉甘和基尔帕蒂押着一个哥萨克逃兵上。逃兵脸上鲜血淋淋。

波尔波冬　怎么回事？

乌拉甘　上校先生，抓到一名逃兵。

波尔波冬　是哪个团的？

〔沉默。

我问你是哪个团的？

〔沉默。

电话兵　是我呀！我是师部的，弗兰柯把线路接通！这里是骑兵师师部！……听见没有？……真他妈的见鬼！……

波尔波冬　你想干什么，我操你的娘！啊？你想干什么？……每一个有良心的哥萨克都在保卫乌克兰共和国，跟白卫军和共产党犹太佬作拚死的斗争，每一个庄稼人都投身到乌克兰军队的行列里来，而你竟想开小差？你可知道，斯柯罗帕茨基的军官是怎样对付咱们庄稼人的，共产党的政委们又是怎么处置咱们庄稼人的？活埋！懂吗？现在我就把你埋在坟墓里！就把你活埋！加兰巴中尉！

〔台后在叫唤："请中尉去见上校！"接着是杂沓的脚步声。

你们在哪儿抓住他的？

基尔帕蒂　在柴堆后面，这狗娘养的想开小差！……

波尔波冬　啊，你这个王八蛋、龟孙子！

〔加兰巴上。他冷峻、黝黑，头上缠着黑布。

中尉先生，把这个逃兵拿去审问……弗兰柯，作战部署！别乱折腾电话机！

电话兵　马上就来，上校先生，马上就来！有什么办法呢？"别乱折腾……"

加兰巴　（脸上冷冰冰地）哪一团的？

〔沉默。

哪一团的？

逃兵　（边哭边说）我不是逃兵。饶了我吧，中尉先生！我想到医院去。我的腿完全冻坏了。

电话兵　（向电话里）作战部署在哪里？……请回话……骑兵师师长要作战部署……听见没有？……这电话机真没办法！

加兰巴　腿冻坏了？你为什么不向自己团的团部要个证明？啊？你是哪个团的？（举手欲打）

〔传来马匹在木桥上经过的声音。

逃兵　第二谢契团的。

加兰巴　我们知道，你们谢契团都是些什么货色。全都是坏蛋。叛徒。布尔什维克。把靴子脱下来，脱下来。如果你不是真的冻坏了腿，而是撒谎的话，我立刻把你枪毙。弟兄们！点灯！

电话兵　（向电话里）派一名勤务兵来跟我们接洽……派到斯洛波德卡！……对！对！……喂！……格里茨柯！让勤务兵把作战部署送到我们师部来。好吗？上校先生，作战部署马上送到……

波尔波冬　好……

加兰巴　（拔出手枪）先给你说清楚：腿要是没毛病，我就送你上西天。你们退到一边去，免得我误伤了人。

〔逃兵在地上坐下来脱靴子。大家不做声。

波尔波冬　对。做个榜样让别人看看。

〔人们用灯照逃兵。

基尔帕蒂　（叹息）是冻坏了……他没有撒谎。

加兰巴　事前该要个证明，懂吗，混账东西！不应该从团里逃走……

逃兵　证明没人开呀。我们团里没有医生。一个也没有。（哭）

加兰巴　先把他逮捕再说！把他押到医院去！让医生给他包扎好冻坏的腿，再押回这里师部来，用通条揍他十五下，让他以后记住，没有证明别再从自己团里逃走。

乌拉甘　（押着逃兵）走，走！

〔台后传来手风琴声。有人没精打采地唱着："哦，小苹果，你往哪儿去，落到了哥萨克手里，可就回不来了……"窗外有人惊呼："抓住他们！抓住他们！绕过桥……从冰上跑过去……"

加兰巴　（向窗外）弟兄们，什么事情？那边是怎么回事？

〔有人应道："中尉先生，有几个犹太佬从斯洛波德卡绕过桥从冰上跑了。"

弟兄们！侦察兵！上马！上马！快！快！基尔帕蒂！追上去！一定要抓活的！抓活的！

波尔波冬　弗兰柯，你保持联系！

电话兵　是，上校先生，一定保持！

〔台后脚步杂沓。乌拉甘押提篮子的人上。

提篮子的人　好人哪，我又没干什么。你们怎么啦？我是个手艺人……

加兰巴　怎么逮住的？

提篮子的人　行行好吧，军人同志……

加兰巴　什么？同志？这里谁是你的同志？

提篮子的人　对不起，军人大爷。

加兰巴　我也不是你的大爷。大爷们跟斯柯罗帕茨基此刻都在城里。我们正在抽你们那些大爷们的肠子。弟兄，你给他几下，你站得近些。你给我狠狠地揍这位大爷。这下你可知道这里的大爷们的厉害？看见没有？

提篮子的人　看见了。

加兰巴　弟兄们，拿灯来照一照他！我总觉得这是个共产党。

提篮子的人　您说到哪儿去了！行行好吧！您难道看不出来，我是个皮匠。

波尔波冬　你说话的口音像是莫斯科一带的人。

提篮子的人　您好，我们是卡路加人。卡路加省的人。在那里日子实在没法过，所以到你们乌克兰来谋生。我是个皮匠。

加兰巴　证件！

提篮子的人　身份证吗？我马上给您看。我的身份证可以说是一清二楚的。

加兰巴　篮子里什么东西？你要往哪儿去？

提篮子的人　篮子里是皮靴，老……老爷……是皮靴……我们给鞋店干活。住在斯洛波德卡，现在把靴子送到城里去。

加兰巴　为什么夜里送去？

提篮子的人　这样明天清早正好走到城里。

波尔波冬　靴子……哦呵呵……那倒不坏！

〔乌拉甘揭开篮子。

提篮子的人 对不起，尊敬的公民，靴子不是我的，是老板的货。

波尔波冬 老板的？那再好也没有了。老板的货总是好货。弟兄们，大家每人来拿一双老板的货。

〔众人纷纷取靴子。

提篮子的人 军事部长公民！要是丢了这批靴子，我可活不成啊！那就等于躺在棺材里！这些靴子值两千卢布……都是老板的……

波尔波冬 我们给你开一张收条。

提篮子的人 行行好吧，给我收条有什么用？（他冲向波尔波冬，波尔波冬打了他一个耳光。他又去求加兰巴）骑兵大爷！要值到两千卢布啊。主要的是：倘若我是个资本家，或者是布尔什维克……

〔加兰巴打他耳光。

（坐到地上，莫名其妙）这究竟是怎么回事？算了，大家拿吧！这叫做——供应军需？……不过，让我也来一双，跟大伙一样。（开始脱靴子）

电话兵 瞧，上校先生，他在做什么？

波尔波冬 怎么，你想取笑我，混蛋？快从篮子那里滚开。你还要在人家脚边转悠多久？啊？我已经忍无可忍。弟兄们，闪开。（拔手枪）

提篮子的人 您怎么啦？！您怎么啦？！您怎么啦？！

波尔波冬 滚！

〔提篮子的人向门口跑去。

众人 多谢上校先生！

电话兵 （向电话里）是！……是！……好极了！好极了！上校先生！上校先生！斯柯罗帕茨基的两个哥萨克团派了代表到司令部。司令正在跟他们谈判归顺咱们的问题。

波尔波冬 好极了！那两个团归顺了咱们，基辅也就是咱们的了。

电话兵 （向电话里）格里茨柯！我们这里有新靴子！……对……对……是……是……好极了！好极了，上校先生，请您接电话。

波尔波冬　（向电话里）我是第一骑兵师师长波尔波冬上校……

我听着……是……是……我马上出发。（向加兰巴）中尉先生，下令所有四个团全体上马！把通往基辅城的要冲一一占领！乌啦！乌啦！

乌拉甘
基尔帕蒂　乌啦！进攻了！

〔一片忙乱景象。

加兰巴　（向窗外）上马！上马！

〔窗外人声鼎沸：“乌啦！”加兰巴跑步下。

波尔波冬　把电话机搬走！给我备马！

〔电话兵拆卸电话机。众人忙作一团。

乌拉甘　给师长备马！

喊声　一营，快步走！

二营，快步走！……

〔窗外脚步声、蹄声、哨声交织在一起。所有的人都跑步离开舞台。随后手风琴声响起来又飞掠过去……

〔幕落。

第三幕

第一场

〔亚历山大中学的穿堂。枪支安放在架上。一箱箱弹带，一挺挺机枪。极其宽敞的扶梯。楼上是亚历山大一世的画像。玻璃窗外天色麻麻亮。台后有轰隆隆的响声，那是炮兵营奏着军乐经过中学的走廊。

尼古拉 （在台后套用一首士兵歌曲极不相称的调子唱着）

夜，洋溢着爱的欢乐，

充满朦胧的幽思和颤栗。

〔哨声。

士官生们 （震耳欲聋地唱着）

我怀着渴望幸福的痴念，

在窗前翘首盼望着您。

〔哨声。

尼古拉 （唱）

我用鲜花装点我俩的角落……

斯图津斯基 （在扶梯平台上）全营注意，立停！

〔炮兵营在台后止步，发出很大的响声。

前令取消！上尉！

梅什拉耶夫斯基 一连！原地踏步！开步走！

〔炮兵营在台后行进。

斯图津斯基 一！二！

梅什拉耶夫斯基 一！二！一！一连，立停！

军官甲 二连，立停！

〔炮兵营止步。

梅什拉耶夫斯基 一连注意，稍息！可以吸烟！

〔台后响起了噪声和话声。

军官甲 （向梅什拉耶夫斯基）上尉先生，我一个排里缺了五个人。看来是开了小差。那是几个大学生！

军官乙 总之什么都乱七八糟。闹得人晕头转向。

军官甲 营长怎么还不来？他规定六点出操，可现在六点三刻了。

梅什拉耶夫斯基 轻一点儿，中尉，宫里来电话把他叫去了。马上就回来。（向士官生们）怎么，冻坏了吧？

士官生甲 正是这样，上尉先生，有点儿冷。

梅什拉耶夫斯基 那你们干吗站在原地不动？皮肤发青，像死人似的。可以踏踏步，活动活动。有了"稍息"的口令你们不必做石雕像。每个人都是自己取暖的炉子。打起精神来。嗨，二排，到教室里去把课桌椅拆掉生炉子！快！

士官生们 （高喊）弟兄们，到教室里去！把课桌椅拆了生炉子！

〔喧哗。忙乱。

马克西姆 （从斗室里出来，大惊失色）大人，您这是做什么？把课桌椅拆了生炉子？！这是多么可耻的行为！校长先生曾嘱咐我……

军官甲 又来了，这已经是第十四次现身……

梅什拉耶夫斯基 那么，老头儿，用什么生炉子呢？

马克西姆 用木柴，老爷，用木柴。

梅什拉耶夫斯基 你这儿什么地方有柴？

马克西姆 我们这儿没有柴。

梅什拉耶夫斯基 那就滚你妈的蛋，老头儿，见鬼去吧！嗨，二排，你们愣着干吗？……

马克西姆　我的上帝啊，使徒圣贤们！这是怎么搞的啊！野蛮人，十足的野蛮人。有过许多军队……（下。在台后喊道）军人先生们，你们这是做什么？！

士官生们　（把课桌椅拆的拆，锯的锯，用来生炉子。唱）

狂风卷起
漫天大雪，
一会儿像猛兽怒吼，
一会儿像婴儿啼哭……

马克西姆　唉，什么人这样生炉子的？

士官生们　（唱）

啊，你们这班捣蛋鬼！……

（哀求的口吻）

上帝啊，宽恕我们最后一次……

〔近处突然发出爆炸声。静场。接着是忙乱。

军官甲　炮弹。

梅什拉耶夫斯基　爆炸声很近。

士官生甲　上尉先生，这恐怕是向我们打来的。

梅什拉耶夫斯基　胡说！这是彼得留拉吐口水。

〔歌声沉寂下来。

军官甲　上尉先生，我认为今天要跟彼得留拉照面儿了。不知他是怎么个模样？

军官乙　（阴郁地）反正会知道的，不用忙。

梅什拉耶夫斯基　这也没什么大不了。只要有命令，自会照面儿。（向士官生们）士官生，你们认为怎样？……干吗耷拉着脑袋？打起精神来！

士官生们　（唱）

等我们通过白色的阶梯
被带领到蓝色的远方……

士官生乙　（飞奔到斯图津斯基跟前）营长到！

斯图津斯基 整队！全营注意，立正！向中看齐！诸位军官！诸位军官！

梅什拉耶夫斯基 一连，立正！

〔阿列克塞上。

阿列克塞 （向斯图津斯基）名单！缺多少人？

斯图津斯基 （轻声）二十二名。

阿列克塞 （撕名单）是不是我们设在杰米耶夫卡的警戒哨？

斯图津斯基 正是！

阿列克塞 把他们撤回来！

斯图津斯基 （向士官生乙）把警戒哨撤回来！

士官生乙 是。（跑步下）

阿列克塞 我命令诸位军官和全营士兵注意听我要向你们宣布的事情。听了要记住。记住后执行。

〔寂静。

这一夜，我们的形势，整个俄罗斯军队的形势，甚至可以说乌克兰国家的形势，发生了急剧和突然的变化……因此，我向你们宣布，我们的炮兵营从现在起解散。

〔死一般的寂静。

同彼得留拉的较量已经结束。我命令所有的人，包括军官在内，摘下肩章和一切标志，立刻逃生，回家去躲起来。

〔静场。

我的话完了。执行命令！

斯图津斯基 上校先生！阿列克塞·瓦西里耶维奇！

军官甲 上校先生！阿列克塞·瓦西里耶维奇！

军官乙 这是什么意思？

阿列克塞 住口！不许议论！执行命令！快！

军官丙 这是什么意思，上校先生？把他逮捕起来！

〔群情哗然。

士官生们 逮捕！……

我们一点也不明白！……

什么——逮捕？！……你发疯啦？！……

彼得留拉冲进城了！……

是这么回事！我早知道！……

轻点儿！……

军官甲　这是什么意思，上校先生？

军官丙　嗨，一排，跟我来！

〔茫无头绪的士官生们持枪跑步上。

尼古拉　诸位，你们要干什么？

军官乙　把他逮捕起来！他倒向了彼得留拉！

军官丙　上校先生，您被捕了！

梅什拉耶夫斯基　（阻止军官丙）且慢，中尉！

军官丙　放开我，上尉先生，把手拿开！士官生们，把他抓起来！

梅什拉耶夫斯基　士官生们，向后转！

斯图津斯基　阿列克塞·瓦西里耶维奇，您瞧瞧，这还成什么样子。

尼古拉　向后转！

斯图津斯基　向后转，听见没有？！不要听下级军官的命令！

军官甲　诸位，这是什么？

军官乙　诸位！

〔乱作一团。军官们都拿着手枪。

军官丙　不要听上级军官的命令！

士官生甲　炮兵营哗变了！

军官甲　你们要干什么？

斯图津斯基　住口！立正！

军官丙　把他抓起来！

阿列克塞　住口！我还有话说！

士官生们　没什么可说的了！

我们不要听！

我们不要听！

向二连长看齐！

尼古拉 让他说话！

军官丙 轻点儿，士官生们，安静一下！让他把话说完，反正我们不放他离开此地！

梅什拉耶夫斯基 立刻把士官生撤回去。

军官甲 立正！原地听令！

士官生们 立正！立正！立正！

阿列克塞 是啊……如果我带领像你们这样一支上帝派给我的队伍去作战，我这个营长简直该杀！但是，诸位，在一个志愿投军的小伙子身上可以原谅的事情，在您（向军官丙），中尉先生，在您身上却是不可原谅的！我以为你们每一个人都能明白发生了不幸，以为你们能理解：这样的奇耻大辱，你们的营长是难以启齿告诉你们的。但是你们的悟性太差。你们想要保卫什么人？回答我。

〔沉默。

营长问话的时候应当回答！保卫什么人？

军官丙 我们曾经发誓要保卫首席执政官。

阿列克塞 首席执政官？好极了！今天凌晨三点钟，首席执政官把军队扔下不管，乔装成德国军官，坐德军列车逃往德国去了。因此，一方面中尉准备保卫首席执政官，而另一方面，首席执政官却早已无影无踪。他正在安安稳稳地去柏林。

士官生们 去柏林？！

他说什么？！

我们不要听！

士官生甲 诸位，你们听他做什么？

斯图津斯基 住口！

〔众人议论纷纷。窗外天渐亮。

阿列克塞 还不止这些。和这个混蛋同时朝同一方向逃跑的还有另一个混蛋——俄军司令别洛鲁可夫公爵阁下。因此，我的朋友们，现在不但没有人要我们保卫，连指挥我们的人也没有，因为公爵的司令部全体人员都跟他一起跑了。

〔群情哗然。

士官生们　不可能！

这不可能！

这是谣言！

阿列克塞　谁说是谣言？谁说是谣言？我刚从司令部来。我核对了所有的情报。我对自己的每一句话都负责！……诸位！现在我们有两百人。而那边就是彼得留拉。其实我不应该说“那边”，应该说“这里”！我的朋友们，他的骑兵已经到了城郊！他有二十万军队，而我们——只有两三个步兵义勇队和三个炮兵连。懂了吗？刚才你们有一个人拔出手枪来对准我。他把我吓得魂灵出窍。不懂事的黄毛小子！

军官丙　上校先生。

阿列克塞　住口！所以，如果在这种情况下你们作出决定要保卫……保卫什么？保卫谁？……总之，如果你们决定投入战斗，——我不愿率领你们前往，因为我不想参与演出这场闹剧，何况你们所有的人都将用自己的鲜血偿付这场闹剧的代价，而且这完全是无谓的牺牲！

尼古拉　司令部那帮畜生！

〔喧哗和怒吼。

士官生们　现在我们怎么办？

躺到棺材里去！

无耻！……

你见鬼去吧！……你以为这是开大会？

立正！

我们给关在笼子里了。

士官生丙　（哭着跑步上）过去老是高呼前进，前进；可现在却要后退。我找到了首席执政官，非打死他不可！

军官甲　把这个窝囊废送到鬼门关去！士官生们，听着：如果上校说的是事实，那么你们向我看齐！我们设法去搞几列军车，然后到顿河找邓尼金去！

士官生们 到顿河去！找邓尼金去！……

你说说倒容易！

到顿河去不可能！……

斯图津斯基 阿列克塞·瓦西里耶维奇，看来只好扔下一切，把炮兵营拉到顿河去。

阿列克塞 斯图津斯基大尉！不许胡来！炮兵营由我指挥！我下命令，您执行！到顿河去？你们听着！即使你们能够到达顿河，那边的情况也是这样。你们将遇到同样的将军和同样的在司令部鬼混的饭桶。

尼古拉 同样的司令部畜生！

阿列克塞 完全正确。他们将迫使你们跟自己的人民打仗。一旦人民砸碎了你们的脑袋，他们就逃到国外去……我知道，罗斯托夫的情况跟基辅一个样。那里的炮兵部队没有炮弹，士官生没有靴子，而军官们整天泡在咖啡馆里。听我说，我的朋友们！我是一个作战军官，我受命驱使你们去打仗。只要有目标！但是没有目标。我公开宣布，我既不率领你们去打仗，也不放你们去打仗！我实话告诉你们：乌克兰的白卫运动完蛋了。这运动在顿河上的罗斯托夫也完蛋了，到处都一样！人民不跟我们站在一起。人民反对我们。这就是说，完了！呜呼哀哉！伏维尚飨！我，基干军官阿列克塞·屠尔宾，经受住了同德国人的战争——这一点斯图津斯基大尉和梅什拉耶夫斯基上尉可以作证，——我本着自己的良心和责任感甘愿承担一切后果，向你们陈述利害，并出于对你们的爱护，放你们回家。我的话完了。

〔众人大哗。突然传来一声爆炸的巨响。

扯去肩章，扔下步枪，立刻回家！

〔士官生们纷纷扯去肩章，扔下步枪。

梅什拉耶夫斯基 （喊）别吵！上校先生，您是否允许放火烧掉这中学的校舍？

阿列克塞 我不允许。

〔一声炮响。玻璃窗都给震动了。

梅什拉耶夫斯基 机枪！

斯图津斯基 士官生们，回家去吧！

梅什拉耶夫斯基 士官生们，偃旗息鼓，回家去吧！

〔台后军号声响。士官生们和军官们作鸟兽散。尼古拉用步枪的枪托猛击电门后跑步下。灯光熄灭。阿列克塞在炉旁撕毁文件，再把它们烧掉。静场良久。马克西姆上。

阿列克塞 你是什么人？

马克西姆 我是留守在此地的。

阿列克塞 快走开，你在这里会被打死的。

马克西姆 大人，您叫我走到哪里去？我不能离开公家的财产。两个教室里的课桌椅给拆得一塌糊涂，损失惨重，我简直没法形容。而电灯……有过许多军队，可是像这样的军队——对不起……

阿列克塞 老头儿，你走开吧，别缠住我。

马克西姆 现在哪怕用马刀砍我，我也不走。校长先生是怎样嘱咐我的……

阿列克塞 校长先生怎样嘱咐你来着？

马克西姆 他说："马克西姆，你一个人留下……。马克西姆，你要看管好……"可是你们……

阿列克塞 老头儿，你难道听不懂我的话？你会被打死的。你到随便什么地方的地窖里去躲起来，速速离开此地。

马克西姆 这里由谁负责？一切还得由马克西姆负责。任何军队，拥护沙皇的也罢，反对沙皇的也罢，哪怕是胡作非为的士兵，可是拆坏课桌椅……

阿列克塞 名册到哪儿去了？（用脚踢文件橱）

马克西姆 大人，这橱有锁。学校的橱您竟用脚踢。（走开去，一边画十字）

〔又是一声炮响。

天国的女皇啊……圣母娘娘……主耶稣……

阿列克塞 打吧！打吧！打吧！举行一场盛大的音乐会！首席执政官先生，总有一天你会落在我手中的！你这个恶棍！

〔梅什拉耶夫斯基出现在楼上。隐约有火光从窗外映进来。

马克西姆 大人，您来对他下个命令吧。这算是什么玩意儿？用脚把橱砸开！

梅什拉耶夫斯基 老头儿，别在这里纠缠不休。滚开！

马克西姆 野蛮人，十足的野蛮人……（下）

梅什拉耶夫斯基 （相隔很远地）阿辽沙！我把军需仓库点着了火！彼得留拉休想得到军大衣！

阿列克塞 看在上帝分上，你别耽搁了。快往家里逃吧。

梅什拉耶夫斯基 这不打紧。我马上再往草料场上扔两颗炸弹，然后滚蛋。你待着干吗？

阿列克塞 在警戒哨回来之前，我不能走。

梅什拉耶夫斯基 阿辽沙，这必要吗？啊？

阿列克塞 你怎么能这么说话，上尉！

梅什拉耶夫斯基 那么，我跟你一起留下。

阿列克塞 维克多，你对我有什么用？我命令：立刻去保护叶列娜！我随后就去接你们。你们怎么啦，都发疯了不成？你们究竟听不听我的命令？

梅什拉耶夫斯基 好吧，阿辽沙。我马上去看列娜！

阿列克塞 你瞧瞧尼古尔卡走了没有。看在上帝分上，把他赶走。

梅什拉耶夫斯基 好吧！阿辽沙，你自己注意，别冒险！

阿列克塞 少说废话！

〔梅什拉耶夫斯基下。

不妙。“而且极其不妙”……等我们通过白色的阶梯……被带领到蓝色的远方……但愿警戒哨没有睡着……

尼古拉 （出现在楼上，蹑手蹑脚地）阿辽沙！

阿列克塞 你做什么？想跟我打哈哈还是怎么的？！立刻回家去，把肩章摘下来！走！

尼古拉 上校，你不走，我也不走。

阿列克塞 什么？！（拔出手枪）

尼古拉 打吧，往亲弟弟身上打！

阿列克塞 蠢货！

尼古拉 骂吧，骂你的亲弟弟吧。我知道你干吗待在这里！我知道，营长，你是在等死亡帮你洗刷耻辱，就是这么回事！那我就守着你。否则列娜会杀了我的。

阿列克塞 来人哪！把士官生屠尔宾带下去！梅什拉耶夫斯基上尉！

尼古拉 所有的人都已经走了！

阿列克塞 等着吧，混账东西，到家里我再跟你算账！

〔喧嚷声和脚步声。从警戒哨上撤回来的士官生们跑步上。

士官生们 （跑过场）彼得留拉的骑兵追来了！……

阿列克塞 士官生们！听令！从地下通道往波多尔跑！我掩护你们。路上把肩章扯去！

〔台后得意洋洋的哨声渐近，隐约可闻手风琴奏着民歌《哗喇喇轰隆隆》的曲调。

快逃，快逃！我掩护你们！（冲到楼上的窗前。向尼古拉）跑吧，我求求你。你也得可怜可怜列娜！

〔一发炮弹在近处爆炸。玻璃破裂。阿列克塞倒下。

尼古拉 上校先生！阿辽沙，阿辽什卡，你干了什么呀？！

阿列克塞 屠尔宾军士，别逞英雄吧！（气绝）

尼古拉 上校先生，这不可能！阿辽沙，快起来！

〔脚步声和喧哗。彼得留拉的骑兵跑步上。

乌拉甘 打！打！打死他，弟兄们！打死他！

〔基尔帕蒂朝尼古拉开枪。

加兰巴 （跑步上）抓活的！抓活的，弟兄们！

〔尼古拉沿着扶梯爬上去，龇牙咧嘴。

基尔帕蒂　这狼崽子！也是狗娘养的！

乌拉甘　你跑不了！你跑不了！

〔彼得留拉的骑兵继续上。

尼古拉　你们这班绞刑犯，休想抓住我！你们休想抓住我，强盗！（从栏杆上跳下去，不见了）

基尔帕蒂　啊，这个小丑！（开枪）再也没人了。

加兰巴　你们怎么放他跑了呢，弟兄们？唉，饭桶！……

〔手风琴奏着《哗喇喇轰隆隆》……台后有人高呼："乌啦，乌啦！"军号吹响。波尔波冬上，随后是擎着军旗的骑兵。旗帜沿着扶梯往楼上堆起一层层波涛。进行曲声震耳欲聋。

第二场

〔屠尔宾家的住所。黎明。没有电灯。牌桌上点着一支蜡烛。

拉里奥西克　亲爱的叶列娜·瓦西里耶夫娜！我完全听您调遣！要不要我穿上外衣去找他们？

叶列娜　啊，不，不！您这是哪儿的话，拉里奥西克！您在街上会给打死的。还是等着吧。我的上帝啊，还有火光。多么恐怖的黎明！那边在做什么？我只想知道一点：他们在什么地方？

拉里奥西克　我的上帝，内战太可怕了！

叶列娜　我有个主意：我是女人，人家不会碰我的。我去看看街上的动静。

拉里奥西克　叶列娜·瓦西里耶夫娜，我不放您出去！我……就是不放您出去！……阿列克塞·瓦西里耶维奇会怎么对我说呢？他吩咐我无论如何不要让您到街上去，我向他作了保证。

叶列娜　我不走远……

拉里奥西克　叶列娜·瓦西里耶夫娜！

叶列娜　只要知道是怎么回事就好了……

拉里奥西克　我去……

叶列娜　打消这个念头……我们还是等着吧……

拉里奥西克　您的丈夫离开基辅做得太对了。这是十分明智的做法。他可以在柏林等这番乱糟糟的局面结束以后再回来。

叶列娜　我的丈夫？我的丈夫？……在这个家里再也不要提起我的丈夫。听见没有？

拉里奥西克　好，叶列娜·瓦西里耶夫娜……我随时能找到合乎时宜的话说……也许，您想喝茶？我去把茶炉子烧热……

叶列娜　不，不用……

〔敲门声。

拉里奥西克　等一等，等一等，先别开门，必须问清楚是谁。外边是谁？

舍尔文斯基　是我！我……舍尔文斯基……

叶列娜　谢天谢地！（开门）这意味着什么？垮了？

舍尔文斯基　基辅城给彼得留拉占领了。

拉里奥西克　占领了？上帝啊，这太可怕了！

叶列娜　阿辽沙他们在哪里？在战斗？

舍尔文斯基　别着急，叶列娜·瓦西里耶夫娜！几个小时以前我已经通知了阿列克塞·瓦西里耶维奇。一切都能太平无事。

叶列娜　还能太平无事？首席执政官呢？军队呢？

舍尔文斯基　首席执政官昨天夜里逃跑了。

叶列娜　逃跑了？把军队扔下？

舍尔文斯基　正是这样。还有别洛鲁可夫公爵也跑了。（脱去大衣）

叶列娜　真卑鄙！

舍尔文斯基　都是些无法形容的骗子手！

拉里奥西克　为什么灯不亮？

舍尔文斯基　发电站遭到了炮击。

拉里奥西克　哎呀呀！……

舍尔文斯基　叶列娜·瓦西里耶夫娜，可以在您府上躲一躲吗？接下来马上要搜捕军官了。

叶列娜　哦，当然可以！

舍尔文斯基　叶列娜·瓦西里耶夫娜，您不知道，看到您安然无恙我是多么幸福。

〔有人敲门。

拉里昂，您问一声是谁……

拉里奥西克　外边是谁？

梅什拉耶夫斯基的声音　自己人，自己人……

〔拉里奥西克开门。梅什拉耶夫斯基和斯图津斯基上。

叶列娜　感谢上帝！阿辽沙和尼古拉在什么地方？

梅什拉耶夫斯基　镇静，镇静，列娜，他们就来。不用害怕，街上还可以通行。他俩由警戒哨护送。啊，这一位已经在此地？那么，你全都知道了……

叶列娜　谢谢，全知道了。唉，这些德国人！这些德国人！

斯图津斯基　没关系……没关系，这笔账将来我们总要算的……没关系！

梅什拉耶夫斯基　你好，拉里昂！

拉里奥西克　啊，维简卡，多么可怕的事变！

梅什拉耶夫斯基　是啊，出类拔萃的事变。

叶列娜　你们都成了什么样子！快来烤烤火，我去给你们煮茶。

舍尔文斯基　（从壁炉旁问）要不要帮您，列娜？

叶列娜　不用了。我能行。（急下）

梅什拉耶夫斯基　（用乌克兰语）您好，机要副官先生。您怎么不带肩缕啊？……“诸位军官，到乌克兰去组编你们的部队”……说完还掉眼泪。娘的！

舍尔文斯基　干吗用这种滑稽戏的腔调？

梅什拉耶夫斯基　因为确实演成了一出滑稽戏，才有滑稽戏的腔调。你还许诺给我们皇帝，还为殿下的健康祝过酒。我倒要请问，这位殿下现今在哪里？

舍尔文斯基　你问这话的目的何在？

梅什拉耶夫斯基　我的目的是：如果这位殿下此刻落到我手里，我一定要抓住两条腿把他抡起来，让他的脑袋撞在石子路上，方消我的心头之恨。还应该把你们那班在司令部里鬼混的东西泡在茅坑里淹死！

舍尔文斯基　梅什拉耶夫斯基先生，请不要忘其所以！

梅什拉耶夫斯基　都是混蛋！

舍尔文斯基　什——么？

拉里奥西克　何必吵架呢？

斯图津斯基　我以上级的身份要求立刻停止这次谈话！这完全是荒谬的，不会有任何结果！其实，你何必跟人家过不去？中尉，您也不要激动。

舍尔文斯基　近来梅什拉耶夫斯基上尉的行为简直不能容忍……主要的是蛮横无礼！难道事情就垮在我手里不成？相反，我通知了你们大家。要是没有我，此刻他在这里是死是活还是个问题呢！

斯图津斯基　完全正确，中尉。我们对您十分感激。

叶列娜　（上）出了什么事？怎么回事？

斯图津斯基　叶列娜·瓦西里耶夫娜，您不要激动，一切都会圆满解决的。我向您保证。您请便吧。

〔叶列娜下。

斯图津斯基　维克多，你应该道歉，刚才你完全不应该……

梅什拉耶夫斯基　算了，列昂尼德，你别往心里去！是我一时冲动。我实在越想越气！

舍尔文斯基　莫名其妙……

斯图津斯基　算了，别谈这些了。（坐到炉火旁）

〔静场。

梅什拉耶夫斯基　说真的，阿辽沙和尼古尔卡到哪儿去了？

斯图津斯基　我也有些担心……过五分钟再不来，我就迎上去……

〔静场。

梅什拉耶夫斯基　这么说，他滑脚溜走的时候你在场？

舍尔文斯基 我在场。我直到最后才离开。

梅什拉耶夫斯基 绝妙的一幕好戏！我愿意出很大的代价躬逢其盛！你怎么不毙了他？那还不是跟打死一条狗一样！

舍尔文斯基 你可以自己去毙了他嘛！

梅什拉耶夫斯基 你放心，我一定会这样做的。临别的时候他对你说些什么没有？

舍尔文斯基 说了！他和我拥抱，感谢我忠实的服务……

梅什拉耶夫斯基 还淌了眼泪？

舍尔文斯基 是的，淌了眼泪……

拉里奥西克 淌了眼泪？简直难以想象！……

梅什拉耶夫斯基 也许，他送了什么东西给你作为临别纪念？比方说，带交织字母[①]的金烟盒之类？

舍尔文斯基 是的，是送了我一只烟盒。

梅什拉耶夫斯基 嘍，鬼东西！……你得原谅我，列昂尼德，我担心你又要生气了。你这个人本质上不坏，但你有些怪……

舍尔文斯基 你想说的是……

梅什拉耶夫斯基 该怎么说呢……你应该当作家……你的想象力很丰富……淌了眼泪……如果我要你把烟盒拿出来瞧瞧！……

〔舍尔文斯基默默地出示烟盒。

我服输！果然有交织字母！

舍尔文斯基 还有什么话要说，梅什拉耶夫斯基上尉？

梅什拉耶夫斯基 马上就说。诸位，我要当着大家的面向他道歉。

拉里奥西克 我有生以来还没见过这样漂亮的东西！怕足足有一斤吧？

舍尔文斯基 八十四钱[②]。

〔有人敲窗。

---

① 姓名或团体名称起首字母交织组成的图案。

② 这里的“斤”和“钱”都是旧俄衡量单位。一俄斤为409.51克，一俄钱为4.266克，九十六俄钱为一俄斤。

诸位！……

〔众人起立。

梅什拉耶夫斯基 我讨厌别人玩花样……为什么不敲门？……

舍尔文斯基 诸位……手枪……最好扔掉。（把烟盒藏在壁炉后面）

〔斯图津斯基和梅什拉耶夫斯基走到窗前，小心翼翼地撩开窗帘往外瞧。

斯图津斯基 啊，我不能原谅自己！

梅什拉耶夫斯基 真见鬼！

拉里奥西克 啊，我的上帝！（急欲去告知叶列娜）叶列娜……

梅什拉耶夫斯基 你往哪儿去，蠢货？！……你发疯了？！……怎么可以……（捂住他的嘴）

〔众人跑出去。静场。众人抬尼古拉上。

列娜，必须把列娜支开……我的上帝啊！阿辽沙在什么地方？……我真是杀不可赦！……把他放在……放在……干脆放在地板上吧……

斯图津斯基 还是放在沙发上好。找一找伤口，找一找伤口！

舍尔文斯基 脑袋打破了！……

斯图津斯基 靴子里有血……把靴子脱掉……

舍尔文斯基 我们把他抬到……那边去……放在地板上不是办法……

斯图津斯基 拉里奥西克！快拿枕头和毯子来。放在沙发上。

〔他们把尼古拉抬到沙发上。

把靴子割开！……把靴子割开！……阿列克塞·瓦西里耶维奇工作室里有纱布。

〔舍尔文斯基快步下。

把酒精也拿来！我的天哪，怎么偏偏让他赶上了？究竟怎么回事？……阿列克塞·瓦西里耶维奇在哪儿？……

〔舍尔文斯基带着碘酊和纱布快步上。斯图津斯基给尼古拉包扎头部。

拉里奥西克 他快要死了吗？

尼古拉 （悠悠苏醒）哦！……

梅什拉耶夫斯基　简直能把人急疯！……你只要说一句话：阿辽沙在哪儿？

斯图津斯基　阿列克塞·瓦西里耶维奇在什么地方？

尼古拉　诸位……

梅什拉耶夫斯基　什么？

〔叶列娜急步上。

列诺琦卡，你别紧张。他摔了一跤，撞疼了脑袋。没什么大不了的。

叶列娜　你在说些什么？他明明受伤了！

尼古拉　不，列诺琦卡，不……

叶列娜　阿列克塞在哪里？阿列克塞在哪里？（固执地）你不是跟他在一起吗！只要回答一句话：阿列克塞在哪里？

梅什拉耶夫斯基　现在该怎么办？……

斯图津斯基　（向梅什拉耶夫斯基）这不可能！不可能！……

叶列娜　你怎么不说话呀？

尼古拉　列诺琦卡……我这就说……

叶列娜　别撒谎！千万别撒谎！

〔梅什拉耶夫斯基向尼古拉做手势，示意他别说。

斯图津斯基　叶列娜·瓦西里耶夫娜……

舍尔文斯基　列娜，您别胡思乱想……

叶列娜　一切都明白了！阿列克塞已被打死！

梅什拉耶夫斯基　你怎么啦，你怎么啦，列娜！你想到哪儿去了？

叶列娜　你瞧瞧他的脸。瞧。其实我不看也知道，他离家的时候我就感觉到，知道结果会是这样！

斯图津斯基　（向尼古拉）说呀，他怎样了？！

叶列娜　拉里昂！阿辽沙被打死了……

舍尔文斯基　拿水来……

叶列娜　拉里昂！阿辽沙被打死了！昨天你们还同桌吃饭来着——记得吗？可他被打死了。

拉里奥西克 叶列娜·瓦西里耶夫娜，亲爱的……

舍尔文斯基 列娜，列娜……

叶列娜 还有你们？！你们都是追随他多年的军官！你们都回了家，可是营长却被打死了，你们知道不知道？……

梅什拉耶夫斯基 列娜，可怜可怜我们吧，你可知道你在说什么？！我们大家都是执行他的命令。大家都是！

斯图津斯基 不，她的话完全在理！我错尽错绝！不应该让他留下！我是参谋长，我要纠正自己的错误！（拔手枪）

梅什拉耶夫斯基 上哪儿去？不，站住！不，站住！

斯图津斯基 松手！

梅什拉耶夫斯基 难道你让我一个人留下？你丝毫没有过错！绝对没有错！我看见最后留下他一个人，我一再劝他走，而且执行了所有的命令。列娜！

斯图津斯基 梅什拉耶夫斯基上尉，立刻放我出去！

梅什拉耶夫斯基 把手枪交出来！舍尔文斯基！

舍尔文斯基 您没有权利这样做！怎么，您想把事情搞得更糟？您没有权利这样做！（夹住斯图津斯基）

梅什拉耶夫斯基 列娜，你对他下命令！都是你的话引起的。把他的手枪缴下来！

叶列娜 我是说的气话。我一时脑袋发晕。把手枪交出来吧！

斯图津斯基 （歇斯底里地）谁也没有权利责备我！没有！一个人也没有！屠尔宾上校的命令我全都执行了！

叶列娜 对！谁也没有权利责备您！……我一时气糊涂了。

梅什拉耶夫斯基 尼古尔卡，你说吧……列娜，拿出勇气来。我们会找到他的……一定能找到……你痛痛快快说吧……

尼古拉 营长被打死了……

〔叶列娜昏倒。

〔幕落。

第四幕

〔两个月以后。一九一九年的主显节[①]前夜。叶列娜和拉里奥西克在装饰过节的杉树。

拉里奥西克 （在小梯上）我认为这颗星……（神秘地侧耳静听）

叶列娜 您怎么啦?

拉里奥西克 不，这是我的幻觉……叶列娜·瓦西里耶夫娜，您可以相信，这一切都结束了。他们就要占领城市。

叶列娜 别忙，拉里奥西克，一切还在未定之天。

拉里奥西克 听不见枪炮声——这是可信的迹象。我坦率地向您承认，叶列娜·瓦西里耶夫娜，最近两个月以来，我对枪炮声腻透了。我讨厌……

叶列娜 我赞同您的审美观。

拉里奥西克 我认为这颗星放在这里非常适宜。

叶列娜 下来吧，拉里奥西克，我怕您摔破了脑袋。

拉里奥西克 您说哪儿的话，叶列娜·瓦西里耶夫娜！……用维简卡的话来说，这是一株呱呱叫的杉树。我倒要看看哪个人会说这杉树不漂亮！啊，叶列娜·瓦西里耶夫娜，您哪里知道！……杉树使我回忆起我童年时代在日托米尔那些一去不复返的日子……明亮的灯火……苍翠的杉树……（静场）不过，我在这里觉得比小时候更好，好得多。我不想离开此地，哪儿也不想去……我愿一辈子坐在杉树下面您的脚边，哪儿也不去……

叶列娜 您会感到无聊的。您真是一位了不起的诗人，拉里奥昂。

拉里奥西克 不，我哪里算得上诗人！谈不上，简直屁也不……啊，请原谅，叶列娜·瓦西里耶夫娜！

叶列娜 朗诵一首新作吧。来，念一首。我很欣赏您的诗。您很有才能。

拉里奥西克 您说的是心里话？

叶列娜 完全是心里话。

拉里奥西克 那好吧……我就念……我就念一首……献给……总之是献给……不，我不给您念诗。

叶列娜 为什么？

拉里奥西克 不念了吧，何必呢？……

叶列娜 诗是献给谁的？

拉里奥西克 献给一个女人的。

叶列娜 是秘密？

拉里奥西克 对。是献给您的。

叶列娜 谢谢您，亲爱的。

拉里奥西克 何必谢我呢！……"谢谢"又不能够当饭吃，当衣服穿……哦，请您原谅，叶列娜·瓦西里耶夫娜，我这是受了梅什拉耶夫斯基的影响。您也知道，这样的话常常脱口而出……

叶列娜 我看得出。我认为，您是爱上了梅什拉耶夫斯基。

拉里奥西克 不。我爱上的是您。

叶列娜 不要爱我，拉里昂，不要。

拉里奥西克 我有个主意：您嫁给我吧。

叶列娜 您的好心令人感动。然而这是不可能的。

拉里奥西克 他不会回来了！……您一个人怎么过？孤孤单单，得不到支持，得不到同情。当然，我这点支持也是够蹩……够可怜的，不过，我会非常非常爱您。爱您一辈子。您是我的理想。他

---

① 纪念耶稣受洗的宗教节日，在俄历 1 月 6 日。

不会来了。特别在目前布尔什维克发动进攻的时候……他不会回来了!

叶列娜 他不会回来了。但问题不在这里。即便他回来，我跟他也不会再生活在一起。

拉里奥西克 他回来的路给切断了……在他走后不久，我简直不忍心看您。我的心在沁血。当时瞧着您实在令人害怕，真的……

叶列娜 难道我就那么难看?

拉里奥西克 可怕至极! 太可怕了! 精瘦精瘦的……脸色蜡一样黄……

叶列娜 您胡诌些什么呀，拉里昂!

拉里奥西克 哦……确实如此，鬼知道是怎么……但现在您好了，好多了……现在您的脸色红润光洁……

叶列娜 拉里奥西克，您是个无与伦比的人。到我跟前来，让我亲一下您的脑门子。

拉里奥西克 亲脑门子? 行，脑门子就脑门子吧!

〔叶列娜吻他的前额。

拉里奥西克 当然喽，我这个人难道有什么可爱的?

叶列娜 有，甚至很可爱。不过我有情人。

拉里奥西克 您说什么? 情人? 谁有情人? 您? 您有情人? 不可能?

叶列娜 难道我不配有情人?

拉里奥西克 您是圣洁的! 您……那么，他是谁? 那个人我认识吗?

叶列娜 非但认识，而且十分熟悉。

拉里奥西克 我十分熟悉? ……等一下……到底是谁呢? 等一下，等一下，等一下! ……年轻人……您什么也没看见……打你的K，可不许碰Q……我还以为这是个梦。该死的幸运儿!

叶列娜 拉里奥西克! 这话有损君子风度!

拉里奥西克 我要走……我要走……

叶列娜 上哪儿？哪儿去？

拉里奥西克 我到亚美尼亚人那里去买伏特加，喝它个人事不省……

叶列娜 我不是已经让您……拉里昂，我要做您的朋友。

拉里奥西克 知道，我在小说里读到过……一旦提到“做朋友”，那就意味着缘分尽，情义断！完了！（穿大衣）

叶列娜 拉里奥西克！早一点回来！客人们快来了！

〔拉里奥西克开门，在前室与刚进来的舍尔文斯基迎面相遇。舍尔文斯基穿一件百孔千疮的大衣，戴一顶破烂不堪的宽边帽，架一副深蓝色眼镜。

舍尔文斯基 您好，叶列娜·瓦西里耶夫娜！您好，拉里昂！

拉里奥西克 啊……您好……您好……（下）

叶列娜 我的天！您怎么弄成这般模样！

舍尔文斯基 谢谢，叶列娜·瓦西里耶夫娜。我故意试一下！今天我坐在一辆街车上，只见一些无产者在便道上走来走去。有一个用怪亲热的口气说：“喂，乌克兰老爷！你就等到明天吧。明天我们不把你们从马车上拖下来才怪！”我的眼睛富有经验。我朝他一看，立刻明白，必须回家去换装。祝贺您，彼得留拉完蛋了！

叶列娜 您说什么？！

舍尔文斯基 今天夜里红军就要进城。接下来自然是苏维埃政权以及诸如此类的一切！

叶列娜 您高兴什么？旁人还以为您自己是布尔什维克呢！

舍尔文斯基 我是同情者！大衣我是从看门人那里租来的。这是一件非党大衣。

叶列娜 请立刻把这一身垃圾卸掉！

舍尔文斯基 是！（脱去大衣、帽子、套鞋，摘下眼镜，原来里边穿着一身华贵的燕尾礼服）好了，祝贺我吧，我刚结束首次演出就到这里来。我唱了，并且受到欢迎。

叶列娜 祝贺您。

舍尔文斯基 列娜，家里没旁人？尼古尔卡怎样了？

叶列娜 在睡觉……

舍尔文斯基 列娜，列娜……

叶列娜 放开我……等等，您为什么把鬓角剃了？

舍尔文斯基 化装方便些。

叶列娜 您这样化装成布尔什维克倒是比较方便。嘿，狡猾而又怯懦的东西！别害怕，谁也不会碰您的。

舍尔文斯基 谁要是敢碰一位能唱两个完整八度再加两个高音的人，那就让他试试看！……列诺琦卡！可以说些知心话吗？

叶列娜 说吧。

舍尔文斯基 列娜！总算一切都结束了……尼古尔卡的身体在好起来……彼得留拉即将被赶走……我作了首次登台演出……现在要开始新的生活。我们不能再折磨自己。他不会回来了。他的归路已给切断。列娜！我不是坏人，真的！……我不是坏人……你瞧瞧自己。你孤独，你憔悴……

叶列娜 你还改得了不？

舍尔文斯基 列诺琦卡，我有什么需要改正的？

叶列娜 列昂尼德，假如您能改变的话，我就做您的妻子。首先您不能再说假话！

舍尔文斯基 难道我是个撒谎专家，列诺琦卡？

叶列娜 并不是说您一贯撒谎，可总给人一种空洞、无聊的感觉，天知道你究竟是怎么回事……你说在帷幕里见过皇帝。说他还淌了眼泪……其实根本没有这回事。你说那高个儿是女中音，其实她只是谢马德尼咖啡馆的一名卖货女郎……

舍尔文斯基 列诺琦卡，她在那里只干了很短一个时期，那是在她待聘的时候。

叶列娜 您好像说她当时就已受聘。

舍尔文斯基 列娜！我是个孤儿。我凭着死去的妈妈和爸爸在天之灵起誓，我跟她什么关系也没有。

叶列娜　我不在乎。您那些肮脏的秘密我不感兴趣。重要的是另一方面：希望你不要再吹牛撒谎。你唯一的一次说真话是在谈到烟盒的时候，可当时谁也不信，弄到非出示物证不可。哼！……丢脸……真丢脸……

舍尔文斯基　关于烟盒的事恰恰全本都是假话。首席执政官没有送烟盒给我，没有和我拥抱，也没有淌眼泪。无非是他把烟盒遗忘在桌上，我藏了起来。

叶列娜　你从桌上拿走了？

舍尔文斯基　藏了起来。这是一件历史文物。

叶列娜　我的上帝，居然有这等事！拿来。（把烟盒夺过来藏好）

舍尔文斯基　列诺琦卡，里边的香烟是我的。

叶列娜　算您福至心灵，想到把这件事告诉我。万一我自己知道了呢？

舍尔文斯基　您怎么会知道呢？

叶列娜　野蛮人！

舍尔文斯基　完全不是这样，列诺琦卡，我大大变了样。说老实话，我自己也认不得自己了！这次大崩溃，或者是阿辽沙的死，对我影响很大……现在我是另一个人了。经济上你不用担心，列诺琦卡，我已今非昔比……今天我首次登台演唱完毕，剧院经理对我说："列昂尼德·尤里耶维奇，您的前途未可限量。您应该到莫斯科去，进大剧院……"他走到我跟前，和我拥抱，然后……

叶列娜　然后怎样？

舍尔文斯基　不怎么样……他沿着过道走了……

叶列娜　你真是不可救药！

舍尔文斯基　列娜！

叶列娜　那么对塔尔伯格又该怎么办呢？

舍尔文斯基　离婚。离婚。你知道他的住址吗？打一个电报，或者写一封信给他，表示一刀两断！一刀两断！

叶列娜 好！我觉得寂寞、孤独。闷得慌。好！我同意！

舍尔文斯基 “你赢了，加利利人！”①列娜！（唱）你将成为世界的女皇——皇……。多么干净利落的 solo！（指着塔尔伯格的相片）我要求把他扔出去！我看不得他！

叶列娜 嚄，什么口气！

舍尔文斯基 （温柔地）列诺琦卡，我看不得他。（从镜框里拆下相片扔在壁炉里）老鼠！我算是抹去了心上的阴影！

叶列娜 衬衫的绉边对你非常合适……你真漂亮，没说的！……

舍尔文斯基 我们俩不会没有办法的……

叶列娜 哦，对你我并不担心！……你不会没有办法的！……

舍尔文斯基 列娜，到你屋里去吧……我唱歌，你伴奏……我们俩有两个月没单独会面了。老是有旁人在场。

叶列娜 马上就有人来。

舍尔文斯基 那我们再回来。

〔两人下，把门关上。钢琴声起。舍尔文斯基用美妙的嗓子唱《尼禄》②中的新婚曲。

尼古拉 （上，头戴黑色小帽，拄着一副拐杖。苍白而虚弱。身穿学生制服上衣）啊！……他们在排练！（见相片镜框）啊！……打破了。我明白……我早就料到。（躺在沙发上）

拉里奥西克 （出现在前室）尼古拉沙！你下地了？一个人？等等，我这就给你取枕头来。（把一个枕头拿给尼古拉）

---

① 通常认为这句话是罗马皇帝背教者尤里安（公元 361—363 年在位）说的。尤里安剥夺了基督教作为罗马帝国国教的地位，企图恢复多神崇拜。他写了一系列反基督教的论著，引起基督教信徒的仇视，招来“背教者”的恶谥。后世基督教的史家编造了一段故事，说尤里安在与波斯人的战争中受了致命伤后，喊道：“你赢了，加利利人！”（耶稣生在加利利境内。）这句话成了向真理屈服或者精诚所至、金石为开的代用语。其实，尤里安至死没有放弃与基督教为敌的立场。

② 以罗马暴君尼禄（公元 54—68 年在位）的故事为题材的歌剧有好几部。这里指的是俄国作曲家安东 · 鲁宾斯坦于 1877 年创作的一部。脚本原先是用法文写的，后来又译成德文和俄文上演。

尼古拉 别麻烦了，拉里昂，用不着。谢谢。拉里昂，看来我要终生残废了。

拉里奥西克 你想到哪儿去了，尼古拉沙，你怎么不害臊的！

尼古拉 喂，拉里昂，他们怎么还不来？

拉里奥西克 还没到，不过快了。告诉你，我刚在街上走，见一列列大车的车队接连不断，车上拉的都是那些夹着尾巴的家伙。看来布尔什维克狠狠地揍了他们。

尼古拉 揍得好！

拉里奥西克 不过我还是弄到了伏特加！这是我生平唯一的一次走运！我以为怎么也弄不到了。因为我是个倒霉蛋！我出门的时候天气极好。天空晴朗，星星闪耀，炮声不响……可是我心想：只要我一到街上，准会下起雪来。果然，我才出门，湿漉漉的雪直往我脸上贴。可我还是弄到了一瓶酒！……让梅什拉耶夫斯基也知道知道我的能耐。我两次摔倒，后脑勺差点儿开花，但瓶子始终没有脱手。

舍尔文斯基的声音 “你为爱情祝福……”

尼古拉 瞧见没有？……惊人消息！叶列娜要跟丈夫离婚了。她准备嫁给舍尔文斯基。

拉里奥西克 （瓶子从他手中跌落）啊？

尼古拉 嗳，拉里奥西克，嗳！……你怎么啦，拉里昂，你怎么啦？……啊……我明白了！你也粘上去了？

拉里奥西克 尼古尔，在谈到叶列娜·瓦西里耶夫娜的时候，诸如“粘上去”之类的话是不合适的。懂吗？她是黄金般的！

尼古拉 她是红头发，拉里昂，是红的。真是不幸！就因为是红头发，所以人人都喜欢。谁要是一看见她，就开始往这儿送鲜花。因此，我们家里老是像鲜花铺。塔尔伯格恨得要命。嗳，你把碎瓶子收拾开，要不，梅什拉耶夫斯基到来，他会把你宰了。

拉里奥西克 你别告诉他。（收拾碎片）

〔铃响。拉里奥西克开门，梅什拉耶夫斯基和斯图津斯基上。两人都穿便服。

梅什拉耶夫斯基 红军把彼得留拉打垮啦！彼得留拉的军队正在弃城逃跑！

斯图津斯基 红军已经到了斯洛波德卡。再过一个半小时就要开到这里。

梅什拉耶夫斯基 也就是说，明天这里将成为苏维埃共和国……嗯，有伏特加的味儿！谁不到时候就先喝了伏特加？快招认。这所托庇于上帝的住宅里究竟在搞些什么名堂？！……你们在用伏特加洗地板？！……我知道这是谁干的！（向拉里奥西克）你怎么老是打破东西？！怎么老是闯祸？！你长着的可算是一双不折不扣的万能手！你的手不管碰到什么，都能把它砸成碎片！如果你的手实在奇痒难熬——干脆砸餐具吧！

〔台后钢琴声始终不断。

拉里奥西克 你凭什么资格训我？我不乐意听！

梅什拉耶夫斯基 人家怎么老是对我大叫大嚷的？不久恐怕要开始打我了！不过，今天我不知怎么的特别好说话。我们讲和吧，拉里昂，我不生你的气。

尼古拉 为什么听不见炮声？

梅什拉耶夫斯基 人家在秋毫无犯地进军。一路上没有遇到什么抵抗！

拉里奥西克 最主要的，也是最奇怪的一点是：人人都感到高兴，甚至包括资产阶级的残渣余孽在内。可见大家讨厌彼得留拉到了什么程度！

尼古拉 不知道布尔什维克是什么模样？

梅什拉耶夫斯基 你会看到的，会看到的。

拉里奥西克 大尉，您的看法？

斯图津斯基 不知道，目前我什么也不明白。我们最好跟在彼得留拉后面离开此地。我无法想象，我们白卫军人怎么能跟布尔什维克合得来。

梅什拉耶夫斯基　跟在彼得留拉后面去哪儿？

斯图津斯基　设法混进一个车队先到加里西亚。

梅什拉耶夫斯基　然后再去哪儿？

斯图津斯基　然后到顿河投奔邓尼金去打布尔什维克。

梅什拉耶夫斯基　再去听将军们指挥？这倒是个聪明的设想。可惜阿辽沙已躺在地下，否则他可以谈许多关于将军们的趣闻。真遗憾，营长已经长眠了。

斯图津斯基　别触动我心头的创伤，别回忆往事。

梅什拉耶夫斯基　不，让我说，他死了，就让我说……再去加入军队，再去打仗？……再看哪一位将军淌眼泪？……谢谢，谢谢，我可领教够了。特别在解剖室里看到阿辽沙的时候。

〔尼古拉哭了。

拉里奥西克　尼古拉沙，尼古拉沙，你怎么啦，别哭！

梅什拉耶夫斯基　够了！我从一九一四年起就打仗。为了什么？为了祖国？难道把我抛下不管、使我蒙受耻辱的人能代表祖国？！……现在又要我去投奔那些将军大人？！我可不干。瞧见没有？（握拳并将拇指从食指与中指间伸出以示轻蔑）瞧这个玩意儿！

斯图津斯基　请用语言说明，不要做这种手势。

梅什拉耶夫斯基　用语言就用语言，你们可以去做忠臣顺民。我难道是白痴不成？不，我维克多·梅什拉耶夫斯基宣布，我跟那些混账将军再也没有任何关系。我说完了！

拉里奥西克　维克多·梅什拉耶夫斯基变成布尔什维克了。

梅什拉耶夫斯基　是的，如果要我表态，我拥护布尔什维克！

斯图津斯基　维克多，你说什么？！

梅什拉耶夫斯基　我拥护布尔什维克，但反对共产党。

斯图津斯基　这简直滑稽。你说的话自己先应该理解。

拉里奥西克　我告诉你吧，布尔什维主义和共产主义是一码事。

梅什拉耶夫斯基　（用嘲弄的口吻学舌）“布尔什维主义和共产主义”。好吧，那就也拥护共产党……

斯图津斯基　上尉，你提到了“祖国”这个词。如果布尔什维克掌权，还有什么祖国？俄国完了。记得营长说过布尔什维克要来，营长的话有道理。如今布尔什维克果然来了！……

梅什拉耶夫斯基　布尔什维克？……好极了！十分荣幸！

斯图津斯基　他们会动员你加入红军的。

梅什拉耶夫斯基　那我就去服役。是的！

斯图津斯基　为什么？！

梅什拉耶夫斯基　我可以告诉你们为什么！因为彼得留拉有——你们说他有多少军队？二十万！这二十万大军一听到“布尔什维克”五个字，立刻脚底搽油，溜之大吉。看见没有？逃得多快！因为有千千万万老百姓支持布尔什维克……而我有什么力量能同他们抗衡？镶边马裤？……他们简直看不得这条镶边……马上会用机枪对准我……不妨设想……前面是赤卫队员排成的一堵墙，后面是投机商人以及包括首席执政官在内的各色乌龟王八，而敝人夹在中间，岂不妙哉？不，我已经扮腻了污泥浊水的角色。让他们来动员吧！至少我将知道自己是在俄罗斯军队中服役。人民不站在我们一边。人民反对我们。阿辽沙说得对！

斯图津斯基　活见鬼！他们送了俄罗斯的终，哪里还有什么俄罗斯军队？！他们反正要把我们枪毙的！

梅什拉耶夫斯基　那将是最好的做法！抓到肃反委员会去，臭骂一顿以后枪毙了事。他们既可以安心，我们也……

斯图津斯基　我要同他们干！

梅什拉耶夫斯基　请吧，把军大衣穿上！快！赶紧！……跑去向布尔什维克喊叫：不许放肆！尼古尔卡已经从楼梯上摔下来过一回！他的脑袋你看见没有？等轮到你的时候，会干脆把你的脑袋砍掉。他们这样做也是对的，没人要你挺身而出！如今的事我们已管不着了！

拉里奥西克 我反对内战的惨象。说实在的，何必要流血呢？

梅什拉耶夫斯基 你上过战场没有？

拉里奥西克 维简卡，我有免服兵役的白卡。我的肺活量太小。此外，我是我妈妈的独子。

梅什拉耶夫斯基 对，白卡同志。

斯图津斯基 当初我们俄罗斯可是个泱泱大国！……

梅什拉耶夫斯基 将来还会是大国！……会的！

斯图津斯基 是的，还会是大国——等着吧！

梅什拉耶夫斯基 旧的那一个不会有了，未来的一个将是新的。新的！不过有一件事你得告诉我。等你们在顿河给打得落花流水，——这一点我可以向你预言，你们一定会给打得落花流水，——等你们的邓尼金一溜烟逃往国外去了，——这一点我也可以预言，——那时候你们打算怎么办？

斯图津斯基 也到国外去。

梅什拉耶夫斯基 那里谁要你们？正像大炮不需要第三个轮子一样！不管你们到哪里，人家都往你们脸上吐唾沫，从新加坡吐到巴黎！我不去，我要待在这里，在俄国。和俄国共命运！……得了，到此为止，我宣布会议闭幕。

斯图津斯基 我看得出，我是孤立的。

舍尔文斯基 （跑步上）等一等，等一等，不要闭幕。我有一项特别声明。叶列娜·瓦西里耶夫娜·塔尔伯格要同她的丈夫、前总参谋部上校塔尔伯格离婚，决定下嫁……（鞠躬，指着自己）

〔叶列娜上。

拉里奥西克 啊！……

梅什拉耶夫斯基 算了，拉里昂，你我这样的癞蛤蟆也想吃天鹅肉？！亲爱的列娜，让我拥抱你，吻你一下。

斯图津斯基 恭喜您，叶列娜·瓦西里耶夫娜。

梅什拉耶夫斯基 （向逃往前室的拉里奥西克追上去）拉里昂，你也该道声喜，否则怪别扭的！然后再到这里来。

拉里奥西克　（向叶列娜）恭喜您，祝您幸福。（向舍尔文斯基）恭喜您……恭喜。

梅什拉耶夫斯基　你真了不起，了不起！这样的女人上哪儿找去？！能说英语，善弹钢琴，同时还会烧茶炉子。列娜，我自己也非常愿意娶你。

叶列娜　维简卡，我可不愿意嫁给你。

梅什拉耶夫斯基　那就不要嫁。我不娶你也是爱你的。我基本上是个光棍儿军人。我喜欢家里整洁安适，没有女人孩子，跟兵营里一样……拉里昂，斟酒！得庆贺一番！

舍尔文斯基　等一下，诸位！别喝这酒！我这就去给你们拿来。你们可知道这是什么酒！哦嚄嚄！……（向叶列娜瞥一眼，马上蔫了下来）说实话，这酒也不怎么样。普通的葡萄酒。

梅什拉耶夫斯基　列娜，你真有办法！结婚吧，舍尔文斯基……你的病完全给她治好了！我祝贺你们，但愿你们……

〔前室门开，塔尔伯格上，他身穿便装大衣，带一只手提箱。

斯图津斯基　诸位！弗拉吉米尔·罗贝尔托维奇……弗拉吉米尔·罗贝尔托维奇……

塔尔伯格　向诸位致敬。

〔尴尬至极的冷场。

梅什拉耶夫斯基　这下可热闹了！

塔尔伯格　你好，列娜！你们似乎都很惊讶？

〔静场。

有点儿奇怪！其实，在这样的困难时期，我在自己家里看到这样热闹的场面，我更应当惊讶。你好，列娜。这是什么意思？

舍尔文斯基　是这么回事……

叶列娜　等一等……诸位，请出去一会儿，让我跟弗拉吉米尔·罗贝尔托维奇两个人留下。

舍尔文斯基　列娜，我不愿！

梅什拉耶夫斯基　等一下，等一下……一切都能安排妥帖。保持镇静……列诺琦卡，我们暂时退场？

叶列娜 是的。

梅什拉耶夫斯基 我知道你是个聪明的女人。有什么事你可以叫我。叫我本人。走，诸位，我们到拉里昂那里去抽会儿烟。拉里昂，你拿了枕头就来。

〔众人下，拉里奥西克不知为什么蹑着脚步行走。

叶列娜 请。

塔尔伯格 这一切意味着什么？我要求解释。

〔静场。

你们在开什么玩笑？阿列克塞在哪里？

叶列娜 阿列克塞给打死了。

塔尔伯格 这不可能！……什么时候？

叶列娜 两个月以前，在您走后两天。

塔尔伯格 啊，我的上帝，这太可怕了！但我事先明明告诉过你们。你记得吗？

叶列娜 是的，我记得。尼古尔卡成了残废。

塔尔伯格 当然，这一切是可怕的……但在整个这次事件中我并没有过错……你得承认，这绝不构成向我兴师问罪的理由，我可以说，向我问罪是愚蠢的。

〔静场。

叶列娜 请告诉我，您是什么时候回来的？要知道，布尔什维克今天就要……

塔尔伯格 我完全了解情况。首席执政官演了一出荒唐的轻歌剧。德国人把我们骗了。但我在柏林设法弄到一份去顿河找克拉斯诺夫将军的差使。基辅必须立刻放弃……时间紧迫……我是来带你走的。

叶列娜 是这么回事，我决定跟您离婚，嫁给舍尔文斯基。

塔尔伯格 （半晌不做声）好！好极了！利用我不在的机会招蜂惹蝶……

叶列娜　维克多！……

〔梅什拉耶夫斯基上。

梅什拉耶夫斯基　列娜，你全权委托我说明情况？

叶列娜　是的！（下）

梅什拉耶夫斯基　明白了。（走到塔尔伯格面前）怎么？滚……（打他）

〔塔尔伯格狼狈走向前室，下。

梅什拉耶夫斯基　列娜！你来！

〔叶列娜上。

他走了。同意离婚。我们谈得很好。

叶列娜　谢谢，维克多！（吻他后急下）

梅什拉耶夫斯基　拉里昂！

拉里奥西克　已经走了？

梅什拉耶夫斯基　走了！

拉里奥西克　你真是天才，维简卡！

梅什拉耶夫斯基　“我是天才——伊戈尔·谢维良宁[①]。”把灯关了，点杉树，奏一首进行曲。

〔拉里奥西克关了房间里的灯，把装饰杉树的小电灯泡开亮，然后跑到邻室去。进行曲乐声起。

诸位，请！

〔舍尔文斯基、斯图津斯基、尼古拉和列娜上。

斯图津斯基　真美！一下子就有了安适的气氛！

梅什拉耶夫斯基　这是拉里昂的杰作。现在让我好好向你们表示祝贺。拉里昂，得了！

〔拉里奥西克带吉他上，把吉他递给尼古拉。

恭喜你，列娜，祝你永远幸福。忘掉一切。总之，为你的健

---

① 伊戈尔·谢维良宁（1887—1941）：俄国诗人，本姓洛塔辽夫，“未来派”代表人物之一。

康——干杯！（饮酒）

尼古拉 （拨动吉他的琴弦，唱）

魔法师，你是神的宠儿，
请说一说我未来的吉凶荣枯。
敌人是否即将高兴地看到
我被覆盖上一抔黄土？
音乐啊，把凯歌奏得更响吧。
我们胜利了，敌人纷纷逃，纷纷逃！

梅什拉耶夫斯基 （唱）

为了人民委员会……

〔除斯图津斯基以外，大家都跟着唱：

我们高呼乌啦！乌啦！乌啦！

斯图津斯基 鬼知道这是怎么回事！……你们怎么不害臊的？！

尼古拉 （领唱）

从阴暗的树林里
未卜先知的巫师迎着他走来……

拉里奥西克 精彩！……灯火……云杉……

梅什拉耶夫斯基 拉里昂！给我们作一次演讲吧！

尼古拉 对，演讲！……

拉里奥西克 诸位，我实在不善于讲话。而且，我非常怕羞。

梅什拉耶夫斯基 现在由拉里昂演讲！

拉里奥西克 好吧，既然大伙有兴，我就说几句。不过要请原谅：我没有准备。诸位！我们相逢在最困难、最可怕的时期，我们大家都尝到了许许多多艰辛……包括我自己在内。我经受了一场生活的风暴……我这条可怜的船在内战的波涛中颠簸了很久……

梅什拉耶夫斯基 比得好，确实像一条船……

拉里奥西克 是的，这条船颠簸了很久，直至给打进这个挂奶油色窗帘的避风港，来到我如此喜爱的人们中间……不过，我发现他们也为风暴所苦……算了，悲哀的事不提也罢。如今时运已转。彼得留拉垮了台……大家都活着……而且……大家又重新聚在一起……甚至还不止这些。就拿叶列娜·瓦西里耶夫娜来说，她也备尝困苦酸辛，现在得到幸福是理所当然的，因为她是一位出类拔萃的女人。我想用一位作家的话向她说：“我们喘口气吧，我们喘口气吧……”

〔远处在打炮。

梅什拉耶夫斯基 是啊！……气已经喘过来了！……五……六……九！……

叶列娜 莫非又开火了？

舍尔文斯基 不，这是礼炮！

梅什拉耶夫斯基 完全正确：这是整整一连六英寸口径的大炮在鸣放礼炮。

〔台后远处有乐队奏《国际歌》，声音越来越近。

诸位，听见没有？这是红军开来了！

〔大家走到窗前去。

尼古拉 诸位，今晚是一部崭新历史剧的伟大序幕。

斯图津斯基 对某些人是序幕，对某些人却是尾声。

公民布里赫

〔捷〕杨·奥青纳雪克　著

内容提要

本书的时代背景是在捷克斯洛伐克社会主义革命中具有历史意义的一九四八年二月事件。当时资产阶级反动派挑起政府危机，阴谋复辟，但在共产党领导下，工人阶级奋起反击，终于揭穿了反动派的阴谋，保卫了人民民主共和国。

主人公布里赫是一个出身贫苦家庭、受过高等教育、深受资产阶级思想影响和危害的知识分子。作者深刻地描写了布里赫在斗争决定性时刻从彷徨、犹豫、动摇到转变归来的过程，指出了知识分子改造的必要性和艰巨性；同时揭露了资产阶级反动派阴险丑恶的面目。严峻的生活使布里赫最后还是睁开了眼睛，认清了敌我和是非。小说的结束不仅是布里赫悬崖勒马、重新做人的开始，同时也为捷克斯洛伐克知识分子走上为人民服务的道路揭开新的一页。

本书在捷克斯洛伐克国内被誉为优秀作品之一，曾获得哥特瓦尔德奖金。

主要人物表

弗朗蒂雪克·布里赫(方达、弗朗塔)——法学博士。

昂德列依·拉滋(昂德拉)——资本家,布里赫中学时代的同学。

伊莲娜——拉滋之妻。

瓦茨拉夫·斯特拉卡(瓦舍克)——玻璃厂研磨工,行动委员会主席,伊莲娜的哥哥。

应德尔齐赫·米静纳——往来账户科副科长,布里赫的舅父。

依尔任娜——米静纳的女儿,大学生。

英德拉·贝朗——依尔任娜的男友,大学生。

约瑟夫·巴捷拉——布里赫的邻居,工人。

阿洛依斯·阿达美克——巴捷拉厂内党组织主席。

贝德尔齐赫·巴尔托时——化学品公司行动委员会主席,共产党员。

玛丽雅·蓝多娃——打字员。

卡列尔·卡兹达(卡尔里切克)——往来账户科科长,米静纳的连襟。

阿列克——卡兹达之子,大学生。

台赫曼——资本家,前玻璃厂厂主。

前奏曲

人们的生活道路交叉的方式各有不同。有时，一次到后来才发现是有决定意义的会见，它发生的过程却稀松平常，好像是出你不意蹑手蹑足走到你跟前的，你自己连做梦也没想到。

弗朗蒂雪克 · 布里赫跟昂德列依 · 拉滋还是在席日科夫[①]中学里油漆剥落的课桌旁认识的。事情是这样的：弗朗蒂雪克学完了五年级各门高深玄奥的课程，升到了六年级，在开学第一天打上课钟以前，他发现在靠窗倒数第二排自己心爱的课桌旁坐着一个长脚、宽肩的少年。弗朗蒂雪克以前在学校寒冷的走廊里也看见过他，想不到现在他们坐在一起了，原因只是昂德列依上学期拉丁文和数学不及格留了级。但他依旧在亚得里亚海滨度过了假期，丝毫也不为这件事扫兴。通常，当留级生不得不跟原来比他们低的学生坐在一起时，他们总是竭力掩藏羞惭的神情，可是在昂德列依脸上却一点也看不到愧色。拉滋神态自若地坐在很旧的、对于他略略嫌小的课桌旁，淡漠地望着那些喋喋不休的学生。他打了个呵欠，把脚伸到课桌间的通道上，也不管同学们时常被他的脚绊跌。

弗朗蒂雪克 · 布里赫跟一般所谓“清寒人家”的子弟一样，谦逊而不起眼，因此当他在昂德列依身旁坐下时，昂德列依毫无兴趣地看了他一眼。

“你好，公民，”他又轻又含糊地说，“我叫拉滋。命运让我们俩坐在一起；我希望我们好歹挨过这几年。”

他们在一起坐了三年，直到中学毕业，他们的关系愈来愈密切。这种友谊是在纯粹讲究实利的基础上产生的：昂德拉[②]从用功的布里赫那儿抄袭课堂作业，但也慷慨地把自己的早点分给他吃作为酬劳。他的早点丰盛极了！一只油光光的炸鹅腿，几片香喷喷的火腿或者一块在昂德列依书包里稍微压扁了些的巧克力蛋糕。弗朗蒂雪克那时经常吃不到饱饭，瘦得像俗语所说的“躲在鞭子柄后面看也看不见”。昂德列依的慷慨对这个不名一文的穷学生来说确是不无小补，布里赫的母亲竭力要使儿子“出人头地”，可怜她寡妇家整天在洗衣盆前弯着腰不遗余力地给人家洗衣服。

有时，弗朗蒂雪克在没精打采地上学去的时候，听到很淡的大麦汁在胃里咕咕直响，他心想：今天昂德拉不知将请他吃些什么。弗朗蒂雪克很看重这位同学的慷慨大量，有时弗朗蒂雪克偷偷地往自己书包里塞两根香肠带给母亲，拉滋会装做没看见。

后来他们更加接近了。昂德拉到十七岁时看起来已经像个大人了，五官端正，头发乌黑，脸给山地的太阳晒得浅黑。他们学校里恐怕没有一个姑娘不在暗中很感兴趣地看着拉滋。昂德拉很讲究自己的外表，他的裤子始终保持着一道笔挺的熨缝；在学校昏暗的、充满樟脑味的厕所里，他当着同学们的面抽高贵的纸烟，全不理会校规森严。他身材匀称，风度翩翩，当他挥着网球拍在街上走过的时候，谁都愿意看他一眼。

相形之下，弗朗蒂雪克显得十分寒伧，他自己也知道这一点，所以老是为他那件还是死去的父亲传下来的破上装、前补后裰的裤子和头穿跟歪的皮鞋害臊。在英俊轩昂的昂德拉旁边，他像个皮包骨的饿鬼。一套怪寒酸的衣服在他身上飘来晃去，就跟穿在稻草人身上相仿。那时，弗朗蒂雪克·布里赫——这个貌不出众、性情略带忧郁的青年，长着仙鹤一般瘦长的腿，脸上有一些粉刺，——好像一根毫无生气的细草。在那些凄凉的岁月中，他死啃书本，赶钟点当家庭教师，憧憬美好的未来；那时怎么能保持男子汉的傲气？公理何在？真

---

① 席日科夫是布拉格的一个工人区。——俄译者注

② 昂德拉是昂德列依的小名。——俄译者注

是百思不得其解！

“慢慢儿来，你一定能出人头地，弗朗蒂雪克。”母亲站在洗衣盆旁，在围腰上擦着泡肿的手，用幻想的口气说。她天真地以为她的儿子念完了书将来便可以成为一个有钱而受到尊敬的人，他的手将是柔软光滑的。为了这个理想，她毫不怜惜自己的一双手和有病的心脏。弗朗蒂雪克自己对前途的看法比较复杂，但是目前他能做什么呢？只能咬紧牙关幻想美好的将来。幻想是一种免费的娱乐，尽管家道贫寒，尽管弗朗蒂雪克只靠一盏昏黄的小灯坐在厨房的桌旁把知识往脑袋里装，尽管触鼻的皂碱味从不稍淡伴着他度过青年时代，——这一切都不妨碍他尽情幻想。他裹着破棉被，面对着拉丁文教科书，继续死啃死背。出人头地！为了这个理想，不知还得背几百页，几千页！不知还得捧着书本磨多少个寒冷的黄昏，给那些懒惰的富家子弟上多少讨厌的课，妈妈不知还得给人家洗多少吨脏衣服！

很难解释，像拉滋跟布里赫这样性格迥异的两个人怎么会交朋友。这种友谊犹如荆棘，它的每一根刺弗朗蒂雪克都能感觉到；他明白：在生活道路上昂德列依走在他前面，他——弗朗蒂雪克——要赶上这位同学，必须拥有精神上的财富，不过这种财富不是金钱所能买到的，而是要用顽强的劳动，放弃许多生活乐趣去换取的，至于享受这些生活乐趣的时日势必大大推迟。很明显，由于意识到各人命运的不同，两个朋友之间老是发生冲突。他们时常“交锋”，这种经常的斗争好多次酿成激烈的吵架，这大概就是他们那种奇怪而脆弱的友谊的基础。

“你是个妄自尊大的纨袴子弟！”布里赫皱眉蹙额责备他的同学，“我不像你那样有腰缠万贯的爸爸！我不因为我母亲给人家洗衣服而觉得可耻。你可以取笑我，我理也不理！”

“你母亲是洗衣妇，这跟你是个木乃伊沾不到边，布里赫！你这个人真没出息，没说的！我敢打赌，你把教课得来的钱积在袜子里，你这个守财奴！”

“你是个目空一切的蠢货。”弗朗蒂雪克发作了。他发怒的时候昂德拉觉得挺滑稽。

“嚷响一点，响一点，布里赫！朋友，你简直像一只着恼的猫儿一样呜呜地叫！……算了吧，我已经腻烦了！我跟你说，星期六我们上比珂维兹游泳去。你把铜子儿留着自己用吧，我请客，不要推三托四，我的老弟，我们是自己人嘛。”

他们俩都喜欢沿着维尔塔伐河岸漫无目的地闲荡，这也是促使他们接近的原因之一。他们走在布满石块的河岸上，昂德拉弹着吉他，拉直了嗓门大唱其流行歌曲，弗朗蒂雪克试着吹奥卡林那[①]伴奏。于是他们又和好如初，不过日子不会长。常常就在这种散步的时候他们也会吵架。路人都回过头来看这两个小伙子互相辱骂。

“你一个人去吧，我留在这儿。我再也不愿听你说话。”

他们有好几次吵架以后各人独自回城里去：昂德拉乘火车坐在二等车厢里回去；弗朗蒂雪克傲然步行回去，奥卡林那放在口袋里不吹了，眼泪倔强地往上涌，卡住他的喉咙。“没出息的东西。”他自言自语，决心要跟昂德拉绝交。但是不久一切又从头再来一遍。

有一次，学校里发学期成绩报告单，布里赫兴冲冲回到自己的座位上。他认为这一下可把昂德拉给压倒了，可是昂德拉马上给他泼了一头冷水。

“我对你一点也不羡慕，”昂德拉在弗朗蒂雪克欢乐的美酒中加进一匙煤焦油，“你夜夜死啃书本，脸黄得像蜡。难道你妈妈会高兴？啊？”

“当然会高兴。我可不像你要出钱才能得到好分数。”

“你爱怎么说就怎么说。”昂德拉把手一挥，笑了起来。

他们建立不起真挚的友谊，但也没有理由一刀两断。他们一天又一天、一个月又一个月这样吵了又好，好了又吵，任凭这种奇怪的友谊发展下去。也许，昂德拉需要一个知己听他讲述早期的情场猎奇故事；拉滋在描述那些经历的时候总要稍作夸张，他知道这些故事会使

① 一种用黏土或陶土制成的小型管乐器，声音近似长笛。

怕羞、纯洁的弗朗蒂雪克难为情。他喜欢吹夸，知道布里赫心里在羡慕他，钦佩他，自然洋洋得意。

昂德列依的父亲是席日科夫的殷实富商，他有好几幢房屋出租，那些房子从地窖直到顶楼都住满了穷人。此外，大街转角上一幢豪华的住宅以及市中心一家很大的五金店也是他的，在这家五金店里可以买到一切五金商品——从刮胡子的刀片到锯木厂用的圆盘锯。从早晨店前拉起铁槛直到天黑，在老板洞察秋毫的目光下，伙计们整天在柜台旁忙得上气不接下气。老板八字式叉开两腿，在拼花地板上踩出咯吱咯吱的响声踱来踱去，——多神气！在自动记账机的铃声和嘎哒声中，他以跟蒸汽炉爆炸差不多的笑声接待顾客。老拉滋好像一头在晒太阳的、挺和气的圣贝纳老狗[①]——他肥胖，但同时也很灵活，精神健旺。条纹裤子在他滚圆的大肚皮上不用束裤带也不会掉下来。

你知道他是多么健谈呵！

“三十多年前，”他有时对坐在他家饭桌旁彬彬有礼地吃着丰盛晚餐的弗朗蒂雪克说，“谁也看不出我跟砖窑里任何另外一个学徒有什么两样。我也不为这害臊！的确是这样，中学生！拖着鼻涕，光着脚，粗麻布遮着屁股——这就是我当时的模样，哈哈哈！我自己在社会上站稳了脚跟，谁也没提拔我，这世界上就是这样！”

他很乐于介绍生财之道，虽然他自己的暴富是一件偶然的事。在这方面起主要作用的是第一次世界大战年间的投机买卖，德国战败后的通货膨胀，以及市政府委员的一把交椅。这个鸿运亨通、贪得无餍的生意人一向维护某政党的利益，这个政党就使他坐上了这把交椅。

“可是今天你瞧我！”他用手那么一比划，把他的全部财产——店铺、房屋以及他身上穿的丝棉寝衣——指给布里赫看。他尽情享受，只有一件东西他不要：他的独养儿子竭力撺掇他买一辆汽车，可是老头儿说什么也不同意。老拉滋对快速行车和撞车事件怀着一种病

① 圣贝纳狗是一种嗅觉非常灵敏的长毛大狗，能在阿尔卑斯高山地区找寻迷路的人。

态的恐惧心理。

“就拿拔佳[1]来说吧，”他总是这样回答，“如果他不是拔佳，不坐飞机，他直到现在还可以卖他的皮鞋。好了，不用多说了！”

老拉滋已经过了多年的鳏夫生活，他时常给沉默寡言的弗朗蒂雪克看他亡妻的一帧泛黄了的相片，一边伤心地说：

“中学生，这是个真正的女人，她是个天使！我即使活一千年也找不到第二个这样的女人……”

他有一个与其他席日科夫富翁不同的怪癖：他喜欢穷人！衰老的漂泊者、只会涂些平庸的水彩画的落魄画家、饿扁了的流浪乐师、卖捕鼠笼子的小贩——都可以进他家的门，主人十分乐善好施。弗朗蒂雪克曾不止一次地想过这个问题。他最后认为：“这并不奇怪，他有钱，可是他心地不坏。”

虽然昂德列依公开表示嫌恶，老拉滋还是常常让某一个不相识的流浪汉坐在摆着丰盛菜肴的桌旁，任他吃得肚子发胀。钱可绝对不给——犯不着鼓励那些可怜的人去买醉。受宠若惊的穷人用疲乏的目光凝视着餐室墙上俗不可耐的糊壁纸，一边狼吞虎咽地吃着大块肥肉，而主人就给他讲关于一个拖鼻涕、光脚的砖窑学徒发迹的故事，劝他不要悲观失望。

“别理他们，”昂德拉很不高兴地向沉默的弗朗蒂雪克耳语，“又动所谓恻隐之心了，毫无办法！”

不过某些事情也会使这个好心肠的老头儿发作起来。他曾经怒不可遏地把一个仓库管理员从他的利市百倍的公司里撵走，因为他从窗内看到过这个管理员在高举红旗的五一游行队伍中间。老头儿认为这是耸人听闻的不义行为，是对他——老板——的叛变。他连嗓子都气哑了。

“他们要什么，我的天哪？”他莫名其妙，“我也不是生在大户人

---

① 拔佳号称“捷克鞋王”，是捷克斯洛伐克解放前的工业巨头，因飞机失事而死。——俄译者注

家的。小伙子，你要多动动脑筋，别学他们的样在人家窗下大叫大嚷的。呸！”

他很喜欢温文有礼的弗朗蒂雪克。他甚至把衣服也交给布里赫的母亲洗，而且钱给得特别多。

“您的中学生真行，”他对挎着衣篮到他家去的布里赫寡妇说，“这样的好儿子您一定愈看愈喜欢。我对他跟昂德拉做朋友很满意。”

他认为她的儿子是个诚实的小伙子，因为他虽然是个穷光蛋，可是清楚地意识到自己的贫穷，这就是品德高尚的保证。老拉滋自己请弗朗蒂雪克做昂德拉的家庭教师，帮助昂德拉补习“这门要命的拉丁文”，虽然他不太明白，拉滋家族的承继人和大公司未来的老板，究竟为什么一定要往脑袋里装那些古代的格言，挨饿时又不能当饭吃。

起先，弗朗蒂雪克对待这样的课很认真。他仔细朗诵着奥维德[①]的六脚韵诗，暗自想着：“今天拉滋家的早点不知是什么东西？我是多么想吃啊！”可是昂德拉却躺在沙发上直打呵欠。他的神情好像在说：这一切有什么用，快些毕了业算了！

“奥维德真是一位了不起的诗人！”弗朗蒂雪克赞叹道。

“我并不否认。不过我想，他写诗的目的，可不是叫人们在几世纪以后，在这样的大晴天里，憋在家里背他的诗活受罪。谁要是喜欢这些诗，那就请尽情欣赏好了！”

后来连弗朗蒂雪克也投降了——他同意用下棋来打发这些“课时”。在这方面，昂德拉有惊人的天才。最后，老拉滋不得不为儿子去走门路，而昂德拉竟能领到毕业文凭，这件事全班都觉得奇怪。在这儿顺便说一句，小拉滋并不笨，只是不肯用功，心不在焉。有些书弗朗蒂雪克看了赞叹不迭，然后硬塞给昂德拉看，可是昂德拉一本也没看完过。

---

① 奥维德(公元前43—公元17)，古罗马诗人，著有《变形记》十五卷及抒情诗集《爱经》等。

“去它的！”他在还某一本小说的时候这样说，“我感兴趣的是我自己的生活，而不是像你那种空想家和笨蛋的胡说八道。”

昂德列依有时翻翻画报，看看各种谈古说今的短文，积累了一些五花八门、但都是一鳞半爪、信手拈来的知识；靠着天生很强的自信，他善于在适当的场合下炫耀这些知识。

“你呀，真是个死顽固！”在一次习以为常的争吵时他对布里赫说，“争论你很在行，这使我觉得可笑。要使你屈服，非得用很大的压力不可。你的脑袋瓜儿可实在顽固，在这方面你很了不起！”

弗朗蒂雪克有时实在不胜其烦，觉得自己切齿痛恨拉滋，鼓足勇气要跟他绝交。可是每当争吵达到最高潮时，昂德拉就会发出求和的笑声，在面红耳赤的弗朗蒂雪克背上拍拍，收拾局面。

有一次在马路上吵架以后，他和气地说：

“够了，朋友！每种游戏都有个结束。我跟你是老朋友了，是不是？我承认，我不能没有你。不过你也不能没有我！”

“你确信是这样吗？”

“当然。至少，你不能没有我的早点！”

“你是个不要脸的东西！”弗朗蒂雪克骂了一句，他找不到别的话说。但是，积在心头的怒气渐渐地又消散了。晚上，他坐着看一本诗选，心里寻思着：“说实在的，昂德拉并不坏，只是被溺爱得太不像话了。能长久对这个任性而自私的孩子生气吗？毫没办法！”第二天，在教室里他们又坐在一起。在怪难受的寂静中，只有钢笔尖刺耳的嚓嚓声和老师有节奏的脚步声——他在走来走去用犀利的目光扫视着学生们埋头做作文。这时，弗朗蒂雪克觉得有人在他腰里一碰。略加迟疑之后，他就把一篇代做的作文卷起来塞给昂德拉，末尾附着这么一句：“早点你自己吞下去吧！弗·布。”

下课以后，弗朗蒂雪克起先犹作矜持，但最后还是被说服了，接着就开始津津有味地咀嚼一份火腿三明治。他到底拗不过老是空空如也的肚子。他意识到自己的失败，这次也只得跟昂德列依和解。

可诅咒的生活！几时才能出人头地！

在毕业考试前不久，他们又闹翻了，弗朗蒂雪克甚至立下了誓："今生再也不跟这个娇生惯养的少爷说一句话！"这一次争吵似乎非常严重，使他们失和了相当长一个时期。

原因是为了拉滋家一个新来的女仆玛尔多琦卡，她自己却一点也不知道。玛尔多琦卡是一个身材苗条的姑娘，来自维索昌一个子女众多的农民家庭。到了城里，她瞪着一双毋忘我花似的蓝眼睛，什么都觉得稀奇，她像家兔一般怕羞，可是做事非常勤快、干净。当她托着沉重的铜盘给两个中学生送茶的时候，多情的弗朗蒂雪克担心她那孩子般柔嫩的纤手吃不住茶壶的重量。在玛尔多琦卡摆动裙子打他身边飘然经过的时候，布里赫觉得那姑娘身上好像散发出林中草坪和浆果的芳香。

他被她的青春的活力迷住了，羞怯地沉醉在一个穷小子的初恋之中，体验着说不出是苦是甜的微妙感觉。可是他没有勇气表白！羞涩的心把他的面孔染红，思绪搅乱，这样痛苦的精神负担怎么受得了？长夜漫漫，弗朗蒂雪克在被窝里听着疲乏的母亲很响的鼾声，陷入了无限伤感的幻想之中。他幻想"她"是落入"大都市魔掌"的俎上肉，而"他"仗义保护着她的贞操。等学成以后，在社会上站稳了脚跟，他要向那个穷姑娘求婚。想到这里，生活显得比以前美丽，但也比以前更痛苦了。

布里赫从小就喜欢看书。现在他的桌上出现了一本本薄薄的爱情诗选。他贪婪地读着这些书，瑰丽的诗篇深深地打动了他的心灵，后来他开始自己写诗了。这是一些毫无才气的、拙劣的诗，在格律和韵脚方面都不成熟。布里赫把它们跟书上成熟的诗篇一比较，非常泄气，就把它们撕成碎片。他觉得，他所写的没有一句和自己的情感相称。

由于怕被取笑，他把自己的心情瞒着昂德拉，但是昂德拉在这方面有相当的经验，他觉察到布里赫近来有些异样，所以加倍留神注意。他发现布里赫不知为什么老避着他，这更刺激了昂德拉的好奇心。

“你怎么啦？像害了梦游病似的……你受了什么委屈，先生？真是莫名其妙！我想约你去玩呢。”

没有一句答话。昂德拉仿佛撞在一堵沉默的铜墙铁壁之上。弗朗蒂雪克变得落落寡合，拉滋家也难得去了，推说要准备考试，其实他在暖洋洋的春晚时常一个人徘徊街头，或者坐在公园里的长椅上。他手里拿一支铅笔，口袋里放着一本写诗的小册子，一会儿幻想，一会儿苦恼，一会儿写写诗……

一天，他在郊外野风很大的一座小山上作了一首十四行诗，题为：《咏一位银盘上托着太阳的女郎》。这首诗是乘着一股如醉如痴的诗兴一挥而就的，在回家的路上，弗朗蒂雪克考虑着怎样不卑不亢地把它献给他的心上人。他怎么也没料到，这首他写着“献给玛尔多琦卡”的纯洁无邪的诗，竟会对他开那么残酷的玩笑。

第二天放学的时候，弗朗蒂雪克发现那首十四行诗丢了。他找遍了所有的口袋和书包，翻遍了每一本书——哪儿也找不到！下午，他到拉滋家去，见昂德拉跷着腿坐在安乐椅上。他面前站着莫名其妙的玛尔多琦卡。昂德拉用嘲弄的语调、佐以激昂过火的手势把弗朗蒂雪克作的那首诗念给她听，时而拍拍自己的大腿，笑得气也喘不过来。那姑娘不知道该跟着笑还是保持严肃的表情，窘得满脸通红。天哪，眼睛该往哪儿看，手该往哪儿放啊？

“‘阳光掠过您的香腮……’”昂德拉热情奔放地朗诵着，他看到了在门口呆若木鸡的弗朗蒂雪克以后，捧住了头做出滑稽的怪样子，“‘您是晨光中的幻影……’”他笑得上气不接下气，筋疲力尽地把头靠到椅背上，“瞧……哈哈哈！……白纸上写的黑字……‘晨光中的幻影’……席日科夫中学的奥维德用不朽的诗篇歌颂了您。瞧，他本人来了。您好，诗人先生！”

昂德拉没来得及往下念。弗朗蒂雪克从神经受剧烈震荡的状态中清醒过来以后，立刻向他扑过去。当着惊讶万分的女仆的面，展开了一场颇不雅观的追逐，而昂德列依却把这当作娱乐。他满屋子飞奔，隔着椅子跳来跳去，一边得意地挥着那张纸，嚷得整幢房屋都听得见：

“‘我爱您，晨光中的幻影……’”

直到弗朗蒂雪克在餐室门口追上了他、在他胸口重重打了一拳的时候，昂德列依方始注意到他同学脸上的表情和眼眶里的泪花，这才知道事情严重了。他揪住向他猛扑的弗朗蒂雪克的上衣翻领，把他推开。

“嘿，你想打架！”昂德拉气喘吁吁地说着皱起了前额，“好吧，这是你的杰作，你自己交给她吧，大诗人！”

他把一张揉皱的纸向弗朗蒂雪克又红又热的脸上扔去，然后两手往口袋里一插，生气地朝窗子那边转过身去。玛尔多琦卡吓得躲到厨房里去了，她不明白这两个年青人为什么吵得这样厉害。

弗朗蒂雪克以变了音的嗓子说：

“我告诉你，你是怎么一个人，拉滋。你是下流坯、滥小人！我不要你这样的朋友！我也不要你们的肮脏钱，你们这帮为富不仁的混蛋！让你们把这些臭钱吞下去哽死吧！”

他骂着，眼泪哽住了咽喉，他觉得他的胸膛快要爆炸了。闭上眼睛，咬紧牙关！别想，快些忘掉这一切！他再也没有勇气正眼去看玛尔多琦卡！……一想到她，他忍不住哭出声来。弗朗蒂雪克跑到过道里，砰的一声把门关上，像一支脱弦的箭飞奔下楼。

昂德拉直到楼下才追上他，抓住了他的胳臂。

“别发脾气，弗朗蒂雪克！我不知道这会使你这样恼怒……要知道这不过是我们的一个女用人，何必这样……”

“你们的！什么都是你们的：女用人、男用人、钞票！连空气也是你们的！自私自利的东西！我恨你们！”

“得了。我不过开开玩笑罢了……你要明白……为了这样一个小丫头……好，有什么办法呢，既然你爱上了她，我立刻就可以扭转一切。”

“我……我并没爱上她！”布里赫讷讷地嚷着，他抬起头来用痛苦的目光望着昂德列依。忍住了夺眶欲出的眼泪，他硬着头皮否认自己的爱情。

他挣脱昂德拉的手跑了，准备找一个无人的地方痛痛快快哭一场。上哪儿去？他的腿在把他往哪儿送？自杀吗？否则这一切又怎么受得了？

弗朗蒂雪克自己也不知道，怎么会跑到一座可以俯瞰席日科夫的秃山上；他爬上了山顶，疲惫不堪地在一个已经烂掉一半的树墩上坐下来。他喘着气，终于让热泪纵情迸涌。三月的微风拂着他的脸，使他渐渐平静下来。他心里好像有什么东西断了，不再发出声响，像一撮镁粉突然燃起火焰，一下子就烧光了——剩下的只是灰烬。

他站起来，擦干了眼泪，发出一声长叹。

长夜的幻想告终了！你真傻，布里赫！丰盛的早点也从此完了！我是买不到的！穷人也有骨气……一定得有！弗朗蒂雪克从口袋里掏出那张写着倒霉的十四行诗的纸，把它撕成碎片，任其随风飘散。这个富有戏剧性的动作结束了他的初恋和诗人生涯。

从那时起，他们奇怪的友谊仿佛完全破裂了。弗朗蒂雪克一个劲儿啃着书本，准备毕业考试。他形单影只，像个被废黜的君主。第二天，他当着全班同学要求老师把他跟拉滋的座位分开。这使同学们大为震惊，尤其是昂德列依。

“你们可知道布里赫是布尔什维克？”昂德列依意味深长地对同学们说，“他恨一切有钱的人。现在他露出了真面目，还有什么话说！”

“喂，布里赫，你……真的是……布尔什维克吗？”有些人问他。

“当然是的！”弗朗蒂雪克傲然回答，但随即就想到：说实在的，他对于政治的概念极其模糊，也没有时间认真地去考虑政治问题。可是他恨有钱人！

他继续独来独往，有时觉察到同学们以充满怀疑和暗暗钦佩的好奇目光看着他。对昂德列依，布里赫显得特别不友善。这几个星期可真不好过！弗朗蒂雪克看得出昂德拉不反对重归于好，甚至愿意主动求和，只要自尊心不受太大的损害。有时候他对布里赫相当关心——把钢笔或橡皮借给他，有一次还搭讪着引他说话，可是布里赫冷冷地一语不发。不，决不妥协！

有几次昂德列依故意把早点忘在布里赫的课桌上，但是布里赫当着全班同学不屑地把早点扔回去。昂德拉恼羞成怒。两种性格之间的一场决斗开始了。弗朗蒂雪克知道，他的名誉和自尊是这场斗争中的赌注。拉滋故意当着布里赫的面摆阔，请同学们吃火腿和蛋糕，想用这个办法使倔强的穷朋友屈服。他一次又一次经过精心策划，向弗朗蒂雪克这座傲气凛然的堡垒进攻，但每次都枉费心机！

弗朗蒂雪克坚持了几个星期，但最后还是让步了……每次都是这样。

在四月末的一天，昂德拉来敲布里赫家厨房的门，他走了进来，神色沮丧，简直换了个人。他大衣也不脱，弗朗蒂雪克的母亲连忙殷勤地用抹布把一张椅子拭干净，请他坐，但他轻声谢绝了。

弗朗蒂雪克坐在桌旁，站也不站起来。

“今天早晨爸爸中了风，”昂德拉毫无表情地说，“听我说，今天你住到我家去吧。”

一个人将死的消息难免会引起一种阴郁而肃穆的感觉，就是这种感觉打动了弗朗蒂雪克。他点了点头。

他们默默地向拉滋独家住的洋房走去。路上无话可谈。刚到门口，就已经有一种丧事气氛迎面扑来。玛尔多琦卡像只耗子在过道里发出窸窸窣窣的声音，她向弗朗蒂雪克作了一个含有疑问意味的微笑。可是他现在禁止自己想这类事情。这一切都已经结束了。后来，在寂静的过道里他们作了一次简短的谈话：

“你生我的气吗？”那姑娘轻轻地问。

“不，”他觉得很奇怪，“生什么气？”

“那首诗还在你那儿吗？我很喜欢它……”她扭扭捏捏地说。

“没有了。我把它丢了，请不要见怪。”

“我一点也不见怪。”

对于他来说，这一切都已经过去，成了遥远的往事。席日科夫的那个讴歌不朽的爱情的诗人仿佛在十万八千里以外迷失了；剩下的只是困苦的日常生活。

老拉滋好像一个泄气的气球，瘫软地躺在一张宽大的双人床上，右眼凝视着走进来的人。他的瞳孔中有一种无力抑制的恐惧和近似惊讶的神情。口涎从麻痹的嘴角向毛茸茸的胸前淌下来。一支没吸完的雪茄掉在厚厚的波斯地毯上。病人在嘟哝着些什么，但是谁也听不懂，这使他很着恼。白天，不识时务的玛尔多琦卡领了个老叫化来见他，可是拉滋像个任性的孩子翻过身去朝着墙壁。让他走，那个时代已经过去了！

后来，他以喑哑的声音对弗朗蒂雪克喃喃地说：

"您答应我不……把他撇下吧？"

布里赫点头应允。

傍晚，病人有了些起色，精神也比较好了，他要喝清鸡汤。玛尔多琦卡立刻乘出租汽车到饭店去买，可是在鸡汤拿来以后，老头儿只喝了一汤匙。在家里死一般的寂静中，挂钟滴答滴答的声音刺激着他的神经。他吩咐把钟摆弄停，把全幢房屋里所有的钟都弄停。这是非常荒唐的，但他的愿望还是得到了满足。后来他向他的账房先生要了现金收支账，但随即又愤愤地把账册扔在地板上：大概是看不懂上面写的什么。

病人吩咐大家坐在他床前不要作声。

"战争要爆发了……"他费力地说，"一切……一切都要完蛋……一切都要去……见鬼！黑暗啊……一团漆黑……啊，是您……中学生……"某种回忆在他纷乱的头脑中一闪，脸上掠过一丝苦笑，"在我们的砖窑里……"话还没说完，他就睡着了。

深夜，两位名医会诊后走了，病人想看看窗外的景色。昂德拉和弗朗蒂雪克合力把他扶到窗前，老头儿呆呆地望着街上。外面正下着霏霏细雨，这是一个潮湿、窒闷的夜晚，风吹得街上的煤气灯摇曳不定，一些夜行人的影子也随着晃来晃去。一辆夜班电车沿着大街驶过，制动器拖长了调子发出凄凉的嘎嘎声。

漆黑的夜色笼罩了潮湿的屋顶。

病人费力地喘着气。一切都不合他的心意。他紧紧攀住窗框，好像有人要把他从窗那边拖开，而他在竭力抵抗。后来，他要求把他扶到橱前，接着又要到写字台那边去，好像在地毯上作一次奇怪而费力的旅行……老头儿从抽屉里拿出一支放在丝绒盒子里的自来水笔，把它送给耐心地扶着他的弗朗蒂雪克。玛尔多琦卡得到了两张揉皱的一百克朗[①]的钞票，她垂下眼睛，微微蹲下身去恭恭敬敬谢过了主人。

天将明时，老头儿死了。

当他还在弥留状态时，在侧面一条街上——拉滋的出租房屋就在这条街的右边——突然有管乐队奏起乐来。那些房屋里的居民纷纷跑到街上来。

那天是五月一日。

夜里的风驱散了一团团乌云，扫净了蓝蓝的天空。一个晴朗的早晨来到了城市的上空。阳光照在湿漉漉的屋顶上，闪出水汪汪的反光。似睡非睡、似醒非醒的弗朗蒂雪克睁开一双红红的眼睛向窗外望去。

特拉——哒——哒，蓬—— 蓬—— 蓬—— 蓬！洋房窗下聚集了许多穿着节日衬衫的工人和裹着红色头巾的妇女。旗帜在他们的头上哗喇喇地迎风飘扬。太阳照到席日科夫的狭街小巷，照亮了人们的脸和潮湿的墙。阳光射在镀金的黑里康大号和单簧管的银色键孔上，映出了无数一闪一闪的光点，煞像在那儿欢乐地跳舞。在这个晴朗的五月的早晨，人们的笑声像一把金币撒在路上一般清脆响亮。

昂德列依皱着眉头、咬着嘴唇站在父亲的灵床前。老拉滋咽了气之后，玛尔多琦卡给他合上眼睛，把窗子开直，按照他们维索昌地方的说法，好让灵魂畅通无阻地飞升天堂。

街上的喧嚷声、欢呼声、笑声和歌声听得更清楚了。齐呼口号的声音直闯进死者的房间。

昂德拉走到窗边站停了，紧咬着牙齿。“一团漆黑”……他觉得

① 克朗是捷克斯洛伐克本位币名。

自己似乎在掉向空虚的无底深渊。他握紧拳头，但还是控制不住自己，终于像个小孩子似的放声大哭。

弗朗蒂雪克被感动了，他轻轻地把手搁在昂德拉的肩膀上。

这是在一九三六年。大雷雨迫近了，这是不难觉察到的。从邻国[①]频频传来被煽动的群众肆无忌惮的叫嚣，成千上万只手举起来作歇斯底里的敬礼姿势。那边重又鼙鼓声动，在操练步伐的士兵头上飘着马尾做的盔饰，宛如疯人的乱发。

技术的进步为迅速地大规模杀人提供了可能。飞机提高了上升限度，坦克的引擎加快了转动速度。人们认识了形状可怖的防毒面具，它的玻璃像一双向黑暗中看着的眼睛。还在设计给婴孩、给狗用的防毒面具……

怎么能叫人相信？人们生的生，死的死，结婚的结婚，吵架的吵架，聊天的聊天，谈恋爱的谈恋爱。然而愈来愈浓的战云威胁着全世界。白发苍苍的外交官们拿着伞[②]到处散播安慰人心的言论，而军火工厂却在开足马力生产。

战神已经在敲大门了。这种局面还能维持多久？

在这些惶惶不安的日子里，也有不少人呼吁大家团结起来抵抗侵略。有些人吓得牙齿互相打架。统治阶级加紧编绞捆绑人类的绳索。叛国的阴谋[③]正在酝酿中。正直的人们在号召大家不要慌乱，拿起武器来进行斗争；还可以听到“我们要面包！”的呼声。

但是，勤勉的中学生弗朗蒂雪克 · 布里赫当时对这一切几乎一无所知。

---

① 指第二次世界大战前法西斯已经上台的德国。

② 据说英国首相奈维尔 · 张伯伦(1869—1940)有带伞的习惯。

③ 捷克资产阶级反动集团为取悦于与其有经济联系的法西斯德国，曾多方鼓动国内法西斯分子的活动，后来终于在 1938 年进一步出卖民族利益，接受了德、意、英、法四国所缔结的允许希特勒占领捷境苏台德区并准备进攻苏联的《慕尼黑协定》。

第一部　旋　风

1

银针样的一条细声音穿透了房间的墙壁。那声音快如光速自远而近，愈来愈响，惊醒了睡着的人。他虽然醒了，但还困惑地睞着一双惺忪的睡眼，后来他的嘴角露出一丝微笑。又过了一会，雄壮的乐声终于扯断了睡意蒙眬的细纱。

无线电里响着激动的男低音。

一，二！布里赫从温暖的被窝里跳起来，光着脚走到透进曙光的窗前，擦了擦睡肿的脸，伸伸腰，打一个呵欠。

席日科夫家家户户的屋顶上都洒着一层雪粉。窗外的景物披着虚幻的银装。雪从灰色的云堆里撒下来，随风飘舞，悄然落在马路上，窗檐上。早晨，行人的脚印在雪毯上留下许多污点，但是不断落下的雪花很快就把它们抹去，就像用湿抹布揩去石板上的字迹一样。在席日科夫区一条微微倾斜的街上，开始了二月里平凡的一天。一个男孩提着一只篮子买了面包回来；他淘气地跳过看门女人的铲子——她正在人行道上铲雪。邮递员背着饱鼓鼓的背包在路上滑了一下，他赶紧把手张开，才算没摔倒。对门钻出一个裹黑围巾的老太婆，她把拴住一只发抖的弯腿狗的锁链解开，那狗立刻跑到拐角上酒店门口撒了一泡尿。

雪，雪！布里赫回想起小学读本上的一张画——那是组成迷人的童年时代的许多图画之一。在那幅画下面写着："来了一匹白马，院子里全白啦。”还记得吗？妈妈，妈妈，下雪了！

无线电里的男低音打断了布里赫瞬息的回忆。那声音多么激昂！不过所能听见的仅仅是片言只语，因为无线电在隔壁巴捷拉房间里，同时还有婴孩的哭声和短锹在煤桶里扒煤的声音从那边传来。

出什么事啦？听！

“……形成了这样一个政治局面……企图破坏……在这紧要关头……工人，农民，一切正直的人们……”

布里赫想起来了……还是昨天在酒店里的时候，晚饭已经凉了，他正在埋头看书，无意间听人家谈起政府里延续了好久的那场斗争，说是有几个部长提出了辞呈①云云。真是无聊！没完没了的党争愈演愈烈，反反复复到了令人作呕的程度。其实无非是在老题目上做新文章。这对我们已经不是新鲜事了！纺织品舞弊案，要不要接受马歇尔计划的争论，关于向富翁课税的问题……布里赫虽然订阅《自由新闻》②，有时也看一两篇偶然引起他注意的文章，但总的说来，他对政治斗争极少关心。甚至可以说完全不关心。布里赫把这解释为工作繁忙。像他这样在“保护”时期③辍学好几年以后还能在很短时期内毕业于法律系的人，自然不愿去开会浪费时间，或者跟各种党派的肝火很旺的党员争辩个人自由、马萨里克④民主、社会主义等等布里赫认为已经十分明确和早就为众所公认的真理。他大学里的许多同学盲

---

① 自捷克斯洛伐克新政府成立之日起，潜藏在民族阵线内的反动分子就百般进行破坏活动。1948 年 2 月，以总统贝纳斯为首的反动政党——国家社会党、天主教人民党、斯洛伐克民主党——利用国内由于 1947 年的大旱灾引起的困难，挑起了政府危机。反动派认为发动政变的时机已经到来。反动部长甄克尔、什拉敏克、列特里赫、马依尔和他们的追随者提出了辞呈。与他们事先商定的总统贝纳斯不接受他们的辞职，企图以此孤立共产党人，组成“官僚政府”，为资本主义在捷克斯洛伐克复辟铺平道路。

② 1948 年 2 月以前出版的反动报纸。——俄译者注

③ 1939 年 3 月，希特勒出兵占领捷克斯洛伐克全境，宣布波希米亚及摩拉维亚为德国“保护国”。本书内所有的“‘保护’时期”都应该理解为“沦陷时期”。

④ 马萨里克(1850—1937)，捷克斯洛伐克反动政治家，1918—1935 年任捷克斯洛伐克共和国总统。

目拥护政党，有些人暴躁易怒，有些人的信念坚如磐石，这一切他都看不惯。看问题必须保持客观！也许这些冲突是不可少的，就算如此，难道像他这样一个有愿望、也有可能在生活中达到一些目的的人也得卷入这沸腾的、政治狂热的漩涡中去？特别在他有那么多事情要做的现在！他在会计科工作是暂时的，这工作跟他格格不入。因为他是学法律的，人家想调他到出口部门去，这得好好准备准备，还得钻研一些他在大学里没有学到的知识。国际贸易是一门很复杂的学问，出口部主任巴罗赫在布里赫身上寄托着不小的希望。不能使人家失望。在“保护”时期虚度了好几年的光阴之后，过去多年养成的学习习惯现在起了特别显著的作用：布里赫跟学习结下了不解之缘，学习成了他的乐事，癖好，总之是绝对少不了的生活内容。

布里赫从窗边走开。寒冷迫使他活动活动。喝，可真冷呀！现在该着手处理一些不可避免的生活琐事了。这倒并不十分不愉快，因为这使他的光棍生活多少能有一点条理。得在煤油炉上煎几个鸡蛋，把一个月的配给量一次吃掉，用热茶送下去；然后用冷水揩身，把小火炉生起来，还有：不要忘了做早操。布里赫从钩上取下一副钢丝弹簧拉力器开始锻炼。一，二！自从他不得不夜夜埋头学习而肌肉有松弛危险的时候起，他就经常锻炼。起初他只能拉三条弹簧，今天已经能拉五条，而且几乎能反复拉二十次。行了！全身的血液循环加快了，把睡意赶走了。

刮胡子的时候布里赫对着镜子扮出各种怪相，因为剃刀钝了。镜子冰凉的玻璃照出一束蓬松的栗色乱发下一张长长的脸，一双深褐色的眼睛集中注意凝视着。“真是荒唐，”布里赫心想，一边吐了一下舌头，“瞧你，眼睛旁边有了皱纹！你在变老哇，老弟！……去你的！我还要过三个月才满三十岁，几道皱纹又算得了什么？再说……”有时来给布里赫的光棍窝大扫除的姑妈至今还管他叫“小伙子”，虽然在他作论文答辩的时候她曾经流过悲喜交集的眼泪。姑妈是个寡妇，她丈夫生前是当邮差的。姑妈很像布里赫所记得的那张泛了黄的相片上的父亲。她是布里赫最爱的亲戚！得去看看她，路上买一袋她喜欢吃的薄荷糖，使这位靠抚恤金过着清贫生活的姑妈得到一点安慰。

够了，现在得干正经活了。一星期的假期今天是最后一天；得从这一天里榨出所能榨取的一切。

炉子里响起来了，布里赫在桌旁坐下来打开一本为财经工作者编的英语读本。法语他已经过国家考试及格，到秋天准备开始学俄语。他的事可多着呢！布里赫不打算半途而废，学语言他有天才。他埋头用功，跟平时一样用纸条作详细的笔记，——他的记忆力简直像机器一样，能过目不忘。这样的纸条条他不知写过多少，也不知扔掉多少了！

又是无线电里的声音！它使人分心，没法读书！布里赫把铅笔扔在桌上，想听听那声音到底在说些什么，可是听不清，于是他老大不乐意地站起来。其实，所有那些事情跟我又有什么相干呢？我真是在白白浪费宝贵的光阴！

走到窗前，他看见昂德拉在拐角上。昂德拉穿着冬季大衣一步一步小心翼翼地在积雪的人行道上走着。他干吗不坐汽车？平常他总是坐黑色的“BMW”来的，这辆轿车每次都吸住席日科夫区所有的毛孩子的注意，他们聚在又黑又亮的车旁，默默地打量着它，手插在裤袋里互相交换着内行人的目光。

昂德拉没敲门就走了进来，带进了街上的一股冷气，他把潮湿的帽子扔在门口的衣钩上。

“呜，你这儿好冷啊，我的法学家朋友！”

他大衣也不脱就摊手摊脚地在一张破旧的圈椅里坐下来——这表示他一会儿就要走的。他递给布里赫一支英国名牌纸烟，自己也点了一支。

“什么事？”在半晌的沉默后布里赫问。

“什么事？”拉滋微微冷笑一下，学着他的口气说，“您睡得安稳吗，可敬的法学家？城里闹得天都快翻过来了，可是你还坐在这儿啃书本。‘这跟我不相干’——你是不是这样想的？”

“你是说部长们辞职的事吗？”

“对了。昨天我们的人退出了政府。我跟仲纳谈过，我看决定性的时刻快到了。”

布里赫把手一挥。

“到头来还不是嚷嚷了一阵就完事了。显然，战前的政治风尚又在复活。”

“别说蠢话！”拉滋打断了他；布里赫看得出他昨夜没睡好。“他们在旧城广场不知玩什么把戏呢。看来他们决定硬干了。”他从桌上拿起一本书翻了一阵，一边想着自己的心事。“我想我们的人不至于那么愚蠢会上这个钩，”拉滋继续自言自语，“我们掌握着主动权，我们的行动都经过缜密的考虑。”

“你听了广播没有？”

“那是反对我们的，去他妈的。”

邻家孩子倔强的哭声划破了早晨的寂静。拉滋站起来，看看窗外刮得正紧的狂风大雪，搓了搓手。

“冷得够呛啊！这阵冷汛简直像是我们请来的，他们在那边准冻得鼻歪嘴曲。二月不是闹革命的季节，你们把这一点忘了，先生们。文明国家是不在街上搞政治的。他们强迫自己的人在马路上挨冻，可是到最后一切还是都得在水汀旁边解决。我们的人民不是好对付的，一小撮狂热分子不可能……”

“要喝茶吗？”

“不用张罗。我们还是去看看外面的情形。对了，我得打个电话给伊莲娜，我昨夜没睡在家里。你为什么老是不上我们家去？自从你领到文凭那天起，我们还没见过面呢。不过，可别向我解释，我不信你老是埋头苦学连打个电话的工夫都没有……”

“叫我怎么对他说呢？我压根儿就不想打电话。能够安安静静做学问——这就是我所需要的一切。”布里赫心里这样想着，嘴上什么也不说。

他默默地穿上衣服，于是他们一起走出房间。在跟邻居巴捷拉家合用的半暗不明的过道里，布里赫看见三岁的安诺琦卡苍白的小脸。

那小女孩用一双蓝色的眼睛看着他，脸上露出微笑；他们是朋友。

“爸爸不在家。”她用尖细的声音说着踮起脚尖去抓门上的把手。布里赫抚摸了一下她的两条垂在瘦肩膀上的小辫子，帮她开了门，向邻居房间里看了一眼。

瞧，那个每天一清早就把他吵醒的小英雄就是他……床上躺着个女人，她那乌黑的头发披散在枕头上。她笑容可掬地望着出现在门口的邻居。婴孩睡在她旁边的一张小木床上，盖着雪白的小被子。他那小脸蛋儿皱着眉头现出倔强而有趣的表情，使布里赫不由自主地笑逐颜开。他走进房间，随手把门掩上，不让热气散到过道里去。这儿很静，有一股尿布和牛奶的气味，一只金丝雀在衣柜上的鸟笼里跳来跳去，一个裹着羊毛头巾的老妇人弓着背脊坐在炉灶旁。这位老太太真古怪！她努着没有牙齿的牙床，手指不断打转，身体一动也不动，耳朵已经不灵；来了一个外人也没有使她改变这种冷漠的状态。

“巴捷罗娃太太，您要不要什么东西？”布里赫问；他觉得自己的声音不够柔和，而且太响。

床上的女人微微摇了摇头。接着她招招手叫布里赫走到小床跟前，含羞而又显然怀着做母亲的骄傲心情把自己的孩子指给他看。这位是小彼比克·巴捷拉！布里赫屏住呼吸看着他，不知如何是好，他觉得自己这时的神态一定尴尬可笑。后来他离开了小床那边向门外走去。

“我走了。他一天比一天大了，是不是？”

他怪不好意思地轻手轻脚走到门口，点了点头，然后走出这宁谧的氛围。

拉滋气咻咻地在过堂风出入无禁的凉台上等他。寒流一下子包围了布里赫。刺骨的冷风用无形的手把雪花一大把一大把往院子里一眼小井里扔，在烟囱和孤零零的天线杆上空跳着疯狂的舞蹈。

“你存心要我感冒还是怎么着？”拉滋用责备的口吻说。

街上迎接他们的是寒冷的气流。电车的车轮发出刺耳的尖叫声。

拉滋和布里赫默默地并肩走着。从市郊轰隆隆地开来一长列盖着油布的卡车，裹着大衣的人们挤在油布下面唱歌。卡车飞快地开了过去，布里赫甚至来不及看清车上的标语和听懂他们的歌词。接着又是一批汽车开了过去，在开始融化的雪地上留下了汽油的味儿和清晰的轮辙。

“他们把外地的自己人也都拉来了，只求人多！”拉滋咕噜着说。一阵劲风刮走了他的话声。

靠近市中心街上人愈来愈多。当他们在旱桥下经过时，一列早班火车在他们头上轰隆隆开过，布里赫转过头去像看心爱的人一样看着它。他从小就喜欢火车。当他还是个毛孩子的时候，他常常一连几小时坐在维特科伏城郊的铁路隧道旁望着那些铁马挥汗哼哧着跟风赛跑。呲——呲，呲——呲!

十岁那年，布里赫下定决心要像他从未见过的父亲一样成为一个火车司机。唉，童年时代那些幻想不知经过了几番变迁！十岁想当火车司机，十二岁要做飞行员，十四岁要做侦探，后来又想成为一个抒情诗人，天知道还想当什么。生活使人产生了新的需求，然而，虽然你桌子抽屉里放着法学家的文凭，对于童年时代的幻想的破灭已经无所惋惜，可是每次看到火车头总会在你心中唤起昔日的回忆。

大街上拥挤不同往常，车水人流卷起汹涌的波涛哗喇喇地冲过一处处漩涡——市中心的交叉路口。电车拚命打铃，不按平日的路线绕过人群形成的湍流，——这是灵验的征象，说明布拉格的大街上发生了巨大的事件。

布里赫在观察来往的行人。他觉得他们跟昨天都不一样。他认不出那些平日行色匆匆、对一切都漠不关心、各自想着心事的人。今天，他们脸上的神情都很激动。有些人不住转动的眼睛里流露出焦虑和惊恐，有些人的目光比往日严肃、专注，脚步也比平常坚决、迅速。人们走得很快，但经过报摊时却停下来，当街展开报纸就看，似乎忘了天冷雪大。雪花在头发里、大衣上和人们吐出的热气里融化。在美朗特里赫出版社门前的扬声器旁不断有一小群一小群的人聚拢来展开激烈的争论，然后又散开。人们有的点头，有的摇头。布里赫所看到的几十张脸上表情有激动的，生气的，嘲笑的，好奇的，也有无动于中的。这里有惯于深思的老年长者，有激昂非常的辩论家，也有爱在街头看热闹的闲人和善于一句话把激烈的争论变成哄笑的俏皮专家；有明白这一天的全部意义的严肃公民，也有从这一个人群走到那一个人群的万事通和擅长挖苦的评论家。谈话声、喧嚷声和刻薄的笑声混成一片，而驾于这一切之上的是扩音机里管乐队的乐声。注意，在报告什么重要新闻！……扩音机里响起一阵杂音，接着爆发出热烈的掌声和欢呼声。

布里赫从人们被雪沾湿的帽子上望过去，看到了一张熟悉的脸：英德拉·贝朗，他战时的朋友，现在是医学院的学生，也是布里赫的表妹依尔任娜·米静诺娃的知己。布里赫一下子就认出这个健壮的小伙子；他的下巴特别大，雪在他一绺绺倔强地竖起的头发里融化。布里赫心想：“他在这里可称是如鱼得水了。”英德拉跟一位戴牛角边眼镜的老先生面对面站着，那人指手划脚地在向他论证着什么；英德拉泰然站着，狡黠的眼神现出优越感看着那位激动得厉害的辩论对手，让他把话说完。那人说，捷克斯洛伐克拒绝马歇尔计划等于“在经济上自杀”；他还预言国营经济一定破产。英德拉不慌不忙地微微扬起两道浓眉，不慌不忙地开始回答。他只用简短的几句话就驳倒了对方的论点，周围的人们一齐发出称赞的笑声。谈话转到了关于解放布拉格的争论上面，看样子一时结束不了。

“可敬的法学家，这种无聊的空谈你还打算听上多久？”拉滋在布里赫的腰间一推，扮出一副百无聊赖的苦相。“那家伙简直是白痴！”当他们走到马路对面的时候他说，“争论起谁解放布拉格的问题来了。每个人都亲眼看到是俄国人解放的！可是那又怎么样呢？现在已经是四八年，情况改变了，热情也冷了。你们解放了我们——我们衷心感激，可是这里的秩序我们要自己整顿。至于那位老先生费那么大劲去跟一个宣传鼓动员争论岂不愚蠢。”

“这样的人在你们党内也不少。都是狂热分子。”

“当然。他们还占多数。这样的人有用，他们是党的躯体。但党的头在另一个地方。兄弟们[①]，鼓起你们的如簧之舌，开动你们的笨脑瓜吧。”

“这叫无耻！”布里赫愤愤地说。

“不，准确地说，叫做政治现实主义，这是像你这种政治目光短浅的人所不能理解的。在大街上搞政治很能收到一些效果，不过，决定一切的却是在别的地方，是别人，而不是他们。”

他们穿过空旷无人、只有狂风呼啸的商场走到普尔施科培。在商场他们遇到了皮货批发行老板卡洛乌斯。布里赫在拉滋家见过他一次，因而立刻就认出这个大腹便便、但行动敏捷的圆头矮胖子；此人一双眼睛非常灵活，两鬓盖着花白的短发。矮胖子平时兴致勃勃的脸上今天没有笑容；他走着急促的小步，钥匙在羔皮领大衣口袋里叮当作响。拉滋叫了他一声，卡洛乌斯猛然一震，但他的小嘴随即露出微笑。

“嗨，朋友，你们也在街上！”他如释重负地高声说。

“您这样匆匆忙忙上哪儿去呀，卡洛乌斯先生？”拉滋握着他的手说。

卡洛乌斯鬼鬼祟祟地四面张望了一下。

“我今天停止营业，朋友。你们听说没有？昨天鲁道夫被捕了。我打电话到我们党部——也是没有下落。整个世界都发疯了，鬼知道会闹成什么样子……街上尽是一群一群的工人！贱内打电话给我……现在我……”

“您看这葫芦里到底卖的什么药？……”拉滋以讥诮的语气问。

卡洛乌斯没等他说完，就把他们拖进一座房屋，在电梯口把手从口袋里掏出来。在他肥软的手掌里放着一支小手枪；显然，卡洛乌斯自己也有点怕这件冰冷的东西，所以马上就把它放回到口袋里去。

“就是这个药！”

---

① 在捷克国家社会党内互相称呼“兄弟”。——俄译者注

“别慌张，亲爱的！”拉滋扑哧笑出了声，他拍拍卡洛乌斯的背，“目前还没有发生任何可怕的事情。只不过叫叫嚷嚷罢了。可是您已经准备好了手抢！难道您想搞内战不成？在这一点上我对您极表怀疑。还是把您的小手枪放在家里，免得万一走火打伤了自己。”

“您真缺德！”卡洛乌斯不好意思地微微一笑：可以看得出来，拉滋的话安了他的心。但当他们重又走到商场里的时候，他向两位朋友诉说了自己的苦衷。

“朋友，弄清楚事情的底细可真不容易啊！譬如，今天早晨我打电话到党部去问问情况。你们想想，这有多么不客气：跟他们简直说不上话！这帮人神气极了！他们说：兄弟，现在没有工夫谈话，要保持镇静，我们掌握着一切情况。废话！我需要的是肯定的答复和恢复秩序的保证，可不要这种‘我们掌握着一切情况’，党部吧嗒就把电话挂断。兄弟！要钱，空谈自由——这是他们的拿手好戏。老是伸长了手募化党的竞选基金。这是他们的擅长！可是现在，听见没有：‘兄弟，现在没有工夫谈话！’”

“一个胆小如鼠的臭商人！”他们俩摆脱了卡洛乌斯以后，布里赫松一口气说，“这么不中用，我看他吓得直发抖。”

“你说得对！”拉滋暂时撇开使他眉头打结的种种念头，接着又烦躁地说：“这到底是怎么回事？真见鬼！他至少没有坏处。我想知道，大选的时候你将投谁的票？你拥护谁？”

“我告诉你：要是共产党占上风，我就投天主教[1]或者……”

“要是我们占上风呢？”

“那我一定投共产党的票。我国的民主要求政治上力量均衡。使民主受到威胁的正是政党狂热和教条主义，包括左的和右的在内。”

“地道的疯话，只有书呆子的脑袋瓜儿才想得出来。”拉滋把烟蒂扔掉断然说。一场时间不短的争论眼看着要爆发了，但两个人都没有兴致辩论。“我看我们还缺少一个党——知识分子空想家和自由主

---

① 指所谓天主教人民党，是参加民族阵线的资产阶级政党之一。——俄译者注

义折中派的党。在我想象中的政治力量均衡并不是这样的，可敬的法学家！正因为这里没有我想象中的均衡局面，所以会搞得这样乱七八糟，懂吗？不能等人家把我们吞掉，我最亲爱的人道主义者。现在周围发生的一切都不是偶然的。”

走到普尔施科培时，猛烈的风狠狠地抽打着他们的脸。布里赫觉得示威游行的队伍老是走不完：队伍像山洪暴发时的河水在陡峭的两岸——房屋——之间涌流。连全副武装的军队也不如这些穿着老百姓衣服的人汇成的一股激流那么威严。至于歌声的雄壮就更比不上了。

风猛掀着字迹才干的标语，红布的横幅在人们头上摇晃。男男女女，穿冬大衣的工人，数不清的面孔、头巾和在冻硬的马路上行走的脚，噪音和笑声，但同时仍然保持着纪律和愤怒——所有这一切从旧城的许多小巷一齐汇流到普尔施科培来，占满了整条宽阔的大街，不断地前进，前进。洪流把行人裹进自己的河床。布里赫和拉滋想穿过马路，他们像掉进了漩涡似的被急流卷得直打转。布里赫见昂德列依摆动两臂想从人群中挤过去，但是人群却把他带走。

直到剧院附近他们才被拥上人行道。昂德列依用颤巍巍的手点起了一支烟。一个青年工人挟着个皮包向他借火。拉滋默默地把打火机递过去，对那人的道谢理也不理。

让路！一阵劲风把旗帜吹得哗喇喇地飘，帽子纷纷从人们头上飞掉。拉滋和布里赫摘下帽子，留神听着周围人们的谈话。

“那边广场上挤不下所有的人！”旁边一个人说。

“那可不行！”另一个人说，“今天没我不成！”

“手指冷得像刀在割，”又有一个人说，“不过这样至少不会打瞌睡，劲头可以大些……昨夜我睡在工作台上，把锉刀当枕头！”

“你在我暖瓶里喝一口吧。我老婆什么都想得周到，她给我灌了一瓶茶。”

“嗨，万涅克同志，万涅克同志！”

人群开始大声叫喊：“万涅克同志，万涅克同志在哪儿？”

一个生性诙谐的“百有份”随即添上一句：

“他老婆和孩子在找他！”

引得大家都笑了起来。

万涅克同志终于找到了，这是一个行动敏捷的老工人。人群中重又响起一片笑声。

“我在这儿。什么事？”万涅克应声说。

“你没忘了把车间门锁上吧？”

“我会忘记锁门？啊，叫山羊用角撞死你这小子！三十五年来我哪次忘记过？”

“当心跟马路冻牢在一块儿！”

“事情很清楚：甄克尔先生和德尔蒂纳先生[①]！……喂，自作聪明的人，一个月以前你还努力为他们辩护呢。”

“那是一个月以前，现在我自己也要骂他们。不用你鼓动我。”

“那么是谁跟他们同谋的呢？”

“很清楚：是列特里赫先生[②]！”

“还是别去碰他的好，他是圣师高僧，要是他在圣彼得面前告你一状，就不让你升天堂。”

末了的一句话淹没在一阵哄笑声中。有人喊道：

“出售部长一打。不过只能当废物利用！价钱便宜！”

又是一阵哄笑，接着人们的脸上重又恢复严肃的表情。

“我们离开这儿。”拉滋说完就走。往回走不可能，于是他们向前挤，但也挤不过去。人流带着他们涌过几家放下了橱窗窗幔的店面，把他们泼在广场上。这里多冷啊！

他们被挤在一座大门旁站着，只见前面人头济济，黑压压的一片，像大海泛滥在整个旧城广场上。他们俩都不说话，环顾着周围。“我不应该让他打断我的工作，把我拉来。”布里赫觉得很不自在；他

① 都是辞职的部长，资产阶级政党的首脑。——俄译者注

② 反动的斯洛伐克民主党的首脑。——俄译者注

伤了风，不断缩鼻涕。

拉滋狠狠地抽着纸烟，可总是抽到一半就扔掉。

雪往城里纷纷落下，风在屋顶上空吼叫，吹开了旗帜，撼摇着标语横幅，仿佛在说：念吧！像盖一条破棉絮一般披着雪花的杨·胡斯[①]的石雕像高矗在人海之上，笔直而又严厉。一群野鸽子从蒂恩教堂的钟楼上飞起来，经过人山人海的广场上大半遭毁的市政厅[②]大厦，往旧城的房屋顶上飞去。

演讲即将开始。冻得发紫的面孔全都向着市政厅的石阳台；人们的神态镇静而严肃，注意力集中，显然都等得相当焦急了。

布里赫感到拉滋碰了碰他的手，他像从梦中惊醒过来似的震了一下。

“走，”拉滋没精打采地说，“这光景愈来愈无聊了。戏快要闭幕，演得又差：没有一点新的东西！”

他勉强打一个呵欠，说话的时候撇着嘴，但布里赫明白他在做假，洋溢在他们周围的力量明明使他震惊。这可以从昂德列依惶惶不安的眼神和变得频促的呼吸判断出来。现在，心仿佛被钳子夹住的时刻又来了，——在三八年，在三年前的五月也有过这种时刻！“将重新改变人们命运的事件开始了。”茫然若失的布里赫脑中闪过这样的想法。“今天是几号？一小时以前，我还以为这是平凡的一天，可是现在？”

今天是一九四八年二月二十一日，星期六！

人群如波涛翻腾，欢呼声响彻云霄，——阳台上出现了大家引颈鹄望的演讲者，一个戴黑羔皮帽的人。

---

① 杨·胡斯(1369—1415)，捷克伟大的爱国者，杰出的宗教改革家。曾任布拉格大学教授，后任校长。他是反抗德意志统治及天主教会压迫的人民运动的鼓舞者，1415 年为德意志皇帝西祺门所诱捕，被焚死。他的殉难终于导致 1419—1434 年波澜壮阔的胡斯战争。

② 布拉格市政厅原来的大厦上有著名的自鸣钟，战争将结束时遭到严重破坏，今已完全修复。—— 俄译者注

你只要看看人们的脸和高高举起的手，再看看他们的眼睛！

布里赫在拉滋腰里推了一下。

“刚才你说过，政治是在水汀旁搞的。现在你还坚持这一点吗？”

其余的话都淹没在广场上掀起的暴风雨一般的欢呼声中；演讲人做了个手势，这阵暴风雨开始平息下来。他向呼吸急促、极度激动的人群说出了第一句话，他的声音像洪亮的警钟响彻整个国家！

“男女公民们！……”

2

街上寒风肆虐，固执地吹熄火柴。擦一根，两根——总是点不起来……巴捷拉低声咕噜了一阵，把一根火柴扔掉，再擦一根。跟他一起站在街角上的老阿达美克看着这场抗风斗争似乎比巴捷拉更着恼。他把手伸到口袋里去掏出一只枪弹式打火机。

“我劝你也搞一个这样的玩意儿，问题就解决了。”

巴捷拉点着了一支烟，把自己的一只旧烟盒递给阿达美克，可是他把手一挥，背着风咳起嗽来。他胸中呼呼直响。

“不，”他以沙哑的声音说，“今天我已经抽得太多了。我的肺不容许我再抽。明天早晨不知又要呛成什么样子。好了，我得上车站去，要不最后一趟车就要开走了。明儿见，约瑟夫，向女主人和小家伙问好。”

巴捷拉目送着他，心里非常钦佩：“他今年五十六岁，已经做爷爷了，可是还像年青人一样活跃，虽然患着支气管炎。”他们从厂里步行到这里——阿达美克有时喜欢徒步走到车站——路上讨论了厂里的各种事情。

跟阿达美克谈话很有意思。巴捷拉珍视这个不肯轻易相信什么而且十分好动的老头儿的生活经验；他总是慢慢地消化每一个思想，考虑再三，然后用简短的言词表达出来。有时候这个老刺猬的冷静和谨慎使巴捷拉有些不耐烦。你对他说："这是白的。"可是他偏偏摇着鬓边有稀朗朗几根白发的头，咬字不清地说："不，这是灰的。"说完还要啐上一口。

但这不过是一个人的脾气，其实这个嘴上老是咕噜咕噜的人心地极好！他为人热情，富于幽默感。这种幽默感时而在微眯的眼睛里一闪，时而在用不大满意的口吻含糊地说出的俏皮话里流露出来。但如果阿达美克抓住了什么，就死也不放。同志们选他为厂里党组织的主席，选得再好也没有。他工作抓得很紧。开会的时候，阿达美克总是一只手支住长着硬胡子的下巴，耐心听着，睡意惺忪地眏眏眼睛，看同志们争得面红耳赤，到最后，他才打点起精神，大声咳嗽，说：

"我认为，你们俩都在瞎费唇舌。卡列尔，你得再看一些书，不要完全信赖自己的聪明……这一点区委也说过。依我说，这件事应当这样来看：它对党有没有好处？在战前我们一直认为……"

接着他慢条斯理地说起来，那时你就感到他抓住了问题的关键，你会如释重负地连连点头称是。会后，你在门口遇到他，他会把心事告诉你："去年我在小花园里种了棵杏树。我担心它别给冻死了。你说会吗，啊？我们这儿的土很松，风直钻到地底下……"

好冷哇！简直像刀在脸上割！巴捷拉把领子竖起，在大街上快步行走。时间是晚上十点，直到这时他才觉得眼睛由于睡眠不足而疼痛；刚才使他恼怒的风，现在吹在脸上似乎挺凉爽。我上一次睡觉在什么时候？两昼夜以前！这一切是在星期二晚上开始的……是的，是在星期二晚上，那时党委正开会。夜深了，我们还坐在那儿商议事情……我们到底商议什么来着？忽然电话铃响，值夜班的同志给他转接了从市区打来的电话。

"是巴捷拉吗？……我是布里赫。我找了您整整有一小时。您太太已经在生产了。是的，我请来了一位医生，一切都很好，不过您得马上回家……不，不，请放心，一切都正常，虽然这事来得这么突然……"

巴捷拉连听筒也忘了搁好，是别人代他放好的。党委会的同志们把他推进在街上拦住的一辆汽车，巴捷拉飞快地乘回家去。他的心怦怦直跳：早晨他跟芙拉斯达怎么也没料到今天就会生产。

走进过道，布里赫——这位研究法律的邻居——拉住他的衣袖，在他耳边说了些什么，竭力安慰他，因为在这种场合男人总是不知所措的。多亏这位邻居在紧要的时刻帮了他的忙。

然后——这一夜可真够他受的！一会儿要这个，一会儿要那个，一会儿叫他去拿煤，一会儿叫他别抽烟，一会儿又叫他出去。等着，等着。墙上一座古旧的挂钟滴答滴答摇着钟摆。屋子里乱得不成样子……

安诺琦卡在哪儿？她睡在布里赫房间里。这小姑娘真可怜，她是个孤儿。她是巴捷拉的哥哥沃依捷赫的女儿。沃依捷赫被关进德累斯顿的监狱后再也没有回来，他的妻子战后不久也死于心脏病，于是巴捷拉夫妇把安诺琦卡收养在自己家里。他们很喜欢这小姑娘，把她当亲生女儿一样看待。巴捷拉双手支住脑袋呆坐在过道里一只旧箱子上。时间飞一般逝去。老母亲从房间里向他走出来，但他们几乎不谈话，因为母亲耳朵有点儿聋，跟她说话得直着嗓子喊，可是现在不能喧闹。她给他拿来一杯咖啡和一块面包，巴捷拉一下子把咖啡和面包都吞了下去，然后继续等待，侧耳静听。过了半夜，布里赫来问他："要不要到我那儿去睡一会？"可是巴捷拉还没来得及回答，房间里传来了一声拖得很长的、微弱的呻吟，仿佛在呼唤着谁，后来声音戛然而止。他们俩都打了个寒颤。巴捷拉双手掩住面孔，他感觉到布里赫的一只手神经质地抓紧他的肩膀。"镇静！"这位邻居断断续续地低声说，"一切都会过去的！"

然后是一片寂静，巴捷拉仍旧一个人坐在黑暗的过道里。房间里走出一个戴白帽子的助产士，跟在她后面的是医生。医生拍拍巴捷拉的手，安慰他说："是个男孩。一切顺利，恭喜您……"接着他以责备的口吻添上两句："下次可千万要送产科医院！在家里既不方便，又不安全。"说完就匆匆地走了，生怕人家向他问长问短，他时间有限，知道给新做爸爸的人缠上了就甭想脱身。

左右上下的邻居都来了。巴捷拉茫无所措地谢绝了他们的帮助。

儿子，他生了儿子！你们听，这是个男孩，千真万确！

最后，巴捷拉终于被准许走进自己家里，其实那时他对此已经绝望了。厨房里一切都变了样……多奇怪的感觉！房间里很静，昏暗中散发着肥皂和消毒药物的气味，炉灶里的火吞噬着煤块发出劈劈啪啪的响声，风频频敲着窗户。

产妇和婴儿经过这一阵挣扎后已经疲乏地睡着了。巴捷拉喘了口气。这一切是那么平凡而又异常，是那么寻常而又奇特。他屏住呼吸望着妻子疲倦不堪的脸，心里只想着她。我的芙拉斯达！老母亲给他看裹在白色小绒被里的孩子。巴捷拉惊异地看了一下那红红的、皱纹很多的小脸蛋儿，然后又抬起头来看看妻子，他发现她微微睁开了眼睛。她的脸色多么苍白！仿佛由于疼痛而缩小了的芙拉斯达想开口说话，但他摇摇头："嘘！"她合上眼睛，露出疲倦的微笑。巴捷拉望着她的脸，不知什么缘故他觉得有点儿惭愧。向她说些什么好呢？一种陌生的、几乎是痛苦的柔情在他的胸膛里已经容纳不下，可是又找不到言语表达，于是通过视线漫溢了出来。

"刚才很难受吧？……"

妻子用眼神回答"是的"，但这已经不是害怕，而是幽默的眼神，仿佛她想以此安慰丈夫。巴捷拉把头靠到暖呼呼的枕头上，呼吸所激动的一股微弱的气流呵得他粗糙的、像皮革似的肌肤发痒，他闭上了眼睛。

瞧这个新生的、神秘的玩意儿！他们已经等了他好久，芙拉斯达幻想着他也不知偷偷地掉了多少眼泪！当婴孩还在她肚子里的时候——现在想来这仿佛是很久很久以前的事儿！——巴捷拉记得，她有时把他的手按在自己圆圆的肚子上。"听见没有？"从温暖的母胎里发出隐隐约约、但是不停而且迅速的震动，好像一只青蛙在蹬腿。这一切他的手都触摸得到。可是现在……从今天起一切都变了样！你听，钟走起来声音比以前响了，房间里的空气温暖而柔软，还有一股香味。灯光比以前明亮，连老母亲也显得年轻了……

不过别胡思乱想了，做爸爸的事情多着哩。他把要做的事都记在笔记本上：明天就去弄一台磅秤；还要一辆摇篮车；到民政局去登记添丁。还有什么忘了？

在街上跑来跑去的时候倒也罢了，可是回到家里，蹑手蹑足走进了这柔和、宁谧的氛围，心儿仿佛就会歌唱起来。

昨天早晨巴捷拉到厂里去的时候，他总觉得有些内疚。虽然一连串事情扰乱了他的像一池止水般平静的家庭生活，他仍没有忘记国家正处在愈聚愈浓的乌云之下，他知道暴风雨就要来临。

到厂里去！吸引他到那边去的并不单单是好奇心。他一生中所有重要的时刻都是在那里度过的。一九三三年的罢工和解雇，一九三八年秋天他们到议会大厦去示威的那些日子。还有一九三九年那个可诅咒的三月！德国的摩托车经过他们厂的大门向城里飞驶。这一切巴捷拉都是在厂里自己人中间经历的；他把工厂看作自己的堡垒。盖世太保把他直接从工作台旁拉走，甚至不让他洗洗手，换去工作服。他们急于施用酷刑，还没出厂门就在门口一间阴暗的小屋里把巴捷拉毒打一顿……侵略者被赶走以后，巴捷拉回到厂里，跟同志们一起把在解放前两星期被美国轰炸机炸成一片废墟的厂从阴惨惨的沉默中逐步恢复起来。他在这里遇到了所有的自己人。他们一起愤怒地咒骂，忘我地劳动。不久，工厂收归国有了，那时他们明白：这是他们自己的厂了。

“车怎么这样慢？”昨天早晨巴捷拉坐在电车里有这样的感觉。他把一瓶酒塞在下垂的冬大衣口袋里。“跟大伙儿一起为我那小英雄的健康干了它。”他心想，同时觉得电车简直像乌龟那样在爬。

巴捷拉一跨进厂门，立刻就像掉进了漩涡。车间里迎接他的是雷鸣般兴奋的大笑声，没有恶意的拳头像冰雹落在他的背上，几十只结实的手抓住了巴捷拉，凭你怎样躲闪，总逃不了挨上几下。铆钉工可不像名门闺秀那样讲究文雅，总之，巴捷拉接受了这种传统的祝贺。同志们在整整一班时间内不断以豪放的笑声和尖酸的俏皮话向他道喜，但虽然如此，他还是能感觉到周围的空气很紧张。他从阿达美克和马舍克的脸色看出他们心事重重；美男子桑塔尔——厂里都管他叫“卡巴列罗”[①]——踏着富有弹性的步子在金属模板之间走来走去；干瘪老头米梯斯卡坐在一只箱子上，激动地向工长不知在说些什么。工长只是摇手，穿着白色的工作服在钢铁机械中间乱跑，像没头的苍蝇。巴捷拉向瘦削而筋骨很好的费尔达·穆拉切克点点头，向某人招招手，跟某人交谈几句。

他的下手别比克·沃拉切克跟他招呼的时候并不改变平时那种闷闷不乐的脸部表情，他不好意思地含含糊糊向巴捷拉道喜：“听说你生了儿子，是吗？这个，这个……”说着迅速地低下头去把汽锤装在压缩泵上。以后这个性好沉默的人再也不会说一句话。巴捷拉和他一起干活已经是第二年了。

“别比克，活干得怎么样？”

“嗬……还好。”

别比克就是这么个人：很少说话，态度严肃，老是那么一丝不苟，可是他的身体却像鼬鼠一样柔韧灵活。他是厂里拳击队优秀的中量级选手之一。走起路来身体带偏，挥着两手，随时准备着把手举到肌肉发达的胸前摆好战斗姿态。逢到比赛前，别比克总是全神贯注地保持沉默，那时你甭想从他嘴里引出一句话来。走进更衣室，你可以看到他在角落里的淋浴龙头旁以闪电式的动作向空中挥出左拳练习冲击：一、二，左、右。这种向假想中的对手的攻击最后以强有力的一下侧击和向后一跳作结束。别比克发现有人在看他，就怪不好意思地垂下双手，眼睛看着旁边解释：“晚上要跟布尔达比赛。这下他不能以突然的反身拳赢我了！”他旋开淋浴龙头，在冰冷的水冲洗下呼哧呼哧地喘气，真是不亦乐乎。

巴捷拉很喜欢他。有一次他跟别比克谈入党问题。别比克注意地听完了他的话，皱着眉尖点了点头，什么也没说。他在考虑。志愿书

---

① 西班牙语 caballero 之译音，有“绅士”“骑士”等意义。

他拿了，仔细地把它对半折好，锁在自己抽屉里。以后他们再也没谈过这件事。巴捷拉了解这个勤恳的小伙子，知道别比克感兴趣的虽然是运动而不是政治，但别比克是自己人。

“干吧，别比克！”

巴捷拉的锤子像机枪在铁板上扫出了第一排子弹，它的敲击声跟震撼车间拱顶的隆隆声混成一片。你会觉得仿佛置身于正在激烈对射的前线。哒、哒、哒，哒、哒、哒，别比克把铆钉插入预先钻好的孔眼，锤子就敲在钉帽上。哒、哒、哒。震耳的轰鸣淹没了一切，连自己吹口哨的曲调也听不见。

别比克去把铆钉加热，回来后他凑到巴捷拉面前，神情非常严肃地说：

“城里好像要出什么事情。今天早晨的报纸……还有刚才也有人告诉我……”

巴捷拉放下活儿，用手背擦了擦前额，把锤子挂在悬杆上，手习惯地伸到口袋里去。抽一支定定神！

“这不应该觉得意外。”

汽笛一声响，轰隆隆的声音停止了，工人们坐下来吃早饭，不慌不忙地咀嚼着。巴捷拉刚从他的小袋子里掏出一块面包，托尼克·依拉塞克过来推推他的肩膀，说：“约瑟夫，到党委会去开紧急会议！”说罢就跑开去了。巴捷拉抖去了头上和工作服上的灰尘和银色的硬铝刨屑，向一间作会议室的小房间走去。那里的人们以一片“乌啦”声迎接了他，在开会之前都来跟他握手，拍拍他的肩膀，问：

“约瑟夫，你说说：有多少？”

“多少什么？”

“当然是公斤喽！”

“那小家伙一定很结实，活像父亲！”

“我以为你要生个女孩子哩，瞧你长得那么秀气！”

阿达美克用铅笔在桌上敲了几下。

“我想你们每一个人都明白正在酝酿的事件……”

这一天以及第二天，巴捷拉没回到车间里去过；别比克一个人干活。会议一个接连一个，电话应接不暇……政府里有什么新闻？消息接二连三地传来，人们在工厂食堂里吃饭的时候展开激烈的争论。早班结束了，可是没有一个人回家去。厂里满是人，他们挤集在院子里和食堂里，车间的门不时发出咿呀的响声，人们聚成一群一群，纷纷提出问题。米梯斯卡爷爷离开了一群人，又走到另一群人那里，激动地吸着烟斗阐述他的预言。

会还是开不完！巴捷拉已经给辛辣的烟云熏得眼睛疼痛。只好每隔一会把房间的门窗打开换换空气又继续开会。他累极了！最近几天他睡得很少，儿子相当爱吵……会上，当肝火很旺的拔特卡——这个人甚至为了微不足道的小事也会暴跳如雷——用拳头拍桌子的时候，巴捷拉几乎怀着惊奇的心情忽然想起了一切，他想要求发言："同志们，我生了个儿子，听见没有？我明白，这事你们已经知道。可是这跟我们现在谈的有着直接的关系！我要把这个孩子造就成一个真正的人，你们瞧着！可是他们会使他变成什么东西？哼，只要他们敢动一动！……"

他们动了！

十二个部长辞职的消息传遍了全厂，车间的拱顶下变得静了。但只有一会儿工夫！接着又扬起了嘈杂的人声。巴捷拉看到米梯斯卡爷爷挥着双手，烟斗吧嗒吧嗒出声。他的眼睛从两道花白的眉毛底下闪出愤懑的光芒。"果然如此！我早说过！他妈的！这帮混蛋！"巴捷拉没时间听怒气冲天的老头儿说下去，阿达美克正站在门口叫他。巴捷拉跟党委会的几个委员一起向维索昌人民宫跑去。

当天晚上，在车间里召开了全厂职工大会。那里从来没有这么多人聚在一起——所有车间各班的人全体出席！锻工、车工、铣工、研磨工、起重工、锅炉房里污黑的司炉、管理处的职员——各种不同信仰、不同观点的人都来了；其中也有居心叵测和自命不凡的人。厂长和两个副厂长也来了；其中一个副厂长大家都知道是不折不扣的国家社会党人，他坐在那里惊恐地直眨眼睛。

人们有的站在机器旁边，有的挤在门口，有的坐在箱子和桌子上，——你不论向谁看，每个人的眼睛都闪闪发光。

第一个发言的是阿达美克，他讲得很镇静，很有条理，不过手势比平常稍微激动一些；他挥舞着两只手，但并没有谩骂或用刺耳的字眼。

“我们这里各种各样的人都有，”他向出席大会的人说，“这是一目了然的。有的人明白得比较快，有的人需要在后面推一把。据我看来，那些人现在已经被推了一把。可不是吗？就拿那边的斯拉德克来说，我跟他不久前还干过一仗，对不对，洛依齐克？但这无所谓，同志们。现在大家都应该明白，问题已经不是政党之间的争斗，同志们！不管谁怎么想，现在发生的事情关系到我们每一个人。关系到在这里工作的人，关系到真正爱护共和国的人。不，我们没有被吓慌！现在需要做些什么呢？需要我们大家高声而坚决地向那些老爷们说：你们那套鬼把戏耍不通。我们决不容许这样做，这种状态必须结束。他们耍花招，钻空子，挑拨离间，而现在居然公开叛变……”

巴捷拉宣读决议，他的声音响彻整个车间。大家在严峻的沉默中表决。除了两三个人以外，所有的人都举起了手。《国际歌》在车间拱顶下响了起来，歌声穿过开着的大门飞向黑夜。

这一夜——从星期五到星期六的这一夜——就这样延续下去。几乎全体工人都留在厂内。进门处的考勤钟滴答滴答计算着到天亮还剩下的时间；雪花从空中飘落下来，在窗前昏黄的灯光中抖动。

工厂没有入睡。

拂晓时，巴捷拉从党委会开完会回到车间里，他看见有一个人蜷缩在角落里的蒸汽炉旁。这是别比克 · 沃拉切克！

别比克头垂在胸前，两手抱膝在那里打盹。巴捷拉摇摇他的肩膀，说：“起来，咖啡在桌子上！”别比克像一只被惊醒的猫头鹰眏眏眼睛，跳起来伸伸腰，打了个呵欠。

巴捷拉发现他像有什么话要说，可是又说不出口。

“你怎么啦，别比克？”

沃拉切克走到他面前，眼睛看着一旁，把一张折着的纸交给他。

“听我说，约瑟夫，昨天夜里我把它……这份志愿书填好了。你替我交到那边去，好吗？”

这天夜里，为这样的事来找巴捷拉的，他并不是第一个。别人也来找过，可是别比克纯朴而坚定的语气使巴捷拉特别感动。他们并排坐下来。别比克把面包和香肠分给巴捷拉吃，这是他晚上跑到母亲那儿去拿来的。他们一口气吃完了这顿“早餐”，两个人都觉得添了精神。巴捷拉把别比克的入党志愿书藏在口袋里，点了点头。

两小时以后，全厂工人走出敞开的大门来到了街上。外面非常冷。他们密集成一大群沿着积雪的道路走着，不断与其他厂的工人队伍汇合；他们走着，走着，愤怒和行动使他们忘了寒冷……巴捷拉和沃拉切克走在一起，和所有的人走在一起。

队伍浩浩荡荡，歌声雄壮嘹喨！

全部经过就是如此。现在的任务是——睡觉！“好好睡一觉迎接明天。”巴捷拉夜里愉快地在街上走着。他加快脚步，不一会，他的皮鞋已经在木梯上蹬得咚咚响，后跟的铁钉在凉台的瓷砖地上发出嚓嚓声。

一阵热气迎面扑来。巴捷拉急忙把门关好，用脚尖走到妻子床前。借着用布罩住的一盏台灯的微光，他看到妻子还没有睡，她的眼睛半睁着。孩子的小床保持着神秘的寂静。

“你没睡？”

“没有。等你。”

巴捷拉负疚地低下了头。他的大衣还透出街上带来的寒气。

“是这么回事，我不得不留在那边……昨天晚上……”

“我知道。妈妈给我拿来了一份报纸。”

巴捷拉怀着骄傲的心情默默地向妻子看了一眼，点点头。他用不灵活的手指微微撩起小床上的布罩，朝着孩子发出轻微呼吸声的暗处望进去。嘘！

巴捷拉在熄了火的炉旁一张凳上坐下来，狼吞虎咽地吃完了洋葱土豆丸子；在昏暗中摸到了咖啡壶，里边的代咖啡还没有凉，就用它送下晚餐，觉得身上暖和了些，添了些力气；然后伸伸懒腰，打了个呵欠。妻子已经睡着了。现在再抽两口烟，然后睡觉。哦，不，这儿不能抽烟，得养成到凉台上去吸烟的习惯。房管处的主任真是见鬼，我们全家挤在一间屋里，另外只有一间斗室给母亲住；可是那位主任，你不到他那儿去叫喊一阵，不在他面前拍拍桌子，他就不闻不问。混蛋！

巴捷拉在凉台上吸了会儿烟，靠在铁栏杆上望着黑暗的院子。所有的窗户都已经沉浸在黑暗中，只有屋顶下一间画室的窗子向雾夜射出明亮的灯光。凉台上静悄悄，邻居都入了梦乡。只听见楼上不知哪家的门呀的一声，片刻间从门缝中传出无线电里的音乐声，随即又归于沉寂。

由于空气潮湿，巴捷拉的右臂突然开始隐隐作痛。巴捷拉用左手的手掌把它擦了几下。在沦陷时期，他得了关节炎，现在常常要发作；这病真要命——甚至摸不准到底哪儿疼，可是痛苦却不因此减轻。真见鬼！巴捷拉把烟蒂扔在黑暗中，牙齿哆嗦着回到过道里。他犹豫片刻，然后去敲邻居的门。

“没睡吗？”

“没有，请进来。”

布里赫穿着滑雪衣坐在桌旁，按照大学生的习惯用围巾裹着脖子，两手支住脑袋。他面前打开着一本书。这个不知疲倦的人正在全神贯注地用红铅笔整段整段划出重点，他没有站起来。微弱的台灯光在跟黑暗搏斗。

巴捷拉在门口站住了。

“我不想打搅您……可是看见门下有灯光，我想，让我进去看看……”

布里赫把书合上。

“没什么，请进来。我是一只夜鸟，不到半夜不睡觉。”

"可是过了半夜我们那个大嗓门的小家伙又不让您睡着，是吗？"

"不要紧，我睡得挺熟，有时候听听孩子洪亮的喊声也不坏，这样热闹些。"

"我们那小家伙的嗓门简直像大喇叭。"巴捷拉微微一笑。他把这寒冷的房间打量了一番，嗅嗅空气。"您的炉子有点儿在冒烟……"

他弯下身去把炉子弄了一阵，嘴里嘟哝着，一边挺熟练地出清了炉栅，用拨火棒把热灰搅动一下。炉子重又旺了起来，发出隆隆的响声。

"行了。炉子跟人一样，需要新鲜的空气。否则就旺不起来。"

热气在屋里散发开来。巴捷拉搓搓手，向四周看看，不过并不显得特别好奇。他从来没上布里赫这儿来过，虽然他们合用一个过道。他们之间的全部关系仅仅限于见面时随口说两三句话。布里赫也只是在星期二才头一遭踏进巴捷拉的房间。当时巴捷罗娃太太开始了分娩前的阵痛；巴捷拉的母亲慌了手脚，来请他帮忙。他做了当时所能做的一切，然后重又躲在自己的光棍窝里。平时只有安诺琦卡偶尔跑到他这儿来闲扯一番。他挺喜欢这个小姑娘。巴捷拉和布里赫的房间只有薄薄的一板之隔，每一句说得稍响的话透过板壁都听得见；这道壁上的门一面被布里赫用母亲传下来的一口笨重的柜子堵着，另一面是巴捷拉家的洗脸台。有时一些有趣的插曲可以说明这两家邻居相处得挺和睦：布里赫大声打喷嚏，隔壁会传来一句友好的"大吉百岁！"于是布里赫也回答一声"谢谢！"有时，布里赫放一些他热心搜集的音乐唱片，巴捷拉家也在那里听，虽然他们的口味不同。莫扎特、斯美塔那[①]、德彪西[②]的作品以及德沃夏克[③]的大提琴协奏曲往往压倒邻

---

① 斯美塔那(1824—1884)，捷克伟大的作曲家。参看第170页注②。

② 德彪西（1826—1918），法国作曲家，音乐中印象派的奠基人。他的《牧神的午后前奏曲》、交响曲《大海》非常有名。

③ 德沃夏克(1841—1904)，捷克伟大的作曲家。代表作为《自新大陆交响曲》、歌剧《水仙女》等。他的《B小调大提琴协奏曲》在这一方面的世界音乐文献中堪称数一数二的杰作。

家的闹声。

“我们的法学博士[1]真是个怪人。”巴捷拉不止一次这样想过。他很想了解一下这个性情孤僻的人，但因为感觉到布里赫很重视在他工作时间内保持安静，因此巴捷拉没有去打搅他。

现在他第一次站在布里赫的房间里。巴捷拉朝一幅非常奇怪的图画投了迅速的一瞥——那是许多乱七八糟的墨团和线条的杂烩。简直没法懂作者想画些什么！鬼才知道，我可闹不清楚！

“这是布拉凯的油画。”布里赫在桌旁说。

巴捷拉点了点头，碍于礼貌不便抒发己见。他的眼睛把散扔在房间里的许多书本的书脊草草地巡视了一周。其中大部分对巴捷拉是陌生的，虽然他很爱看书。有不少是英国和法国作者的原文书，也有许多法律以及其他学科的书籍：生物学、天文学、世界经济地图、沙尔达[2]的《随感录》、卢梭的《爱弥儿》，床畔小几上有一本伏尔泰的《老实人》和一本厚厚的原文《莎士比亚戏剧集》。巴捷拉也发现一些他熟悉的书籍：罗曼·罗兰的《约翰·克利斯朵夫》、恰彼克[3]的《平凡的生活》和《克拉卡蒂特》。橱上有一只戴眼镜的瓷猫头鹰在看着他，巴捷拉已经从安诺琦卡有声有色的述说知道了这东西。那里还有一尊蒙满灰尘的小佛像。墙边靠窗是一架钢琴，巴捷拉从来没听到过它的琴声。这使他有些觉得诧异，但他没问什么。

“您怎么不坐呀？”布里赫招待着说，于是巴捷拉在一张破旧的圈椅里坐下来。他张大嘴巴打了个呵欠，谢绝了布里赫敬给他的一支名贵的纸烟——那匣烟是拉滋留在桌上的——点起了一支“女游击队员”。

“我抽惯了这种烟……战时我各种各样的臭垃圾都吸过，有一次还尝过一种治关节炎的‘小密林’牌茶叶。对关节炎它没什么效力，

---

① 在捷克斯洛伐克，大学毕业即授予博士学位。——俄译者注

② 沙尔达，捷克著名文学批评家。——俄译者注

③ 卡列尔·恰彼克(1890—1938)，杰出的捷克作家，著有小说《大战火蛇》和剧本《母亲》等。

不过装在烟斗里抽简直妙极了。吸了名贵的烟我总要头痛……不过，说实在的，我是来向您道谢的，我的邻居。那时候我家的人都急昏了头，我母亲年纪大了，耳朵又聋；我妻子生产的事又来得那么突然。”

布里赫觉得怪不好意思，急忙把话题岔开去。一阵阵的热浪从炉子里透出来，屋子里暖和多了。在谈话中布里赫竭力不提及演变中的事件，他知道他们俩都为此激动着。可是，不考虑那些事情根本不可能。这个话题仿佛时刻都挂在嘴边。

像野狗一般讨厌的风吹得窗框发抖。布里赫跟巴捷拉都不作声。在一阵难堪的冷场之后，巴捷拉提出一个问题使布里赫抬起了头。

“您对这一切的看法如何，我的邻居？”

布里赫把烟蒂在烟灰碟里捺熄，耸耸肩膀。

“您指的是什么？问我拥护哪一方吗？我的回答将会使您不快：我不能拥护我想拥护的一方。”

“我不懂您的意思。”

“这相当简单。不过请别吸收我加入你们的党。我尊敬您，巴捷拉，但我不得不使您失望：我不参加任何党派。”

“我指的不是这个意思，既然您不愿意，我也不会勉强，”巴捷拉说，“今天早晨我们在旧城广场。到那边去的也有非党员，甚至……”

“我也在那边。”

“那么您从那边带回来些什么呢？”

布里赫垂下头去把手指绞在一起，他把手一拗，拗得指关节格格作声，他回答说：

“坦白说：带来了一脑袋的混乱思想。而且还有点儿不安。斗争的双方都提出了自己的理由——我不知道该怎么说——从各自纯粹的党派观点看来，双方都有道理。但我相信，一切都将以合理的协议告终，我相信冷静的理智。请您相信我，现在遭到威胁的东西对于斗争双方说来都是太重要了！”

“究竟是什么东西呢？”

“何必说这些呢？重复所有报纸上的那些陈词滥调吗？但我根据切身的经验明白这不是空洞的字眼！民主，自由！多少世纪以来，人类为争取它们而斗争，这不能当作儿戏，巴捷拉！我承认，广场上的群众大会是令人感动的一幕。但这并不等于说，在那边提出的口号就一定是正确的。”

“重要的是要了解为什么举行示威游行！您是否确切地知道示威者的要求？”

巴捷拉向桌子那边探过身去，他的视线落在一份旧的《自由新闻》上，上面有一篇该报主笔撰写的社论。巴捷拉大略读了几行，点点头，然后用手指在报纸上敲敲。

“您认为这篇文章怎么样？”

布里赫不大乐意地耸耸肩膀。

“不能说我完全同意这篇文章的见解。但我也认为，真理不应该通过开群众大会和大事宣传的手段去寻找，应该客观，而不是戴着党派教条的眼镜去看问题。”

巴捷拉靠到椅背上。他给暖气烘得困倦了，眼睛慢慢地合拢来。

“别以为我要向您讲上半天大道理，不让您睡觉。其实即使我想这样做，恐怕也不会有效，因为您是受过高等教育的，会自己看问题。”

布里赫微微一笑。

“您说得对。但据我看来，我国一切正直的人们都明白他们自己的要求……至少一切政党都强调这一点。我相信会达成协议，相信理智……”

“我不知道有什么协议可言……”巴捷拉怀疑地摇摇头，“跟卖国贼没什么可谈的！他们的报纸最会嚷嚷，可也最会撒谎。昨天已经真相大白：到底谁真的要社会主义，而谁对社会主义侧目而视……出卖人民。”

布里赫不耐烦地站起来，用重浊的声音说：

“如果事情真如您说的那样，那就糟了。我可以用昨天辞职的那些人的论点来回答您，而这样，当然，我跟您就会互相揪住头发打起架来。他们显然也有自己的真理……”

“他们没有！”巴捷拉声音不高，但是坚决地说。他那有力的手抱住膝头，皱着眉头向某一点凝视良久，然后说：

“您说自己的真理？我就从来没去找过自己的真理。从很小的时候起，我就感觉到真理在我这一边。我在白铁匠那里当过学徒，我们还是拖鼻涕的毛孩子时就得干大人的活。我可不愿我的儿子尝到这种生活的滋味，他生下来不是为了再吃这种苦……我曾经有两年找不到工作。这些事情还是别想的好。您不妨问问我的妻子，她的童年时代是怎么样的……她是在砖窑里长大的。您说，要不要结束这种情况，啊？现在一小撮自私自利的家伙妄想恢复旧制度……办不到，他们休想！我们看透了他们！”他怒形于色，眼睛看着一旁，接着突然激动起来，拳头在椅子扶手上敲了一下。“为了这个我们才上街去开群众大会，必要的话，我们还会采取进一步的行动！让他们去叫喊什么‘赤色恐怖’，我们决不会给闹糊涂，这很清楚。我们是骗不过的！”

“照您这样说，好像我希望第一共和国[①]回来？”布里赫打断了他的话头。“我母亲是个洗衣妇，我自己整天跑人家教课。您还不知道那时我们过的是什么日子！等一下，让我说完！尽管如此，我还是不能、也不愿放弃使生活成其为生活的东西。请想一想，上次战争……”

“为什么会有那次战争？”巴捷拉已经很生气地问。

“好……我说，那不是单单为了面包。那次大战是要粉碎扼杀自由的、残酷的黑暗势力，打倒那些企图把自由的人们变成奴隶、把人当牲畜呼来喝去的狂徒。我亲身体验过这一切，并从中得出了教训。关于什么是‘自由’，我们看来谈不到一块儿，我们对它的理解不

① 指 1918 年 10 月捷克斯洛伐克成立共和国起到第二次世界大战以前的资产阶级共和国时期。

一样。”

他一边说，一边从门口走到窗前，又从窗前走到门口，他觉得自己像是在自言自语，因为巴捷拉没有反应。窗外夜幕重垂，灯火寥落。布里赫把前额贴在冰凉的玻璃窗上。得让头脑清醒一下！哦，这些思想简直像金属的碎片嵌在脑袋里。

周围很平静，还没有发生什么了不起的事情！布拉格在下面默不作声，但布里赫知道——城市没有入睡。这是不平常的一天！残酷的斗争这时不在寒风中，而是在屋子里电灯光下进行。等积聚了足够的力量，就要爆炸。印刷机轰隆隆地响着在印天明将泛滥全国、充塞人们头脑的文字。电话滴铃铃地响个不停。今天有多少人将在床上辗转反侧！市中心也许这时还有人在扬声器旁展开辩论。布里赫想起了英德拉·贝朗。说不定事情会弄到动刀动枪的地步；说不定国家将分成两个不共戴天的营垒。“现在坐在我房间里的这个人知道他将把枪头对准谁。昂德拉·拉滋也知道，英德拉·贝朗也知道。可是我呢？我到底站在哪一边？”这个问题今天不知已经是第几次摆到布里赫面前了。

炉火熄了，布里赫开始瑟瑟发抖。他蜷着身子，手在滑雪短外套的袖子里缩进了些，他转过身来向客人一看，情不自禁地露出微笑。巴捷拉坐在并不舒适的圈椅里，头垂向一边，嘴唇微微嘟起，发出均匀的呼吸，手搁在腿上，脸上保持着问心无愧的人那种泰然自若的神态。

这模样是那么纯朴自然，你决不会见怪。他睡着了！

3

一个寒冷的夜晚，玻璃厂的工长斯特拉卡回到家里。他在门口擦鞋毯上顿足抖去脚上的雪，搓搓冻僵的手。老头儿走进暖和的房间，看见儿子瓦茨拉夫把一只脚搁在凳上系高帮皮鞋的带子。老斯特拉卡站住了，迟疑半晌，呼吸时他那有病的支气管发出咝咝的杂音。

“该死的天气！”他仿佛在责骂什么人似的咕噜了一句，不慌不忙地把便帽挂上钩子。没有人搭碴儿。儿媳妇葆日卡转过头去在灶旁忙着，只听见锅子乒乓作声；小瓦舍克①在小床上的帐子里轻轻哼哧，他的四足岁的姊姊甘卡下巴抵住自己小床的木架，一双惺忪的倦眼注视着爸爸的一举一动。

“行了，系好啦！”小斯特拉卡挺直身子，把脚一顿——他身躯魁伟，头几乎碰到天花板——然后才向父亲看了一眼。老头儿还在那儿踌躇不决，似乎欲言又不知从何说起，他认为还是先把话头拉远一些。

“葆日卡，你那儿有没有一点儿咖啡？”他问。

儿媳点点头，拿来两只洋铁杯子放在桌上。爷儿俩对面儿坐下来，闷声不响喝咖啡，竭力不使目光相遇。瓦舍克喝完后把杯子搁在桌上，毅然站起身来。

“我得走了。”

他穿上兔皮外套，用围巾裹住脖子，检查了一下口袋里的东西。身份证、大会代表证、手帕、折刀、一包纸烟、火柴——什么也不短。剩下的只要吻一下葆日卡，对她说：“别怕，亲爱的，明天夜里我就回来，跟钟一样准时。”再抚摸一下小家伙，把甘卡轻轻拧那么一把，然后开步去上火车。瓦舍克迅速地做完了这一切，装做没有看到妻子惊恐的眼神，背上背包向门口走去。

“你背包里搁着涂牛油的面包。”妻子悄悄地说着把面孔转向阴暗处。瓦舍克心想：“我的天哪，好像我不是去开会，而是去流血打仗似的。”但他把自己控制住，顺手在妻的头上抚摸了一下。随后直到抓住了门的把手，才向父亲回过头来。老头儿想说些什么。他站在桌旁，手里拿着还剩下一点咖啡的杯子，嘴唇微微颤动着。

“再见，爹。”

“你……这个……那个……”老斯特拉卡喃喃地说着，嘎哑地咳

---

① 瓦舍克是捷克人名瓦茨拉夫的小称。这里老斯特拉卡的儿子和孙子同名。

嗽几声，“要当心，别去管那些乱糟糟的事情……你有家室……不比旁人……”

“您放心，爹，”瓦舍克不高兴地截住了他的话头，“要是哪儿有什么乱糟糟的事情，我就一定要管，您还不知道我的脾气？”

一场争执眼看着就要爆发，但瓦舍克向墙上的挂钟投了迅速的一瞥，这使他放弃了感情用事。半小时以后火车就要开往马宁，到那边再搭快车上布拉格。得抓紧时间。

“既然你上布拉格，”父亲突然放低嗓门，并且很快地垂下眼睛，仿佛不让人看出他的心思似的，说，“那你……我想……那你就去看看伊莲娜。近来那丫头一封信也不写……”

老头儿尴尬地把手一挥，搔搔两鬓稀疏的花发。他总算说出了想说的话，见鬼！这个倔强的小子要是敢拒绝，看他怎么对得起死去的母亲。

但是瓦舍克凝视着父亲，一语不发。他对父亲的要求一点也不觉得奇怪，他自己也想过这件事，可始终没有打定主意。怎么回答呢？不知道。到时候看吧，在路上再考虑考虑。

瓦舍克耸耸肩膀，走出家门。

他在积雪的路上向火车站走去，时而回头看看他家的小屋子。窗里亮着灯光。在二月的黑夜里，小屋就像一棵覆着青苔的蘑菇蹲在其他几座同样的房子一起。“好冷啊！不知我把窗下的玫瑰裹得好不好？”这个念头在瓦舍克脑中一闪，但立即被旁的更重要的思想挤到一边。工人村最后的几座小屋子也走完了，现在得穿过城和村之间的一些菜园子，经过坍塌了一半的坟场围墙和台赫曼父子玻璃厂灯火辉煌的大门。斯特拉卡父子就在这里做工。瓦舍克的爷爷也在这家厂里干了一辈子的活，在他之后是瓦舍克的父亲。老斯特拉卡在炉旁干了四十年，把肺都吹坏了，好容易当上了工长，现在被调到仓库去了。瓦舍克自己在这儿干活也已经不是第一年，不过不在炉旁，是在新建的研磨车间。研磨工瓦茨拉夫·斯拉特卡！这工作很好！瓦茨拉夫也干过苦活，受过欺负。他挨过多少耳巴子，在北方换了多少研磨工场学本领，弄坏了多少玻璃，才从一个愚蠢可怜的学徒成为一个真正的研磨工，一双笨手才变成巧手。真不愿回忆那些痛苦的年代。但无论怎样——瓦茨拉夫敢打赌！——世上没有比这更好的工作。研磨工是手艺人中拔尖儿的工匠，而且可以撇开任何本行自尊心说，这话不假。研磨工是艺术家！

台赫曼家豪华的洋房坐落在一个大花园的中央，从围绕这个花园的河上吹来的劲风刺得瓦茨拉夫的脸上生痛。他感觉到两颊冻僵了，就使劲活动面部的肌肉。雪直往脸上打，手指冻得发麻。瓦茨拉夫把两手插在口袋里，加快脚步。在台赫曼住宅的宽敞的窗户里还有灯光，可是屋子里寂静无声。仿佛这幢屋子在那里瞪着轮廓分明的五座三层楼厂房和两根像古松的树干屹立着抗御寒风的烟囱，惊恐地睐着睁大的眼睛。

在大门前经过的时候，斯特拉卡向暖烘烘的值班室里看了一下。

“啊，是瓦舍克！”在窒闷的昏暗中响起了欢迎的人声。铺位上坐着几个男人，大衣敞开着。他们在默默地抽烟。看门人一手托住头在桌旁打盹；今天不止他一个人看门。靠墙的搁板上开着无线电，不过声音很低。有人从院子里走到值班室的小窗前，用指头在玻璃上敲了几下。在路灯光下，瓦舍克认出了司炉巴泰尔卡的圆脸。巴泰尔卡跟另外几个同志在院子里值班。

“怎么样？”瓦舍克站在门口问。人们在昏暗中动了起来，他们因为睡眠不足而倦容满面。瓦舍克渐渐认出了所有的人。

“一切都很好。我们每班一小时。就是冷得够呛！”

“有什么新闻吗？”

“沃依塔已经把决议送去了。刚才经理来，他想到管理处去，说在那边忘记了什么东西。他还塞烟卷给巴泰尔卡，请求让他进去。这个蠢货！我出来干涉了，要不沃依塔会揍他，你也知道，这小子火气挺大！我对经理说：‘您睡觉去吧，经理先生，这也不是办公事的时候。别在这里转来转去——这光景可不太平哇。我们没有雅兴跟您辩论。忍着点儿吧！’”

铺位上的人笑了起来。

“他怎么说？”

“他就胡扯一通，说这是不合法的。我对他说：‘经理先生，我跟您说实话：要是您问心无愧，您可以安安心心等到一切都按法律办事的时候再来。’他开始威胁说要把我们投入监狱。后来在门口跟他们党内的盖纳争了起来，并且责备他。可是盖纳狠狠地把他顶了回去，还把党证扔在他脚边。看样子这个聪明人开了窍。经理这才打退堂鼓。对这个家伙得多加注意。”

“台赫曼没来过吗？”

“他怎么会来！他和他的儿子不愿烧着自己的尾巴，所以派那个奴才来，自己躲在比较安稳的地方。”

“唔……让我抽支烟。”瓦舍克从口袋里掏出一支烟卷，有人擦了一根火柴。“跟区上有联系吗？”他吸了一口烟问，接着又吸一口。

“那边有我们派去的贝毕克·瓦尼亚。他刚打过电话来。一切都很顺利。本来还有一些人思想不通，但听了哥特瓦尔德的演说以后，连这些人的头脑也好像豁然开朗了。”

“好吧，我得赶路了。再见！”

瓦茨拉夫在沉睡的小城的街上快步行走，他独自一人的脚步声在积雪的路上发出回响，但他并不觉得孤独。这是一种很好的感觉！仿佛整个厂一百双工人的脚跟他——厂委会主席瓦茨拉夫·斯特拉卡——在一块儿走。地势渐渐升高的一片黑暗的广场上有一个石池子，他走到这儿，把烟蒂扔进沟里。鹅毛大雪不断地往小城里落下来。本城唯一的一家黑羔羊旅馆的窗子里没有灯光。那些老主顾、雅沃尔什城里“提得起”的买卖人今天没有兴致打纸牌仗，都回去睡觉了。瓦茨拉夫心想：“你们这班老爷，你们乐和的时候赌兴真高；而现在要你们摊牌的时候，就钻进被窝里去了！”

他竖起领子，穿过广场。到了空荡荡的车站月台上，他站住了脚，心里有些纳罕。候车室门口站着三个熟人。瓦舍克借着一盏电灯昏黄的灯光认出他们后，吹了一声口哨——这可真没想到！

“这又是怎么回事？”他板起一副生气的面孔问，“你们是来欢送我的代表团吗？”

“自己猜吧。可以让你猜三次！”

同志们一一跟他握手。热气不断从他们嘴里吐出来。瓦舍克跑去买了车票，回来时他们还在月台上。

“你们还是回到家里妈妈那儿去吧。”他以责备的口吻说着推推其中一个人的腰部。

可是他们仍旧并排儿站着，像三只熊在雪地里轮流用左右脚支住重心，说着豪放的玩笑话，仿佛没有大风大雪，仿佛他们是来送瓦舍克去哪儿避暑似的。

“烟你带着吗？”一个人问。

“带着！”瓦舍克说。

其中最小的一个矮个儿小伙子腋下挟着一只匣子，这件熟悉的玩意儿引起了瓦舍克的疑心。在厂里的乐队中他吹短号，瓦舍克吹带瓣短号，他们协调得很好。

“你上哪儿吹去，小鬼？”瓦茨拉夫碰了他一下，“当心，别叫喇叭把你的嘴唇给冻牢了！”

他们分了手；跟往常一样，大伙拍拍他的背脊。从阴森森的黑暗中钻出了一台气喘吁吁的小机车，后面挂着五节车厢；它停下来，费力地呼哧着，像一匹累坏了的马。

同志们向瓦舍克挥手作别，女列车员刚把车厢门关上，挟着短号的小伙子立刻从匣子里取出乐器，想吹一支他们最近练好的活泼的《波尔卡舞曲》。可是他的手指在寒风中冻僵了，波尔卡没吹成。那小伙子放下短号，怪窘迫地眏着眼睛。瓦舍克还探出头来向冻坏的音乐家喊了一声：

“去背背谱吧，伊尔齐克！那儿应该是升 F 调！”

车窗外面是二月的黑夜，车轮匆忙地打着催眠的拍子，使人的眼睛会不自主地合拢来。一个脸上皱纹纵横、胡子很长的铁路员工坐在瓦舍克对面打盹，样子非常疲倦。从座位下透出的暖气流遍全身，使你感到一种舒适的、懒洋洋的滋味。

各种念头在脑海中旋转，有时想的都是些没精打采、令人昏昏欲睡的事情，只有在瓦舍克强打起精神不让自己睡着的时候，思想才得集中。工厂、同志们……明天他要代表他们投票。在这件事情上他镇定自若，毫不动摇。他知道该投票拥护谁，反对谁，也知道为什么。国内掀起的这场风暴对瓦舍克来说并不意外，他事先就知道这是不可避免的，知道谁要把它掀起来，也知道这场风暴结果会把谁扫荡干净。早晨从无线电里听在旧城广场上发表的演说时，他想象着演说者的容貌。

今天打早晨起发生了多少大事！星期三他们送出了第一份决议书，昨天是第二份，今天是第三份了，这份决议书已十分明确。表决的时候，没有一个人举手反对。只有三个人弃权。

有些人“赞成”只是因为害怕孤立，瓦舍克和他的同志们知道那是些什么人。

护厂队组织起来了。台赫曼他们只要敢发出仇恨的叫嚣，哼哼！……

瓦舍克的思想转到两张儿童小床和葆日卡那儿。她已经睡了吗？没有，一定没有，他了解她。他想起了从前到莫德拉瓦庄园中去跟她相会的情景。那时他常说，上那儿去等于渡银河。想到这里瓦茨拉夫笑了。他妻子出身于没有土地、只得低头为地主干活的人家；她对老爷们素来怀有畏惧之心。葆日卡怕羞、谦和，在她是个姑娘的时候这使瓦舍克觉得她楚楚可怜，可现在这种性格有时却惹他生气。他责备过她好几次：“你别那么老像一只可怜巴巴的绵羊。你哪一点也不比那些城里的有钱女人差。星期天你打扮一下，跟我上维伊罗夫玩儿去。你是一个工人的妻子，你可以因此自豪！半点儿也不假。”星期天他们去了。瓦茨拉夫带着短号，还在路上、在树林子里就吹。告诉你们，斯特拉卡是个音乐之家，每个人都会吹吹敲敲，拉拉弹弹。跳舞的时候瓦舍克把短号搁在一边，直要把葆日卡转得两腿发软。

他们小屋子里的生活可以说是挺好的，但里边也有疙瘩。就拿父亲来说吧，瓦舍克一想起他就会浑身不是滋味。哦呵，这个老社会民主党员！最近他跟父亲动不动就发生冲突，要不是做儿子的竭力克制自己，事情会闹得更糟……父亲陷入了机会主义的泥坑，他一脑袋尽是糊涂思想。他说他赞成社会主义，可是他明明袒护台赫曼。他说，走向社会主义得按部就班，不用暴力，不能像那些没头脑的布尔什维克那样搞法。他说台赫曼是个好人，心地不坏。可记得死去的母亲生病的时候，他亲自上我们家来过，问我们是不是需要什么，还借车借钱给我们。本来嘛，为什么不借？台赫曼一家从我们身上剥削去的要多一百倍：我们家三代为这些吸血鬼卖命干活。究竟是什么把父亲迷惑住了？是不是因为台赫曼在经济危机时期没把他解雇？是不是因为把他升了工长？难道父亲没看见那时有多少人被撵在厂门外面？难道他只为自己着想？台赫曼到厂里去的时候，总是在老头儿背上拍拍，“工长先生”长，“工长先生”短，向父亲敬烟，他就乐得忘记了根本。他常说：“我们老板真是好心肠，他待人多好！斯特拉卡家素来都是规规矩矩的工人，谁也不能煽动他们闹事。行动得用理智，得讲体面。有事可以好好商量。”

每次听到这样的话瓦舍克简直都要气炸了。他挥动着两只手向父亲大喊：“你们社会民主党这套酒吧间里的政客手段只会给我们重新套上颈轭。你们要什么？是不是要等台赫曼投票拥护社会主义？告诉您，像你们这样的机会主义者即使等上一千年、一万年也等不到社会主义！资本家用廉价把你们一古脑儿连同你们的党都买下了。总算还好，你们的党内除了老顽固，也有一些人不打算等待社会主义在获得工厂主老爷们的准许后自己来到！照这样等待下去，社会主义不但不会来，老爷们倒要把这个共和国砸得粉碎了！这回老爷们又翘起了尾巴，但是失算了。现在他们面前不像一九二〇年那样只有一个窝囊废的社会民主党，现在有我们！您等着瞧，虽然可敬的德尔蒂纳兄弟把附逆分子台赫曼的一切投机勾当都宽恕了，可是我们要把它们全部揭发出来，那时您去同情他吧。您会看到，他是否真的那么把正派老实的工人当作自己人，他是否真的那么爱我们大家。”

可是这个吹玻璃老工人你跟他怎么说也是白搭：他就是不明白！

葆日卡装聋作哑，有好几回当她从小店里买了东西回去的时候，甘卡就向母亲报告：“爸爸刚才跟爷爷吵嘴。”老头儿咕噜着，气得面红耳赤，威胁着说在晚年还要离开这个给布尔什维克迷了心窍、到头来准得坐牢的逆子，搬到别处去住。

老头儿早晨上工厂，傍晚回家，在小花园里弄弄摸摸，长吁短叹地怀念故世的老伴和出嫁的女儿伊莲娜。他一直不放弃自己的立场，老护着台赫曼。他在这个老板那儿干了五十年啦。那些没头脑的共产党就是想叫玉石俱焚！只要回忆一下历次罢工的情况：不管把裤带束得多紧，倒霉的总是工人。老板也受损失！应该好好协商，而不是在一举手间解决！在俄国是好的办法在我们这儿就不一定好。再说，那一切在俄国是流了多少血才换来的。社会主义？那自然，谁反对社会主义？我的天，老斯特拉卡自己从青年时代起就向往着这个崇高的理想！但老头儿觉得这像是一场走向彩虹的旅行，像是一团美丽的幻想。他已经认定自己是等不到这幻想实现的了。难道说，为了实现那些很久以前的愿望，得改变一切，毁掉一切，甚至动用暴力？不，不，一百个不！他一想到这就着恼。

还有伊莲娜……瓦舍克很喜欢他的妹妹，虽然他长她十二岁，但兄妹俩以前一直相亲相爱。可是现在，只要一提到伊莲娜，老头儿就会像火药一样爆炸起来。于是儿子也跟着发作。

“这没什么奇怪，”在那种时候瓦舍克会大声怒喝，“像您这样崇拜资本主义的人，对她的婚姻自然是再满意不过的了！这是一桩多么有利的亲事，多体面的女婿！真是愈想愈乐！开厂的大老板，有的是金银财宝，钞票多得数不清，还有自备小汽车。您尽可以上他阔气的公馆里去坐坐，让您的一把工人老骨头舒坦舒坦！我可不想跟这位投机商妹丈结交。一个人光明磊落地劳动能发这么大的财，任谁说给我听我都不信。等着瞧吧，时候到了，自会弄清楚的！”

在那种时候老斯特拉卡差点儿就要气死。他的伊莲卡[①]因为是晚年所得，在家里受到格外的宠爱。她生下的时候父亲已经上了年纪。由于母亲死得早，父亲自己抚养她，他看着她像一朵玫瑰那样开放，出落得极其美丽。而且又是多么聪明！人们常对他说：“您的伊莲娜真是个天才！”她从小就学音乐，那时斯特拉卡宁可全家吃不饱，也要让小姑娘能上音乐学校。伊莲卡还不到十岁，雅沃尔什城里就没有一次业余音乐会或者校庆联欢会能少得了她。瓦舍克虽然喜欢妹妹，可常常不以为然地说：“您把小姑娘的头脑给弄昏了。您把她当有钱人家的小姐那样惯纵，溺爱。其实是在害她！”

终于——那时战争还刚开始——伊莲娜上布拉格投考音乐学院去了。在毕业音乐会上——那时战争已经结束——特地赶去的老头儿看到自己的女儿在灯光辉煌的舞台上，听到暴雨一般的掌声，忍不住流出了眼泪。老头儿指着报纸对儿子说：“你瞧：‘才气横溢的伊莲娜·斯特拉科娃’……这是白纸上印的黑字。”可是瓦茨拉夫给他泼冷水：“别高兴得太早。音乐是最需要下苦功的。您老是光说天才。天才不能给她太多的帮助。天才——这仅仅是基础。”

伊莲娜出嫁的时候，瓦舍克拒绝去参加婚礼。老头儿一个人去了，回来后对伊莲娜的住宅赞不绝口，还夸奖那位阔女婿如何敬他胜敬父亲。老头儿骂瓦茨拉夫不识抬举，是块没有感情的木头。“你不知道你这种孩子气使伊莲卡多么扫兴！可怜她勉强噙着眼泪。你真不害臊！”瓦舍克也怒气大发，用拳头敲着桌子证明自己是对的。“您要在婚礼上做您的丈人峰只管请便！您说伊莲卡嫁了个工厂主，是因为她爱他？那是她的事情！我高攀不上您的好女婿，我跟他在一块儿非吵了架散场不可。瞧着吧，看会有什么结果。”

他一次也没看到过婚后的伊莲娜，她仿佛根本就失踪了。瓦茨拉夫想起从前那个纤弱的、富于幻想力的金发小姑娘，心里就会勾起淡淡的惆怅。要不要去一趟？……不！也许他做了件蠢事，伤了她的

---

① 伊莲娜的爱称。

心？也许是这样。这种事情是不能勉强的，既爱之，则嫁之。譬如说，要是葆日卡是个地主小姐，而不是雇农[①]的女儿，你会不会爱上她呢？谁知道！但你能想象葆日卡是个地主小姐吗？不能！

关于伊莲娜这门亲事始终是一个争论的问题。

父亲有时收到布拉格的来信。瓦舍克看着老头儿把信拿到自己的小房间里去，过后带着一脸遐想的神情在小花园里踱来踱去，像收到了一件说多好有多好的礼物似的。真是个怪老人！有一次，父亲上布拉格去"看看那小两口儿"，回来后直夸他们，还给孩子们带来了姑姑送的礼物，她向全家问好。瓦舍克闷闷不乐地瞧着一旁，面有愠色。最后他绷着脸问："他们家有没有会喷水的钟？有没有带蝴蝶结的小狮子狗？没有？您的女婿有没有为您的伊莲娜在池子里养一条鳄鱼？真见鬼，我不能想象一个工人家庭出身的姑娘怎么能没有鳄鱼？"

但是，今天父亲的话毕竟使他有些动心！瓦舍克自己也想过："到了布拉格，要不要去看看妹妹？算了，到时候看吧。发生了这样的事件，可我尽想些鸡毛蒜皮的名堂。"他的思想重又回到工厂和在院子里值班的同志们那里。

火车总算到了马宁。在这儿得挨冻呆上两小时等去布拉格的快车到来。瓦舍克走到没有檐棚的月台上，在那儿看到了几张熟悉的脸——那是雅沃尔什附近几家纺织厂里的同志。他们也是去参加工会代表大会的。

三小时以后，当他们走出车站来到布拉格寒冷的街上时，在首都白皑皑的马路上，新的一天——二月二十二日——已经在破晓前的朦胧中开始了。

4

洋房的楼梯筑在华丽的凹壁中，周围笼罩着有钱人住宅区的静

---

① 指旧时捷克斯洛伐克的一种雇农，自己有少得可怜的一点生产资料，主要为地主干活换取实物报酬。——俄译者注

穆气氛。瓦舍克钉有铁钉的皮鞋踏在红色的草垫上毫无声音，这使他有点儿局促不安；瓦舍克觉得自己像一只猫悄悄地移动着柔软的脚爪。

他环顾四周，吹了一声口哨，摇摇头。

这就是她住的地方！

刚才在街上甚至不必打亮打火机看门口的一块铜牌，因为寂静中突然传来了钢琴的声音。瓦舍克踩着梯级走上去，琴声愈来愈响。楼上，纤细的手指正在一口雪白的阔牙似的键盘上奔跑，清脆的、几乎是透明的旋律荡漾在静悄悄的屋里，渐渐转为低沉，发出忧郁的颤音，直入你的心坎。倏忽间，琴声戛然而止。在余音未绝的片刻寂静之后，旋律重又出现，好像带着一种愤激、倔强的情绪，预示着急剧的落调。

瓦舍克听出这是一位老手在演奏肖邦的作品。但他听着总觉得不太顺耳。不过他心想："我是在吹毛求疵。难道因为她在这屋子里演奏，就连肖邦的作品也会使人不喜欢了？荒唐！别三心二意的，我这就按铃！"

他走到一扇漆成乳白色的门前站住，举手正要按铃，可是又犹豫起来（这不知是第几次了！）他不高兴地看看手表，又经过一阵难堪的考虑，连他自己对自己这种踌躇不决的态度也着恼了，这才毅然按铃，并深深地喘了口气。

滴铃铃！铃声打断了肖邦的叙事曲。静悄悄。半晌没人开门。瓦舍克站在柔软的擦鞋毯上等了好久，心里又在嘀咕，还是跟同志们一起走的好，不该上这敌巢来。经过了这样的一天再到这地方来简直是自己给自己泼冷水。"都是爹要我来的，"他想道，"可是现在还说这些干吗……"

哦，这是怎么样的一天啊！瓦舍克整个身躯都充满了狂喜，他一生中还从来没有过这样的感觉。在工业宫巍峨的穹顶下度过的几个小时，仿佛改变了瓦舍克的面貌和思想。很难讲述这到底是怎么回事。你就是意识到，拨开乌云和浓雾看到了朗朗乾坤。你的思路变得豁畅，犹豫和动摇一扫而空。瞧，斯特拉卡，这就是路，党给你指示了路，你在青天白日之下亲眼看到了这条路，就该咬紧牙关奔向战场……快回到雅沃尔什去！那边不知怎么样了？

这一天里瓦茨拉夫考虑了很久：要不要去看看妹妹？这个念头使他不得安宁，他努力把它排遣开去，但在比较安静的几分钟内，在他几乎是站着胡乱吞下一顿午餐的时候，这念头又来纠缠不清，像一只讨厌的苍蝇在头脑里嗡嗡地叫个不停。

结果他还是来到了这里！

……瓦茨拉夫在大会结束后跟同志们分手，他拿定了主意去看妹妹。他们一小群人站在一起，约好在火车站见面，坐八点多钟的一趟车走。然后再一次互相握手，一边闪让那些拚命揿着喇叭在暮色渐浓的街上大声为自己开路的公共汽车。再见了，同志们！

瓦舍克舍不得离开他们。他们打早晨起就坐在一块儿搓揉冻僵的手。大厅里很冷，虽然在瓦舍克的座椅附近生着一只煤炉。八千名代表呼出的热气比这炉子散发的热多得多。挤得满满的大厅里不时爆发出热烈的鼓掌，掌声震撼屋宇，而且愈来愈响，如春天降临前的疾风骤雨，突然又静了下来——在这样的时候手比烤火还暖和，大厅里一片肃静，显示出高度自觉的纪律性和威严的力量。

讲话继续进行。

讲话的是哥特瓦尔德。声调平稳的话语飞向代表席，仿佛直说到你的心里，掌握住你的思想，帮助你挺起胸膛。瓦茨拉夫伸长了脖子，因为有几顶帽子挡住了他的视线；在一头白狮子的巨大造型下面，他第一次看到了演讲人这张熟悉的、如此亲切的脸。瓦舍克注视着他脸上闪出的每一次平静的微笑，注视着他的每一个动作。他说的每一句话都充满了钢铁般的信心：

“但是反动派失算了。他们妄想重演一九二〇年的历史[①]，可是

---

① 1920年，由于社会民主党右翼的出卖，捷克斯洛伐克建立了地主资产阶级专政。

他们忘了，哥特瓦尔德不是都萨尔[1]……”

瓦舍克还一下子认出了话筒旁一个戴眼镜的人，他长着一张忠厚的、工人的脸……那是萨波托斯基！瓦舍克想碰一下邻座的人，告诉他那是谁。可是邻座的同志正聚精会神地听着。其实又何必去告诉他，他自己也知道。

你心中积着的愤怒在这里流入了众怒的海洋。演讲人指出了这种愤怒的原因。兴风作浪的人将要自食其果。现在，这一场惊天动地、荡洗邪恶的暴风雨来临了。听着演讲人的话，心里想着工厂，好像看到了昏暗而暖烘烘的值班室里同志们的脸，想起昨天告别他们的情景，看到葆日卡、孩子、爹……老头儿要是在这里，他也会明白过来！我们厂里的情况跟演讲人说的完全一样：台赫曼和他的走狗不也曾经企图收买我们中间的某些人吗？甚至还想收买厂委会呢！……

提案表决了。有什么可犹豫的！拥护进一步国有化……包括我们的厂在内！老爷们，你们怕没料到这一着吧！台赫曼父子这下可不能再榨工厂的油、偷国家的钱了，你们再也没法用工人的钱投机倒把了。老爷们，你们世世代代掠夺我们，——从我爷爷身上就开始了！——现在我们只不过要把自己创造的财富拿到自己手里。我们要宣布罢工！所有那些台赫曼之流，要让你们领教一下无产阶级团结的厉害，这是强大的力量！这次罢工还仅仅是小试牛刀，但要是你们还手痒，管教你们没水用，没电灯点，没法清点抢来的巨额财富……我们厂里的人这时一定在收听广播……快些到他们那边去！得把一切的一切全告诉他们。不过我能行吗？且不管嘴笨语拙，言不成文，我要把大会的情况、代表们的情绪和处处可以感觉到的力量向同志们传达。

像通了电流一般热情奋发的瓦茨拉夫，跟其他数千名代表一起从不太结实的座椅上站起来鼓掌。掌声如狂风暴雨。表决的时候你觉得你的手是自动举起来的。你四面一看，可以看见一片手的森林。这是

---

① 社会民主党右翼领袖，1919—1920 年间任内阁总理。——俄译者注

胜利！

最后，瓦茨拉夫站起来，用他沙哑的男中音加入声震广厦的大合唱，他以全部音量，以整个身体唱着：

……这是最后的斗争，团结起来到明天，

英特奈新纳尔就一定要实现。

稍迟，当瓦茨拉夫拿定了去看妹妹的主意，一个人走在布拉格的街上时，他还有点儿头晕。他觉得全城处于亢奋中。下一步该做什么？他不知道伊莲娜的地址。在一家小饭馆里，他借到一本翻破了的电话簿，用指头点着逐条查阅。啊哈，找到了：昂德列依·拉滋，勃尔瑞符诺夫街。

在一辆满载乘客的电车上，瓦茨拉夫给挤得紧贴着冰凉的制动轮。到了市中心，他换坐另一辆电车。一个由爸爸掮上电车的凸眼珠小家伙在瓦茨拉夫耳边吹硬纸做的喇叭，咧开一张缺牙的嘴向他微笑；看样子他刚逛罢了市集回家去。瓦茨拉夫也朝着小家伙报以友好的微笑，还轻轻捏了一下他的翘鼻子。

瓦茨拉夫已经想转身走了，但在迟疑片刻之后，又按了一次铃。门开了，伊莲娜站在门口。

“瓦舍克！！”

“嗨！”他困惑地说，“是我。我到布拉格来，心想来看看你。这就来了。”

伊莲娜急忙把方格寝衣裹紧些，把搭拉在额前的一绺金发往上一撂。这动作是瓦舍克非常熟悉的。伊莲娜愣过一阵以后，抱住哥哥，在他颊上热烈地吻了一下。

“瓦舍克！这真是你，还是我眼花了？”

“去你的！你摸摸我，难道我真像个幽灵，太太？等一下，让我抖去身上的雪！”

他毅然走进过道，摘下鸭舌帽，可是皮包却不放手，似乎生怕被偷走似的，钉着铁钉的皮鞋满不在乎地踏在豪华的地毯上。伊莲娜连声向哥哥问这问那，他简直来不及一一回答。

“你呀，”瓦茨拉夫思忖道，“倒像是真的很高兴看见我。好吧，瞧瞧吧。”

他外套不脱，跨进房间打量了一番。落地灯下面有几张套着花布套的安乐椅，一架大钢琴撑开着琴盖——这乐器是精品！瓦舍克用手碰碰一架漂亮的收音电唱两用机，他的目光停留在光滑如镜的一张带酒瓶架和书架的红木写字台上。这时他忍不住又吹了一声口哨，手仍旧插在口袋里。

“哦嚯嚯！”他不拘礼地说，“我瞧你过的日子十足像个贵族夫人。怪不得你不想念老家。我还是别再往里走了，免得把你的地毯踩得全是脚印。”

伊莲娜无可奈何地一笑，佯装没注意到他话中的责备口吻。瓦茨拉夫理会到这一点，态度也就缓和了些。直到现在她才摆脱愣然若失的状态，但从她恍恍惚惚的举动瓦茨拉夫看出了不安和惊恐。她说话好像有些匆忙，瓦舍克觉得妹妹身上出现了他以前不知道的一种新的气质。

“坐下，瓦舍克，别逼着人家请求你。你说，我该用什么招待你。”

瓦舍克固执地摇摇头，把手一挥。伊莲娜再三要他把外套脱了，好像这对她不知有多重要似的。可是瓦舍克就是不脱。最后，她总算让他在软软的安乐椅里坐下。在硬椅子上整整坐了一天的瓦舍克，给这张为富贵的懒虫们造的安乐椅搂在温暖的怀抱里觉得浑身不自在。他把胳膊肘支着软绵绵的靠手，将身子挪到椅子边上，交叉起两手的指头，上身向前倾侧，摆出一副等待的姿势坐着。

“瓦舍克，瓦舍克，你叫我高兴极了！你想象不到，结婚那天我们是多么扫兴。昂德拉甚至要派汽车去接你呢……”

“得了，”瓦茨拉夫断然截住她的话头，“别谈这些事了。我到这儿不是来听责备话的。我看到你身体挺好……你丈夫大概也好，那还有什么可说的？”

伊莲娜在他对面一张低矮的软凳上坐下，把又敞开来的寝衣在膝上裹紧些，怪不好意思地拿起一只金属的香烟盒向哥哥敬烟。瓦舍克拒绝了烟卷，不过对妹妹平和地笑了一笑。

“看在上帝分上，别为我张罗。我今天已经抽得够多了，我也不是为了吃你白食才来的。你一个人在家吗？”

“一个人。昂德拉在外面跑，他近来很忙。”

“我想是的！”他暗暗一笑，“这样更好。我们聊一会儿，我还要去赶火车。我不是休假来的：刚才在开工会代表大会，现在要回厂去了。你也知道外面的情形。”

伊莲娜想请他喝点儿热茶，可是瓦舍克不要。他从皮包里取出一大块涂牛油的面包，开始津津有味地一口口咬着吃，一边点头点脑听妹妹说话，后来，他还是让妹妹给他倒了一点酒，一饮而尽，用行家的眼光看看那只车料玻璃的酒杯，然后放在桌上。

“手艺不坏，”他含糊地称许道，“是北方造的。”接着心平气和地转脸向着伊莲娜，她正在以连珠炮一般的问话向他轰击。他三言两语地应答着，还用手势帮忙，表示家里人都好。爹的支气管不太好，这是他干了一辈子活积成的病。雅沃尔什没什么新闻，就是亚那塔老爹去世了，还有村里的魏维尔卡生了第五个男孩子，老头子将来一定能组织一个家庭足球队……葆日卡很好，孩子们也都好。小瓦舍克正在出牙齿，有时要嚷疼。对了，你还没看见过他呢，是吗？嘿，一个小胖子！

瓦茨拉夫说着家乡的事，时而向妹妹瞧瞧。他不满于她，也不会掩饰这种感情。那么到底为了什么呢？伊莲娜还是伊莲娜。从她身上他能认出当年梳两条小辫子的女孩，就是那个他自己还是少年时常掮在肩上的任性、倔强的小女孩；后来她长成了一个颀长的姑娘，瓦茨拉夫还想得起她坐在旧钢琴前弹奏的情景，这架钢琴是他自己有一次用马车装回家来的。是的，她还是那个伊莲娜，就是憔悴了些，带着几分倦容。她那双在盛怒时会透过下垂的睫毛闪出绿色火光的灵活的眼睛、稍稍嫌阔的嘴、牵动自如的鼻孔、柔密的金发——都还是老样子。“她甚至比以前美了。”瓦茨拉夫心想。然而同时伊莲娜却好像成了外人。这个抹口红的沙龙少妇，穿着一件光亮刺眼的寝衣，难道这就是当年常卷起裙子在黏土河岸上玩儿、声嘶力竭地跟那些泼水惹她的砖窑童工对骂的伊莲卡？记得瓦舍克有时还得挺身出去保护妹妹，因为她的力气比不上村里那些野孩子，她有些被惯坏了，动不动就哭。任性的伊莲卡！她秉性善良，但也喜欢撒野。有时瓦舍克扯扯她的辫子闹着玩儿，她会像条恶狗似的咬他的手，旋即哈哈大笑。瓦舍克想到这里，再看看伊莲娜如今变成这个样子，突然一阵无名火起。

在温暖的房间里，瓦舍克摆脱了困惑的感觉，他决定单刀直入跟妹妹谈一谈。而她不安的神态更促使他这样做。

“那么你怎么样呢？”他问，“过着王后一样的生活是吗？”他指指室内的陈设，“你丈夫为了把所有这些玩意儿放到你身边，一定得常常到处跑吧。是啊……主要的是这一切有没有弄昏了你的头脑？”

“可是，瓦舍克……”

“我并不怪你！”他不让她辩解，“我也不羡慕你，你是知道我的。你爱他，至少我这样想，附带得到了这些阔绰的排场……这是你的事情。”

“昂德拉是个好人，瓦舍克。你不了解他……”

“我不跟你争论。这种事情很难说。有些人在家里十足像一只绵羊。你别以为我要离间你们夫妇的感情。我只是随便说说……你自己有头脑，你也看到周围的情况。我个人跟他没什么过不去，不过，你也明白，我跟他说不到一块儿。事实如此。如果他真是个好人，这在我们认真对付他以及像他那种人的时候自会看得出来的。那时他们也许会变成咬人的黄狼。”

“求求你别说这样的话，瓦舍克，”伊莲娜红着脸说，“我甚至不知道正在发生的是什么事情。我向你承认，我不懂这些。”

“问题就在这里！”

“可是，我的上帝，人总还是人哪！你到底看不惯昂德拉哪一点？你还完全不了解他呢！”

瓦舍克作了个不耐烦的手势。

“算了，算了，我们不谈这些，好妹妹……也许的确是这样……”他向她凑近些，继续说的时候用一只手握成拳头敲着另一只的手掌，似乎难以确切地表达自己的意思，“你要明白，我个人跟他没什么过不去。不过我听人家谈起过他……我希望你好好考虑考虑，别忘了你是工人斯特拉卡的女儿。对我说来，你丈夫首先是一个资本家，也就是说，是我们的阶级敌人。而你简直像个小孩，不懂得你周围的事情。今天我在大会上投了票反对他们。他们掠夺人民。不管你爱听不爱听，反正这是事实！你只要想一想，——这样的排场靠正直的劳动是置不起的。这都是干投机倒把等黑暗勾当发的横财。我投的票也是反对你丈夫的，小姑娘。要是我有五十只手，我都会举起来，而且眼睛也不眨一眨，你可以相信！就是这样！”

他并不住口，虽然看到伊莲娜不以为然地连连摇头，而且显然在勉强忍耐着没有把耳朵塞起来。她苍白的脸上出现了朵朵红晕，她把一杯咖啡猝然放在茶几上，站起身来。

“瓦舍克，你的成见太深……你丝毫也没有变！”

她两手紧贴鬓角在地毯上走了一阵，然后走到哥哥身旁。

“我的好哥哥！你对我说这些话干吗？照你的意思，仅仅为了记住我是工人斯特拉卡的女儿，我就应该搬到破屋子里去住？还是你要我无缘无故跟昂德拉闹离婚？我看没有任何理由！就因为他挣钱多？难道这是犯法的？昂德拉是个正派人……”

“这我们将来会知道的。”

“是的，他是正派人！看到你来我高兴极了，可是现在……”

“太太，要是我稍微碰到了你的痛处，请原谅……”

“够了，瓦舍克，别谈这些了。你有成见，就像所有的……”

“像所有的共产党员一样？”瓦茨拉夫用拳头在腿上敲了一下，

“不错，你说得对。你跟爹谈倒是比较谈得来，他乐于接受这一套，他容易受骗。我可不！你说我有成见？是的，而且还很深！今天比平时更深。理由我可以举出一千条。”

“那么你究竟要我怎么样呢？”伊莲娜提高了嗓门。

“要你珍重，没别的。不要给人家拖去反对我们。因为归根结蒂这就是反对你自己。将来你会明白的……”

“得了！这都是老生常谈。你还会向我解释，说昂德拉是剥削者……虽然这个人你还从来没见过！你会说我……”

“我是要这么说，伊莲娜，这是事实！三岁小孩也……”

“你算了吧！”她终于叫喊起来，接着在他对面坐下，由于激动而涨红了脸，一边神经质地揪弄着一条花边手绢。“算了吧！难道说，在你和你那些共产党员看来，他是个剥削者？！”

她惑然不解地摇摇头，模样像是受了委屈。伊莲娜对于什么叫剥削者实在还不大清楚，她对这问题的看法相当幼稚，她认为至少她的昂德拉不是剥削者！丈夫的事情她从不过问，他也不喜欢你问。“天真无邪的小猫，你还是坐到钢琴前面去，”他常用开玩笑的口吻说，“这副讨厌而沉重的担子让我一个人挑吧。政治和商业是男人的事情。”

伊莲娜头抬起来，瓦舍克的冷笑使她对自己失去了控制。

“你简直无聊！”她发作了，“你太忍心！哥哥来看看我，我自然很高兴，可是谁想到来的竟是一位共产主义宣传员和挑拨者。瓦舍克，政治纷争我闹不清楚，但是有一点我很清楚：昂德拉是我的丈夫。你懂吗？他待我好，这对我就够了！”

“好极了！”瓦茨拉夫冷笑一声，摆手指着房间里的陈设，“全部原因就在这里？好坚定的政治信仰！”

“收起你那套政治信仰，这是你的事情。你是不是特意来羞辱我的？你们要怎么样？要毁了昂德拉？为什么？我不能同意，瓦舍克，爹也不会同意！要是你们把他毁了，那我一定跟你们没完，懂吗？我要反对你们所有的人，甚至反对你，瓦舍克！你的话跟所有这一切都叫我害怕……”

她不再往下说，两手捧住了脸。她太失望了！

瓦茨拉夫坐在她对面茫无所措。他素来害怕女人的眼泪。最后他无可奈何地耸耸肩膀站起来。

“那么我……走了，”他慢慢地说，一边扣上外套的钮扣，后来又忍不住把自己的一只大手搁在伊莲娜肩上，“听我说，妹妹。我们把这些话忘了吧。要是我不希望你好，就叫我遭五雷击顶。一切都决定于你丈夫的态度。只要谁愿意老老实实地工作，我们共和国永远为他们开着大门。至于见不得人的勾当则必须结束。小姑娘，睁开眼睛吧，到那时我会第一个走到你面前说：伊莲娜，拉住我的手！”

“你说得对，我们不谈这些！”

她用一双湿润的眼睛看着他，竭力想露出微笑，但是，兄妹之情压到其他一切感情的那短暂的几分钟已经追不回来，他们各自用不同的调子说话。瓦舍克皱着眉头把话题转到音乐上去，问伊莲娜几时开音乐会，但他感觉到触及了她的痛处，就没再往下问。“也许，她在萧邦那一方面也不顺利？”这个想法给他带来了痛苦的满意，他又把这房间环视一周。这里的一切都不顺他眼，尤其是伊莲娜，她的寝衣和抹着口红的嘴唇，她学会了夹烟卷的姿势，还有她向天花板吐烟的神态，他都看不惯……瓦舍克觉得自己像一部无聊透顶的美国影片里的人物，这部影片他没看完就走了出来。

他再也没说什么，就像一尊雕像似的站着，妹妹往他口袋里塞巧克力糖给孩子们吃。地毯好像在烧他的脚，只觉得周身无力。瓦茨拉夫打了个呵欠。

“好吧，祝你健康，妹妹。我得赶火车去了。你……有空来看看我们。我的小瓦舍克准叫你喜欢……葆日卡也……”

他没有把这句话说完。黑暗的过道里发出钥匙在锁孔中转动的声音，门咯的一声响。伊莲娜怪不自然地掠掠头发，强作镇静。

他们在过道里遇见了拉滋。昂德列依对着镜子在梳头发，嘴里不自主地吹着流行歌曲，他根本没想到家里有客人。

“你好，小猫咪！”他向伊莲娜转过身来，但看到她背后门口站着一个魁梧的大汉，连忙收住已经到了嘴边的玩笑话。

“你好，昂德拉！”她答道，在半晌难堪的冷场以后，她轻轻地说：“这是瓦舍克，我的哥哥……我跟你说起过他。他上布拉格来开……”

“啊，稀客，稀客！”拉滋说，他想装得有说有笑的样子，但是一看客人绷得紧紧的脸，随即打消这个念头。瓦舍克想象中的妹夫完全是另一个模样，现在看到昂德列依身材伟岸，一张脸很不讨厌，而且初看起来颇能赚人信任，不禁有些纳罕。你原来是这么个人！他们用注意的目光互相打量，在这微妙的一瞬间，两个人已经给对方的性格作出了评价。

拉滋主动打破了沉默。

“看见您很高兴。我是拉滋。”他干巴巴地说，竭力使这句敷衍话听起来十分冷淡，同时也是一种有礼貌的暗示：表示客人可以走了。今天拉滋根本没有心思叙亲谊谈家常。

他伸出一只手。

“斯特拉卡。”瓦舍克的自我介绍简直像放枪。

“杀气腾腾，真有意思！”拉滋心想；这位不讲礼貌的无产者并不掩饰自己的阶级仇恨，这使他觉得很有趣。“你瞧瞧，他的颧骨凸了起来，嘴边的皱纹也加深了。这种人全部思想都在脸上！”

“怎么样，穷鬼，伸出你的手来吧！来吧！”拉滋的眼睛在向舅兄挑战。

可是他失算了。

瓦舍克觉察到拉滋脸带轻蔑的冷笑向他伸过手来，略加迟疑之后，也伸出手去使劲握住对方的指头。使劲，再紧些！瓦舍克咬紧牙关，把所有的力气、全部的阶级仇恨都倾注于这一握中。这实在有些傻。瓦舍克感觉到他握着的不是公子哥儿的柔嫩小手，——不，这小子照样在抵抗。好吧，我叫你尝尝厉害！瓦舍克把手握得更紧了。拉滋的手好像被铁钳夹住，但是他不吱一声，虽然痛得要命。他甚至还憋出一丝笑意，尽管他的额上涔出了汗珠，眼前开始发黑。坚持住！过了可怕的几秒钟。伊莲娜屏住了呼吸，惊恐地望着他们，呆若木鸡。

瓦舍克放开拉滋的手，把便帽往一头黄发上一扣，含糊告辞后，很快地去拉门的把手。在门口他回过头来向伊莲娜意味深长地点点头，但并不看她的丈夫——昂德列依刚恢复常态，正想活络一下麻木的手指。

门砰的一声关上了。

暮色苍茫的街上，研磨工瓦茨拉夫·斯特拉卡在一幢幢阴暗的洋房之间匆匆走着，一边气呼呼地自言自语："你好，小猫咪！"他若有所思地摇摇头，在经过一只满满的垃圾箱时，好不容易才控制住自己没对它踢上一脚。他把手探进外套的口袋，摸到一包有些变软的巧克力糖。"我是个笨蛋！"他掏出那包糖怒冲冲地把它扔掉，好像摆脱了一件沉重的废物，甚至还啐上一口。内心的紧张松弛了。瓦茨拉夫开始冷静地思考。真是件令人恶心的事情！

他加快脚步，跳上了一辆已经开动的电车。

5

哥哥走后，伊莲娜在椅子的靠手上坐下，两手垂在膝上。门的声音使她从痛苦的麻木状态中清醒过来。浴室里响起了水声，疲乏的昂德拉在水龙头下冲洗。

伊莲娜走到浴室门口，身靠门框站着，毫无表情地默默看他捧着一把一把的冷水往脸上和脖子上泼得好不痛快。他那挺出的胸脯像是一座健美的雕塑，身体一动，那些富于弹性的肌肉就在皮肤下面搏动。他抬头看见妻子在门口，向她作了一个不自然的微笑。

"怎么样，小姑娘，有什么新闻吗？"他愉快地用毛巾擦着脖子问。

她耸耸肩膀，手指互相交叉垫在脑后抵住门框。

“你生气吗？”

昂德拉拿着毛巾愣住了。

“生什么气？”他觉得很突兀。

“生瓦舍克的气。”

昂德列依笑着摇摇头。

“这算不了什么！这一切都符合今天所发生的事件的精神。亲爱的舅兄并没有能惹我发作。握手——这是他的拿手杰作。我希望这位赤色宣传员的话没有损害你的健康。”

从昂德列依匆促的举动可以感到他今天既没有时间、也没有兴致闲扯。他穿好衬衫，温柔地搂住伊莲娜走到房间里，自己倒在窗边一张沙发里，闭上了眼睛。

“这真是倒霉的一天，小姑娘，”他靠在软垫上疲乏地说，“尽是丧气的事情。法尔塔和拉才茨基律师没来找过我吗？我等他们，我们今天还有些事情要商量。”

他伸伸懒腰，问伊莲娜白天在做什么，可是没等到她回答，他已经把两手枕在头下睡着了。

当伊莲娜开落地灯的时候，昂德拉醒过来，茫然望着灯光，看看手表。.

“见鬼，时间过得真快！我睡得像条死猪似的，你别生气，可是现在请别来打搅我。等拉才茨基和法尔塔来了，你领他们到我那儿来。”

他晚饭也不要吃，擦擦睡意未消的脸，没再说什么别的，就到自己书房里去了。只听见他一会儿在打字机上打字，一会儿拨电话号码，压低了嗓门不知跟谁谈上好久。电话咯的一声挂断了，又响起打字声。在短暂的间歇时刻，可以听到他踩着拼花地板从书桌到窗前来回迅速走动的脚步声。接着打字机又响了起来。过了一些时候，门倏地打开。昂德列依不耐烦地探出头来问：

“还没来？”

他额上出现了一道很深的皱纹，他疑惑地看看手表，摇摇头。

伊莲娜坐在安乐椅里，一本书搁在腿上。书看不进去。她渐渐被不安所包围，这种感觉甚至渗透到指尖。伊莲娜把书放在桌上，手机械地打开了收音机，黑色的针开始在许多城市名称上滑动。世界向她发出劈劈啪啪的响声和连续不断的吼叫。有一会儿她听到语气十分激烈的谈话，说的不知是哪国语言，最后以一声枪响告终。一家电台在播送调子低沉的爵士音乐，单簧管吹着歇斯底里的旋律……再过去一家电台的广播评论员正在上气不接下气地讲话：他快得像一张用最高转速放送的唱片那样向空气里发射连珠炮也似的英语句子。伊莲娜发现他提到了“捷克斯洛伐克”和“布拉格”，与之连用的一些词句也是她近来经常听到的。贴邻一个频率也在播同样的内容，不过所用的语言伊莲娜懂得一点。全世界都在注视着布拉格。伊莲娜迅速地转换波段，再旋动调谐器，收音机里爆发出如雷的掌声和有节奏的呼声。就中可以听到一个熟悉的声音在说：“同志们……他们妄想成立反人民的政府，逐步破坏我们革命的成果……国内的反动派是不会善罢甘休的……我们一定要保卫共——和——国！”演讲者的话淹没在暴风雨一般的欢呼声中。其余的伊莲娜没听清楚。

她把无线电声音捩低些，闭上眼睛。但头脑里还是纷乱不堪。思想、言语、感觉混成一片，滚滚涌流。“瓦舍克，你的成见太深，你太忍心！事实与你说的不一样！”她反复地自己跟自己进行痛苦的争论。“我不同意，我什么也不想知道！”哥颧骨隆起的脸阴郁地看着她，他正颜厉色，真心忧虑。“你四下瞧瞧，伊莲娜，这全都是干投机倒把等黑暗勾当发的横财。我希望你好好考虑考虑，不要给人家拖去……别忘了你是……”

这到底是怎么搞的？啊，瓦舍克，瓦舍克！不知怎么的，一想起他，伊莲娜就感到惭愧。她从未见过哥哥像今天这样无情，这样威严。他变了！一切都变了……他们好像全给龙卷风吸住了，脑袋里被灌满了仇恨，互相猛扑猛冲。

书房里的电话挂断了，昂德拉不知跟谁谈了好久。出了什么事？

最近几天伊莲娜几乎足不出户，她想重理音乐。席卷全国的斗争的呐喊只是隐隐约约传到她的耳际；有些消息是她从丈夫的只言片语中玩味出来的。伊莲娜不看报，她希望专心一致钻到音乐中去，补足好几个月以来落下的功课。一看到钢琴，她的良心就不安，它使伊莲娜觉得自己在虚度年华，她在这十分宽大的住宅里老是那样寂寞、孤独。

“瓦舍克哪里知道呵，这屋子憋得我快闷死了！他说得对，我是白白活着，我过的日子毫无意义！”然而，有一种潜藏的思想——说得确切些是一种感觉——使伊莲娜还没有对一切都失去兴趣，它预告着这种养尊处优的空洞生活可能具有某种意义，并且鼓励着她下苦功。这种感觉起初产生的时候仅仅是一种模糊的、令人羞赧的预感，但在三天前却成了不容置疑的事实。这是她的秘密！伊莲娜每想到这个秘密，喜悦的热浪就把她的两颊染成嫣红。她始终保持着沉默，没把这件事告诉丈夫。她在等一个适当的机会，等她和昂德拉情意缱绻的时刻，那时候就把这件事告诉他，可是一直找不到机会。“其实只要他稍微仔细地看看我，他自己也猜到了。”她想到这里，心中一阵难过，但旋即努力排开这些愁绪。昂德拉忙得很，总应该原谅他三分！

伊莲娜旋动收音机的调谐器，钢琴的乐声像骤密的春雨注满了房间。柔美的旋律以活泼而富于幻想的最弱音进行着，接着在激荡的颤音中突然转强。伊莲娜一下子就听了出来：这是拉赫玛尼诺夫[①]的作品！现在就要到最困难的地方了！……看不见的钢琴家轻松地越过了这重难关，表现出精湛的技巧和对乐曲的深刻理解，伊莲娜点头称许。琴声激动着她，渗透她整个身躯，她几乎每一个细胞都有吸收音乐的能力，思想被快速的舞蹈节奏驾驭着，使她闭着眼睛看到一幅幅迅速变换的图画。

她以前是音乐学院的一个穷学生。天天在食堂里胡乱吃几顿苦

---

① 拉赫玛尼诺夫(1873—1943)，卓越的俄罗斯作曲家、天才的钢琴家和乐队指挥。拉赫玛尼诺夫的许多钢琴作品是世界古典音乐的瑰宝之一。

饭，吃不饱只好用希望补足。为什么瓦舍克不明白这一点？他为什么要责备我？为了这住宅？为了我现在可以不冒着挨饿的危险买这些衣服吗？父亲当时无力负担我足够的费用，而靠战后的助学金也不可能创造奇迹——供给自己所需要的一切。

……在肃静的音乐厅里，你从钢琴旁站起身来鞠躬，霎时间，从黑糊糊的观众席响起暴雨一般的掌声，震得你全身颤栗……有人塞给你一束鲜花。指挥满脸大汗走下指挥台来跟你握手。你被这一切激动着走到外面新鲜空气里，河滨大道上一棵枝叶繁茂的菩提树下站着一个人，风把他的大氅吹得饱鼓鼓的，他捧着一束紫罗兰——这是爱人在等你……伊莲娜就是这样想象着自己在艺术上的成功。但是，这个稚气十足的幻想只实现了一次，那是在毕业音乐会上。她演奏拉威尔①和斯美塔那②的作品得到成功，但是很多、非常多的细节与她想象的完全不一样。谁也没在河滨大道上等她；昂德拉派人送来一束名贵的花和一封信。他为自己不能来表示歉意：商业上的事务使他无法脱身。伊莲娜知道他对严肃的音乐不感兴趣，她曾请求昂德拉不要作假，所以这一点点失望的心情她也就克服了。同届毕业的同学们把她拉到一家烟雾腾腾的小酒店里，她跟着大伙儿一起唱歌，尽情欢笑，到早晨坐在挤满了人的电车里回家去时，脑袋简直要裂开了，衣服上全是烟灰。此外还有什么呢？以后又是每天在钢琴旁坐上几小时，紧张的功课、没完没了的练习叫人把手指都弹抽筋了③。老教授的一双浅蓝色的眼睛微带责备的意味看着她。他对伊莲娜寄予莫大的希望。“思想集中些，伊莲娜，把这一段重复一遍。再弹一遍！稍微快一

---

① 拉威尔(1875—1937)，法国作曲家。重要作品有《西班牙狂想曲》《波莱罗舞曲》和舞剧《达甫尼斯与克珞伊》等。他还曾将俄国作曲家莫索尔斯基的钢琴套曲《图画展览会》出色地改编成管弦乐。

② 斯美塔那(1824—1884)，捷克大作曲家。曾领导民族音乐文化的复兴运动。主要作品有歌剧《被出卖的新嫁娘》《达里波尔》《利布舍》，交响组诗《我的祖国》。斯美塔那的作品富有人民性和爱国主义精神，奠定了捷克民族乐派的基础。

③ 伊莲娜毕业后大概继续留在音乐学院深造。

些！……不，不能这样快。您怎么啦？您没有睡好，伊莲娜。您有天才，您有真正的音乐感，可是……我为您担心。音乐需要勤学苦练，不能沉溺于粉红色的空想。要耐心！对于得天独厚的人要求也是跟一般不同的。”可是这样的生活还要熬上多久？冬天裹一件蹩脚大衣瑟瑟抖着到学校去，穿着这件衣服简直不敢出现在光线明亮的地方；坐在工人列车里到雅沃尔什去，挣到一点可怜的外快就喜出望外；在小学校的晚会上给家长们弹几支曲子，有时她在这种场合演奏，一点劲儿也提不起来；没有体面的住处，只能租一间小房间，或者今天在这个女同学家里过一夜，明天在另一个家里宿一宵，像一只候鸟；晚上逢到女同学来了男朋友的时候，就得在公园的长椅上冷得牙齿格格打颤；谈没钱的大学生谈的穷恋爱，由于没有自己的地方，只好冒着雨在公园里或者在票价便宜的电影院里吱吱作声的椅子上约会。盼着，盼着，日日夜夜盼望着另一种生活来临。有几次当教授对她说：“坚持一下，伊莲娜！”的时候，她想这样回答：“我是多么想把生活过得像个人样，我要爱人，也要为人所爱……为人所喜欢；要知道我是个女人，教授先生，我也该有权利把生活过得像个人样，而不是像台机器，不是像件乐器那样。”

这位好心的老教授现在不知怎么样了。伊莲娜的婚姻使他大失所望，他摇着白发苍苍的头，伊莲娜料到他心中已经把她列入辜负厚望的天才之列。头一个时期他有时还找她埋怨几句：“伊莲娜，您把音乐荒废了！”但在发现她以撒谎、推托来应付时，就不再找她。后来，有一次在街上偶然遇见了她，他看看她身上的貂皮大衣，只冷冷地问了一声：“近来好，太太？”他按照旧式的礼节说了这句话，使你觉得冷淡得可怕，那是一种沉痛怨责的语气。伊莲娜激动得逃跑了，她发誓要扭转他的看法……她甚至花了极高的代价开始向布拉格一位教授就教，一连练了几天、几星期，但是她在绝望中明白了：音乐不再像从前她在雅沃尔什时那样紧紧抓住她了。她思念着那个全部生活就是音乐的穷学生伊莲娜。她的意志一天天消沉下去。在遇见从前音乐学院的女同学时，伊莲娜看到她们羡慕的目光，益发感到痛苦。同学们说，她已经不需要为了挣几个钱去巡回演出，在外省漂泊，她可以弹琴自己作消遣。“你们看到过她的钢琴吗？棒极了！”她们又何尝知道，一个人的心灵枯萎了，怎么还能弹琴？她已经从一个抱负不小、好学不倦的钢琴系学生变成了一位娇懒夫人……——瓦舍克就会这样说。伊莲娜心头十分沉重，她拼命找寻摆脱的方法。这样下去不行，她要的不是这种生活！“我必须振作起来……唉，我太不会生活了！”

伊莲娜把收音机关掉，重又坐到钢琴前面，在键盘上弹了几下。重重烦恼又抓住了她的心。“瓦舍克！他来做什么？来搅乱我的安静吗？我应该弹琴，应该工作！为了不致憋死在这舒适的监狱里，必须工作！我的工作会有意义的！”她重新开始弹萧邦的叙事曲，想借此驱散愁思。可是指法生硬，声音刺耳。伊莲娜不明白这是怎么回事。心中既空虚，又不安。再来一遍！这首叙事曲她已经记不太清楚了，正想去找乐谱，这时她背后响起了责备的声音：

“伊莲娜，你今天就不能不弹吗？我有要紧的工作。”

伊莲娜跟着丈夫走去，到他书房门口站住，默默地看他工作。他抬头朝她迅速地看了一眼，脑子里在想自己的事。他面前桌上摆着好些文件夹，他在这些夹子里乱翻乱找，一边狠狠地抽烟，还不断从酒瓶里倒透明的伏特加喝，也不顾酒泼在桌上。他不理伊莲娜，最后还是她先开口：

“昂德拉！”

“呣……什么事？”他含糊应了一声，一边仍吸着烟卷在翻文件夹。

“我需要跟你谈谈……”

昂德列依在满满的烟灰碟里捺熄了烟蒂。

“如果时间不长，也不是鸡零狗碎的小事，那就说吧。”他甚至不想掩饰对她的打搅的不满，“你要明白，现在正在发生非常可怕的事情……不，应该说可能发生。来，坐在这儿，小猫咪。说吧。”

伊莲娜不吭声，他的目光离开文件，从下到上把她看了一番。台灯光被灯罩所限住，伊莲娜的脸庞在微黄的昏暗中，但拉滋还是看出了她奇怪的沉思表情和明亮的眼睛。什么事?

她依然不吭声，拉滋不耐烦地用铅笔敲桌子也没使她吓着。

“昂德拉，我想知道……你的工作对你是不是很重要?”

他莫名其妙地摇摇头——好奇怪的问题!

“这话怎么理解?请别这样神秘地瞧着我，把你的意思解释一下。我不懂……”

“我是想说……不要厂，不要搞商业，不要这一切，你能不能生活……就像个普通人……像我的父亲那样……不要钱，不要这住宅，不要汽车……过平平常常的日子……”

拉滋惊讶地把手一拍，由衷地笑了起来：

“我的空想家!我对你的怪脾气已经习惯了，所以我甚至觉得很有趣。女人弄玄虚的时候自有其妙处。不过现在你已经过分了……”

“你能不能这样生活?”她带着一股不可理解的倔强劲儿追问。

拉滋不再开玩笑了。他垂头看着桌上，又点起一支烟。

“你想知道?好吧，我告诉你，伊莲娜，我不能，”他吐出一缕芬芳的烟说，“生活——不能!只能生存，但两者有极大的区别。生存——在监狱里，在奴役和死亡的边缘也能够生存。可是我不愿受任何束缚。我需要有用武之地。我不否认——这又何必呢，这样反而会流于庸俗、虚伪——我需要的比别人有的多得多……其中也包括这舒适的住宅、汽车、好的衣服……”

“还有妻子……”

“是的，还有妻子，”他很不高兴地截住她的话头，接着更执拗地往下说，“我需要你，伊莲娜!尽管你把这话插在这样不愉快的上下文中。我这个人生来讲究实际，不尚滥用感情。买卖人没有时间空谈哲学。这类事我要介绍给像我们亲爱的布里赫那种书呆子去管。你爱好音乐，我毫不反对，因为这能使你愉快。而我生就一副企业家的性格，我想你没有理由抱怨这一点。我也不抱怨，我喜欢我的事业。我不愿意把这个题目发挥下去，你在这方面一窍不通，不过假如你要问，我就说。我不能过另外一种生活。共产党的奇谈我不信，也不愿相信。他们的制度是我绝对不能忍受的，对你也是一样。某一种人应该当企业家，当工厂主；而另一种人应该为他们工作。这里头没有任何不正常或者不公平的地方：两种人都是在劳动，这就顺乎天理。如果说生活中除了吃、喝、呼吸若干立方米的空气以外还有别的需欲，那么我的生活意义就在其中。我不感到寂寞，你可以相信，搞企业对于我差不多是一种运动。钩心斗角，每走一步都担着天大的风险……”

“就是为了赚钱……”伊莲娜一动不动地说。

“当然！你难道反对赚钱？你愿意整天站在洗衣盆旁？或者在外省小地方东飘西荡，为几个子儿乱弹琴，难道你愿意过这种日子？有钱没什么不好。”

“自然，如果……”她冲口说出。

“如果怎么样？”

“如果这钱是用正当的手段得来的话……”

拉滋吹了一声口哨。他挪开椅子，站了起来，他的脸背着灯光。

“原来是这么回事！我看令兄来探望你不单是为了补叙手足之情。他们到处像鹦鹉学舌似的重复着他们报纸上的论点，惑乱人心，看来他把这些论调也带到我家里来了。对这我只能一笑置之，但你是我的妻子，伊莲娜，所以我不打算忍耐……懂吗？”

“不过……不过我还是要知道，你是不是明白我的意思。我必须知道，昂德拉。非知道不可！”

“可是你要知道的到底是什么？”他已经恼了，在很滑的拼花地板上来回走了一阵以后，把两手插入袋中在窗前站住。拉滋望着行人稀少的街道，拼命抽烟，头也不回，虽然他感觉到伊莲娜紧盯着他看。他平静下来以后，作了一个疲倦的微笑，耸耸肩膀。

“请原谅，今天我的心境不太好。我告诉你：有些人，很遗憾令兄也包括在内，他们道貌岸然地声称，任何商业都是投机，商人的收入都是贼赃。让他们骂吧。这分明是眼红！譬如，今天他们就通过了进一步国有化的决议——自然少不了大吹大擂。好，那就走着瞧……买卖总归是买卖……有时很难确定它的界限……特别是在今天我们这个已经连心肺肝脏一起卖给了东方的国家里。不过，我不想就这个题目大发议论。我制造商品，把商品卖出去，我是个实业家，你可以相信，我的良心完全清白……虽然跟令兄的不一样。”

拉滋揣惴不安地感觉到心里的火愈来愈旺，已经不容易捺住了。他恨一切……甚至恨伊莲娜！“她被那个臭工人搅昏了头。哼，竟钻到我家里来了！可是有什么办法呢？我在这里说空话，他们在那边行动了起来……厂里的情况不知怎么样了？我不应该信托法尔塔，昨天就该自己去一趟，要是那儿有人大叫大嚷，就把他们永远不知满足的嘴堵起来。法尔塔是个轻信的笨蛋。算了，以后瞧吧。现在最重要的是——镇静，沉住气。”

伊莲娜正欲开口，过道里门铃响了。

“是他们，”拉滋顿时高兴起来，他走去开门，“总算来了！现在你别来打搅我们了，小姑娘。谈那些乱七八糟的话现在已经没有时间，你要明白！”

一个人一溜烟似的钻进了房间，这人瘦小而灵活，像一条赤练蛇，蜡黄的脸上皱纹很多，薄薄的招风耳朵活像两片树叶。他的举动十分拘礼。伊莲娜认出他是厂里的经理法尔塔。当他吻她的手时，她感到一阵恶心。在他后面一个穿反皮大衣的肥硕身躯堵塞了门框。这个人伊莲娜不认识。那胖子的脸红通通的，他气喘吁吁，准是走了急路。他的一张细巧的嘴小得十分可笑，浓眉下一双小眼睛骨溜溜转个不停。伊莲娜的手给握在这个人的肥大手掌里简直看也看不见。房间里立刻热闹了起来：那胖子对这住宅连连称赞。伊莲娜讨厌这个人。

“伊莲娜，这位是法学博士拉才茨基，我的律师，”昂德拉作介绍说，“经理先生你当然已经认识。二位，这是贱内。”

伊莲娜带着冷淡的表情听完了律师的恭维话，显然，他在这方面从不吝啬。开着盖的钢琴也破费了他不少赞美。

“音乐始终是我的理想，夫人。可是，唉，律师的职业不能为它留出时间。这样的乐器可以说是绝无仅有的，您说是吗？我相信，它的声音一定如仙乐飘飘！”

拉滋把这位饶舌的律师领到自己书房里去，关上了门，伊莲娜如释重负。她还听见胖子在说：“尊夫人真漂亮啊，我的朋友。不愧为一位美人，啧，啧……”

伊莲娜怀着一颗愈来愈不安的心独自留下。她坐到灯下，重新想看书，可是思想像一群离开了牧人的羊纷纷走散。书房里隐约传来谈话的声音。他们在说些什么？伊莲娜站起来，悄悄然走到门旁。她觉得偷听有些难为情，所以心跳得可怕，像去偷东西似的。

在这里能听到谈话的一些断片。伊莲娜辨出了丈夫的声音。

“现在没有时间管这些，法尔塔……不过，请不要抱侥幸之心，应该考虑到各种可能……至于您，您对史维格拉草拟的税务报告能担保吗？……我可拿不准，因为他是个胆小鬼，万一要是他们对他恐吓一番……”

律师浑厚的男低音开腔了。

“不要过于悲观，拉滋，”他以安慰的口吻说，“我认为情况还没有到不堪设想的地步……您说卡洛乌斯？他已经大起恐慌！今天我不得不像哄小孩儿一样安慰了他一番。我想他们不可能对他掀起讼端……现在已经不是战争刚结束那个时期。必须……”

伊莲娜屏息静听，但听懂的不多。

“律师先生，您今天听过广播没有？您不用哄小孩儿那样来安慰我。我不会惊慌失措，但必须作好一切准备！要使自己在任何情况下都没有危险……这一切开始的时候似乎没什么大不了，可是结果孵出了一只可爱的小鸡——进一步国有化……”

“我不知道。拉滋，据说超过五十名工人的……您厂里有多少工人？……”

“我问您，拉才茨基，到底该怎么对付他们？我出钱聘您不是为了听几句宽心话，我们好好商量商量，我可不是卡洛乌斯……法尔塔，您打电话到厂里去了吗？如果昨天那边平安无事，这还不能说明什么，还得看明天怎么样……刚才我给华莱士打电话，可是他不在家，也不在营业所……我想自己到那儿去一趟，我对这一切很不放心……您有没有打听到，我的工人中有谁参加了工会代表大会没有？谁？那个磨坊里来的雀斑很多的家伙？不，我不知道。您能肯定吗？华莱士早就该把他打发走了！……”

“不，拉滋……我不能再抽了，我想尝尝您的甜酒……是啊，是这样，今天中央党部的克莱查打电话给我，他们那边的情绪很低。甄克尔到摩拉维亚去了。显然……”

“显然，他是个蠢货，不是党的领袖，这话我是凭良心说的！在这个时候去游山玩水！……不，一群大学生挨着冻在马路上晃来晃去不能使我增添半点信心……他们说总统不会批准。这是神话，可是我要听明智的判断……不久前仲纳还赌神罚咒向我保证没有问题。但愿这不是说我们要倒霉这一点没有问题。不过政治谈得够了，我们言归正传……关于那些出口许可证的问题我考虑了一下，决定把它们拿到家里来……搁在那里也许会有麻烦……不，这不需要，我把他的嘴堵住了，到时候他也不得不见风使舵……如果不是更坏的话。勃朗在信上写些什么？哼，他在布鲁塞尔闲逛，领出差津贴，这个骗子。他只知道大把大把捞钱，旁的什么也不管。得开导开导他……”

伊莲娜回到安乐椅上，一只手捂住了眼睛。难道真给瓦舍克说对了？天哪，我一点也搞不清楚！

然而伊莲娜毕竟开始有些明白了，虽然还非常模糊……她想到丈夫。她是爱昂德拉的，要知道，她……

拉滋送走客人后到伊莲娜这里来，他已经变了个样子，显得比刚才兴奋了。虽然从他的微笑中可以感觉到疲倦和不安，但他的举动有了决心。他从后面抱住妻子的肩膀，把她摇了一下，好像要把她从瞌睡中摇醒。

“怎么样，灰姑娘[1]？起来吧，呆在这儿没把你闷死？你怎么

---

① 童话中遭后母虐待的勤劳的姑娘。

啦？瞧你这模样简直像从清冷寒月里掉下来似的。听我说，把你最好看的衣裳穿起来，我们出去。先到营业所去一趟，然后再把车开到可以让我炫耀一下漂亮太太的地方去。抛开那些胡思乱想，小猫咪，我们别想这些，现在不是时候。随便什么时候，我也不许你愁眉苦脸的！”

6

华茨拉夫广场的夜市方酣。鲍利斯·台赫曼竖起大衣领子，两手插在袋里打一群群在灯柱旁激烈舌战的人们身边挤过去。有时他停住脚步，漫不经心地听他们言语交锋，旋即重又随着人流涌去。他心想，这出戏演得可真热闹。事前谁能说会闹到这般地步！他看着街上激动的气氛，同时沮丧地觉察到，他在史宾德勒山区疗养地的旅行社里才住了一星期，街上竟起了完全不合他心意的变化。

鲍利斯喜爱并且善于欣赏大都市的节奏。在荒僻的雅沃尔什住了这么多年以后，在首都热闹的大街上畅游怎能不珍惜那些令人眼花缭乱的景象：这里可以欣赏灯光炫目的橱窗、电影明星的照片和不时在你身旁闪过的女人玉腿。

鲍利斯昨天早晨回来后，跑到系里正好躬逢其盛。在去学校的路上，他好容易穿过了向旧城广场走去的人群。可是系里更是热火朝天！小会，大会，走廊里有的大声争论，有的窃窃私语；双方都严阵以待，无论在讲堂里或是有透骨的风从河上吹来的法律系大楼前面，到处可见人们来去匆匆，忙碌不堪。有人告诉他说，他们的党的领导中起了内讧。这一切比鲍利斯所喜爱的热烈的大学生辩论会要严重得多。现在要决定的事情非常非常重要。鲍利斯就在系里晃来荡去观看动静。

当汽车还在来布拉格的路上时，他就在考虑这个部长事件，认为这是一件可喜的事情，可以使最近一个时期系里那些无休止的、他已经腻烦了的政治论争告一段落。辞职？好极了，这下我们也可以在系里让那些赤色分子瞧瞧我们的厉害。但是鲍利斯发现系里所有的人都严肃得可怕，甚至蓝斯道尔夫也不例外——鲍利斯一眼就看出了这一点，这时他又惊又恼。白天匆匆忙忙召集了国家社会党员——鲍利斯深以这个身份为荣——和天主教党员的联席会议，劲头十足地决定上街去“带领人民向威胁民主的赤色恐怖作誓死战”。

鲍利斯对政治的兴趣不大，他参加这一切活动是为了装饰门面，同时也因为在他看来反对共产党是当仁不让的义务，没有考虑的余地。他担任委员会的委员也无非为了虚荣，否则他是不愿让社会工作羁住身体的。这一切究竟太不足道了！

晚上，鲍利斯哪儿也不去。外面冷得骇人，而鲍利斯房间里的暖气管散发出惬意的热气。白天他从电话中知道，他的异母哥哥卡密尔——他是台赫曼父子公司布拉格营业所的负责人——到雅沃尔什刺探厂里的消息去了。鲍利斯灵机一动，想到哥哥突然离此给了他一个绝妙的机会：他可以到卡密尔耗费巨资布置的藏娇金屋中去会会他的情妇叶琳娜。卡密尔这个吝啬鬼，他光知道收藏瓷器，供养情妇，近来在给鲍利斯的按月费用方面十分刻薄：他好像打算拿出保护人的姿态来管教管教弟弟。鲍利斯认为，哪怕能在暗地里对卡密尔报复一下也是好的。在这种事情上他已经有不少经验，他相信一定能赢得叶琳娜的青睐。果然，他不费吹灰之力就达到了目的，甚至轻易得有些使他失望。不过，这样的消遣总比在街上喝西北风、大喊反共口号舒服得多。政治斗争他可以心安理得地让别人去搞，反正不是少他一个人。

鲍利斯走到门口，在风中站停，向街上一看。在最近一个拐角上聚集着几小群穿冬季大衣的年青人。鲍利斯发现系里几位同学也在其中，但他不想参加他们一伙。他们的人数实在少得可怜，在密密层层的人群中简直看不见他们。这儿出了什么事？

有人把两手举到头上挥舞着，不知喊着什么。可是那几群为数本来不多的年青人却愈来愈少，愈来愈分散：有的悄悄地溜走，混在行人一起；留下的站在那里直哆嗦，身子向四面转个不停，不断呵着手，噤若寒蝉。便道上的行人根本不理他们。这批毛头小伙子本盼望着引起一场“赤色恐怖”，可是遭遇的都是轻蔑的冷淡。“这是我们的人。”鲍利斯感到很失望。

几群大学生按音节喊着押韵的口号：

不要胆怯，布拉格人，
大学生在保卫布拉格城！

口号声凄凉地飘浮在寒冷的空气里，只有寥寥数人零零落落地跟着喊，他们的声音在嘈杂沸腾的街上几乎听不见。那些小伙子羞惭地把目光向旁边移开。他们嘴里直冒热气。便道上有两三个人朝他们转过头去，有人挥了几下帽子，但总的说来反应十分冷淡。

断断续续的口号声被无线电里的铜管乐所压倒，几乎听也听不清：

极权制度要实行，
我们坚决不答应！

接着又是：“极权制度要实行……”

见他妈的大头鬼！鲍利斯一气之下，掉头沿着便道边缘走去。简直像儿戏！难道这就是“会带动人民投入反共战斗的空前大示威”？真不像话！

可是你瞧瞧这里！多少人！从博物馆起马路上全是青年的队伍。他们高举着红旗和标语，脸冻得通红，边走边唱歌：“一，二，决不让祖国变成地狱，我们要自己开辟天堂！”鲍利斯用仇恨而又好奇的目光看着他们：这是敌人！他们是工厂里的青年，也有几张脸鲍利斯在激烈的大学生辩论会上看到过；他在系里的走廊上也见过他们。都是青年团里的，哼！为了避免被挤到这些人的队伍里去，鲍利斯走到便道中央，靠在一棵树的秃干上站着。马路成了疯人院，一点儿也不假！也许会发生殴斗，想到这里，他激动得心跳大大加快。打吧，让他们打一架吧。他简直巴不得能这样。说不定还会开枪。那才算得上“恐怖”！两支游行队伍马上就要碰头，全武行快上场啦！

但是全武行没有演出。虽然喊口号和对骂的声音吵成一片，双方的队伍都保持着不可理解的镇静和沉着，这使鲍利斯感到害怕、不耐烦而躁动起来。

鲍利斯开始头晕，心头交织着怨毒和恐惧，说来荒唐，他竟怕起警察的棍子和耳刮子来了。鲍利斯把这种心理克制下去，他突然产生一种不可遏止的欲望，想玩一手疯狂的大胆把戏——某种可以使心脏急剧跳动、可以考验自己胆量的举动……但究竟做些什么呢？

鲍利斯四下一看，见离自己不远有一个工人纠察队员。他穿着冬季外套，面朝马路一动不动地站着，像一座雕像，嘴衔着烟卷；他眯着眼睛注意街上的交通。好一张铁板的脸！

隔两步路站着另一个纠察，再过去还有一个。鲍利斯发现他们把整个一条街包围起来了。他们只是在那里站岗，但是鲍利斯一看见他们就会不寒而栗，而且觉得口干舌燥。

一个穿高统靴、腰束皮带的宽肩膀小伙子走到离鲍利斯最近的那个人跟前。他们交谈了短短几句话，接着有人喊：“巴捷拉，别比克，你们谁有烟卷？”一个工人探手到兜里掏出一包烟默默地往背后递过去。他的宽脸膛上颧骨颇高，结实的下巴上聚着几道深刻的皱纹，整个面容显示出他潜藏着惊人的力量。“他们都有点儿相像，”鲍利斯心忖，“我们厂里也有这样的人。”

他重又被想做一件惊人奇事的强烈欲望紧紧抓住，微微觉得热一阵、冷一阵。他恨自己，恨自己太没有种！这下就去！他像被谁驱策着一直走到那个工人面前，几乎跟他相碰，鲍利斯以挑衅的目光瞪着他，仿佛要把他从那里赶开，用愤怒和蔑视毁灭他，掐死他。那工人眯成细缝的一双眼睛，丝毫没有被吓倒。他们四目对视有半晌工夫。看来没有任何办法能惹恼这条汉子。

“朋友，你要什么？”他以温和宽厚的语气问。

鲍利斯瞪直眼睛，倒抽了一口冷气，把目光移开。

“嗯……您有火柴吗？”

说着他掏出了烟盒。

“有，您自己点吧，风很大。”

鲍利斯刚走开几步，突然两腿发软，因为他听见那个魁梧的大汉在对另一个人说：

“……我真想给他两下，可是后来一想：他叫喊起来又是什么‘独裁’，什么‘恐怖’。我想，你这混小子还是早些滚开，趁我还没碰你。小心冻坏了鼻子。”

汽车停在靠近华茨拉夫广场的一个街口上，伊莲娜坐在车里等昂德拉，一边看着热闹的街景。人们接连不断地打这辆开着灯的车旁经过，向广场走去，好像有一大块看不见的磁铁吸引着他们。全世界都发疯了吗？

有人用指头弹弹车窗。伊莲娜回头一看，认出了鲍利斯·台赫曼黝黑的脸。他朝她一笑，不问一声就跨进汽车坐在后座，关上车门。

“您好，同乡！我在这里蹓跶，忽然看见这辆熟悉的汽车，还看见您在车上，”他搓着冻僵的双手说，“您也是来革命的吗？真热闹，是吗？也许还会开枪。我昨天刚从史宾德勒回来，那儿滑雪真是妙极了！今年您还没去过别的地方？这儿布拉格乱得天都翻了过来！您的看法如何？他们在街上耀武扬威，可是有人会杀他们的威风！刚才我差点儿跟他们中一个人干了起来……系里我们的人都行动起来了。您瞧着，好戏在后头呢！总统不会批准的……再说还有西方。西方决不容许红党攫取我们的国家。因此我很放心！……”

伊莲娜望着窗外，不理他无聊的饶舌。鲍利斯立刻肯定她对政治不感兴趣，于是用埋怨的口吻说：

“上次您为什么不来？”

她莫名其妙地看了他一眼。

“难道我答应您去的吗？”

“不，您没答应，其实您做错了。我是想拉您到世上最奇妙的一伙人中间去。也许，某些地方会叫您生气，但至少您不会寂寞。您不高兴？为什么？因为我说话坦白吗？我们是同乡嘿！”

“因为您话太多，所以我不高兴。”她想让他落一个没趣。

“这话您上次在摩纳哥已经对我说过了，”他轻笑一声，“可是我还是要对您说，您做错了。您的生活不是很寂寞吗，伊莲娜？我可以随便拿什么担保，您很寂寞。您瞧瞧这世界：时局多么动荡，战争眼看就快爆发，生活的速度大大加快了。为什么您要我沉默？从前我们同学的时候，算我瞎了眼。还记得我们那位外号数学家的钱德拉·别拉克吗？童年时代的回忆真有意思。要不要我……”

伊莲娜叹了口气，忿然打断他的话头：

“我要您住口，鲍利斯！您把我当作什么人？”

“首先是一位漂亮的女人。”

“就算这样。但不要忘记是一个漂亮的有夫之妇。您以为我不会叫昂德拉让你明白这一点吗？您显然看错了人。”

“有什么办法拦住这股饶舌的洪流？”她心里想着，不过她已经不去听鲍利斯的胡说八道了。她对这个放荡的玻璃厂小主的行为并不感到奇怪，因为她的父亲和哥哥都在这家厂里做工，她对鲍利斯很了解，这个五官端正的漂亮小伙子是个劣等大学生兼优等舞蹈家，自命不凡，厚颜无耻，任性而又无聊。在雅沃尔什她只远远地隔着厂主公馆前小花园的包铁栅栏看见过他。人家是少爷！他们在同一所中学里念书，不过伊莲娜冬夏两季总是乘当地的火车经过贫瘠的田野到区镇去上学，而鲍利斯却有司机用漆得雪亮的汽车送他。那时候伊莲娜在工人村一群小姑娘中间没有被他注意，直到鲍利斯在布拉格遇见她——那时她已经是拉滋的妻子——才对这位“同乡”发生好感。鲍利斯企图勾引她，在遭到严词拒绝后，他只觉得有一点点困惑。他用种种方式“进攻”：向伊莲娜诉说自己的烦恼和周游世界的幻想，把最体己的秘密告诉她，想借此接近她。但她从不认真听他的话，只是笑他老是缠绕不清。“他并不坏，”伊莲娜认为，“就是给惯坏了。”

她绝不让鲍利斯向她献殷勤，但是毫无结果。譬如现在他就跟她一起坐在没开灯的汽车里独个儿喋喋不休。他丝毫也不因她看着窗外沉入遐思而不好意思。他大概把周围发生的一切视作一种消遣、娱乐，以为这一切将与开始时一样迅速地告终。伊莲娜觉得她今天用另一种眼光看到了鲍利斯。她奇怪以前怎么能听他那些无耻的谬论，说什么如今生活的速度加快了，趁原子弹还没把我们全都炸得稀烂，年青人应该毫无顾忌地及时行乐！

伊莲娜只觉得怒火中烧，但她固执地不开口。一直到鲍利斯"偶然"碰到她的手时，她才如梦初醒，猝然把手抽开。她正想奚落他几句，昂德列依·拉滋来了。

鲍利斯急忙闪开些，闭口不语。

"啊，鲍利斯·封[①]·台赫曼！"拉滋亲切而微带嘲笑地招呼这位不速之客。他对待鲍利斯老是像大人跟小孩闹着玩儿似的，并不注意那年青人对此十分恼怒。"怎么样？在系里战斗吗？伊莲娜，你将多一位舞伴了。今天我两条腿不大听使唤。那么上哪儿？我们去摩纳哥怎么样？"

他把一个饱鼓鼓的公文包放在座位上，脚踏到起动器上。

深夜，汽车在无人的街上行驶，昂德列依和伊莲娜各想各的。过了一个不愉快的晚上！政治斗争的反响从街上渗透到灯光黯淡的酒吧间来，造成沉郁的空气。每一杯酒里仿佛都包孕着阴森森的预兆。还有那个饶舌鬼鲍利斯！伊莲娜一晚上一语不发，也拒绝跳舞。

昂德拉小心地驾驶汽车在平滑的柏油路上走，时而从小镜中看看伊莲娜。她的脸色苍白，若有所思，旁人猜不透她的心事。不过昂德列依一下子就明白她心神不宁，他认为还是什么也不问的好。他知道她的性格：她善感，像春天的天气一样多变，易怒，但又温柔而富于幻想。不过可也真倔强！任何打击都不能使她屈服，但要是摸透了她

① "封"（von）是德国贵族冠于姓氏前的尊号。

的脾气，也就可以像高手抚琴那样驾驭她的情绪和弱点。她像小孩子一样天真：只要把握适当的时机对她说两句好话，温柔地抚摸她几下，她就在你掌握中了。他就是喜爱她这样：娇弱、柔顺而又无限地忠诚。有时他们也吵嘴，但都应该怪他的策略失当或一味固执。可是今天！她提的问题多奇怪！拉滋从这些问题中感觉到一种他不理解的怪脾气，一种虽然还模糊、但相当坚决的不以为然的态度，甚至可以说是不信任和怀疑。

“你累不？”他轻轻地问了一声，头并不转过去。

她只点点头，闭上了眼睛。

回家后，他们盖着丝棉被并头躺在床上默默无言。水汀散发着暖气。拉滋翻过身去向着妻子，想去搂她，可是她不知怎么的无心于此。他想迫使她服从，用拥抱驱散她的愁思，但他理智地打消了这念头。伊莲娜委婉地、但很坚决地躲闪着，末了她干脆避开了他。昂德列依听得见她频缓不匀的呼吸。他摸到她的一只不安的纤手，把它搁在自己胸前：她喜欢这样入睡。在细嫩的皮肤下可以感到脉搏的微动，就像一只小鸟在你手里挣扎。

“睡着了？”

“没有。”

隔一会。他又问：

“你怎么啦，伊莲娜？”

“我怕。”

“傻瓜，这没有理由。你怕什么？”

她叹一口气把手抽回。

“不知道。我觉得今天我像观井似的看了一下我的生活……这口井干枯了……”

“那显然要谢谢你哥哥，”拉滋用平淡的语气下结论说，事实上他肝火又冒了起来，“有时候亲戚来访也可能不合时宜。”

“不，问题不仅在这里，昂德拉！”伊莲娜低声固执地打断他说，“我们过的是什么生活？往后会怎么样，你知道吗？我害怕极了，昂德拉，我什么都怕！怕周围发生的一切……我不明白这些，我觉得自己是个瞎子，或者像被幽禁在空山密林之中……对你我也害怕……”

昂德列依摸到了开关，开了电灯，俯身向着伊莲娜，仔细看她的脸。

“伊莲娜，你真淘气！我怎么了你啦？……好了，别说这些丧气话，小姑娘。我的烦恼已经够多了，你还……”

“我不知道……说实在的，我不知道你是怎么个人……告诉我，往后会怎么样，会发生什么事情……你是我的丈夫，我不愿你对我隐瞒任何事情。”

他苦思良久，对她说些什么好。最后终于点点头表示同意。

“你说得对。现在不是优游自得的时候，需要用冷静的眼光看问题。你也需要有这种眼光，伊莲娜！我一直努力不让你知道所有那些肮脏、残酷的东西，不让你认识人们称之为政治的那一切。但也许的确应该使你现在就作好思想准备，你自己也看到了今天的局面。我不愿使你懊丧，但还是要对你说：我自己也怕。他们是什么都做得出来了……街上已经闹起来了，还可能发生对我们俩都有毁灭性的事变。要是他们达到目的，我们将失去一切。我并不为自己担忧，可是……”

“那时会怎么样？”她低声问，“要是，他们达到目的，会怎么样？！”

“那时我们就什么都完了。我现在已经在估计这种可能性。我们只有一条路：离开此地，走得愈快愈好，趁……”

“走？……走到哪儿去？”

“哪儿去！你真是个傻姑娘！我有办法。到比利时或者英国去，我们可以过得不比这里坏……”

她双手掩住眼睛……

“可是这……我不能……这……不可能，昂德拉！”

“不仅可能，甚至非如此不可。不过目前谈这些还嫌早，你是我的妻子，伊莲娜，你知道我是多么爱你。要是发生什么事情，我们应该一起走，相信我，没有什么可怕！总有一天我们能回来的，我对这一点深信不疑。总有这么一天……”

他躺下去，熄了台灯，但是不睡，抽着烟，向黑暗中望着，默默地寻思。她不同意走很使他吃惊。不过没关系，到时候会答应的。他又开口说话，絮絮地估计许多细枝末节，讲述他的种种打算，一支连一支地点烟卷抽。

“……情况暂时还完全不能算坏。我们还有好几张王牌，只有傻瓜才会以为我们的敌人已经赢了。别为这些事伤脑筋，小姑娘。”他在黑暗中抚摸着她的手。

伊莲娜在被下蜷缩成一团，她在发冷。她闭紧眼睛。快睡着，睡着，什么也不要想，塞住耳朵，不要去听他的如浊流滚滚冲进她脑海的话。有什么办法遏住这股浊流？！

“昂德拉！”她好容易迸出这一句。这充满哀怨的一声喊，好似悲痛的绝叫。拉滋住口等待。

“昂德拉……我应该告诉你……请听我说……我们将有孩子了。这是三天前医生对我说的……”

秘密说穿了，这句话就像受伤的小鸟一般颤抖不已。接着是一阵空虚的、死气沉沉的寂静。伊莲娜甚至感到丈夫仿佛有半晌停止了呼吸。让他知道吧！他又说话了，但是伊莲娜把耳朵塞住。今天她再也不愿听到什么话了！她转身背向丈夫，身体踡作一团，一语不发；一种模糊的恐惧笼罩着她。她的生活仿佛出了轨，在泥泞的道上滑了一阵，现在正往山下翻下去……这就是伊莲娜的感觉。

她坚决地睁开眼睛向窗外望去。夜像浓黑的岩浆在沉睡的城市上空流动，路灯光从下面给它涂上一层浅黄色。在伊莲娜看来，这一片漆黑阴森可怖，它吞噬着一切，满怀着敌意。往后会怎么样呢?

7

一个只看表面的观察者可能认为，星期一街上的沸腾情绪没有渗透进化学品公司大楼钢骨水泥的墙壁；长长的走廊里似乎只能感到日常工作的搏动；隔着门传来打字机像机枪似的哒哒声和滴铃铃的电话声。一切都跟平常没有什么两样。

但是巴尔托时没有被这种表面的平日景象所蒙蔽。他熟悉总管理处整个复杂的机构，熟悉它的内情，熟悉这幢七层楼大厦里的人们。

他下了电车，怀着焦急的心情跑进包铁的大门，跟一群同事一起走进暖烘烘的穿堂。他把出勤卡在考勤钟上打好时间，便飞也似的往五楼他的小办公室奔去。长廊里的橡皮地毯在他的脚下吱吱作声。巴尔托时忽左忽右地频频点头，看见拿着文件夹分送邮件、步态如司礼官的工友时，也跟往常一样同他打招呼。您好！

巴尔托时到了自己小室中刚把旧大衣脱下，电话响了：党组织主席叫巴尔托时到小礼堂去出席党委会议。党委委员都已经到了那里，他们抽着烟卷低声交谈。主席开门见山地提出唯一的问题。

“同志们，要做些什么我想大家都已经明白了，是吗？你好，巴尔托时同志！我们得把情况弄清楚，然后决定我们该如何行动！必须成立行动委员会，对吗？……我认为，不能完全依赖地区委员会以及工会组织，我们不是工厂，是机关。我们来讨论一下从哪儿着手。必须立刻跟区里接上联系，打电话给各工厂……”

巴尔托时还没来得及好好暖和一下，几分钟后已经冒着严寒匆匆前往区委会请示去了。“你是区委委员，”同志们对他说，“你自己到那边去一趟吧。”巴尔托时就去了。

回公司的时候他在结了冰很滑的便道上急急行走。“但愿大家还没散去。”他想着，更加快了脚步。经过一家食堂时，他想进去吃点儿什么热的，但一看表，又打消了主意。得赶紧回去，总管理处的情况不容许他慢慢儿来。巴尔托时的胃已经饿得痉挛地收缩了，他不时感到警告性的疼痛。“该死的胃，今天它准把我折腾个半死。”巴尔托时很懊丧，但是并不屈服。

党委委员们还在那里研究行动委员会的人选问题。经过时间不太长的讨论后，确定了候选人。但是发动所有的人和组织行动委员会并不那么简单；得跟摇摆不定的人谈话，说服其他党派的党员。有些人吓坏了，用种种理由推托不去。不过，到中午行动委员会终于成立了，并且已经开了次会。巴尔托时被推选为主席，他不动声色、跟平时一样严肃地接受了这个任务，不理会那些把他看作眼中钉的人脸上酸溜溜的表情。

就某些尖锐的措辞作了简短的、但很激烈的辩论以后，行动委员会通过了一项决议谴责辞职的部长，并把决议送交政府。然后，委员们商定了互相联系的办法，在午餐前散会。

当他们在团团烟雾中开会的时候，流言蜚语已经在整个大楼里散布开来。到处议论着被夸大得骇人听闻的、互相矛盾的消息。这些消息像一群被惹恼的黄蜂嗡嗡地从这个科飞到那个科，从一个人嘴里飞到另一个人嘴里。

巴尔托时回自己办公室去时，在走廊里感到了这种紧张的气氛。到处都在窃窃私议。“您听见了吗，同事？”“抹香鲸会怎么样？”“代表社会民主党参加他们那个行动委员会的是斯卡拉工程师。”“那里的主席是……”人们三五成群，交头接耳悄悄地说着这些话，不时向两旁张望。人们一眼不眨地目送着巴尔托时。他觉得人们的目光像蜘蛛网罩在他的脸上。一部分职员泰然自若，也有一部分人在那里沉思默想，一肚子都是疑团，有些人则满怀着敌意。在电梯旁人们向巴尔托时提出一连串的问题，在另一个地方他却遭到公开的不理不睬。

“嘘，他来了！”巴尔托时走到哪儿，哪儿就可以听到这样的声音。

但是，当巴尔托时向两旁看时，只见几位同事装得若无其事地互相交谈着，见了他就含糊地道一声好。

“哈哈，”巴尔托时平静而又满意地想道，“许多胆小鬼已经惊慌失措，仿佛天快要塌下来了。我几曾想到人家竟会对我这个人产生这样强烈的兴趣？我一直以为自己是世界上最平庸不过的人。”

在走廊里巴尔托时甚至朝镜子里瞟了一眼。瘦削的脸上胡子也没刮，眼睛下面出现了黑圈。的确貌不惊人！不过别发傻了，巴尔托时，得赶紧些。脚下像有火在烧！他们说，国家社会党和天主教党的委员会早晨开过会。他虽然不知道他们在会上说些什么，但想象得到，那些“兄弟”们知道了有多少他们的同伙——甚至有他们党里的领导人——代表自己的党派或工会参加行动委员会，一定会张口结舌；想到这里，他不禁微微一笑。但微笑旋即从巴尔托时脸上消失：胃的剧痛告诉他，他还没吃过东西。

巴尔托时在自己小办公室里结束了一些最重要的谈话以后，乘电梯下楼去吃饭。饭厅里很暖和，甚至有些闷热，里边还是平时那股混合味儿，一切都跟以前一样，但巴尔托时还是觉察到，这里也被激动的情绪渗透了，人们都在向他注目。

他的食欲不振。不正常的饮食和尼古丁把胃搞坏了，吃不下讨厌的土豆汤；巴尔托时勉强吃了几汤匙。“真要命，一定要去看一次医生，”他第一百次向自己说，“这样下去实在受不了！”但不久胃痛过去了，他又跟往常一样把这个好主意给忘了。没时间哪！电话记录、各厂送来的报表堆积在桌上。好消息：到处都在成立行动委员会。

“喂，我们是道桑尼！巴尔托时同志，劳动万岁！事情是这样的……”

化学品公司是一个庞大的，而且还在扩展中的康采恩，它联合着全国各地的许多企业。国有化以后，规模惊人的大厂和偏僻地区一些破旧的、摇摇欲坠的小厂就像无数小鱼游进了鲸鱼的巨口。公司毫不费力地把它们包罗了进来。在登记册上添上一条，报上登一则归并通告，门口换一块新的招牌，总管理处增加几笔账目……一个企业就可以在康采恩老母鸡的护翼下安定下来。现在归公司管理的差不多有五十个企业了！

“我们是贝斯特里察工厂！你们是总管理处吗？劳动万岁！……”

巴尔托时真是如鱼得水。多少个漫长而困难的年头他一直盼望着这一天！这一天终于到了！巴尔托时声嘶力竭地向话筒里喊着，跟电话线那一头的同志们接洽事情，一边在划有格子的纸上记下企业名称以及各种补充资料。他用彩色铅笔在纸上做了各种记号，简直像一份最精确的“资产负债表”。党委委员马列达走进来看见了，他惊奇地摇摇头。

“倒像一笔会计账，巴尔托时同志，”他笑着用铅笔在纸上敲敲，“要知道这是政治斗争，不是……”

“对，马列达同志，”巴尔托时严肃地说，“但在斗争中也要有条不紊。这样，情况就能一目了然。”

他把半支“女游击队员”插在齿痕累累的樱木烟咀里，喷着灰蓝色的烟雾。马列达有几粒麻点的脸露出一丝不自然的笑意，他点点头，转换话题。

“我在走廊里碰见了布里赫，就是在老卡兹达那儿工作的那位法学家，我想：我们吸收他参加行动委员会好不好？他不属任何党派，不过看来是个正派人。会计科对他的工作非常满意。你对他的看法如何？”

巴尔托时看着前面，并不回答，只是耸耸肩膀，他们沉默了半晌，马列达把这间半明不暗的小室四面看了一番。

“简直是间储藏室。亏你整天在这儿呆得住，要是我早就闹得不亦乐乎了。”

巴尔托时还没回答，电话响了。公司会计处处长的女秘书嘁嘁喳喳地说，处长先生希望立即同巴尔托时谈谈，因此请巴尔托时先生……等等。巴尔托时没好声气地说了一声就来，便把电话挂断；他暗暗笑了笑，扬起眉毛来看着马列达。

“行动委员会的成立已经产生影响：抹香鲸要接见我了。你瞧着，准有什么不合他的口味了。我去瞧瞧是什么新鲜事。”

马列达出去把门带上了，巴尔托时慢条斯理地把桌上的东西收拾好。他是个一丝不苟的整齐癖好者，这也是职业养成他这种习惯。他把烟灰碟里的灰磕去，桌上一盆植物由于空气缺少、烟味太重而枯萎了，他把母亲的相片在盆边放好（“我的老娘不知过得怎么样了，该去看看她”），然后仔细锁上房门。

巴尔托时并不怎么激动地向走廊的另一头走去。他对处长太了解了，因此不难猜到这位“极为可敬的兄弟”、公司里国家社会党的头儿要跟他谈些什么。抹香鲸！对于这个魁梧、自信的人说来，这是一个十分确切的绰号。他那一帆风顺的升迁过程似乎在证实所谓有些人天生就是领导者的谬论。其实，这位行将老去的花花公子不过及时娶了过去康采恩中的一个有钱的女股东罢了。他有了地位，开始自负了，他可以把任何一个觊觎他的位置的专家轻易地“吃掉”。他成了各会计科谈虎色变的人物。

抹香鲸痛恨共产党，尤其恨巴尔托时。他们双方都知道这一点，都沉着气互相观察着，就像拳击手在场上专等对手失误，好把他逼到角上去。抹香鲸手里有一张大王牌——职权。他把巴尔托时安置在最坏的一间小室里，企图把这个坚如磐石的共产党员与集体隔离开来，把枯燥无味而又要求非常严格的工作——大批的统计表和其他报表——都压到他头上。但是巴尔托时以傲慢的冷静态度据理说明这些报表中有许多是毫无用处的，并把他的指示称之为有害的官僚主义作风，这使抹香鲸大发雷霆。至于其余的报表，巴尔托时造得无可指责地精确，不留任何可以挑剔的余地。抹香鲸虽然又想出了对付巴尔托时的办法，但是政治局势的变化阻碍了他的报复计谋的实施。

巴尔托时走进去时，抹香鲸站在窗前，反抄着手把宽阔的背部对着进来的人。听见开门的声音，他转过身来。

“啊，巴尔托时先生！请进来。”

他客气地指指一把椅子，用犀利的目光审视着他这个下属瘦瘦的身躯；巴尔托时的身材老是使他觉得像一支烟丝散落的廉价烟卷。

“我找您半天了，”他微带埋怨的口吻，但笑容可掬地说，自己在大写字台后面的圈椅里坐定，手指交叉叠在一起。

“是的，我知道，”巴尔托时点点头，“可是我在开一个重要的会。本期周转额明细表我昨天已经交给秘书了。”

“我不是单为表格的事。不过我还是要谢谢您。我相信这表格一定跟往常一样造得清清楚楚。”

他从自己面前的烟匣里取出一支雪茄敬给巴尔托时，但是被拒绝了。抹香鲸耸耸肩膀，自己点了一支，透过烟雾看着巴尔托时。他们互相用目光刺探对方，巴尔托时故意拖延冷场。一口落地大钟发出庄重的滴答声，外面传来无线电的声音。

最后还是抹香鲸先开口说话。

“会计先生，我以前就想与您谈一个相当简单的问题。不久前我到我们各个办公室去看了一遭，我也到您那儿去看过。那间屋子太糟了，可不是吗？起先我以为它对您合适，因为您的工作性质需要绝对的安静，但到那儿去了一次以后，我认为这间屋子简直不能使用。因此我决定在那里搞一个档案室，给您另外换一个地方。必须这样做，但是我不知道您愿意在什么地方办公，所以想听听您的意见。”

说这些话的时候，抹香鲸在地毯上踱来踱去。巴尔托时的目光跟着他移动，面露微笑。抹香鲸一下子就看出了这微笑的意思。它好像在说：“愚蠢啊，真愚蠢，处长先生。您想抓住最后一个机会来讨好我。您多么狡猾，可又多么不聪明啊！”

巴尔托时素来把报复心视作不道德的表现，但现在，跟敌人面对着面，他忍不住也尖酸地回答说：

“谢谢，不劳费神。现在我在那里也受得了。”

处长的宽脸膛变得毫无表情。

“随您的便。我不勉强您，我是一番好意。”他在屋子中央站停，用单刀直入的方式进攻，“我看，您以为我别有用心，是不是？”

“我觉得这并不重要。”

“对我很重要！对我很重要，会计先生！”

抹香鲸回到圈椅里，把熄灭的雪茄重新点着。“他在嘲笑我。”这个想法在他脑中一闪。抹香鲸勉强把怒火按捺下去，各种不同的心情——不安、害怕、耻辱和痛苦的怨恨——错综复杂地交织在一起。一清早他的想象中就出现巴尔托时瘦削的脸和锐利的目光，现在，抹香鲸竭力想摆脱压迫着他的种种顾虑，突然激动地说：

“我们打开天窗说亮话，会计先生！我们的观点不同，但这并不是说，我们就应该像小孩子那样，您说是不是？我觉得，”他带着嘲弄的神气撇着长有一撮斑白胡髭的嘴继续说，“从今您认为自己是公司里的要人了。当然喽，行动委员会的主席！恭喜恭喜。但是我，会计处的负责人，认为这件事情有些美中不足……”

“请教。”

“那就是这个委员会是非法成立的，”抹香鲸提高了嗓门，“绝对非法！”

“今天在你们一些党派的党部里发现了武器。这难道是合法的？”

“不，这是捏造！是你们报纸的恶意宣传！你们要怎么样？”

“要实现我国大多数正直公民的要求。”

“在此地公司里你们并非多数。”

“第一，您大大地错了，”巴尔托时心平气和地反驳说，“第二，处长先生，公司不单是总管理处，还有四十九个企业。如果您愿意知道我们绝大多数劳动者的意见，我可以向您介绍，有哪些我们公司所属的企业也跟我们这里一样成立了据您说来是‘非法’的行动委员会。”

“我不要听这些！”抹香鲸叫喊起来，“你们的策略谁都知道：通过决议，搞火炬游行。攫取政权，扼杀最后一点点的民主和自由！算盘打得倒如意，可是办不到。捷克人不是为了这个而在希特勒统治下受苦受难的！”

“据我所知，”巴尔托时冷冷地说，“您并没有受到多大的苦难。”

抹香鲸不让他说下去。

“这就是在街上演杂技的目的！你们玩弄革命，但准玩出毛病来，会计先生。其中也包括您在内！这您自己也知道。你们不能领导国家，你们只会破坏……”

“不过，闹辞职的是你们的部长。”

“对！他们做得对！我完全同意！你们造成了无法忍受的环境。在我们这里也是一样！”

“是的，我们造成了这样的环境，并且还要使投机分子、资本主义吸血鬼、外国代理人、反苏分子更无法忍受……我们要这样做，您可以相信！”巴尔托时愈来愈激动地说。胃又像被利爪抓住似的剧痛起来，巴尔托时握紧拳头，眼泪在眼眶里滚动。“快离开此地。”他疲乏地想着，只觉得额上涔出了汗珠，地毯斑斓的花纹在眼睛里晃动。“坚持住，说什么也得坚持住！”巴尔托时命令着自己。钟的滴答声在脑中发出深沉的回响。但是抹香鲸什么也没看出来，他竭力想捞回一点点面子。

“我看我们说不到一块儿。忘掉这次谈话吧，会计先生。”

今天发生的事给了抹香鲸当头一棒。这简直是一场惨败。都是些胆小鬼！他们的党组织费了好大的劲才召集成一次委员会议，因为昨天的工会代表大会对抹香鲸的同伙们紧张的神经起了严重的影响。这些先生们害怕冒险。三个人推托有紧要的工作没来。两个人“生病”！他们的想法就是：还是离是非场远一些！党的船有了窟窿，里边的水愈浸愈多。三个人干脆退了党，出名的大炮克哲时工程师甚至参加了行动委员会。叛徒！天主教党就跟没有一个样。他们来了三个人，可是只会像白痴似的直翻眼睛，说是在等指示。等吧，等吧，笨蛋，你们至神至圣的党魁日子也并不好过。会上谈了些“贝纳斯不会批准”“他没有权利签字”之类的空话，不久就像一群受惊的麻雀一哄而散。党部里慌作一团。街上闹腾起来了！抹香鲸想起自己在得悉部长们辞职的消息时多么高兴：这下我们要让共产党尝尝味道了。一切似乎都经过了数学一般精确的估计，时间也都安排好了，所有的王牌都在我们手里。国家社会党区党部的书记就是这样对他说的。可是现在呢？现在你面前摆着这个皮包骨的饿鬼——行动委员会主席！抹香鲸一直担心这个红色木乃伊有一天会掐住他的脖子。

多么难挨的时刻！抹香鲸现在几乎后悔了：他干吗要去插手政治！让别人去搞反共的十字军东征好了。说实在的，他还缺少什么？他也应该禁止儿子斯拉维克卷入他们系里的政治斗争。今天晚上哪儿也不让他出去！……那么现在该怎么样呢？只得把这个角色演到底，设法弄清楚在乌云密布的未来等待着他的是什么！唉！

他费力地抬起沉重的眼皮。

“很遗憾，我们说不到一块儿。我很器重您这样一位工作人员，会计先生，虽然原则上我不信任把自己的野心藏得那么严密的人。其实野心并不是坏东西。可您总是在暗中活动，而规模却又很大，可不是吗？”

“您这话是什么意思？”

“很简单，”抹香鲸疲乏地微微一笑，“您的党证行情高了，对不对？这是一块极好的跳板。从那里可以直接跳到我的位置上来。的确是个绝妙的计划。我非常乐于让位……现在也行。就这么办，请吧，会计先生！”

“我不见怪。您很可笑，处长先生。”

“也许是！您已经出言不逊，会计先生，您得意忘形了。是不是为时过早了些？也许，您能容我留在这位置上？”

“这将由行动委员会决定，处长先生。我一个人不能做主。请容许我走吧，我没有时间作无谓的争论。”

“当然！”抹香鲸把手在桌上一拍，“您身负政治和国家的重任。请便吧。我不爱斤斤计较细节，不过您要明白，您是用工作时间、并且直接违反上级禁谕在搞这些革命把戏，会计先生……”

“我代表全体正直的人向您，处长先生……”

“……由此引起的不可避免的后果……”

“我负责！”巴尔托时爆发了。

谈话至此结束。

巴尔托时迅速地扭动门的把手，在门外跟一个面色惊慌的人撞了个满怀。那人显然在偷听，压根儿没料到这一着。巴尔托时认出他是往来账户科的副科长米静纳。他看着米静纳的窘态忍不住暗暗好笑，然后给他让路。“请！”

“嗨……”米静纳红着脸干咳一声，“我正好要去见处长先生……有一件要事……我希望他能接见我……”

巴尔托时在走廊里慢腾腾走着，胃又不痛了，使他很高兴，他在想米静纳这个人：庸俗、自私，如此而已。他对这个人看得很清楚。抹香鲸之流就是靠这些人的支持愈爬愈高的。

在走廊拐弯处，他这一天第二次遇见布里赫。巴尔托时对他看看，一边开自己小室的门。他对这位个儿瘦长的法学家、米静纳的外甥很感兴趣，布里赫虽已大学毕业，可是还在往来账户科他舅舅那儿工作。你这个知识分子到底是怎么回事？布里赫不久前才进会计科工作，那时他刚从军队里服役期满回来，巴尔托时知道，布里赫即将调到公司的出口部去。这是正确的，受过这样的教育，又通晓几种语言，应该多做一些事情。有时他在走廊里遇见布里赫，或者在饭厅里凑巧跟他坐在一起吃饭，他们交谈几句无关紧要的话以后，布里赫就不见了。莫名其妙！他到底是怎么个人？

晚上，巴尔托时开完第三个会，时间已很晚了，在往小城厢回家去的路上，他又一次想起了布里赫。沉痛的经验教会了巴尔托时如何剖析人物。这习惯他已养成很久，并且渐渐变成了一种真正的娱乐。世上最使他感兴趣的就是人。他惯于耐心地听人们把话说完，不提出讨厌的问题，否则人家会怀疑你过于好奇。在公司里他被认为是个没有感情、刻板的人，对旁人不关痛痒。他知道这一点，也知道党组织同志们还对他怀着一种模糊的、没有根据的戒心：这样一个一丝不苟的老光棍，从来不弄错一个数字，竟是个共产党员！他身上冒着寒气。这是架机器，不是人。不管在业务方面，或是在党的工作中，他都是一架精确而可靠的机器。党内的经费收支表、会议记录他都做得一清二楚。大家都知道他是个正直的、有修养的共产党员，然而……

巴尔托时经常观察人们，并加以思考，甚至把观察的结果用正楷记在笔记本上。他写满了多少本这样的笔记本？很多，最后一本的编号是第三十七，这不是开玩笑！在划着格子的纸上聚集了一大群形形色色的人物——有共产党员，也有市侩、下流坯、密告者和囚犯；有男人，也有女人。有对达豪[①]的盖世太保下的断语，也有对会计处和其他部门工作人员作的鉴定。这些笔记本里可谓无奇不有：有面部

① 达豪是希特勒盖世太保于1934年在慕尼黑附近为迫害反法西斯主义者而设立的集中营。

描写、性情习惯、口头禅、奇怪的警句；有零碎的记录，也有深刻的分析——这些材料足够一位作家工作好几年。从里边还可以看到各种各样的挫折和没有实现的希望……

翻阅这些笔记本，你会惊异生活是多么丰富而又复杂，生活中有许多不合会计学法则的怪事！你怎么努力也无法把包罗在这三十七册笔记本里的经验归纳起来，加以分类。你只要粗略看一遍就会意识到这一点。人！最好搞一套与人类数字相等的卡片。而且要平心静气，按部就班，抱着从事科学研究的客观态度，同时也要隐隐意识到这项工作的徒劳性质来编这套卡片。但这仅仅是一个孤鹗独处的老光棍无聊的消遣。巴尔托时有时这样想，但还是继续记他的笔记。他难得去看写的东西。一本写完了，他就挥一下手，把它搁在箱子底里和以前写的几本一起。

“将来我到底怎样处理它们？恐怕是永远搁在那里！”

白天，在短短的休息时间，巴尔托时从口袋里掏出笔记本来翻了一下。里边写着关于马列达的字句……他刚才来找过我。“一个好人，性情安详，像所有爱好钓鱼的人一样。谁能想到他跟妻子离婚了。为什么？他坦率、诚恳，跟他在一起会觉得很轻松，我们需要这样的人。整个委员会里他最使我感到亲切，有时候只有他能想出办法……”这里又是另一段记录：“往来账户科的玛丽雅·蓝多娃，三十三岁，她有一个没有父亲的孩子，看来她有过一段不幸的遭遇。她多疑、怕羞、单纯。她在《贝纳德塔礼赞》①里夹着一张马萨里克②的照片。她为什么要戴黑色的角制镶边的眼镜？事实上她不需要眼镜……她是不是太敏感了？不，应该说偏于感伤。她一定把所有的信都用缎带扎好保存着。政治上不开展，当然反对我们。你只要对她的脸一看，她就垂下眼睛。出色的打字员。”

“胡扯，”巴尔托时看着很不高兴。“事实上我对她有什么了解？

---

① 一本宗教书；贝纳德塔是天主教的圣女。——俄译者注

② 见第116页注④。

比零多不了多少！”他取出自动铅笔，略假思索后开始一段新的记录：“法学博士弗朗蒂雪克·布里赫”。

电话响了。是区委打来的。巴尔托时急忙把笔记本塞进兜里，穿上大衣。形势这样紧张，可我尽想些无聊的琐事！行动委员会也成立了！一切都要在这个关头解决，明天是抗议性罢工，我必须保证一切顺利进行，得赶快行动！

于是巴尔托时又开始大忙特忙。

晚上，他很迟才拖着两条沉重的腿回到他住的一个小房间里。重大的事件和剧烈的胃痛把他的精力耗竭。他开了一盏摆在摇晃的桌上的台灯，对一双手呵呵气，掏出他的笔记本来。他头痛得厉害，在这紧张的一天里所见过的一些面孔老是在脑中盘旋。抹香鲸、米静纳、布里赫……巴尔托时把新开始写的一段记录重读一遍。接下去写些什么？什么也写不出。他开始考虑明天，考虑这一场震撼着公司、震撼着全城、全国的斗争。抹香鲸之流已经听见为他们而敲的丧钟……

家里很静，只有房东太太巴拉什科娃寡妇在隔壁厨房里忙着。那儿传来煤油炉的咝咝声和老年人的咳嗽声。巴尔托时冷得哆嗦起来。这间陋室的砖墙透出一阵一阵的寒气。巴尔托时在屋子里来回走动，使身上暖和一些，然后在窗前站停。小城厢的一条狭巷沉浸在幽暗中，风卷起片片轻软的雪花，不让它们一下子落到石子路上。一对恋人紧相偎依在黑暗的门洞里，此外，寒冷的街上再也没一个人。然而城里还在进行炽烈的斗争。

巴尔托时回到桌旁，站着对打开的笔记本看了一会，不满地摇摇头，打了个呵欠。

没办法，关于布里赫的一段就是写不下去！

8

城里的形势愈来愈紧张，虽然街上平静无事。这种平静气象如花岗岩一般稳定，但它刺激着神经，令人着恼……天哪，千万张嘴激动地说着的一句话竟会膨胀到这样的程度！说这话的人有的忧心忡忡，有的斩钉截铁。它像愤怒的乌云，预示着山雨欲来：

“批准！批准辞呈！”

昨天黄昏，布里赫在下班回家的路上津津有味地吸着新鲜的空气，他发现有三五成群的大学生。这些年青人漫无目的地在街上晃来荡去，没有愤激的表情，也没有勇敢的气概。他们的神色沮丧而又绝望。瞧，这就是国家社会党和天主教党的党魁们仓促间纠集起来的最后一支可怜的军队。他们被派去参加一场输定了的战斗，去反对一种几乎触摸得到的意志。这些昏了头脑的小伙子冷得直发抖，他们嘶哑的声音在寒冷的空气中愈来愈低沉无力。他们的党魁们平日大言不惭，而现在已经在整理行装，在脚底下擦油。儿戏已经结束，正经事开始了！

布里赫不禁颤栗着暗暗承认，回头路已经没有。关于国内可能达成政治协议的荒唐幻想烟消云散了。巴捷拉说得对：只能向前走！虽然你在人群中漫步走着，看看书店的橱窗，仿佛城里发生的事跟你毫无关系。但你明明在欺骗自己。有关系，布里赫！……

街上秩序井然，电车照常行驶，哪儿也听不到枪声，哪儿也看不见殴斗。都没有！但城市已经属于工人和另一批大学生、另一批群众。这是一眼就看得出来的。

布里赫坐电车回家去。在走进自己房间的时候，他已经知道没法集中思想工作。往后会怎么样？不知道！他颓然倒在沙发上，也不动手生炉子。他拿了一本《寻找失去的时间》[①]，想专心看书，克制心头的惶恐，沉浸到普鲁斯特的纷乱、复杂、稀奇古怪的感情世界中去，但是布里赫的思想像网中的鸟乱蹦乱跳。他把书扔开，怀着忐忑不安和不可名状的不耐烦心情又走了出去。

---

① 《寻找失去的时间》是法国颓废派作家马赛·普鲁斯特（1871—1922）所写的长篇小说。高尔基批评该书是“一个生活在现实以外的无血无肉的人所做的一场冗长而枯燥的梦”。

布里赫走进几家点心铺和小饭馆，听人们聚在扬声器旁争论。他们愈辩愈激烈。布里赫感到一阵从内心发出的寒颤。怎么办？回家？

在卖香肠的摊上，他吃掉了最后几张肉券，然后去坐在电影院里心不在焉地看着银幕，呵欠连连。加映的短片他觉得冗长而枯燥，彩色的滑稽动画好像在嘲笑他严肃的思想。

他觉得自己像个落魄的穷汉，没到散场就走出电影院。可是到哪儿去呢？

他走进一家清静的咖啡馆，有时他也上这儿来跟熟人下下棋。进了转门，他站停了向大厅里看看。空荡荡。只有一位招待员脱了上衣，卷起衬衫袖子，为了业务需要在弹子台上练习复杂的“开棱”[①]技巧；他是那么专心于击弹，甚至没有看见布里赫进来。弹子的碰撞声飘荡在门可罗雀的大厅里。“嘿，咖啡馆的雄辩家们今天都躲起来了。”布里赫闷闷想着走了出来。现在怎么办？回家！……

“怎么样，邻居？”今天早晨巴捷拉在暗沉沉的楼梯上遇见他时问道，“醒过来了吗？”说着把一个指头举到帽檐上行了个礼飞奔下楼。他行色匆匆，一边吹着口哨，情绪显然很好。

八点钟，布里赫照常坐在公司大厦五楼往来账户科的办公桌前。他正在办手续向尼日尼亚·赫拉斯塔瓦的马蒂亚雪克公司索账，可是思想离得远远的。他对借方与贷方两项看了一会，然后把账单扔在打字员蓝多娃小姐桌上。她把一张纸插进打字机，开始用细长的手指打一条索账的公式：“在查阅账目中我们遗憾地发现，某月某日某字某号的一笔账贵公司尚未向我处偿还。兹请……”等等。

蓝多娃是一位出色的打字员，简直是一挺机枪。她好像办公室里的一匹马，拖着耕犁，从无半句怨言，仿佛她的生活仅限于这些刻板的公文词句，生活的起点和终点都在打字机旁。蓝多娃瘦弱的肩膀拱起，栗色的头发朴素地扎成一束，戴一副镶黑边的浅度眼镜，怯生生的目光集中在公文上。她有一双善良的、灰色的眼睛，就像她的衣

① 弹子游戏的一种，击弹者要使一颗弹子碰到另外两颗弹子。

着、她整个人一样。有时候布里赫想跟她谈谈，但通常总是碰到一堵羞怯和冷淡的墙壁，使你不好意思说下去。她打字的时候在想些什么？会计科里的人知道她有个没有父亲的孩子，她也不隐瞒这一点，但是千方百计避免人们过问她的私生活。布里赫对她抱着友好的尊重态度。

“请打上，”于是他向她口述索账通知书的内容，结尾用一条法律上无可指责的公式：“若蓄意拖欠不付，将依法起诉。”

“发出去。”

然后他拿起听筒打电话给出口部主任巴罗赫的秘书。可是今天跟昨天一样不巧：“主任先生正有一个重要的会议，”女秘书尖细的声音说，“我明天打电话给您吧，布里赫先生。”

“好吧，就等明天。”布里赫放下听筒时心想。现在不用急了，反正事情已经敲定。他在会计科不用再呆多久。他大学毕业不是来口述索账通知书的。他跟巴罗赫已经谈妥，到三月里就调到他那儿去。布里赫很高兴，他总算可以做有兴趣而重要的工作了。巴罗赫在国际贸易方面是匹识途的老马，从他那儿可以学到不少东西。他需要一位通晓几种外语的法学家，而布里赫正是这样的人才。还在战争时期，那时他在“帝国”①，他一直不离开一本法语课本，甚至躺在集中营的铺位上也学；如果说“帝国”对他有什么好处的话，那就是给了他跟被“总体动员”动员来的法国人实习法语的机会。战后布里赫开始学英语。“懂几国语言等于做几世人。”这是一句名谚。布里赫学语言不太费力，他在这方面有天才，布里赫也没有埋没这种天才。秋天他准备开始学俄语。将来的工作多着呢！一个国际贸易专家应该对全世界了若指掌。必须通晓一切，不断充实知识，不能故步自封，要知道，这个工作除了一大堆专门知识以外，还需要极其丰富的经验。不过运用才能的机会也是无穷的。经过这么多年的等待和彷徨，熬过了“保护”时期的非人生活，总算盼到了真正的工作！

---

① 指法西斯德国。

布里赫点起一支烟，看看同事们。除了玛丽雅·蓝多娃，在往来账户科工作的有葛拉瓦契、施泰特卡老头和另一个打字员伏尔扎洛娃。

星期二早晨，公司大楼里不大平静，每层楼的走廊里都在议论纷纷，还可以听到激烈的争辩，不公开的、但是尖锐的斗争破坏了工作气氛。谁也不认真考虑工作。“行动委员会行动起来了，听说了吗？”“抹香鲸的地位动摇了！”“您对罢工的看法如何？”“不，总统不会签字！”……

“应该揭露一下那些先生们了，”有些人说，“您总知道，我们那里也乱七八糟。”有的人拥护，有的人反对。各式各样的流言也传到了往来账户科。人们纷纷提出疑问。

“这一切到底会怎么结局？”施泰特卡焦虑不安地问，这个不为人所注意的、胆小的公务员老是囊空如洗；他的一份微薄的薪水要养活一个五口之家和一只金丝雀佩琵。这几天众说纷纭，施泰特卡不知道如何是好。他勉强用哆嗦的手握住一支铅笔，频频向坐在旁边的葛拉瓦契转过头去惶恐地问长问短。

玛丽雅·蓝多娃从打字机上抬起头来。

“布里赫先生，雄鹰协会[1]本来今年要开运动会，您认为，假如……”

“我怎么知道？”布里赫不高兴地回答说。他竭力想专心工作，不愿参加谈话，可是打字员的问话重又把他的注意力吸引到那些题目上去。他用抱歉的声调轻轻地补充说：“我不是万事通，政治我根本不懂。何况，目前什么也还没有决定，那我们暂时先保持镇静再说。”

“我……是这么回事，我希望……我的小玛莎……”

午饭前布里赫接到伊莲娜的电话，声音很不清楚，大概她打的是公用电话。两个人在电话里互相大声喊着。布里赫刚挂上听筒，走廊

① 雄鹰协会是捷克民族体育组织，成立于1863年。

里汽笛长鸣：共和国劳动者总罢工开始了！门外人声、脚步声乱成一片：整个大楼的职员都到楼下饭厅里去。

“我们也去吧！”施泰特卡垂头丧气地说，他小心翼翼摘下假缎子做的袖套，锁在抽屉里，然后急急忙忙把斑白中像发霉似的带一些绿色的鬓角掠掠平。“免得招麻烦。得表示我们唯命是听。胳膊总扭不过大腿……”

“当然去，走吧！”爱好打扮的葛拉瓦契下令说。他整整一条花领带，把自来水笔放进口袋，殷勤地向头发染成金色的打字员伏尔扎洛娃屈出胳膊。办公常规之被打破很合这个天真而乐观的人的心意。政治他不大考虑，他的兴趣局限于修饰仪表——这对他这种类型和地位的未婚男子是不可少的——此外就是研究象棋残局。他和伏尔扎洛娃是科里一对乐天派。葛拉瓦契喜欢说笑，头脑里从来不装严肃的问题。“诸位，你们可知道关于长颈鹿的一段笑话？有一次，长颈鹿走到药房里……”这个爱开玩笑的天真汉的人生观可以用他借以摆脱一切烦恼的一句话来说明：“好歹活过来了，好歹也得活下去……活下去不容易，这是事实。不过政治跟我不相干！”

门口出现了巴尔托时，大家都向他转过头去。他进门向办公室里的人问好，发现布里赫坐在桌旁不动，就向他走过去。

“同志，饭厅里要开会了。”他用平直的语气说，布里赫抽出一支烟卷，巴尔托时把一根不知什么时候擦亮的火柴送到布里赫面前。布里赫漫不经心地点点头。

“您不去吗？”巴尔托时问。

“这是不是命令？”布里赫反问。

“您问得奇怪，”巴尔托时平静地微微一笑，“据我所知，您是工会会员。星期日开过工会代表大会。即使是命令，又怎么样？”

布里赫没来得及回答。他的舅舅米静纳很快地走出“金鱼缸”，他后面腼腆地跟着往来账户科科长卡兹达，就像神父背后的侍役。

“走吧，诸位，走吧，”米静纳劲头十足地说，“我们已经落在最后了！啊，巴尔托时同志！我们正要去了，全体出席！您不反对的话，我们一起去吧。我刚对卡兹达说：‘卡列尔，你瞧着……’”

他们走到已经静悄悄的走廊里，沿楼梯下去。米静纳的话像瀑布一般向所有的人倾泻，直到走进了闷热的、挤得满满的饭厅，他才住口。这里从来没有这么拥挤，这么热闹。人们挨得紧紧地站在桌子之间听无线电广播。虽然开了五架电扇，窗也都打开了，里边还是弥漫着灰蓝色的烟雾，缺少新鲜空气。

就这样，罢工开始了！

一片寂静！它可闻，甚至可触。它像暴风雨来临前隆隆的雷声，力拔山岳。刚才像一个喧闹的蜂巢似的公司大楼静了下来，静得可以听到水滴在面盆里的嗒嗒声和走廊里橡皮地毯上轻微孤独的脚步声。只有一小撮对抗新制度最顽固的人留在办公桌旁，装作在埋头工作。三楼某处有一架打字机打出刺耳的声音：哒，哒，哒……

五楼上只留下处长抹香鲸一个人，他坚决不承认罢工。这是共产主义的挑衅！现在只好把角色演到底。抹香鲸静坐桌旁，用自来水笔的白金笔尖在纸上乱涂乱划。烟灰碟里一个嚼烂的雪茄烟头讨厌地冒着烟，直往眼睛里钻，惹得抹香鲸怒火中烧。他按铃，可是没人应，秘书跟大家一起开会去了。让她去吧！抹香鲸拿起听筒，胡乱拨走廊另一端某科的号码。凄凉的铃声响了很久，就是没人接，抹香鲸忿忿地把听筒搁在台玻璃上，站起身来。

“胆小鬼！”他轻蔑地想道，“都去了，像一群绵羊。现在该怎么办？走？不，事情还没有完全定局！”他不甘心太早就投降，他不承认那个不三不四的行动委员会。总统还没有批准部长们辞职。这时候，在这一片寂静中，在罢工的时刻，不知总统作何感想……唉，他对付不了共产党。战前抹香鲸就不喜欢贝纳斯，也从来没有完全信任过他。贝纳斯是捷克的克伦斯基，是个先天不足的政治家，在决定性的关头他会泄气认输……

瞧着吧！

抹香鲸从五楼向街上望下去。几个行人在马路上不慌不忙地走着，汽车停在便道旁，电车靠站不动，灰色的云在屋顶上空飘游。抹香鲸从窗口走开，点起一支雪茄，不知怎么的今天吸着特别无味。他把雪茄在沉甸甸的烟灰碟里捺熄了，在圈椅里坐下来，拿起本期周转额明细表。嗳，其实现在干吗还要管这些事情！他定神看了一会，认出这是巴尔托时端正、清楚的笔迹。脑海中又浮起了他瘦瘦的脸。抹香鲸发现自己的手在哆嗦。

镇静！

但他身上好像有什么东西突然松垂。自信的支柱最近几天只是系于一线希望之上，全靠顽强的意志稳住，现在这根支柱倒了。寂静把它摧毁了。无名火像电流通到抹香鲸全身。他想咆哮。他抓起几张整整齐齐的表格，略加迟疑后便把它们撕掉。气犹未平。抹香鲸把那些纸撕成碎片扔在色彩斑斓的地毯上。见你的鬼去吧，巴尔托时先生！抹香鲸从圈椅上霍地站起，开始在他惯于发号施令、申斥下属的办公室里来回跑动。活像关在笼子里的野兽！……镇静！他在红木落地钟前站住。它无动于中地报着时间，报着他失败的时刻。抹香鲸用一个指头抹抹斑白的胡髭，竭力镇静下来。我简直疯了！

他觉得这里坐不下去；得走出房间找一个人。他整个躯体要求积极行动起来。他气喘吁吁地奔到走廊里，打开最近的一扇门。一个人也没有！打字机里插着一封没打完的信。打字员没来得及在罢工前把它打好。快离开此地！闯进第二扇、第三扇门——空荡荡！桌上扔着一串钥匙、一支烟斗、一本饭票，打字机旁边还有一把梳子。暖气管里有水的咕咕声。一个人也没有！抹香鲸砰的一声把门关上，继续在他的“领地”巡行。接连不断的电话声吸住了他的注意。总算找到了！他扑向桌子，抓起听筒：“喂，喂，你是谁？”听筒里没人应声，抹香鲸这才惊恐地想起，他自己几分钟前拨的就是这个号码，电话没有挂断，他现在听到的正是自己办公室里的一片寂静。

够了，这简直是滑天下之大稽！抹香鲸想打电话给他的朋友普劳查——一家大冶金康采恩的协理。打听一下这个老江湖沃依塔·普劳查在干些什么。康采恩总机室的女接线员不客气地拒绝接他所需要的分机。“普劳查协理从昨天起就没来……这可不知道……如果您要跟别人谈话，请过一小时再打来。现在罢工，我也不工作。”咯！抹香鲸扔下听筒，用手拢住心口。连普劳查也垮了，行动委员会到处横行！但愿普劳查别随便乱说，这对抹香鲸也可能不利。

他踉踉跄跄走到走廊里，两腿发软，心狂跳不停，几乎要钻进喉咙跳到燥渴的嘴里来。抹香鲸走到巴尔托时办公室门口，握住把手摇了几下。门推不开。他颓然靠到墙上喘一口气。唉，当初不应该跟普劳查纠缠上！现在已经没有办法了……

他回到自己办公室去——鞋底在橡皮地毯上摩擦出清晰的吱吱声。空落落的走廊无穷地长，就像这可诅咒的时刻一样。抹香鲸仔细关好门，垂头丧气坐到圈椅里。他握紧雕花的靠手，转过一口气来，闭上眼睛。

周围的寂静如激浪拍岸。也许这是血在脑中翻腾？无所谓。现在一切都已无所谓。完了，现在这是明摆着的事实了。

抹香鲸整个儿瘫软了，他微微昂着头坐在那里一动也不动，慢慢地喘着气，慢慢地想着。时间在前进，钟在他头上庄重地滴答滴答响着，但这一切都不能使他摆脱怅然若失的状态。过了一会，他慢慢地拉开抽屉，取出一些零星物件和一小盒治高血压的药片，从桌上的玻璃框里取出两张照片，把它们塞进兜里。他翻翻文件，把其中几份放进淡黄色的猪皮公文包。然后仍保持刚才的姿势坐着不动，等待不可避免的命运。

两小时以后，门上敲了两下，接着有五个人走进办公室。抹香鲸知道他们是行动委员会的委员。其中他也看到了最近常常在他幻觉中出现的那张可恶的、瘦瘦的脸。抹香鲸一点也不觉得奇怪。他从沉思中清醒过来，用习惯的上级派头摆一摆手——不过他的手重得像灌了铅——请他们坐下，用异样的声调没精打采地说：

“请坐吧，诸位。我知道你们的来意。”

楼下，大会听完了广播演说。在片刻的冷场以后，开始了热烈的、简短的自由发言。大多数人完全拥护工会代表大会的决议，也有人提出自己的看法；巴尔托时挤到小卖部前，用胳膊肘撑在柜台上注意听着，忽而点头，忽而摇头。他对大会的情况感到满意；待会儿表决的时候不知怎么样？巴尔托时一一环视大家的脸，他看见布里赫站在门口米静纳和老卡兹达中间。

米静纳！巴尔托时发现这个花言巧语的老狐狸在四下张望，观察周围的人们，用他灵敏的鼻子嗅着每一种不同的情绪。米静纳装作一本正经的模样听着，但当某人说了一句愚蠢的话引起哄堂大笑时，他也用手掩嘴有节制地笑一下。

马列达把会议掌握得很好。巴尔托时看着他，见大伙对这位能干的主席相当满意，这使他也很高兴。马列达让要求发言的人都说完了以后，不慌不忙地开始表决。

“赞成的举手！”

手开始慢慢地举起来。布里赫朝舅舅望了一眼。被挤在门边的米静纳眏着眼向饭厅里看了几秒钟，然后迅速地抢在另一些人之前举起右手。

“反对的举手！”马列达平静的声音在问。

没人反对？有，三四只手慢慢地举起来，仿佛悬在空中。几百双眼睛注视着它们。

“一、二……总计四票反对。谢谢。”马列达冷静地说。饭厅里已经开始喧嚷，但是马列达提出一个问题重又使大会安静下来。

“有弃权的没有？”

会场里开始沉默的等待。门口举起了孤零零的一只手。巴尔托时一看就知道：布里赫！

对，是他。他举起手以凝滞的目光固执地向前看着，脸色激动得有些苍白。

布里赫把手放下。饭厅里开始窃窃私议：他发疯了！

一小时以后，大楼里又响起了谈话声、脚步声、门的开关声和人们的笑声，他们经过长久的紧张以后一口气松了下来。职员们沿着宽阔的楼梯上上下下，一边热烈地交谈着。大家都明白，不管他们每个人的看法如何，不管他站在什么立场上，他们已经作出了选择。

巴尔托时在五楼的走廊里赶上了布里赫，把一只手搁在他肩上。

“您没有投票？”

布里赫回过头来，放慢了脚步，但是没有停下：他脸上激动的血色尚未褪去，他有些恼怒地回答：

“您没看错。”

“那么为什么？在这样的关头怎么能不投票？”

“能，您已经看到了这是可能的。您认为这样会给我招来麻烦吗？有些人根本只是跟着大多数的人投票。我可不是胆小鬼。再说，难道我做了什么犯法的事不成？”

巴尔托时惊讶地摇摇头，他发现布里赫在看着他上衣翻领上的党徽。

“您自己知道这不犯法。但您没有回答我的问题。也许您不愿意回答？”

布里赫发现舅舅在办公室门口用警告的目光看他，但他故意不加理会。

“我想请教一点：您是以行动委员会主席的身份还是以同事巴尔托时的身份跟我说话？”他努力迸出一丝平静的笑意问。

“这有什么区别？我个人并不把两者分开。”

“好，我就简单答复一下。刚才表决的事是否正确，我还非常怀疑。这就是全部理由。”

“那么表决的是什么呢？”

“要使政权属于一方。”

“您说得对。可是政权是否应当属于一方，应当属于哪一方，对这些问题难道您都不感兴趣吗？”

“恐怕只是属于一个政党。说得明白些就是你们的党。”

“这不对。表决是大家参加的，不单是共产党员。这是全体人民的事情。政党有各种各样。有些政党专事制造卑劣阴谋，一手遮天，浑水摸鱼。但是政党也可能为正义的事业、为进步而斗争……请不要把这话理解作宣传老调。政党本身不是目的，它体现着阶级的意志，您说是不是？最近有许多公民睁开了眼睛，他们根据各政党做的事情对不同的政党作出了不同的评价。难道您没有这样做？”

“我只知道一件事：在这场赌博中被当作赌注的珍宝，是任何一个政党的党部里都没有卖的。”布里赫严肃地说。

他们互相四目逼视，巴尔托时渐渐开始明白布里赫的意思。

“我可以代您说出这些珍宝的名称，”巴尔托时说，他的薄嘴唇上掠过一丝微笑，“自由，民主，博爱，是不是？我可以十分严肃地说：今天我投票就是为了保卫这些珍宝。您觉得奇怪吗？”

“不。一切政党的报纸在争取同情者的时候总是运用这套久经考验的词句。但问题不在于这些被滥用和歪曲的字眼。我担心我们的人民不久就会亲身体会到它们的意义。失去自由是非常容易的。”

“您到底明白不明白国内发生的事情？是谁挑起的争斗？是谁提出了辞职？为什么会造成这样的局面？您愿意拥护的是什么样的自由？是工厂主、吸血鬼、大批投机商人的自由呢，还是不包括他们在内的人民的自由？现在必须选择，您要明白。”

“这一切都很动听，但我不会用宣传提纲进行思考，不管是哪个党提出的。我也不愿这么做。党同伐异、争权夺利是国家的致命伤。我明白：想夺取政权的人总得有所依据。论点通常每个人都能找到。论点是廉价的商品，可贵的是真理！不过我担心我们会在这儿走廊里展开一场没有结果的争论，近来城里这种争论很流行，我们反正谈不到一块儿。”

“可能是的。”巴尔托时轻轻地表示同意，接着他坚决地向已经显得不耐烦的布里赫提最后一个问题：

“不过我不明白，您为什么不投反对票？”

“我自己明白。”布里赫说，但他还没来得及整理脑中纷乱的思想，打字员伏尔扎洛娃在门口叫他了：

“布里赫先生，您的电话！”

布里赫耸耸肩膀表示歉意，然后匆匆向办公室里走去。

原来这是舅舅的一条妙计：谁也没打电话给布里赫，只是米静纳听到了他跟巴尔托时唇枪舌剑的争论，决定把外甥拉开。他拉住布里赫的衣袖，把他带到自己办公室里。那边一个人也没有。卡兹达看医生去了。米静纳小心关上了门，用食指点着布里赫。

“我要好好跟你谈谈，你这个年幼无知的傻瓜！我听见了你跟他的交锋……你说，这有什么好处？”舅舅踏着磨光的地毯在默不作声的布里赫身旁激动地走来走去，一边配合着幅度愈来愈大的手势。“谁种下的仇恨他自己遭殃，记住这句话，弗朗蒂雪克！鸡子儿不跟石头碰。难道你不晓得在跟谁打交道？还是你不知道一切已成定局，大权已经握在他们手里？别逞英雄，小伙子。听你的话我以为自己脑充血了。你不了解他们还是怎么着？这些人可惹不得。”

“您跟我说这些干吗？”布里赫冒火了。

“因为你是个糊涂虫、书呆子！”米静纳喊叫起来，但随即把嗓眼压低，近乎耳语。“我答应过你死去的母亲——上帝保佑她在天之灵！——要照顾你成材，做个有出息的人。你受了教育，你有很好的头脑，前途不成问题。你只管考虑这个，甭管闲事，你家里没有失火就不用你救火。我给你安排了工作。你有很好的机会，可你尽做些会招来麻烦的蠢事，而且不仅给你一个人招麻烦。别忘了我们是亲戚，人家会说……”

“原来是这么回事！”

“对，是这么回事。谁也不禁止你想什么，可你得管住自己的嘴，趁现在还没有惹出事来。这样的冒失鬼我也不知见过多少！别以为你从书本里学到了多少了不起的学问！唉，你们这班年青人自视也未免过高。我从我们家的依尔任娜身上也看得出来，她也是……”

“听我说，舅舅，”布里赫用嘶哑的声音打断了他，“收起您这套大道理吧！您还是多照顾自己！别过分为我操心，我自己有脑袋。”

他猝然转过身去，用手摸摸脸，像刚从一场噩梦中醒过来，然后走出去，砰的一声把门带上。他坐到自己桌旁，怀着厌恶的心情拿起一批账单，开始观看。

思想集中不起来。往后怎么办？

玛丽雅·蓝多娃吃好饭回来了，布里赫把几笔没付清的账扔在她桌上，默默看着她顺从地坐到打字机旁，细长的手指开始在字盘上跳动。哒哒哒，哒哒哒！“在查阅账目时我们遗憾地发现……”又是“在查阅……”

往后怎么办？这个问题像锥子在布里赫的思想中钻。仿佛一件美事眼看着快要砸锅。真愚蠢……不，委实荒唐！明天去见巴罗赫，又不是到了世界末日，这个巴尔托时到底要我怎么样？也许他在监视我，想抓住我的把柄？让他监视吧！应该有自尊心，不能像舅舅那样一概遵命。要是恰彼克笔下的火蛇[①]到这儿来，舅舅也会很容易地和它们勾搭上；他有一条橡皮做的脊梁和一套不要脸的世界观，只为自己着想。这样的人不只他一个，糟就糟在这里！自由是要去保卫的！人应该有自尊心，应该珍惜自由。就拿我们民族的历史来说——如果它有什么值得骄傲的话，那就是这一点！现在应该采取什么措施？跑到街上去向群众呼吁？冲进那些满怀仇恨的人们的圈子里去向他们大声疾呼：“你们在做什么？盲目的信仰把你们全都搞疯了！快醒醒吧！”

不，他跟巴尔托时找不到共同的语言。共产党把最明白的概念也搞糊涂了。不久前我们国内倒还有个老教授[②]、人道主义者。布里赫愿意发誓说马萨里克是一切崇高思想的化身。布里赫在小学里读过关于马萨里克的故事，可以说是在这位老教授的思想哺育下，在他的光辉照耀下长大的；其余的营养常常只靠薄薄的几片面包维持。巴尔托时对这一点会怎么说呢？他一定又要唱起“阶级斗争”的高调！他们

① 恰彼克(见第 140 页注③)在他著名的小说《大战火蛇》第二部中利用火蛇的形象，无情地讽刺和鞭挞了德国法西斯匪帮。

② 马萨里克在 1882—1914 年任布拉格大学哲学教授。

对一切都有现成的答案。当然，从前也有贫穷，布里赫自己就尝过它的滋味。在那位人道主义者当总统的时候也有人失业，也有不公平的事。许多这样的现象应该连根拔除。国有化——也可以。可是我们难道没搞过国有化？只要回顾一下就知道了。但这些办法都不顶事；如果没有主要的精神财富，就会利令智昏！必须采取合乎理智的行动，好好协商，而不是用暴力。这个事实怎么也改变不了，暴力无法掩饰，也不可能与之妥协。那么你呢，布里赫？你要工作；在“保护”时期熬过这些年头以后，你总算开始了人的生活，看到了前景，敞开胸怀舒了口气。可是现在呢？

布里赫抽着烟，思想不连贯地在他脑中乱窜，没得出任何结论就飘散了。连打字机的哒哒声都没听见，直到蓝多娃打好了通知书开始盖章的时候，他才把不愉快的冥想撂开。

坐在他后面的施泰特卡嘟嘟哝哝不知在说些什么。这个胆小如鼠的可怜虫坐立不安，几乎草木皆兵。“诸位，行动委员会……”抹香鲸被撤职的消息传来，施泰特卡急得像热锅上的蚂蚁，仿佛下一个就要轮到他了。“据说，那位巴尔托时还要把他……”

“那是抹香鲸，”葛拉瓦契安慰他说，“要您担什么心？他哪点值得同情？他光知道提拔自己党内的‘兄弟’，压根儿没把我们当人看待。”

“您说说倒轻松，葛拉瓦契先生，”施泰特卡只是摇头，“我要是跟您一样是个光棍，我也会歪戴起帽子大摇大摆！可是我有家……万一……”

“万一怎么？”葛拉瓦契已经有些恼了。“难道您是开工厂的老板？还是做投机买卖捞了一大票藏在枕头底下？天哪，这跟您有什么相干！生活跟过去一样不会容易——这是事实，但也仅此而已！”

“可是万一？……”

“真见鬼！您听我说，我不从事政治活动，不过既然非如此不可，我今天问心无愧地投了票。我跟您一样是靠劳动所得生活的，甄克尔先生和德尔蒂纳先生辞职不是为了我！我们公司里也有过欺世小人——这是事实。就拿纺织品来说吧，在那帮骗子手没被揭穿之前，还不是有黑幕？柜台上连粗麻布也没有，可是塞几个钱，你就可以穿罗披缎。这种状况应该去它奶奶！再拿我的邻居——一个营造商——来说。您只要有他战后靠偷工减料发的横财的百分之一，您就可以让一家人天天吃山珍海味，还可以给您的金丝雀买一副翅膀备换。对这批混蛋我一点儿也不同情，虽然我不从事政治活动！”

他沉默了一会儿，然后掉过头去向兀自沉思的布里赫说：

“法学家，我建议在五点以后我们下一盘棋怎么样？跟您谈不上半句话，您光知道用新的学问充实自己。您到底打算把那些学问放到哪儿去？您是不是也跟施泰特卡先生一样给吓坏了，担心您的博士文凭和府上的破家具也一起被收归国有？”

这位爱说笑话的乐天派终于使大家露出略感轻松的微笑。甚至施泰特卡也嘻嘻一笑，可是没过一刻钟，他又向布里赫提出那个使他苦恼的问题：

“您对这一切如何看法？”

问题，一连串的问题！布里赫只是耸耸肩膀，向窗外凝视毗邻儿幢房子的屋顶。他左边的打字机哒哒地响着。

“但愿早些离开这儿。”他长叹一声，暗暗对自己说。

9

二月的太阳像一个蛋黄浮在蓝灰色的云中，软弱无力的阳光照在覆着薄薄一层雪的沉睡的田野上。时间将近黄昏，犁沟里已经爬进了蓝色的阴影，透出一阵阵的寒意。笔直的柏油公路忽然从车轮下钻出来，急陡地跑上山去，顺着不太高的岗峦起伏波动，穿过幽静的山村，重又在丘陵地带奔跑。

拉滋坐汽车从普石班的拉波拉油漆厂回去。他觉得好像在梦中驾车行驶在一个从未到过的地方，因为一切都跟几小时前大不相同了。

拉波拉厂当初是拉滋出极低的代价买下来的，他没有冠以自己的名字。他瞧不起老一代工厂主——企业的创始人——那种小家子气的虚荣心。在他看来，硬把自己的名字塞到商标上去简直是史前期实业的过时遗风！拉滋走过了一段不短的道路：对于他来说，父亲传下来的五金商业已经成为过去；昂德拉毫不可惜地把店盘了出去。这是不足道的买卖，没有风险，但也没有用武之地。父亲引以自得的东西已经不能满足儿子的要求。沦陷时期，拉滋的买卖受到了一些影响，但他很快就恢复元气。一九四五年有许多人取笑他：怪可怜的小厂，两个破旧的、屋顶用油毛毡铺起来的车间每年秋天都要被无情的风刮得摇来晃去。然而这可怜的破厂却是一棵摇钱树。拉滋没有打错算盘：产品很简单(只要一些化学品和大桶就可以进行生产)，品种也不多，但专利权都有旧的证书可靠地保护着；用不了多少管理费——只要厂房不塌下来就可以了——至于投资几乎不需要。其余的一切都决定于销售。所谓生产全部由总管理员华莱士掌管，这是一个可以信托的、果断的人。归他管的有两个工长和五十名工人，劳动力很便宜，几乎全部都是从乡下招来的没有生产技术的短工。厂方也经常有意识地调换着工人。

拉滋难得到厂里去，他把工厂看作一头百依百顺的奶牛，他明白，收入最后得由一打经过严格训练的推销员的积极性和创造性来决定；这是一群长有三寸不烂之舌的“猎狗”，他自己也说，他们“能说服人在自己肚皮上打窟窿”。拉波拉不断地生产，营业愈来愈发达。拉滋巧妙地利用战后的市场情况，与许多私营营造公司保持有微妙的联系。另外他还着手经营危险性大得多、但收入也好得多的生意——进出口。在这片火辣辣的、险象环生的丛莽密林中蕴藏着无穷诱人的希望！那里只有最精明、最勇敢的人才能成功，那里大可一显身手！拉滋已经开辟了通往政府许多部门的可靠的路径。国家机关圆圆的印章会乖乖地打在必要的证明上，一些负责官员随时愿意帮忙。以前一直就是这样。

拉滋伏到驾驶盘上把车速加快。

法尔塔真是个饭桶！不能相信他，这人根本不顶事！现在还是别想这些事情，愈想愈气！

拉滋从星期一早晨就开始往普石班打电话，直到星期二罢工结束才打通。他在电话旁等了好久，听筒里终于传来一个傲慢无礼的陌生声音：“总管理员不在……不知道在哪儿。大概在家里，他昨天晚上就被打发走了。”“被谁打发走了？”拉滋大声咆哮。“谁？当然是行动委员会。”接着那陌生人不客气地挂断了电话。

拉滋把法尔塔叫来，简短地对他说：“厂里不知出了什么事，明天我要到那边去一趟。”法尔塔想宽他的心，说不会有什么了不起的事情。他说华莱士是个斫轮老手，不会束手无策。那边的工人都是些无知无识的木头，他们没有胆量，绝对不会出什么乱子。华莱士很会挑选人，据法尔塔所知，全厂只有两个共产党员，这两个人不能解雇，因为除了他们，谁也不懂技术。还有一个糟老头儿是社会民主党人，其余的人都没问题。好一个“没问题”，人家行动委员会也组成了！拉滋不理法尔塔的宽心话，今晨亲自到普石班去。路上他跟平时一样打开无线电，汽车开到中途一片枯林里，他就听到部长们辞职被批准了。拉滋停了车，把无线电关掉，出来呼吸一下新鲜空气。他冷得缩头藏脑，在一块白色的路标上坐下来开始抽烟。“不中用的东西！胆小鬼！”他暗暗骂着那个签署全面投降协议的人。“窝囊废！”

拉滋啐了一口，重又上路。

他老远从公路上就看见了工厂。它紧挨着一道树木茂密的山坡，拉滋觉得它阴沉、冷淡，严阵以待。他把汽车停在公路旁，锁好车门，迎着凛冽的寒风快步径向门口走去。他不愿多费时间绕弯去走失修的村道，而是直接从高低不平、铁一般硬的地上走过去，虽然连连颠踬，但他仍不放慢脚步。

到了厂门口，他被一个穿冬大衣、袖子上佩着红色臂章的鬈发青工拦住；这是一个“粗野村夫”，据拉滋说，这种人身上永远带着汗臭和大葱味。他认为没有必要把他们区别开来，所以也不认识这个人。那小伙子挡住他的去路，拉滋这才仔细看了他一眼。

这个青年工人站在那里，宽阔的肩膀堵住狭窄的门框，坚决不让进去。

“我奉命谁也不让进去，就是这样。”他固执地摇摇头。拉滋想把那小伙子推开，可他简直像在地上生了根一般，看样子还准备着打架。得尝试一下别的办法。

“你知道我是谁吗？”拉滋问。

“知道……所以更不能放！”

“我劝你放聪明些。没有一条法律禁止厂主走进他自己的工厂。这样可能对你不利，朋友。考虑一下吧！”

小伙子考虑了一会儿，但立即勃然大怒。

“滚你的蛋！有话跟行动委员会说去。我不放你进去，你就是跪下也没用。闲话少说！”

“好吧，你就给我接主席的电话。谁是主席？”

“我不说。现在他们在开会。至少我不给你接。说什么也不行！”

“你会后悔的！”拉滋眯起眼睛冷冷地说。

“不用为我担心，我对自己负责。没什么可说的了！”

另外有三个工人闻声出来，他们走到关着的大门跟前，隔着门愠怒地望着老板，摇摇头，不说话。后来其中一个鼓励那个堵住门框的伙伴说：

“对，伊尔卡，不要让步。我们还要收拾这批生财有道的布拉格贵人。”

“我们为你也干得够了！”一个牙齿已经脱落的老头气忿地喊道，一边挥着一只缺大拇指和食指的手。他的喊声又引来了几个工人。这些穿着破旧工作服的人们聚在门内，手插在口袋里站着。其中还有两个女人。在院子里走来走去和站在露天高台上的工人也都回过头来注视着大门这边。他们的面孔染着各种颜色的尘土，在严寒中冻得通红，皮肤粗糙，皱纹很多；拉滋觉得他们的神气咄咄逼人。还有那些眯缝的眼睛！他注意到有几个人看见以前的老板，脸上现出窘迫和惶惑、畏缩和犹豫的神情。拉滋在心中记住这些人，同时用犀利的目光驱策他们；这些人是城墙上的隙缝。两三个人把眼睛移向别处，有一个头上顶着一袋东西的瘦高个儿甚至溜之大吉。但是没有谁挺身出来为拉滋说话，大多数人站在那里把他看作敌人。这是一场为时不久的斗争！后来呢？后来有一条嘶哑的嗓子喊叫起来，辛辣的话像一把碎石子扔在拉滋脸上。

“掉过头去往你来的路上滚吧！”

“什么风吹来了这位大爷？”响起了尖锐的女人声音，“以前他不乐意上这儿来，如今给夹住了尾巴，他倒来了！臭掌柜的！”

“当心冻坏了鼻子，老板！”

“安静些，同志们！骂人有什么意思？别骂了！”

“怎么样，难道你还不懂？你还呆在这里做什么？”

“滚你的蛋吧，老板，我们这儿用不着你。”

拉滋站在门外怅惘地看着他们的脸。这一着他可没料到。原来“木头”也会发威！法尔塔十足是个……白痴！拉滋倏地转身，踩着冻硬的草墩回到汽车那儿去。这不是走，这是逃跑。从山坡上刮来的风像警察推一个醉汉似的在背后推着他，把冬季大衣的衣襟吹得饱鼓鼓的真可笑。

寒气彻骨，拉滋加快了脚步。他竖起高高的皮领子，手插在口袋里，在草墩上连绊带跌地走着，他觉得有几十双眼睛在驱逐他离开工厂。这是怎么回事，是一场噩梦吗？不，这还是一分钟前的事。等等，不要忘了这一分钟，你将来可以从中汲取力量和仇恨。刚才，在大门口，要是你的手指扣在步枪或机枪的扳机上，要是你握着一门瞄准着人群的大炮的炮闩，你难道会有一秒钟的踌躇吗？

有三四百步路得在积雪的田里走。走完这段路，他觉得自己像熟透了的果子……甚至觉得自己苍老了。镇静，笑一笑！每当狂怒的琴弦在他心头颤动的时候，拉滋总是用这句话测验自己的自持力，叫自己沉住气。行了！现在可以从旁观者的角度观察发生在你内心的重要过程。可以喘一口气了。常言道得好，胜败乃兵家常事。这一仗还刚开始呢，你们这些木头！

拉滋坐进汽车，脚踏在起动器上，但是引擎发动不起来。使劲，一，二！他踏了一次又一次，还是不行。这时他发现车旁聚着几个衣衫褴褛、鼻子冻得发青的乡下孩子。他们一动不动地注视着这辆华丽的轿车和白费力气的开车人，后来开始给他出主意。拉滋放下车窗，他们表示愿意帮忙，他就让他们沿着公路推车。速速离开工厂！

推了几十米，引擎发动了，于是拉滋开足马力。

直到星期三下午，巴罗赫才在他的明亮的办公室里接见布里赫。他向客人指指一把椅子，自己在圈椅里坐下，把一条腿搁在另一条腿上。

“请坐，博士，”他很快地说着，把一只银质打火机递到布里赫面前，“真抱歉，虽然我们约妥了，可是我没能早些请您来……不，不，别为我辩白，我做事情素来讲究绝对准确。可是最近几天的情况您也知道……恐怕现在我也不能跟您谈很多时间……”

化学品公司的出口部机构相当庞大，出口部主任巴罗赫是位和蔼可亲的人。年纪五十开外，可是保养得很好，胡子刮得光光的，不高的身材十分灵活，尽管腹部已经开始有些向外凸出。出自第一流裁缝之手的服装更为巴罗赫增添丰采。这个谈吐隽永、办事老练的人一边吸烟，一边带着亲切的微笑望着布里赫的脸。他的手移动时，镶嵌在两枚大戒指上的两颗红宝石灿然闪光。这是个完美的形象，不是普通的人！你一眼就好像看到经常出现在各国首都的机场上、横渡大西洋的巨轮的甲板上和大旅馆宽敞的客厅里的旅行者之一，你甚至不容易确定这些人的国籍。他说话时不带半点倨慢的冷淡口吻，而有些目空一切的人却惯于用这种低级的方式来显示他在社会阶梯上的地位。巴罗赫的话轻逸地从肥软的嘴唇上飘出来，你立刻感觉到他的注意力完全集中在你身上，虽然为时不久；他说话稍稍带着一点匆忙的语气，但绝对不使你见怪，也不妨碍你的思路，相反能促使你把事情谈得扼要具体。多年的经验使巴罗赫善于紧紧把握住谈话的主动权，在对方不知不觉中抄最近的路把话题引向中心。

布里赫翘首盼望的一席谈话很快变成了主任的独白：他把全部利害得失都衡量过了，布里赫简直不知道自己还能补充什么。

然而这次谈话也表明一切都完了……

“亲爱的朋友，我们需要绝对坦白地谈一谈。我相信您跟我一样对此表示欢迎。我知道您是个头脑清楚的人，具备成为一个极有用的专家的一切条件。您有学历，也有必要的——我着重说明一下，必要的！——雄心。我原想提拔您，因此有责任对您说，现在是最不适宜于这样做的时刻，这实在是不巧中之不巧。我想，您从无线电里听到了我们国内发生了什么事情，特别是今天发生的事情。我不谈个人对这些事情的看法，我的事情是对外贸易，不是政治，虽然，很遗憾，这两者有紧密的联系。但我有自己的观点。简略地说，国内的政治局势以及最近一系列事件的演变过程迫使我收回向您许下的诺言。我着重说明：我这样做完全是出于不得已……显然，这对您也是不愉快的……”巴罗赫发现布里赫现出疑讶的神色，于是就微微一笑，继续说：“当然，原因不在于我个人是否受到那个……呣……所谓行动委员会的威胁，对于这个委员会的活动和宗旨我最好还是不发表意见。暂时，据我所知，还没有理由能把我怎么样。但是国际贸易的实际经验教人要有先见之明，要从自己的字典里剔去‘暂时’这个靠不住的字眼。经验教人思想要切合实际，从现实出发。尽管对我还没有怎么样，但我现在已经预见到：在我们这个小小的国家中无疑将形成新的情况，在那样的情况下，像我这一类型的工作人员不免要遭贬值。因此我不打算再在公司里待下去。原因很多，首先是在总的方面与新环境格格不入。其次，不论从西方民主的角度，或者从对我说来特别重要的国际贸易的角度来看，我对我们共和国的作用和意义表示严重的、凭我的经验我敢说是有根据的怀疑。我不否认，在这个问题上还有纯粹个人性质的因素……”

布里赫第一次插嘴。

“主任先生，”他以低沉的声音说，“我能不能知道，您是否……另有高就……”

这是一个天真的问题，巴罗赫被这年青人的怅惘感动了，这种怅惘的心情太可以理解了！

主任从圈椅上站起来，半靠半坐在一张大办公桌的边上，带着机密的神情弯身向着一动不动的布里赫，对他凝视有顷，然后含笑说：

“好，我的年青的朋友。您不会反对一次小小的英语测验吧？……虽然我们都明白，这样的测验已经不可能有实际的意义。”他操着英语问。他的发音之准确和说话的流利到了无懈可击的程度。

布里赫机械地点点头，机械地接过敬给他的烟卷。他们面对面坐着，从包有漆皮的门外隐约传来打字机的哒哒声和女人说话的声音。

“我不了解您的政治观点，”巴罗赫开始说，“我只能猜测。但是我相信您。不过我还是应该言明在前：这次谈话的性质是绝对秘密的，在目前的情况下，您也明白，这有必要。”

布里赫默默地抬起头来望着巴罗赫，后者继续往下说。他那一口无法挑剔的英语，纯粹的口音，佐以短暂的间歇，以便对方更好地领会所听到的话——这一切就好像一束箭射向同一个目标。

“战后，多多少少也是响应心的召唤，我回到了这个小小的国家。是的，事情确实是这样！归根结蒂，我是在此地出生的，不过大半辈子在国外度过，整个战争时期我在英国工作，我的妻子是英国人，尽管她作了很大的努力，她在我们这里还是水土不服……当然，我归国还有旁的原因：我国发达的工业保证着国家美好的远景，如果……可是问题就在这个‘如果’上头！那种不可思议的制度必然将在这里取得统治地位，我们不妨明说，您总不至于认为，我除了拿自己的能力和经验去为这个制度服务，就没有别的出路了？更不用说我是否愿意为这个制度服务。您要知道，对祖国的爱是一个抽象的概念，事业教会我们在别的范畴之内考虑问题。我可以谈谈自己，谈谈我怎么会做生意：当我还是个二十五岁的小伙子时，我就在汉堡卖掉一轮船辣椒。您想象一下：一轮船辣椒！您也明白，我说这话不是自吹自夸，我只是想让您对我的事业的规模有一个概念，让您了解，手工业式的小买卖不是我干的。在国际贸易方面，成功首先取决于各种关系：必须知道在什么情况下找什么人，引起什么人的兴趣，必须拉拢体面的同伙。我没脸在西方同伙们面前代表一个连自己的自由都保不住而让红党劫走的小国。就是这样，亲爱的布里赫！”

“那么今后怎么办呢？”布里赫沮丧地问，“国家还是要存在下去，总不能……”

巴罗赫抬头眯着眼睛往前面看，嘴里吐出一团烟雾。

“我并不认为形势已经毫无希望。照我看，最多不过两三年。至于以后怎么样？我想象得到：混乱，经济崩溃，随之而来的是人民的不满和政治上的瓦解。这很合逻辑，可不是吗？然后就是战争。诚然，我不是军事专家，但依我看，我国的战略地位对于它的统治者将是不利的。”说到这里，巴罗赫提起精神作了一个微笑，“我希望有一天能回到这个可爱的地方来，这里有许多我心爱的东西。我有不少亲人，但是，唉，他们大部分已经在奥斯威辛[①]的煤气室里牺牲了……把这事忘了吧，我已经悼念过他们了。总而言之，当初我回到这里来是出于良好的动机，尽管也是有实际根据的；而将来，只有在民主和正常的生活方式在这里占上风的情况下，我才会重新归来。不过，事情不由我来决定。我将合法地离开；顺便告诉您，我以前早就有过这样的打算。不过，英语里有句老话说得对，迟做总比不做好。好了，这些也谈够了。我对您很有好感，我相信我们会谈得投机，现在我们来谈谈您的事情吧。我能不能请问您作何打算？”

“我不知道。”布里赫用捷克话回答，他耸耸肩膀，两手按在太阳穴上，似乎想遏止思想疯狂的跳跃。

“您得作出选择，”巴罗赫也用捷克话继续说，“我的职位将由另一个人来担任，我料得到这会是谁，”他现出似乎没有恶意的冷笑，摇摇头，“我相信我的继任者在马克思主义词汇方面比对外贸易要内行得多。依我看，在一切经济部门缺少真正的专家将是导致共产主义

---

① 1939年，希特勒匪徒在他们所占领的波兰一个城市奥斯威辛附近建立了一座集中营，专事用各种方式杀人，其滔天罪行令人发指。

国家逐渐衰落到一无所有的主要因素之一。不过您个人的前途不会这样。您是个有才能的人，一定能露头角，我肯定您有丰富的知识，您掌握好几种外国语，您有雄心和毅力，您在不大的领域内也可以有所作为，所谓在破外衣上裰裰补丁。请不要见怪！您不难与我的继任者谈妥，只要您的观点和公民良心容许您为这个制度服务。如果这样，那也就没有什么能阻碍您成为合作分子。”

布里赫蓦地昂起头来看着巴罗赫。

“您说——合作分子？这是个极坏的字眼，主任先生！”

“我知道，”巴罗赫若无其事地说，“虽然这词原无‘附敌’的意思。刚才我是有意识用这个词的……这是对您的才能表示惋惜，我的朋友。我们姑且把这种假定丢开。对于具有您这样条件的人，别的机会还有的是。不过，我不想劝说您做什么，正派人可以有不同的信仰，而我是主张容忍的。”

“我能否知道，主任先生，您所说的别的机会指什么而言？”

巴罗赫突然不作声了，他若有所思地凝视着布里赫，然后很快地从办公桌边上下来，从记事本上撕下一张纸，用金笔写了几个字，交给如堕五里雾中的布里赫。

“没什么，不过是我在伦敦的地址。看得清楚吗？姓氏您知道，我没有写，我的名字是奥斯卡。这已经够了。拿着，拿着，您不冒任何危险，这不过是个地址，您也许会用得着。我这是想表示对您抱着友善的态度，同时也想借此抵偿一部分我出于不得已给您带来的失望。”

布里赫接过那张纸，默默地把它放在皮夹里。

“好，我们不是讲妥要互相坦白吗？”巴罗赫问。

“是的……”布里赫叹一口气，“可是我不知道能向您说些什么……”

“没什么可说也是坦白，问题不在这里！”巴罗赫笑着打断了他的话，“您到过西方吗？”

“没有，只被迫在德国待过一个时期，那时炸弹经常往我头上掉下来。”

“哦？”巴罗赫把两手放在桌上，注视着布里赫，保持默默等待的姿态。沉默渐渐变得紧张起来。布里赫低下头去，把指关节按得格格作声。

“我不知道对您说些什么好，主任先生。这一切在我看来比较复杂。在很多方面我同意您的见解……完全同意！然而……毕竟不能闭着眼睛说瞎话。要我到国外去做侨民，我简直无法想象……要知道这里是我的祖国……只要想一想，在战争年代里布拉格对我意味着什么……我是从德国逃到这里来的……”

“这个国家和这个城市的确很美。”

“再说……这里有些情况是比以前好了。只要向周围看一下，就可以看到，有不少人，可以说是大多数人，抱着这样的希望：这下一切都要上轨道了……尽管我个人并不……”

“对，我的朋友！这里有一个小小的问题：得到好处的将是谁？恐怕绝不会是法学家们。反正不会是知识分子。只要回忆一下苏联的例子，当然，我们可以不抄这篇老文章，现在我们的情况，甚至全世界的情况，跟那时不同了……我倒想问一下，您是否认为目今地球上的力量对比已经成了定局？我不这样认为！知识分子，至少是真正的、不可收买的、永远不愿为暴力和专制服务的知识分子，他们并不支持当前的制度。自然，也有另一批他们的知识分子，这我并不否认。是决定的时候了，我的朋友，您正在十字路口。我相信，政府将设法利用每一名专家，甚至对提出附带条件的人也要吸收。但这种情况只是暂时的——到培养出他们自己的、可靠的干部为止。您瞧，又是‘暂时’。凭着您这样的才能，您随时随地都能发挥作用。可是一旦……得了，我们不谈这个，您还可以自己把一切好好考虑考虑。何况，我们这次见面又不是为了争论，您说是吗？”

桌上的电话铃响，把巴罗赫的话头打断。他取下听筒，说了几句话，然后回过来向着木然不动的布里赫。

“好吧，我的朋友，我的职责在召唤我了。”他笑容可掬地站起来，“请原谅，千万不要见怪。我认为，我们已经把一切都谈了。剩下的只是握握手了，我祝你一切顺利。我相信您会找到正确的道路……”

全部希望都成了水月镜花，布里赫怀着这样的心情从巴罗赫的办公室里出来。他在楼梯口立停，两手紧捧脑袋，生怕它在千头万绪的压力下炸裂开来，然后走进电梯。

电梯把他送上五楼。在走廊里布里赫看见迎面走来很多人，他们一边扣上大衣的扣子，匆匆地下楼去。其中他看见马列达肩上扛着一面卷拢的旗帜，边走边跟一个人在说话。布里赫让到一旁，但是马列达看见了他，并且喊了一声：“您好，博士！”

无线电和全市广播网宣布，部长们的辞呈被接受了。五天以来，事件愈演愈烈。职员们从公司大厦的包铁大门里出来走到柏油马路上，聚成一股波浪起伏的巨流，沿着小街侧巷向华茨拉夫广场缓缓前进。看，满眼都是迎风飘扬的旗帜、字迹未干的大标语、各种各样的帽子和生气蓬勃的面容。听，齐声的欢呼如地动山摇。密麻麻挤满了兴奋的群众的大街，仿佛经过多日的试炼以后舒了一口气。

公司里大多数职员精神抖擞地走着，许多人唱着歌；有些人则抱着无所谓的态度；也有些人是挂着一脸可怜相、被兴奋的人流带到寒风中来的，他们在马路上曳足而行，一副俯首听命的模样，眼睛东张西望。这一部分人愕然不知所措，谁也不注意他们，他们自己也觉得像是洪水中的一片鹅毛。

布里赫走进往来账户科。

“您怎么啦，博士？您不舒服吗？”葛拉瓦契问；他对着洗脸盆上面的镜子在梳头发，急于要赶上已经走了的施泰特卡等人。没等到回答，他就奔了出去，砰的一声把门关上。

房间里只剩下布里赫一个人。他在桌旁坐下，用手支住脑袋。宽阔的窗外，暮色已经降到一座座屋顶上。布里赫望着窗外。他点起一支吸剩的烟卷，细听自己时断时续的呼吸。

寂静压迫着他。今天谁也没来叫布里赫，没有人强制他加入集体，但布里赫自己觉得在这空房间里待不下去。他站起来穿上大衣走出去，不知道往哪儿，也不知道去做什么。嗳，这不重要！得亲眼去看一看……

他从没人的楼梯上跑下去，走到街上，把帽子拉到额前，手插在口袋里，匆匆地从人群中挤过去。他穿过空气浑浊、拥挤不堪的商场直达华茨拉夫广场。到了！人流把他卷走，布里赫并不抵抗。后来他被挤在一家儿童内衣商店橱窗前的铁栅栏边不动了。布里赫一会儿呆呆地看着橱窗里蒙着灰尘的、淡红色和浅蓝色的童衫童裤，一会儿又望着街上……他有这样的感觉：好像看到一部以特别快的速度放映的电影片断。他的腿有些冷，于是他挤在闹哄哄、暖呼呼的人丛中交替蹬足，鼻子大声吸气。他什么都听得到，什么都看得见。布里赫看见，在暴风雨般一片欣喜若狂的喊声中，华茨拉夫广场低处出现了总理，他向扩音器里庄严地宣布，总统已经接受部长们的辞呈，并且批准了新的内阁名单。在他说完这几句话以后爆发出的欢呼声，仿佛要把周围房屋的黑色墙壁都给震坍下来。有一个人在旁边对准布里赫的耳朵大喊，还踮起脚尖，挥舞帽子，由衷地笑着，高兴得差点儿流泪。他忍不住拍拍布里赫的肩膀，洋溢心胸的喜悦使他没有注意到布里赫的脸色。周围所有的人，男男女女，都沉浸在狂欢中……你听，布里赫，这是他们的胜利！你听见他们的欢呼声了吗？

“哥特瓦尔德同志万岁！万岁！……”旁边那人喊着；他连脖子上的筋都突了起来。他的喊声淹没在广场上惊天动地的巨响之中。“万岁！……”是怎么回事？发生了什么事情？难道人间出现了天堂？你瞧瞧他们，他们人人都相信这个天堂！“工作、面包、和平！”“哥特瓦尔德同志万岁！”“捷克斯洛伐克共产党万岁！”“万岁！”

布里赫两手抓住背后的栏杆。思想、言语、面容在他的头脑里混成一片。巴捷拉、昂德拉、巴尔托时、舅舅、巴罗赫！一切似乎都结束了，一切又重新开始。旧制度到了末日。那个演说家在说的是什么道路？对于谁这一切还仅仅是开始？十字路口就在面前，你选择一条道路吧，布里赫！

他从人群中挤过去。离开此地！布里赫跑过商场，沿着沸腾的、已经笼罩在雾蒙蒙的暮色中的街道匆匆行走。回公司去！布里赫想起皮包忘记在那儿了。

扬声器把广场上的盛况向黄昏的布拉格的大街小巷广播。

布里赫在公司里静悄悄的走廊里走着。他的鞋底踏在橡皮地毯上发出冷清清的啪啪声。阒无一人的往来账户科里的办公桌和公文橱在昏暗中轮廓鲜明。布里赫没开灯，在桌上摸到了自己的皮包，重又走到无人的走廊里。这时，他似乎听到在哪里有微弱的呻吟声。

布里赫停下脚步，屏住呼吸。一点声音也没有。他不解地摇摇头，正想举步，但是又一声比较清晰的呻吟把他吸住在原地。

这声音是打哪儿来的？

布里赫留神听着一直走到走廊尽头巴尔托时的小室门口，他毫不犹豫地敲了下门走进去。

烟雾腾腾的小房间里只开着一盏台灯。巴尔托时曲着身子坐在那里，头垂在桌上，低声哼唧不已。他闭着眼睛，左手紧按在肚子上，右手痉挛地握着吸墨纸压板上的玻璃球，好像要在一阵剧痛中把它捏成粉末。

“您怎么啦？”

布里赫把手搁在他肩上。巴尔托时费力地抬起头来，一双困惫不堪的眼睛望着进来的人。他咬紧嘴唇，但是他嘴里仍然频频发出痛苦的呻吟。

“要不要叫救护车？”

巴尔托时慢慢地摇摇头，他额上在冒汗。

“不，不用……一会儿就好了……”他喃喃地说着想站起来。

布里赫跑到走廊里，用一条手巾在水龙头旁浸湿了，把它围在巴尔托时头上。这办法并不对头，但巴尔托时终究平静了些。他深陷的胸廓起伏着，喘息连连，手背抹去额上如雨的汗水。过了一会，他向耐心地等在一旁的布里赫说：

“谢谢您，布里赫。我以为这该死的胃痛要把我的肝脏都翻过来了。在华茨拉夫广场我突然胃痛发作，好不容易回到这里。现在我觉得……已经好一些了。我是多么想在那边待到结束啊！……您看到了吗？这下好了！”

“我送您回家吧。”

“太谢谢了！”

在街上布里赫想叫一辆出租汽车，可是巴尔托时不要。坐电车也到得了！

等电车等了很久。街上还满是游行队伍，电车绕圈子开到小城厢。布里赫扶着虚弱的巴尔托时，相当费力地把他送到斯特拉霍伏一条僻静小巷里的一座房屋门口。布里赫在巴尔托时口袋里找到了钥匙，开了大门，扶他踏着木梯走到内门前，按了下铃，把软弱无力的巴尔托时交给大吃一惊的房东太太。

布里赫转身想走，但是热情的老太太留住了他，一定要请这位好心的先生进去烤烤火，喝一杯菩提茶。

布里赫稍稍迟疑一下，就同意了，走进门去。他们把连声哼唧的巴尔托时扶到他房间里去，当房东太太在煤油炉上煮茶的时候，布里赫把这间灯光暗淡的房间打量了一番。这是一间光棍住的陋室，那么凄凉，那么阴沉！破旧的家具都给蛀虫咬坏了，砖墙透出一股冷气和霉味。其实，房间里的东西件件有条不紊，但这里缺少能使四壁围成的空间变成真正的住所的人手。书架上的书排得十分整齐，简直近乎刻板了。桌上也有几本书：《反杜林论》《唯物主义和经验批判主义》，旁边是一卷翻得很旧了的《海涅诗选》，里面夹着一张写满小字的纸条。架上的书中使布里赫惊奇的有多曼的《生活的躯干》和史拉梅克的《水堤》。他没料到会在此地看到这些作品。衣柜上有一个列宁的小雕像，玻璃下面一块极平常的花边小方毯上压着两张相片：一张是一个头发花白的老妇人，裹着头巾，手搁在膝上；另一张照的是一个不太漂亮的年青姑娘，下角有一行并不新奇的题词：“一九三六年在皮林留影。雅尔米拉 · K”。布里赫向面朝墙壁和衣躺在床上费力地喘气的巴尔托时瞟了惊讶的一眼。

这环境委实令人窒息！整幢房屋像中了魔法似的寂寥无声，只偶尔有人从楼梯上跑下去，那时回声就从地窖一直响到屋顶。“他原来住在这个地方。”布里赫暗想，心中不禁动了怜悯之意。

健谈的房东太太用一只意大利瓷杯（专敬贵客的）端来一杯不甜的茶，开始向布里赫抱怨她从已故的丈夫——税收机关的一个小公务员——名下领取的抚恤金是那么微薄（求上帝保佑他在天之灵！），抱怨定量供应的食品少得可怜，燃料也不够用。“这样下去不知要弄到什么地步！”

布里赫已经站起身来，想摆脱这位老太太的唠叨，这时他发现巴尔托时在床上翻了个身向他伸出一只手。

布里赫握了一下他汗湿的手掌，扣上大衣的扣子。

“请原谅我耽搁了您不少时间，博士。也许将来我会报答您的。祝您一切顺利……不，不，我什么也不需要。”

布里赫从回声很响的楼梯下去，走到街上，松了一口气。

他在小城厢的街道上走着。寒气直透骨髓。布里赫向来喜欢在布拉格这一地区信步闲游。有时他在此地经过，欣赏着庄严的旧城下那些曲折交叉的小巷的浪漫蒂克情趣，心想：“住在这里倒挺不错。”首都纷沓的交通跟这里好像是隔绝的，没有电车的当当声，没有汽车的喇叭声，这里的一切都使人悦目赏心，唤起你恬静的遐想，你会觉得仿佛置身于邈远古代的摇篮中。布拉格，布拉格！布里赫在黑暗的维尔塔伐河畔站住，手肘支在卡尔桥的石栏杆上，吸着河上新鲜的空气。

往前走，到市中心去！在今天这一天里布拉格似乎变了样。布里赫不走大街，他拐进胡同，加快脚步。来到挨着华茨拉夫广场的一条大街上，他站住了：工人纠察队的行列挡住了去路。队伍望不见尽头。他们在一排排高高的路灯之间操练步法。一、二，一、二！他们踏着坚定的、跟军人差不多的步伐在路上走，灯光照在他们冻红的脸上，右手紧握着步枪的皮带，帽子遮住了耳朵。几百张镇定、自信的脸在布里赫眼前晃过，他们嘴里热气直冒。一、二，一、二！这幅不寻常的景象把布里赫吸引住了，他站在人行道边上，冷得弯腰缩颈。钉有铁钉的靴子有节奏的嚓嚓声几乎使他头晕，就好像踏在他的脑门上一样。队伍中忽然有一张熟悉的脸一闪：他的邻居巴捷拉！但是布里赫还来不及看个明白，那张给帽檐的阴影遮住一半的脸已经浮掠过去，跟旁的许多面孔搅混在一起了。

一、二，一、二！一个穿国家保安军制服的人站在便道边上举手行礼，直到第一列队伍走过去，他才把手放下。步伐声渐渐去远，街上又冷落下来，布里赫觉得街道好像是怔住了。他自己也愣了半晌，这时才慢慢苏醒过来。在这沸腾的五天中，没有什么比这支决心坚如钢铁、仿佛是从地下崛起的穿便服的工人武装部队默默无言而纪律严明的行列给他的印象更为强烈。

这标志着一切都已告终，那些荒乎其唐的幻想破灭了……只有向前走。向前走……可是上哪儿去呢，布里赫？

布里赫竭力什么也不想，往家里走去。但是，在黑暗的凉台上，在没有旋紧的龙头滴着水的楼梯角上，一件新的意外在等待着布里赫。他住所的门口，倚栏站着一个身材苗条的女人。

这是可能的吗？一段忘却了的、痛苦的往事突然在布里赫脑海中重现，他的心怦怦乱跳。当年她不也是常常这样等他的吗！

布里赫还不敢相信自己的眼睛。他向她奔过去，他清楚地听到瓷砖在他脚下摇动的声音。直到离门三步，他才看见在昏黑中发亮的头发，听到熟悉的声音。是的，是伊莲娜！

10

凉台那一边有一扇窗透出灯亮，昏黄的反光射在伊莲娜的脸上。她稍稍挪动一下身子，窘迫地一笑，伸出手来。

“我在等你，弗朗蒂雪克。昂德拉大概会来接我。你明白……我一个人在家里怎么也待不住……你觉得奇怪吗？”

他愉快地回答着想借此掩饰自己的惊讶。

“不，不奇怪，我太了解你了。在所有的路中你总是挑最不平常的一条走。进去吧！”

他在困惑中开了门先走进去，默默地捩亮台灯，利用这一阵静场以便从惊愕的状态中恢复过来。

“我请求你别向周围看，今天我没收拾过！你自己也知道，男人管家务总是这样！”

他手忙脚乱地想整理一下房间，把弄皱的睡衣塞在沙发垫下，关好咿呀作声的橱门。然后在炉子里烧了些废纸，把一罐水燉在炉灶上。

“这儿冷得像在拘留所里一样。”他搓着手说。

她在沙发上她的老位置上坐下的姿势还是跟从前一样！好像昨天她还在这里坐过……她那纤细的、神经质的手指摩弄了一下粗糙的沙发套，她垂下了头，两绺金发搭拉在心事重重的脸上。她在为什么事情苦恼着。

“我好久没到这儿来了！”

“恍如隔世。”他笑着在她对面坐下。

“你为什么这样说？”

“我不是责怪你，你明白。”

她移开目光环顾着房间。沙发上的花布靠垫、床畔小几上的釉瓷小象、墙上漆色剥落的斑痕……这痕迹多么熟悉啊！它挺像一只兔子头，你说是不是？这究竟是多久以前的事？从旧货商那儿买来的一把椅子断了一条腿。白天从窗里是不是还能看见屋顶上有一个浑身蹭满煤渣的黑家伙——人们常常用来吓唬小孩的通烟囱人？嗨，通烟囱的，碰我一下吧①。

伊莲娜巡视着这个熟悉的小天地。她被勾起无限感触，但竭力抑压住这种心情。她的目光停留在一架黑色钢琴上。

---

① 迷信者认为，与通烟囱的人接触可以得到幸福。——俄译者注

“你几时开始有这东西的？”

布里赫把两手的指头交叉起来。

“从某一天起。”

“唔……”伊莲娜轻轻说着，习惯地把头发从额上往后一撂。

沉默壅塞在他们周围，这是意味深长的、难堪的沉默，回忆的重负压得你受不了。快些重新开始说话吧，闲扯几句，开开玩笑，让被调侃者嘟囔着聊以解嘲而引起令人舒爽的笑声。这样就可以打破这冷场。伊莲娜婚后，他们费了很大的力气才建成这样的关系：在一起时可以不感到拘束，可以平静地互相对视。他们见面时通常有第三者或更多的人在场，这样比较好些；布里赫和伊莲娜竭力避免只剩下他们两个人，他们双方都下意识地提防着出现冷场，深恐自己或对方说一些吞吞吐吐、近乎暗暗埋怨的话徒添无谓的苦恼。

伊莲娜毅然站起身来，去打开积着不少灰尘的琴盖，弹了几下。轻快的和音在房间里散开来，然而其声极不自然：钢琴走音得厉害。伊莲娜笑了起来，更使劲地弹着琴键。隔壁传来婴儿受惊的啼哭声，她立刻住手。

“邻家生了个小孩。”布里赫简短地解释道。

伊莲娜感到窘迫，她想用一句问话掩饰窘态。

“是巴捷拉家？”

“你的记忆力很好，”他笑着站起身来，“你瞧，小姑娘，我这里一切还是照旧。炉子仍旧冒烟，收音机需要换一个电子管，唱机的唱盘仍得先用手推几下才能转动。在技术方面我实在太不高明。这间破屋子里什么也没有变……”

伊莲娜急忙坐回到沙发上。她望着布里赫，微笑从她脸上倏然消失。

“你也没有变？”她打断了他的话头。

他向她投了不安的一瞥，勉强露出笑容。

“我？也许……自从在你的帮助下受到有益的情感教育以后，我睁开了眼睛，快马加鞭念完大学，得到法学博士的学位，然后开始工作，现在又像一个用功的小学生那样在吞食知识，如今你看到的是一个抱着 great expectations[①] 的人，跟狄更斯老头笔下的人物差不多。遗憾的是我的这些期望尚有待于实现，而且，照目前的情况看来，还得等很久。不过我不泄气。今天……"

"今天我又坐在这里了。"她接上去说。

"是的！"他立即应着在她对面坐下。他坐的一把椅子令人提心吊胆地摇晃起来。"有什么可说呢！只能友好地说：欢迎！茶快烧好了，希望你不至于等不到喝茶就已经冻僵。我欢迎你的光临，虽然我还不知道，是什么风把你吹到这儿……寒舍来的。"

"大概是像你所说的那种挑选最不平常的道路的性格吧。"

"得了。"

"我做得不对吗？"

"不，"他的声音很不坚决，"当然，得附带一个条件……"

"我知道这个条件，弗朗蒂雪克。"

又是沉默。灶上的一罐水滚了，布里赫巴不得有这么一个机会可以站起来掩饰窘态。他煮了一壶茶，其唯一的优点就是热。他们默默地喝着这茶，仿佛这是一项要求注意力高度集中的工作。伊莲娜把茶杯放在小几上，把大衣的前襟敞开，她显然暖和了些。她紧盯着布里赫看，布里赫感觉到了，竭力避开她的目光，然而他明白已经面临一席危险的谈话。他们俩的思想顽强地汇流到一个河床中去。

布里赫想开口，但她抢了先。

"我跟你就注定得沉默到生命结束吗？"

他机械地点点头。

"我认为我们之间有一种默契——不使死灰复燃。这是我们……以朋友的身份见面的条件。"

"是朋友就可以坦诚相见。否则……"

---

① 英语"伟大的期望"之意。狄更斯有一部小说即以此为名。根据小说改编摄制的电影在我国上映时译名为《孤星血泪》。

“任何友谊都有一定的条件作基础。”

他挺直身子，开始在房间里走来走去。她干吗要提这话？不，沦陷时期产生的爱情在战后枯死了，现在何苦再去掘开安葬着这痛苦的爱情的坟墓？够了！他曾为它耗费了不知多少精神的力量，也不知咬了多少次牙关。紧张的苦学、寄托于未来的希望、顽强的生命力帮助他熬了过来。创疤埋得很深，但现在还是有可能复发。不，不，不可能，一切都已成为往事！也应该成为往事！

布里赫把手插在口袋里，长叹一声。后来又不悦地摇摇头，他几乎怀疑伊莲娜是来演一出残酷的言情剧的。为什么，是出于无聊吗？还是沉默的好！但沉默是危险的，它像铅一样沉重。布里赫强作笑容说：

“你还是那样！”

她垂下头，脸上蒙上一层灰色的阴影。

“你从来没有了解过我。但你是善良的，你友好地接待了我，尽管不相信我……”

“你怎么知道？”

“别生气，我感觉得到。我们别谈这些，弗朗蒂雪克。你什么也不明白，你总是只看到我是个浮躁、冒失的丫头，调皮而又任性。是的，我撇下了你，嫁了昂德拉……他比你富有、阔绰、有办法——你是这样想象的，对不对？有什么可说的，我使你失望了，的确是这样。现在你问我来干什么。我说：因为我信任你。我没有一个可以谈谈的人，我孤独，我……”

“你，昂德拉的妻子，对我说这样的话！你凭什么？”

“难道这重要吗？”

“很重要！再说，你还挑了这么个日子。哦，天哪！”

“就算这样！可是我不能不来。一定得今天来！”

“你看看周围的情况。最近几天发生的事件要根本改变我们的生活。所有的事情我还没全弄清楚，但我本能地感到这一点，小姑娘。这将是难以忘怀的日子。说正经的，伊莲娜，那些不足道的小事情现在应该抛开了。我早已把一切埋葬在心底……谢天谢地！现在……”

“现在只有一件事：政治！”她愤愤地叫喊起来，但随即用双手掩面，“这简直像咒语：政治、时代……我一直认为这不干我的事。你说，弗朗蒂雪克，这跟我有什么相干？你们都像入了邪道似的大搞政治：昂德拉，你，还有我哥哥……这样下去我准会发疯！昂德拉对我说：你还缺少什么，傻瓜，你是我的妻子，政治是可恶的、肮脏的东西。可我也是个人哪，又不是无知无觉的布娃娃，没有意志，没有思想！这一切跟我也有关系，我知道！我要一个人跟我谈谈，帮我搞清楚这些事情；我觉得自己像是在茫茫大雾中徘徊，这使我害怕。除了找你，我还能找谁去？”

布里赫把手一拍。

“亲爱的，恐怕你挑错了人。我自己也是一脑袋的糊涂。乱七八糟！我不知道该做什么，也不知道今后会怎么样……我怎么能帮你搞清楚？今天，就是刚才，一个人所有的希望都落了空，这样的人能向你解释什么呢？是的，伊莲娜！我以为自己的希望都建筑在牢固的基础上，建筑在学问和自己的文凭之上。可是结果怎么样？不知道！一切都被罩在不可知的阴影下面。我埋头苦干，一直等着，等着。我把生活、工作……和我自己都计划好了。可是现在，我觉得一切都砸了，只有碎片在我脚下嘎吱嘎吱地响。往后怎么样？这我需要知道！等待？现在我压根儿不知道孰是孰非，我能等待什么？”他没再往下说，两手托住头望着坐在他前面的伊莲娜，由于困倦，他的眼皮在渐渐合拢来。好像有人给布里赫盖上了一条厚厚的被子，他光想睡觉。睡着，不说话，不思想，什么也感觉不到……他冷得打了个哆嗦。直到门外发出轻微的声响，有人敲门，布里赫才抬起头来。拉滋走进来，发现他们在默默神伤。

“你们二位怎么啦？简直像大斋期的修士。”

拉滋微带几分醉意，布里赫从他发亮的眼睛和踉跄的脚步看出这一点。他们握了握手。拉滋倒在圈椅里，疲乏地哼哧喘气。他漫不经心的目光在房间里一转，想开口可是挑不出恰当的话，后来他抹抹脸说：

“没什么说的，你这儿可真妙！这气氛对我正好合适！要是再放一张凄凉的唱片，那就十全十美了！……唉，你们怎么知道……”

“你怎么啦？”布里赫问。

“你还问呢！”拉滋摇摇晃晃地站起来，想脱去淋湿的大衣，但是他两腿一软，又倒在圈椅里。

“我们失算了，法学家！”他声音嘶哑地说，“一切……一切都完蛋了！可你还在说空话？对，是我们活该。我们也老是说空话，扮演民主主义者的角色，而没有……嗳，全都去见鬼吧！头快裂开了！伊莲娜，我们的法学家帮你散心了吧？”

她想打断他，但是拉滋把手一挥。

“得了，得了，我只想对我们这位社会主义者说两句话。现在你看到了没有，法学博士布里赫？那是一伙强盗！强盗和杀人犯！是贼！”

“别嚷，隔壁人家在睡觉。你明明喝醉了。”

“是的，我醉了。干吗我不喝个痛快？你可以无动于中。你从来就是个穷光蛋，什么都不在乎，自命不凡的知识分子。你迟早会跟这一切妥协。对失去的自由和民主哀悼一阵以后，你就会乖乖地做奴才。闭上嘴巴，百依百顺，我知道你！”

“你简直可笑，”布里赫说，“还是去睡觉吧！”

拉滋点点变得沉重的头。

“你说得对，自从我们认识以来，这些年头，我们谈够了。争论得也够了！民主、自由、社会主义！呸！这不是辩论的时候。他妈的，什么是自由？现在你看到了。你给平民自由，他们就从背后请你吃刀，像我就挨上了！‘打倒压迫者，打倒剥削者！’今天你要是看见这种场面，嘿！你不知道那些工人挖苦人有多刻薄。真想架起一挺机枪，把那些臭要饭的都赶回他们的狗洞里去。对付他们得用铅丸，说话全是白费。”

“对不起，我是个正派人，还没有堕落到这个地步，”布里赫愤怒地截断他说，“要不是你喝醉了，我就开了门赶你出去挨冻。”

“瞧你这神气。伊莲娜，你瞧瞧这位温和的民主主义者，”拉滋指着布里赫大笑起来，不过声音嘶哑，“好吧，趁他们还没有掐住你的脖子，你就说吧。别以为你们研究法律的不会没用处！呸！他们才用不着你们那些装满书本的脑袋。先让你们发一阵子牢骚，然后就送集中营。到那里，老兄，你们悄悄地畅谈崇高的理想去吧。这一点你比我知道得清楚！”

拉滋向默默无言的伊莲娜一看，她脸上惊恐的神色使他感到惶悚。她屏住气，睁大一双害怕的眼睛直瞪着他。拉滋疲惫地摇摇头，拉住她的手。这只手几乎不像是长在活人身上的。

“没关系，伊莲娜。我稍稍多喝了点酒，但是，如果我把今天经历的事情告诉你，你就明白了。可诅咒的时代！至于我跟布里赫争吵，这是老习惯了，我们从小时候起就这样。别介意。这一切都跟你无关，不要把我说的话看得太认真了。”

她把手挣脱出来，在沙发上缩作一团。

“跟我有关，昂德拉！”

“什么？但愿我们的先知还没把你搞得更糊涂。”

“你爱怎么说就怎么说，”布里赫恼了，“我的观点你知道：我不反对社会主义。任何有头脑的人都不会……”

“啊哈！”拉滋得意地在自己腿上拍了一下，“我不是说过吗？像你这样的人会顺从的！你们会去俯首请罪！一日三餐总比别劳特卡[①]先生的空头理论更实惠。对！凭你这股巴结和伶俐的劲儿，只要表现得好，很快就能在共产党那儿当上个支部书记什么的。”

“胡扯淡！”布里赫说，“当然，我跟你身份不同，这你也知道。你父亲是财主，所以你怀有成见。但是为了一小撮人，不应该让过去

---

① 别劳特卡，反动新闻记者、人民民主制度凶恶的敌人，1948 年以后侨居国外。——俄译者注

的不合理现象重演。我拥护社会主义，可是不赞成现在这种状况。必须另找一条道路，但不能开倒车。”

“书呆子的空想！”拉滋冷笑着说，“就像童话里的一群傻瓜，走到树林里去呼唤狼，狼来了，把他们全给吞掉。我看你们叫苦的日子在后头呢。”

“你什么也不懂。”

布里赫站起来。他把手插在袋里，低着头，开始在房间里走来走去，使身上暖和一些。当他紧张地思索的时候，他就坐不住，头开始发晕，心中充满忧伤。往后会怎么样？布里赫走到书橱前站住，温柔地摸摸书脊，这些书都是他省吃俭用买下来的。他叹了口气。别矣，叛逆者和流浪者兰波[①]，我们行将步入的那个世界不需要你。你用颤动的语言塑造了许多脆弱的形象，可是今天谁需要？你过时了。别矣，永远看不完的普鲁斯特和魏尔伦[②]，在行将来临的那个拖拉机和铁锹的时代里，你们毫无用处。你们将被政治小册子取而代之。我们这个世纪有一条严峻的生活的真理——面包。一切都有倾向性！在音乐方面用得到的将只是手风琴，在它的伴奏下最适宜于直着嗓门唱劳动队[③]的歌曲。新时代的诗歌也有另一种风貌，它跟我格格不入，它有黑麦面包的味儿。今后，德彪西的《牧神的午后》和拉威尔的作品还能打动谁的心？“你会顺从的。”拉滋说。对什么顺从？对我的希望的破灭顺从？对那个不能不承认的世界顺从？可是我在这个世界里总感觉到自己好像在异乡客地。

“公民，您准备采取什么措施？”昂德列依在他背后以嘲弄的语气问，“造反？准备像个争取自由的标准殉道者那样去坐牢？”

布里赫猝然向他转过身去，但还是把自己控制住，只耸了耸

---

① 兰波（1854—1891），法国诗人，象征派的创始人之一。

② 魏尔伦（1844—1896），法国诗人，象征派领袖。他的作品脱离现实，有浓厚的出世思想。

③ 当时捷克斯洛伐克的城市工人、职员、学生经常组织劳动队去支援农村和煤矿生产。

肩膀。

“我？不。这没有必要。你要明白，我并不认定他们是不对的，问题就在这里！只要回顾一下就能知道。你叫我去反对谁？反对工人？我不是假慈悲，但我不能这么做。不管怎么样，他们在许多方面是对的。如果我认定他们不对，我决不犹豫……现在我的头直打转！我不会妥协，可是……今天我想起了母亲。她卖命干活，就为了使我能出人头地！可是现在一切都沉浸在黑暗中。她不是共产党，她相信上帝，相信有天主教的天堂。一个受骗的穷女人！一想起这，心就紧紧收缩。如果她是个共产党员，我就不会那么可怜她了。因为共产党员都不是孤立的，他们每个人都怀着希望和仇恨。这你永远也不会明白。”

拉滋把腿伸直，舒坦地坐在圈椅里听着。

“你到底有什么打算呢？”他摇着头问。

“不知道，也许没有什么打算。我将努力保持理智、良心和一双干净的手。历史上有过这样的先例：向往安居乐业的人只得保持沉默。”

“并且等待！”

“可能也要等待，如果有所等待的话。但是，不论哪个阵营做了坏事，都不能与之妥协。更不能为虎作伥。”

“这就是等着霉烂。在美好的民主时代，可以啤酒一杯，谈论改善世界的问题，这样的时代被你虚度了。如今这时代会自己拉住你的衣襟，劈头就问：‘小人物，你站在什么立场？你拥护还是反对我们？我们需要了解。我们可以信任你，还是应该赏你结实的一脚？我们不打算跟你讲礼貌，不打算这样问你：先生，什么事情使您不安？’”

“我的思想在这里。”布里赫敲敲自己的额头，“谁也管不着。”

“你是不是打算长期坚持这种立场，朋友？”

“这是我的事情！”布里赫终于发作了，“我相信，你……”

拉滋费力地站起来。

"当然。我并不灰心失望，我不是书呆子。这不是搏斗的结束，还只是开始。"

他踉踉跄跄地走到收音机前，把它打开，转动调谐器。布里赫一眼不眨地盯着他。隔了一会，收音机里响起了熟悉的声音：特拉——答——答——唐。透过劈劈啪啪的杂音传出四下击鼓声，布里赫觉得那声音渗透到他全身。

"伦敦广播电台。本台现在开始晚间广播……"

布里赫坐到原位上，抹了一下烫手的前额，只觉得背上像有一队蚂蚁爬过。听！回忆一下"保护"时期的夜晚：特拉——答——答——唐！战争还在继续！你最近几年的生活不过是一出恐怖大悲剧中插演的一个迷惑人的幕间小喜剧罢了。

报告员像发连珠炮似的播出大量关于捷克斯洛伐克的新闻。《纽约先驱论坛报》刊载关于"共产党发动政变"的消息……巴黎《费加罗报》记者从布拉格发出报道……《每日邮报》[①]消息……"民主世界"对于自由和民主在捷克斯洛伐克"横遭侮辱"表示"愤怒"……说是那里正在进行大搜捕，枪杀大学生……铁幕落下了，正应了温斯顿·丘吉尔的预言！战争，战争，战争！

人们又开始问：会不会爆发战争？

布里赫听着广播浑身哆嗦，报告员的话像浑浊的洪水冲击着他。他看看伊莲娜。她坐在沙发上，面色惨白，手指神经质地尽揉着花布靠垫的穗子。他们的目光碰在一起。她的眼睛里只有无言的恐惧。特拉——答——答——唐！还记得吗？"注意门外有没有人！"

当时他常对她这样说：伊莲娜，战争要结束了！你能想象吗？那时再也听不到警报，我们不必要再躲在排水管旁……将来我们怎样安排生活呢？你不用再每夜到容克工厂去包装螺帽……你的伤痕累累的手指以后只跟钢琴的键盘接触。世界将笼罩在宁谧之中，正像一夜暴风雨以后将出现安静恬美的朝景。只有微风轻拂茂密的树叶沙沙作

---

① 《每日邮报》是英国极反动的帝国主义保守派势力的报纸。

声……

“落到共产党手中的捷克斯洛伐克是一支瞄向西方的手枪……”

和平！我们曾多么渴望和平！和平仿佛是遭难者宁静的栖身之所，又仿佛是安全可靠的彼岸，到那里可以躺下来让筋疲力尽的身体得到休息，定下神来回味生活是多么甜蜜！小姑娘，我们虽然一无所有，不过这也无所谓。我们把妈妈留下的旧柜子卖掉，买一口新的。我们去找一套住宅。里边一切都像和平鸽一样雪白闪光。里边要有明亮的电灯！我们将互相为了对方工作、生活，你瞧着，我们一定能实现我们的理想！

“西方国家又得到了一次教训。”《世界报》[1]评论说。

这一切怎么会发生的？……伊莲娜坐在对面，手搁在膝盖上，她的脸背着灯光，眼睛里充满了恐惧。对她说些什么好呢？一切都垮了，就像阳光下的雪人，什么都完了……这五天的旋风刮进了你的生活，把里边的一切都搅乱了，整个你的天地都兜底翻了过来。布里赫回想起今天跟巴罗赫的谈话，只觉得一肚子怒气无处发泄。一切都完了！“出人头地”也完了，妈妈！昂德列依说：“你会顺从并为他们服务。”而那位和蔼可亲、八面玲珑的出口部主任又怎么说？“您可以成为合作分子。”布里赫开始可怜自己，可怜伊莲娜，这种心情使他感到窒息……

难道说，我们翘首盼望的和平就是这个样子？不，他们——那个阵营里的人——全在撒谎！只要看一下你的老朋友，他，昂德拉，在“保护”时期曾帮过你多少次忙的昂德拉。你们是朋友，虽然这友谊相当奇怪。现在他俯身在无线电旁贪婪地听着每一句话，好像干旱的泥土吸收雨露。特拉——答——答——唐！

拉滋把无线电关掉，挺直身子伸了个懒腰，似乎在抖去尘土和倦意。他从口袋里掏出烟盒，点起一支烟，凝神深思。

“那么你打算怎样呢？”布里赫反过来问他。

---

① 《世界报》是法国钢铁资本家的钢铁委员会的报纸。

“对我来说，这个问题十分明确。说实在的，我事先早已估计到一切可能性。你是了解我的。”他得意地一笑，吐出一缕烟，“我把这里的一些事情结束以后，就到国外去！通过西部边境出去！你跟我们一同走。”

他这话说得斩钉截铁，充满自信，布里赫内心立刻大起反感。他们之间总是这样：每次都是布里赫执意不肯。然而今天他只平静而坚决地摇摇头。

“我不走。这是胡闹。”

“你会走的，老弟！你生就一副哈姆雷特[①]的性格：先要踌躇很久，但最后还是会收拾起你的家杂跟我一同走。到国外你什么也不用担心，可是在这里没有你过的日子，除非你甘心被他们收拾得服服帖帖。但我知道，你是个老实人，是个理想主义者。跟我一起你吃不了亏，别怕。”

“可是以后又怎么样呢？”

拉滋露出疲惫的笑容。

“有些人也许会号召搞地下抵抗活动。将有不少冒失鬼会在这上头送命。我不是充英雄、逞好汉和浪漫主义者。这毫无意思，在国内不可能从共产党手中夺取政权。我看问题习惯从实际出发，那就是：战争！这是万无一失的，这张牌必胜无疑，而且不用等上多久。告诉你，老弟，我的赌注就下在这张牌上，决不动摇。”

“照你说，这就是出路？”布里赫大吃一惊，“不，我不能接受。”

“你不接受也可以！”拉滋粗声大气地说，“别以为没有你的同意全世界都不能行动了，你这个和平主义者！你不同意？其实我也宁愿太太平平做我的买卖。但既然没有办法，那就得拿起武器。我同意，一万个同意。”

---

① 英国伟大剧作家莎士比亚的悲剧《哈姆雷特》的主人公。现这名字已成为某些优柔寡断的人的代名词。

拉滋醉醺醺的眼睛里燃烧着仇恨之火，他仿佛看见一群一群的工人在他厂里的院子里，他们个个咬牙切齿，握紧拳头。这一幕情景在他脑海中今天不知已经重演过多少次了！

“事情就是这样，朋友！我管这叫做用行动来捍卫自由，而不是为失去自由而痛哭流涕。应该这样！主要的王牌在我们手里，如果你愿意知道，那就是原子弹！”

拉滋几乎是叫喊一般说出这句话，同时拳头在圈椅的把手上猛力一敲。

寂静中忽然响起婴儿的啼哭声，哭声似在埋怨，责备把他从酣睡中惊醒的人。隔壁电灯开关啪地响了一声，接着可以听到母亲哄孩子睡觉的声音。

伊莲娜再也无法控制自己。愣在那里的布里赫听到她频促的呼吸像在呜咽啜泣。她把到了喉头的哭声压下去，抓住自己的头发，霍地站起来，帽子也不戴，大衣也不扣，头也不回就往外跑。两个男子还来不及弄清楚是怎么回事，伊莲娜已经在黑暗中不见了。

前面有人大声数着：“一、二、三、四……”接着响起了歌声。

有一座城名叫科林，
那里喝酒最过瘾。
掌柜的见人笑脸迎，
干上一杯包你高兴。

一支工人纠察队正向工厂走去。所有的革命歌曲都唱遍了，于是不知哪个想起了这一首富于进行曲风味的、人人会唱的小调。一唱起歌，呼吸就比较轻松，也不觉得寒风割鼻了。

大伙儿唱得很齐，很响亮，靴跟在石子路上敲着拍子；雄壮的歌声飘荡在空旷黑暗的街上。在短暂的间歇中只听得见枪皮带的叽叽声和靴钉的嚓嚓声，接着又是：一、二、三、四……

纠察队员们拐弯进了一条胡同。他们厂的窗户在黑暗中射出灯光，仿佛老朋友眯着眼睛在迎接他们。黄澄澄的亮光隔着玻璃顶棚倾泻到夜的黑暗里。终于到家了！

巴捷拉用胳膊肘碰碰跟他并排走的别比克，说：

“唱吧，别比克。别怕，不会冻坏牙齿的！”

别比克大踏步走着，微微弯着腰，保持平时严阵以待的拳击家步态。他的神情跟往常一样严肃认真。巴捷拉的一碰把他从沉思中唤醒，他点点头，不顾风劲天寒，开始引吭高歌。

原来别比克长着一条尖细的“雌鸡喉咙”，跟大伙儿雄浑而齐整的男低音极不和谐。在他们的合唱声中，别比克的雌鸡叫像是在波平如镜的江面上迷了路的一只飞蛾。他的声音是那么不自然，以致他旁边的叶泰尔卡不一会就发作起来。

“你还是别唱了吧。你搞你的拳击就算了。小伙子，我有一颗真正懂得音乐的心，你的‘雌鸡喉咙’我委实受不了。你应该到教堂看守和信女们的合唱队里去唱……”

“如果需要把耗子从屋里逼出去，我一定叫你去唱歌，别比克！”外号“卡巴列罗”的桑塔尔从后面一排插嘴说。

“这倒不假！”巴捷拉也说，“这不是嗓子，是支破笛子。”

别比克不唱了，但并不改变脸上严肃的表情，只是懒洋洋地低声咕噜了一句，好像是：“随便你们怎么说吧！”一边继续若无其事地走着。我又没说自己是卡卢梭[①]。何必这样挖苦人？

纠察队走进敞开的大门；值夜工友培绍维茨在门口向他们敬礼。老门房对这种事情颇有见地：虽然腰里酸痛，他仍站得笔直，手举到帽檐上，一直站到最后一名纠察队员从他身旁走过。他见过世面！

“嘿，老爷爷，真不含糊！”队伍里纷纷喊道，“多边式！当年只有劳顿将军有这般威仪，可现在我们的门房培绍维茨一点也不比他差！”

---

① 卡卢梭(1873—1921)，著名的意大利男高音歌唱家。

“解散！”队长发出口令。

水泥地的院子里起了一阵杂乱的脚步声，靴底的铁钉嚓嚓地响。纠察队员们互相交谈着散开了。在车间门口的黑暗中可以听到豪放不羁的嬉谑、笑声和欢呼声。紧张过去了。没有人谈论这次胜利，谁也不需要夸夸其谈的言词。胜利已经成了一件触摸得到的东西：在人们的脸部表情、微眯的眼睛、粗犷的语辞和不必多加说明的喜悦中都可以感觉到，——胜利渗透了一切。

穿冬季外套的阿达美克站在车间门口抽着烟，似在沉思。他扯了一下巴捷拉的衣袖。

“约瑟夫，快一点吧，我要去赶火车呢。”

“等等，再暖和一会儿，让我去把大炮交了。我们在大门口见面。”

剩下的只是些小事了：跟领武器的时候一样落落大方地把武器交还，同志们微笑着在你的背上拍拍，你也拍拍他们。再见了，小伙子们，我们明天再出操，免得发胖。

巴捷拉不再耽搁，穿过院子匆匆向大门口走去。阿达美克正在指手画脚地跟门房说话。

“嗨，走吧！”

真奇怪，他们在街上并排夜行，偏偏在有不少话可谈的今天，他们却差不多一直默默无言。经过一天的激动，城市入睡了，它已经变得平和、沉静。一幢幢房屋都闭上了眼睛。当他们经过残废军人广场时，风迎面吹来。一辆挤得满满的电车打着铃轰隆隆地开了过去。

沉默终于使巴捷拉感到难堪。这一天可不是平常的一天！巴捷拉不喜欢饶舌，不喜欢就一些重大事情夸夸其谈，但现在他有必要说话，有必要一吐心曲。哪怕只破例今天这一遭！天哪，这个阿达美克的嘴长着是做什么用的？怎么也没法使他开金口。事实上，今天他实现了四十年的愿望，他挨警棍而仍不放弃斗争还不是为了今天？

可他现在挟着破旧的背包，摇着头发花白的脑袋，间或咳几声嗽，默默地走着，简直像个哑巴！

将近通常他们在那里分手的十字路口时，巴捷拉忍不住了：

“你的杏树怎么样了，阿洛依斯？会活吗？”

阿达美克从沉思中醒过来，耸耸肩膀。

“到春天就知道了。”

“只要你细心照料，总会活的。”

“是呀！”阿达美克点点头，又不说话了。

到十字路口他们停下脚步。巴捷拉从口袋里掏出半支烟卷，擦了根火柴，可是讨厌的风在他鼻子跟前把火给吹灭了。见鬼！巴捷拉又擦第二根、第三根，嘟囔着与风搏斗。阿达美克瞧得不耐烦了，气鼓鼓地掏出他的枪弹式打火机。

“约瑟夫，我跟你说过，你也去买一个这样的玩意儿，别跟火柴打交道。”

巴捷拉点着了烟，把打火机拿在手中若有所思。

“呣，呣，”他拖长了调子说，“你对这一切怎么说呢？”

“一切都不坏。”阿达美克跟往常一样平静地回答。

巴捷拉气疯了。

“不坏！你这个冷血动物！难道这仅仅是不坏吗？我们得到了胜利，全面的胜利！他们还没来得及弄清楚是怎么回事，就已经全军覆没了。这是……你也知道，过去，我们眼前什么乱七八糟的东西都有，把未来全给遮住了。可现在……就拿我们厂为例：我并不是说我们可以骄傲起来了，但我们站得很稳，谁也不能强迫我们退后一步，这总是事实。你说是不是？”

阿达美克认真听着，频频点头。等巴捷拉说完，他不慌不忙地回答：

“约瑟夫，你对我说的话里头一点新东西也没有。我们胜利了，对！胜利应该属于我们。我只是在想，要是我们骄傲起来，把帽子往后脑勺上一推，认为大海也不过刚及我们的膝盖，那就可能坏事。也许，某些自作聪明的人现在已经有这种想法。这些人应该叫他们清醒过来，愈快愈好。现在一切还刚刚开始，这一点你得记住。”

“这话怎么讲？难道我们能让他们重新作威作福，大发横财？”

“当然不是这样！”阿达美克断然把手一挥，“他们已经输了。然而死心塌地服输可不怎么简单。叫嚣马上就要开始，他们会里应外合攻击我们。只要看看局势就能明白。老弟，阶级斗争不是赌钱，输了就完事。他们像老鼠一样，会耍花招，还会咬人，你瞧着！他们什么都干得出来，可能我们有不少人将被闹得头昏脑涨。你去读些关于苏联当时情况的书就明白了。此外还有一点：现在得拿出劲头来好好干活。在‘保护’时期很多人懒惯了。譬如贝尔卡就是这样：这小子的懒劲儿已经习惯成自然，忘了现在是另一个时代。这样的人不只他一个。现在我们要对一切负责……一切！”

阿达美克顿住话头，在一阵来势很凶的咳呛过后，用沙哑的声音继续说：

“这跟我的树苗一样：你把它种下去，让它成活。很好！但以后，如果你想吃杏子，就不能在干草堆上睡大觉。它自己不会长大，这样你什么也别想吃到……有时我在火车上就想着这些事情……”

巴捷拉吸着烟卷听他说。老头儿说得对，给他一语中的。但巴捷拉还是不高兴地摇摇头，把烟蒂扔进阴沟里去。

“话是不错，阿洛依斯。但我认为，今天高兴一番也是可以的，不应该嘀嘀咕咕尽往坏处想。”

“见鬼，谁对你说我不高兴？”

“你一副愁眉苦脸，活像什么东西被偷了似的。我倒想知道，你几时才会有一点点满意？”

“谁对你说我不满意？”阿达美克生气地打断他说，“何况在今天！你干吗老跟我过不去，小伙子？我可以说非常满意。不过我不会被冲昏头脑，这样才不致失去我感到满意的一切。好了，我得走了，火车可不会等我。明儿见，约瑟夫，明天车间里见面。你的小孩儿怎么样了？代我这个爱嘀咕的老头问他好，你不是认为我老嘀咕吗？我家的雅露娜刚出过麻疹。我为她折腾得够苦了，她老缠着我：‘讲一个故事，爷爷，不，不要这个，这个我听过了……’我的故事库存总不能满足她的需要，怎么办呢，叫我自己凭空编吗？你等着，将来你也有这么一天！”

他们握了握手，于是阿达美克开始穿过静悄悄的十字路口。

他已走了好几步，忽然巴捷拉想起还没把打火机还给他。

“嗨，阿洛依斯，把你的炸弹拿去！”

阿达美克只把手一挥。

“你留着作个纪念吧，我家里还有一个……我看你老是跟火柴打架也看腻了。”

巴捷拉在自己家的大门口撞见一个身材匀称的女人。她请求让路，巴捷拉默默地照办了，转过身来正想关上小门，又有个男人从楼梯上跑下来，很快地打他身旁跃过，在人行道上追上了那个女的，搂住她的肩膀。巴捷拉觉得这两个人有些面善，但不能肯定，因为那里暗得很。

刚到过道里，已经可以听见他的头生儿子的哭声。巴捷拉走进房间，他又冷又饿，但脸上仍挂着笑容。他卸下大衣，脱去鞋子，踏着地袜走到床前，妻子正在那里给小家伙换尿布。

巴捷拉轻轻抚摸她的肩膀，在她头上吻了一下，他责备那位扰乱夜间安静的小英雄：

“真不害臊，男子汉怎么兴哭？”

不过这并不起作用。妻子用一双疲倦的眼睛望着他，无可奈何地耸耸肩膀。他笑了笑把手一挥。

“他的肺部倒是特别发达。他会不会有哪儿不舒服？没有？那你就喊吧，英雄，你今天全线都打了胜仗。”

虽然妻子不让他抱小孩，他还是把那个裹在白褓被里大叫大嚷的浅红色小东西抱起来，放声大笑，大概整幢房子都能听见他的笑声。

“我们胜利了，芙拉斯达，我们得了全胜！从今天起我不许你眉头打结！我们前面的生活是一条康庄大道。直通天堂！……现在先给我点东西吃，要不我会把你连带这个小无赖一口气吞下去！”

第二部　彷　徨

1

雪花没着地就化了，变成了雨点，日以继夜从布拉格上空一团团灰溜溜的破棉絮似的阴云中落下来。三月的骤雨打在尚未解冻的土地上，把郊区的道路变成泥沼。目力所及，到处都是泥浆，令人望而生愁……

直到四月初，发愣的太阳才破云而出，在碎玻璃一般撒满地面的无数水塘里闪出反光。阳光还透过倾圮过半的砖墙照到挤在许多大房子中间的一座菜园里——这是大自然在城市和郊区分界处辟设的缓冲地带。太阳把它的光线编织进花园中央一座小屋子周围的榛树丛中，唤醒了潮湿的大地。在阳光的撩拨下，透出了盎然春意：有浓郁的泥土气，其中搅和着腐殖质蒸发出来的味儿；也有树皮、烂叶以及许多简直说不出名目的气息……你刚跨进栅栏门，踏着泥泞的小径向小屋走去，这一连串的味儿就把你包围起来；它们在空气中飘荡，一直渗透你的躯体。你感觉到没有？

依尔任娜·米静诺娃在路上慢腾腾走着，小心地跳过水塘。她的头有点儿晕。菜农和他的老婆正在檐棚下忙着什么事，听到依尔任娜向他们道好，默默地抬起头来。她怪不好意思地打他们旁边走过，像只小山羊跳过一个泥淖。依尔任娜抬头看见有一双眼睛从屋顶阁楼的小窗里望着她，她招了招手，旋又低下头来，加快脚步。有人看着你的时候走路真不好受，你会觉得自己像一个没有经验的业余演员在狠心肠的观众面前出洋相。

再熬一会儿，我就到那边了。她像只耗子钻进大门，急急忙忙往鼻子上施一些粉，在薄薄的嘴唇上抹些口红。她的鞋跟在陡梯上笃笃地响了一阵。总算到了！姑娘叹一口气："每次上这儿来都得履行这一番难堪的'手续'。"她的心跳得厉害，雀斑点点的脸红得像秋天的苹果。依尔任娜没敲门就跑进了房间。英德拉两手插在棉裤袋里在窗前等她，他宽阔的肩膀堵住了窗框。他迎着姑娘走过来亲了一下她的嘴唇。

"你好，依尔任娜，怎么这么晚才来？"

"你别生气，在家里我不得不编造一个借口，说是要去上音乐课。你知道，我父亲……"她一边脱大衣，一边急于解释。这间斜顶阁楼里生着一只有裂痕的炉子，相当暖和。依尔任娜在靠壁一张咯吱咯吱响的小沙发上坐下。

"我来的时候，你们这儿的菜园主人又盯着我瞧，"她抱怨着说，"我怎么也不习惯他们像看一个罪人那样对我侧目而视，我只好拼命跑得快，仿佛有人打我的脚跟似的。真是这样！"

英德拉抿紧嘴唇，耸耸肩膀。

"这是你的事情，小姑娘。我们已经谈过这事了。别老惦着你的'体面人家小姐'身份！是克服这种愚蠢旧观念的时候了。我们已经不是孩子，你总不见得为了那些小市民的偏见要我们只在咖啡馆或电影院见面吧？我不打算搬家。我喜欢这儿，我是乡下人。如果要在哪条喘气也不舒畅的街上租一间屋住，我准得发疯。归根到底，我们的事！谁管得着？"

"他说得对，"依尔任娜默默地想着，"在任何事情上永远都是他对。"她自己也无法想象英德拉怎么能在旁的地方住。所有这些零星东西：摇晃的书桌上的头颅（英德拉管它叫"弗兰茨先生"，可是依尔任娜恨它），堆积如山的听课笔记，蒙着灰尘的解剖图，臭得要命的旧烟斗，一双实在不能再穿的拖鞋（依尔任娜不止一次对自己说过，一定得给他买双新的），两把曲木破椅子，书架和自己装的沙声很重的收音机——这一切都是英德拉性格特征的反映。在依尔任娜一生中可以称之为幸福的一切都不能跟这间陈设简陋、没一天收拾得比较整齐的单身汉小阁楼分开。英德拉的宽脸盘生得土里土气，下巴颏儿的线条刚直，老是乱蓬蓬往上翘的硬头发里还夹着雪珠和雨点，难道这个易于冲动的健壮小伙子能住到一套带浴室的单间公寓里去过舒适而寂寞的生活？不，不能想象。他永远不戴帽子，不打领带，大概认为这些都是资产阶级遗风。他的习惯糟得可以：吸起烟斗来用足力气，吐痰吐在炉边地板上，像个水手；笑的时候整座小屋子都为之震动，骂起人来也声如霹雳。他在任何事情上都不知分寸，不论做什么事情总是全力以赴。

依尔任娜就喜欢他这个样子，虽然在钦佩的心情中混杂有隐隐的惧怕、自卑感和惭愧。她感到惭愧的原因很多：自己脸上满是雀斑，翘鼻子平平的没有鼻尖，牙齿长得稀，薄薄的嘴唇干燥得生裂；连眼睛里长着颗麦粒也使她感到惭愧。“不，我不漂亮。”她常对着浴室里一面镜子沉痛地向自己坦白承认。无情的镜子直率地照出了她瘦瘦的身材，两条膀臂细如枯枝，骨盆跟男孩子一样狭小，扁平的胸前微微隆起一对小小的乳房。“一句话，糟透了！”依尔任娜很懊丧。他干吗跟我这么一个小市民家庭出身的、觉悟不高的毛丫头好上？我只会惊恐地依偎在他的怀里，在家里厚着脸皮撒谎，因为我不敢把自己的恋爱告诉父亲。唉，这位老爷子哪！依尔任娜怕听他尖酸刻薄的责备。毫无办法，爸爸不喜欢她。她长得不美，这是事实，她不是父母称心的女儿。依尔任娜生活在两个对立的世界之间，这两个世界各有使她感到害怕和沉重之处，叫她左右为难。比方说英德拉，他什么都明白，他是个积极分子，系里大家都尊敬他。他善于以同志的态度亲切地对待她，但有时又忽然严厉得莫名其妙，他的冷嘲热讽能叫她羞得无地自容，他会狠狠地取笑她的小市民出身和她怯懦的性格。

不久以前，他从摆得满满的、摇摇晃晃的书架上取下两本政治书，仿佛不是特意似的塞给了她。这两本书的名字就难懂得骇人：一本是《论辩证唯物主义与历史唯物主义》；还有一本是《自然辩证法》。“亏他想得出用这种办法来惩罚我！”依尔任娜挟着这两本书满心惊慌。得藏起来，不能让父亲看见。要是给他看见了，准要讥笑她，骂她不读些有用的书，不好好学习。依尔任娜把电灯遮上一方头巾，在床上偷偷地读那些深奥的书，努力背熟生产的三大特点以及生产力的定义。这些东西可真难懂！由于不习惯，了解那许多陌生的概念费力极了，头疼得要裂开来，眼睛自然而然地会合拢来……写这些书的目的何在——是为了置我于死地吗？这还不算，当英德拉跟她谈起读过的书的内容时，那更糟糕。根据他小心提出的问题，她明白他是在暗暗地测验她。当然，她测验没及格。她发现英德拉嘴唇紧闭，眉头打结，就扑到他肩上嚎啕大哭。

“英德拉，我亲爱的……相信我，我对这一切有极大的兴趣，我非常非常愿意搞懂……可就是搞不懂。”

英德拉不由自主地被这诚实的自白感动了，一肚子怒气化为乌有。他温柔地抚摸着她的头发，对她说：过些时候就会懂的。那天晚上她离开他的时候又带走了几本书，于是一切又开始重演……英德拉不习惯于让步，也看不到有让步的理由。为什么要宽恕这个小市民家庭出身的娇养小姐？

“你爱我吗？”有时她含着眼泪问他；眼泪是她唯一的护符，英德拉讨厌眼泪。他总是毅然给她擦干脸上的泪痕，不许她再哭。

“爱，依尔任娜。要是不爱的话，我早就把你赶回家去了，你不用怀疑。我自己也闹不清为什么爱你，更确切些说我还没研究过。但唯其如此，你才不应该老是落后下去。假如我不愿我心爱的姑娘思想上进步，不故步自封，我就不是个好党员。这是我的义务。我不能跟一个头脑糊涂、给小市民观念束缚住的小姐生活在一起，你要明白！”

“我愿意，你要明白，我愿意成为另一种人。我知道你是对的，可我生就这么个人也不是我的错……你对我耐心点吧……我怕成为你的负担。我会转变的，一定会转变！”

“别哭，小姑娘，”英德拉恼了，“世上我最讨厌的就是女人的眼泪。所以请别来这一套感伤主义的玩意儿。我在系里的工作和麻烦已经够多的了，还要准备毕业考试。”

他在一举手间就消除了在他们之间掠过的阴影，但是依尔任娜凭着女子的敏感明白他对她不满。“这样维持不了多久，”她在只有自己一个人的时候常这样想，不祥的预感折磨着她。总有一天他会来用那种不容分辩的语气说：“我们散伙吧，小姑娘，没有必要这样拖下去，我们合不来。你还是去嫁给令尊为你看中的那个小市民女婿，永别了。”

这种忧虑像一柄利剑危悬在她头上的空中，使依尔任娜丧失了最后的一点自信。如果担心成了事实，那时她还剩下什么？什么也没有！那时世界将告崩溃，日月黯淡无光。等我在药物系毕了业，把我派到一家药房里，我将成为一个讨厌的老处女，一辈子卖卖阿斯匹灵和泻药……可怕！

不过，在洋溢着令人头晕目眩的幸福的时刻里，一切烦恼都会抛到九霄云外；这样的幸福依尔任娜即使在少女的梦想中也没有过。他们会一连几小时躺在压扁了的小沙发上（它的弹簧老是往你腰里刺，得躺在正中央，并且互相贴得紧紧的），你亲我，我吻你，其乐融融。逢到这种时刻，依尔任娜会觉得自己并不太丑，甚至相当可爱。她合上眼睛，听着爱人的呼吸。每见一次面，她对英德拉的认识就进一层；在他怀抱里，她觉得自己仿佛一直钻进了他的心房。我的，我的英德拉，我的快乐，我的安慰！在这样的时候他变得特别可亲，不像平时那么寸步不让，他的手变得柔软，脸庞完全像个少年。他每隔一会起来往火炉里加一点煤，然后又回来，脸上闪耀着安详的微笑。窗外风吹栗树，树叶沙沙发响，有时雨点哒哒地打在洋铁皮的窗檐上，有时飘着银粉似的轻雪。书架上的无线电嘀嘀咕咕响着遥远的声音，但它并不妨碍英德拉和依尔任娜；有时无线电正在放送音乐，那就为这甜蜜的时刻增添迷人的色彩。对于老是为系里的事情忙得不可开交的英德拉，对于深感家庭环境之重压的依尔任娜，这些甜蜜的时刻就好像茫茫大海中一座座欢乐的小岛。

这些美妙的时刻为什么要过去？我愿这些时刻永远不要过去！

如火如荼的二月事件使他俩疏远了。像英德拉这样一个系里突出的积极分子现在哪有时间谈恋爱。这一点依尔任娜也明白。英德拉是行动委员会委员，他忙得分不过身来。依尔任娜打过电话，可是他在开一个重要的会议，这个会还是早晨开始的，不知道什么时候结束。依尔任娜沮丧地搁上听筒。一天晚上，她甚至到他家里去过，但听到门内有好些陌生男人的声音和震动阁楼的笑声，她没敢敲门。住在楼下的菜园主人紧绷着脸探出头来，把依尔任娜冷冷地打量了一番，然后把门关上，对他老婆嘟哝着，说得依尔任娜也听得见：

“又是那位小姐，找楼上那人的……”

依尔任娜沿着冻硬的小径，经过菜园里的暖房走到泥泞的街上。小姐！她恨不得地上有个洞钻下去……

今天她下了课直接跑来找英德拉，急于把自己的事情告诉他，因而激动得直哆嗦。他听了会怎么说呢？

依尔任娜觉得，经过这些动荡不安的日子，英德拉变了样。

“系里所有的事情都得管！”他把手插在口袋里说，一边迈着大步在房间里走来走去，“政治形势非常复杂，反动派又多，够你伤脑筋的了！可是我还得啃药物学，我把它荒废了不少。不过我并不惋惜，”他几乎像在自言自语似的继续说，“你想象不出我们开了一仗多激烈的舌战。事情还没完呢。”

依尔任娜望着他，想等一个适当的机会把自己的事情告诉他，但一直到他们并排儿躺下，暮色罩住她的面庞时，她才拿定主意说出来。

“英德拉……今天我打了入党报告，”她鼓足勇气说，接着又继续说下去，仿佛深恐把这件事讲得过于简短了，“是这样的……他们对我说……他们相信我。最近我帮他们做了不少工作。他们建议我入党。他们说，我们相信你，米静诺娃同志。就这样，我填了表，手并没有发抖！”

沙发里的弹簧嘎吱叫了一声，英德拉站起来。他开了灯，点着了烟斗，狠狠地抽起来，手抹着下巴颏儿。

“原来是这么回事！”他慢慢地说，这件事完全出乎他意料之外。他半晌没则声，转身朝着依尔任娜，微眯的眼睛紧盯着她瞧。“我希望你明白，你要加入的不是什么慈善团体，依尔任娜。党——这不是为带着伴娘的资产阶级小姐设立的跳舞学校。党——这是……”

“可我……”

“……是战斗的组织，”英德拉执着地往下说，“你可知道列宁说的关于党的话？党员应该无所畏惧。可你动不动就像条小狗儿似的发抖。我知道，最近什么样的破烂都往我们那里钻，市侩、懦夫全有；关于这件事我还在委员会上大骂了一通。这是自由主义倾向！如果入党这么容易，那些久经考验的老党员会怎么说？……你有把握能成为一个真正的共产党员吗？”

“我要求入党抱着善良的意图，英德拉。”

“光有善良的意图是不够的！世界上有的是善良的人，但他们并不都能成为党员。好吧，我不生气。我知道是什么推动了你：你想让我高兴一下，是吗？太令人感动了，可是在这种事情上，我是丝毫不肯将就的。我不想命令你做什么，但我对你很了解，因此建议你到党委会去说：‘同志们，我错了，我提出入党申请是出于真诚，但我不能成为一个真正的党员。我怕。请把志愿书还给我。’”

“不，我不干！”她说了以后突然住口，好像对自己坚决的态度害怕了；她坐起来，脸激动得通红，一眼不眨地瞪着他。英德拉惊讶不置，心中暗暗钦佩她有此决心。

“随你的便。”他耸耸肩膀说，然后把烟斗磕去了灰，回到沙发上。他听到依尔任娜频促的呼吸，就去搂住她的肩膀，但她往常一直是那么柔顺的身体这次却直僵僵的，嘴唇紧闭。“你这天真的小鸡，”英德拉没有恶意地微笑着心想，“好，那我就不碰你。”短短的几句争执破坏了他们的情绪，两个人都感到了这一点。依尔任娜站起来，迅速地穿好大衣。

“你要走了吗，依尔任娜？今天……”

“别生气。”她以负疚的口吻轻轻地说。

英德拉冷冷一笑，气愤地把本来乱蓬蓬的头发揪得更乱了。

“哼！勇敢的女共产党员竟怕自己严厉的老子！笑话！我们这么久没见面了，我以为……我们有话谈，依尔任娜……”

“英德拉，我不能……”

“瞧你第一次考验就经不起！要是党给你一个战斗任务，那怎么办？你说：很抱歉，同志们，我满怀着善良的意图，可是我爸爸思想落后，他会生气的。得等待他变得和气些。告诉你，这已经是老文章了……米静诺娃同志！”

“不对！”依尔任娜大声说。她想争论一番，但今天她第一遭担心自己会哭起来。绝对不能哭！她咬紧牙关。不过他还是说对了：要是没有英德拉，她难道会去入党？不见得。话又得往回说，她的行为是真诚的，她以为英德拉会高兴。可是他？我做了什么坏事？我不过……怕父亲，但我还是打了报告。当然，英德拉马上就要谈这件事来进一步羞辱我……瞧，果然不出所料！

“你已经向令尊报喜了没有？我担保他听了一定会目瞪口呆。女儿成了布尔什维克！他会当场吓死的。”

“我还没有……”

“啊，那就完全明白了。依尔任娜·米静诺娃同志转入了地下！这样的共产党员全国只有一个！”

英德拉哈哈大笑，手舞足蹈。

“我会告诉他的，”依尔任娜坚决地说，她那涨红的脸现出怒容，“一定告诉！我要向你……向所有的人证明……”

“好，我们瞧吧，姑娘！”

依尔任娜在门口犹豫地站住了。不能就这样走哇！英德拉明白了，跑到她跟前，热烈地吻了她一下，还在她头上温柔地抚摸了一阵。

“没关系，依尔任卡[1]，我希望你好。我自己也知道态度生硬了些，你是了解我的。明天我们在系大楼前见面，好吗？不过你迟早总得作出决定，到底听谁的话：听你父亲的，还是听我的。我讨厌小市民的怯懦。我爱你，但也可能跟你绝交，如果……得了，不谈这个，见它的鬼去。现在是一九四八年，这不是句废话。好吧，劳动万岁，把头昂起来！”

依尔任娜坐一辆很空的电车回家去，身上冷得瑟瑟发抖。但是内心的热燃烧着她。头脑里多乱啊！几点了？哦，天哪，已经九点了！不能推说在上音乐课了，父亲很容易查问出来。可以到席日科夫去找方达·布里赫[2]，把一切都告诉他。他会怎么说呢？会笑我吗？不！但是去席日科夫又要花费时间，也不知道布里赫是不是在家。依尔任娜很喜欢她的表兄，他很善良而又体贴，从来不取笑她。她跟英德拉也是在他家里认识的。他们以前是朋友，不过现在不来往了，英德拉还常常在话中挖苦布里赫。他们为什么不和了？……哎呀，我到底推说找谁去了呢？只好说在女同学淑尔卡宿舍里。父亲不喜欢她，说她像个男人，不懂礼貌。这样倒好，至少他不会打电话去查问了！

依尔任娜在自动公用电话亭打了个电话给淑尔卡，一分钟以后，她已经在林荫道上匆匆赶路，路灯光照亮了两旁的秃洋槐。她沿着葡萄园[3]的一条街往上走，在走近将来她要从外祖母那里承继的那幢可诅咒的房屋时，依尔任娜忽然害怕起来。糟糕！心如小鹿乱撞，眼看着快跳出来了。脚上像拖着铁哑铃。我应该告诉父亲！依尔任娜想象着如何进行这席谈话。她将昂着头站在父亲面前，她的神情十分坚决，她要勇敢地大声宣布：“爸爸，今天我加入了共产党！你懂吗？不，不要劝阻我，我已经……差不多已经成年了，这件事我是在考虑

① 依尔任娜的爱称。
② 弗朗蒂雪克的小称。
③ 布拉格一处地名。

成熟以后决定的，决不改变主意！”对，她就这样说。“不过……也许该换一种方式？勇敢些，米静诺娃同志！可是以后会怎么样呢？也许他会给我一巴掌，也许……不，他将嘲笑我！随他怎么样，我不在乎！我必须经受住一切！为了党！为了英德拉，哪怕他不要我这样做。”依尔任娜拿定了主意，但她用钥匙开门的时候，坚强的决心又像蜕皮似的离开了她。楼梯上阴森森，门房里有人透过小圆眼注视着依尔任娜，这目光使她颤栗。又是夙夜匪懈的看门女人哈斯曼诺娃！让她盯着瞧吧，讨厌的婆娘！依尔任娜咬紧牙关，沿着黑暗的楼梯很快地走上去。

她从过道里看到客厅里有灯光。显然，父亲还坐在那里。依尔任娜正想蹑着脚步悄悄地走到自己房间里去聚集一下剩余的勇气，忽然，锁孔里又有钥匙转动的声音，母亲走了进来。她刚从真正基督徒联谊会作了晚祷回来。她的圆脸跟平时一样现出深受感动的表情。她没有注意到依尔任娜神色不安，这母女俩彼此很少了解。

“我还以为你能跟我一起去呢，依尔任诺奇卡[①]。”她用责备的语气说，一边从手提袋里取出一本金边的祈祷书和一本《圣经》。

“请原谅，妈妈，今天课下得晚。”

“等一等，别跑，孩子，”母亲把她留在过道里，“你过分着迷于尘世间的种种诱惑了，应该多想想灵魂不灭的事。今天波普盖卡修士讲道的内容是福音上的话‘民要攻打民……多处必有饥荒、地震……且有好些假先知起来，迷惑多人’。你去念一下《马太福音》第二十四章，就是从那里摘下来的。上帝每天都可能撇下罪孽深重的人类不管……孩子，我是你的母亲……”

依尔任娜最后总算得以脱身到自己房里去。她一头倒在沙发上，闭上眼睛。这样下去会发疯的！依尔任娜听见母亲在把今天听道的事告诉父亲。父亲不反对母亲信教，虽然私下也嘲笑联谊会的那些善男信女，他们有时来访，假仁假义地问这里的主人是否已经感到他们教

---

① 也是依尔任娜的爱称。

会宣布的灵魂复活。父亲甚至不阻挠米静诺娃“姊妹”[①]甜腻腻地笑着招待那些伪善者喝茶，吃柠檬和点心。依尔任娜不明白个中原因：父亲冷静的头脑当然不相信神灵，难道他老了倒反而不愿跟上帝决裂了？谁知道他！不过妈妈完全被迷住了心窍。

联谊会是一个名气不大的宗教团体；它的教友们死啃住教条和狂热地笃信《圣经》上每一个字的风气吓得别的教徒不敢趋近。依尔任娜只是实在拗不过母亲的劝说才老大不愿意地陪她到旧城联谊会作祈祷的一个地下室去过几次。每次都是老一套：风琴嗡嗡地响着，祈祷的人虔诚地眼睛望着顶上，用假嗓子唱着枯燥无味的赞歌，周围全是“兄弟”“姊妹”“上帝选民”们诚惶诚恐的脸。然后，当地的“司铎”来一通冗长的说教，用上帝的惩罚恐吓一切不听联谊会警告的人。他说世界落在撒旦的魔掌中了，谁要是不迫切祈求灵魂的复活，谁就将永沉苦海！死亡是难免的，死象征着永远摆脱碌碌尘寰，登入天堂……依尔任娜觉得这一切又可笑，又讨厌。那些人缠着问她什么时候才能做一个真正的基督徒。依尔任娜好容易遏制住自己没冲着他们的脸大喊：“别来缠我！我乐于活在世上！我爱的是一个活人，你们甭想把我造成一具信神的木乃伊。我讨厌你们每一个人，是的，我讨厌你们，我受不了！”

但即使在这方面依尔任娜也没有勇气坚决拒绝母亲。她有时陪母亲去联谊会这件事，要是给英德拉和系里的同学知道了还不定怎么样哩！依尔任娜觉得自己在两堵悬崖峭壁之间的绳索上摇晃不定，眼看着快要掉下去在嶙峋的岩石上撞得粉碎。要是能向英德拉诉说她的苦衷就好了！但是不能，她知道他的性格！

依尔任娜是多么爱他呀！他好像永远跟她在一起，不管在梦中还是醒着，爱情美化着她所有的感觉，喜悦、希望、期待——一切都离不开他！她整个身心、每一个细胞都爱他！做他的妻子！她甚至不敢作这样的幻想，她觉得这太难成为现实了。但是……哦，英德拉！

---

① 指依尔任娜的母亲。教友互相称呼“兄弟”或“姊妹”。

依尔任娜躺在自己静悄悄的小房间里想象着英德拉。瞧，他站在那里，手插在口袋里，皱眉蹙额。他严厉而又和蔼，暴躁而又体贴，遥远而又亲切……他又可怕，又可爱！他默不作声，但他眼睛里包含着一个严重的问题："怎么样，依尔任娜？你听我的话还是听……"

依尔任娜长叹一声，手指紧紧抓住枕头。她把一只旧的、鼻子也磨平了的小熊搁在自己发烧的头旁，它是小时候伴她入睡的忠实朋友。可是现在小熊也帮不了忙。

"你是知道的，英德拉。我爱的只是你。说一千遍也只是你和你的世界！可是我像中了魔法的公主昏迷不醒，也不知道是不是值得把我弄醒。别折磨我，你稍等一下，再等一天，那时我一定下决心，虽然我是那么害怕……我懦弱，我是胆小鬼，没有出息！"

客厅里的钟慢慢地敲响了。依尔任娜惊恐地跳起来，悄悄跑到浴室里去洗一把脸。一个严厉的声音把她叫住了：

"依尔任娜，你来一下！"

米静纳坐在那里翻看一本古旧的皮面照相簿里全家人的相片。他像个预审推事用侦查性的目光把女儿打量了一番。

"小姐，您是否愿意解释一下，您今天在什么地方待了这么久？近来你的行为很奇怪。你现在还是吃我的，我不许你这样。那你就随便编一套勉强可以凑合的谎言吧，别惹我生气。"

他万万想不到这句话帮了她多大的忙。依尔任娜满足了父亲的愿望，她自己也奇怪谎撒得这么轻松。她鼓足勇气，眼睛望着父亲，信口胡诌许多颇像真话的细节。米静纳看来是相信了。

"就算这样吧，"他点点头说，"虽然我不明白你为什么要交这么个朋友。你跟她学不到什么好样儿。"

他合上照相簿，把它在抽屉里放好，举目看见女儿还站在他面前，她神情有些异样。

"你还有什么要说吗？"

他上身向前倾出，以等待的眼光直视着女儿。她怎么啦？她的神态似很痛苦，像有话要说，嘴唇微微牵动，可是一个字也没说出来。

“看在上帝分上，你说吧。快一点，我要睡着了，我可不打算呆在这里陪你。又是什么新闻，嗯？”米静纳把嘴扭曲成嘲笑的样子。

“不，没什么……”

依尔任娜好不容易说了这么句话，接着立刻躲开父亲微眯着的眼睛。她担心自己会放声大哭：喉咙里已经给哽住了，胸口好像被铁箍紧紧箍住。

你害怕了，依尔任娜同志。你真不中用！

她把脸埋在枕头上，再也忍不住眼泪。一张亲爱的、富于毅力的脸庞在泪泊中漫漶开来，剩下的只有脑海中嗡嗡的响声。

2

第二天早晨，往来账户科的工作人员遇到了一件新的意外。不过，这可以算是意外吗？人们生活在紧张的等待和谣诼纷纭的气氛中，各种各样的流言像一大群受惊的蜜蜂在公司大楼里乱飞。嗡嗡嗡！您听见了吗？听见了吗？

“诸位，这又从何说起呀！”会计施泰特卡全身一震，喃喃地说着，一面套上一副假缎袖套，一双红红的、疲倦的眼睛注视着自己的办公桌。惊恐和轻松的感觉在施泰特卡心中展开了斗争：惊恐的是眼前的事不知如何应付；轻松的是他没被当作例外，因为他害怕某一件事情旁人都有份，单单漏掉他一个。

“现在怎么办呢？”

葛拉瓦契泰然坐在桌旁，仔细地读一份油印的传单，另外附有一张志愿加入共产党的表格。

“什么事，会计先生？”他问，“何必大惊小怪呢。极平常的邀请，很合礼貌。谁愿意就加入；不愿意就别加入。白纸上写着黑字。我并不激动。”

“您当然什么也不用怕，葛拉瓦契先生！”施泰特卡摇摇头，接着回头向门那边看看，压低了嗓门说：“您是单身汉，没有家室之累。可是我怎么办？在饭厅里我听说……谁不填表，就要解职……”

“胡扯！您注意这话是谁说的，那您就……”

“要真是这样呢？无风不起浪。说是要作为反动分子解职。立刻滚蛋……据说已经有过这样的例子……”

“我劝您好好儿读一下！”葛拉瓦契把手一挥，“我倒要看看，谁会强迫我加入！我还要考虑考虑。这是我的事情！我最讨厌瞎起恐慌，关于这一切的流言也太多了。我不愿为这事伤脑筋，自寻烦恼。布里赫先生，您对这问题怎么看法？”

布里赫头也不回，耸了耸肩膀。

“跟您一样。这是每一个人自己的事情。”他说着用彩色铅笔在账单上做记号。他走进办公室就把传单和表格挪到桌子边上，那神气似乎并不把它看得比任何一封普通的信重要些。

“您瞧，会计先生，”葛拉瓦契得意地说，“连我们的博士也这么说。每个人都是自己幸福的缔造者。”

但是这些话并不能使施泰特卡这个体格羸弱、面孔像张吸墨水纸的公务员宽心。他们说说容易，他们都是单身汉，只要养活自己就行了。今天施泰特卡怎么也没办法集中思想。他一会儿手哆嗦着在洋铁匣里翻翻账单，一会儿把登记卡抽出来，可是一个数字也弄不清。放在溅满墨水渍的桌上的那张表格时时刻刻映入他的眼帘，施泰特卡觉得它愈变愈大，大到惊人的程度。嗬！会计用一条花手绢抹了抹前额，凝视着他桌上的家属照片。有时他喜欢看看自己的一家人——这是他生存的全部意义和目的。这是拉狄切克，他已经念五年级了；这是玛琳卡，一个患贫血症的、娇弱的小姑娘，她的亚麻色头发像小鸡的绒毛一样柔软。那个是小依尔齐切克，他的老来子，这个小淘气嘴里咬着个橡皮奶头，穿一件小衫儿，裹着尿布，真惹人怜爱。小宝贝！这个是安奈日卡，他的爱妻。施泰特卡想起她每天早晨总是那么体贴入微地为他准备早点——两片面包，涂着极薄的一层鹅油（这不是常有的）或者人造奶油加自制的杏子酱，为全家人缀补破旧的衣裳。“我的安奈日卡简直有仙法，她是世界上最好的会计。”他说过不止一次。他每月月初领了微薄的工资就放在铺着一块旧漆布的桌上，这点儿钱亏她怎么安排过来的！她甚至还有余钱买鸟食喂金丝雀；这个会唱歌的小迷娘嘹亮的嗓音飘荡在整洁的套间里动听极了。万一出了事……那一切又会怎么样呢？不，还是别想的好！填上表格，就完事了！昨天他已经跟妻子一切都商量好了，整整一星期他们在床上每夜悄悄地谈着私房话。为什么这样的问题要搞到我们头上来！已经这把年纪了！施泰特卡一生规避政治，对于一个没有野心、只是为了家庭而活着的小人物来说，政治不是好事情。可是现在，来了！不，他不应该冒险！……布里赫和葛拉瓦契嘴上说说容易。万一真会？……诚然，有人说现今这世道长不了，一切又要变的。那时又怎么办呢？到那时要是有人问："施泰特卡，你为什么加入共产党？"叫他怎么回答，啊？该死的政治！"好心的先生们，"他只能这样说，"当时不加入不成哪！我子女又多！……"可是谁知道将来会不会有这样的变化。应该考虑的是明天，不是后天！对！

办公室里静得令人窒息，施泰特卡很不自在。大家都照样工作，好像什么也没有发生，每个人都在想自己的事。天真的施泰特卡老头认为应该给同事们讲一段有趣的故事使他们散散心。

"从前光景也不好过，"他打破了难堪的沉默，"挣一口饭吃从来就不是件容易事。现在我们有计算器和打字机。这是伟大的发明！哒哒哒哒，一封信打好了！不管你的书法如何，哪怕你写字像母鸡用爪子在地上乱划也无所谓。可是我从前到泰尼茨那儿当会计的时候，哪有这么容易。老头儿喜欢漂亮的书法，他要求会计写得一手好字。要是你一个数字写得不对头，就完蛋。他对我进行了一次考试，一切都很顺利，我什么也没搞错，可是老泰尼茨把我叫去，对我说：'年青人，我对您一切都满意，只有书法除外。您的书法不行。'我现在还好像看到他坐在我面前一张皮圈椅里，嘴里衔着雪茄，说起话来声若洪钟：'书法不行哪！……难道这是3字？是个驼背的鬼，不是3！听我说：我们这里要过一个月才有缺位，暂时您先去学写3字，练好了再来。'谈话到此结束。想不到凭空竟会生出这样的枝节！可是我家里五口人眼巴巴地等着我领到第一次薪水。整整一个月我像中了邪道似的老是练怎么把3字写好。给我写满的纸不知有多少！我在报纸边上写，在纸袋上写，走路的时候在空中划。3，3，老是写3！我甚至做梦也看见3，我浑身发热，可是在我头上摇摇晃晃悬着一个挺胸凸肚的3字，我觉得它好像是铁铸的。后来，我总算恢复了神志，3字也能写得好看了，可是那个位置我还是没得到。泰尼茨录用了一个有来头的人。现在多省事，哒哒几下，所有的3字全都一样漂亮。我说技术昌明的确伟大。如今谁也不怕写不好3字……”

这个可笑亦复可悲的故事没引起什么反响，只有爱笑的伏尔扎洛娃嘻嘻一笑。办公室里一片寂静，职员们都像罩在玻璃罩下似的坐着，面对着文件纸张，每个人头脑里都在考虑同一个问题：加入呢，还是不加入？

午间休息时，施泰特卡到别的会计科去打听消息，他发现各处的情绪大致相同。有些人没多考虑就欣然递了申请书：最近一系列的事件推动了这些人以行动表明自己的观点。党召唤他们，他们就响应了。也有人出于各种各样的动机、抱着自私的目的、在流言和恐惧的影响下填了入党申请书。大家纷纷把表格拿到投资处会计科去交给头发微秃、脸上有些麻点的会计马列达，目前正在住医院的巴尔托时的职务由他代理。递表格总少不了谈上几句，马列达耐心地听完每个人的话。他能引起人们的信任，而信任可以打开话匣子。

“这是表格，马列达同志，我感到幸福，我能够……”或者：“我早就打算加入了，可不知怎么的老是没有时间……再加上家里乱七八糟的事情……我一直跟劳动人民的步调一致……”

“战前我失过业……”

“我父亲是在乡下当鞋匠的……”

“我父亲……是个小贩……”

“我父亲是火车上的司炉……”

“我战前就读过马克思的《资本论》……”

“我在苏联当过俘虏[①]……”等等。

有不少人仅仅流露出友谊的目光，马列达从这些人的眼睛里看到了善良的意图。他紧紧握他们的手，也不说话。午饭时有人从门下塞进一张表格，上面用印刷体字母写着：

你们这班该死的东西，看你们怎么保住脑袋！你们将被吊在绞架上晃来晃去——这是对你们由衷的希望。

民主之友

马列达一笑置之，他把那张纸搓成一团扔在字纸篓里。“傻瓜！”他甚至毫不激动地暗暗骂了一句。其余的表格他分放在文件夹里，准备由党委开会讨论；整整一天他一分钟也不得闲。

各科室里众说纷纭，争论热烈，不过大多声音很低，几乎是交头接耳，不时四下张望有没有他们的人走来。上帝知道哪来这许多异想天开的流言，一会儿胀大，一会儿又像被戳穿的鱼泡那样瘪下去；接着又出现新的流言。施泰特卡觉得自己像一片羽毛被那些谣言忽而吹到东，忽儿飘到西。哦，上帝啊！我是多么不幸，多么糊涂，多么可怜！我从来没搞过政治，可现在不搞不行……怎么办呢？

“我告诉您，”他在某一个科里听到有人在说，“他们交给他一张表格，对他说：把它填好，签上姓名，否则请你滚蛋。这是事实，千真万确的事实，是我丈夫的兄弟亲耳所闻。可您还说是自愿的……”

“我不信。难道为了这个就把人家解职？”

“您自己不填表试试看，那您就知道了。”

“可是我要填表，我不是反动派，素来安分守己，我认为在旧制度下不像话的事太多了。这不能否认，诸位。”

---

① 第二次世界大战期间，法西斯德国强迫被其占领的许多欧洲国家的人民为希特勒匪帮充当反苏战争的炮灰。其中有些人被苏军所俘，受到良好的待遇和深刻的教育。

施泰特卡跑回自己办公桌旁，废然长叹一声：他茫然不知所措的心情没有减轻。有什么办法呢！他拿起钢笔蘸蘸墨水，拔去了笔尖上的一丝毛，开始仔细填写表格，不时用花手绢抹抹额头。笔尖嘎嘎作声。他专心的工作被打字员玛丽雅·蓝多娃的呻吟所打断。蓝多娃细长的手指抓住头发，伏在打字机上抽抽噎噎。

“把我解雇好了！让他们把我撵走，我也不加入……我不能！”她断断续续地哭喊着，“我不愿！随他们怎么样……我不在乎！”

眼泪如潮水一样顺着她变了样的脸上淌下来。惊慌失措的同事们围住了她。但安慰的话不起作用：蓝多娃虽然再也没说一句话，但她瘦削的肩头因为强忍住号哭而不住颤动着。

“出了什么事？”门口有人问。所有的人一齐回过头去。事有凑巧，偏偏马列达这时来查问账目中一处不准确的地方。慌了手脚的施泰特卡企图扭转乾坤，他语无伦次地说：“这位小姐……呣……不舒服……呣……她从早晨开始就……”

布里赫截住他的话头，紧绷着脸对马列达说：

“不是这样，既然您问到，我就告诉您是怎么回事。她担心不加入共产党会被解职。”

“完全是无中生有！”马列达很快地打断了他，弯身从呜咽抽泣的那个女人桌上拿起一张只填好姓氏的表格，以安慰的语气说：“不要哭，没有人强迫您，我们对任何人都不勉强。好了，别哭了！”

显然，这一切使他不快。他向门外走去，但布里赫把他叫住了。

“请把这张也拿去，我用不着。”

说着把发给他的表格也交还了。

马列达沉着地接过表格，点头作别，他发现布里赫似很激动，于是微笑着问：

“为什么？当然，如果您不愿意的话，您可以不回答，这是您的事情。”

“我没有必要沉默，马列达先生。我不同意这种专横的做法！我不同意……”

“不过问题在于专横的是谁。”马列达心平气和地说。

“我不是共产党员，任何人不能强迫我……我不是骗子手，不是野心家，也不是胆小鬼，所以我不填表！”

“有谁强迫您吗，布里赫先生？”马列达微微一笑，他已经走到门口，“如果有人竟敢这样做，请叫他来见我。有些人害怕自己的良心，问题就在这里。还有不少谣言。有些地方可能发生一些偏差，但无论如何我们决不会因为某人实事求是而加害于他。这一点我可以向您担保。好吧，再见！”

门关上了，吓呆了的施泰特卡扭绞着双手。

“您发疯了，”他向一动不动的布里赫说，“说这样的话！您要知道……”

“我知道得很清楚，会计先生。您自己已经填了表，就别为我操心了。我既没有妻子，也没有儿女，更没有金丝雀，我什么也不用怕……”滴铃铃的电话打断了布里赫的话。听筒里响起了昂德列依的声音。为了谨慎起见，他从公用电话亭打来，说的话好像在邀约作一次普通的旅行。

“怎么样，可敬的法学家，你决定了吗？我把日期暂定在四月中旬，所以还有时间。我们从前在维尔塔伐河岸上散步的时候你吹的那支奥卡林那还在吗？你把它带着。别犹豫不决了，你这个哈姆雷特！”

“我哪儿也不去！”布里赫怒气冲冲啪的一声挂断了电话。

“这样才对，”葛拉瓦契赞许道，“对待女性应该严厉些，这是事实。”他以为布里赫接到的电话是女朋友打来的呢。“刚才您把自己的意见向马列达说得太好了！这是男子汉说的话，这种行为我素来敬重。要是每个人都像您这样有胆量，那就根本没有不必要的恐慌。我们不是抹香鲸，钞票不会自己到我们手里来，我们也不是巴罗赫……”葛拉瓦契见布里赫抬起头来露出关心的神情，立刻把一桩新闻告诉他：“对了，我正想告诉您，同事。刚才我在饭厅里遇到出口部的几个熟人。那里的主任巴罗赫先生已经收拾起自己的行李跑了。

据说他是公开走的，带着全副銮驾，到很远很远的地方去。他是老狐狸了，到国外还是吃得开。他知道在这儿不会走运，就找自己人去了。这位世界上有地位的专家在此地甚至没来得及一显身手。那边不久将去一位新的主任。对您，布里赫，他当然欢迎之至。出口部的人说，巴罗赫走后他们那边着实要乱一阵子呢。不过对您没多大关系，您有学问。最近各单位负责人经常调换，一会儿这个，一会儿那个。活下去不容易，诸位先生、小姐，这是事实，那么，布里赫，您几时跟我们说 adieu[①]？”

布里赫弯腰坐在桌旁，一句话也没回答。

3

往来账户科科长的办公室被科里职员们叫做“金鱼缸”。这个比拟相当确切：隔着办公室的玻璃墙壁他们整天可以观察科长慢条斯理的举动。那边的门隔音严密，免得打字机的哒哒声打搅坐在里面的人，因此，“金鱼缸”里的一切动静很像在演单调的哑剧：两个演员——科长卡列尔·卡兹达和副科长米静纳——在张口说话，可是外面一个字也听不见。有时他们发生争执，那时布里赫可以看见舅舅把大拇指扣在背心肩孔里神经质地在办公室里走来走去，而卡兹达则抓住自己的胸膛伏在桌上。这一切都是在鸦雀无声的情况下演出的。

米静纳舅舅！每想起他的时候，布里赫总是清楚地意识到，他对舅舅抱有极度的恶感，他对这位舅舅了解愈深刻，就愈是恨他。应该说，这种恶感并不是单方面的。首先，布里赫最讨厌舅舅堂皇的言词和像影子般钉着你的训教。“弗朗蒂雪克，你应该结婚了，没有比家里烧的饭菜更好的东西。要是你死去的母亲看见你瘦成这个样子，不知会哭得怎么样。你是个怪人，是个空想家，你缺乏对生活的现实主义观点。都是那些愚蠢的书本和可怜的幻想害了你。把这一切从头脑

① 法语“再见”。

里扔掉吧。每星期六到我家去吃晚饭，你至少应该一星期中好好吃一顿。有时你舅母看着你直心疼。一定要来，别推三托四！”

从他的年龄来说——他今年五十三岁——米静纳保养得很好，他有运动员的外表，面貌像小城里的医生，两鬓微呈花白，一撮小胡髭修剪得很齐整。

“我跟这个人有什么共同之处？”布里赫有时这样想，“不错，他介绍我得到了工作，实现了他向母亲许下的诺言。于是现在就认为有权利教训我了。”

“金鱼缸”里坐在舅舅对面的是卡兹达，他是舅舅的老朋友，这两个人正好形成鲜明的对比。卡兹达老是俯伏在桌旁，他的秃头活像一只颜色还青的苹果。他们之间奇怪的友谊有着一段更为奇怪的历史。卡兹达和米静纳同在高等商专毕业，一同啃过商业方面的各门学科，一同计划将来如何飞黄腾达。第一次世界大战把他们分开了一年多。在这段时间内他们通了几十封信，信上互相提出许多忠于友谊的誓言。战后他们又聚首了。

米静纳舅舅当年是个倜傥少年，也曾有过一段浪漫蒂克的往事。这段往事联系着一个叫蓓德丽诗卡的姑娘，她跟她的哥哥安托宁一起以“托尼与蓓蒂”的名义表演双人杂技。啊，这美妙的旧时代今天到哪里去找！六个皮球被迅捷地抛上去在兄妹俩头上飞舞，接着是六个或八个白环圈一齐飞转，最后是银色的滚柱。节目的累工部分主要由哥哥担负，蓓德丽诗卡的手艺还没有那么灵巧。然而她跟着嘎洛普[①]急速的节奏跳来蹦去的姿态是那么优美，笑起来又是那么甜。因为她长得有一双美妙的玉腿(米静纳诗意地把它们比作天宫的殿柱)，所以他们兄妹的演出成功有不小的一部分得力于她。当时米静纳成了那家杂耍剧场的座上常客，他为迷人的蓓蒂鼓掌不惜把手也拍痛。接下来是一束连一束的玫瑰花，从各处抄下来的爱情诗，但是被那可人儿的哥哥狠狠地骂了一通。他嚷道，决不容许一只文牍老鼠砸了他的节

① 一种跳跃式的两拍子舞曲。

目。后来米静纳的全部缠绵悱恻的恋爱史就以蓓德丽诗卡辛酸的珠泪，到打胎医生那里秘密的探望和从她哥哥“托尼”那里得到结实的一巴掌告终——关于那一巴掌米静纳通常总是谦逊地略过不提。

他就这样得到了生活的一次教训。在这以后，米静纳收心了。在这方面起着推动作用的是忠实的朋友卡兹达和不久就成功的一桩亲事。他们两人娶了一个富有的小市民家庭的一对老姊妹，各得一幢有租金可收的房屋作为陪嫁，友谊再加上亲谊，这在小市民家庭中被认为是神圣的关系。他们俩不久都做了幸福的父亲，而且天公作美，卡兹达生了个儿子，米静纳生了个女儿，这为他俩展示了更进一步巩固亲谊的远景。两个人都高兴地搓着双手。

但事情并没有到此结束。米静纳和卡兹达一同进了新成立的化学品公司工作，在职位的阶梯上并肩而上，直到某一天——这回可是造化弄人了——卡兹达比他的朋友跨高了一步。深厚的友谊出现了裂痕。两个人都感觉到这一点，同时竭力加以掩饰，虽然对明眼人说来米静纳的妒忌只是公开的秘密。这对朋友在一起工作多年了，如今在职位上的差别是微乎其微的——一级之差和工资上两百克朗的差额——然而毕竟是差别！他们以患难朋友的目光亲昵异常地你望着我，我望着你：卡兹达带着倦容；舅舅容光焕发的脸上带着关切至殷的神情。

“你要保重哪，卡列尔！”他一天要对卡兹达说上十来次。

这是有缘故的，因为卡兹达经常生病。沦陷时期有人向盖世太保密告他收听国外广播，于是这位清心寡欲、眼下浮肿的好好先生直接从沙声很重的收音机旁被抓进了监狱。他回来时身体受了摧残，瘪下去的嘴边出现了痛苦的皱纹，一对薄薄的耳朵变成了招风耳。当时为他代理职务的米静纳谦逊地回到自己原来的职位上。“我替他保全了职位，”他常喜欢告诉别人，“您不知我被盖世太保缠得多苦。可怜的卡列尔！我的妻子差点儿发了疯。但是纳粹老爷们没从我嘴里套出一个字！”

米静纳站在洞开的窗前晒太阳。开春前的寒风吹进了“金鱼缸”。

“啊，太阳！”米静纳伸着懒腰津津有味地说，“还记得意大利吗？卡列尔？太阳！可爱的太阳！我又想带着画架去走走。一定要去走走！”

舅舅不算短的一生中改换过好几种爱好：他曾在打鼓和弹曼陀林上下过功夫，也曾热心参加业余剧团的演出活动，尤其以演恋爱角色见长。绘画是他到目前为止最后的一种爱好。几年来他涂了好多幅画，曾赢得不少亲朋有礼貌的、同时也是虚伪的赞赏。在这些油画上夕阳如血一般红，嶙峋的巉岩在激浪的泡沫中巍然屹立；一张绘有卡普里岛[①]风景的明信片曾被他多次临摹于画布之上，那个岛舅舅曾去作过蜜月旅行。啊，在卡普里的那段时光多好哇！

“这风迟早要把我送进坟墓！”卡兹达头也不抬喃喃地说，“医生叮嘱过我，应德尔齐赫[②]！我求求你为我的身体着想一下。”

“那些医生全是些江湖骗子！不知道怎么治病，就光叫人吃苏打，呼吸沉闷的空气！可是我深信你需要新鲜的空气。你嗅到春天的气息了吗？空气甜得像蜜，可不是？”

米静纳在地毯上来回踱步，极口赞美新鲜空气的治疗作用。跟它比来，各种各样的药和医生的信口雌黄全是狗屁！他指手画脚，不顾老友被他滔滔不绝的忠告压得受不了，喉头咝咝直响，对着桌上的报表气喘吁吁。卡兹达薄薄的耳朵不住颤动。

“不，不！”他声嘶力竭地提出抗议，气咻咻地用皮肤皱瘪的拳头敲着桌子，“请你把窗关上！”卡兹达抹去额上的汗，上气不接下气地喘息着。

米静纳迅速关上窗子，怪委屈地向老友看了一眼，做出一副自尊心受到严重伤害的神气。他站在桌旁凝视着垂头丧气的卡兹达。一阵紧张的沉默。

---

① 靠近意大利那不勒斯的一个岛，在第勒尼安海中。

② 米静纳是姓，应德尔齐赫是他的名字。

“是，是，卡列尔，”米静纳忧伤地点点头，把声音放低，无限沉痛地说，“请吩咐吧。这里的科长是你，不是我。”

“你这是什么话，应德尔齐赫！这完全不是因为我是科长！”卡兹达摇着头懊恼地说，“我不想惹你生气……我只是因为……要知道，这样冷的空气……”他不好意思地望着深感委屈的米静纳，没奈何走了求和的一步，“你自己昨天还抱怨说喉咙痒痒的直想咳嗽。”

“喔，那算不了什么！”

舅舅在“金鱼缸”里轻盈飘逸地走动，有时站在窗前望着停车棚湿漉漉的棚顶。他的手插在口袋里，整个身躯像一条紧张的弦。

两人默默地沉思了半晌。

“当然，如果你觉得不舒服……”他过了一会儿说。

“不，不！”卡兹达急忙辩解，“我没什么不舒服。”

“我太爱你了，所以我不容许你工作过度，”米静纳打断他说，“这里的人会把你当一匹马赶到累死为止。真没心肝！”他转身向着朋友，一只手亲切地搁在他肩上，但是这只手像铅一般沉重，卡兹达觉得它把自己使劲往桌上压。“老朋友，不要这样。你应该自己注意自己的健康。要是你稍稍有点儿不舒服，就回家去躺下。这儿的事我会替你办，你可以放心。工作不是狼，自己不会跑掉。死神可不管你忙闲，他来了就要把人拖走。”

“你怎么说的！”卡兹达在米静纳的手下缩作一团，他神色惊恐地回过头来，“这事情催得很紧，五号前得把资产负债表赶出来……”

“没关系，没关系，不会急死的。何况有谁对你说过我们赶不出来呢？”

于是两个人都伏到桌上沉浸在静静的数字世界里。米静纳间或对老朋友伛偻的身躯瞧瞧，细听他喑哑的呼吸。他还能活多久？米静纳曾以并非做作的关注态度向卡兹达的医生提出这个问题，但医生只是耸耸肩膀说：“害哮喘病的人也有长寿的。可是他的心脏不好，有动脉硬化现象。”

卡兹达抽一种专为哮喘病患者生产的烟卷，弄得满室都是臭味，米静纳得整天呼吸这种烟味!

“你坚决反对把窗子打开一点儿吗?”每隔几分钟他就要问，一边用手扇着，仿佛在受慢性窒息刑罚。“你的烟卷味儿实在难闻。屋子里臭得跟野兽笼子一个样……”

“这不能怨我，”卡兹达咕噜道，“这话你已经向我说过一千遍了，应德尔齐赫。这病不是我自己凭空捏造出来的。”

“不管一千遍还是一万遍，烟臭无论如何是事实。”米静纳硬着头皮以克己的口吻下结论说，于是照例表现为朋友作自我牺牲的一场戏就告一段落。

最近几天紧张的政治局势在卡兹达薄薄的嘴唇上引起一丝淡淡的苦笑，这使米静纳有些着恼。他还看不惯卡兹达死心塌地埋头工作的态度：他坐在这里，像一只蹲在臭水洼里的蛤蟆，冷眼观察周围如火如荼的生活。他们各自在桌上发现的入党申请书也没有使卡兹达激动，他只是间或用一双因为疲劳过度而眼圈发黑的眼睛——好像刚摘下单眼镜——对米静纳瞧瞧，然后又像鼹鼠进穴那样一心埋头工作。

“你加入吗?”忽然他头也不抬地问。

米静纳站着，用指关节撑在台玻璃上凝神深思，眼睛看着前面。卡兹达的问题打断了他的沉思。他耸耸肩膀。

“这一步事关重大。作为一个朋友，卡列尔，你能给我出个主意吗?”

卡兹达惨然一笑，点点头说:

“你一定加入!”

“我一定加入?你怎么知道?”

“我知道。”卡兹达的语气肯定得出奇，隔了一会，他还是头也不抬地添上一句，仿佛不敢正眼看米静纳。“你就是在等这样的机会。”

这样直率的话很不顺耳。米静纳向前倾出身子，竭力控制住急促的呼吸。啊，你这个一天到晚吞服药片的半死人竟有这么一手!

“是的，”米静纳终于说，他的眼睛变成了两条细缝，“我要加入，如果你愿意知道的话。我犹豫了很久，但你，正是你，帮我作出了决定。是的，是的，你爱怎么想都可以。你可以认为我在追求名利。你轻视吧，蔑视吧！我早就在观察周围发生的一切。我告诉你，共产党完全不像你那些党兄党弟所说的那么坏。我站在老百姓这一边。最近几天里，我的眼睛擦亮了。”

卡兹达全神贯注在文件上，一声不吭，装作什么也没听见。这促使了米静纳发动正面的进攻。

“你倒说说看，你为什么要钻到你们那个党里去？你算是哪门子政治家？开会不去，光缴党费。你想从这些‘兄弟’那里得到什么？如今到了晚年反而会招来麻烦。说不定甚至……”

“我不这么想！”卡兹达激动地顶着说，颤巍巍的手把钢笔搁在桌上，“不这么想！我没杀过人，也没偷，没抢。我在工作上问心无愧，我还将这样工作，一直到死为止。谁发号施令我都不在乎，这跟我不相干。任何人都不能指责我，哪怕在……”

“你把这些话对他们说去。他们会说，你为了抹香鲸……”

“谁都知道拍他马屁最卖力气的是你，你……”

“无耻的谣言！”米静纳的拳头在桌子上猛敲一下，“是诽谤！而你，我的朋友，居然也会附和……这真想不到！这话我竟会从一个我愿为他赴汤蹈火的人那里听到，为了他……”

米静纳没有把话说完，由于激动他的喉咙像被一团东西卡住了。他向窗那边转过身去，拿定主意要等朋友向他求和。但今天他第一次没有等到。于是，在一阵沉默之后，他用手绢拭去额上的汗，哀伤地低声说：

“卡列尔，我真心跟你商量，可你这样损我。你用无中生有的猜疑和非难毁坏我们多年的交情。名利！有什么可说呢，我一片诚心却换到了老友的责骂！”

“看在上帝分上，你别说了好不好！”卡兹达从口袋里掏出一包药片，纸包发出刺耳的沙沙声。“我在战前就加入了国家社会党，现在不打算再退出。我不是那种像换手套一样随便改变信仰的人。政治我不懂，开会我没有兴趣，再说身体也不许可。即使我错了，我也能泰然正视每一个人。卡兹达不做贼，他通晓自己的业务，会计科永远用得着他。就是这样。我的身体衰弱。对于我最重要的是安静，我不能激动。我希望任何政治，任何人……都不要来搅乱我的安宁，你明白了吗？”

“好吧！我再也不向你提一个字，”米静纳冷冰冰地说着忿然昂起了头，“当然，科长是你，不是我。你吩咐吧，”他照例补充这么一句，从这话中卡兹达清楚地领略到嘲弄的意味。老头儿叹一口气，没再说什么。两个朋友不约而同地重又埋头工作。他们双方都明白，他们的友谊从今天起破裂了；他们俩竭力掩饰的裂痕扩大了，它已经不是虚情假意的关怀这种烂布头所能遮盖的了。

那天午后，米静纳把申请书填好送到马列达那儿去。到门口他站住脚步，定一定神。他的心跳得很厉害。他不敢表现得太冲，这可能引起怀疑。他用手掌沾了些唾沫把鬓边的花发压压平，整了整领带和金丝边眼镜，在门上敲了三下。门自己打开了，从烟雾腾腾的房间里浮出施泰特卡皱纹纵横的脸。他的一双小眼睛异样地发亮。他向米静纳点点头，米静纳干咳一声，侧着身子进了门。

一切都很顺利。马列达没说什么就接过了表格，把它放在文件夹里，让对方明白：你准备好的庄严台词我可不感兴趣。米静纳回到“金鱼缸”里，穿上大衣，破例地不别而行，砰然把门关上。

在回葡萄园家中去的路上，他绕道穿过里格尔公园。他在秃树和灌木间的柏油路上昂首挺胸大踏步走着，神气活现地挥动一支主要是摆摆样子的手杖，一边走，一边做出各种姿势。一对对情侣打他身旁经过。他们互相依偎着信步漫游，吸着春天降临前潮湿的空气，对米静纳根本不注意。他想起了依尔任娜。不知怎的，她的气色使他不大喜欢，这里头准有问题！这丫头近来有些像失魂落魄似的。一定是在谈情说爱。得管教管教她。这鬼丫头……

米静纳不再想女儿的事，他把今天自己的行动作了一番仔细的检讨。结果使他很满意，虽然他心中隐约有些不安，好像一个人刚走上一条溜滑的布满陷阱的路，被各种复杂的感觉控制着。然而，这条路毕竟一定能引向理想的目标！

没什么可说的。事情已经决定了！

于是他大模大样地挥动手杖。

4

在黑暗的凉台上，巴捷拉看见一个女人的身影刚从他们的过道里出来。他看那女人好像是认识的，于是巴捷拉问她：

“您找人吗？”

“是的，找法学博士布里赫。我敲了门，可是他看来不在家。”

“这倒奇怪。我天天晚上听到他的声音：在房间里走来走去，或者开留声机。走，我们再去敲敲看。”

他拉住门的把手，门开了。床畔小几上点着一盏灯，可是房间里空无一人。

“八成他就在附近，”巴捷拉喃喃地向在他背后黑暗中的女人说，“您要等一会吗？”

那女人点点头跨进了房门。灯光射到她金黄色的头发上。巴捷拉认出她是伊莲娜。

“我们不是有些面熟吗？我还记得您。”

“是的，我们认识，”她轻轻地说，“您是巴捷拉先生？”

“我就是。”他微微一笑伸手去开自己房间的门。

“我听说您生了个男孩子。他的嗓子真响亮……”

巴捷拉见她似乎打算站在门口等候布里赫，自己也站住了，突然他说：

“愿意看看他的全貌吗？请到我们这儿来！您别拘束。也许，这不合礼节，不过我们是普通人家。只是您别以为能在我们那儿看到整整齐齐的摆设。您也知道，家里有了这么个宝贝哪还整洁得了。”

伊莲娜沉吟片刻后，走进巴捷拉的房间。房间里很暖和，小孩刚洗过澡。从窗边到门口挂着一长串洗好的尿布。安诺琦卡俯卧在床上翻阅一本图画书。黑头发的女主人把婴孩放到小床上，带着亲切而真挚的笑容迎接这么晚来访的女客人。

“在我们这儿坐一会吧，小姐。我也还有些记得您，以前常到我们的邻居家来……请等一等，我把椅子揩揩干净，安诺琦卡把它涂满了颜色。用什么招待您呢？喝杯咖啡好吗？我们还有晚饭剩下来的油煎饼。我不勉强您，不过要是不嫌粗糙……”

“对！”巴捷拉插嘴说，他走到炉边揭开一只只锅盖。“我们一块儿吃晚饭吧。我妻子做的东西很好吃，您可以尝尝。不必客气！”

这样纯朴而诚恳的邀请是不能拒绝的。伊莲娜稍稍迟疑了一会，一分钟后已经坐在巴捷拉对面津津有味地吃着油煎饼，显得很高兴。这位穿着华贵的皮大衣的美妇人并不矜持做作，这使巴捷拉夫妇相当高兴。跟他们坐在一起，伊莲娜想起了雅沃尔什那座低矮的小屋，想起了父亲和瓦舍克。这个结实的汉子有些像她的哥哥。

巴捷拉愉快地款待着她：

“不过这饼没有酸凝乳。没别的请您吃，煎饼我们倒有很多。您待在凉台上会冻坏的，在我们这儿，只要他一回来，我们隔着一堵墙就能听见。”

“说真的，我来只是想看看你们的孩子。”伊莲娜鼓着塞得满满的腮帮说。芙拉斯达听了很高兴，她摊开两手，领伊莲娜到小床跟前。

“就是他。昨天我给他喂得过饱了些，他有些打嗝。不过他的胃跟小鸭一样坚实。活像父亲，他父亲简直连钉子也消化得了。”

伊莲娜看那孩子的皮肤呈淡红色，像苹果树开花时的花瓣。他无目的地望着前面，两个小拳头握得紧紧的。小脸蛋儿间或牵动一下——看来小肚皮还有点儿疼——眼睛一眨一眨。但在这张小脸上已经显出从初生时毫无表情到渐具悟性的转折点。伊莲娜默默地、几乎屏住呼吸望着这小小的面庞，她自已脸色微白，若有所思。时间一分钟一分钟过去，然而对于这个安静、舒适的角落，对于这株生命的幼苗来说，时间似乎是悄悄地绕了过去……伊莲娜在沉思中觉得有人碰了她一下。一个梳小辫子的女孩子光着脚走到小床边，一双蓝色的眼睛直瞧着这个陌生女人。你是谁？

“太可爱了！”伊莲娜轻轻说着把身子挺直。她羞怯地——这是巴捷拉不理解的——回过头来，接着就要告辞。她说还是到布里赫房间里去等他。主人没有强留，芙拉斯达向她伸出一只暖呼呼的手，邀她下次再来看看小孩。这话说得那么恳切，那么真诚，伊莲娜欣然允诺。

她走出去把门带上，巴捷拉拉住安诺琦卡的“耗子尾巴”逗她，向她发出命令：“开步走，睡觉去，你将来也是个好奇的女人！”然后他在水龙头下把上身冲洗干净，舒坦地呼哧着用手巾使劲擦干毛茸茸的胸膛，这时妻子问他：

“你说她怎么样？”

巴捷拉向妻子看了疑讶的一眼。

“谁？噢，她吗？”他把肌肉发达的手臂穿进睡衣的袖管，耸耸肩膀，表示他可不像女人那么好奇心重，“很漂亮。可是我对她又知道些什么呢？不过在那边楼梯口碰见她罢了。据我看，以前她跟我们的邻居很要好，后来散伙了。这是他们的事情……”

“我挺喜欢她……你注意到没有？”

“什么？”

“你们男人全是瞎子。她出去的时候眼睛里有眼泪。”

“胡扯。你看错了。不过是灯光正好照着她的脸罢了。在你们女人看来，所有的事情都跟小说里一样复杂。不过，也可能是我完全不懂。”

“好了，别大声嚷嚷，你要把人家都闹醒了。奶奶今天不大舒服。”

5

伊莲娜在台灯光下睡着了，头搁在花布靠垫上，圈盘着腿。布里赫小心地关上房门，蹑着脚步走到沙发前，伸手想去推醒她，但又把手缩回。

她怎么进来的？布里赫压根儿忘了自己去吃点心的时候没锁门。

“她来干吗？”他不由自主地耸耸肩膀，脱下淋湿的大衣，坐在椅子上看着伊莲娜。瞧她这模样！分别一个多月以来，他觉得好像重新认识了她。她像小孩儿那样张着嘴轻轻呼吸。圆形的灯罩在披散着金发的苍白的脸上投下了阴影。

要不要叫醒她？布里赫掏遍了所有的口袋，发现没烟抽了，他攒紧眉头。这一下大概惊动了伊莲娜。她的身体扭动了一下，轻轻喘一口气，脸在靠垫上埋得更深了。她的嘴角闪出了天真无邪、孩子气十足的微笑，但眼睛仍未睁开。

布里赫两手托住自己的头，一动也不动。

什么也不要想，闭上眼睛，塞住耳朵！

可是怎么也摆脱不了这些念头！

这一切到底是什么时候开始的？事情的开头是在沦陷了五年的布拉格。窗户都用帘幔遮起来，不透一线灯光，到处是黑暗和寂静。发光的只有寄托于未来的希望。还有斗争。人们把这一线光明带在心里。当时人们用一切手段进行战斗——用语言，用沉默，用目光，用武器。纳粹的威风愈来愈弱，战鼓敲着尾声，冻得半死的残兵败将，从希特勒各条战线上来到布拉格，他们都变得又呆又钝。捷克人主要依靠希望、期待和黎明将至的预感生活着。还记得那时候的珍馐蜂蜜油吗？甜的，几乎没有脂肪，吃了舌头辣麻麻的。

布里赫从德国回到布拉格时正赶上那光景。他衣衫褴褛，对人不敢信任，胃饿得翻了过来。当时布里赫的全部欲望可以用三个字来表达：吃、睡、活。一个人活二十六岁不能算够了！一九四四年早春，布里赫离开了“帝国”，他是从一个以前也算是座城市的人间地狱里逃出来的，这地方前后遭到二十来次大轰炸，在那里过的一段时间仿佛是一场不堪回忆的噩梦，他保存的印象很少，只有扰乱他睡眠的警报和淹没在火海中的屋宇。留在记忆中的这些印象以及无处发泄的愤怒——这就是那几个年头可悲的总结。

布拉格没有热烈欢迎他。街道、房屋、人们——这一切对他既熟悉，又陌生。开始了提心吊胆的生活，他没有身份证，也没有领配给食物的票券。他没冒险回到原来的住所去。晚上在熟人那里过夜，有几天他待在姑妈家里，但可怜她胆子太小，而吃的东西也太少。他也上米静纳舅舅家里去过，他们全家一见他都吓得半死。诚然，他吃到了一顿饭，舅舅还从橱里翻出一套古董式的过时的旧衣服给他，但后来他就慌慌张张地把一张揉皱的一百克朗的钞票塞给甥儿，亲切地把他打发走了。

“你要明白，好孩子……如果单我一个人冒险还不打紧……可是你舅母，还有依尔任娜……万一有人说出去……而我们楼上住着个党卫队员。你又没有身份证！”

布里赫不知流浪了多少个难挨的白天和黑夜，仿佛过了几十年！一天，他偶然遇见了昂德列依。他们有四年多没见面了。拉滋看来挺得意，跟往常一样精力旺盛。他运动了有关的人，逃避了总动员，在活跃非凡的投机买卖中干得很顺利，俨然是个忙人。他买卖做得很大，运气也奇佳，正是得其所哉；他把商业冒险看作饶有趣味的猎奇，同时也算是为破坏希特勒后方的经济聊尽绵薄，可谓一举两得。他一方面计划将来如何大干一番，一方面安然等待第三帝国垮台和美国军队到来。“这事已经成了定局，老弟！”拉滋已获得可靠的消息。

布里赫的处境没有把他吓坏，至于吝啬则不在他的性格之内。他用手往口袋里一掏，照例非常慷慨地给了朋友一把每张一千克朗的钞票。

“拿去，别不好意思，我们是自己人。这是不用还的贷款。以后还需要，就告诉我，不过要谨慎点。”

这样一来，布里赫的生活比较容易对付了。

另一次幸运的机缘使他遇见了英德拉·贝朗。沦陷前，他们曾在一个大学生团体里有过一面之交，现在立刻互相认出了对方。战前英德拉住在学生宿舍里，自从一九三九年九月学潮以后，他跟另外好些大学生一起给关进了奥伦年堡的集中营，一九四二年始被释放。现在总动员令把他征去在一处隧道工地上做工。布里赫一见面就把自己的全部情况告诉他，大概是这种信任的态度感动了英德拉，他建议布里赫住到他家去——就是英德拉一直住到今天的大菜园中央那座小屋子里的一间陋室，——他家有一张弹簧松弛的沙发，布里赫可以睡在那里，bis Kriegsende[①]。布里赫总算可以松一口气：他得救了！

他白天黑夜躺在吱吱作声的沙发上，尽可能少出门，读着陀思妥耶夫斯基的作品，要不就睡觉；当黄昏降临的时候，他就淡漠地望着窗外昏昏欲睡的菜园，为无事可做和良心不安而苦恼着。他把书架上所有的书都读完了，有一次在屋顶下一只旧箱子里翻到卡尔·马克思的《资本论》和列宁的《国家与革命》。布里赫尝试着读《资本论》，一页一页地啃着那些复杂的经济理论，但是不安和期待不让他集中思想研究这艰深的书。

他真想走出去打垮那个剥夺了他五年光阴的可恶的制度。布里赫怀着满腔愤怒心想："本来我已经可以大学毕业了。"他对纳粹主义积下了足够多的强烈的憎恨。仇恨驱使他行动起来，要求他作勇敢的壮举。

不久，英德拉发觉布里赫翻过他的箱子，立刻面露愠色，骂他是个冒失鬼。英德拉很少说话，对人也不轻信，但根据他借以试探布里赫的一些恍惚的暗示，布里赫明白，英德拉自己并不是垂手等待着解放。当然，英德拉没有说过什么肯定的话。

后来，布里赫差不多确知英德拉在搞地下工作。英德拉每天傍晚出去，回来的时候布里赫已经睡着了，早晨倦眼惺忪，暴躁非凡，嘴里咒骂着穿上破衣裳到隧道去上工。

有时候某人来访，那时英德拉就请布里赫出去散散步。这很气人，但布里赫服从了。他们在那边悄悄地交谈些什么？他们把我当什

---

① 到战争结束(德语)。——俄译者注

么人看待？是不信任我？在一次这样的散步以后，他开门见山地向英德拉提出请求：

“把我也算一个吧，我要跟你们一起工作。”

英德拉沉吟了好半天，然后小心翼翼地和布里赫一直谈到深夜，没有说可以，也没有说不可以。直过了一个月，他才作出肯定的答复。

“好吧。不过我不勉强你。先得好好想想你要参加的是什么事情。弗朗塔[①]，别以为这里头有浪漫蒂克的情调和耸人听闻的功勋。为了这个我们已经牺牲了不少好同志，这个阶段已经过去了。如果你觉得自己还不够条件，没有足够的耐心和服从纪律的精神，那还是趁早说，免得干出蠢事来害了自己，连累别人。”

一切就这样开始了。布里赫渴望着出生入死地大干一场，但不久他就失望了。他始终不知道谁在领导这个组织，只认识了两个人，但也只知道他们的地下代名。他只分配到一些可笑的零星工作，简直像儿戏一般不足道，与他成熟的仇恨心太不相称。布里赫总是模范地完成这些工作，从来不讲条件，一直等待着比较重大的任务。怎么，他们还不相信他？

英德拉耸耸肩膀，保持沉默。布里赫以为至少得炸掉几座桥，心疯狂地跳动着躲在铁路路基下，手里紧握着雷管，拿着实弹手枪射击，隐蔽……也许他会被抓去……哦嚯，那时他将表现得勇敢、坚强！他决不让纳粹分子占便宜！然而，事实与这一切相反，他们只给他一些小差使，偏又一丝不苟地要求严格执行；八成这是一次大规模行动中的一些细枝末节，可是他对这大规模行动连一个大概都不知道。布里赫心里老是有疙瘩，因为主要的事情都是由别人瞒着他做的。虽然如此，他从来没有半句怨言，仍继续工作。有一次，地下组织需要一大笔款子。布里赫表示可以从一个可靠的地方去筹划到。他没等到同意就去找昂德列依。拉滋给了他所需要的数目，连眼睛也不

---

① 也是弗朗蒂雪克的小称。

眨一下。

“拿去吧，拿去吧，英雄，”他很大方地说，“不过可要小心脑袋。拿去，至少这一次这些垃圾可以用在有益的事情上。烟卷你也带一些去。”

他往布里赫口袋里塞了几包指定给伤兵医院的纸烟、巧克力，一瓶上等甜酒，还有其他一些吃的。

在回去的路上，布里赫决定不让英德拉一下子看到所有这许多东西：这可能引起不必要的怀疑。他把拉滋送的东西放在手提箱里，一点一点逐渐往外拿。但英德拉还是起了疑心。

“你这是哪儿弄来的？”他不悦地问。

“放心，是一个朋友送的。他很可靠，连我住的地方他也不知道，当然不会知道我跟谁分这些东西。”

英德拉嘟囔着说，他不愿让投机商肮脏的手接触别人冒着生命危险投身的事业。但烟卷他有时也拿来抽，他的烟瘾很大。但愿这一切早日结束！英德拉别的没说什么，灰溜溜的秋天大致平静无事，没有带来所盼望的惊险活动。英德拉为布里赫弄到了一张假身份证和一本盖有标记的记工册，现在可以安心到街上去。生活一下子变得轻松多了。布里赫就这样生活着——bis Kriegsende……

十一月末，他在城里闲逛，邂逅了伊莲娜。这是在电车站的一次平淡无奇的偶遇。他们是由布里赫的一个同学介绍认识的，他跟伊莲娜在同一个厂里做工。当时布里赫正好跟那位金发姑娘要搭同一路电车。可能并不同路，谁知道？也许布里赫仅仅在一种唯恐今后见不到她的想法推动下跟着她跳上了已经开动的电车。究竟是怎么回事，他已经记不得了。在车上他短少二十个海来[①]。他当着这位姑娘的面焦急地把每一只口袋都掏遍，然后在瞧热闹的乘客们眼看下费了许多唇舌向售票员解释，布里赫已经担心，恐怕非出示假身份证不可了。但姑娘笑着代他买了票。到站的时候，他满面通红怪难为情地告别了那

① 捷克斯洛伐克货币单位为克朗，一克朗等于一百海来。

姑娘，无限惆怅地目送电车渐渐远去。那时她站在后车台上，她那浓密的金发甚至在微弱的灯光下也亮得耀眼。她好像向他挥了挥手。布里赫也挥挥手，心中绝望地说：完了。有什么办法呵！

不，没有完！这是不是凑巧？迷信的人说，是缘分，命运。是也罢，不是也罢，两三天以后的傍晚，布里赫和伊莲娜在行人很多的一条街上又碰见了，他们很高兴地互相招呼，简直像老朋友。

“是您？”他们俩异口同声地说着都笑了。布里赫在暮色中仍能看出她长得挺美。他又惊又喜地瞧着这个和他并排走的姑娘。两个人都不愿意分手。他们走进一家蹩脚的咖啡店，就在那里一张小桌子旁边，面对着一杯发出橡果味的代咖啡，布里赫听伊莲娜说完了她的全部经历。她在音乐学院学习，伙食勉强可以对付，住在一个爱唠叨的老太婆家里，在那儿走路几乎老是得用脚尖。她们三个姑娘合租一间房。她是外乡人，从雅沃尔什来，父亲是玻璃厂的老师傅，她有个哥哥叫瓦舍克，他老是跟她争吵。当伊莲娜知道布里赫爱好音乐时，她高兴极了，他们立刻互相述说各自的趣味和偏爱：“您知道西撒·弗朗克[①]的《D小调交响曲》吗？啊，肖邦！莫扎特！我小时候在雅沃尔什就弹莫扎特的作品，不过贝多芬的曲子我到现在还不敢尝试……”

布里赫看着她：她兴致勃勃地说着，额头微微皱起，她是多么活泼，充满了激情！……

一阵甜蜜的颤栗钻进布里赫的心房，渗透到全身。

姑娘抱怨说，因为她是一九二四年出生的，正好挨上总动员，被动员到维索钦纳的一个厂里去做工。她在那里的工作是把航空发动机皮管上的金属活门旋紧。这对一个钢琴家来说是非常糟糕的事情——手指日夜疼痛。全部工作包括五个反复不变的动作：把盖子套上去用扳手旋紧。每天不知有多少这种可诅咒的皮管经过我的手！我恨透这些管子，也恨透了工厂食堂里给我们吃的土豆血汤。吃了叫人恶

---

① 西撒·弗朗克（1822—1890），法国作曲家。他的《D小调交响曲》是法国最受欢迎的交响曲之一，此外尚有佳作《交响变奏曲》等。

心，直想吐！幸而有时白天有“客人”飞来，警报也会跟着响起来。那时我们就往田野里跑，那里又潮又冷，下着牛毛细雨；躲在隧道里路基下不是什么大享受，但至少可以暂时摆脱一会那些皮管和可恶的工头。那条秃狗老想对我动手动脚。他身上有一股皮革发霉的臭味……我的手是多么盼望去抚弄琴键！我要生活，生活得像个人！这一切几时才能到头？该死的德国鬼子！

回想起在咖啡店的那个晚上，布里赫到现在还会露出会心的微笑。

后来怎样了？后来是恋爱！照例有许多扣人心弦的细节，尽管这些细节在任何人的任何一次恋爱中都有，然而对于相爱的人说来总是新奇和意味深长的：约会的地点、亲昵的言词、调侃和温存、互相愈来愈离不开的感觉……这一切现在都被时间罩上了一层既模糊、又甜蜜的烟霭。布里赫还记得那座工厂颓圮的围墙——他在踱来踱去等汽笛声响的时候把它当地图仔细研究过。伊莲娜正在走过来，她将说：“你好，亲爱的！我今天巴不得想早些看见你！”你怎么回答她呢？

“亲爱的！今天我们做什么呢？我们在一块儿永远很快活。到排水管那边去——不，不，水要滴在你头上的！……还是到公园里去坐在光秃秃的矮树下湿漉漉的长椅上接吻。亲爱的，我的意中人。让我吻你小手上所有的伤处，可怜这双手今天跟皮管和扳手打了一整天交道。今天我们不要争论，一定不！”

仿佛天空在布里赫头上豁然开朗了。他身上燃起了新的生命之火，宇宙在他眼里变得金碧辉煌，希望使他戴上了嫣红色的眼镜看一切事物。等和平了，布里赫愿为他心爱的人做一切事情。我将不再空想，我要对自己说：生活和伊莲娜是我的一切！布里赫已经把陀思妥耶夫斯基搁在一边，开始看罗曼·罗兰的作品。他们一起读着《比埃尔与蕗丝》①。他跟伊莲娜没有自己的住处，始终生活在相互的依

① 这是罗曼·罗兰于 1918 年 8 月写成的一部反对战争、歌颂生活、青春与爱情的中篇小说。

恋和共同的希望中，盼望战争结束。但即便是这样的日子也不知给了他们多少喜悦。伊莲娜是一个奇妙的姑娘！布里赫从未完全摸透她易变、倔强、好幻想、怪单纯的性格。然而，她的美即使在她穿着父亲的旧裤子、披一条普通的头巾时也掩盖不了！……

布里赫和伊莲娜间或也发生口角，但和解是多么甜蜜！有时她甚至动用小手……可是一分钟以后就会把嘴唇凑过来。布里赫飘飘然如入梦境。怎么挑起这副幸福的重担？他有权得到这样的幸福吗？他忍不住把一切都告诉了英德拉。英德拉听完他的话后闷闷不乐。“我不怪你，这是你的事情。不过你得小心，你不光对自己负责，还要对她负责。”

在应该考虑共同事业的日子里，英德拉显然把恋爱看作一种奢侈。布里赫不久就感觉到被隔在一堵不信任的墙外，连比较重要的任务他也得不到了。他气极了，但没有表示不满。

终于到了这一天，机枪在布拉格的街上打响，一生中含垢忍辱的一个阶段在枪炮声中结束了。难忘的一九四五年五月！布里赫尽了自己的责任，他五天五夜没躺下一分钟，尘土、鲜血和紫丁香的气味永远不会从他的记忆中消失。苏联坦克轰隆隆开到布拉格的马路上，布拉格居民怀着狂喜的心情欢迎自己的解放者。

布里赫跟伊莲娜如醉似痴地在满目疮痍的布拉格遍城漫步，玻璃碎片在脚上喀嚓喀嚓地响，尘土往鼻子里直钻，可是这一对年青人像小孩子一样陶醉在幸福中。布里赫踏上了新的生活道路，他觉得全世界的狂欢盛会马上就要开始，人类将互相拥抱，手拉着手走向光辉灿烂的明天。

生活！这两个字包含的意思太广了！在难忘的五月以后一个阳光绚烂的晴天，布里赫和伊莲娜跑到郊外去，互相偎依着在草地上信步漫游，就在那一天，经过长久痛苦的等待，他们之间最后的一段距离也消失了。伊莲娜本着一片真诚的处子之心毫不犹豫地委身于他……直到今天，布里赫还记得她火热的面庞、微启的嘴唇、披散在草地上的浓密的金发、讶异而无畏的眼神。他们俩并头躺了好久，互相充满了感激，但都不说话。银色的云朵慢慢地飘浮在悠悠苍天之下，和风柔软的手指搔弄着刚绽青的树叶。这是童话般的时刻！伊莲娜的头搁在他肩上。一只瓢虫在她皮肤滑润的手臂上爬得很快；瞧，它展开翅膀飞走了……这对恋人有好半天相对而视，不敢开口。一切都清清楚楚，明明白白：你属于我，我属于你！

后来，平常的日子慢慢地、像是挺不愿意地从万众欢腾的节日里开始钻出来。灯火管制取消了，全城大放光明，洋溢着春天和自由的芳香。英德拉建议布里赫加入共产党。但他只是摇头。他认为现在有许多旁的事情更为重要。

“何必呢？难道需要这样吗？”

英德拉凝神看了他一眼。

“是的，需要这样。战时你和我们在一起斗争，现在应该参加我们的队伍。”

布里赫连连摇头，说：

“我反抗过纳粹分子，为了跟他们作斗争，我愿靠拢任何人。再说，我所做的微不足道的事情也很难称之为斗争。如今纳粹垮了台，还要政治干吗？”

英德拉严肃地摇摇头。

“你从战争中吸取的教训太少了，布里赫。我不愿强劝你。这对你没有好处。”

从此他们就分道扬镳。

首先要办的事有：报名入大学和要回自己的住所。两件事布里赫都办妥了；他急不及待地钻进了书本子。轰……第一次使他稍稍清醒的是：在很远的地方爆炸了原子弹。那是在十万八千里以外的日本，然而布里赫的幸福也受到了这次爆炸的巨响的震动。可怕，但这毕竟发生在十万八千里外的日本。不过，在捷克斯洛伐克，那些在解放初期不声不响的人，那些对苏联坦克的隆隆声和俄罗斯式的“乌拉！”怀着仇恨的人，也开始抬头了。成立了四个政党。为什么？布里赫很失望。这有必要吗？报上充满了无聊的攻讦：仿佛有谁的脚在试探冰块的坚实程度——一步，又一步——可以过去了！于是就开始大放厥词，直着嗓子嚷嚷。政治观点发生了分歧，先是辩论，后是争吵……布里赫起初莫名其妙，相当着恼，后来也只好耸耸肩膀：看来应该如此。从来就是这样。也许这就是自由。国内并不一切都很顺利，某些牢骚也是有道理的。

时光飞逝。伊莲娜住在宿舍里，她现在享有助学金，狂热地投入了音乐。考试成了新的心事，周围都是陌生的人，陌生的脸。布里赫和伊莲娜各自沉浸在日常生活中。当布里赫把她抱在怀里跟她一起听心爱的唱片或巴赫的《意大利协奏曲》时（有一次她在某一家三等咖啡店里为他弹过这支曲子），他觉得这还是他原来的伊莲娜。但他毕竟明白，一切都起了某种变化，然而他又不敢向自己承认。布里赫留神观察着伊莲娜，她似乎很疲倦，有些心不在焉，她的眼睛里有一种不耐烦和渴望的神情，可是她渴望着什么——他不明白。有时他们发生龃龉，他埋怨她不把他放在心上，不关心他，埋怨她跟音乐学院的同学过往太密。她解释说："功课实在压得紧，你要明白，亲爱的。"布里赫也无可奈何。战后第一个冬季来到了，他埋头苦干，节约每一个小钱——俭朴是他的天性——计划着如何安家。打算买一张沙发，昂德拉会借钱给我。钢琴放哪儿？伊莲娜自己没有乐器，布里赫决定给她一件意外的礼物。他给报纸写写介绍文章挣一点稿费，自己节俭得近乎悭吝，整天像蚂蚁一样勤奋地工作着。他跟伊莲娜常常没有时间见面。那几个星期，那几个月确实很糟糕，布里赫感觉到在他和伊莲娜之间产生了隔阂，但是不知道怎么办？自由生活的劲风把他们吹开了。

有一次，他介绍她认识了昂德列依。外面在下雪，街道都给染白了。昂德列依不知有什么非常高兴的事需要庆祝一番，他把他们作为老朋友请到一家酒吧间去。那里有乐队演奏爵士音乐，鼓手戴着一顶化装舞会上的小帽。人们狂歌酣舞，尽情欢乐。伊莲娜兴致比谁都高。她和拉滋一见如故，这使布里赫很觉奇怪。他们一齐纵声大笑，互相俏皮挖苦，回忆着童年时代以及他——布里赫——的空想家气质。在这以后，他们三个人常常见面，布里赫丝毫不起疑心，照旧计划着未来的生活，雄心勃勃地准备参加第二次国家考试，挣些钱和伊莲娜结婚！暂时还不可能，靠助学金是过不去的。

一天，伊莲娜告诉他，她怀孕了。布里赫愣了半晌，但还是温柔地抚摸着伊莲娜发烫的两颊。他是那么爱她！伊莲娜眼睛里映出了内心的热，她以疑问的目光望着布里赫，可是他不明白是怎么回事。他像热锅上的蚂蚁一般在房间里走来走去，嘴里自言自语：怎样才是比较合乎理智的做法？伊莲娜不待直说就明白了，她点点头。布里赫咬紧牙关。就这样，他们的爱情接近了尾声。布里赫拿出了他的全部积蓄，但他并不气馁。手术完毕以后，他把她接到家里，像照料小孩一样看顾她。他眼睛里噙着泪水。他隐约理会到：发生了不应该发生的事情。伊莲娜躺在沙发上，脸色苍白，目光异样地深邃，没有一句责备的话。但他感觉到她心中有什么东西折裂了。布里赫说东道西竭力为伊莲娜排遣愁绪，可她总是漠然不语。在一个最不恰当的时刻，他谈起了他们将来的婚事，想借此使她振奋一下。但伊莲娜躲开了这个话题。“你说这话干吗？”她的眼睛在问，“你自己也明白，我和你……一切都已经成为过去。我们不能生活在一起，亲爱的。我们之间的感情太脆弱，一下子就被新的生活冲垮了。别难过，这不是我们的错。”

布里赫明白了她的意思，他大吃一惊，但是没说什么。这简直不能想象！这不是猝然爆发的崩溃，要说突然崩溃没有理由。那么发生这事的原因到底是什么呢？布里赫到现在还找不出答案。最可怕的是感情的慢性死亡，问题的悬而不决。伊莲娜离他一天远似一天。布里赫自尊心相当强，他并不死乞白赖地缠着她，他知道这是徒然的。

最后，他在无限忧伤中向她正面提出了这个问题。她就坐在这儿的沙发上。伊莲娜垂着头向他说出了一切，那些事情他本来已经有些怀疑，不过只是很模糊的猜测。她倔强、任性、容易生气，但撒谎她不会，这他是知道的。她告诉他说，昂德拉爱她，他们常见面，昂德拉要娶她。对于她是不是爱他这个问题，伊莲娜没有回答。布里赫再也没问下去，事情已经清清楚楚。他站起来惨然一笑，嘴唇紧闭，仿佛把痛苦的哀号抑压了下去，但他仍控制着自己，直到她离去。她明白他的心情，只点了点头，她的一只小手从他掌中抽了出来……门关上了。

完了，全完了！他从来没有尝过那几天中所尝的那般滋味。太阳似乎不再发光，生活失去了意义。仅仅是天赋的生命力和苦干精神支持着布里赫。他用书本把自己封闭起来，鞭策着自己的雄心，他害怕自己的思想，唯恐感情占了上风。一个健康的人求生存的本能以及对生活强烈的依恋阻止了他走疯狂的一步。沉住气，沉住气，他在马路上踽踽独行的时候总是这样告诫自己。过了一个星期，昂德拉打电话给他，郑重要求跟他见一次面。布里赫就到勃尔瑞符诺夫街去。拉滋一反平时常态，严肃而沉着地接待了他。他们相对坐下，沉默了好一会。还是布里赫先开口。

“你爱她？”

昂德列依眼睛看着别处。

“甚于世上任何人。”他喃喃地说，布里赫相信了。此外没什么可谈的了。他们半晌不说话，最后，尽管布里赫并不指望挽狂澜于既倒，但还是说：

“要知道，你们是迥然不同的人。这一点你考虑过没有？”

“不错。我跟你也是不同的人，可照样是朋友。我有生以来第一次遇见了我真正……爱的女人。如果不嫌肉麻，弗朗蒂雪克，我可以对你说，没有她我不能生活……”

布里赫站起来，扣上大衣，举动像机器一样呆板。他想尽快离去，但拉滋把一只手搁在他肩上。

“朋友，假如这件事不跟你牵连上，随便要我什么我都给。”他语不成声，布里赫从来没有听到过他这样说话。

布里赫撒脱了他的手，摇摇头。

“你放心。我不会演失恋的情种这样的角色。别担心，我不会自杀，我不是胆小鬼。再见！”

拉滋略略迟疑后伸出一只手。

“那么我们还是朋友？”

“这不可能，”布里赫用深沉的音调说，“我讨厌在生活中演戏，不过……我可以告诉你：这样我会发疯的。我受不了肉麻的关切，但至少应当讲一点礼貌。因此请你别再跟我纠缠！这已经是老文章了：倒霉的总是我。今后再也不要对我花言巧语！”

他像梦游一般向门口走去，手已经握住了门柄，又转过头来向着木然不动的拉滋，目光一闪，说：

“如果你将来对不起她，那你别落在我眼里。我跟你没完。”

“我答应，弗朗蒂雪克。”

事情到此结束。那天晚上，布里赫破题儿头一遭酒醉回家，关上了门，沉浸在绝望的苦海中。他眼看着世界慢慢地、无可挽救地塌下去，眼眶里已经没有眼泪。布里赫的心灵一片空虚，他得拿出全部精神力量和顽强的生活意志来撇开以往，面对未来。几天几夜，他握紧拳头，咬紧牙关，像无定的梦魂在人间游荡。他觉得自己被一个巨浪抛到了荒凉的岸上。

往事的碎片刺得他疼痛难忍。数天以后，运输公司的几个搬运工人——都是结实的汉子——用他们的大手抬来了一架旧的竖式钢琴。布里赫已经忘了准备送给伊莲娜的这件意外的礼物，为了这东西，他不知放弃了多少顿晚饭。他强作镇静，叫他们把这件已经无用的乐器放在靠窗的墙边。搬运工人们走后，布里赫在琴前坐下，试弹一支简单的曲调——“牧人，牧人……”可是弹不起来：钢琴严重走音，简直不可收拾，正像布里赫的生活一样。

他关上琴盖，站起来，把抽屉里所有她写的信，他们相识以来照的相片都扔进炉子里付之一炬，他甚至不许自己叹息。然后打开窗户，春风吹进房来。布里赫坐到桌旁，用围巾裹住脖子，开始攻读国际法，他一动也不动，对一切都无动于中，心头空空如也。

他一连好几个月这样埋头苦干，以惊人的毅力重新安排生活。头脑贪婪地吸收知识，心灵愈来愈变得麻木。苦干成了布里赫的生存目的、生活意义和仙丹灵药。生活还在前面！在他过去的生活中曾经有两个女人像影子一般掠过，什么也没有给他，也没有在他心田的死灰中留下什么来。虽然有时不得不咬咬牙关，然而生活毕竟是美好的。对于有毅力、有雄心、不达目的誓不罢休的人来说，生活则更加美好。

好几个月以后，在他获得博士学位的仪式上，他们见了一次面。伊莲娜和丈夫同来，她的眼睛流露出平静的、疑问的目光，她把一束花递给布里赫，默默地等待着。布里赫以微笑作答，他没有拒绝和他们一起为他一生中第一次成功干杯。

如今他是法学博士弗朗蒂雪克·布里赫了。可惜母亲没有活到这一天。“这样很正常，”他举杯时心想，“执意拒绝岂不要叫人笑话……再说这又有什么意思？一切都成了过去。”他们碰杯欢叙。对这次和解最高兴的是伊莲娜。她变了，不过布里赫还是认得出她来。

来吧，干一杯！生活万岁，未来是我们的！

……布里赫挥手撂开睡着的伊莲娜在他心头勾起的种种回忆。他站起来，往火炉里加了些煤，又回到沙发旁边。“要不要叫醒她？”他望着她困倦的脸拿不定主意，这张脸是多么熟悉、亲切。他内心交织着痛苦和怜悯。她又来做什么？为什么要找他，而且偏偏在今天？他像一池死水早已不再掀起波澜。的确，当初只是两个不成熟的人之间不成熟的感情。在令人窒息的“保护”时期，这样的故事屡见不鲜。这一切都被自由的劲风吹得烟消云散。那时候只不过因为布里赫太孤独了，很需要一个亲近的人；也可能在那些灾难深重的日子里不仅生活、就连爱情也是暂时的，bis Kriegsende……但是……但是你总觉得永远也不能把她从心中连根拔掉。这无法否认！

这都是过去的事情了……

可是今天？今天，就在几小时前，发生了什么事情？还是在出口部主任的办公室里，玻璃桌面上还是那架电话，还是那张办公桌，只是桌后的人换了一个。布里赫坐在一旁注意听着。他的心已经不因为激动而怦怦乱跳了。他知道将对他说什么话，也知道自己将怎么回答。他接过了敬给他的烟卷，慢慢吸着，让新主任把话说完。布里赫间或点点头表示同意，但是对方的话在他思想中没有印得很深。

“我不打算从《创世记》谈起，你自己也知道，同志，由于最近一系列的事件我们这里起了重大的变化……”新主任谢克文斯工程师很快地说，有时因为思路中不断涌现新的念头，他甚至第一句话没说完就开始说第二句。“以前的主任巴罗赫大概已经跟你谈过话……现在他离职了。关于这件事我不想细谈。他留下的‘遗产’不怎么样……总之，这里的工作现在交给我负责了。坦白说，情况并不太好。我们把他的档案翻了一下——各种不可告人的勾当都暴露出来了。不过这是题外话，暂且不去管它。目前比较缺乏的是精通业务、能独立处理工作的专家……这不是偶然的。巴罗赫把所有的痕迹都掩盖起来，不让任何人知道他搞的什么鬼。我们发现他的一些走卒也靠不住，得把他们调走。这些人的事务主义作风可谓根深蒂固……我并不是说他们不懂业务……但现在重要的不光是这个，我们应当用新的眼光，从国家利益……总之是从二月事件以后的立场出发来看问题。你自己也明白。”

布里赫仍旧保持沉默。他以前也认识谢克文斯，这位出口部新主任给他的印象很好；布里赫甚至不愿意使他失望。谢克文斯是个运动员体型的年青人，他的灰眼睛直视对方的脸，甚至在他向客人敬烟的时候，也不给人以故作殷勤之感，虽然他自己不抽烟。谈话时他总是现出友善的微笑，显然相信自己能使布里赫喜出望外。他给人的印象是头脑清醒，行动果断，富于创造精神和工作热情。布里赫注意到他桌上有一张相片，照的是一个美丽的黑头发女人，她抱着一个小孩。相片旁边有两张戏票。在谢克文斯的单排钮上衣翻领上是一枚深红色的党徽。

布里赫听着他清亮悦耳的男中音，心里想着别的事情。一切已经决定了！

“我了解到你通晓三种外国语，并且对我们的工作很感兴趣。这太好了！一位法学家在此地很可以起一些作用。我知道你本要到三月底才调到我们部里来，可是我们想提早把你调来。如果星期一就来上班，你有没有意见？当然，你需要时间熟悉一下情况，这儿的情况相当困难，我简直头都搅昏了。不过凭你这样的水平，这要不了多少时间。”

布里赫感觉到，自己再沉默下去，未免太对不起这个直爽的人了。

“您刚才说，某些人要调去做别的工作。我明白，现在不是对每个人都可以信任的。那么这是不是说，对我……”

“是的，是这样，”谢克文斯打断他说，“我们对您相当了解。”他注意到布里赫称他为“您”，微微皱了皱眉头，但并不表示出自己的不悦。他继续往下说，一直到布里赫自己开口。

“我直截了当对您说：我没有入党，也……”

“这我知道。那又怎么样呢？”

“究竟……这是一个责任重大的职位，尤其在今天，并且……”

“您总不至于说您怕负责任吧。责任是要我们大家负的。”

布里赫耸耸肩膀。

“在一定的条件下我不怕负责任。但是现在，在目前的情况下……一部分人被撤掉，换上另一批人……”

“什么情况？情况是我们惩戒了一批破坏者！这就是目前的情况，布里赫！”谢克文斯把手一挥，“人们的见解可能不尽相同，但是每一个诚实的工作人员，尤其是受过相当教育的人，我们都是很需要的。说得干脆些，我们也需要您。门对您敞开着。”

布里赫留神观察谢克文斯，心想，一切都跟有人向他预言过的一样。这番预言又在他耳朵里响了起来，布里赫不由自主地用手摸摸皮夹。那里有一个地址！诚然，他对谢克文斯颇有好感，但这是他们的人。他——布里赫——不能跟他们走。应当速速离开！

他从圈椅上站起来。

“很抱歉，我不得不使您失望。我对这个工作不感兴趣。”

谢克文斯顿时不作一声，向布里赫瞪出惊愕的眼睛。随后也站起来，显得身高肩宽，他不解地摇摇头。

“您拒绝？叫我怎么对您说呢？”

“如果您不对我进行说服，我将十分感激。”

新主任沉吟片刻，两手插在口袋里，接着耸耸肩膀。

“好吧。不过请问您是否打算留在会计科？一位通晓几种外语、还具备其他许多学科知识的法学家，带着文凭呆在任何一个刚从商业学校毕业的新手也对付得了的职位上，这是不合理的，布里赫！对您来说固然愚蠢，而把您留在那边对我们说来则是不负责任的行为。这样就不能人尽其才！我不打算来说服您，但我要说：担任您所能胜任的工作，这是您对共和国应尽的义务。请好好考虑考虑！您的拒绝——请不要见怪——我认为荒唐。”

“这是看法问题。会计科的工作我能胜任。”

“这一点谁也不否认。当然，调工作应该征得您的同意，没有人用绳子强把您牵到这里来。但同时有一点很明白，就是……”

布里赫站着一动也不动，只是摇头。

“既然如此，我也无能为力，”谢克文斯说，“但您能不能谈一谈，究竟为了什么？我们都是神经正常的人，有问题可以商量。我不明白是什么原因！”

“我不想谈这些，主任先生，”布里赫冷淡地说，“据我看，这没有必要，因为我知道我们找不到共同的语言。我尽可能说得简短些。有些人不惜任何代价，拼命往上爬。这种人很多。现在，他们大概以为机会来了。我不是他们一类，我不能也不愿做这种人。对于名利，从这两个字卑下的意义上来说，我并不贪求，我鄙视这两个字！我必须知道为什么而工作……必须按照自己的见解自由地工作。我不是驯化的小动物，人家喂什么就吃什么，”看到谢克文斯愤懑的目光后，布里赫提高嗓门继续说，“请不要因为我的坦率而生气。您调查过我的材料，一定也了解过我的祖父是什么人，是摇风琴的流浪艺人，还是资本家；你们认为这很重要。我可以对您说，这并不决定一切。您知道我对这个工作有兴趣。您了解的情况有必要更正一下：我以前有过兴趣，现在没有了。不问主人是谁一概为他效劳，我没有这样的本领；如果现在为您效劳，我担心会不得劲，会工作得不好。您说看问题要从二月事件以后的立场出发，我觉得很困难。由此可见，在目今的情况下，我并不是您心目中的宝贵干部。”

谢克文斯注意地听着，在他宽阔的前额上出现了一道深刻的皱纹。他明白了。他把不耐烦地等着告辞的布里赫打量了一番，点了点头。

“好吧。我还不至于迟钝到这样的地步。让我也坦率地答复您。”

他的嘴唇上掠过一丝苦笑，身体微微向前探出，手插在口袋里，开始在办公室里来回踱步。

“我们需要您，布里赫，”他也稍稍提高嗓门说，“但不是无原则的。如果在没有资本家、没有巴罗赫之流的情况下工作，为共和国、为今天的新制度工作在您认为是强迫劳动——那么谢谢，我们不勉强。我们需要您，但没有您也行。您放心，我们干得了。劳动人民不会来哀求自以为受了委屈、顽固而傲慢的——是的，傲慢的！——知识分子，这些知识分子一窍不通，就是一味固执，看不惯今天国家的主人。您不愿意就不愿意。很清楚，谁也不会强迫您。在某种程度上说，我对您的坦率表示感谢。但同时我为您惋惜。我只能说遗憾，没别的办法。现在我们分手吧，否则我难保我们不会发生争吵。也许将来您会睁开眼睛的，那时就请过来，请您也像今天一样坦率。希望我们这一次谈话不要传开去；我担心我们许多正直的人对您将不会像我这样耐心，也不会像我这样了解您。再见！”

“这次谈话不应该传开去，这一点更使我确信我作出了正确的决定，”布里赫冷漠地说，“谢谢您的关心，主任先生，再见。”

他们就这样分了手。布里赫回五楼去。他默默地踏着梯级走上去，心里想着：决定了！

抉择的时刻过去了，但是布里赫心中既没有胜利，也没有平静的感觉。只有失望、痛苦和一脑袋的糊涂。现在往哪儿走？他在楼梯口站住了脚，从皮夹里取出巴罗赫写着地址的一小片纸，在手里拿了一会，想把它扔出窗外，但在迟疑片刻之后，重又塞到皮夹里，继续走去。

下班时间到了，走廊里挤满了匆忙的人，布里赫逆着人流走，对谁也不看。他觉得自己正在走进一团灰色的浓雾，走进烟尘，走进真空。

6

伊莲娜在几分钟前刚醒过来，这时正在对镜敷粉，布里赫等在门口，锵锵地把玩着一串钥匙，得送她到电车站，顺便去走走，经过了今天种种烦心的事情，头脑也需要清醒一下。

“昂德拉已经告诉你了吗？”她头也不回轻轻地问。

布里赫点点头。

“要不要我向你道喜？是几时知道的？”

“好久了。已经有一个来月。”

他们沿着席日科夫昏暗的小巷走去。伊莲娜抱怨头痛，她建议步行穿过里格尔公园，到华茨拉夫广场她再雇一辆汽车。布里赫默允了，他认为这样比在床上辗转反侧跟失眠作无望的斗争好得多。布里赫觉得她似乎有话想对他说。伊莲娜今天来有什么事情？

他们在秃枝灌木间的柏油小径上默默行走。夜里寒冷的劲风掀动大衣的下摆，吹在脸上挺痛快。城市在他们下面宽广的谷地里闪耀着万家灯火，十字路口车水马龙，坡度缓坦的彼得逊山上有两盏红灯在灰蓝的冥色中发光，像暗沉沉的帷幕上两只小小的“观察眼”。伊莲娜打了个寒颤，她挎住布里赫的胳臂，微微挨着他。

“你对这件事觉得怎么样？”她这一问打断了布里赫的沉思。

“这是世界上最自然的事情，伊莲娜。完全正常！不管周围发生什么，这总是美妙的！现在有些人描写‘保护’时期的情景，好像那时候所有的人只是受苦，坐牢，根本不在生活。其实并不如此。即使在黑暗的年代里，人们也谈恋爱，也生男育女。这没有什么反常之处，没有什么不好。生活，无论如何也得生活！只要不出卖良心，哪怕在死亡的边缘上也得生活。我听说，甚至在集中营里也有小孩出生，而且有几个居然还活了过来！这像是奇迹，但如果人有什么值得惊奇之处的话，那正是……”

布里赫说上了劲，甚至有些激动，他兴致勃勃地向默默无言的伊莲娜述说自己的想法。他在黑暗中找到了她的手，把它握在自己手中，仿佛感觉到她需要鼓励和支持。她的手冰凉，像一只冻坏了的小鸟哆嗦不已。

“我一个人在家里呆不住，”等布里赫住了口，她轻轻地说，“我怕极了。孤单单的一个人！除了找你，我还有哪儿可去？”

“出什么事了吗？”

“是的。我们家被搜查了。来了四个人，我开了门，他们很有礼貌，其中一个还对这样的惊扰表示抱歉，说这是他们的责任，因为发现了一些疑点。当时我恨不得钻到地下去……好像自己做了贼，又羞又怕，简直要发疯了！”

“这事出于他们之手并不奇怪！”布里赫说着放开了她的手。“已经在往人家住所里闯了！如今任何人都不怕良心的谴责。他们管这叫做消灭资产阶级。阶级斗争！你知道，我跟昂德拉在一切问题上各有各的看法……可是这场搜查却使我愤慨。你不要激动。昂德拉除了是个工厂主以外，我不相信他做了什么坏事。”

“但他们是对的。我知道，我相信了……”

“你怎么知道他们是对的？”

“我知道！以前我一直像个瞎子，可现在我觉得自己仿佛在做一场可怕的梦，正在往一个深渊里掉下去。我不愿……我要过另一种生活……是的，另一种生活！要知道我将给他生孩子了，弗朗塔！”

这几句话声如哀号。布里赫渐渐开始明白是怎么回事，他沉默了。他停下来看看伊莲娜——昏暗中只见一个苗条的影子。可以听到她的呼吸。一阵奇怪的激动抓住了布里赫。他竭力抵抗着，想保持镇静，但突然搂住伊莲娜的肩膀，让她紧贴着自己。他闻到了她的秀发的芳香，感觉到她在自己怀抱里发抖。一个行人在旁边匆匆走过回头看了一下。“准把我们当作了不耐烦地等待着春天的一对情人。”布里赫想着，难以为情地松开了伊莲娜。

“我们太冲动了，伊莲娜！应该控制住自己，冷静地看待事物。”

伊莲娜用手捧住了脸，慢慢地摇摇头。一阵猛烈的风在他们头上呼啸而过。

“不！我想过一千次了，我不同意他的主张。这一点你是知道的。我……我要生活在这里，这里有我的亲人，有我的家，我要生孩子，要为我们的人演奏……逃？逃到哪儿去？我生在这里，我不愿做侨民。怎么办，你给我出个主意，怎么办？”

布里赫茫然站在她面前。感情冲动的一刹那过去了，只剩下羞惭和失望。他挎住伊莲娜的胳臂带她继续走。

“你这话向昂德拉说过没有？”

“他听也不愿意听。”

“那么我去对他说。”

“不用。我是想听听你的意见，我该怎么办？昂德拉跟新制度势不两立，这我知道，可是我……”

“昂德拉是你的丈夫，”布里赫低声说，“按他们的说法，他是个资本主义企业家……”

“已经不是了。他再也没有工厂，”伊莲娜兴奋地说，“这使我高兴。可是他大大地变了，真可怕！他到底怎么啦，弗朗蒂雪克？我从来不知道他是这样的……他身上潜藏着一种品性，现在显露出来了。他很忍心。在这个不幸的二月以后，他变得像一匹猛兽。还常常喝酒。他恐慌得厉害，但是瞒着我。他还注意着我，这我感觉到。你会说，他心境不好。是的！可是我已经不同情他了。他做的一切都是诈骗、盗窃，我现在知道了。我用的钱……他认为我害了歇斯底里症，可是我再也不能忍耐下去！出路又没有。我不能相信他，我心里沉重得厉害。他一清早就唠叨：‘我倒了霉，伊莲娜，那些畜生想毁了我……’有时我甚至恨他，同时又怕他。这太可怕！恨自己的丈夫，我还要给他生……”

“看在上帝分上，你安静一下！”布里赫说着捏紧她的手，他发现行人在向他们注目，“不要这样激动。你要我给你出什么主意呢？跟他离婚？撇开他？撇开自己的丈夫？我没有权利说这话。他还会回心转意，会找到正确的出路。你要想开些！”

“想开些？”她神经质地反问，“怎么想得开？出路没有。我真想逃回家去，逃到父亲那儿去，在这儿我要闷死了，但我是想躲开谁？要知道昂德拉是我的丈夫！我很高兴将有一个孩子，但我要他生在这里，生在祖国。我觉得自己好像嫁给了一个外国人！谁知道他究竟是怎么回事。他成天自言自语想报复……”

“那是醉后胡说，伊莲娜！”

“不，不，这是他的心话。我快发疯了。叫我怎么生活下去？”

布里赫借着路灯光看到她像个迷路受惊的小孩在低声啜泣。他沮丧地愕然望着她哭得变了样的脸庞，胡乱说着一些安慰的话。布里赫仔细听听自己说的话，觉得像是另一个人在说……“不，”他看不到任何解决办法，心想，“她这样下去不会幸福，最后……最后还是要离开他的！”

旁边走过一些行人：一个电车工人踏着疲倦的脚步，挥着一只小提箱；两个戴浆硬白帽的护士，有说有笑；还有两三个工人……他们个个平静自若。

到了华茨拉夫广场，布里赫雇到一辆出租汽车，然后与伊莲娜握别。

“你始终没有从我这儿听到你要听的话，是不是？”

“我知道你的性格，所以并不怪你。你是个好人，但不知什么力量老是迫使你保持沉默。你从来没有了解过我，现在还是不了解。”

“也许是，”布里赫强装笑容，“放理智一些，小姑娘，这是我所能对你说的一切。一切仍会好的……”

“不可能，弗朗蒂雪克，这点你也知道！不要自己骗自己！好吧，你常来看看我们……”

她关上了车门。

布里赫把大衣领子竖起。一辆电车轰隆隆开来。布里赫想上车去，但被壅塞在满载的电车门口的一群人挤了开去。他看到即使上去了也只得吊在踏脚板上，就决定不乘了。

热情的售票员拨好了指示方向的箭头，把小钳子[①]在布里赫鼻子前弄出嘎答一声。

“请吧，公民。车上暖和。您上不上？”

“不上！”布里赫说完迈步回家去。

拉滋在客厅里等伊莲娜等到很晚。他面前放着一瓶开了塞的白兰地，一个人在那里喝酒，一边不断抽烟。伊莲娜从穿堂里隔着玻璃门看见丈夫还没睡，就准备着听他尖酸刻薄的指责，他会用傻笑掩饰勉强抑压着的怒气。她知道他妒心重得毫无道理，虽然他善于掌握自己，不致贻笑大方。他的沉着本领很使伊莲娜吃惊。

她先到浴室里去定一定神，掩盖一下激动的痕迹。“这像是在竞赛，”她疲乏地对自己说，“从二月事件以来就没有停止过。”最近丈夫严密地注意着她。他担心什么？但他从不流露真情，跟她说话总是温柔和气，不动肝火。他经常研究她内心惶乱的原因，发觉这现象包含着危险性，所以加倍温存体贴。

“这次搜查使你受惊了，亲爱的，我很抱歉，”当她回到客厅时，他说，“累你忍受他们的粗野行为。但这不能怪我。谁叫我们生活在这样的国家里！”

“他们一点也不粗野。”她不动声色地打断了他。

“那更好！我无法阻止这件事情。不过我对一桩事感兴趣：我

① 布拉格的电车售票员用小钳子在票上打洞标明上车站别。——俄译者注

的书房门是锁着的，他们怎么进去的呢？”

“是我给他们开的门……”

“是吗？……”他嘘出了一口气。

拉滋并不觉得奇怪，料想也是如此。他把眼睛眯上片刻，嘴唇略略颤动一下，但立即微笑着点点头说：

“自然，你没有做什么错事。反正阻止不了他们。再说，我也不是小孩，这一着早就料到。他们不见得比我棋高一着！”

他坐在圈椅上，兴致勃勃地在口袋里掏了一阵，取出一只小匣子递给伊莲娜。她打开匣子，里边是一只银粉盒，盒盖上铸有艺术图案，一望而知非常名贵。

“这是做什么？”伊莲娜不悦地问，眼睛直视着丈夫的脸。

“如果你忘了，这并不等于我也不记得。明天是我们一个小小的纪念日。两年了！从日期上说，固然算不得大节日，不过你别担心，我的情况还没有糟到为了省几个钱而不惜亏待我所爱的人。何况，你在民族大街的橱窗里已经看中了这玩意儿。你拿去吧，亲爱的！”

伊莲娜一直看不惯丈夫摆阔挥霍。他喜欢炫耀自己的阔绰，两年前的音乐学院学生看到价值大大超过三倍助学金的贵重小玩意儿时流露的骇愕神情对他来说是一种消遣。伊莲娜每次接受礼物总是隐约感到羞耻，但她装作喜出望外的样子，好使昂德列依高兴。以前她认为这是他表爱的一种方式。但今天她把这个银玩意儿放回到匣里，坚决摇摇头回给拉滋。

“你不喜欢？”

“我不要，请别勉强我！”

他明白劝说是无用的，就苦笑一下把匣子扔在垃圾篓里，表示这东西对他毫无价值。这又是他的绅士气派的一种表现。伊莲娜衷心厌恶，她把脸转向一边，拼命捏紧搁在膝上的手指，但是一句话也不说。拉滋耸耸肩膀，侧过身去打开收音机。他徐徐转动调谐器，收到了美国之音的夜间广播，靠在圈椅里开始听。他把面孔避开灯光，一眼不眨地看着妻子。一个忽高忽低的声音把最近的新闻很快地报告了一遍，列举了一些逃出“警察国家”、进入“西方自由和民主世界”的人物的姓名。一个部长，两三个有名的记者，名单上一大串……这是对祖国的谩骂和侮辱性的恶作剧！

“你能不能把它关上？”她低声请求。

拉滋带着平静的微笑照办了。

“遵命！说实在的，我今天也头疼得要命。这一天可真够受的了！噢，我忘了告诉你，鲍利斯·台赫曼来过，他等了你半天。说是你们约好了一同到几个熟人那里去，他在这儿直等到十一点。灌了一肚子白兰地。你答应过他什么没有？”

“没有！”

“对！我认为我的妻子不宜跟他交往。我不想说教，甚至不问你一直在哪儿。鲍利斯这个自命不凡的傻瓜来夸耀他被学校开除了——他似乎认为这是伟大的成就。他的哥哥——就是那个瓷器收藏迷。你也知道他的——至少还是个文明人。其他没有什么事了，这里有你的一封信。”

伊莲娜接过一只白色的信封，马上认出是瓦舍克的笔迹。她又喜又惊。出了什么事？瓦舍克没要事不喜欢写信。她想象得到他怎样在他们小房间里一张摇摇晃晃的桌旁坐下，把头发搔得乱蓬蓬的，开始往纸上写一个一个笨头笨脑的字母，同时气喘吁吁，活像荷着重负在爬山。家里所有的人，包括父亲在内，都看着他，动也不敢动。他们都是我的亲人哪！

“伊莲娜，你好。”瓦舍克用传统的写法开头。他不喜欢说空话，不尚词藻，所以立刻转入正文，用简洁的叙述句把事情讲清楚。“妹妹，我们全家都好，时常想念你。你在做些什么？最近我跟你闹了些意见。你是知道我的，我说话不大讲究，但我是你的哥哥，永远希望你好！爹老是叽叽咕咕，说来说去这几句话，现在怎么也没法使他乐意。我们每天吵嘴，他顽固极了。你为什么音讯全无？爹整天心神不定。我们的厂终于收归国有了，再也不是什么台赫曼父子的了。环绕着这件事掀起了一场风波，最后台赫曼不得不同意。我们把他和叶丽扎薇塔[1]搬到园丁的小屋子里去，现在他们就住在那里，日子过得像英国的勋爵。他们还要什么？当然，他长得一副懒骨头，不愿在厂里工作，整天在家里玩赏他的猎枪。反正我们不是少不了台赫曼。至于他的那个经理，因为干下了许多欺诈勾当立即被抓了起来，他已经够资格坐牢了。这家伙不足惜。像这类资本家的狗腿子相当不少，但我们能找到正派人代替他们。现在我是厂委会主席，工作非常忙，各种各样的文件要写的多得很，简直像旧时衙门的录事，没工夫吹喇叭了。葆日卡在旁边缠着我，要我代她问你好，这里我照办了。小甘卡要我带一个热烈的吻给姑姑，而小瓦舍克在耳边尖声大喊，差点把我的耳朵也震聋了，所以我就写到这里。希望你来看看我们，写信谈谈你的音乐和旁的事情……"

伊莲娜把这歪歪斜斜的几行字又看了一遍，眼眶里挤满了感动的眼泪。信上没有正面的诘询，没有指责和讨厌的问长问短，然而字里行间处处流露出做哥哥的对妹妹的关切和忧虑。"我要回家！"她反复思量着，但丈夫的声音打断了她的思路。

"是好消息吗？"他装作很关心地问。伊莲娜耸耸肩膀，把信放回到信封里。她几乎可以肯定他拆过这封信，虽然信封上没有任何痕迹。但她不动声色。

"一般说来不坏！台赫曼的玻璃厂被收归国有了。"她不经心地说着站起来。

拉滋吹了一声口哨。

"你瞧！不过，现在这也算不得新闻了！不久连人们的鼻子也都要收归国有了。我看令兄也参加了消灭资本家阶级的运动，不是吗？"

"当然！"她坚决地说，两眼逼视拉滋，她心中燃烧着怒火。

"不用说，你从手足之情出发，对这样做是赞成的！"

"完全赞成！"她冲口说出；她觉得自己再也不能强装镇静了。

---

① 老台赫曼的妻子，鲍利斯的母亲。

拉滋凝神看着妻子。她顶住了这目光。拉滋放声大笑。

“了不起，伊莲娜！你头脑里的一套荒唐哲学已经成熟。看来，你把令兄看成了当代的英雄，是吗？有意思！”他用讽刺的语调说，眼睛刷的一闪。“要不是我对你了解，我会把自己的妻子认作敌人；这很可怕，但是事实！恕我直言，你对政治一窍不通，伊莲卡，虽然在其他方面你很聪明！也许，在这方面我没有开导你，是我做错了。我这样做是出于好意，可现在却适得其反。不过我能忍耐，亲爱的，并且爱你。”

他霍地站起来，搂住她的肩膀，使她紧贴着自己。她一动也不动，瞪着眼睛看他，咬住嘴唇，竭力遏制想逃跑的愿望。逃到哪儿去？他曼声柔气的话语打动你的心弦，虽然不能彻底说服你，但把你弄糊涂。她哆嗦着，但昂德拉把她搂得紧紧的，想挣脱根本不可能。

“我们之间发生了什么事情，伊莲娜？我们在演一出拙劣的喜剧，这是我们俩都知道的。这不像话！我们谁也没有错：都是该死的时代想离间我们。让我们挨得紧紧的，不让任何力量把我们分开！不要忘记你是我的妻子，伊莲娜。我不知道你到底要我怎样！”

“不，你知道！”

“但这是发疯，是胡话！你要明白我的处境，在这里我有危险，我们像兔子一样后面有猎人追赶。不，只有一条路，在这条路上我们不是孤立的，一切正派的爱民主的人迟早总要走上这条路……你要明白这里发生的事情……”

“可是我将有孩子！”伊莲娜号叫着，这个题目的争论把她折磨得够了，“我不愿走！”

“正因为我们将有孩子，我们更应该走！你以为我能让我的儿子在这个监牢里长大，你以为我忍心看你们过苦日子？为了一些虚无缥缈的感情，像奴隶一样在此地苟且偷生？不，这不必要，这太荒唐，你自己也很快会明白的。考虑的时间不多了。伊莲娜，我不愿意，甚至严格禁止你到父亲那里去。我不容许你到那里被他们把头脑弄糊涂。你是我的妻子，你属于我，不属于别的任何人！我不许你去，我有责任冷静地考虑问题。好了，把这场争论停止吧，再争下去没有好处。我也不是完全不了解你的心情，你受惊过度了，不过没有理由害怕。大概在一个月以后，我们一定能出去，这以前要准备好一切。顺便告诉你，布里赫也跟我们一起走……”

“你相信他一定会走吗？”

“当然！我用得着他，他能流利地说好几国语言……”

“你用得着他！”她沉痛地说，“你管不着他！”

“你别往坏处想，伊莲娜！我是希望他好。我也了解他。这个书呆子将要徘徊、犹豫，像风信旗一样摇摆不定，但最后还是会走的。我相信这也是他唯一的道路！带着像他这样一脑袋的混乱思想，在这里找不到幸福。够了，我们就谈到这里，你要睡了，早晨比晚上头脑清楚！”

但是，当被这无休止的争论累得筋疲力尽的伊莲娜在卧室里对镜梳头的时候，他又谈起了这个话题。

“你真傻，我知道你怕的是什么！这完全不必要！我们将生活得很好，一切都重新开始！自由自在！你、我和孩子……我们将有个孩子，我知道你很高兴。瞧，我今天绕弯儿收到一封从那边来的信……你不是懂一点法文的吗？”

她倏然转过身来，脸白得像一张纸，鼻孔张大。

“我什么也不要看！难道你永远不会了解我了？”

拉滋朝伊莲娜一看。“这样到底有完没完，”他心想，他觉得再也沉不住气了。老是这样：每次她不再坚持，他就以为问题解决了，但事情并不如此。好，再忍耐一下！得装出笑容，从头做起！他知道妻子的性格。需要非常小心、婉转，不能被她孩子气的倔强任性惹恼。他知道能坚持自己的决定，但老是这样跟女人的别扭脾气作无谓的斗争已经开始使他厌倦生腻。有时他问自己：要是我说服不了她怎么办？难道我真的不带她走？他找不到答案，再说，又何必找呢？他爱妻子，虽然她的倔强常使他无名火起。他没有让步的习惯。以前他常常让她三分，他觉得挺有趣，但现在是另一回事！她一定得走！只要他有耐心，沉得住气。然而他总觉得凿穿这堵冰墙不太简单，他问道：

“为什么？又使性子了？”

“因为……因为我不走！”她绝望地号叫着把梳子扔在地毯上，“不走！现在你懂了吗？你不爱我，否则你不可能要我走……我不能走，也不愿走！”她断然说，她简直想大声惊呼。这要到几时才能结束！伊莲娜扑倒在床上，开始全身抽动着嚎啕痛哭。“我不走，我不走！”拉滋坐到她身边，轻轻地抱住她的肩膀，像哄一个倔强的小孩那样柔声地安慰她。他把他的全部理由冷酷而执着地重复了一遍，伊莲娜塞住自己的耳朵，什么也不要听；她眼前晃过一幅幅模糊的景象，一张张人的面孔！巴捷拉手里拿着一张油煎饼，一个长着朴实、平静的脸庞的黑头发女人在后面微笑盈盈，温暖的昏暗中有一个婴孩。一会儿布里赫站到她面前，默默地、无能为力地耸着肩膀：想开些，想开些，伊莲娜！一会儿又出现了瓦舍克，他的话，故乡的老家，那里没有危险。真想跑回家去躲在兔子棚后面，像小时候那样……“伊莲娜！”父亲的声音传到这个秘密地方来，“伊莲娜，你躲到哪儿去了？”“我在这里！”“是谁在喊？”结果每次都是瓦舍克这个长脚鹭鸶抓住了她，把她搁在一株老榛树的桠枝上：你就坐在那里哭吧，直到你叫饶！……可是现在昂德拉要我往哪儿逃？要我离开这一切？……不，我不能答应，我必须抵抗！但是……昂德拉是我的丈夫，他曾对我多么亲切，我爱过……伊莲娜觉得决心在渐渐消失：她听到昂德拉在她旁边不断地说着，说着，——昂德拉不会让步的，他一定能使她屈服！她感觉到自己瘫软无力的身体被他温柔地搂在强有力的臂抱中，他热烈地吻着她麻木的嘴唇，一边喁喁低语……她是那么疲倦，甚至根本不加抵抗。她只感到难堪的羞惭，失败的绝望和片刻的快意……旁的什么也没有，只剩下耻辱、空虚和眼泪……

伊莲娜用手遮住眼睛，把昂德拉推开。但她明白这一切已经毫无意义。在跟丈夫一对一的斗争中她失败了。她设想得很好的，然而是那么不坚定的决心像一撮镁粉化作一缕青烟，连灰也被风吹得无影无踪。一场势不均力不敌的斗争又要重新开始，至于她对斗争的目标与其说有明确的理解，毋宁说只有本能的感觉……

7

三月的下半月，春天的太阳逼射在生气全无的土壤上，温暖着它，直到又尖又硬、好像下巴上的胡子一般的青草钻穿沉睡的地面。但是只要被风吹得乱蓬蓬的云块偶一遮住这个炽热的火球，行人就会冷得牙齿格格打颤。

有一部分勇敢的人不怕料峭的春寒，巴尔托时就是其中的一个。

午后，他裹着冬季大衣，竖起领子，两手插在大衣口袋里坐在新城钟楼下的一张长椅上。他眯起眼睛，把消瘦的脸朝着太阳。

前天，巴尔托时出了医院。他缠绵病榻的那几个星期总算在焦急的等待中过去了。他躺着，什么也不能做！尽管他怒火中烧，也是白搭。谁叫你有病不治，任其发展，现在就请你躺着，眼睛望着天花板，即使寂寞死也叫不得怨！和善可亲的医生是位好共产党员，常给他这边敲敲，那边听听，把他的身子旋来转去，出院时还向他作了一番临别赠言。

“放聪明些，同志！占掉我们的一张床位对你有什么趣味？”他紧握着巴尔托时的手说，“不要让过多的工作和会议把自己累垮，虽然我知道现在我们都有许多工作要做，有许多会要开——我对你说的话同样也可以对我自己说。需要足够的睡眠、新鲜空气和阳光！今天是春到人间的第一天，走出屋子去吧！”

巴尔托时嘟嘟囔囔提出不同的看法，但医生知道该如何警告他。

“这是政治错误，同志！这不是全面观点！把自己的身体搞垮对于一个布尔什维克来说没有什么可以逞英雄的。关心人——我想你是在这样做——同时也要关心自己，不要贱卖自己的健康！不要让我不久又看见你到这里来！”

现在巴尔托时坐在这里明媚的阳光下，微微踡缩着身体，因为天气究竟还相当冷，但他精神很好。“我真是个傻瓜，”他想着，“这味道我还从来没尝过！”

但是千头万绪却怎么也摆脱不了！最好马上站起来跑去张罗这件，安排那桩。可是不行，六点以前必须休息！六点钟开始举行区委会议。在这以前一定得安静，把一切从脑子里扔掉！

昨天他销假上班。一下电车，他就飞也似的往公司跑，好像后面有手榴弹爆炸似的。到了那边立刻整个儿投入紧张的工作，一下子跟许多人谈话，电话忙碌不堪，过了下午一点他才懊丧地想起忘了吃饭。该死，我几时才能养成按时进餐的习惯?

在他卧病期间，公司大楼里起了很大的变化;代替抹香鲸领导会计处的工作交给了社会民主党人斯拉马工程师，一个正派人，也是个经验丰富的专家。以前他在抹香鲸麾下长期担任不重要的职位，没有提升的希望。现在会计处的面貌为之一新：斯拉马自己不是一意向上爬的人，同时他坚决制止可恶的拍马之风——这种作风在以米静纳为首的某些职员中简直习惯成了自然。斯拉马跟巴尔托时见面时平静的脸上带着微笑，他没穿上衣，方格衬衫的袖子高高卷起，他把巴尔托时的手使劲握得生疼。他三言两语告诉巴尔托时说，他废除了一些不必要的报表——在这以前巴尔托时一直按照前处长严格的指示造这些表——还说，他准备立即把巴尔托时调到往来账户科的卡兹达那里去;那里还需要一个人。老施泰特卡已经对付不了那里的工作，他自己提出希望能调到周转统计科去，为什么不满足他的要求呢，你说是不是?

“怎么样? 同意吗? 同志?”

巴尔托时很喜欢斯拉马干脆的作风和他的工作热情，所以一口答应。

当巴尔托时回到走廊尽头他的耗子洞里去整理东西时，他意识到自己虽然已经习惯于独坐斗室，但今天要离开那个地方不但不留恋，甚至相当高兴。这种心情使他感到惊讶。他自己问自己，是不是因为他躺在医院里，经常听同室十来个病人的叹息和故事消磨黄昏，自己的性情也有所改变了？滑稽！巴尔托时没有服过兵役，不懂得一个兵营的士兵所赖以团结起来的那种友谊的妙处；他成年后一直过着独身生活，他与人们的交往仅限于在党的会议上跟同志们见面。现在，孤独忽然成了他的一种负担。

奇怪！昨天晚上出院回到家里，他骤然觉得周围缺少人们絮絮的空谈，置身于单身汉的小房间里倍觉凄凉。他决定出去走走，但忽然发现没有地方可去。他没有晚上可以心安理得按铃造访的朋友和熟人；他把委员会里的同志一个个想过来，但如果他无缘无故出现在他们的门口，他们将带着何等诧异的神气迎接他，想到这里，他就打消了这个念头。他们甚至可能吃一惊，以为发生了什么非同小可的事情；因此还是不去为妙！看电影他不想去，上咖啡馆更没有兴致。那边的烟草味儿会对他产生不良的诱惑作用，也许还得恭听猫叫似的音乐——算了吧！他坚决推翻了所有的打算，但因为屋子里又潮又冷，他就像只田鼠钻在鸭绒被下，看了一会儿书，经过一番努力后睡着了。

“你的思想真奇怪，巴尔托时，”现在他想起这件事心中暗暗自语，“长了几岁年纪，你倒像无所事事的资产阶级太太小姐那样爱听起饶舌来了。”

他把母亲的相片塞在抽屉里，把一株枯萎的荨麻放到窗台上，生怕搬家时给工友不小心碰坏，然后怀着不习惯的感觉在空桌子旁坐下来，开始翻阅笔记本。在医院里的时候添上了几条没多大意思的记录，他曾企图对某些病人作一番概括的写照，但这些描写他觉得很表面，不完全，不够中肯。他正想把笔记本放进口袋，突然有一行字映入他的眼帘：“法学博士弗朗蒂雪克 · 布里赫！……”接着是一连串的问号和感叹号。他的兴趣被激起来了。“他怎么样了？大概在往来账户科我见不到他，他一定已经调到三楼开始新的工作。”但他还没有来得及考虑如何继续这段刺激好奇心的记录，已经有一伙大力士嚷嚷着闯进小室里来搬他的办公用具。他顺从地给他们让了路。

关于他调工作的消息在往来账户科掀起的一场轩然大波，他恐怕难以想象。消息是米静纳带来的，当他宣布了这件事以后，办公室内静得好像刚爆炸了一颗炸弹。施泰特卡老头悄悄叹了一口气，不由自主地用手掩面，似在躲避一下看不见的打击。

“先生们，女士们，这事从何说起呢！”他轻轻地说，“偏偏把他调来！如果是别人，譬如说马列达，或者……可是……”

施泰特卡不久即将调往统计科去，他认为自己仿佛在惊涛骇浪中抓到了救生圈。

办公室里的几位妇女也噤若寒蝉。玛丽雅·蓝多娃好端端的给泪水蒙住了眼睛，柔软的下巴怪可怜地颤动起来，要不是布里赫及时安慰她，她一定会纵声发泄满腹的哀怨。葛拉瓦契保持着满不在乎的神气，但听他的口气，这位“铁铮铮”的行动委员会主席的来到并不很合他的口味。准备起来吧，诸位！葛拉瓦契提出入党申请完全出于自愿，并且被一致通过接受入党，这给了他一定的鼓励；他盛赞在最近一次党员大会上听到的关于国际形势的报告：“诸位，我的脑袋瓜儿一下子开通了，我听得简直张口出神，一切都明明白白……”但是跟巴尔托时这么个严正得凛凛然的人在一起，你会产生一种不太愉快的感觉，仿佛你一定做了什么对不起党和人民的事情，可是到底做了什么你自己也不明白；跟他在一起葛拉瓦契会觉得心中不太着实。

“诸位！”他坦直地说，“往后说话要留些神，特别像我这样没遮拦的嘴巴！您认为怎么样，布里赫先生？”

“我对这件事并不觉得奇怪。”布里赫含糊地说，他连眉毛也不抬动一下。监视这里所有的人可不是件容易事。而这居然称为民主！你爱怎么理解民主就怎么理解吧！

在“金鱼缸”里这消息没有引起什么反应。米静纳宣布说这里将调来一个大名鼎鼎的、有些人见了就会不寒而栗的共产党员，可是钻在文牍堆里的卡兹达听了只略略转过头来不知说了些什么。他用胳膊肘撑在桌上，手掌搁在微泛青色的脑门心上，开始用颤巍巍的指头弹一支进行曲的节拍。隔着玻璃墙壁米静纳看见几个大汉把一张黑漆办公桌搬进了门，当他看到巴尔托时也跟在他们后面走进来时，立刻游出“金鱼缸”，前去迎接。

“请允许我在我们的小家庭里对您表示衷心的欢迎，同志。”他说得十分响亮，堆着笑脸，露出几颗金牙，赶紧握住巴尔托时的手。巴尔托时勉强微笑作答，眯着眼睛看米静纳在靠窗的地方替他安排桌位。在米静纳张罗下，巴尔托时的桌子最后终于在布里赫的桌子对面安置妥当；从此巴尔托时和布里赫就注定了每时每刻都要见面，并且合用一架电话。由于线短的缘故，电话只能放在巴尔托时桌上，布里赫对这事大为不满。巴尔托时愿意换一个座位，但是布里赫赌气拒绝了。米静纳走后，巴尔托时走到每一张桌旁依次跟大家握手。蓝多娃像小学生在老师面前低下了头，她的一只冰凉的手在他手掌里犹如枯叶在风中哆嗦。她怯生生地避开了巴尔托时的目光。

“但愿我抽烟不妨碍诸位，”巴尔托时带着歉疚的笑容说，“不过，现在我也不多抽了。”

“哪儿的话，”施泰特卡和葛拉瓦契异口同声地说，接着互相茫然对视了一眼；施泰特卡不好意思地退到一旁，比较大胆的葛拉瓦契鼓起勇气说：

“除了施泰特卡先生和蓝多娃小姐，我们个个抽烟，像吉卜赛人一样。至于施泰特卡先生……”

一再被提到大名的施泰特卡在椅子上如坐针毡。葛拉瓦契这个该死的冒失鬼！放着同志不说，为什么老是施泰特卡先生，施泰特卡先生？……说不定人家以为我们在这里宣扬资产阶级文明，助长反动空气——那时可就倒了霉！葛拉瓦契背向他站着，又不能做手势制止他。“施泰特卡先生，这么说您要调到统计科去了？”当巴尔托时彬彬有礼地这样问他的时候，他吓得手足麻木，勉强遣使干燥的舌头说：“是……是的，同志！”接着连忙把目光移开。这声“先生”里头有没有讽刺的意味？有没有暗示？

“我们还是把电话线放长些吧？”巴尔托时向布里赫说，“我想我们不会在一起坐很久的，不过在您没去以前，这样也许能方便些，您意下如何？”

“当然，”布里赫点点头，随后补充说，“不过，我不知道我会到哪儿去。看来您的消息不够灵通！”

在巴尔托时桌上响起的电话铃声迫使布里赫作第一次穿越电线的旅行。电话是昂德拉打来的。他唠叨个没完，布里赫不得不用简单得近乎神秘的方式回答，因为偏偏这时候所有的人都保持肃静，他甚至觉得他们个个拉长了耳朵在听。

最后，布里赫啪的一声挂断电话。他在自己椅子上坐好，发现对面的人投来了好奇的第一眼，他觉得心中的愤怒正在渐渐增长。“开始了？”他这样想着埋头工作。

白天，在党委会议上巴尔托时第一次沉不住气冒火了。日程上要讨论关于在全体党员大会上接受新党员入党的问题。巴尔托时把志愿书看了一下，在一张纸上作了一些扼要的札记，然后要求发言。他紧绷着脸尖锐地批评二月以后在吸收新党员方面的做法：

“这是明显的错误，同志们！譬如这些人，一看就知道他们提出申请是由于害怕。而那些人则是想往上爬！违反自愿的原则，这是不可容忍的错误，是对党犯罪，因为变相的强迫命令并不等于自愿。我不知道在吸收党员方面我们是否有过向人们施加压力的现象，而且我坚决反对这种照单全收的吸收方法。这会削弱我们队伍的力量，虽然到最后一切垃圾总归要显原形的。同志们，我们知道什么是新型的党，关于这一点文件上写得很清楚！”

他充满激情地说着，手指不时敲在纸上，反驳是不可能的。然而他还是觉得自己的话在座的人并不全然同意；他们攒紧眉尖听着，而他就像训小学生那样数落他们。巴尔托时说完以后，突然爆发起激烈的争论，甚至有人用拳头敲桌子。嚷得最厉害的是马列达这个平时不声不响的人。他批评巴尔托时缺乏热情，疑心太重。为什么某某人不应该提出申请？你了解他哪一点？我们应当相信人，应当考验他们，而不是一脚踢开。哥特瓦尔德同志的号召给人们打开了入党的大门，他要求我们相信他们。

“是的，但不是相信每一个人！”巴尔托时断然截住他的话头，

“请你读仔细些，同志！号召指的是正直的人，这样的人很多。我相信党能把他们教育成共产主义者。但必须有所选择。不能借口文件把事情简单化！现在纷纷往我们党内钻的野心家和小资产阶级懦夫都怀着鬼胎，有的甚至充满仇恨，他们只是急于要显示自己的‘忠诚’，这些人我们党内断断容不得！党责成我们这些党的基层干部自己来判断，哪些人够条件做党员，而哪些人不合条件！”

争论没个完，最后进行表决。巴尔托时到底还是说服了同志们，几个最令人反感的名字被剔除了，虽然如此，他还是不满意。

“难道我不对吗？”散会后他问马列达。

“你对。总是你对。”马列达不悦地回答。

直到今天，巴尔托时才明白——虽然以前也有所感觉——他跟同志们之间一道无形的裂痕在逐渐加深。

同志们以友好的态度对待他，但有一定的距离，大家器重他的政治视野、组织能力和学问；他从来不犯错误，不裁斤斗，生活中遇到任何情况他都能从党史上准确地援引文句或例子，他乐于助人，肯出主意，不亏待人，工作中随时愿意为他人代劳，任何人跟他都没有私隙，可是……有时他发现当他走进一个房间，里边哄堂的笑声就会戛然而止，大家都一本正经地继续工作。是因为他过于一丝不苟？还是他这人难以理解？当然，没有人怀疑他的诚实、积极性以及他对大家的模范的同志态度。然而……今天他加倍体会到“然而”后面大有文章，他的心被一阵模糊的苦闷抓住。脑海里出现了种种胡思乱想。譬如，大家互相都称呼名字。像瓦舍克、弗朗塔、布最克、卡米尔等等。只有在会议上才管他们叫“某某同志”，可是对他即使在走廊里偶然碰见时也称呼“同志”。永远是“巴尔托时同志”！“这有什么不好？”他又自己反驳自己，“难道还有比‘同志’更好的称呼？不可能，那就不应该不乐意！”但他更愿意人家管他叫贝德尔齐赫，或者贝达，或者弗里采克，或者……反正什么都行；事实上——这一点他今天才明白——他的名字简直不存在了，很久没有人叫他的名字；好像这没有什么意思，他光用一个姓也行。真为自己的名字惋惜！要不要跟他们说呢？不！他想象得到，吐出“贝德尔齐赫”这几个字对他们是多么困难；想到他们为了不致失礼将费多大的劲不断地纠正而又不断地说错，他立刻停止这种痛苦的想象。这应该自然而然地改过来。可是怎么会改？可以跟他们谈谈家常，谈谈爱好，譬如马列达就酷爱钓鱼。不久以前巴尔托时曾在他案头看到一本关于钓鱼的小册子，他想谈谈这个话题，可是没谈成。也许会说些笨话出来，因为他对钓竿、钓丝之类的钓鱼家伙一窍不通。后来他只在笔记本上记下：“马列达爱钓鱼！”就这样完了。可惜！要是……该有多好。“到底是什么原因？”他在家里绞尽脑汁，“怎么才能摆脱这种情况？可是这究竟是一种什么现象？是不是我有某种缺点，譬如落落寡合的性格？唉，人可真难了解！”巴尔托时瑟缩地拿起笔记本翻阅写得密而不乱的字页。他想起了马列达，正想伸手去取铅笔，但忽然又把本子合上撂开，似乎笔记本妨碍着他。

党委会那些同志今天争论得可真激烈！他们好像在卫护某种他显然不明白的原则。最后他们不得不同意他的论点！当然，必须与他们辩论，不能将错就错！在这个问题上他是对的。但也许应该换一种方式来说？他们心中一定又在嘀咕：好一个永远正确的巴尔托时！“你是个道地的傻瓜！”他沉痛地明白了，“他们看重你，尊敬你，但是不喜欢你！你跟同志们之间有着隔阂！错误就在这里，巴尔托时，这是不折不扣的政治错误，不管你怎么解释，不管你承认不承认，事实毕竟是事实。”

各种胡思乱想不断往脑子里钻，一个念头排挤另一个念头。可是医生却要你坐着什么也别想！

几位年轻的妈妈聚在离他坐的长椅不远的地方。她们摇着摇篮车有说有笑。太阳照耀着她们的脸庞。巴尔托时觉得她们个个美丽而健康，相形之下，他却像一个覆满青苔、蒙着蛛网的老朽树桩。为了这些年轻的妈妈，为了那个拉住妈妈的裙子、搬动不听使唤的小腿蹒跚学步的黑眼睛小胖子，值得在会上把嗓子喊哑，值得埋头工作，劳碌辛勤！那小胖子走到巴尔托时面前站住，聚精会神、十分好奇地端详着他，要是一个大人这样仔细审视就会显得不礼貌了。“你是谁？”一对圆鼓鼓的眼睛天真地问着。巴尔托时不敢站起来，怕吓了他，因此嘟起嘴唇，扮起一副通常大人逗小孩乐时扮的鬼脸。不料适得其反——小家伙害怕了，生气地嚷着，拔腿逃跑。快逃到妈妈那儿去，救命的裙子万岁！巴尔托时很想抚摸一下他柔软的头发，做一只“大角山羊”给他看看，想不到结果会这样。试问在这种场合又该怎么办？

巴尔托时转过头去看见了一张熟悉的脸。同事玛丽雅·蓝多娃！这是她吗？她不自然地挺直身子走着，搀着一个穿短裙子的女孩。小姑娘大约六岁上下，额前搭拉着一排美丽的刘海，翘鼻子上架着一副眼镜——大概是防治斜眼的。她们俩都挺可爱。蓝多娃正在很快地向女儿讲述什么，巴尔托时觉得这位打字员比平时高了一些，也年轻了些。他惊讶地望着她。仿佛她下班以后洗去了身上的文牍气，现在才变成一个女人。她甚至摘去了有损她容颜的黑边眼镜，所以直到走近巴尔托时身旁时，才认出他。他发现蓝多娃的脸由于不高兴和惊慌而颤动了一下，她想低下头去佯装没有看见他。但已经晚了。

他拦住她的目光，微微一笑，从长椅上站起来。

“您好，小姐！”他招呼说，“想不到在这里见面！”

“……您好。”她眼睛望着地下费力地说，看来她不打算停留。他明白了这意思，不愿妨碍她。但是总得说一句适当的话以便迅速告别。难堪的冷场把他逼急了，于是他在窘迫中冲口问了一声：

“这是您的女儿吗？”

说完他顿时发觉这话问得大大不当；要知道蓝多娃还没嫁人哩。

“是的。”

她回答时毫不见怪，而且并不掩饰内心的骄傲。接着是一阵沉默，蓝多娃显然不愿意谈下去。除了“是”和“不”，他的问题没有得到旁的回答。倒是好奇地熟视着他的小女孩比较大胆。她不拘礼地用悦耳的声音告诉他：她跟妈妈的名字一样叫玛丽雅，不过大家都叫她玛莎；她已经在一年级念书；她有个姥姥。玛莎还补充了许多细节：她爱看图画书，经常去雄鹰协会学体操，她跟妈妈住在一起，不过没有爸爸。

“玛莎！”惊恐的蓝多娃把她喝住，无限痛苦地向巴尔托时看了一眼。他想帮她掩饰窘态，所以向女孩提出一个问题：

“你有洋娃娃没有？”

这一下很成功！他知道了她没有洋娃娃，只有狗熊。

“你说什么？”他装作非常惊奇的样子，“是活的熊？”

她摇摇头，披在肩上的头发随着跳动起来。哪来活的熊！不过是一头假的小熊，它病得很厉害，肚子疼，因为它身上有这么大一个洞，里边有木屑掉出来。一只熊掌也脱落了，妈妈给缝了上去。它挺好，玛莎很喜欢它。

他们不知不觉沿着小径走去，玛莎喊喊喳喳说个没完。蓝多娃给孩子的饶舌弄得很窘，想叫女儿住口。她用一双忧伤的灰眼睛看着巴尔托时，他只是微笑。蓝多娃局促不安，急于跟他道别，免得玛莎再乱说什么紧要的话，他发觉后就在小径尽头主动跟她们分了手，虽然他还有时间，并且很想跟小女孩在一起再待一会儿。

“再见了，玛莎！”他伸出一只手，“代我问候小熊，听妈妈的话！”

“再见！”她天真地把一只小手放在他的手心里，“您来看看小熊好不好？”

“要是它不欢迎我去呢？”巴尔托时急忙说，“它不是有病吗？”

巴尔托时竭力把她诚恳的邀请岔开去，因为他注意到蓝多娃惶惑的神情，她简直不知道眼睛往哪儿看好。他向她伸过手去，在稍加迟疑后，轻轻地问：

“家里有这样的八哥儿一定是很大的乐趣，对吗？”

她的头垂得更低了，似乎不敢回答。她觉得这个人对她的私生活过问太多了，而且这个人偏偏是他！我的事情跟他有什么相干？他怎么会明白，她曾在绝望中哭了多少个夜晚，才赢得这种亲切的、愉快的感觉！母爱！玛莎是属于她的，只属于她！她的父亲遗弃了她们！

他是个自私、虚伪的坏人，她曾以少女盲目的爱情爱过他……不，还是别想这些！这一切都已过去，她早已经扑灭了受屈辱的悲愤之火，以后就什么也没剩下，只有心中一堆灰烬和一个小玛莎。虽然如此，但当她向巴尔托时伸出纤细的手指，看到他谦和的疑问目光时，她自己也不明白心头怎么会涌起一阵信任的激浪，她说：

“是的……是很大的乐趣。”

就这样结束了这次邂逅。

巴尔托时回到原先坐的长椅上。他习惯于准确支配时间，现在离晚上开会还有一小时左右。他坐在那里遐想。

“您来看看小熊好不好？”他忽然想起了这句话。一丝淡淡的笑意牵动了他干燥的嘴唇。

深夜，他沿着僻静的小巷回到家里，一进门就看见桌上有一封信，信封是浅蓝色的。巴拉什科娃寡妇把它靠在一只空的花瓶上。这很奇怪，因为绝少有人写信给他：妈妈不会写，她目力衰退了；至于哥哥，那个为富不仁的肉商，还是别去想他！信上没有署名，也没有回信地址。

“愿你立刻倒毙，你这条赤色的狗！”这是信的开头。下面是用打字机打的二十来行字，充满了谩骂和侮辱，只有被疯狂的仇恨吞噬了理智的头脑才能产生这样的字眼。巴尔托时不屑地把信扔在一旁，后来又把它拿起来，他对这位显然有些神经错乱的匿名者极尽下流之能事的措辞和恫吓开始发生兴趣。是谁送给他这样一份厚礼？当然，这个人对巴尔托时一定很熟悉，信上的每一行字都说明这一点。“不值得伤脑筋，”他泰然想道，“我该考虑的正经事多得很，而这位匿名者不会出首。他只能白白浪费纸张写，写，写！这也是恶毒而卑怯的小人一种自我安慰的手段。”他揣摩着这个人坐在桌旁写匿名信时的心理状态。哼，无耻的反动耗子，你吓不倒我！只会白费邮票。

起先他想把信扔掉，后来从口袋里掏出一支红铅笔，在空白处写上个“1”字，用圆圈圈起来。再从橱里拿出一个卷宗，他因为性好整齐，在里边保存着为数不多的信札，他把那封信放在 A 字一栏里——从现在开始这一栏专放匿名信[①]，这是第一封，他相信卷宗慢慢会充实起来。

他随即忘了这件事，因为别的念头把这封信从脑中挤了出去。他回到桌旁，翻开笔记本，找到了“玛丽雅·蓝多娃……”的一行记录，没精打采地把它读了一遍。现在他觉得上面写的既无聊又愚蠢。多么幼稚！“我对她了解些什么？这一切有什么意思？我真是个傻瓜！”他已经想把笔记本搁在一边，但这时他脑中闪起了愉快的回忆。于是他在就近空白的一页上用正楷写上：“玛莎……”

他略加思索，不敢用冷冰冰的字眼来追叙直到现在还珍藏在他心坎深处的那次真挚的会见，最后写下一条短短的，但极重要的附记：“买一只熊！”

8

米静纳通常一个人在家里的饭厅里早餐。依尔任娜宁可在厨房里喝咖啡，然后溜出家门，免得听爸爸的晨训。米静纳也不反对，他喜欢安静和舒适。早餐对于他是一件大事，他于此道也是个真正的行家。一天的开始应该精神愉快：淋浴能加速血液循环，使身体保持年青人的灵活性，在浴室里做早操还能刺激食欲。早餐已经在饭厅里准备停当：左边是卷筒形的面包、糖缸和餐巾，右边是报纸。米静纳翻着报纸，看看标题，不时着恼地向太太说：“你简直不能想象这上头写的什么！……”

他对报纸素来不很重视。只有在星期天午后看看画报，直到甜蜜的瞌睡把他的眼睛合拢。解放后，米静纳订了一份工会机关报《劳动报》，倒不是因为关心工会活动，而是一种下意识的行为，因为以前他是《国民政治报》的忠实读者(在他那个圈子里的人都管这张报纸叫做“贱货”，他喜欢它顽固的保守态度和庄重的外貌)，而现在

① 原文“匿名信”的第一个字母是A。

《劳动报》的社址就在从前出版《国民政治报》的那幢房子里。别劳特卡[①]的报纸他不喜欢，认为它的格调对于捷克小人物来说过于高雅了，但承认从中有时可以读到相当有意思的观察。现在妻子给他拿来的是《红色权利报》，米静纳把它塞在大衣口袋里，使报纸名称露在外面，这样，当他走进办公室时大家都看得见。

米静纳还坐在那里吃早饭，忽然过道里响起了铃声。他不安地抬起头来，一只手拿着咬了一口的面包悬空停在嘴边。什么人被鬼使神差找上了门？他向妻子点头示意，她带着惊恐的神情急急忙忙走到过道里去。米静纳侧耳谛听，她在跟什么人说话，但他辨不出扰乱他早晨安静的那个人是谁。

妻子回进来，困惑地把一张折好的八开纸递给他。

“哈斯曼尼哈[②]拿来的。”她向门那边斜睨着悄悄然说。

米静纳把那张纸匆匆看了一遍，噘起嘴唇吐了口气，惊奇地扬起眉毛。当然，看门女人还能带来什么好消息？早餐的兴致给一扫而光。米静纳攒着眉心推开一杯没喝完的咖啡。那张纸是一份简短的通知——今天晚上八点在柯特尔巴酒家召开地区基层党组织[③]全体党员大会——米静纳看完后，立刻觉得不自在。通知上用歪歪斜斜的字体写着：“会上将讨论接受你入党的问题，请准时出席。”

米静纳今天从餐桌旁站起来比平常早。通知把他的胃口全给倒光了。在家里也不让人安静！

“你去吗？”妻子轻轻地问，她已经在他背后看到了通知的内容。她的肥脸上一副殉道者的痛苦表情使米静纳大为生气。可怜的女人信神入了迷，她对于丈夫加入不信神的党大不以为然——因为这是对灵魂不灭的威胁！——不过她凭着实际的经验懂得这样做是有好处的：从夜间的私房话中她知道丈夫自有打算。

---

① 见第 236 页注①。

② 哈斯曼诺娃的卑称。

③ 当时捷克斯洛伐克共产党的基层组织是按地区和单位混合组成的，党员同时要参加工作地点和居住地点的党组织生活。——俄译者注

米静纳勉强遏住自己没请她吃一顿抢白。

“有什么办法，”他毅然说着在过道里把大衣穿上，“跨出了左脚，留不住右脚。”

临走前他蹑足走到一间房间门前，屏住呼吸把眼睛贴在锁孔上往里边窥视了一会。在锁孔窄小的视野内，他看到了自己的岳母——这个骨瘦如柴、白发编着辫子的老太婆是这幢房屋的所有者。她坐在床上，两手搁在膝上，无声地努动上下颚，像在咀嚼着什么。

米静纳把腰挺直。

“还是老样子，”他没精打采地对不敢作声的妻子说，“妈妈看样子挺好。”

这已经成了履行公事——他从不说得更多，也不更少。

米静纳不很热烈地吻了一下妻子，然后走出家门。他把一只手插在口袋里，肯定了没有忘记带党徽，于是不慌不忙地下楼去。在楼下他碰上了一桩不痛快的事。看门女人哈斯曼诺娃站在他面前，宽阔的背部把门堵住，她用整幢房屋都听得见的、跟铰链生了锈差不多的声音向他招呼：“今儿晚上开会，您要来啊，米静纳先生！”

米静纳急忙强作笑容点了点头，匆匆走了过去。“可恶的婆娘，”到了街上他暗暗骂着，“现在脸皮愈发厚了！”米静纳有些忌怕看门女人，怕她的也不止他一个。嘀，这个哈斯曼尼哈！他记得从前她是多么善于逢迎，满口都是奉承话：“是，老爷，您有什么吩咐，老爷？”她男人是吃养老金的，过去当银行司阍，这幢房子里几乎谁也不知道这个人，他老坐在门房里炉灶旁咳嗽吐痰。一家之主不是男的，而是女的。二月前不久，哈斯曼尼哈加入了共产党，打那时起她就把葡萄园的整幢房屋都抓在自己手里。白天晚上，她两手交叉在结实的胸前，站在门房的窗前虎视眈眈地看着街上。什么也逃不过她的视线，任何人上楼下楼都可以肯定看门女人正在从小孔中注视着他。她知道所有人所有的事情：哪家今天晚餐吃什么；哪家买了一条新地毯。许多住户一接触到她的目光就会发抖：哈斯曼尼哈喜欢搬嘴弄舌，她的嘴比剃刀还快。战前她十分殷勤，甚至有些奴才气。战时骂希特勒骂得挺凶，但同时又说他“把犹太人收拾得很够劲”，特别是对五楼上那个有钱的老太婆。房屋里的人背地里窃窃私议，说那个被勒令迁居的老太婆有些值钱的东西“寄存”在哈斯曼尼哈那里。有几个居民甚至还听到她跟一个从集中营里来取她祖母东西的瘦弱不堪的犹太姑娘发生争执。但是哈斯曼尼哈在好事者没有得到足够的养料说长道短之前就把那个满面泪痕的姑娘撵了出去。什么也没有得到证实。而现在这话早就没人提了。这件事可不是随便说得的！何况谁愿意跟哈斯曼尼哈争吵？你只要向她看一眼的时候表情不大对头，她马上就会给你扣上一顶帽子，说什么“那些老爷们八成是睡觉忘了年月，不知道如今已经不是旧共和国时代，如今不能欺压劳动人民了！”哈斯曼尼哈俨然是此地的无冕之王，不少住户知道，他们在葡萄园这幢房屋里是否能安静地生活完全决定于跟看门女人之间的关系，因此从不吝啬于酬谢她按户分发食品配给证之劳。

哈斯曼尼哈的影子把米静纳搅得心烦意乱。他素来不把她放在眼里，认为这娘们根本不足道，但是，假如她今天在会上发起言来，那会怎么样？她会说他是房东太太的女婿！当然，这没有什么关系，暂时房屋还不归他所有，他可以证明这一点。他岳母不咽气是不会把房子放手的。看门女人能把他怎么样？

在上班去的路上，穿过里格尔公园散散步对米静纳起了一些定神的作用，但他的头脑却继续紧张地思索着。快结束这番手续吧！在工作单位的党组织里他已经跳过了这一关，虽然有几个人表示反对，其中包括巴尔托时。现在米静纳想象着，今天晚上，看门的、女用人和住在附近半地窖里的那些穷手艺人都将以好奇的目光死盯着他，他们要向他提出种种不客气的问题，而他得像打靶场的泥鸽那样呆在他们眼前，切骨地感到被侮辱的痛苦。想象中的这幅景象使他只觉得身上冷一阵，热一阵。

他准时到达公司，预先在邻街一所房屋的大门内把党徽在大衣翻领上别好。“劳动万岁！”他向看门人高声招呼，灵活地跳进电梯。电梯把他送到五楼。米静纳和颜悦色地招呼遇见的熟人，朝往来账户科走去。

“劳动万岁！”

他从职员们的办公桌之间取道走进“金鱼缸”。大家都知道米静纳这句响亮的话是对谁说的，所以谁也不回答。葛拉瓦契还在洗脸盆旁压平他的漂亮的额发。布里赫几乎头也不抬，巴尔托时则含糊地咕噜了一句，目送米静纳进去后，把半截烟卷插在烟咀里，对布里赫说：“有火吗？”布里赫默默地把一匣洋火递给他。“谢谢。”

戴黑边眼镜的打字员蓝多娃垂头向着打字机，轻轻地叹一口气开始打字。“本公司在查阅账目中发现，按照我处送上的账单……”等等。

根据同事们的只言片语和侦察性目光，布里赫清楚地感到大家都很紧张。自从惊弓之鸟的施泰特卡被调走，巴尔托时调来以后，科里形成了一种不声不响埋头工作的气氛。通常只有巴尔托时打破沉默。他对待同事抱着真诚的同志态度——这是愉快的意外！——谁都承认这一点，但总有些……同事们偶尔也互相交谈，但总是三言两语就结束了。不过，科里的人对巴尔托时渐渐地习惯了。葛拉瓦契认定他“人挺不坏”，行动就不像以前那样拘束了；又可以听到爱笑的伏尔扎洛娃清脆的笑声了。蓝多娃看人时已不再惶惶不安。但仍然竭力规避巴尔托时的目光。有一天，他在踟蹰很久以后向她问，玛莎和小熊过得好不好。“谢谢，都很好。”她低下头去轻轻地说。

科里的生活照常进行。每隔一阵子，葛拉瓦契就讲一个无伤大雅的笑话，或者找人研究报上的象棋残局，当他得知巴尔托时下棋很有经验时，没多加考虑就跨过了戒心的最后一道界限。“巴尔托时同志，我们来一盘吧！”他大概说了有二十来遍，巴尔托时每次都郑重其事地允诺下来，同时谦逊地声明自己好久没下棋了。有一次他说，战时他和一个也被关在布痕瓦尔德[①]的法国人用面包心做了一副象

---

① 布痕瓦尔德是希特勒设在魏玛城附近囚禁政治犯的集中营。德共领袖台尔曼即于 1944 年在此遇难。

棋，经常对弈——这是他们唯一的交际手段，因为互相不通语言。

“那个法国人叫杰拉尔，他是克勒蒙腓隆[①]的一个古代语教员。纳粹分子在战争行将结束前把他杀害了……他们管这叫做‘企图潜逃时被当场格毙’。他是个好人！当他的尸体被抬走时，发现他手里有一枚弄得稀脏的棋子——黑皇后……从那以后我就没下过棋……老是没时间。”巴尔托时用抱歉的口吻结束他的故事。窗外四月的雨打着屋檐，他把目光从窗边移开，发现蓝多娃正在看着他。黑边眼镜把她的灰眼睛放大得很难看。她显然有一个疑问已经到了嘴边，然而始终没出口。巴尔托时惊讶地注意到她实际上长着一双美丽、温柔的眼睛，说也奇怪，他的心好像收缩拢来了。

“您在集中营待过？”

“三十九个月零十二天六小时十一分，”巴尔托时微微一笑回答，旋即又添上几句以冲淡不愉快的印象，“那边叫做面包的那种泔脚最适宜用来做棋子。吞下去实在不容易。”

以后他再也不谈集中营。回忆这些事乐趣不大。

布里赫几乎不听他们的谈话，他的思想在很远的地方。近来他难得脸带笑容，也绝少参加谈话，他与对面这位新科员的交往仅限于短短的几句“谢谢！”和“请！”之类的话。布里赫感觉到他跟那位突如其来的新同事之间的关系一天比一天紧张。天知道为什么！有时你偶然抬起头来，正好遇上默默注视的目光。“他在监视我！”布里赫皱眉想道，“我恨不得胡闹一番，看他能把我怎么样！”布里赫觉得那双深陷的、什么也不漏过的眼睛在注意着他的一举一动和面部表情，像一根木刺钻进皮肤，像一把小解剖刀把他的皮肤切开，以便毫不客气地深入内脏。你瞧吧，瞧吧，我的神经很坚强！然而莫名其妙的不安在布里赫心中毕竟愈来愈强烈，使他感到耻辱，虽然他并不害怕。

有时巴尔托时桌上的电话响了，是布里赫的电话，于是他就得绕

① 法国中部一城市。

过桌子、小心给电线绊着去接。

“你好，可敬的法学家，我是昂德拉！一切都安排妥当了，我们四月底走。我打电话给你，是让你事先作好准备。”

“别胡闹！”布里赫遏住怒气说，一边看着表面上漠不关心、埋头工作的巴尔托时，“我已经对你说过，别跟我纠缠！”

他不动声色地回到自己桌旁，但他心头惶惶不安。拉滋一天比一天在加强压力。劝说没有个完。不过布里赫感觉到他的朋友并不抱着成功的希望。“我不走！”拉滋的再三相邀使他难以忍受，因为每次通电话都有表面上不闻不问的巴尔托时在场。从二月后的几个星期以来，布里赫跟巴尔托时只交谈了几句无关紧要的话，但他知道他不愿意发生的冲突是不可避免的。这个瘦瘦的家伙，像潜伏着的猛禽专等机会把他拖进空伤脑筋的争论。哼，我才不给他这份乐趣呢！

然而这究竟不是很简单的。布里赫不愿欺骗自己，这是卑怯的心理。应该正视事实，应该看到自己在走向空虚……布里赫一生中第一次对学问感到厌恶。他觉得自己的手和脚都被缚住了。他曾试图克服这种厌恶的心理，顽强地坐在家里看书，像蚯蚓钻地那样啃着英语课本，但他的思想无法集中。学来有什么用？反正一切都完了，现在用功已经没有目的，就像他今天的生活一样无聊而痛苦。地基在从他的脚下溜走，一切都失去了意义。

于是布里赫从书桌旁站起来，开始在夜晚的布拉格作远程散步。他踽踽独行于大街小巷，脑中盘旋着许多找不到答案的问题。

他在想昂德拉、伊莲娜、巴罗赫……前出口部主任潇洒、和蔼的面容又出现在他的记忆中，写着他地址的一小片纸烧灼着布里赫的胸膛……这是不是十字路？是的，布里赫是在十字路口，但巴罗赫指出的那条路是不能想象的。浪迹异乡，像一片鸿毛在动荡的世界上随风飘零，离开你生长的地方，抛弃与你同一语言的人民，撇下你将为之憔悴的城市，这怎么可能？要知道你跟昂德拉、巴罗赫不同。但是，在无限忧伤的时刻，他还是会考虑他们的理由，他眼前会展现出一幅幅诱人的图景。远方的国家！他从小就幻想能见到那些地方！呼哧呼哧喷汽的火车可以把他带到遥远的地方……法兰西、大海……游历热闹的大都市，观光那些名称富有异国音乐情调的地方。重新开始生活，换一种方式……但是，现在离开这里——这可能意味着永远不再回来！

布里赫把手肘搁在点心铺里一张没有收拾干净的小桌子上，吃着浇有毫不可口的卤汁的鱼丸当晚饭。周围的吃客在高谈阔论，但他什么也没听见——他在沉思。为什么而斗争？为争自由和民主，反对暴力？这么说是为了被称为第一共和国的那种制度？为了人道的理想？可是在第一共和国时代，除了书本上以外，什么地方存在那些理想？当然，巴尔托时会说，这是为资本主义而斗争，他们对一切都有现成的答案！

布里赫不能不向自己承认，所谓反动派的那套宣传不过是用民主词汇美丽的包装纸包起来的廉价糖果。那么西方国家的广播呢？他们的话有些是对的，有些则是撒谎。反对现存的制度？反对他天天在楼梯上遇见的巴捷拉？反对住在隔壁的邻居？最后可能也是反对社会主义，因为巴捷拉他们是要社会主义的。二月事件以前，他自己也曾跟昂德拉就社会主义问题不知争论过多少次，他责备昂德拉作为一个企业主的成见太深，并在昂德拉的冷嘲热讽之下捍卫这个最符合人道精神、也是最公平合理的崇高理想。是的，只有白痴或者罪犯才会反对社会主义。但现在，布里赫觉得自己好像从一场玫瑰色的梦中醒过来撞在一堵墙上。他想象中的社会主义不是这样的！恐怖、专政、行动委员会、工人纠察队……人们怀着恐惧和仇恨。报复和清算空前盛行。有时听到了一些耸人听闻的消息，布里赫不由得咬紧牙根。你听听他们的广播，看看他们的报纸！一窝蜂竞相赞美社会主义，全都是一个调子！人们的卑怯性暴露出来了。一部分人被解职，另一部分比较可靠的人接替了他们的职位。这样下去有产生新的特权阶级的危险。新的野心家在仇恨共产党的同时，却拼命往它的队伍里钻，把党证视作登上不自由的天堂的通行证。成立什么劳动队，喊喊口号，开开群众大会——难道这一切就是社会主义？就是工人掌握政权？不，布里赫不能俯首顺从，他不能也不愿学米静纳舅舅的样。宁可生活得没有意义，也总比用可耻的手段混下去强。

但同时布里赫明白自己根本下不了手反对这一切。不能否认，共产党在许多方面是对的，这是他亲眼见到的。二月事件前，我们国内的确有不少不合理的事情，投机商像吮血的臭虫把别人的劳动果实占为已有。的确是这样。过去还有许多事情是不值得惋惜的。

这就是布里赫的悲哀：他悬在两个世界之间，既不能说是，又不能说否，由于意识到自己的无用而苦恼着。其实他何尝不愿意工作、前进、过真正的生活……太愿意了！现在究竟怎么办？让到一旁，走一条不通往任何地方的路，等待，等待，再等待？可是等什么呢？唯一的办法是不声不响，沉浸在自己的理智和良心的世界里——不管这个世界是多么经不起风浪——不向暴力低头，不为他所不能接受的一切效劳。否则他将自己看不起自己。

关于布里赫拒绝提升的消息在各会计科传开了。布里赫感到这一点，因为人们常常以特殊的目光看他：有的莫名其妙；有的怀着无言的钦佩，但这种钦佩并不使他高兴。“这个人有个性！”大家这样谈论着他。的确，不是每个人都做得出如此奢侈的举动的！布里赫甚至收到一封匿名信，写信人用最崇高的字眼颂扬布里赫对专政的不妥协精神。还说，只要现今的制度一朝垮了台……布里赫将得到百倍的补偿。“白痴！猥琐的市侩！”布里赫忿然把信撕成碎片扔在字纸篓里。同样，布里赫把舅舅的指责也愤愤地顶了回去；米静纳责备他：“傻瓜，你这是把幸福往门外推！这样的机会可难得啊！”

布里赫对会计科的工作本无好感，他现在觉得这工作简直无聊透顶；想到今后要长期这样下去，他懊丧极了。这样的工作仅仅是为了一份薪水，其中两百克朗是伙食费，还有几百克朗储存起来。布里赫自幼养成节俭的习惯，现在还是这样，虽然他不知道有什么目的。也许是为了买两三本罕见的书——旧书商会给他留在柜台下面；他家里桌上已经高高堆着好几叠这样的书，像波德莱尔①、马拉美②……布里赫读遍了乔伊斯③、赫胥黎④的东西，还打算遍读普鲁斯特⑤的作品。可是读了一些又把书扔下了。那些书里的人物有几百种不同的命运和见解，可是却无法解决那些不让他安宁的问题。

还有伊莲娜。自从那次夜间的谈话以后，他没有见过她，但他明白要说的话都没有说完。他克制着想见见她的愿望。有一次已经拿起了电话听筒，但是手又自动把它搁上。何必见面呢？这只会带来多余的痛苦和失望！伊莲娜需要的他不可能给她。她要求回答的问题他自己也闹不清楚。以自己的怅惘加深她的怅惘，大可不必！这未免对不起一个如此亲切……如此知心的人。还是别想的好！

所有这些想法都深深地隐藏在布里赫心中，他依旧过着孤独的生活。每天早晨做体操，一星期去游一次泳，晚饭还是在那家点心铺里吃，淡漠的面部表情掩饰着他的全部心理活动，有时听乐天派的葛拉瓦契讲一个新鲜的笑话，甚至也发出笑声。不管怎么样，总得生活，总得呼吸，总得跟人们谈话——布里赫不喜欢忧郁，他尽一切可能抵制忧郁，用全部生命力与之抗衡。在幻想中建筑空中楼阁，看着它坍下来，又重新在废墟上按照自己的方式和模型砌造新世界……如此不断循环——这大概就是我们这一代人的命运。我们生活在一切需要重新估价的时代里：昨天看来是好的东西明天可能就被扫除。可是你，朋友，仍旧得活下去。

这件事的开始很平常。米静纳把甥儿叫到“金鱼缸”里去，给他一件限时完成的工作。

---

① 波德莱尔（1821—1867），法国诗人。主要作品有诗集《恶之花》《散文诗集》等。

② 马拉美（1842—1898），法国象征派诗人。其诗颇注重音调，有《牧神的午后》《彷徨》等作品。

③ 乔伊斯（1882—1941），英国作家，被奉为欧美颓废派“领袖”。

④ 奥尔多斯·赫胥黎（1894—1963），英国作家。

⑤ 见200页注①。

“没有办法，你得晚一些走，”他简短地解释了一下，“不过你放心，弗朗蒂雪克，我已经请巴尔托时也留下来。他很高兴地答应了帮你的忙。明天午后报告必须放在我桌子上。”

布里赫本想坚决拒绝，但了解到是怎么回事以后，他把手一挥，没说什么就开始工作。别人都走了，他和巴尔托时开了台灯，埋头于文件和数字堆里。巴尔托时的计算机在寂静中喀嚓喀嚓地响着，长长的一条纸从机器里钻出来，成螺旋状落在桌上，掉在践踏得很脏的拼花地板上。两个人都不说话，但布里赫感觉到谈话是不可避免的。不可避免就谈吧！他以聚精会神的工作防御了很久，但在抬起头来的时候，终于和巴尔托时专注的目光接触了。

“您要什么吗？”布里赫问。

巴尔托时摇摇头；他不过在休息一会儿。他点了一支烟卷，吐出一口烟。灯罩的绿影遮住了他面孔的上半部。他抽了一会烟，时而看看专心于统计的布里赫，然后平静地问：

“您的事情怎么样，啊？”

布里赫抬起头来，装作不懂的样子。

“您指的是什么？”

“我是说您生活得怎么样？我们天天坐在一起，可是互相一点也不了解。”他笑了起来，“我希望这个坦率的问题不致引起您的怀疑，以为要刺探什么。”

“这是您的事情。不过我也不是一个太有意思的人物。”

“就算您不是个有意思的人物，但我看着您，就会产生许多疑问。您自己也知道，这些疑问不是毫无根据的。”

“什么疑问？”布里赫重又埋头工作，不去看巴尔托时，仿佛对方的话丝毫也没有使他激动。

“比方说，您为什么还坐在这里？您早该搬到三楼去了。我希望您不是出于亲戚的感情留在此地。您在此地的工作不难找人替换，而那边出口部却需要一个法学家。”

“您真认为我有资格担任较高的职位吗？在现在？但要知道我并

不在你们党内，甚至不打算加入。不，我不是负有崇高使命的人。”

巴尔托时微微一笑。

“笑话。我们需要有学问的、正直的人。而您正是这样的人。莫非您不明白，所有的道路从来没有像现在这样对您畅通无阻？”

“我明白，可是……难道您认为我坐在这里不好吗？”

“我认为这是不妥当的。”巴尔托时平心静气地说。

“坦白说，这首先是我的事情。您说是不是？”

“是啊，这首先是您的事情。但不完全是这样。现在每个人都应该尽他的所能工作。教育是对一个人的投资，必须加利奉还。对这个问题应该这样来看。”

“谢谢您的开导，”布里赫说，“类似的话已经有人对我说过了。所谓使用干部不合理等等。这话不错，不过是在另一种情况下。好了，我们结束这次谈话吧。您还有问题吗？”

巴尔托时不小心把烟蒂从烟咀里吹到地板上，立刻伛下身去捡起来放在满满的烟灰碟里捺熄。然后他又面朝着布里赫。

“记得在二月里我跟您曾有过一次很有意思的谈话。可惜那时候我们没有谈完。”

“何必再提呢。现在一切都不同了。”

“正是这样。我正是想知道现在您的看法如何？”

“对什么的看法？”

淡淡的笑意没有从巴尔托时的嘴唇上消失。他望着桌子沉吟半晌。

“好吧，我们打开天窗说亮话：布里赫，您拥护我们还是反对我们？”

这是一个击中要害的问题，它似乎直穿到布里赫的心里。

“请不要教我相信在目前的情况下你们是经常打开天窗说亮话的。”他有些被激恼了，“我可没那么天真。您是认真这样问吗？”

“绝对不是开玩笑。”

“我没有理由不回答，”布里赫正视着对方说，“我不知道您要达到什么目的，但这并不重要。我不拥护谁，也不反对谁！不拥护你们，也不反对你们。我并不把入党看作登天的捷径。当然，并不是说我在各方面都不同意你们。但从上次我们的谈话中您应该明白有些东西我是不能接受的。在这个意义上我的看法没有改变。这个话题我们把它搁下吧。在原则问题上我们谈不到一块儿。关于自由和民主的争论往往没有结果，而我们现在必须把报告写出来，而不是争论。您有自己的看法，我就不想过问。只要我们工作得协调，别的大概也不需要了。”

“好吧，”巴尔托时表示同意，“不过我要对您说：您对某些事不同意，这我完全理解。但在根本问题上：过去怎样，将来怎样；哪条是死路，哪条是生路；——必须有明确的认识。其实这只要有清醒的头脑和客观的态度就可认清。您说您不站在这一边，也不站在那一边。这是梦话，而且是危险的。我……”

“您可以把这一点向任何地方、任何人报告！”布里赫发作了，但当即明白自己说了蠢话。他的心怦怦乱跳。巴尔托时莫名其妙地望着他，笑了起来，手指在桌上频频弹着。

“您的意思是说告您的状吗？哦，天哪！如今荒谬的宣传居然有偌大的影响，但我没想到连您这样的聪明人也会信那一套……我认为您是个正派人。不要把自己装扮成代人受过的受难者。依我看，您的头脑里乱得一团糟，您在用一些腐朽的思想营养自己。不站在这一边，也不站在那一边！请问这叫做什么？这叫梦话，不叫别的。”

“您爱叫它什么就叫什么，”布里赫已经生气了，“在你们看来，一个人不愿囫囵吞枣接受你们的宣传，那就是思想腐朽。你们可真喜欢扣帽子。一句话就把人列为反动派！不用说，你们已经把我编入少见的怪物一类。够了。我不妨碍谁，对政治再也不感兴趣，又不想追求名利，只是用诚实的劳动换饭吃……为了保持正常的工作关系，我们还是别谈这些吧。您的烦恼一定已经够多。不值得为了一个按您的说法是用腐朽思想在营养自己的人增添烦恼。”说完他故意埋下头去工作，表示他认为这席不愉快的、无聊的谈话已经结束。以后再也不要提起！

巴尔托时低下头去把眼镜摘掉。他的脸一下子年轻了许多，好像除去了面罩。眼镜的镶边在玻璃桌面上敲了一下。巴尔托时用手指揉揉眼睛，他的目光很严肃。

“布里赫，我是想跟您开诚布公谈一谈。我不否认在轰轰烈烈的斗争中会发生个别的偏差。对某些人的处理可能不尽恰当，这样的事有过，或者将来还会有。但这总不至于会把一个有理智的人完全搞糊涂。我明白，有许多事情使您激动，您对许多做法可能不同意。但是，天哪，总不应该放大炮轰麻雀呀！您无疑也有正确的地方，但是在最主要的问题上您错了。您也不是什么少见的怪物，完全不！”他继续心平气和地说着，没有因布里赫表面的冷淡而发窘。他的情词恳切，他知道老生常谈起不了作用；他很清楚，布里赫只是装作不在听的样子。“知识分子是一个特殊的问题……当然，我指的是其中一部分。许多有学问的、正直的人不理解现在发生的一切对他们也有利。社会主义不是单为工人和共产党员，社会主义是为人民大众的。我们是有些混乱现象，个别共产党员的行动也并非永远正确的，某些事情我们甚至还根本不会做。旧社会留下来的包袱和保守主义也妨碍着我们。不久以前我国有一位以知识分子领袖自居的政治家。您知道我说的是谁。他甚至给信奉他的超党派论的人们所害的那种病取了个相当雅致的名称；他们自称为留在国内的侨民！但这是无稽之谈！最后他还是成了叛徒，现在正千方百计地在污蔑我们的共和国。欲知心中事，但听口中言。这是斗争的逻辑。这个老奸巨猾的政客也曾赌神罚咒地说过，他不反对社会主义。他说：建设社会主义挺好，诸位，我们就来商量商量。他的言词是那么堂皇、狡猾，以致有许多颇不愚蠢的人被他引入了歧途。他的手法相当高明：这就是所谓客观主义。大谈其什么纯洁的理智不容侵犯啦，超党派的观点啦，等等。这都是虚伪的人道主义，只是在玩弄一些如您所说的、应该有具体内容的概念：自由、民主、社会主义。他最拿手的是‘捉虱子’——抓住一些细小的漏洞和缺点大做文章，叫嚷说：‘我们想象中的社会主义不是这样的，这是恐怖手段，是对民主的侮辱！’夸大缺点，转移人们的视线，不让人们看到真理，使他们辨不清是非——这就是他们的手法。用一些鸡毛蒜皮的、尽管不一定是捏造的事实来歪曲主要的、伟大的真理，煽动知识分子的优越感，说什么‘我们是碰不得的！民族的精华——知识分子——正处在共产主义暴力的威胁下！’不少人中了这圈套。有些甚至是诚实的正派人……”

巴尔托时的计算机又嚓嚓地响了起来。两个人在紧张的寂静中继续工作。布里赫抽着烟，死不开口。由于头疼，他把两手紧按在太阳穴上，但坚持不走。

巴尔托时忽然又说起话来，似乎又有了个新的念头。

“真遗憾，布里赫，我们坐在一起，可是找不到共同的语言。不过最后，当您碰得脸青鼻肿的时候，您自己会明白过来的。您碰壁是免不了要碰的。我衷心地希望这将不是致命的伤残。”

布里赫皱眉蹙额地看了他一眼，说：

“您是在预示凶兆？”

“也许我是一只讨厌的乌鸦。”

女工友进门一看，见房间里还有两个人在办公，她面露不悦之色，把畚箕和铅桶弄得乒乓直响地走了。

在这次没有结果的谈话以后，布里赫与巴尔托时之间的关系更加紧张了。布里赫总觉得坐在对面的人时刻注意着他的一举一动。但布里赫仍然不动声色，甚至有一次巴尔托时桌上的电话铃响、听筒里又响起熟悉的声音时也如此；布里赫向巴尔托时瞟了一眼，表面上不管闲事的巴尔托时正在专心工作。“装模作样！”布里赫抑压着心中的怒火，“其实在耸耳倾听。你听吧，监视吧，侦探，你们全是这种人！”他挂断了电话。

自从那天傍晚争论以后，他们没再认真谈过。巴尔托时感到布里赫在规避启示性的问题，而单刀直入的提问不会有结果，这是巴尔托时知道的。他们互相彬彬有礼，谈起话来两个人都觉得隔着一段距离；布里赫竭力使两人之间保持这样的关系，他用一般的礼貌和事务在他们中间筑起了一堵墙。巴尔托时只得耐心观察和等待。

在巴尔托时笔记本中关于布里赫的短短一段记录添上了满满的五页。他在纸上继续跟这个彷徨的知识分子展开辩论。里边有问题，有回答，有反驳。巴尔托时觉得布里赫逼迫着他回答这些他自己从来没有考虑过的问题。他字斟句酌地写着，不断地思索。这个布里赫是怎么说的？“扣上一顶帽子，贴上一张标签—— 一个人就盖棺论定了”？这话对我不是一语中的吗？我这本笔记本难道不就是集扣帽子、贴标签之大成吗？这是一种怪癖！无聊的消遣！

巴尔托时一边写，一边想着布里赫，但突然清楚地感觉到，这些记录永远也写不完。人——这真是复杂得出奇的东西！就拿布里赫来说……怎么理解这个人？巴尔托时自己纳罕怎么会在第五页末了写下这样的话：

“可是我对这个人仍有好感。我相信他。怎么办呢？如何及时给他帮助？不过，为什么一定要帮助他呢？难道一个迷了路的知识分子对我们就那么重要吗？我们有那么多时间去花在他身上吗？为什么？为了再给出口部一个人？为了说服布里赫担任新的工作？不，问题不仅仅在这上头，主要的是为了他自己。即使他固执己见，也要帮助他，教育他。可是从何着手呢？一般的言语不起作用。得用另一种方式使布里赫相信，对。可是用什么方式呢？再说，我办得到吗？”

巴尔托时把笔记本合上后推开。奇怪，巴尔托时，好像有一种你自己也不明白的感觉抓住了你……这是一种苦闷，同时又自知无力解脱。你一直认为踌躇与你无缘，可现在忽然觉得缺乏某种重要的东西，觉得你以前对人的那种严厉的、直线式的看法在改变。你想扔掉所有的笔记本，跑出沉闷的小房间，可是到哪儿去？……天知道！还是到活生生的人们中间去。

后来他不知想起了一桩什么事，嘴角立刻现出一丝淡淡的笑意。

9

米静纳下班回家走原道穿过里格尔公园时，又遇见了抹香鲸。米静纳老远就认出以前的处长，本想拐弯避开，但是抹香鲸已经看见了他。“毫无办法，”米静纳心中大不痛快，“这位下野的处长又要饶舌了。什么恐怖啦、民主啦、‘一切都快完啦’—— 他说西方的电台已经这样宣布。又要打听公司的情况，大发牢骚。他岂知今晚我还要开会哩！”不久前抹香鲸神秘地悄声对他说：任何人要是跟共产党勾勾搭搭，将来到哪儿都被驱逐，被消灭，死无葬身之地；在现制度被推翻以后，那种人顶多只能当苦力。嘿！米静纳觉得抹香鲸可笑而又可怜。难道这就是当初显赫一时的抹香鲸？真是虎落平阳。瞧他穿着发出樟脑味的旧皮大衣蹒跚而行的神态——单这副模样就看得出他在显示所受到的委屈。胡子刮得不干净，右手用布吊着……“是中了风还是怎么的？还是不问为妙。经常跟他在一起根本没有好处，万一被熟人看见，又多闲话……哈哈，以前会计处的无冕之王如今也垂头丧气了！”米静纳心中在吃吃地笑，“众所敬畏的偶像被砸碎有时候也不无益处！”

但他丝毫也不暴露自己的想法，万万使不得！必须把眼光放远。万一抹香鲸的预言应验了呢？那时这个混蛋—— 他的确是个混蛋——就会成为大人物。他将被认为是共产主义迫害的受难者，他是英雄，快请他来，抹香鲸万岁！他没有在暴政面前低头！

米静纳听完了抹香鲸的牢骚，不时同情地点点头，一边左顾右盼。今天米静纳甚至动了恻隐之心：一下子从这么高的地位上摔下来，真可怕！他自己想到昨天的党员大会也意气沮丧，这就是同情的根源。“是，是，我不会忘记的，可能的话一定效劳，请放心，尊敬的处长先生。”

“白痴！”他在公园出口处摆脱了以前的上司，“想当初坐在处长交椅上多神气，所有的人都被你踩在脚底下。如今摔下来了，那就免开尊口，不要连累别人。”

晚餐时米静纳食欲不振，他没精打采地咀嚼食物，隔着桌子阴沉沉地看着依尔任娜，她吃完晚饭马上躲到自己房间里去。妻子今天也像故意捣乱似的做了他爱吃的菜——红焖腰花土豆，真想数落她一番。她再笨也应该想得到他今天无心品味。

“公司里有什么新闻吗？”她照例这样问。

米静纳神经质地向台钟瞟了一眼，不过他还是回答说：

“玛尼雅，今天卡兹达又发毛病。他回家去了……”

“我姊夫？”

“还有谁！我担心他已经不是这个世界上的人了……好了，好了，我请求你别掉眼泪，简直一句话也不能告诉你。我在公司里神经已经受够了刺激。说不定还得跟劳动队去干活……卡兹达是自己不好，我早就警告过他。”

“可是阿列克偏偏要开始国家考试了！”妻子喟叹了一声。

“那又怎么样呢？反正他父亲还没进棺材，”米静纳攒紧眉心，他想了一下又说，“他的生命力可真强。”

“你以为，应德尔齐赫……你以为……”

“我什么也不以为！”他生气了，并且把两手摊开，“你一下子就会想到歪路上去！”

说罢他走到过道里去换衣服准备开会。妻子给他预备了一套节日穿的衣服和一件雪白的浆领衬衫，但米静纳坚决拒绝了这一切。他从橱里翻出一件袖子已经磨得很旧的大衣，把金戒指勒下，摘去金丝边眼镜，换上一副黑边的。妻子莫名其妙，她想说些什么，但被丈夫果断的手势堵住了口。

“这样挺好。你不懂就别管。”

柯特尔巴酒家的女掌柜，腰阔臂粗的约瑟夫·柯特尔巴寡妇站在啤酒柜后面，一只肥胖的手搁在啤酒龙头上。她惊奇地瞪着米静纳，好像在问：你到这儿来干吗？

“劳动万岁！”他在门口匆忙地含糊说了一声走进大厅。他是到得最早的人之一，离开会还有半小时。真后悔，何必表现得这样热中呢？主席桌旁边坐着一个陌生人——大概是党委委员。他向米静纳投了一瞥，含糊地回答了他的大声招呼，又继续看志愿书。那人长得有一张朴直、粗犷、黝黑的脸，嘴唇微微撅出——总的说来，米静纳觉得这个人还相当和气。

米静纳在大厅里打量了一番，想找一个地方坐下。他挑了角落里一张靠窗的桌子。背后是墙壁，这里看得见整个大厅。他坐下来，胳臂搁在快洗破了的台布上，台布由蓝色和黄色的小花组成俗不可耐的图案。这一晚上他把这图案仔细看了不知有多少次。

将近八点时大厅里的人多起来了。他们愉快、友好地交谈着，笑声起于四座。米静纳端详着所有的人。那个鼻子很大的人准是位好好先生。主席是谁？大概就是那个淡亚麻色头发的小伙子；他好像未老先白了少年头。瞧他在主席桌边坐下了……这里也有几张熟悉的脸。那边一个年青人就住在我们房子里五楼上。八成是个大学生。自治委员会的鲍乌兹顾问也在这里。米静纳想向他招招手，但是不敢这样做……住在对面的一位工程师早已佩戴党徽。还有煤铺的烧炭工人。好在我们是从仓库直接取煤的，他不认识我。

米静纳的那张桌旁坐下了三个人，看来都是工人，他们安详的脸上皱纹很多。其中年纪较大的一个伤了风鼻子不通。他们谈话的题目极其平淡，原来三个都是铁路员工。米静纳向他们作了一个友好的微笑，搭讪着想加入他们的谈话，可是搭不上去。于是他从口袋里摸出那张通知，把它放在前面，耐着性子等待。

这里的烟味多重啊！天花板下蓝烟缭绕。女掌柜砰的一声在米静纳面前放下一杯啤酒，他想退掉，因为素来只饮矿泉水，但看到别人都不反对啤酒，他及时封住了自己的嘴巴。

“连这也得忍受！”平日滴酒不入的米静纳怀着一肚子委屈，“还得在此地饱灌啤酒，像个鞋匠似的！”

那个亚麻色头发的年青人用铅笔敲敲啤酒杯，大厅里立刻静了下来。

“同志们，我们基层党组织的大会开始了，今天要讨论……”

哈斯曼尼哈在哪儿？米静纳顿时产生了一线希望：也许她不来，但希望随即幻灭：哈斯曼诺娃气急败坏地走了进来。她穿一件黑大衣，拿一只手提包，这个手提包只要她走出她的王国总带在身边。她像只鸭子那样左右摇摆，撞着坐好的人的背脊挤到前面，在靠近主席桌的地方坐下，一张阴沉沉的、全神贯注的面孔朝着大厅。她那庄严的神态使米静纳失去了最后的一点勇气和自持力，他整个儿被笼罩在不安之中，身体不知怎的变得瘫痪无力。哈斯曼尼哈能说他些什么，他简直无法想象：以前他们连三句话也没谈满过。但是正因为不知吉凶如何，所以他益发不安。但愿这一切快些结束吧！国际形势的报告长得没完！这瘦长身材的报告人在说关于西方国家的什么？米静纳心不在焉地听着，不时看着坐在周围的人。瞧，这个人跟我同病相怜：鲍乌兹顾问，他曾经是天主教党内的积极分子。“他的情况比我更尴尬。”米静纳想到这里有些得意。

在短促的掌声中报告结束了。米静纳也使劲鼓掌。开始自由发言。哈斯曼诺娃也起来讲话。她痛骂反动派和资本主义，但讲得文不对题，七颠八倒，时常重复已经说过的话，好像摇来摇去只有一支曲调的手摇风琴。米静纳一下子就看出这里的人并不重视她的发言，只是让她把话说完，耐心地等着她的口才告竭。但主席还是不得不提醒她：“你讲主要的，哈斯曼诺娃同志，简单一些。别人也要发言。”哈斯曼尼哈赌气不说了，然后砰的一声坐到椅子上，她还被自己的演说激动着。直到散会，她始终气鼓鼓地保持沉默，愠怒的目光凝集在某一点上。

当开始讨论新党员入党问题时，米静纳觉得自己的神经已濒于爆裂的边缘。“不知道我被排在第几个。”他心想，眼睛巡视着人们由于闷热和激动而涨红的脸。

得站起来让那些看门的和烧炭工人“观赏”！想到过一会在这弥漫着烟草的臭味的酒店里将报出他的名字，米静纳又羞惭，又害怕。

在公司里至少周围都是熟人……可是这里，在这群下等人幸灾乐祸的目光下……可怕，可耻！“我再也不能掌握自己的命运，”米静纳想到这里大吃一惊，“从今我将属于一个不久前连集会也要被警察用棍子驱散的组织了。”

米静纳定了定神，注意着接受新党员的手续——报过了一个姓名，又是一个姓名，事情进行得相当快：把简历读一遍，大会就举手表决。对某几个人提出了一些不愉快的问题，引起了激烈的争论，有些人投票反对。当讨论鲍乌兹顾问的入党申请时遇到了障碍：有人说这位先生在沦陷时期曾申请加入反共联合会。哦嗬！胖顾问用雪白的手帕抹着红红的后脑勺，抵抗着质问者的进攻。“那时不申请不行哪，同志们，否则是活不成的。”他噜噜苏苏地讲述自己在战时的善举，企图以此转移大会的注意力，但毫无效果。“现在是不是也因为不申请活不成呢？”有人问。又是紧张的一刹那！米静纳开始同情顾问了。一个人总难免走错路的！但是，他在昏头昏脑中也跟着大家举手反对——他忘了自己还没有表决权。鲍乌兹垂头丧气地坐到椅子上，不久就从大厅里消失了。

“应德尔齐赫 · 米静纳同志！”

米静纳的膝关节“刮”的一声，他费力地站起来，脸色苍白，一眼不眨地望着主席桌。大会宣读了他的简历和志愿书。“以前有没有参加过其他党派？”“没有。”他的回答不无骄傲的口气。“从来没有过？”“从来没有。”“好。在我们表决前有没有问题？……没有？”

片刻的冷场在米静纳却觉得无比漫长和难堪。他鼓足勇气向哈斯曼尼哈觑了一眼。她坐在椅子上，上身微微探出，一动也不动，像一尊古代的偶像，一本正经地看着米静纳。她的眼睛里露出胜利的神气：看门女人发现米静纳激动得厉害，她瞧着他紧张的表情引以自娱。但她一句话也没有说。她用一只肥大的手拿起啤酒杯呷了一大口。

一位上了年纪的同志站起来要求申请人扼要地谈一谈入党动机。米静纳白天已经准备好一套适宜回答任何问题的话。他花了不少时间头头是道地写好了这篇现在放在他口袋里的提纲。他举起一个指头把眼镜戴戴正，开始用娓娓动听的声音述说，果然不愧为当年的业余演员。

“我尊敬的同志们，我衷心愿意向你们谈一谈，我，一个普通的劳动者，怎样经过长久的、有时还相当痛苦的探求以后作出了决定，这个决定是我辛劳而多难的一生中的一个转折点。胜利的二月中一系列伟大的历史事件使我跟千千万万其他诚实的捷克人一样睁开了眼睛。今天，我和其他向你们争取同志信任的人一道，站在你们面前，请求给予一个捷克斯洛伐克公民所能企望的最高荣誉——加入你们光荣、胜利和能使一切获得新生的党……”

他换了一口气，继续慷慨陈辞，一些复杂的长句他已经说得比较顺口了，就像演员在念独白那样。他扣人心弦地述说自己在一个铁道护路工家庭里度过贫苦的童年，提到给人家洗衣为生的妹妹，他参加过第一次世界大战，在剥削制度下，像他这样老老实实的公务员所达到的地位是与他的才能和勤恳不相称的。在列举了一批最穷的亲戚以后，他聪明地避而不谈岳母的那幢他已经垂涎了二十年的出租房屋。

他说得十分巧妙：有时候把头低下，仿佛沉浸在忧郁的回忆中；有时候激昂地提高嗓门。这篇发言相当长，目的是想感动妇女，并赢得男人的称许。但是两个目的米静纳一个也没有达到。他环顾了一下，在人们的脸上只看到一种表情：不耐烦。人们紧绷着脸听他说话，态度相当冷淡。主席请米静纳说得简短些。于是他微微鞠了一躬，快快地结束了自己的话，然后坐下来呷了一口啤酒，保持谦逊的沉默。他隐约感到他的演说没有命中标的，也许相反引起了不信任和反感。为什么？令人费解！不过又何必伤脑筋呢？反正他们没有理由拒绝。表决的时候大家都举手赞成，包括哈斯曼尼哈在内。

大会在一小时以后结束，这一小时米静纳觉得像过不完似的。他面对着一杯没有喝完的啤酒坐着，神经的紧张甚至在指尖上也感觉得到，这使他力竭筋疲。快些结束吧！早退他不敢，只得坐在那里向同桌的人亲切地微笑。

最后高唱《国际歌》。米静纳挺直腰板站在桌旁，他的脸色端庄严肃。他只是无声地张合嘴巴，因为不知道歌词，可是不唱又不行。当大家开始散去的时候，他挤到亚麻色头发的党组织主席跟前，再一次向他抒发自己的感想，并问今后开会是不是还要叫他。他这样做是为了表现一下自己，其实他知道得很清楚，今后有会每次都要出席——这正是他引以为憾的。

“请放心，同志，”主席微微一笑，调皮地看了他一眼，“从此开会你是摆脱不了的了。”

多狡猾的回答：你爱怎么理解就怎么理解！米静纳把它当一句戏言接受下来，勉强笑了一笑。

“我们不是陌生的吧。”他背后响起了哈斯曼尼哈的声音。米静纳猛地一震，回过头去，故意现出惊讶的神情。

“您也加入共产党了？”她的话中带刺。米静纳急忙开口，生怕她乱说出了毛病。

“我……嗯，是的……我明白了……我……哈斯曼诺娃太太……噢，不，同志，您知道，我……”

“这样才对，”她俨然是前辈的口气，“其实您早就可以入党了。我不是劝过您吗！”

“撒谎，”他鄙夷地在心中自语，“她从来没有提到过一个字。”但他没有点破她，只是像犯了过失的小学生那样站着。

在回家的路上，米静纳还带着嫌恶的心情想着这次大会。可诅咒的时代！他这样一个受过高等商业教育的人得跟所有这些下三流鬼混……甚至对哈斯曼尼哈也不例外。可恶的啤酒把他灌得像一具浮尸，只觉得疲乏、屈辱、恼恨。米静纳绕过带着手提包大摇大摆走在前面的哈斯曼尼哈——他可再也没有这份雅兴跟她周旋，今天已经够了！——用颤巍巍的手把钥匙插进锁孔开了前门，三脚两步奔上楼梯。回家，赶快回家，把门关好锁上，这才安全！在这里他重又恢复常态，重又是应德尔齐赫·米静纳先生！

在凉爽的浴室里，他漱了漱口解去不习惯的啤酒味，仔细地洗过脸和手，然后趿上他心爱的拖鞋走进卧室。在过道里他遇到神色慌张的女儿。依尔任娜不知说了些什么，但他坚决一摆手打断了她。明天再说，小姐！现在我不愿在临睡前使神经受刺激，这不合卫生，明天你可留点儿神！

妻子在床上等他，她戴着眼镜。鸭绒被上放着一本翻开的宗教小册子；看来刚才她在祈祷。她带着关切和忧虑的神色望着丈夫。胜利归来抑是铩羽而回？米静纳又一次冷静地向自己承认，他娶了一个既丑又笨的女人。她老得真快！不过她做得一手好菜，可说是个烹调能手。对于一个抛弃了少年时代的幻想、生活在赤裸裸的现实中的人来说，这是有一定意义的！像蝴蝶一般轻盈的蓓德丽诗卡如今不知是什么模样。嗳，何必去想这些！

“为什么还不睡？”他咕噜了一句。

弹簧垫在他身下弯了下去，被褥把他纳入自己温暖的怀抱。“床不愧为杰出的发明，”米静纳舒服地想着，“它的发明者为世界文明作出了伟大的贡献。”把尘世的烦恼撇在门外，合上眼睛，不亦乐乎！但在入睡前他转身向着妻子阻止她提出愚蠢的问题。

“祷告完了睡觉！这份罪让我一个人受吧。你们哪里知道我的苦处。都是为了你们！唉，全世界都在走向毁灭！”

10

水冲蚀了堤坝，掉下的第一块石头带走了第二块、第三块……不过堤坝还支持着。布里赫觉得有一股看不见的水流注入了他的生活，好像地下的河流冲蚀着地基。

春天的黄昏暖洋洋，席日科夫一幢房屋的居民大多被吸引到小院子里来了。两个女邻居叉着腰在给水站说长道短，水流在铅桶里咚咚地响。她们点点头回答了布里赫的招呼，默默地目送他走上楼梯。

席日科夫区这幢极其寻常的房子邻居之间相处倒挺和睦。这儿居住的大多是普通的无产者，在暖和的傍晚他们就在公共凉台上高声谈论自己的事情。这些人布里赫大部分都认识，但很少交往。五层阁的窗户今天透出明亮的灯光，从那里传来笑声、歌声和吉他声：画家那里显然聚集着一群快乐的朋友——庆祝一幅画顺利地卖出去了。经常穿黑衣服的房东老太太家窗台上神气活现地蹲着一只昂哥拉猫，它的一双绿眼睛望着蓝幽幽的暮色，空气中充满了诱人的春意。布里赫只有在付房租的时候才跨进那户樟脑味很浓的人家，跟房东太太见面。那老妇人整天沉浸在关于遥远的过去的回忆中，不声不响，十分安静。凉台上孩子们的喧嚷声并不搅乱她的宁静，她几乎完全是个聋子。布里赫去，她总是按旧式礼节加以招待，自己坐在一张吱吱作声的沙发上，把手放在耳边。“听说共产党要没收房屋了，”她说话像所有的聋子一样大声喊叫，“让他们拿去吧，这幢房屋只会给我添麻烦。幸亏先夫没有活到这一天，要不他是怎么也不会答应的。有什么新闻吗，年青人？说是要打仗了，是吗？又要打了？我说是不是又要打了？为什么人们这样不安分？走开，莎乐美！”她把猫赶开，“我对你说过多少回了：不许坐在花边小毯上，会给你抓破的，蠢东西！”

布里赫每次都急于离开这气味难闻的地方。

……一只很旧的网球从走廊里滚出来，在凉台的瓷砖地上滚过，吧嗒，掉到院子里去了。金发的安诺琦卡追出来，嘟起嘴唇，眼看着就要放声大哭。穿方格衬衫、袖子卷起的巴捷拉走到凉台上，把小女孩抱起来。

“别哭！”他摇着她说，“我到院子里去把球找来。现在你先给我开步走，上床去睡，像你这样的小耗子早就该在床上做第九个梦了。”他发现了布里赫，就把安诺琦卡放下来，轻轻拍了一下把她赶回家去。“啊，邻居！我们那儿有一个寄给您的邮包。邮递员送来的时候，您没在，他就交给了我老婆。”

巴捷拉到自己家里去，给布里赫拿来了一个体积很大、但相当轻的纸包，上面用绳子系着。布里赫接到手里掂了一下。

“这会是什么东西？”

“这我可不知道了，”巴捷拉调皮地一笑，“大概是乡下的大婶宰了一口猪没把您忘记。”

“可惜我没有这样一位好心的大婶。”

他们站着谈了一会，布里赫跟巴捷拉在一起不觉得拘束，在他身上可以感到精神的健康和稳定，他的手像刚出炉的面包的外皮，毛糙糙，热呼呼。

“那就谢谢您了。今天的黄昏好极了，您说是吗？”

“是啊，”巴捷拉点点头，“可惜不能减少十岁年纪。要不然，带一个姑娘到彼得逊山去玩玩多好！可是我得在家里焊洗衣桶，这该死的东西漏了。”

他搔搔头皮回到自己屋里去了。

布里赫到自己房间里拆开了这个神秘的邮包。里边原来是一架漂亮的地球仪，很像他们席日科夫中学地理参考室里的那一架。他小时候就希望能有这样一件玩意儿。轻轻一拨，地球仪就开始转动，土黄色的大陆和蓝色的海洋绞合成一条杂色的带。

在硬纸的盒底放着一张纸条。“地球何其大，可不是吗？前进吧，到自由世界去！”

此外一个字也没有。布里赫把纸条翻来转去，接着纵声大笑。荒乎其唐的礼物，谁送的很清楚！布里赫把地球仪拿在手里。世界，整个世界！他一直幻想周游世界。瞧，这是法国、美丽的法兰西；这是大西洋、火地岛、圣诞岛；那边是苏联辽阔的领土；里约热内卢、上海、加拉加斯[①]、中国东北丘陵、遥远的戈壁沙漠——伟大的、无垠的、动荡的地球。它在我的手中！

第二天早晨下起雨来了。无定的风在屋顶上空吹赶着饱含水分的云，从云中榨出浑浊的雨水。四月的雨时下时停，在屋檐的洋铁皮上敲出单调、忧郁的旋律，排水管里的水骨嘟骨嘟响个不停。

布里赫从一行行数字上抬起头来，忽然像发现了新大陆：玛丽

---

① 南美洲委内瑞拉的首都。

雅·蓝多娃没有戴黑边眼镜。她的模样异乎寻常，一双沉思的眼睛似乎变得明亮了。布里赫没来得及思索这一变迁的原因，舅舅已把他唤进“金鱼缸”，又交给他一大堆工作。他简直想把甥儿累死。今天卡兹达不在“金鱼缸”里：他妻子早晨来电话说，他卧病在床。

“啧，啧，”米静纳听了电话以后摇摇头，“我担心他已经不是这个世界的……”

他叹了一口气。

“那时您就可以高升了。”布里赫不经心地说。

“你怎么会有这样的想法？”

“这很自然。尤其在您入了党以后。”

舅舅带着遐想的神态向窗外看。后来他把大拇指扣在背心肩孔里，在房间里来回走了一阵，在布里赫身旁站住，怒容满面地伸出一根指头点着他。

“你们这班年青人说话全不知分寸。真是见鬼！噢，我想问你，我们的依尔任娜昨天晚上到你家里去过没有？”

布里赫不知道该如何回答，他猜得到一定是依尔任娜这样推说了，但他不愿撒谎，所以摇摇头。

“我也知道她没去过！”舅舅满意地点点头。他向科里偷偷看了一下，见巴尔托时伏在桌上紧张地工作，于是米静纳弯身对甥儿说：“这世道真可怕！文明的基础在毁灭，世风日下……”

“这话我已经听您说过一百次了。”

“那又怎么样？”米静纳不悦地轻声说，“这是事实，以后我还要说。弗朗蒂雪克，最近你的行为使我很不满意！尽做蠢事！还有我的女儿！我看着她，心中揣摩着：‘你怎么样？你拥护什么原则？你追求的是什么？’对传统、家庭、合法的私有制的尊重——这一切现在都被一脚踢开了。取而代之的是残酷、无情，你们眼里还有什么尊长？我以前孝顺父母，尊敬长辈和上司。可你们？得了，别说了，现在不是时候……对了，明天晚上你上我家去吃晚饭。是依尔任娜过生日，不许推辞，说定了！”

当布里赫回到自己桌边时，巴尔托时扔给他一封白封皮的信。

“大概是情书吧，”巴尔托时跟他开玩笑。“是楼下收发室交给我的。”

“未必是情书。这类信件与我无缘。”布里赫也用玩笑的口吻回答。他拿起了信，漫不经心地把它搁在日历旁边。一定又是昂德拉来纠缠不清，无聊！今天昂德拉已经来过电话，他唠唠叨叨谈着即将开始的旅行，当然他说得非常小心，即使有人听见，也猜不透这“旅行”的性质和目的。昨天布里赫收到邮寄来的一本精美的世界地图以及捷克斯洛伐克旅行社的简章，上面介绍法国和瑞士的秀丽景色。“难为他用心良苦。愚蠢！”

早餐后他拆开信封，起初甚至弄不清楚信的内容。他的目光在写得密密麻麻的纸上移动，怎么也捉摸不住句子的意思。布里赫重新开始看：“打倒共产主义专政！”

他觉得巴尔托时隔着桌子在注意他。布里赫惊恐地抬头一看，接着把信揣在兜里站起来。速速离开此地，避开好奇的目光！他走出办公室到走廊里，发现自己的脚步愈来愈快，差不多在奔跑了。

“我上哪儿去？”他脑中掠过这个念头。他感到惭愧。多么愚蠢啊！

布里赫走进厕所，在散发着樟脑味的昏暗中把信看了一遍，然后又看了一遍。那张纸在他手里颤抖不停，必须凑近眼睛才看得清。

这是一张写得相当高明的传单。它没有这些日子里该类“作品”可憎的特点：既恨又怕。它倒有些像一篇严肃的政治论文。作者以科学的客观态度考虑到敌方的长处和弱点，经过权衡分析，最后作出有力的、致命的结论：打倒专政！

传单上有问有答。“您是否拥护民主？是的，但不是共产党强加于我们人民头上的那种民主。马萨里克说过，民主就是辩论。您是否拥护社会主义？是的，但拥护的是有自由、不排斥异己的社会主义……”接着作者简短地追溯了一下捷克民族的历史，证明捷克人从来就是热爱自由、热爱真理的，并且具有英勇反抗暴政的传统。几句意味深长的引文表明了马萨里克的博爱理想以及他对布尔什维主义的严厉指责。“捷克人！”传单上接下去写着，“今天你陷入了新的黑暗时代[①]，历史在号召你行动起来！千百条小溪将汇成势不可当的洪流，全体人民将奋起反击受外力主使的暴虐政府。如果你是真正的捷克人、基督徒、民主主义者、地道的社会主义者，那就不要光等外来的力量来解放你，而要自己行动。我们不愿再流一次无谓的血，但必须向共产党显示人民真正的意志！”

末尾用印刷体字母写着一段附言：“如果你希望我们可爱的祖国重获自由——人人的自由，就请你用打字机将此传单复写五份，分送给你认为可靠的熟人。”匿名信的作者还警告说，收信者如何处理这些传单他们都有详细准确的记录（你也应该记下把传单寄给了哪些人，并注意他们的态度）。“假如你将传单交给敌对方面，那就莫怨解放后将遭到的后果。算账的日子不远了！”

恫吓！这段附言惹恼了布里赫。他想起有一次他的母亲也收到过这样的“连锁信”（当然是宗教内容），她在昏黄的灯光下用被碱和肥皂泡坏了的手抄写——但愿不要像某些无视这种善举的人家那样遭到不幸。信上提到了受到惩罚的罪人：某肉店掌柜亵渎圣信，用它来包肉，一年后他的女孩子患脑膜炎死了——这就是天谴！

布里赫至今还记得这个“某肉店掌柜”。呸！

附言激怒了他，他想把信撕掉扔在便桶里，但有一种力量阻止他这样做。心跳得厉害。他把传单又看了一遍。上面没有一点他不能同意。那么说就该复写分送？不，倒不是因为他胆怯，被吓倒了。问题在于这是小人之举，是卑微不足道的纸上暴动。但是，难道在“保护”时期我们不也用过这种方式争取自由吗？那时候是对付外国人、法西斯强盗，他们占领了全国，压得我们气也喘不过来。可现在……去反对自己的同胞？这封信号召反对的是二月间布里赫在街上看到的

---

① 捷克历史上，1620年事件后丧失民族独立的一个时期被称为黑暗时代。——俄译者注

群众。这是荒谬的堂·吉诃德行为，但是……这明明是为自由而斗争的呼吁书，再看一遍！这不是反动分子或者被剥夺了资产的商人充满仇恨的谩骂。如果换了布里赫，他也会这样写，这恰恰与他想的一样。

这些念头是非常痛苦的。布里赫把传单塞进口袋，在走廊里的龙头旁喝饱了水回到科里。谁也没料到是怎么回事！布里赫好容易控制着自己不去看同事们。嘿，巴尔托时！你是多么想窥到我的心底！告诉你，休想！

布里赫点起一支烟卷，吐了一口烟，望着窗外的雨。然后他低头看桌上的账单，但是思想像鸟儿在密林上空盘旋，不知道落到哪里是好。“谁了解我？”一个疑问在布里赫脑中闪过。“谁知道我是‘可靠的’？这传单是谁寄给我的？”看来，除了对面那双在科里监视着他的眼睛，还有别人。在那一边。那些看不见的观察者在怂恿着他行动起来。他们将注意他的一举一动，一次又一次撒开他们的网，最后终将俘获他的思想！……不，不答应！

布里赫头疼得要命，他两手捧住脑袋，闭上眼睛。

“您不舒服吗？”他听到身旁巴尔托时的声音。

布里赫昂起头来，手指扳紧坚硬的桌面，痛苦地望着巴尔托时。你究竟要我怎么样？但巴尔托时这样问他并非爱管闲事，而纯粹是出于关心，布里赫明白这一点以后，把自己控制住了。

“不要紧。”他费力地说着迸出一丝笑意。快离开，离开此地！他捺熄了在满满的烟灰碟里冒烟的一个烟蒂，重又默默无言。

“您去看一次医生吧。”巴尔托时轻轻地说。

“谢谢，这没有必要。我不过有点头疼罢了。昨天睡得晚了一些。”

打字机又哒哒地响了起来，风声萧萧，疏雨敲窗。“这天气！”葛拉瓦契咕噜了一句。

巴尔托时伏在桌上用颜色铅笔划出长长的一行行数字。

“是不是得到了不愉快的消息？”他随口这样问，一边继续工作。

“很难说。”布里赫隔了半晌才回答，别的什么也没来得及说，因为电话铃响了。巴尔托时拿起听筒。

“您的电话，布里赫。还是那个声音。”

“别挂断，法学家！”激动的布里赫在劈劈啪啪的话筒里听到了熟悉的声音。“只有两句话。我投降了，你不愧是一只顽固的山羊。随你的便吧。不过我在旅程中将非常寂寞，没人跟我争论了！现在说正经的：星期六上我家来。有一个小小的晚会……告别晚会。我要握握你的手，跟同窗老友一起喝上两杯。伊莲娜也盼你来。昨天她到你家去过没有？不，不，我没什么！……如果你跟我们一同走，星期六可以不来，否则一定要来！就这样说定了。我不再打电话了，你在星期六以前再考虑考虑。”

“我会来的。”布里赫坚决地说。

“傻瓜！”布里赫在挂上电话前还听到这么句话。

门口的圆钟指着三点多。巴尔托时望着钟，心里不知怎么的愈来愈激动。今天他一定要问她！近来他自己也不知道自己是怎么回事。从他严峻的心底唱出了一首难以理解的、忧郁而美妙的歌曲。不过，巴尔托时，请不要称呼名字。你跟她！这太荒唐、太不可思议了！

然而事实确是如此。他间或抬起头来向打字机那边瞅上一眼。好像有一股温暖而又惆怅的气流从那里飘来，这对他说来是陌生的。巴尔托时，你天赋爱好整齐精确的性格在这方面完全不起作用，笔记本也帮不了忙……还是安静下来，放理智些！

玛丽雅·蓝多娃！这是他笔记本上极其平常的姓名之一。但她为什么这样吸引着你？你不知道，也不会明白！你们整天坐在一个办公室里，可你甚至不敢正眼看一下她的脸。她对你并无好感，她大概——不，一定——还有些怕你！有时你遇到她深邃的灰眼睛躲躲闪闪的目光，有时你看着她的手指在字键上迅速跳动会看得出神，有时你想跟她随便谈谈，但谈不上三句话就没法继续下去，因为玛丽雅不愿搭腔，而巴尔托时也不好意思自言自语。为什么偏偏是她？……“您好！”他每天早晨向她招呼。“您好！”听到的总是轻轻的回答，语中包含着不愿交谈的意味。凭理智当然可以了解她，他的笔记中也记着有关她的一些情况。但这终究是个奇怪的女人！她桌上玻璃下面压着吉卜林①的一首诗《何时》和一些幼稚的格言。在她的抽屉里不久前巴尔托时曾看到一张“马萨里克老伯”的相片。

不，他对她没有误解：她幼稚，政治觉悟极低，显然还多愁善感，充满了愚蠢的偏见，羞怯而悲观。关于人民民主、关于共产党……以及关于他——巴尔托时——的种种无稽之谈，她都相信。如果有人说他是靠喝“正直的民主主义者”的鲜血得到营养的，她可能也会相信。由此可见，她抱着敌对态度，背着可憎、可鄙的旧包袱，而且意志消沉！

那么为什么偏偏是她吸引着你？还有小玛莎？……这该如何解释呢？

在家里读区委的指示，他忽然会大吃一惊地意识到，他希望待在公司里，因为那里有她。必须克服这种心理！你的工作一大堆，不久就要大选了，反动派把最后的希望都寄托在这上面，党在领导尖锐的阶级斗争。几乎每天都有个把反动家伙逃到国外去在无线电里大叫大嚷：恐怖，警察制度，专政！西方则耀武扬威，不断试验原子弹。现在的确不应该钻在个人的感情圈子里。你知道党是坚强的，知道太阳从东方照耀着我们——那就是苏联，可靠的支柱。诚然，更困难的时期我们也经历过，但现在也麻痹不得。党壮大了，把数以千计的正直公民吸收到自己的队伍里来，这是对的。但决不能使敌人和形形色色的犹大的阴谋得逞，他们企图钻进党来从内部进行破坏。不，绝对不行！

在会上喊得声嘶力竭是常有的事。可以感到一部分人对你敬佩，有一部分则既怕又恨。跟自己人、不是自己人都得争论。有时把脑袋

---

① 吉卜林(1865—1936)，英国反动的小说家兼诗人。

捧紧，竭力想深入理解这些激动人心的事件的意义。现阶段必须做的是什么？必须打击敌人，积蓄力量，跟某些人以为一切目的都已达到的麻痹思想展开斗争。应该告诉他们，斗争还刚刚开始！还必须反对某些好虚荣者刚愎自用的倾向，反对命令主义和升官思想。因为也有个别共产党员企图利用党证达到自私的目的。这种人是少数，但他们的虚荣心造成了不小的损失。巴尔托时在党委会就曾与以前的仓库管理员萨斯卡进行顽强的斗争，这是一个典型的野心家，自高自大，目空一切。骄矜自负的萨斯卡盛气凌人，把自己装扮成一个大人物，不断地“揭露”某某人的“过错”。虽然正直的党委委员们表示反对，但他使用种种不正当的手段，还是当上了采购科的副科长。他成了公司里谈话的资料，大家都对他指指点点。敌人的宣传把类似的一些情形夸大到惊人的程度：瞧，共产党员是些这等样人！……

必须对恶意诽谤和施放冷箭的勾当加以反击，向劳动人民解释粮食困难的原因，不过粮食情况的确严重。此外，应该组织志愿劳动队去支援煤矿，那边迫切需要劳动力。晚上还得读可恶的匿名信，里边充满了下流的詈骂、无处发泄的仇恨和穷凶极恶的威胁。每次把匿名信放进卷宗，他就啐一口唾液：“写吧，畜生，不要吝惜疯狂的口水，继续在你们的信上画绞索和绞架吧。这吓不倒、也挡不住我们，我们既然做了，那就决不退却，不管发生什么……”

巴尔托时觉得他的生活本来已经比平常紧张了好几倍，可现在又有一个思想不可抗拒地在往他的头脑里钻。

为什么偏偏是玛丽雅和玛莎？她们是分不开的。一个目光羞怯的女人和一个小孩。巴尔托时一直认为，党是他唯一的家，现在突然诧异地发觉他还希望有另一个家。他想起了母亲。她住在巴尔杜俾采附近一座敝旧的小屋子里。战时他被关进了集中营，母亲曾为他受了许多苦。巴尔托时很爱母亲，但是儿子对母亲的爱完全是另一回事：这种爱即使相隔很远也不打紧，只要常惦念着也就够了。“我得去看看妈妈。”巴尔托时想过许多次，但结果总是走不开，总是有一个什么重要的会议非出席不可。

他为今天作了极为周到的准备！巴尔托时想起自己怪不好意思地光顾一家玩具商店的事，脸上不禁浮现出微笑。他反复考虑了不知多少回，还是决定不了，因为他从来没买过玩具。在商店货架上可以看到许多布娃娃和脸上涂着彩色的木偶。巴尔托时在那里还看到一大排救火车、一盒盒的游戏用具、赛璐珞的小鱼，应有尽有。昏暗中不知从什么地方走出了一位笑容可掬的女售货员。

“我要一只熊。”巴尔托时一本正经回答了她的问话，一边垂下眼睛，装出挺随便的样子。其实他很不自在。

售货员姑娘走到柜台后面，旋即拿来许多盒子，殷勤地招待这位顾客。

“您的孩子是小弟弟还是小妹妹？”

巴尔托时莫名其妙地对她看了一下，皱着眉头不知怎么说好。

“嗯……一般说，是小妹妹！”他胡乱回答，以免对方提出新的问题。

售货员向他介绍一个黄头发上扎蝴蝶结的洋娃娃，它的眼睛会自动睁开闭上，还会发出怪有趣的声音。可是巴尔托时坚决拒绝洋娃娃。只要小熊！

他把这玩意儿在办公桌里藏了好久，等一个适当的机会。终于给他等到了。办公室内只剩下他们两个人，玛丽雅站在洗手盆前穿大衣。巴尔托时很快地从抽屉里取出那只匣子，带着负疚的笑容走到玛丽雅跟前。

“我……我想这会使玛莎高兴的……所以我买了这东西。”他结结巴巴地说。

两个人面对面站着发愣。蓝多娃涨红了脸，固执地望着一边。巴尔托时在她脸上已经看到了坚决的拒绝。忽然，蓝多娃体会到了他的窘态和诚意，就接过匣子，像藏一件见不得人的东西那样很快地把它塞进提包，神色惊恐地道谢一声，跑出了房间。巴尔托时弄得稀里糊涂。

这没关系，只要玛莎高兴就好。

他哪里知道，这一天玛莎根本没有享受到这份欢乐。玛丽雅在路上决定把小熊送给邻家一个小女孩，但后来又改变初衷，把它锁在一口旧衣柜里。“让它搁着，”她拿定了主意，“我不许玛莎受这个人的礼物……他究竟要我怎么样？”她凭着女人的敏感体会到巴尔托时对她有意，她不知如何是好。他的关注使玛丽雅难受、害怕。每天她都得付出很大的努力避开巴尔托时的目光，避免跟他说话。是的，他很有礼貌，不死乞白赖，常带几分疲容，相当怕羞：蓝多娃甚至发现自己对他怀着某种糅合着同情的好感。但她随即把这种心情抑压下去。难道你忘了他是共产党员！这意味着什么，她不太清楚，可是周围听到的却是对共产党的怨言和咒骂。母亲整天抱怨食品供应不足。这该怪谁？共产党！不能放玛莎到雄鹰协会去了，因为那地方也已经是共产党的天下。他们把住在五楼的一个顾问打发退休了。那个顾问的确不是个好人，但这样做究属不应该。隔壁一幢房子里一个十五岁的男孩逃到国外去了。这该怪谁？共产党！我们再也没有自由和民主（其实玛丽雅自己并没有这种感觉，她只是靠有限的薪水过日子，养活小玛莎和老母亲），但她认为这也该归咎于共产党。母亲笃信上帝，她的一生相当艰苦，唯一的安慰就是宗教。要是她知道有一个……共产党员对她的女儿发生好感，她会怎么说！可怕！

他希望从我这儿得到什么？女人？我作为一个女人已经死去好多年了。她含悲忍辱经受了失望的打击，从此清醒过来。岁月匆匆，她已经不能算年轻：三十四岁了。玛莎现在是她生活的全部意义和目的。必须把这小姑娘教育成一个好人，一个爱国者，一个坚强的妇女，别像她母亲那样轻易失足。必须教育玛莎不要相信他人，时刻小心提防——这是她做母亲的从沉痛的经验中得出的教训。晚上，玛丽雅发现自己照镜子的时间比往常长了些，暗暗大吃一惊。她觉得惭愧，因为男人早已不把她看作一个女人，她习惯了这一点，也不要求人家对她改变态度。她的双手每天在打字机上工作八小时，她不过是打字机的附件罢了。

然而，第二天玛丽雅终于把黑边眼镜留在家里。事实上她并不非戴它不可……但在发现同事们用惊奇的目光看她以后——尤其是布里赫，他似乎有些明白了——蓝多娃决定再把眼镜戴上去。

今天，过了四点钟，当布里赫走出去把门带上以后，巴尔托时轻轻地问："玛莎喜欢不喜欢那只小熊？"这句话竟把她问住了。玛丽雅心乱似麻，不知道该怎么回答。这话问得那么突然！她本想撒一次谎，但看到他紧张的目光后，没勇气这样做，她直说了：

"请不要见怪……我没有把它给玛莎。我不能……"

"为什么？"巴尔托时觉得非常奇怪。

她耸耸肩膀，脸上的表情相当固执。但是巴尔托时的惊奇和懊丧绝对不是做作的，不可能不相信他的真诚；玛丽雅有些惭愧。不，随他去！让他知道，她没有接受一个为某些人害怕（她也是！）、为某些人仇视、而米静纳却对之百般逢迎的人的礼物。让他知道，她也有自己的看法……她永远不让玛莎接近他！

虽然如此，但当他轻轻地问能不能送她一程时，她起先狠狠瞪了他一眼，接着不知为什么害怕了起来，最后违心地点了点头。

她一路上默不作声，拘束得很。她不知有多久没跟男人并排走路了！巴尔托时也很少开口，即使开口也说得很慢，字斟句酌。玛丽雅紧张地倾听着。他在说什么，他对我说这些话有什么用意？

巴尔托时说了一些自己小时候的顽皮把戏，但玛丽雅全无笑容。他明白她对这不感兴趣，就不说了。他们走到电车站停住了脚步。"谢天谢地。"她心中如释重负。十八路电车来了。玛丽雅正想伸手告别，不料巴尔托时跟她一起上了电车。一路上直到郭列绍维采他一句话也没说。他们走近了她的家。焦虑和惶惑紧紧包围着玛丽雅。但愿不要被任何人看见，这对好事者会是多难得的资料！上帝保佑，不要让玛莎跑出来，她会认出他来……还有妈妈。多么荒唐！我的行为简直像个七年级的中学生，瞒着父母跟一个毛头小伙子逛街。

一步也不能再往前走！玛丽雅站住了，惊恐地看了一下巴尔托时，想说些什么，但最后只是打开提包故意取出钥匙。他懂了，也停下脚步。

“祝您晚安！”他握了下她的手，然后正眼看着她的脸。“我要对您说几句话，我在任何事情上都喜欢一清二楚。请不要因为我的坦率而生气，也许不应该这样，但我不愿长期讨您的厌。您大概在问自己，为什么我要送您？事实上这是您知道的。我找不到话来解释……也许没有必要解释……但是……我需要您……可能这是因为我太孤独了，您也明白……有时候想跟一个人谈谈。可是我觉得，您……似乎有些怕我……我知道，这一切太奇怪了……但对于我说来，您……不知怎的很是亲切……不，您别见怪，要是……”

她睁大眼睛看着他，两条腿像在地上生了根。他说这些干吗？他还不如什么也不说的好，这简直是疯话！

“我喜欢玛莎，”他继续说，“真的！也不可能不是这样，要知道我们在共和国内所做的一切，都是为了所有……这样的玛莎。”

他顿住了，心想，她的看法可能恰恰相反。在这样的场合，言语可能成事不足，败事有余。但他注意到玛丽雅并没有生气。

“祝您晚安！”

巴尔托时仍旧站在街上，心头怅然若失。他点了一支烟，自己对自己说：“巴尔托时，你的的确确疯了。这一切太不像话！”

这时他想起七点半要上区委会开会讨论准备五一游行的事，今年的游行特别重要。巴尔托时把烟卷扔了，像赶去救火那样匆匆往市中心走去。风把他的雨衣吹得像一张满帆。

他不知道，这天晚上玛丽雅打开了旧衣柜，取出那只绳子也没有解开的盒子，把一只簇新的小熊给了蒙在鼓里的玛莎。小姑娘高兴的喊声使她猛地一震。“天哪，”她不敢往下想，“我做了多蠢的事啊！”

“妈妈，我们叫它米式卡好吗？米嘉已经很旧了，可是我还要把它留着。让它们做朋友。妈妈，这是你给我买的吗？”

“不，玛莎，你别再问了。”

偏偏玛莎一定要问个明白。她把头乱摇，两条小辫子也给摇得飞了起来。

“告诉我，谁买的？”

怎么回答这个好奇心重的小丫头呢？怎么办呢？我还是说，这是妈妈公司里一位叔叔送的，就是我们有一次在公园里遇见的那位叔叔。反正玛莎记不得他，这样就完事了。

事情真完了吗？玛丽雅想把小熊塞回盒子去还给巴尔托时。她不要他的任何东西，什么也不要！……但已经晚了！

她觉得自己铸了大错，蒙受了耻辱，顺着斜坡在往下滚……

第三部　决　定

1

带罂粟籽的蛋糕、舅舅坐在大钢琴前以不太熟练的技巧演奏的《霍夫曼的故事》[①]，——这是很久以来布里赫上米静纳家做客留下的最鲜明的印象。“这乐器太好了，”舅舅得意洋洋地把他的财产指给人看，“真正的‘彼得罗夫’[②]！”这时舅母就殷勤地微笑着插进来说：“来吧，我们的咖啡要凉了。”

连带着总要想起死去的妈妈！每次到舅舅家去她在三天前就开始叮嘱：“弗朗蒂雪克，把脖子洗洗干净，你的脖子黑得跟靴底一个样！米静纳家是体面人家，别叫他们看轻我们。最要紧的是什么也不要碰，你的手碰什么坏什么——舅舅不喜欢这样。要吻他的手！看见蛋糕别像生出来什么也没吃过的饿狼似的，要不，他们也许会说我把你教养成了个江洋大盗。”可怜的妈妈！在米静纳家她时刻不忘穷亲戚的身份，总是危坐在丝绒小沙发的边上，布尔乔亚寓所富丽的陈设压得她喘不过气来；她揉弄着雪白的桌布的一只角，十分拘束地一小口一小口咬着蛋糕。舅母在一旁招待：“吃呀，亲爱的，别客气……”

布里赫每次走近葡萄园那幢房屋，就想起妈妈。这幢房屋的正面保留着建造年代的庸俗风尚、建筑师本人以及房屋主人的低级趣味。这是各种建筑风格的现代主义大杂烩！两个黏土巨人托着包铁大门上的拱顶，河川女神和山林男神的塑像在阴森的楼梯口微笑。一九四五年二月轰炸时附近落下一枚炸弹，正门口所有庸俗的装饰全部给震坍了；现在这房屋似乎成了对尊严的一种讽刺。但这些创伤却给舅舅提供了谈话资料，他不知多少次向人叙述他在空袭时的惊险经历。每次他总是这样开头："当时我就站在这里往纸筒里装烟丝，我内人正在厨房里不知忙着什么，忽然间……轰隆一声！"

开门的是舅母，她以长辈妇女亲昵的态度在布里赫颊上吻了一下。

"进来，进来，弗朗蒂雪克，"她甜腻腻地轻声说着把他引进客厅，"得叫你等一会儿了，你也知道，我们现在没有用人，所以你舅舅和表妹都得帮我做厨房里的活。"

布里赫只得打着呵欠翻阅家族照相簿，或者枯坐着打量房间。他打开放在橡木书桌上的照相簿，天知道他这已经是第几遍没精打采地看那些亲族的相片：长一辈的、长两辈的、长三辈的；他也找到了自己的父母在结婚那天照的一张已经泛黄的相片。这张相片被插在很不显著的地位：不过是穷亲戚罢了！瞧，父亲的胡须向上翘起，剪短的头发竖得笔直；母亲的目光充满了惊恐！她是违拗全家的意志出嫁的，为了她的丈夫仅仅是个穷火车司机，舅舅永远也不肯原谅她。父亲在第一次世界大战后不久就因伤而死了……再后面是依尔任娜的相片，从上面布里赫可以看到一部近二十年来摄影艺术的发展史。依尔任娜在摇篮车里，依尔任娜第一天上学，依尔任娜第一次领圣餐。在其中一张下面用呆板的字体写着："我们的宠儿"。这里有年轻的舅舅通过中学毕业考试后的照片，有一张他拿着精致细巧的手杖，也有他穿着志愿特惠兵制服上前线之前的留影。相片大多泛黄了，出现了许多斑点，其中有亲友给照的，也有在照相馆照的，那就少不了镂雕

---

① 指法国作曲家奥芬巴赫（1819—1880）的歌剧《霍夫曼的故事》中一首通俗的船歌。

② 钢琴名牌。

靠椅、古色古香的柱子和花园布景。合家欢照片上有一位亲戚故意挺出圆圆的大肚子，好让镜头把他的金表链照下来作永远的纪念。

布里赫对米静纳的住宅自幼就留下不良的印象。这里没有穷人家那些能使人心里感到温暖的东西，看不到贴在食橱玻璃后面的照片，也找不到油漆布地毯上给香烟烫焦的痕迹；一切都遵照某种冷酷的规则收拾得整洁而又俗气。金鱼缸底装有电灯，玻璃橱里的整套瓷器茶具从来没有人用来喝过茶，放着专等依尔任娜出嫁时作陪嫁，它们的命运也无非是让人家每隔一些时候从上面拂去灰尘。"这一切将来都是你的，孩子。"舅母每次在客厅里走过总这样对女儿说。有一次依尔任娜告诉布里赫，说她有时候真想把所有这些东西全部砸掉。她恨这一切！舅母则是一个掌家主妇的典型——作为有钱父母的女儿，她在治家学校里学到了有关家务各方面的许多严格的规矩。甚至没有用人，她也每天要扫五次地，虽然完全不必要担心被客人非议，因为除了布里赫以及难得前去的卡兹达父子以外，几乎没有人上他们家去。

依尔任娜系着浆硬的围腰走进来，对布里赫丢了一个眼色。

"你觉得很无聊吧？"

"这里跟平常一样——没什么特别的地方！"

"那么我们就说定了？你一定帮我的忙，是吗？"

"包在我身上，同志！"他微笑着眯起眼睛，于是依尔任娜又到厨房里去了。

今天她打了个电话到他公司里，以她特有的匆促语气说，她要跟他谈一谈。布里赫答应了，因为他很同情他那胆小懦弱、在暴君似的父亲压迫下喘息的表妹，虽然对她常为一些小事忧心忡忡有时也加以并无恶意的取笑，但他了解依尔任娜。他在不知不觉中成了她的"忏悔神父"，她把自己少女的苦恼对他无所不谈。以前他经常与她长谈，但近来不再向她提供意见。尤其是自从她爱上了他很久前的战友英德拉·贝朗以后。英德拉现在当然抖起来了，不用说神气得很。反正这是她的事情！

他们在咖啡店里见了面，由于走了急路而满面通红的依尔任娜在一杯清茶之前倾吐了自己心中的苦楚。布里赫频频点头耐心地听完了她的话。可怜的依尔任卡！她的生活变成了一连串没完没了的忧虑和恐惧。英德拉——父亲——学校！她在这三者之间穷于周旋，像一颗弹子从台盘的这一边滚到那一边。依尔任娜告诉布里赫，她加入了共产党，不过家里目前还不知道这件事。他们也不知道她跟英德拉好。她不知有多少次站在父亲面前决心表白一切，但只要他看一眼或者说一句刻薄话，她的嘴又给堵住了。她只好对英德拉撒谎，说家里已经全知道了，可是她感觉到英德拉不信她的话！他知道依尔任娜没有胆量，对她很不满意。怎么办，弗朗蒂雪克？这一堵谎言的脏壁迟早总要戳穿的！然而系里党委的同志们对她好极了，跟他们在一起她觉得那么轻松，简直难以形容。要不是他们，她在家里闷也闷死了！父亲每天晚上收听国外广播，动不动就挖苦人，而她就得听这一切！还有他跟母亲时常窃窃私语！……昨天依尔任娜收到一张地区党组织的开会通知，幸而没落在父母之手。但这样能维持多久？最后一切总要公开的……一旦父亲知道她入了党，他会怎么说呢？还有妈妈："你应该为你的灵魂想想，孩子！"她经常拖她去参加那些宗教集会，要是依尔任娜不去，责备和眼泪就没个完！"哦，方达，我简直自己看不起自己，再也不能这样下去，我撒谎，对不起党，我是在自暴自弃，根本不配参加党的队伍，我欺骗所有的人，包括英德拉在内……这不会有好结果！"

"我问你，"布里赫打断了她的怨诉，"你到底知道不知道自己需要什么？"

她莫名其妙地看着他。怎么不知道！她要挺起胸膛做人，敢于正视人们，敢于爱英德拉，并且……

他又打断了她：

"我不打算教你怎么办，依尔任娜，虽然我知道这一切都是由谁而起，知道你是为谁入的党。"

"这可不对！相反……"她截住他的话头，眼睛向下看，"我们一直为这件事争吵……英德拉跟你一样取笑我！”

“当然，这是你的事情，姑娘！我不相信党内对你非常欢迎。你大概把政党跟慈善机构混淆起来了。你是不是要党扮演义侠的角色来保护胆怯的小姐不受狠心父亲的压迫？这个主意的确不坏……不过，你到底懂得了一些什么没有？他们的目的你是否知道？你又怎么知道他们是正确的呢？”

“我知道！”她的口气非常坚决。

她看看自己的手指——她有一种坏习惯：在激动的时候咬指甲。为了这个习惯，她挨过所有人的指责。现在布里赫轻轻地拍了一下依尔任娜的手，把她的手指从嘴边拉开。不管怎么样，她知道！她知道自己认识水平低；关于这一点英德拉也向她唠叨过好多次，但由他去！依尔任娜轻轻地添上一句：

“我凭感觉知道他们是对的！我……愿意参加党，就是这样！”

凭感觉知道！布里赫暗暗一笑。

“当然，这是坚定的信仰，坚如磐石！既然你有这样的信仰——那就行动吧！别的意见我也提不出来！你已经成年了！”

她不吭声，不安的目光扫视着座客冷落的咖啡店，最后长叹一声，耸耸肩膀，说：

“我不知道如何向你解释这一点，方达！我觉得好像被什么东西……束缚着……无论怎样，他们总是我的父母，我对他们承担有一定的义务……虽然……虽然现在我们互相完全不了解。譬如妈妈：我可怜她，父亲不知把她变成了什么，但从另一方面说……”

“‘当孝敬父母……’”布里赫用开玩笑的口吻引用《圣经》上的话，“这大概也是宗教偏见，同志！恭喜你觉悟提高得这样快！”

“不。不是这样！我请求你不要笑我——为什么你也笑我！我自己也不知道被什么阻碍着！我觉得好像生活在笼子里，我拼命扯这笼子，想冲出去……可是冲不出去！”她把头使劲一摇，霍地站起来，拿起提包，“我的无病呻吟占去了你很多时间，请原谅……晚上你可要帮我的忙，啊？”

她是那么天真地以央求的目光望着他，布里赫不由自主地点点头答应了。英德拉明天要随志愿劳动队去劳动一个星期，今晚他需要跟依尔任娜告别，偏偏今天米静纳请了几位客人吃晚饭。布里赫答应在九点钟设法使她脱身，只说带她去作晚间散步。

“有什么办法呢，小姐！我的心肠最软，虽然扮演爱神的角色我是外行，不过我一定帮忙！但要明白，这样总不解决问题，胆小鬼！”

“我知道！”她活跃起来了，雀斑点点的脸蛋上笑逐颜开，“你真好！现在我要走了，要不家里又会闹得天翻地覆。父亲管得我好紧，我对他说白天我要参加课堂讨论……但愿晚上一切顺利！你不知道，我被这一切搞得肚子都疼了……”

现在，他独自一人在客厅里，想起了咖啡店里那场匆促的谈话，情不自禁地微微一笑。他想，如今的年青人真奇怪。就以依尔任娜、阿列克·卡兹达或者那个英德拉来说，我只比他们大几岁，可是我与他们之间的区别多大！他们跟我在他们那种年龄的时候完全两样。他们有自己的想法和心事，跟我在第一共和国时代的毫无相同之处！这些年青人比较开朗、真诚，好像有着某种决心和自豪感，他们固然有复杂的个性，但头脑里没有一团糟。即使幼稚、胆小如依尔任娜，骤然看来她像一池清水望得见底，可是她却会说：“我知道自己需要什么！”

舅舅系着围腰、盘里托着一钵子面条汤走进了房间，他后面跟着老卡兹达的儿子阿列克。他今天似乎只是被请来赴依尔任娜的生日宴的。阿列克的气色似很疲倦，他向布里赫伸出了手。

“系里有什么新闻吗？”布里赫问，阿列克也在法律系读书。

“新闻倒是不少。这你大概也想象得出。许多情况变好了。”阿列克说得挺认真，但布里赫不信，他把手一挥。

“回头再聊吧，年青人，汤要凉了！这是我自己做的……到饭厅去！”舅舅像在市集上招徕游客进杂耍场。“依尔诗卡[①]，快到浴室里

---

① 也是依尔任娜的爱称。

去洗洗你的爪子，小鬼！来吧，小伙子们，我可不再请你们了！晚饭后每人可以喝一杯啤酒！”

大家开始喝汤的时候，依尔任娜的外祖母蹒跚地来到饭厅里；大家一齐站起来给她搬椅子，可是她对谁都不理。她把一根细手杖靠桌子放好，一双淡蓝色的眼睛咄咄逼人地看着女儿。显然她在为什么事情生气。她用刺耳的声音问，谁到她房里去翻过东西了。她不愿别人随便闯到她室内去，房间她自己会收拾。布里赫已经不是第一次在米静纳家席间目睹这类短促的、但很尖锐的冲突。舅母唉声叹气辩解着，但老太婆固执地用手杖敲着地板。

“不，不！我一眼就看得清清楚楚。谁也瞒不了我！”她不肯罢休，眼睛在寻找她的女婿。

舅舅感觉到，丈母娘马上又要扬言搬到卡兹达家去住了，于是他急忙出来调停。

“我觉得奇怪，妈妈，”他语中包含着沉痛的埋怨开始说，“您为什么这样激动呢？您明明知道我们都敬爱您老人家！”

老太婆以嘲笑的目光看了他一眼，算是住了口。她的眼睛仿佛在说：“你还是给我闭嘴，甜言蜜语的小丑。你专等着我进棺材！”然而这个想法并没影响她的胃口。她狼吞虎咽地吃着。颧骨上蜡黄的皮肤牵动不停。布里赫看着老太婆颤巍巍的手对付牛肉的动作是那么熟练，不禁看呆了。

“怎么样，阿列克？”她问外孙的时候，眼睛却不看他，“爸爸身体好吗？”

“不好，姥姥，”那少年忧郁地回答说，“今天他生平第一次从公司早退回家——他觉得不舒服。要是能说服他治病就好了！”

“这只是白费时间，”舅舅说着低下头去喝汤，“我不知对他唠叨过多少回了：‘卡列尔！你把万事撇开，下决心把病治好！你怕丢掉什么？’可是他只当耳边风。他应该趁早退休，否则总有一天要人家从办公桌旁把他抬走。唉，我那可怜的朋友也真是死心眼儿！”

外祖母频频点头。是啊，是啊！这是一个贪得无餍、吝啬得不近人情的老妪。布里赫每次看见她，就会想起巴尔扎克笔下的葛朗台老头。这个毫无情感、铁石心肠的老太婆活着只是为了看守她与死去的丈夫一起攒聚起来的财宝，她性情多疑，气量狭窄。她的心完全被存折上一行行的数字迷住了。活该！在她眼中，周围的人都是想发横财的强盗！她的女婿米静纳——这个口是心非的滥小人，他钻到他们家里来时不过是个屁股上打补丁的小公务员——他只想着她的钞票，恨不得把她活活饿死，必须手执宝剑保护自己的财产！财产愈来愈少了，盗贼包围着她，在她小室里翻箱倒柜。她的定期存款簿上曾有过一个巨大的、近乎空想的数字，亲戚中提到这笔巨款时呼吸也为之屏住。可是希特勒把这笔钱从她那里全抢走了！这个天杀的！对于剩下的财物——这也是个相当可观的数字——米静纳正垂涎三尺。一九四六年她卖掉了在席日科夫的一幢房子——干得好！人们在背地里说，老太婆不相信银行，她的钱都藏在枕头下面，睡觉就睡在钞票上，日夜看守着，自己小房间的钥匙老是套在脖子上。当然，这并不妨碍她为了每一块面包与女婿吵嘴，她甚至准备把自己吃的一份伙食过秤，用克朗来计算它的价值。每次争吵老太婆总是占上风。这使她像小孩子一样得意，虽然她明知女婿如此殷勤得令人肉麻是为了什么。

舅舅自己也知道！很清楚，一个七十岁的老妇人迟早要归天，那时最早进入她的老巢的人准不会吃亏。但是这老太婆健旺得像株橡树，你瞧她的胃口多好！“她会不会活到一百岁，比我们谁都死得晚？恐怕还是把她送到卡兹达家去为妙？”米静纳始终为这个问题苦恼着。她吃好晚饭立刻站起身来，米静纳亲热地目送她回到她的小房间里去。她的一把年纪刺激着他的希望……

布里赫带着鄙夷的好奇心观察他的舅舅。他懂得舅舅的目光所流露的真情。但如果布里赫能通过这双狡猾的鼠目直窥舅舅的思想深处，他还会看到一场盼了好久的隆重的葬礼，反正舅母的眼泪呼之即出，还有雇来的唱诗班唱挽歌。同样也不难想象舅舅声泪俱下的悼词，那是事先周密地准备好了的，目的要使亲友们听了想起老太太高尚的德行和伟大的母爱为之同声涕泣。

阿列克吃得一点声音也没有，食物到他嘴里好像化成了烟雾。看来他完全不注意周围的事情。这个瘦长少年两条细臂膀就像蜘蛛的腿。他的精神似乎大部分集中在戴着深度近视眼镜的一双灵活、深凹的眼睛里。他举止懒散，但一双手却不断地上下挥动，活像两只受惊的鸟儿。他生在城市里，在城市里长大，他的孱弱令人想起一株小草在阴暗的院落深处向往着高空的太阳。

“功课怎么样？”晚饭时舅舅问他。

“还好。”阿列克简短地回答。他不喜欢谈这些，因为他对法学兴趣不大，他的理想不在这上头。

“诗怎么样？还写吗？”舅舅亲切地垂询。

阿列克默默地点点头，不愿跟米静纳就这个话题多谈。他颇不乐于谈这方面的事情。当他的诗在杂志上发表时，他竭力避免亲戚们虚伪的赞美。“我们家有一位诗人。”他们言下不胜光荣。只有布里赫对他的诗抱着批判态度，指责他胡乱摹仿各种各样的诗歌流派。阿列克同意他的批评，但总是激动地说：“目前……我没法写得更好。必须换一种方式……”

“诗还是做下去，”舅舅摆出一副长辈架子说，“虽然我认为多呼吸一些新鲜空气对你更有益处。一个未来的律师……跟做诗总有点连不起来。不过，这类事我搞不清楚。有时候真叫人纳罕，这么个毛头小伙子头脑中竟会产生……”

舅舅叫依尔任娜弹一曲钢琴庆祝自己的生日，同时也好让大家讨论一下她的成绩。依尔任娜红着脸拼命拒绝，百般推托，但舅舅非要她弹不可，并责骂她不成材：

“十年来在你身上花了多少钞票，家里又有乐器。真正的‘彼得罗夫’！难道你什么也没学会？！”

最后，舅舅决定让她丢一次脸，因此宣布说他自己来弹，虽然他没学过钢琴。他立即把大家从餐桌旁赶到客厅里去。他揭开琴盖，等大家在圈椅里坐好，像一位杰出的独奏家对迟到听众侧目而视。他以包含责备的目光看妻子手里拿着十字布从厨房里慢腾腾走出来开始绣花。她沉重的身躯在丝绒圈椅里坐定，布里赫觉得她活像一只养得肥头胖耳的昂哥拉猫。“要是大家突然静下来，”他心想，“那一定能听见她的呜呜声。”舅母间或从眼镜上边用一个贤妻良母慈祥的目光看看在座的人。当舅舅在钢琴旁照例弹着《霍夫曼的故事》时——这是他勉强学会、足足已经有二十年经常弹的唯一的一支曲子——布里赫却在研究舅母这个人。

布里赫对她既无好感，也不憎恨。玛尼雅舅母！她的生活意义非常简单，她的全部生活哲学可以归纳为几句陈腐的话。她表达感情的唯一方式就是眼泪。她为亲友家小孩出麻疹或拉肚子哭泣，也为不得不与之分离的破布条儿流泪。渐渐地她成了葬礼上最受欢迎的哭手，她对悲恸欲绝的死者家属总是慨洒同情之泪，并且总是这样反复地劝慰着：“如今他安息了，他再也没有痛苦，万能的主把他的奴仆从尘世苦海召回到自己身边去了，将来你们会在主的怀抱里重逢。”但当问题涉及女佣的时候，她从来不掉眼泪；据她说，这帮可恶的东西老是撒谎，偷东西，对她们客气不得。主啊，如今的人心术可太坏了！

当舅舅的演奏结束时，只有她一个人热烈鼓掌，然后赶紧去煮咖啡。

舅舅满意地坐到圈椅里，伸出一双趿着心爱的拖鞋的长腿，舒舒坦坦地开始发表高论。他喜欢在一顿丰盛的晚餐后让舌头活动一番，所以大家都知道接下去是什么节目。

“我说，”舅舅开腔了，他皱起前额，神态庄严，简直坐在圈椅里就负起了攸关全人类命运的重任，“如今这时代在破坏文明的基础。婚姻、家庭、对人的尊敬——这一切仿佛都……”

“什么文明？什么基础？”阿列克接嘴问。

他在沙发上心神不宁的依尔任娜旁边坐下，点起一支烟卷。布里赫确信，舅舅与阿列克马上就要展开一场激烈的辩论。他们永远争吵不休：阿列克公开拥护新制度，对他姨丈的政治见解大不以为然。

米静纳扬起眉毛，一下子打开了他的话匣子。布里赫听着意兴索然。每次从头到底都是一样，好像在摇一架单调的风琴。他们的争论涉及进一步国有化、爱国主义等一切现实问题。

“年青人，”舅舅举起一个食指，“等将来遗产从你手中跑掉，你会唱另一种调子的。这是对私有制的全面总攻。”

他用几句话描绘了失去私人资本积极性以后的工业雕敝颓败的前途，最后照例又谈到一般道德，特别是青年道德的问题。家庭——这个国家的基础——如今已岌岌可危；据他说，我们这时代在破坏、在摧毁神圣的人与人之间的关系，使妻子反对丈夫，儿女反对父母，这样下去，会酿成大祸！

布里赫朝默不作声的依尔任娜看看。她坐在阿列克旁边，手搁在膝盖上，眼睛注视着一座古色古香的时钟。八点了！布里赫向她投了鼓励的一笑。“放心，姑娘，我没忘记。能做的我一定做！”

他的思想在离此很远的地方游荡。他知道舅舅的论据是从哪里来的。这个利己主义者虽然嘴上冠冕堂皇，但他考虑的只是自己，只是升官发财，即令他在某些方面说对了，这些话中也杂有自私的肮脏成分。

“无稽之谈！”阿列克冒火了，“所谓不可动摇的社会制度云云——这都是胡说！从前这里是资本主义制度，现在要把它埋葬掉。人们在那个制度下像穿着旧上衣一样嫌太紧。如今只有一小撮人还恋恋不忘那个制度！”

“我的好甥儿，你这是从廉价的小册子上看来的！”

“我敢担保，你一本也没读过！”阿列克跟他顶嘴，“你当然满足于个人的见解。因此你的论点陈腐不堪，早在一百年前就被推翻了。对于新的东西……”

争论愈来愈显示出人身攻击的性质。舅舅扬着一个指头说：

“你当然可以纵情空想，亲爱的，反正有父亲供给你衣食。可不是吗？但是生活会使你发热的头脑冷却下来！生活——这是搏斗，永远是搏斗！请看看那些芸芸众生。今天他们一个踩着另一个的背脊爬上去！这就是搏斗！”他得意地重复着说，仿佛被他发现了一个特别确切的比喻，“为一切搏斗！为一块面包，为温暖的床铺，为太阳下的一隅而搏斗。你们自以为已经学富五车，其实你们缺乏经验，还稚嫩！告诉你，谁也改变不了这种情况，这是自然的法则——弱肉强食，优胜劣败……”

“不！”阿列克摇摇头说，“是由于剥削制度，是由于时时刻刻担心丢掉饭碗，人们才变成这样。你也成了这样的人。但这种情况会改变的！”

“你在说梦话！”舅舅冷笑着，“这些小儿科的病症我早就害过了。你像小鸟从卵壳中孵了出来，又有爸爸管吃管穿，自然可以异想天开！但生活将把这一切富于诗意的空想从你倔强的脑袋瓜儿里挤出去。必须从实际出发！考虑问题应该学老成持重的人！”

阿列克站起来，不以为然地把手一挥。布里赫觉得这个安详沉静、永远带着几分幻想气质的少年今天与往日判若两人。阿列克气得发抖，他垂着双手站在钢琴边，弹了几下和音，若有所思地沉吟良久，听米静纳不厌其详地阐述他的人生哲学。

最后，阿列克向他转过身去。

“姨丈，你管什么叫做老成持重？如果按老成持重的看法世界就是一所大兽槛，强者吞噬弱者，互相怀着戒心，那就应该把这样的老成持重扔得远远的。我们才不要它。宁可做一辈子小孩直到死去，也比成为这样一只老成持重的狼强。”

他说这番话的时候并未提高嗓门，嘴唇上还带着调皮的微笑，他知道姨丈马上就要发作。

“收起你的诗情画意吧，老弟！说不定你还要背一首报上的诗来歌颂志愿劳动队呢！的确，这用诗来表现特别鲜明。铁锹和铁镐——文明的工具——万岁！”

布里赫听着舅舅激烈的言语全然无动于中，他一边吸烟，时而看看钟。他没有丝毫火上加油的愿望，但他感到自己的同情在阿列克方面，他不同意舅舅的见解。有时布里赫自己也会跟这个热烈拥护新制度的少年争论起来——他们互相了解对方的观点。阿列克读过不少书，人相当聪明，这不可否认，虽然他们的争论总是没有结果，在原则问题上他们的意见永远分歧。布里赫不理解阿列克怎么能接受周围发生的一切！他们争辩的范围涉及各方面：关于民主，关于艺术上的自由以及文化特点等等。无非是老一套！阿列克答辩时很急躁，这使布里赫认定那就是这位年青积极分子的弱点所在。阿列克的反驳通常缺乏非常明确的论点，但他正直诚挚，并不掩饰自己不完全清楚的地方。“两条路总得选择一条，”阿列克说，“而正确的只有一条，所以我拥护现在的一切！无条件拥护！这合乎逻辑，也合乎人道，而像你这样的人竟不明白这一点，这使我百思不得其解。”

时针慢慢移近九点。布里赫忍不住说了一句尖刻的话，卷入了争论。他瞄得准，箭射得稳，正中要害。

“舅舅，有一件事我倒想请教。既然您抱着您在这里宣扬的那一套看法，为什么要入党呢？”

米静纳慌张地向在场的人环顾一遭，面露愠色。他发现了阿列克投来诧异的视线，连忙说：

“不要把这个问题纠缠进来！这是风马牛不相及的两回事！这是为生活所迫！”米静纳觉得自己像一个初上溜冰场的人一样尴尬可笑，他激动地燃起一支纸烟。“不要装得比你实际上更傻。你自己明明也知道！事实上不加入不行，再说……”

米静纳注意到依尔任娜也向他瞪出一双充满了惊奇的眼睛，简直像吓坏了一般。她为什么这样大惊小怪？难道她竟迟钝到这种程度，连这一步的必要性也不懂得？他以前一直留心，当着她不谈他入党的事。依尔任娜惊愕的神情别人也发觉了。米静纳想对她说几句严厉的话，但后来认为还是不理她的好。于是他匆匆地把刚才的话接下去：

“再说，我原则上并不反对社会主义思想。如果一切都能经过充分考虑后合乎理智地去做……”

很明显，米静纳再也说不出什么，这时正在痛苦中挣扎以期挽救做父亲的体面……他的兴头不用说已被一扫而光了，最后他懊恼地把手一挥。

“啊，是这样！”聪明的阿列克笑了起来，“原来你不反对社会主义！不过得慢慢来，是不是？有意思……”

“要是我处在你父亲的地位，”变了脸色的米静纳打断他的话头，“我就不会这样对你说话。你可怜的父亲看来手太软了！不过一般做父亲的也对付不了如今这一代青年人！好出风头，大言不惭，看问题简单极了！脑袋里装满了道听途说的玄奥理论，垂手等待着进天堂。一只手拿着小册子，另一只手……”

“拿着锄头，”阿列克俏皮地接口说，“老一辈的人爱唠叨：‘什么也不要相信，世界在走向毁灭！’那就让他们一直唠叨到生命的终了。当然，青年们对这一切是不屑的！他们的全部生活都在前面，他们不会上你们的钩！青年愿意生活，愿意相信世界，相信未来！不惜任何代价，懂吗？！”

布里赫又插进去说：

“这不愧为一篇十分明确的政治纲领，阿列克！绝妙的人生观：给我们安静，我们要生活，要欢乐。这在‘保护’时期特别对劲！至于没有自由，人们纷纷被关进集中营，枪声此起彼伏，都可以不闻不问，只要给我们安静，我们要生活！不惜任何代价！”

“请不要颠倒黑白！”阿列克发怒了，“我说的是真正的青年，他们没有辜负自己的使命。”

“这很简单，”布里赫冷冷一笑，“在没有自由的地方，我个人看不到有未来，懂吗？现在我就看不到！但我至少有勇气承认这一点，我也不自己欺骗自己，说什么我们这里有自由云云！我也经历过好些时代了，我能……”

“经历是经历过了，可是什么也没学到。”阿列克冷冷地说。

布里赫正想回敬，这时见依尔任娜以哀求的目光看着他。他朝时钟一看，钟正敲九点！英德拉大概已经在楼下门口徘徊，而可怜的依尔任娜在这里急得像热锅上的蚂蚁。他会意地沉默下来，等适当的机会建议依尔任娜跟他出去走走，而且要使舅舅不起疑。时间一分钟一分钟飞逝，谈话停顿着，但还没有结束。舅母搁下了十字布，叫依尔任娜帮她到厨房里去端茶。依尔任娜不得不去。她在门口用忧虑的目光向布里赫暗示她的不安，他点点头安慰她。别怕！他呷着热茶，吃着舅母做的咸脆饼，得意的女主人赞美新置的电烘箱怎么怎么好，可是时针意味深长地振了一下指着九点一刻。

布里赫感觉到依尔任娜轻轻碰了他一下。他向她转过脸去，手里仍拿着细巧的茶杯，无可奈何地耸耸肩膀。小心，舅舅的嗅觉非常灵敏！等喝完茶再说。这时，他在茶具的轻敲声中似乎听到街上传来口哨声。他把茶杯放在托碟上，但还没来得及开口，如坐针毡的依尔任娜再也忍不住了，她终于铤而走险。天哪，她撒谎的技巧太拙劣了！

“爸爸，能不能让我跟方达出去走走？”她用低沉的声音有气无力地说，并且过早地垂下了眼睛，“我有点头疼……”

舅舅把茶杯端到口边，莫名其妙地凝视着女儿。

“又要什么新花招了？你的夜间散步是怎么回事，我知道，小姐！在我负担你的生活期内……”

“我马上就回来的，方达，你说是吗？……你要知道，爸爸……”

“够了！既然头疼——那就吃阿斯匹灵上床睡觉！”

依尔任娜不再开口，一双不幸的眼睛望着布里赫。“现在怎么办？”他搜索枯肠，“必须立刻跟阿列克商量，舅舅比较容易上他的当。快！”他向阿列克凑近身去，但还来不及想出任何办法，忽然过道里响起了尖锐的铃声，所有的人不约而同地抬起头来，仿佛门外站着的是不可知的命运之神。

2

吓得最厉害的是依尔任娜。她在惊恐中用双手掩面，接着跟在母亲后面没头没脑冲到过道里去，舅舅的手哆嗦着把茶杯放到托碟上。

茶杯发出清脆的响声。

见鬼，是谁？……这么晚闯到这里来做什么？

过了一会，门开了，脸红得像鸡冠花似的英德拉随着舅母走进烟雾腾腾的房间，一边向前推着完全绝望的依尔任娜。“单是他看人的样子已足以把舅舅惹恼，”布里赫心想，“必须立刻调停。”但是晚了！英德拉领带也不系，领子敞开，上衣翻领上别着一枚党徽，他站在地毯上，仿佛一下子填满了整个房间。他向布里赫眏眏眼睛算是问好，然后毫无惧色地直视着舅舅。米静纳坐在圈椅里，面孔就象古埃及的斯芬克士，眼睛眯成两条线怀着戒心打量这位不速之客；他惊魂已定。

“请不要见怪，米静纳先生，”英德拉勇敢地开口说，“明天我要跟志愿劳动队去劳动一个时期，我跟依尔任娜约好今天告别。我希望……您不会反对吧……”

舅舅的面孔牵动了一下。他先朝着依尔任娜狠狠地瞪了一眼，简直把她烧成了灰，但旋即堆起一副甜蜜的、然而绝非好兆的笑颜转向不速之客，身体微微向前探出，当他略加思索后开始说话时，很少有人猜到他的话竟像热锅滚油那样飞溅着盛怒的火星。

“哦，您要去劳动，”他露出温和的微笑，一边慢慢地伸手去拿茶杯，“这么说你们约好了？这对我当然是新闻！ 嗬，嗬！ 来，请坐，喝一杯茶！”

“谢谢，”英德拉生硬地拒绝了，“不用费神。”

他不耐烦地站在那里，瞧着挂满舅舅绘画杰作的墙壁；显然他在这里颇不自在。

“毫无疑问，”冷酷的舅舅继续说，“您确信组织这种劳动队在经济上是有意义的。不过也许您是打算去纵情歌唱？瞧，这就是现代的青年！最好整天唱歌欢笑！好吧，我们就来谈一谈！请坐，别忙，我们今天见面再巧也没有，您又不是赶着去救火。不过您是否觉得有些别扭……”

“我吗？”英德拉不解地反问，接着放声大笑，“一点也不！为什么您这样认为？”

“等等，等等，年青人。您像一阵狂风闯到这里来。我和贱内跟您素昧平生，甚至不知道您垂爱于小女依尔任娜……”

“你们不知道？”

“不知道就是不知道。我们的千金小姐不知为什么认为没有必要告诉我们……这么说，您也承认我们初次见面的情况不太平常。正像您来访所选择的时间一样不恰当。我并不以这一点指责您。但既然您在这里，我们就来把事情研究一下；我希望结论将是不言自明的。好，我们开始，第一个问题：您为什么要追求我们的依尔任卡？她是个既愚笨、又不漂亮的姑娘，这是我的看法。我看着您，心里就想：这才是个真正的战士！可是忽然爱起一个布尔乔亚家庭的姑娘来了！这不使您觉得别扭吗？”

“别扭，”英德拉坦白承认，但立即坦白过了限度，“米静纳先生，如果您愿意知道的话，我还希望她能摆脱这一切！”

“您真这样想吗？”舅舅的语气冰冷。

“当然！”

“好！那么您到底为什么要追求她呢？”

“见鬼！”英德拉恼了，他陷在痛苦的怀疑中，“这不是很明白的吗？因为我……爱她。”他好不容易说出来以后把手一挥。

“好极了，”舅舅频频点头，“一块石头从我心上掉下了！那么您是否也能告诉我，您是否打算娶她？您总承认，作为她的父亲，我有权利……”

“权利您是有的，但是，您的问题我不能回答。这并不决定于我一个人……”

“那么还……决定于谁？”舅舅怂恿他说下去。

依尔任娜的神经再也支持不了，她睁大了眼睛一会儿看看这个，一会儿看看那个，绝望地咬着指甲。

“爸爸，我求求你……别说了！”

“住口……”舅舅一语把她喝住，随即又在修得光光的脸上堆起鼓励性的微笑。看来，这席谈话渐渐激起了他的兴趣。“那么，如果你们真的结了婚，您能不能养活她呢？啊？您对前途有些什么打算呢？”

英德拉也淡然一笑。他开始明白米静纳的把戏了，因此决定以牙还牙。你等着，布尔乔亚，我要逗得你满身发痒！

“前途？从您的角度看，我的前途还在未定之天，米静纳先生。您要知道，我还在念书。有时参加劳动队去劳动，经常开会，因为我是系里党委会的委员，还有……我认为没有必要把一切都列举出来。至于养活依尔任娜目前根本谈不上，我在靠助学金生活。不过，难道这一点是那么重要吗？现在女人自己也会养活自己。我关心的前途是比较广义的，那是人类社会的前途。当然，它反过来也会关心我！”

他终于使舅舅失去了顽强地保持着的平衡。

“哼，告诉您，年青人，它会关心您才见鬼呢！”米静纳扬扬一个指头，虽然他还勉强想沉住气，“如果您深深地爱着小女，您应该听听过来人的话。但您显然认为自己已经足够聪明，可不是吗？同时，在您心目中我当然是个庸俗的小市民！对不对？落后、渺小的布尔乔亚，反动派……老人全是笨蛋，等等。但是……可敬的野心家，要想压倒我们，你们还缺少许多东西。经验，你们缺乏老一辈劳动者的经验，缺乏像我们这样一生忠心耿耿……”

“够了！”英德拉再也忍耐不住，“我们重视经验，我们需要经验。但不是一切经验。年龄在这方面不起任何作用。我知道有一些老前辈……他们三十岁也还没有满……至于您所指的老练和经验——谢谢，我们不敢领教！只要看看，你们把这世界搞成了什么样儿！”

“这下太过分了，”布里赫心想，“这显示了他的全部性格！”他没有猜错！忍耐、宽容的表情从舅舅脸上消失了，他转而开始行动。

“好，我们不谈这个，特别是现在，我又一次看到如今的青年的确是够粗鲁无礼的！是的，是无礼！我在这里当自己女儿的面说，我不愿意让您在她身上浪费宝贵的时间，这些时间您可以用在比较有益的事情上：例如开会、劳动以及其他社会主义事业！花在学业上的当然可以少些！但有鉴于我是同情青年的，我向您提出唯一的一次忠告：请您放聪明些，依尔任娜将嫁给能养活她的人。这一点我可以向您担保，虽然我不是老脑筋。您是肯定不会成为她的丈夫的，事实上你们也根本互不相称。我教育她不是为了让她要饭的。如果您愿意知道的话，爱情还需要钱和理智……”

“可是这些东西您不是多着吗！”英德拉嗓门都气哑了还挖苦他，“我也想对您直截了当地说……”

“英德拉！”依尔任娜发出一声哀号。在这席谈话的过程中，她始终像一张枫叶瑟瑟发抖，手遮住了脸。“英德拉……我求求你……”

“闭嘴，”舅舅把她喝住，“我跟你还另外要谈一谈呢，亲爱的小姐！”他已经感觉到主动权在自己手里。“任何争辩，即使是最精采热烈的，也该有个结束。我提议收场吧……”

他说着站起来，踏着前志愿特惠兵坚定的步伐走到过道门口，把门开得笔直，向英德拉做了一个富于表现力的手势。

“您下逐客令了，是否应该这样理解？”英德拉以喑哑的声音问。他把下颌突出，站在原地不动。

“您很聪明。”舅舅用冰冷的语气予以肯定。

布里赫不能再袖手旁观了；他站起来，把一只手搁在英德拉肩上，悄悄地说，他们可以一起走，因为他也要走了，可是英德拉甩脱了他的手，理也不理。他愕然望着呆若木鸡的依尔任娜，用手抹抹脸，仿佛在揭去一张黏糊糊的蜘蛛网，由衷的厌恶使他浑身发抖。

“天哪，我这是到了什么地方？我来跟依尔任娜告别，可是这里的人却问我有没有钱？难道这是一九四八年？这是典型的市侩哲学，人在这里会感觉自己像二十世纪的勃鲁契克先生[①]！你们的斯频奈琴[②]在哪儿，可敬的先生女士们？把窗户打开吧，要不你们的脑髓都快蒸发了！依尔任娜，几时你请系里党组织的同志们到此地来，让他们看看！”

“没什么可谈的了，年青人！”舅舅站在门口咬牙切齿地说。

---

① 捷克大作家斯瓦托普路克·捷赫（1846—1908）写过一部出色的讽刺小说《勃鲁契克先生十五世纪旅行记》。

② 十六世纪的一种长方形小型羽管键琴，是钢琴的前身。

“好极了，阁下，我这就走！但愿我没有破坏您的消化机能。别以为我乐意待在这里……依尔任娜，”他带着满腔怒火转向那个木然不动的姑娘，“你知道你是个什么样的人？你是个不中用的撒谎专家！我简直想吐！”

“英德拉……我求求你，英德拉……”

“不……你比这更坏，你是个胆小鬼……叛徒！但是我……你跟我一起离开此地！在这个疯人院一样的地方没法用脑子思考！你走不走？”

“依尔任娜哪儿也不去。”米静纳的嗓子变了音，一边去拉门的把手。

“我在问依尔任娜，”英德拉毫不客气地把他的嘴堵住，“她已经成年了，懂吗？！”

被这太不像话的一幕闹昏了的依尔任娜站在父亲与英德拉之间，恐惧和激动使她的下巴颏儿哆嗦不停。她泪眼迷惘地望着英德拉。这简直是一场梦！她张动嘴巴叫着他的名字：“英德拉，英德拉！”但是没有声音。她想逃跑，但是寸步难移。她觉得自己的两条腿被父亲怒不可遏的目光缚住并且钉在地板上了。舅母双手紧按着太阳穴惊慌地跑到厨房里去，甚至可以听到她在抱怨点心都干硬了。米静纳维持了这么多年的父亲的尊严像一根紧张的弦面临着断裂的危险。

“依尔任娜，”英德拉再问一遍，不过他的口气已经恢复平静，“你走不走？”

“英德拉……英德拉，我求你……理智一些！”

“我痛恨这样的理智！现在一切都应该结束，你明白吗？这是一个骗局！卑鄙的骗局！必须立刻决定一切！你或者跟我走，或者留在这个腐烂发霉的博物馆里！马上决定——我等着！”

激动到头发根的布里赫觉得脖子被谁掐住似的，但他一动也不动。他看着依尔任娜。舅舅则威风凛凛！布里赫注意到他紧握着门球的手青筋外露。阿列克神经质地在钢琴上一堆乐谱中乱翻，他脸上的肉频频牵动，他勉强遏制着自己，一句话也说不出来，他觉得现在一切只能由依尔任娜自己决定。

钟无情地敲了一下：九点半了。

“永别了！我不愿再看到你！”英德拉从房间里跑出去，活像他脚下的地板在燃烧，门砰的一声关上了。

外祖母从小室里探出一张皱眉蹙额的脸，她本来已经蒙眬睡去，现在被吵醒了。她想弄清楚是不是强盗来抢她的钱，但英德拉好像一阵风在她身旁刮过，吓得老太婆立刻回进小室。她急忙把锁孔里的钥匙转了几下。关门声沿着静悄悄的塑有河川女神和山林男神雕像的楼梯扩散开去——这一幕就此告终。

那么后来呢？舅舅不慌不忙走到依尔任娜跟前，以响亮的一巴掌使她清醒了过来，但现在他的话中出现了温和的语调：

“以后你别再撒谎说头疼了！你这个劳动队长的爱人！”

依尔任娜惊恐地捂住面颊，但随即把腰杆挺直，向周围环顾，神态有些异样。

“我跟他走！”她毅然说。但是父亲森严可怖的目光使她丧失了最后的一点勇气，她只是重复了一遍：“我要走……”

舅母从厨房里走来，听到最后一句话，立刻扑簌簌掉下眼泪。

“姑娘！醒醒吧，我的孩子！你发疯了！”她扑向女儿，把她搂在怀里，没有任何办法加以遏止的眼泪如大雨倾注。“依尔任卡，我的依尔任诺奇卡！你走了我一定活不成！孩子……唉，这些孩子！这究竟是怎么回事？你要回心转意哪！想想万能的上帝吧……我的好姑娘，要知道我活着就是为了你……你不能走……爸爸要生气的……他是那么关心我们……你这不是要把我活活急死……折磨死吗？……”

她悲恸欲绝，休想劝慰她平静下来。

够了！舅舅决定一下子结束这种场面。他靠近依尔任娜，打算采取最有效的手段，但一直袖手旁观的布里赫咬紧牙关像一把老虎钳牢牢抓住舅舅的手。

“不许碰她！听见没有？”他脸色苍白，冲着舅舅厉声说，“不许碰她，否则恕我无礼了！”

他扶着失魂落魄的依尔任娜到她自己房间里去。她像一把割下的草，脸朝下倒在枕头上。布里赫亲切地抚摸着她的头发，并不逼着她说话。她得自己冲破重重难关。清醒一下，小姑娘！

布里赫走到过道里，见垂头丧气的阿列克在等他，他们穿上大衣，尽可能悄悄地溜之大吉，因为这时客厅里舅舅又在大声说话：

“这也算是教育？！……‘我的好姑娘！’听得我周身都起了鸡皮疙瘩！这都得怨你，我早就疑心她不走正道！你以为家里养着个小天使，其实……其实她整天跟那小子在鬼混……这就是他们的青年！混蛋！这个不要脸的鬼丫头成天撒谎，你还给她买生日礼物！她将来准是个浪荡女，你瞧着！哼！……”

总算来到了空气新鲜的地方！可以大口大口地呼吸，吐出一肚子闷气！布里赫等阿列克酬谢为他们开大门的哈斯曼诺娃。他们发现英德拉在转角上。他背靠着一棵洋槐树站在那里抽烟，不顾细雨蒙蒙。他那被路灯照亮的圆脸上有点点雨珠闪着水光，散乱的头发搭拉在前额上。他用脚往背后的树干上一撑，迎着阿列克和布里赫走过来问：

“怎么样？”

“没什么，”阿列克在英德拉背上拍了一下，“我感到恶心。我的亲戚叫我实在受不了。特别是我那位姨丈！不过，朋友，你没有给依尔任娜太大的帮助！”

“很抱歉……”英德拉把两手插在口袋里生硬地说，“现在这跟我不相干了。”

“原来这样！”布里赫气咻咻地说，“我还以为你爱她呢。”

英德拉没有接嘴，闷闷不乐地在马路上走着，时而咳嗽几声，大概是感冒了。阿列克沉浸在自己的思想中，嘴里喃喃地自言自语，想定下神来。多么凄凉的一个晚上！他想起了一首诗。这是谁写的？他不知道。路灯照在潮湿的街道上，勾起一怀愁绪。脑中下意识地响着这样的节奏：坦、达、达，坦、达、达，坦、达、达……以及一些完全不可捉摸的只言片语，愤怒和抗议的音调在耳际轰鸣，眼前出现了姨丈的家、他的拖鞋……旋风一般来去迅疾的感情满载着惶惑……这一切该如何表达？用什么表达？用诗歌，他要为人们写出这首诗！但是他什么也写不出！也许将来能写出一首真正的诗……坦、达、达，坦、达、达……

英德拉响亮的声音把阿列克从遐想中带回现实。节奏听不见了，一切都消失了。

“我并不否认……”英德拉沉默了好久以后才回答布里赫的话，“但她必须摆脱这一切，从小市民的泥坑里跳出来。现在不能把时间浪费在家庭问题上，你懂不懂？她胆小、落后，心里一害怕就撒谎！可是她还相当狡猾——这次她居然也入了党！不，我不能跟她生活在一起！我们合不来，因此这一切结束得很好。我要去睡了，再见！”

他穿过街道往电车站跑去——背脊略略弯曲，手插在口袋里；他狠狠地踢开便道上一块铺路石，在拐角后面消失了。

布里赫和阿列克默默地冒雨而行。过了半晌，布里赫突然提出一个问题：

“听我说，你是不是相信这一切？我指的是今天你在舅舅那里所维护的一切……”

被打断了思路的阿列克很觉惊异地向他转过头来：

“相信！”

在这句简短的答话后又是一阵沉默。

他们遇见几个裹在雨衣里的路人；雨点从帽子边缘往他们脸上淌。阿列克忽然说：

“不久前我到过一家工厂……这也算得是件不寻常的事情……我在那里觉得非常尴尬，甚至不晓得怎么跟工人说话……别扭得够呛……但是很有意思。这些人没有可笑的糊涂思想，不像你或我！”

“你这是想说明什么？”布里赫纳罕地问，“等等，你说你也有糊涂思想？你是个有头脑的小伙子，但我对你有些地方不能理解……你的党派偏见太深。我就不加入任何党派！”

“我也不是党员！”阿列克低声说。路灯在他凸出的眼镜片上一闪。他感到布里赫的目光中流露出惑然不解的神气，他就摇摇头开始解释：“是的，我也没有加入任何党派，朋友！过去我自视过高了。我以为什么都懂，可是后来发现却是什么也不懂。”他严厉地指责自己。“过去我以为思想上做一个共产主义者就够了，口袋里不一定要有党证。其实我低估了参加一个组织的重要意义，可能我认为自己身上没有社会气质。这是大错特错的幼稚病！我根本还是个毛孩子！二月来临了，我袖手旁观。为了这件事我什么滋味都尝遍了！这也是知识分子的通病——环境的影响有时会压倒理智和心灵！”

“这是容易纠正的。”布里赫一笑置之。

“问题就在于不容易。我没有入党，这是我做的第一桩蠢事。以前，逢到表决时我总是跟共产党的意见一致，大会上发生争执，我也站在他们一边，因此许多人对我没有入党都感到意外。现在我觉得党员这个称号应该是以行动去争取的。我不是米静纳姨丈！你认为怎么样？”

“你算是问对人了！我只能说，你在最近的将来写不出什么好诗来。只能把口号和社论胡乱凑韵！照例又是宣传繁荣的神话！”

“没关系！我可以等一个时期！但是没有一首好诗是在真空状态中写出来的。脚下首先要有坚实的土壤。问题就在于此。”阿列克毫不见怪地回答。

他冷得牙齿直打架，脚步不知不觉加快了。他显然无心谈话：今天晚上米静纳家发生的事情使他大为震动。

“我在想舅舅这个人，”过了一会布里赫说，“你倒给我出出主意，我该怎么办？像他一样迁就环境吗？”

“不！对什么也不要迁就。你应该先理解，然后作出决定！”

“我怕我们又要开始无谓的争论了，你又要向我证明目前发生的一切都是合情合理的。别以为我没有思考过，我不是瞎子。但这一切不会有任何结果！”

“你说得对，”阿列克断然说，“你没有眼花，因为你本来就双目不明。你不知道自己迷失了方向，所以更难找到正路。你遵循的是子虚乌有的空想！”

“说下去，”布里赫冷冷地说，“设想得倒是不坏！”

“我在想我们上次关于这个题目的谈话，”阿列克的语气已经平静下来，“这没有什么不寻常！你想做一个进步分子，表面上你什么都接受，但是二月事件动摇了你原来的立场。现在你不知道该往哪里去，企图处在真空地带。既想作客观理智的崇拜者，又想成为超党派的标兵。但是真理是有党性的。而且从来就不是超党派的！你身上有着故意培育起来的病毒，资产阶级的客观主义在我们思想上可以说根深蒂固，许多知识分子都犯这个毛病！从本质上说它是反动的，虽然你竭力想做一个正直的人，同时保持中立。但事实上办不到！这是荒乎其唐的空想！”

“惊人精辟的分析！在你看来一切是多么简单！那又怎么样呢？你大概还懂占星术吧？”

“这没有必要！”

他们走到国家博物馆附近一个车站开始等电车。阿列克把大衣领子竖起，看见一辆十九路电车从穆斯特克开来。他伸出一只细手，突然使劲握了下沉默的布里赫的手。

“像你头脑里这样乱糟糟的思想只会对另一方面的人有利。今天不能妄想处在真空地带，保持中立！决定的时刻到了，而你一只脚已经踩在另一面；这样他们迟早会把你完全拉过去，布里赫！趁早清醒过来吧，要不你将跟其余的垃圾一齐被扫掉，因为你们是前进道路上的障碍！扫得对，我将赞成这样的做法，虽然我为你惋惜。好吧，祝你一切顺利，我要上车了！”

十九路电车在刺耳的刹车声中到了站，周围的人开始拥挤，往布里赫和阿列克身上乱撞。阿列克在跳上车台之前，在布里赫胸前点了一下。

“注意一下依尔任娜，我想她现在一定很不好过。你自己也应该醒醒，老兄！”

那天晚上，布里赫回到自己家里，把那张传单取了出来。白天他时时刻刻感觉到它在紧贴心脏的胸前口袋里。他在堆满书本的桌旁坐下，开了灯，开始把传单再从头至尾仔细读一遍。上面的话今天看来似乎更具号召力，更能促使你行动起来。激动和怨怼使他觉得忽冷忽热，如潮水涌来的思绪搅得他头疼。关于这一切他不知想过多少次了。阿列克说必须作出决定。对！必须决定！但不能像这个一味盲从的少年所想象的那样来决定！也不能学舅舅的样！他——布里赫——决不迁就顺从！是的，在这个国家里自由已被扼杀。到处弥漫着恐怖！布里赫一而再、再而三地把一切反复考虑、估计、衡量。自由和民主的寿命太短了——从占领期结束到今天，而就连这短短的几年也被党派的互相倾轧、各自袒护狭隘的主义等政治纷争抹上很浓的阴影。趁他还没有闷死，必须表示一下自己的态度，如果不能公开这样做，哪怕用这种方式也行。难道这一点还不足以责成他在信上——虽然是匿名信——大声表明自己的不同意？

布里赫从抽屉里取出干净的纸张，拿起钢笔。嘀，心跳得多厉害！他注意着不在纸上留下指印。他感到有些恶心，但这没有使他住手。打倒共产主义专政！他不能把传单机械地照抄，他又不是抄写员，他是能独立思考的人！他把传单加以增删，按照自己的想法作了改写。布里赫写上了劲，他觉得自己的心和头脑豁然开朗，他用长长的复合句来表示自己的坚决不同意，倾吐自己的苦闷、抑郁以及看到他对生活、工作、社会地位的概念完全破灭而产生的失望。不要流血，不要继续斗争，只要道出自己的见解以及对真正的生活和自由的渴望，表明自己和他可代表的那些人的坚决的态度！他知道不只他一个人抱有这样的态度。

他写着，写着，对这个时代、对极权制度提出全面的责难，有时他耽于引经据典，陷在无的放矢的玄想中钻不出来。于是他急忙掉过头来看看传单，对照一下事实，但从他笔下产生的东西还是像一篇相当难懂的哲学政治论文；传单的打击力和号召力被过多的复杂推论减弱了。随它去吧。他只代表自己！“这是出卖！”他头脑里响起了这句话。但是另一个声音在说："我出卖谁？我没有什么人可出卖，我只属于我自己，我不受人主使，我只是遵照自己的见解行动。"布里赫凭着一股倔强劲儿写满了一张、两张、三张纸，不时把写好的划去、修改、补充。他觉得，这是一场无声的、疯狂的个人暴动，他在向某种无限大的力量神圣地宣战；他觉得这是现代的堂·吉诃德精神，他终于行动了起来，他满足了，但是这样的满足使他万分痛心。不管怎么样，他作出了决定！

隔壁响起了像拨动琴弦似的孩子啼哭声，接着传来两个女人的话声。

"妈妈，我不能再给他吃了，"声音比较年轻的一个说，"再吃他的胃要吃坏了。我称过了他的体重。他哭不是肚子饿。"过了一会又说，"您知道约瑟夫到哪儿去了？"

孩子的哭声妨碍他写字。布里赫把笔扔下，一下子倒在沙发上。闭上眼睛，按紧太阳穴！睡觉！

第二天，在公司里他觉得坐在对面那个瘦削的人灵敏的鼻子嗅到了他内心的不安，犀利的目光一个劲儿盯着他瞧，虽然他—— 布里赫——戴着淡漠的面具。随你的便！布里赫不投降！四点钟过后，巴尔托时一走，办公室里剩下布里赫一个人，他立刻跑到伏尔扎洛娃的打字机旁，把夹着复写纸的白纸插进去，开始耐心地按着一个个字键。

他打得很慢，打字机又有毛病。笃——笃！——房间里发出沉闷的回声，窗外撩人愁思的暮霭渐渐降落到屋顶上。

笃——笃——笃！他是那么专心于手里的工作，甚至没有注意到"金鱼缸"的玻璃后面出现了舅舅的面孔。在这以前米静纳一直坐在自己桌旁，打字机的笃笃声引起了他的注意。他眯着好奇的眼睛悄悄地观察布里赫这么晚还在做什么工作。

好了，打好了！布里赫想把自己的大作读一遍，这时一个胖胖的女工友闯到半暗不明的办公室来，对他看了不满的一眼。近来怎么老是有人坐到天黑！可她就得等阁下移驾才能打扫！

“博士先生，您还要工作多久？”她生硬地问，说着立即气喘吁吁地在布里赫身旁开始打扫；她看到布里赫抖在打蜡地板上的烟灰，不免嘀咕了几句。

他惊恐地把打好的纸塞进自己办公桌的抽屉，上面盖了许多账册，然后沿着昏暗的走廊跑出公司大楼。笼罩在暮色中的街上透出温暖的春的气息。他不敢正眼看迎面走来的人，一直走到火车站对面的街心花园才收住脚步，在一张空椅上坐下来，喘一口气，定一定疯狂跳动的心。

不一会，布里赫头上一盏乳白色的球形路灯亮了，灯光射到他的脸上。

于是他站起来继续走。

这天晚上，布里赫坐在靠椅里沉浸在深思中。有人敲门，但他动也不动，没去开门。敲门的人想推门进来，但推了一会推不开就走了——可以听到楼下的门关上的声音。布里赫向窗外一看，借着路灯光认出那是依尔任娜。她沿着街道匆匆走去。她来干吗？大概又要他做一次证人或者听一颗少女的心痛苦的呻吟。布里赫动了怜悯之心，他隐隐约约为依尔任娜感到忧虑，但思想旋又回到自己的心事上。把信寄给谁？他想钻到经济地理教科书中去，但不一会就把它扔在一边。他尝试着读从旧书铺买来的厚厚一部普里斯特莱[①]的原文版长篇小说，但怎么也抓不住故事的线索。他打开无线电，听了一会美国之音的晚间广播，然后把调谐器旋到音乐上，心不在焉地听德彪西的前奏曲；但今天音乐印不进他的脑海，打不动他的心灵，什么也不告诉他，好像是给另外一个人听的。

音乐迫使他想起伊莲娜，忧郁又抓住了他的心。

他合上了疲倦的眼睛。

---

① 约翰·蓬顿·普里斯特莱（1894—1984），英国作家。他在自己的作品中触及了一些社会问题，但只是从资产阶级改良主义的立场给以解释。二次世界大战后倒向帝国主义反动派方面。

3

曙色透过愈来愈淡的黑暗慢慢地筛进窗户，星期六的黎明来到了席日科夫的街道上;屋檐上麻雀啁啾争鸣，它们间或沉默下来，在这片刻的寂静中，你仿佛可以听到这幢老房子用几十张嘴在呼吸。但这只有一会儿工夫。接着石子路上响起马蹄嘚嘚声——那是送牛奶的马车，而巴捷拉家的闹钟一响，早晨所有的声音就都被唤醒了。

布里赫起床后，跟往常一样用钢丝拉力器练习一番，穿好衣服去上班。只剩下星期六一个早晨，然后就可以休息了！葛拉瓦契今天穿的一套衣服有些皱痕，他坐在办公桌旁骂天气。

“老天简直发疯了！一清早出太阳，可现在你们瞧！又快下雨了。今天我在斯特罗莫夫卡还有约会呢，朋友们！这能教人不生气吗？真不走运！”

巴尔托时以打趣的口吻安慰着葛拉瓦契，这时舅舅照例喊着“劳动万岁”走进来，转眼间已经到了“金鱼缸”里。巴尔托时微微点头作答，把半截香烟插进一支吸旧了的樱木烟咀。当他伏案开始工作的时候，发现从打字机那边向他投来迅速的一瞥。

卡兹达迟到了几分钟，他步履蹒跚，三分像人，七分像一个幽灵；他拖着两条腿从桌子中间走过去，面色蜡黄，弯腰曲背，头无力地垂着，他把“金鱼缸”的门关上时，玻璃被震得咯啷啷直响。大家目送他进去。

“天哪！”伏尔扎洛娃发出同情的叹息，“他为什么还要来上班？总有一天他会在造月份资产负债表的时候被抬走的。他的脸色多难看！”

只有布里赫一个人能坐在自己办公桌旁看到“金鱼缸”里演出的哑剧。卡兹达用颤巍巍的手从口袋里掏出一盒药片，药片散落在桌上、地毯上，舅舅像装有弹簧似的直跳起来帮他捡药片。谢谢，谢谢！卡兹达很快地拿起钢笔开始工作。

往来账户科里当然谁也不知道，玻璃壁那边两位朋友之间一场暗斗已临尾声。近来他们很少交谈，仅仅局限于纯事务性的问答，这完全合乎卡兹达的愿望。今天他觉得从来没有这样不舒服过。他作了最大的努力勉强起床，而且特意提早一些，但他之所以能到达公司，还是靠一种惯性的力量。

“我再说一遍，卡列尔，你必须立即回家去躺下！你有病，这从你脸上看得出来。虽然我们怎么也无法互相了解——这都是你的疑心病造成的——但现在说正经的！我的老哥，你的病已经不轻了！”

卡兹达伛偻着身躯坐在椅子上，用嘶哑的声音说他没有什么大病，早晨总是这样，过一会就会完全好的。工作不等人哪！

“上帝啊，你瞧瞧我这位朋友！”米静纳大声抱怨，还连连摇头，“你跟他好说歹说，他总是当耳边风！”

他坚决要卡兹达回家去躺下，像对一个不听话的小孩那样劝说着，可是这位固执、勤恳的老头却一滴水也泼不进去。你摇他，推他，随你怎么办，他连耳朵也不动一下。这个因循、自私的人像惊弓之鸟守卫着他的椅子，唯恐在他养病时期被人占了他的职位，因此他宁死也不听劝说。“他大概在笑我，”米静纳有些怀疑，“也许他的身体的确并不太糟，心里正得意哩。行动委员会已经结束了它的工作，而卡兹达仍在原位当科长。那是说对他没有什么不满！这样就没有希望了！他究竟还要在这里待多久？直到我的神经受不了吗？不，我必须坚持到底！”

米静纳仍不死心，他道出了自卡兹达患病之日起就起的念头，但这是一步劣着。他平静的声音如小溪在草地潺湲流动；当他快要触及自己的隐私时，故意用许多复杂而平稳的长句环绕着它兜了几个圈子，竭力保持亲切、友好的口吻：

“卡列尔！让我们严肃地谈一谈！我们彼此认识差不多有四十年了，我的老友，我希望这使我有权利跟你作完全坦白的谈话。再说我们究竟是亲戚，一家人！我认为你应该退休了！你自己考虑考虑：你可以领相当可观的退休金，你劳碌了一辈子，我劝你还是撇开一切烦恼回家穿拖鞋去吧！你自己也知道如今的情形：会议接连着会议，老是担心会不会有人看不惯你……”

看到卡兹达极端痛苦的眼神，米静纳后悔不该暴露了自己。卡兹达像风中的一片树叶浑身哆嗦起来，他微微抬起一只瘦骨嶙峋的手，但又无力地落到桌上。

“决不！”他激动地迸出微弱的声音，“决不！你永远也别想把我从这里逼走！……懂吗？决不！你这个犹大！”

现在牌都已经摊开，友谊的破外衣上所有的线缝都裂开了。米静纳站在卡兹达面前，脸色惨白；卡兹达像一只老母鸡保护着幼雏，他又气又恨。米静纳企图谋夺他的位置，休想！卡兹达的手指死死地攀住桌边，似乎准备万一有人想把他拖走时死守在这里；他枯黄的脸由于过分紧张而变红了。

“决不！”他冲着米静纳的脸喑哑地说，“你以为我完全瞎了吗？你希望我滚蛋？希望我死？好让你当这儿的科长？等着吧……好朋友……只要我还活着……”

他气得周身发抖，米静纳可吓坏了，他怕卡兹达突然中风，然而，眼看着卡兹达咳呛得几乎气闭，悲愤的眼泪顺着老态毕露的脸纵横交迸，米静纳仍旧一动也不动。

“干脆把我杀了吧！”卡兹达在两阵咳呛之间咝咝地说，声音微弱如耳语，“你还等什么？我没有自卫的力量，你把我逼成了这个样子……假仁假义的……‘好朋友’……把我杀了吧！既然我在这里妨碍你，就让我死吧……”

“你这样挨不了多久的，”米静纳冷冰冰地低声说，但马上又用比较平和的语气补充一句，“这样无缘无故激动很伤肝脾。”

他隔着桌子弯过身去，他的呼吸触到了卡兹达的脸。

瘫痪无力的卡兹达不再则声，米静纳掌握了主动；这时他发现布里赫手里拿着文件站在门口。

“你来做什么？”米静纳指着犹豫不决的布里赫问。

布里赫正欲解释，舅舅做了个不容分说的手势打断他的话。

"等会儿再来！你没看到他身体不好吗？可怜可怜他吧——他病着呢！"接着他转向卡兹达，像通常对患重病的人那样用安慰和关切的语气说："安静一下，卡尔里切克[1]！犯不着为每一件小事情暴跳如雷！"

他急忙去把窗子打开，仿佛他觉得很闷。窗外送来温暖的春风，吹在太阳穴上怪凉快的；下面深渊似的街上传来单调的城市喧闹声；空中积聚着一堆一堆的云块——看来又要下雨了。

"'金鱼缸'战线上有什么新闻没有？"当吃了一顿抢白的布里赫回到自己座位上时，巴尔托时头也不抬地问。

"我看卡兹达今天大大不妙。"布里赫回答说。巴尔托时的问题使他纳罕。

"是啊！我们的米静纳同志为了他的朋友能恢复健康，一定急得什么似的。当然喽！整整四十年的友谊了！也许，米静纳能够如愿以偿！"

布里赫一下子就明白，什么也没瞒过这双聪明的、洞察秋毫的眼睛。这双眼睛什么也不会放过，什么都明白！

第一批雨点哒哒地打在宽阔的窗檐上。

逢星期六饭厅不起伙，所以布里赫下班后到他喜欢的一家小饭馆去吃饭。他今天胃口不大好，吃过午饭，翻翻报纸杂志，不时呵欠连连。他无意间看了下表。一点半！

他想起了巴尔托时锐敏的目光。巴尔托时这个人相当耐人寻味！如果被他知道，我……他会怎么样？很清楚！他一定毫不犹豫地去报告就近的国家保安军分部。毫无疑问！因为我写的东西对他没有任何好处，巴尔托时心地不坏，但在这类问题上当然决不马虎。他是个百分之一百的共产党员，如果你对不同的观点能抱一定的容忍态度，这个人是值得尊敬的。要是他知道了……

忽然布里赫吓得凉了半截。他把报纸搁在椅子上，用汗湿的手掌

---

① 卡列尔的昵称。

抹了抹前额，霍地站起来。

该死！昨天他见女工友进来，慌忙把传单藏在抽屉里，可是那里的锁坏了。这下可糟了！他真是个冒失鬼！镇静！别昏了头！今天他离开办公室的时候，巴尔托时在做什么？做什么？布里赫紧张地开动脑筋，回想当时的细节。当时巴尔托时仍坐在办公桌旁，他说还剩下一些工作没做完；布里赫走的时候，巴尔托时曾经看他一眼。这样的目光即使背向他也感觉得到。他看来是故意蘑菇，等所有的人走完。当然，当然，一定是这样！想一想，当他把那封传单信交给你时，他不是紧盯着你瞧吗？后来也是。这个可恶的侦探！这封信会不会是巴尔托时自己寄来试试你的？当然，这也是很可能的。现在他就注意着布里赫的态度！“我曾经预感到这一点，”这个想法在布里赫脑中唰地一闪。现在办公室里没有别人，巴尔托时一定在翻他的抽屉。这样的事有过几次，他可以心安理得推说找往来账册或削笔刀。拉开抽屉，发现了传单，拿起一看！马上打电话！快！布里赫是叛国分子！事情就可能这样发生！

“算账！”

他付了账匆匆离开小饭馆，边走边扣上雨衣，终于撒腿飞奔。但他还是迫使自己放慢脚步：“你应了做贼心虚这句话，快镇静下来，人家在看你，走慢一点，不要惹人注目！”心在胸口乱蹦乱跳，驱策着两条腿快跑，而理智在命令他稳步行走。“我能对他说什么呢？没有什么可说！……我是这么个人！这是我写的！”

公司里人都走完了；女工友们正在揩地板，他循着走廊迅速地打她们身边经过，冲进往来账户科，喘得上气不接下气。

这里已经一个人也没有，但心头并不因此稍觉平静。布里赫跑到自己办公桌跟前，拉开上面一只抽屉，在一堆没用的纸张里乱翻。在这里了。他喘过一口气。简直快急疯了，不中用的东西！我一共打了几份？五份，当然是五份！一、二、三……他整个抽屉都翻遍了，只找到三份。再找一次！“到底是不是打了五份？不知道，会不会我记错了？傻瓜！我一点也没有记错！一定有人翻过我的抽屉，瞧！一眼就看得出来！我的确打了五份，我记得清清楚楚。这么说，巴尔托时……不能想象，我要发疯了！”他捧住自己的脑袋，“他不会看到的，可能女工友进来时我把另外两份塞在口袋里了！也许丢在街上……蠢货，不可救药的笨蛋！还要搞反抗运动呢，第一步就出洋相！”

他在椅子上废然坐下，潮湿的雨衣也没脱去。各种各样的猜想像秋风卷着枯叶在脑中旋舞。冷静！没有什么大不了。我只是写了我所感觉到的，没别的！反正我只代表自己，到那时……

尽管如此，布里赫已经吓得全身冰凉。

他发现舅舅还没有走——隔着“金鱼缸”的玻璃可以看到他头上开始花白的头发和轮廓鲜明的脸部侧形。布里赫站起来。他想问舅舅巴尔托时是什么时候走的。布里赫还没干的雨衣前襟敞开，围巾挂在脖子上，他三脚两步走到“金鱼缸”门口，把门打开……

“金鱼缸”里静得异乎寻常，舅舅抽的烟卷散发出一股甜津津的气味。从开着的窗外传来春雨的潺潺声，潮湿的风吹进房间。

舅舅站在卡兹达桌旁，指关节撑在玻璃上，双眉紧锁；他脸上的神气似在遐想。米静纳没听到开门的声音。桌上一只表滴答滴答在走——那是一只古老的怀表，卡兹达每天开始工作前把它从背心小袋里掏出来放在自己面前。这时卡兹达脸靠在桌上，他的手无力地搭拉在身旁，地上散落着写满数字的纸张和一袋药片。停滞的瞳孔里充满了恐怖的神情。卡兹达歪曲的嘴发出喑哑的喉音。

舅舅慢慢地转过身来。布里赫的来到似乎并不使他奇怪。他仿佛刚从极度震惊的状态中恢复过来，有气无力地指指他的老友。

“他晕厥了。”米静纳沮丧地说。接着勃然大怒，简直要把莫名其妙的布里赫吞下去似的。“你是来当密探还是怎么着？难道你没看到出了什么事？快去打电话叫救护车！我打了半天没打通。天哪，这是什么世道呵……”

布里赫赶紧打电话，一下子就打通了。他搁上听筒，坐到椅子上，这才开始害怕起来。手一个劲儿发抖，再也不听他的使唤。他望着舅舅重又变得毫无表情的脸，舅舅在给病人按脉。

“活着。”他猝然说了一声走去关窗。

雨声停了，一道阳光穿破云层射到房间里。

米静纳又回到卡兹达桌旁，推了推一动也不动的老友的肩膀。

他们默默地等救护车来，这是一次漫长、难堪的等待。布里赫还是莫名其妙。这件事究竟是怎么发生的?

舅舅想抽烟，可是他的手直哆嗦，怎么也不能把打火机凑到烟头上。

“怎么还不来？”

当救护员们把失去知觉的卡兹达抬出去时，布里赫想跟他们一起走，但米静纳拉住了他的衣袖把他留在房间里。

“你等一等，朋友。”他说，门关上以后，他开始在地毯上踱步。大颗大颗的眼泪顺着他的面颊淌下来。他把掉在地上的药片捡进小纸袋，若有所思地把它握在手里，似在怀念一个忠实的朋友。

“就这样失去了一个朋友，”他喃喃说着把两手反抄在背后。然后用手帕抹抹前额，“可怜的、善良的卡列尔，我不知劝过他多少次，叫他休息！我苦苦哀求：‘卡列尔，你为自己想想吧！’然而总是白搭！他固执得像个树桩！可是……可是……他是我最好的朋友。我们像亲兄弟一样相爱！我们从小学一年级起就认识了，我们之间从来没有半句话不相投！这是真正的友情！如今的一代人压根儿不知道这样的友情。根本不懂！他们不珍惜这种崇高的美德！四十年！整整四十年了！”

他仿佛在自言自语回忆着他们的友谊中许多细枝末节引起自己的忧伤，眼泪扑簌簌掉下来，好像卡兹达已经不在人世。

“得了吧，舅舅，”布里赫阴沉沉地说，“您这话要谁相信？要我吗？我不是瞎子。这下遂了您的心愿。他大概再也不会妨碍您了！”

米静纳愣住了。他站在卡兹达桌子旁边。悲伤的脸上皮肤开始扭动。舅舅指着布里赫恶狠狠地说：

“你……你说什么？……你竟敢……”

“我敢！”布里赫顶着说，“不用怕，我不会揭发您，再说，也没有什么可揭发的！法律在友谊问题上是无能为力的……”

米静纳像被螫了一口似的猛然一震，他利用自己正处在悲伤状态的权利，决定把布里赫撵走。

“滚出去！”他极其逼真地怒喝，“我永远不要看见你！忘恩负义的东西！当你光着屁股从德国逃回来时，是谁照顾了你？是谁为你安排了工作？现在你……竟敢当着我作如此卑鄙无耻的诽谤？！要是你可怜的母亲知道……她在棺材里也要哭呢……”

“别提我的母亲，”布里赫把手一挥，“她是个老实人，虽然在您眼里不过是个洗衣妇！”

舅舅气得两眼发直，呼吸感到困难。

“滚！你们一代的年青人都是下流坯！不过我劝你别那么口没遮拦！你还会知道米静纳舅舅的厉害，你这流氓！我警告你！做密探你在行。暗中偷听，当面作假，回头又血口喷人！”

他的尊严的堤坝在寻找发泄的愤怒冲击下彻底溃决了。

“还有我那宝贝女儿！”他几乎泣不成声，“我到底有女儿没有？我养了个贱货！背着我她整天跟那个流氓鬼混，可是我却做牛做马……”

几个女工友好奇地从走廊里向往来账户科张望了一下。米静纳看见了她们，立即把嗓门压低到咝咝耳语的程度，但这时桌上的电话忽然滴铃铃响起来，打断了他的思路。他拿起听筒，动作稳健熟练。

“喂……”

有人在电话里急急忙忙开始说话。舅舅直挺挺站在桌边，一只手插在口袋里，他听了好久。

“什么？什么？”忽然他失声惊呼，眼珠暴出，身体晃了几下。听筒从他手里掉下来，他双手掩面。后来慢慢地坐到圈椅里，他的下巴松垂，两手像折断的树枝搭拉下来。布里赫跑到他跟前，不知如何是好。寂静中还可以听到电话里的声音在喊：“喂！喂！”“今天所有的人都疯了不成？”布里赫莫名其妙地挂上听筒。他抓住瘫软无力的舅舅的肩膀把他抬起一点。米静纳像发疟疾一般哆嗦着，他睁大了眼睛视而不见地瞪着甥儿。

“出了什么事？”布里赫摇着发抖的舅舅，“说呀，听见没有？”

米静纳悠悠苏醒；他脸色惨白，一丝儿血色都没有。他的牙齿格格作声，一只手遮住眼睛。

“依尔任卡……我的孩子……”接着放声大哭，这跟他斑白的鬓发是太不相称了。

4

怎么办？布里赫雇了一辆汽车，把精神失常、嘴里语无伦次地念念有词的舅舅送回家去，一直把他扶到房门口，然后坐电车回自己家里去。这一连串的咄咄怪事使他的头快要裂开了。他心神不宁地在房间里走来走去。依尔任娜！布里赫想象着她惨白的、有几点雀斑的小脸蛋儿和搁在白床单上的两条细臂，一阵强烈的怜悯使他呼吸感到困难。她还活着吗？记得前几天她还说，她知道自己需要什么？可恶的舅舅把她毁了！

最后，布里赫忍不住穿上雨衣重又上葡萄园去。在那里他遇到的是一团糟。起先好久没人给他开门，他一个劲儿按铃，直到眼睛哭得红肿的舅母走来；看样子她已经把眼泪的全部库存哭完，现在只发出声声哀号似的呻吟。她那肥满的下巴哆嗦着。布里赫没问出她半句可以懂的话；过了不少时候，他方始弄清楚是怎么回事，这才松了一口气。

依尔任娜已经脱离险境。这次大胆的举动做得既不高明，又不彻底，正像在这以前她决定做的任何事情一样。早晨她吞了整整一盒不知什么粉，躺到沙发上，闭上眼睛，但在慌乱中忘了把门锁上。

依尔任娜写了三封信：一封给英德拉；一张简短的字条给父母；最后一封长信是给系里同学的。在最后一封信里，她坦白地承认自己的懦弱，并用朴直的语词感谢他们对她这样好。这时母亲正在酦面粉准备做星期天吃的馅饼，她在厨房里听到痛苦的号叫声。她心急慌忙走到依尔任娜房间里，见女儿在沙发上痉挛挣扎，吓得她魂飞魄散。她抓住头发在过道里乱跑乱转，牙齿格格颤抖着背诵祷词，后来还是邻居听到了舅母没命的惊呼赶来帮忙，请了医生。幸亏依尔任娜随即开始呕吐。走了一阵急路气急败坏的老医生给她洗了胃，开了些药，想劝舅母别大哭大嚷，可是毫无效果。

“我怎么也想不到会出这种事，”她不住口地哀诉着，潮水般的眼泪滚滚落在医生长着棕色汗毛的手上，“怎么也想不到……依尔任卡，依尔任诺奇卡！……我可怜的孩子……我的好姑娘……我亲手把你拉扯大了，我的心肝，你现在……”

医生再也沉不住气，他不客气地喝住了她，把她赶到厨房里去，让她去哭个痛快。

“病人需要安静！”

医生皱纹很多的脸因发怒而通红，他严格禁止米静诺娃太太进女儿的房间，可是没料到这一着却给了那位有经验的哭手一个新的理由来发挥她的擅长。

“还不让我来看你，我的孩子……把母女俩活活拆开！……放我进去看看我的宝贝，我的心肝……”

医生在过道里等米静纳来后，把昏了头脑、吓得半死的舅舅带到客厅里，用简单的几句话使他定下神来。

“她没有什么危险，只是吞了些乱七八糟的东西。但她需要安静。主要的是：一句也不要责备她，不要提到这件行为本身，也不要问它的原因。否则可能引起神经震荡，她还非常衰弱。这种情况一般总有心理原因和后果。尽可能对她容忍、温和。您是否知道她为什么出此下策？”

米静纳坚持不开口，最后摇了摇头。

“好，暂时什么也别盘问，不要到她那里去，还有——您必须安慰您的太太，”医生气呼呼地说，“她的歇斯底里比那些粉对您的女儿更有害。如果再这样下去，我立刻关照把您的女儿送医院。我希望您比较理智。有什么情况可以打电话给我。”

医生带着不满的神气走后，舅舅勉强恢复镇静。这次突如其来的、可怕的打击简直是晴天中一声霹雳！他觉得，当他坐出租汽车到这儿来的时候，仿佛经历了整整一辈子！报应！报应！舅舅眼前出现了卡兹达变了样的面孔。这两件事情之间可怕的相互联系几乎把他吓疯了。来得这么快——一件接着一件！他被激起了某种他有生以来从未感到过的心情……

不，这是没有的事，他一点也没有过失，谁也不能责备他什么。卡兹达本来是有病之人！

好在现在一切都正常了！沮丧立刻从他身上消失，他甩甩脑袋，很快地走到浴室里去洗了把脸，梳梳头发。嘘！老是以为发生了最坏的事……他心中开始酝酿愤怒的指责。你们谁见到了这样没出息、没头脑的鬼丫头？父亲差点儿为她急得发疯！但他记着医生的叮嘱，禁止自己在最近期内采取任何严厉手段；他蹑足走到厨房里，小心翼翼地关好门，向坐在酸坏了的面团旁无力动弹的妻子喝了一声。

“得了！现在已经没有任何危险！还是好好想想这到底该怨谁！都怨你家教不严！快去给我煎一杯清咖啡，要浓些，不要像平常那种薄汤！”

当布里赫第二次去的时候，发现舅舅已经恢复常态。他有声有色地把一切告诉甥儿，但只字不提不久前的那次争吵，似乎依尔任娜这一举动把它抹掉了。

“现在不能去看她，弗朗蒂雪克，不过一切都很顺利。谢谢你，孩子，今天多亏了你。要不然，我不知道会怎么样呢，我们那位小姐的胡闹行为一定会使我神经错乱。”他说最后一句话时脸上的表情好像对一切都宽恕了。

布里赫想快些离开这儿，他已经站在过道里了，这时依尔任娜叫了他一声。她大概是听到了他的声音。

“去吧，既然她要见你，就去吧，”舅舅推着布里赫说，“必须满足她的一切愿望。既然她要见的是你，而不是我跟她妈妈——那你就去吧！”

米静纳过分谨慎地踮起脚尖把布里赫送到女儿房间门口——他做什么事情都爱夸张，虽然这时他的尊严显然受到了伤害。没良心的妮子！他放布里赫进依尔任娜房间去时，好奇地隔着他的肩膀往里边张望了一下。

依尔任娜靠在枕头上，面色惨白，几乎是透明的，一双黯淡的眼睛在憔悴的脸上大得异乎寻常，她向表哥看了一眼。布里赫坐到她身旁，亲切地拉起她软弱无力的手，依尔任娜毫不反抗，她冷漠的神情甚至使布里赫吃了一惊。

他抚摸着依尔任娜的头发。

“对你说些什么呢，小姑娘？我们不久前还谈过一次，你记得吗？我觉得你毕竟比从前勇敢了。不，我并不责备你，我根据自身的经验知道，生活有时候会沉重得难以忍受。但这不是出路，依尔任娜，这一点现在你自己也知道了，是不是？”

她没有回答，脸朝着满是俗气的粉红色小花的糊壁纸转过身去。他注意到她的鼻孔因为勉强忍住悲哭而颤动着。

“弗朗蒂雪克，我连这件事也做不成，”她泣不成声地说，“你瞧，结果搞成这样！连做这件事也缺乏勇气。我叫喊倒不是因为疼，而是害怕。现在怎么生活呢？我还有什么脸见人？”

“谁也不会责备你什么，依尔任娜。也没有必要把这件事对任何人说。”

她摇摇头。

“这没有意思，我再也不能这样生活下去，这样整天作假！等我起了床，我自己到系里去……把一切都告诉他们。我要对他们说：把我开除出党吧……我是个卑怯的布尔乔亚姑娘，永远也转变不了……我欺骗了你们……我永远不会成材……就像他所说的那样……”

眼泪顺着她消瘦的脸庞淌下来，掉在枕头上，她咬紧干裂的嘴唇，硬是不哭出声来。布里赫不知道该对她说些什么，不知道怎样帮助她，对她、对自己、对一切人的怜悯压得他喘不过气来。视听所及，到处是苦恼和混乱！疯狂的时代使人们各奔西东！他以最大的努力温柔地抚摸着依尔任娜的头发，惶惑中他没多加考虑就说：

“依尔任娜，要不要我去叫他？他一定来，他不是坏人，我很早就了解他，虽然……我相信……舅舅也……”

她被布里赫这个荒唐的主意吓得打了个寒颤，她拼命摇头：

“不，绝对不！我不许你这样做！这完全是我的事情，这跟他毫不相干！他会强迫自己同情我，可这是我受不了的。我跟他一切都完了，你明白吗？他从来没爱过我，现在……发生了这一切以后……我不能再见他！别以为仅仅是我一个人……这样难过。我现在觉得自己是件废物，是个多余的人，这个家、这里的人、我所过的日子——这种种迟早会把我逼疯，把我杀死。我反正跳不出去。这你也看到了……当时你也在场……我简直……不会生活。”

她再也留不住眼泪，像个小孩子那样怪可怜地轻轻哭了起来。布里赫找不到话安慰她。她的话对不对呢？对。那个倔强的硬心肠小伙子只会爱他自己教条主义心目中的一整套美德，而不会爱人。他只可能毁了依尔任娜，这在她自己也是很清楚的。布里赫了解他的表妹。

“我并不劝你不要哭，”他说着站起来握住她的肩膀，“坚强一些，小姑娘！哭吧，这样你会感到轻松一些。但你必须活下去！你所做的并不是解决问题的办法。答应我，你要学得聪明点。”

她没精打采地答应了，伸出一只有气无力的手，脸上勉强露出一丝笑容。

“谢谢你，方达！”

在门外偷听的舅母等布里赫出来后便哭哭啼啼向他提出一连串问题。他不客气地打断了她，并不掩饰自己的愤怒。

“一切都很好，只是不要到她那儿去。她自己会恢复过来的。该让她安静一下了，真是见鬼！”

客厅里舅舅在提高嗓门说话，中间夹着老太婆的哭声和手杖敲地板的声音。姥姥蹲在自己窝里甚至不理会家里出了事。她关心的只是她的钱财。

“我对您说过了，”舅舅略略压低声音，但恶狠狠地说，“谁也拿不走您的钱。我们这里从来不闹窃案，亲爱的岳母大人！米静纳家没出过贼，您应该知道！请您别再跟我纠缠！要是您把那些我压根儿不知道的钱塞在哪儿自己忘了，就别冤枉好人！这一天已经够我受的了，我的上帝！……”

他由于懊丧而声音发抖，可是姥姥寸步不让。她继续哭哭啼啼一口咬定有人偷她的钱。门开了，老太婆从客厅里出来，像一个幽灵——弓着背脊，全身穿黑；她往自己的老巢走去，一边咕噜着说，今天就要搬到卡兹达家去，还向女儿狠狠地瞪了一眼。

“我劝您算了吧！”舅舅在她后面怒冲冲地说，“您不去安涅什卡[1]也已经够心烦的了。没有人巴巴地盼着您去……”

“什么？……”姥姥握住门球突然止步。但她什么也不懂，或者不愿意懂，所以砰的一声把门关上，把钥匙转了两下。隔着门还可以听到她乌鸦叫一般刺耳的声音。

“她总有一天会把我闹得发疯。”米静纳叹一口气，转向布里赫，仿佛受了莫大的委屈要他作证。“你也看到了，我过的是什么日子！这样寿命不缩短才怪！要是少了几岁年纪，我会一走了事，一分钟也不耽搁……”

布里赫觉得自己像是跑进了疯人院，又好像在看一部无声电影中演员表情特别过火的一场戏，他们拼命扭绞双手，抓自己的头发。厨房里被大家忘怀了的无线电在发出沙声，就是没有一只慈悲的手去把它关掉。一个所谓体面人家的支柱在动摇了！布里赫在这个小市民家庭里感到窒息。过道里可以闻到一股焦味，眼泪汪汪的舅母这才恍然大悟：

“天哪，牛奶！我昏头了！”

她刚走到厨房门口，忽然门铃响了，舅母连忙跑去开门。阿列克

① 老卡兹达的妻子。

走进黑暗的过道。他穿一套黑衣服，狭长的脸憔悴了许多，凸镜片后的一双眼睛变红了，总之像个梦游症患者。舅母哭着把他抱在怀里，似乎想阻止他说出那个大家都已预感到了的消息，但是阿列克漫不经心地把她推开。

“怎么样？”舅舅轻声问道，手不自主地举到面前。

阿列克叹了口气，用平静、忧伤的语调说：

“我从医院里来。我只想告诉你们一声……爸爸已经不在世上了！”

傍晚，布里赫回到家里，这一天的种种事件搞得他心乱似麻。他在信箱里看到一封快信。用不到猜是谁寄来的。这一次拉滋的话很短，他只提了一下：“三十六着，走为上着！”下面是一段附言：“亲爱的博士，今天晚上希望你一定来！”

布里赫把信搓成一团扔进冷却的火炉。

他从口袋里取出剩下的几份传单，把自己在冲动之余为了发泄私愤而完成的大作又读了一遍，不禁惨然一笑。你想以此阻挡时代的洪流？笨伯！你自己倒像一片落叶，被一阵风刮起来在激流上空飘零。你是个杂耍场上手执纸剑的中世纪英雄。笑吧，巴捷拉，笑吧，巴尔托时，你们笑这个拿着生锈的兵器、带着满脑袋混乱思想投入斗争的疯子吧，对于这场斗争的正义性他自己都在怀疑呢！

“寄给谁呢？”他对着传单寻思。

他简直要笑出来了。他想象着以前他常去下棋聊天的一家咖啡店的几个熟人。从二月起他没有到那里去过，那些日子里的事件把大家像一群兔子似的惊散了；现在，第三扇窗口的一张桌子晚上经常空着。布里赫对任何一个跟他交谈的人都算不上有朋友感情，通常总是由一些头脑受过训练的人自发地形成一个圈子，他们擅长就政治、艺术以及其他一切问题展开辩论，甚至争吵。人们在这里抛扔警句，纵横议论世界大事，讲讲不太体面的笑话，或者在象棋盘上一见高低。那里的中心人物大概要推都其卡，他是个身材矮壮的乐天派，一张浮肿的脸表现出这位某经济杂志主编是个始终如一的享乐主义者。他把眼镜拉到露出红色筋丝的鼻尖上，用粗壮的手指翻阅伦敦出版的《经济学家》周刊或经济统计学方面的论文集；他专事研究如何证明马克思主义理论已经陈旧过时，甚至就这个题目写过一本尖酸刻薄的小册子。他预言轻率的国有化运动必将造成毁灭性的恶果。英国也搞国有化，但做得极其慎重，足为他国之典范。这位老练非凡的辩论家对报上急躁的笔战具有十分高明的分析能力。人们在背地里说，他是如今辞职的某部长面前的红人，虽然他自己从未承认这一点；但二月事件给了他当头一棒，打乱了他的全盘计划。

有一次在街上偶然遇见为人谨慎的瓦符拉博士，布里赫从他那里得悉都其卡在三月初就跑到国外去了。瓦符拉自己还是个共产党员。他是战后不久就入党的，当时也没有什么明确的动机。他认为自己有责任间或反驳一下都其卡的见解，但是论据无力，他自己的信念也不强，因此常常居于下风，只好耸耸肩膀一笑了之。

“Amicus Plato， magis amica veritas！”（柏拉图是我的朋友，然而真理更可贵！）——这是他心爱的一句谚语。他出身于一个旧式的资产阶级家庭，向富户课税打乱了他习惯的生活方式，他打算退党，但踌躇不决，始终没有付诸实现。布里赫听布拉瑞克说瓦符拉有一桩道德败坏的行为，或许是谣言，谁知道？

到底寄给谁呢？寄给那个狡猾的布拉瑞克？这个人不分冬夏围着羊毛围巾，要一杯果子汁坐在角落里，搓着一双老是出冷汗的手；他调皮地微微抬起眉毛，半天默默不言，然而一开口却能语惊四座。不，不能寄给他！这是个胆小如鼠的官吏，一个被生活磨得八面玲珑的人物；有一天在街上碰面时他告诉布里赫说他已经入了党。“为生活没有办法：我有家，您要明白！”他还不太热烈地请布里赫上他家去下棋。现在他下棋只在家里跟妹丈对弈。“您读过龚特的《亚洲》没有？这本书写得不坏，很有意思！那么再见了，博士！”布拉瑞克向布里赫伸出一只汗湿的手，在雨衣的沙沙声中走了。胆小鬼！还有许巴且克，他有时上咖啡店来，都其卡总是用讽刺性的高呼迎接他：

“啊，我们的诗人来了！”许巴且克说话不多，但极费解。在谈到现代诗坛上任何一个名字时，他一概表示不屑，只有极少数例外。他声称在现时代标新立异是唯一可贵的气质，他自己也遵循着这种看法。大家知道他出版过几本诗集，但随即被遗忘。枯燥、玄奥、抽象！可他还说，真正的诗人只为自己写作，不迎合凡夫俗子的口味。白兰地和存在主义[①]是他的兴奋剂，但他又常常跟地道的存在主义者马特纳展开激烈的争论，骂他不学无术。许巴且克始终如一地指责一切，世界上他只承认一首好诗，不过在他嘴里这唯一的一首诗每次都不同！有时是篱栅上的题词！有时是饭馆里的菜单！他津津乐道地预言着自由艺术的毁灭，足足有两年他像小贩兜售货色似的逢人即告左琴科和阿赫马托娃的事情[②]，虽然他承认，他们的书他一行也没读过；他的观点既混乱，又像四月的天气那样善变。有时他骂都其卡虚伪，骂他袒护走向崩溃的资产阶级，并宣称自己拥护国有化，甚至差点儿掐住都其卡的脖子……有一天晚上，他念了一首近作给布里赫听，说是不愿把它发表出去给那些白痴取笑！他在路灯光下朗诵自己的诗，他用最崇高的字眼赞美原子弹，神经质地“呼吁”毁灭人类，听得布里赫直想作呕。许巴且克说他的诗是原子时代新诗歌——原子诗歌——的曙光！这对那些庸人来说是太深奥了，谁能懂，啊？最后他哭了，向恶心难忍的布里赫倾倒了一大桶牢骚，自命为一个亮眼人落在一群盲畜之中，结果借了一百克朗才走。讨厌！所有这些人不过是一群偶然凑在一起的空谈家罢了，他们互相格格不入，在那里仅仅可以一吐为快，然而得不到温暖。这不是正路！

布里赫正对着传单沉思，没听见轻微的叩门声，他还来不及把纸藏起来，巴捷拉已经搀着安诺琦卡的小手走进房间里来。

---

① 存在主义是现代资产阶级唯心主义哲学的极反动的一种形式；它力图证明生活、科学、道德、社会斗争都是无意义的。——俄译者注

② 联共(布)中央 1946 年 8 月 14 日关于《星》及《列宁格勒》两杂志的决议，严厉批判了作家左琴科及女诗人阿赫马托娃等人的反苏行为和艺术上的反动倾向。

“别生气，博士。”巴捷拉缓慢地、费力地说，似乎很觉为难。他犹豫不决地提出了一个奇怪的请求。“也许这会给您添一些麻烦……是这么回事：我在厂里答应到克拉德诺去做一班。您知道……那边采煤需要人手……事先我跟妻子没商量好，她带了小孩散步去了，妈妈也不在家……我这里还留下个安诺琦卡。我怕我们的卡车就要开走，所以我想到来请您帮忙，能不能让我们的安诺琦卡在您这儿待一会。我妻子大概也快回来了……”

“他来干什么？”布里赫听着巴捷拉不好意思的话满肚子寻思。这个平凡的人在他的生活中扮演的到底是什么角色？在他身上可以感到什么？巴尔托时与他不同，巴尔托时善于说理，如果布里赫与他短兵相接，也许会被打败，虽然布里赫无论如何不肯服输。而从巴捷拉身上却可以感到温暖和纯朴的友情。这是个平易可亲的人！

当布里赫点头答应他的请求时，巴捷拉松了口气，他连忙把一顶鸭舌帽往头上一戴，瞬息间门已经关上了。

就这样，房间里剩下他们两个人——布里赫博士和一个小女孩。安诺琦卡站在一张靠椅旁，小手指紧抓住扶手，一双浅蓝色的圆眼睛望着他的脸。虽然他们是老朋友了，布里赫却没有料到这孩子天真无邪的目光竟会使他忐忑不安。过了一会，小嘴唇上终于现出了微笑，而且是那么真诚，充满了信任，使布里赫也忍不住用微笑回答她，并且摸摸她的小辫子，他心中一下子轻松了许多。我们来玩些什么呢，安诺琦卡？

他把小女孩带到收音机旁，把方形的刻度盘开亮了又关熄，这个她已经知道。他们家也有“胡线电”。

他在橱里找到一本破碎的童话书，念了一个关于巴雅雅王子的故事，小姑娘嘟起嘴唇乖乖地听着，浅蓝色的眼睛一眨不眨地看着他，但布里赫发现这个才四岁的小脑袋只能听懂一半，所以没往下念。“还要！还要！”安诺琦卡说。她最喜欢的是插图。“这是龙，呜——呜！”布里赫从橱上取下一尊会点头晃脑的小佛像，给小姑娘玩了一会；她好奇地用手指碰碰佛像，它的脑袋开始摇来摆去，安诺琦卡发出银铃样的笑声。布里赫愉快地微笑着，他们像两个孩子在地毯上爬来爬去玩儿。他让小姑娘骑在他背上，还学发怒的大象的吼叫声，逗得她手舞足蹈;一会儿又把她抱在怀里，在弹簧叽咕作声的沙发上“跑马”。

“跳，跳！”她喊着，一边笑得气也喘不过来。她顽皮地翻了个身。后来布里赫学着发音不清的腔调跟她交谈起来，忽然安诺琦卡本着女人特有的智慧问，他这么大了为什么还发音不清？“博士”又是什么意思？他有没有在厂里工作的爸爸？

他觉得自己在她无忧无虑的笑声中正渐渐从一场迷梦中醒过来。

好动的小姑娘谈腻了话，她从沙发上爬下来，开始在房间里作侦察性探险。别人家的房间总是很吸引她。这里的秘密太多了！她踮起脚尖，正好够到桌上，小手指摸摸桌上的传单。惊奇的布里赫坐在沙发上注意着她的一举一动。

“叔叔，你会做燕子吗？给我做一只吧！”浅蓝色的眼睛央求着他。

她什么都要摸摸碰碰！他想从她手中把传单夺过来，但是央求的目光制止了他。她以不由你不感动的信任态度把纸递给他，耐心地开始等待。

“你怎么啦，叔叔？你干吗不高兴？”

怎么办？他稍加迟疑后很快地开始折第一张纸。见鬼，这东西是怎么做的？很久以前，他折过多少这样的纸鸟放到空中去？他忽然想出了神。“每一个男人身上都有爱做游戏的孩子气。”他这样想。现在要把第二张纸做成燕尾。好了！呵，燕子的尾巴做得多难看——太重了，得把这一块剪掉。对！

“瞧，小姑娘！”

纸鸟在欢呼声中飞起来，怪可怜地撞在窗边的墙上。第二只、第三只在桌上打了个转掉在炉子后面。又是一只！安诺琦卡两条小辫子晃个不停，她拍着手像只小狗跟在燕子后面跑来跑去。把纸燕放出窗外去好吗？

布里赫忍不住纵声大笑。他笑安诺琦卡，笑自己，笑一切，但在他的狂笑声中包含着沉痛。当安诺琦卡跑得气喘吁吁在沙发边上安静地坐下来时，他怀着衷心的厌恶把那个纸折的航空大队狠狠地撕成一片一片，撕得很碎，然后往空中一扔。瞧，下雪了！小姑娘高兴得简直难以形容，细小的碎纸片带着不连续的字句落到他头上，掉在地板上，停在她的小辫子上。安诺琦卡抖抖她的小脑袋，完了他们又搞别的玩意儿。布里赫一会儿把她掮在肩上，一会儿让她坐在腿上，跟她闲扯，不让自己思想；后来他们面对面坐在地板上吹白纸片，打心眼里痛快地笑着。

“这一切竟会这样结束，”布里赫心想，一只手抚摸着安诺琦卡的头发，“也许，应该这样。我真是个疯子！究竟发生了什么？不足道的小事！纯属偶然！如此而已。现在又回到泥泞的老路上来了。”

其实，一切都保留在他的心底。

5

离早班快车开车还剩下八分钟，但停在车站玻璃圆顶下的列车差不多所有的车厢全满了。铃声、锤子敲在铁器上沉重的当当声、喇叭声、笑声、哭声混成一片，到处是包裹和口袋。有人从月台上把一纸杯啤酒递给一位头发花白的妇女，坐在对面的一位乡下大叔抽的廉价纸烟气味相当难闻……

伊莲娜好容易挤到三等车厢的硬椅上；旅客们在狭窄的走廊里挤来挤去，手提箱老是碰到她。由于人多，车厢里热得很，散发着滑润油和热的熏肠的味儿，还有一股酸溜溜的烟味。毗邻的车厢里有人在弹吉他为一群青年的合唱伴奏，月台上的洋铁扩音器里响起了一个女人的声音，但在嘈杂的车站上什么也听不清楚。

伊莲娜雨衣也不脱，只把腰带解开，一只小提箱塞在座位下面。她的眼睛惶惑地东张西望。

她起先发现他在人头济济的月台上，她一下子就认出是他。昂德拉这时一定在每一节车厢里挨次寻找，一边用手分开人群。怎么办？走？跑？她觉得自己再也没有力气。她把头垂在胸前，当她抬起头来的时候，看到他已经在壅塞的通道里：他往前挤着，不时绊在人家的行李袋和手提箱上，他还没有看见她。看见了！他的眼睛闪出满意的神采，眨眼间已经到了她的身旁。伊莲娜冷漠地望着他的脸；他握住她的肩膀，脸上现出疲倦的笑容，于是她站了起来。

“走吧！”他轻轻地，但是不容违拗地说。

他再也没说一句话，右手提起箱子，把伊莲娜当作一个迷路的小学生、不听话的孩子似的推在自己前面走。他们刚下车，门就关好，接着响起了最后的汽笛声。他用左手搂住伊莲娜的肩膀，右手挥着小提箱，带她向出口处走去。伊莲娜真是个小孩子！他心中暗暗发笑，对她的逃跑一点也不觉得奇怪。

“傻丫头！”他在同她一起走下车站大门口的梯阶时说，“是什么念头钻到你脑子里了？”

他的话中没有责备，只有宽宏大量的口吻，虽然最近的两小时内他非常激动，跑了不少路。不过现在万事大吉了！

伊莲娜固执地低着头一声不吭。她像一头驯顺的绵羊任昂德拉带着她穿过马路，便道旁有一辆黑色汽车在等候他们。她感到自己由不得自己做主，索性不再反抗，她所有的感觉都静止了，只剩下淡漠的顺从。她在他旁边坐下，拉滋把车门关上，点起一支烟定一定神，然后也给她一支。

“你怎么知道的？”

她的语声中所包含的惊奇多于抗议。她拒绝了烟卷，他也不勉强。

拉滋淡然一笑。

“这并不太难，伊莲卡。虽然你心眼儿细巧，性情又倔强，但仍像泉水一样透明。不过，我不明白你为什么要向我们的布里赫借钱？他素来很节俭。你为什么不在家里拿呢？那些钱既然属于我，也就同样属于我的妻子，反正我也不会发觉。你拿了？那很好！我自问是了解你的，如果你有比较合乎理智和逻辑的理由，跟我是可以商量的。可是你走的简直是一条疯狂的道路。你也根本不必去挤在三等车厢里，坐汽车要舒服得多，难道你不这么想吗？”

他踏动风门，黑色汽车开始在热闹的街道上奔驰。

伊莲娜坐着一语不发。一切都落了空，一切都显得那么幼稚、荒唐，——在今天这次没有成功的逃跑之前已经有好多次尝试失败了。他比她聪明，每次都料到她会走哪一步。跟他说又是白费的，他不会了解她，她也不能向他表明什么，她现在知道得很清楚，最后他还是能达到目的。他只会赢，不会输。

“我们这时代的力量还没有强到足以把我们拆散，”他说，“你不应该让时代得逞，再说我也不会答应！我一直竭力满足你的愿望，也许有些把你惯坏了，但从现在起我应当要求你的行为放理智一些。我在这里不能安心过日子，哪天都可能被关进监牢，这你是知道的。在这里我会闷死。这不是我的错，亲爱的！你是我的妻子，我不容许任何人——哪怕是你的哥哥——离间我们，这一点请你永远记住。此外，孩子也不是你一个人的！我也是为他着想。”

这些话他用各种方式重复过多少遍了！多少个白天和黑夜在无休止的、充满惶惑的斗争中度过了！伊莲娜甚至连申述自己的理由也从来申述不清。她只有模糊的感觉。这些理由存在于她的心坎深处，那就是对毁灭不可名状的恐惧和一些隐隐约约的预感。他善于用言语束缚她，他试遍了一切手段——从平心静气讲道理、耐心的说服、热烈的拥抱到恶毒的、严厉的指责，但她仍然全身心地感觉到自己不同意他的说法，感觉到他是不对的，他在把她推向深渊的边缘，迫使她往黑洞洞的渊底跳下去，这一跳将毁掉她的一生。

他监视着她的一举一动，甚至注意着她的每一个念头，这是她知道的。虽然他抱着极其慎重、并且对她原谅的态度，但她感到在这背后藏着行将爆发的愤怒。让他监视吧，她没有什么要隐瞒的！自从拉波拉厂收归国有以后，他难得一个人出去很久，常常在自己书房里会客。她经常觉得他一眼不眨地看着她。他没有被人家抓住什么把柄，在家里伊莲娜也找不到可以指责他的地方，但她总觉得这样的状态维持不了多久，他急于离去。

这光景到底何时可以结束?

瓦舍克又写了两封信给她。当她拿到手里的时候，知道丈夫已经看过。他把信交给她的时候，怡然自得，带着不经心的冷笑，仿佛他不屑于把这样的信藏起来。

有一次，伊莲娜坐在钢琴旁，瓦舍克用粗大的字体写的一封信放在黑色的琴盖上。他不用亲昵的字眼，简短地向她报导雅沃尔什的一些似乎是鸡毛蒜皮的小事，少不了埋怨父亲几句，结尾又是那个使她无以为对的简单的问题：你怎么样了?放下贵妇人的架子，到家里来玩玩吧!

回家!她是多么想去而又没有勇气去!叫她怎么去见他们?瓦舍克哪里知道她的苦衷!还有爸爸!哪儿是她的家?在雅沃尔什?不，她的家应该在此地，她应该跟丈夫在一起!可是明天呢?下星期呢?她不敢设想未来。

然而，她心底毕竟有了一颗神秘的种子，它在她温暖的体内愈长愈大。暂时它好像中了魔法在里边沉睡着，这是一个又甜蜜、又痛苦的等待阶段。她的手指离开键盘，按在肚子上。晚上，她光着身子站在浴室里照镜子。目前还没什么。她仔细察看微微隆起的肚子的线条，脸上不自觉地现出沉痛的表情。她满可以非常幸福!虽然这小东西现在还没有动静，但她知道，她的不顺利的、无聊的生活有了新的意义，她成了另一个人，为了她肚子里这个看不见的小东西她不怕跟整个世界搏斗，她什么都撇得开，什么都舍得下，包括昂德拉在内!她只应该为孩子着想!应该保护他!但是怎样保护呢?哪条是生路，哪条是死路?以后怎么生活呢?

她发奋重新开始练钢琴。她热切地需要生活，像所有的人一样生活，为人们演奏，用音乐表达她接触到真正的生活时那种甜蜜的感觉。秋天的黄昏，窗外花园里风在绿色的树梢上沙沙作声，她听着唱片。斯美塔那、德沃夏克、贝多芬！欢乐和豪迈！她沉浸在这个非物质的世界里，从中找寻自己情感的共鸣，这个世界明白、清楚、坚决地对她说："活下去，伊莲娜！不要低头！你有孩子！"

她尝试着给瓦舍克回信，但是写不成。给他写什么呢？写蠢话吗？每当恐惧和犹豫抓住她的心的时候，她一回头就可以感到丈夫在注视着她。是的，他是你的丈夫！他是昂德拉！你究竟还爱不爱他？爱，爱！虽然一切都被恐怖抑压着，虽然一切都淹溺在慌乱迷惘和钩心斗角之中。她把自己写的信撕去，想重新写，但一切又照样重演。到后来瓦舍克不来信了。他一定以为她错将好心当恶意，以为她冥顽不灵。

曾经为伊莲娜所喜爱的住宅现在却压迫着她的心灵。偶尔她还是能溜出去，渐渐地她找到了一些"盟友"——那些人自己可一点也不知道。有一次，伊莲娜到席日科夫去敲巴捷拉家的门。她事先想好了一个很好的名义——在路上给他们的小孩儿买了一套浅蓝色的小衣服，她的心在胸口怦怦乱跳。她受到了朴实而又诚恳的接待。伊莲娜觉得那个黑头发女人心里全明白，她下意识地料到伊莲娜的苦痛。芙拉斯达真是聪明绝顶。她把小孩儿让伊莲娜抱一会，伊莲娜屏息静气，感到一种陌生的、使她头晕目眩的享受。以后她又去了一次。芙拉斯达正想去散步，伊莲娜就陪她一同去。在公园里她还推摇篮车。春天的太阳照得她眼睛也睁不开。太阳温柔地摸弄着浅蓝色的婴孩毯子，把无数条金线编织在树枝中，整个城市都沐浴在灿烂的阳光下。

她们谈着住房不够，孩子疾病等等的家常话。伊莲娜给她带了几本书去，她们俩都感觉到，这些平淡无奇的言语却是女人之间真正的体己话。伊莲娜在这个安详、娴静的年青妈妈身边又有了笑声、信心和行动的决心。是的，她应该行动起来！

伊莲娜像进监牢一样回到宽敞华丽的寓所，一进门拉滋就以平静的疑问的目光迎接她：他惯用无言的责备。

有时伊莲娜到音乐学院宿舍去找以前的同学。她是多么想回到那里去啊！那该有多好！不少同学还住在老地方。她们热情地欢迎她，但伊莲娜还是感到她们与她疏远了，变得格格不入。天赋极厚的伊莲娜埋没了自己的天才！不，还没有！现在她正可以把一切从头做起，向她们证明事实并非如此，这一点她有把握！同学中有好些人已经崭露头角，经常在音乐会上演奏。每当伊莲娜从海报上看到她们的名字时，痛苦的羡慕和良心的责备就折磨着她。她们哪里知道她的心情！同学们掩饰不住好奇心问她生活得怎么样，她并不向她们诉苦。她又能向她们说些什么呢？她们反正没法帮助她，这是她自己的事情。

在回家的路上，伊莲娜决定要离开这个使她感到窒息的家。这是荒唐、疯狂、无意义的想法。到哪里去？离开丈夫？是的，离开他！可是，在他处境困难的现在，她把他抛弃是应该的吗？再说这也是办不到的事情，她找不到安身之处，连宿舍里的一张铺位都得不到。

这一天拉滋回到家里，莫名其妙地尽摇头：伊莲娜把所有的首饰都取下来，穿上旧衣服——那还是她嫁前用自己的钱买的——一个人搬到穿堂旁一间小室里去住。这间只有一扇窗子朝花园开的斗室一直是空关着的，因为拉滋不愿在家里用女仆，住宅里四间正房都是看门女人收拾的。一张床和一口空橱——这就是那间小室里所有的一切。伊莲娜把被子、枕头搬到里边去，还有她做幸福的新娘时带着走进这个家的一只小手提箱和一堆乐谱。只有这些东西是属于她的，别的什么也没有。她知道丈夫一定会大发雷霆，果然没有错料。他走进小室，在床沿上坐下来，把自己浓密的头发扒得蓬松不堪。

“这是什么意思？示威吗？”他问，不过还控制着自己。“请问这是向谁示威？你是否明白这有多可笑？真是异想天开……”

“这是我的事情！”她背靠在放乐谱的木橱上，横了心肠倔强地望着他的脸。“你爱怎么想就怎么想！我只求你一桩：不要来说服我。”

他毕竟是有远见的，所以没有把她那种孩子气十足的胡闹行为硬压下去。如果坚决反对她的怪脾气，最后的成功就拿不稳了，何不暂时让步。他沉得住气，虽然怒火中烧，甚至有一刹那觉得自己简直像恨仇人一般恨她……拉滋留神对她观察了一会，然后点点头，温和地微笑说：

“好吧，小姑娘！随你的便！我对你的思路始终不太明白。你大概是想过几天穷日子换换口味，是不是？你愿意的话，我还可以叫看门女人拿一只洗衣盆来。不过这也是暂时的，反正我们在这儿住不了多久，他们迟早要勒令我们迁居……”

“如果他们这样做就对了！”她用冰冷的语气说，“对极了！多少人挤在鸽棚似的几个平方米中间……”

“哦呵！”他笑了起来，“我没想你竟有这样崇高的公民情操。据我所知，以前你并没有为这些事操过心。对了！我看出了令兄对你的良好影响！不，亲爱的，你要明白，这完全不是问题所在！当然，我并不坚持。”

“你自私！”

“哟！照你这样说，在这个乞丐国家里能生活得体面一点的人就是自私？太令人感动了，你再痛痛快快说下去！你几时想到这一点的？”

“可惜想到已经太晚！”

“好了，我不跟你吵架！”

拉滋毅然站起来走到书房里去，他倒了一杯白兰地安一下神，但他心头徐徐涌起恼恨的浪潮。他甚至恨伊莲娜！恨她以怨报德，糊涂而又愚蠢！他想象着她哥哥的脸，拉滋虽然只见过他一次，但已经足够。那是一副傲慢无礼的流氓相！仇恨使拉滋全身发抖。他们兄妹是多么相像！她疯了！她身上又出现了工人家庭出身的一个怪脾气丫头的本性。他觉得自己对妻子的看法似乎在开始改变。镇静一下，笑一笑！这日子不用挨多久了，等将来到了自由世界，他自有办法把一切掌握在自己手中！目前他已经够心烦的了！但他决不退却，他把一切慎重斟酌过好多次。他终究是爱她、需要她的，也许正因为她时时刻刻必须加以驯抚、管教，正因为他从来没有能够使她完全服从。此外，还有孩子！他的孩子！拉滋想到这里就会高兴起来。他失去了很多，他们把他狠狠地打劫了一番，厂不再是他的了，但他决不服输，决不把孩子留给他们！这个孩子来得不是时候，拉滋下意识地感受到，他和妻子之间那场不体面的斗争的原因是在孩子身上。好吧，他接受挑战！也许这将是个儿子！小拉滋！他要教会他各种本领，培养他成为一个坚毅果断的小伙子，一个具有火热的拉滋血液，并有冷静头脑的斗士。他要教会他憎恨挡住他去路的一切！憎恨扫生活之兴的一切！为了这个，咬几天牙关也是值得的。

晚上，他在一间间空房间里巡行了一遭，推推那间小室的门，推不开。他按捺住了自己，没有破门而入一下子去治好伊莲娜可笑的倔强劲儿，而决定采取久经考验的策略：忍耐！

从这天起，家对于伊莲娜变得难以忍受了，虽然拉滋处处倍加小心。她一个人关在她的小室里想着父亲，想着雅沃尔什。

“下星期走！”两天前他若无其事对她说。她时常听他在电话里跟别人长谈，也常有她认识的和不认识的人来找他：昂德拉在准备一个告别晚会，邀请了一些最接近的朋友。他不要求伊莲娜做什么，她也不管，一切都由昂德拉自己张罗，他甚至还能露出兴致勃勃的笑容。

昨天她在信箱里发现瓦舍克寄来的一封信，她匆匆看了一遍，突然拿定了主意。离开此地！回家去！可是怎样掩饰内心的激动？哪儿去吸取最后的决心？她能抛弃自己的丈夫吗？这岂不是发疯！但伊莲娜还是找布里赫去了，把他从公司里叫出来。布里赫大衣也没穿跑到便道上，见了她直眨眼睛发愣。他什么也没有问，借了一笔数目极小的路费给她，末了怅惘地伸出一只手：“希望你理智一点，伊莲娜！”但是理智在哪儿呢？

今天早晨，那个自命不凡的花花公子鲍利斯打了个电话给她。连他也还没有投降！鲍利斯噜苏了半天，说是晚上一定到拉滋家来，并对他们即将见面表示高兴。她扔下听筒回自己的“防空洞”去，她感觉到丈夫正盯着她瞧，他大概已经全猜着了。随他去！她没有别的办法对付他！

现在，趁她还有勇气，必须行动起来！

伊莲娜听到昂德拉要到某一个地方去，就趁他不在家，带了一只很旧的小手提箱溜出家门。她的心惶惶然剧烈跳动。她走到街上，向那幢洋房回顾了一下，不禁感到一阵惆怅和黯然。你在这里是否得到过幸福？是的，你得到过！像一条瞎眼的小狗一样承认吧，伊莲娜！承认你的脚步踉跄，承认你在动摇！

现在她又回家去了，丈夫坐在身旁稳稳地掌握着驾驶盘，他悠然自得。汽车疾驶过桥，嗡嗡地响着爬上蜿蜒曲折的霍特科夫公路，然后向左拐弯折进沿城墙的一条树木高大的林荫道，再飞也似的往下驶向熟悉的街上那幢熟悉的洋房。伊莲娜如坐针毡，眼睛视而不见地望着车窗外向后飞奔的路面。

“停下！”她发出一声绝叫，用双手掩住面孔。

“什么事？”

他并不减低车速。

“我们……我们需要谈一谈！”

拉滋把汽车靠便道停下，关上马达，用疑问的目光望着伊莲娜，好像在说：“讲吧，我洗耳恭听！”她眼睛不看他的脸，开始说：

“昂德拉，我们应该分开，你听见没有？应该分开！我再也受不了！我们从来就不是合适的一对，这是一个错误，现在我知道了……”

拉滋右手搂住她的肩膀，把她蒙住眼睛的两只手移开。他托住伊莲娜的下巴颏儿把她的头抬起来，拉滋的脸也变严肃了。

“这不是真话，伊莲娜，”他轻轻地说，“你自己也知道。难道你不明白我是多么爱你？把一切再说一遍没有意思，你自己也离不开我，因为这样将毁了你和我们的孩子。我们的孩子，伊莲娜！他是你的，同样也是我的！我们没有权利分开——这将是滔天的罪行！……什么都不要怕，请对我表示一点信任，哪怕是一点点也好。也许，你觉得我这个人近乎冷酷，但总是个人。除了孤独，我什么也不怕。我诚恳地请求你了解我！你似乎把我看成一个无赖，可能还是一个只关心自己的利己主义者。其实并不如此。我不可能只为自己生活。你以为我老是考虑怎样赚钱……好，我承认，这能使我得到快乐，但光知道赚钱是不够的。必须跟什么人一起生活，必须为什么人而生活！你没有任何权利要我离开我们的孩子！你没有权利！你也知道这一点。我不喜欢谈这些事情，也许是出于愚蠢的羞耻心，我从小就讨厌这些，要是谁怜悯我，我会认为是一种侮辱——但事实毕竟如此！”

他的声音很轻，显得情辞恳切，眼睛直视着她——伊莲娜相信了。是的，他说得对！她是他的妻子，他有权利支配她的生活。这是奇怪的一刹那！伊莲娜不作声。汽车开动了，不一会拉滋把车停在勃尔瑞符诺夫街的那幢洋房门口，像扶一个病孩似的把伊莲娜扶下了车。他摸摸她的头，扶她上楼梯走进空无一人的家。她不再反抗。完了。

她知道一切都已成了定局——她输了！

然而，当布里赫——晚会的第一个客人——到他们家的时候，还是撞见了一场激烈的争吵。伊莲娜坚决拒绝参加晚会，昂德拉怎么劝她也不听。

“你好，朋友！”拉滋垂头丧气地招呼布里赫，“你去劝劝她吧！天哪，我这位太太实在不懂事！简直像个六年级学生！”

布里赫向他苦笑。

“在类似的交换意见时，我建议你们把穿堂门关上。刚才我在楼梯上已经听到了你们的声音。”

布里赫跟他们夫妇俩一一握过手，然后走到镜子前去梳梳头发，而昂德拉还在说服妻子。

“我谁也不愿见！”伊莲娜用鞋跟旋过身子径自到她的小房间里去，砰的一声把门关上。

“她有点儿神经质，弗朗蒂雪克！”拉滋长叹一声把朋友带进客厅，“我们俩先来干一杯！今天我们应该喝一个痛快！唉！你简直难以想象……得了，不谈这些！”

这套四间正房的住宅足够容纳很多客人。所有的门——通宽敞的餐室、通书房、通穿堂的——都打开着。布里赫在这里总有一种置身于庸俗影片的布景中的感觉，他对拉滋的审美观公开表示轻蔑。书房的天花板上闪耀着许多电灯泡，日光灯照在临时布置起来的一张长柜上，柜前放着许多高凳。拉滋把他储藏的名酒以及他调鸡尾酒的技巧引为骄傲。

“今天我们把这一切都解决掉，老弟，”他对布里赫说，“宁可让正派人喝得精光，也不留一滴给将来破门而入的那帮人。你在这儿看到的一切都已经卖了出去，”他得意地笑着，“到星期三这儿只剩下墙壁了。请……”

穿堂里响起了门铃声，客人逐渐来到。大皮货商卡洛乌斯向布里赫伸出一只汗湿的手；他那已经难驻红颜的太太对布里赫没有熨挺的裤子注视了片刻。她极口称赞这住宅华丽非凡，并且亲切得近乎肉麻地问女主人在哪里。昂德拉推说她偏头痛病突然发作。接着他开始跟皮货商谈汽车难以脱手的问题。

“一百二十克朗也没人肯出，”皮货商说，“如今还有谁买汽车？”

昂德列依不以为然地说。

“我宁可把汽车推到维尔塔伐河里去。如果我有什么舍不下的话，那就是我这匹‘骏马’。您知道当初我为它花了多少钱？”

“我亲爱的，”皮货商伤心地点点头，“汽车的价格已经一落千丈。”他凑到拉滋面前，二月事件以后他养成了一种习惯：无论说什么话只敢耳语。“除非您想办法坐汽车跑！那可妙极了！培兹敏茨的兄弟尝试了，而且成功了！我敢打赌他不是空手跑的！您也知道，”他笑了起来，“这帮酒精提炼商这几年着实捞了一票！”

又来了一批客人。布里赫根据像从啤酒桶底发出的深沉的男低音辨出那是拉才茨基律师。这是一个性好热闹的人，长着一张山林老神的脸和公牛式的后脑。拉才茨基用他的巨掌跟大家握手，一边话不绝口。不过这也是他的职业。拉才茨基认出了以前昂德拉给他介绍过的布里赫后，用指头点在他胸前说：

“怎么样，还算流水账吗？得了，年青人，还是出去走走！在此地您交不了好运！正派的法学家不应该做井底之蛙！”他热情地握着布里赫的手熟不拘礼地说。

布里赫注意到卡洛乌斯的女儿莉雅的脸色像蜡一般苍白，她带着唯恐人家看不出的淡漠的神情从一间房间走到另一间房间，竭力显示出无聊得不耐烦的样子。她疲惫不堪地倒在一张很深的圈椅里，跷着穿裤衩的长腿，细长的手指把一绺剪短的麦黄色额发扒得蓬蓬松松，大概故意要父辈们看不惯。

“哈啰！”当布里赫跟她握手时，她傲慢地说，而目光还作了如下的补充：“告诉你，我对你丝毫不感兴趣！奇怪吗？没什么，别介意。这儿的人我没一个感兴趣。全是白痴！”当他用一口流利的英语回答莉雅时，她满意地点点头，从一只凸肚酒杯里呷了一口白兰地，微微一笑。大家知道她喜欢偷夹方糖的小钳子、茶匙之类的小东西；有时从人家上衣口袋里偷一支自来水笔。她把这视为游戏。第二天，卡洛乌斯夫妇会把所有的东西还给人家，同时附上一封信，说是发生了一桩极不愉快的误会……并请求原谅他们的女儿这种奇怪的开玩笑方式。而莉雅还是继续偷东西。

布里赫在法律系时对鲍利斯·台赫曼有一点认识。然而对于鲍利斯来说，布里赫是根本不值得注意的，何况布里赫既不属于鲍利斯的同党蓝斯道尔夫派，又不是他的敌人。一个性情古怪、坐立不安的鸟脸小个子原来是鲍利斯的哥哥卡密尔——有名的古代瓷器收藏家；在卡密尔身旁连连打呵欠的是他交际场中的情妇；在她天天用按摩术保养得非常好的玩偶型脸蛋上，一种美容院模特儿式的美与精神上无限的空虚得到了少见的统一。

“您玩桥牌吗？”她淡漠地问。

布里赫急忙摇摇头，在她懒洋洋的、妖冶的眼睛里闪起了某种像是好奇的神情。

她很快地转向她的保护人：

“卡密列克[1]，你为什么不给我拿 Pale Male[2]？你知道近来我讨厌抽美国烟！抽了头就疼。”

房间里充满了谈话声，粗浊的男人声音和尖细的女人声音交织在一起，时而爆发出笑声。只见觥筹交错，酒如水流。

话声、笑声、衣裳、戒指、烟卷、唱机放送的音乐……布里赫在这一切中间浮晃，觉得他在此地是多余的。他吃了几片夹肉面包，用名贵的酒送下，心里还是挺闷。客人愈来愈多，其中有些人的姓氏他在市中心的商店招牌上看到过。他在这里遇到的还有网球场上的青年，山上旅馆的常客，这里触目皆是俊美而没有灵魂的脸庞和精工裁制的服装，谈吐无非都是酒吧间里那一套。

谁也不注意他，但他并不因此而懊丧。他听着。

“还在念书？”有人问一个把唱片搁在收音机上的魁梧的年青人。

“不，我在那里不过是逢场作戏。我并不消化他们的马克思主义，再说，娜佳死乞白赖地缠着我，考试怎么还考得出？不像话，太不像话了！”

“……我不懂您要什么？马桑非常漂亮。”

“她大概喜欢他的富于性感的嘴唇。”旁边一个少女的细声音说。

“……那个人给了他结实的一下，打得他两天不能动弹。他说：‘姑娘们，今天我的 backhand[3] 没打出，真不走运！……”

“……你有空到我家来听听，我姐夫从布鲁塞尔给我寄来了不少唱片：斯泰恩·肯登、格连·缪勒，全是名歌星。”

“……你说拉滋这个人怎么样？很有一手，可不是吗？我爸爸说他比十个魔鬼还狡猾，他做事情不留痕迹。不愧是一个 impex[4]！”

---

① 卡密尔的昵称。

② 一种英国纸烟的牌子。——俄译者注

③ 英语。网球中的反手抽击。——俄译者注

④ 事业家。——俄译者注

另外一个圈子在谈着这样的话：

“我的儿子竟读不到书！我对他说：那你就去加入他们的党。可是他们不接受，说他是二流子。我又不是不给他付学费！……您打算如何处置塞诺格拉贝的那所别墅？我永远也忘不了那几个夏天的夜晚，亲爱的！还有你们那个那个……叫什么来着？对了，你们那个格里莎逖！也可爱极了！”

“他们的日子长不了！绝对长不了！破坏——这他们在行，可是……您注意到蒂布尔茨了没有，亲爱的？就是那个穿黑衣服的！唉，太悲惨了！您不知道吗？他父亲在企业被收归国有的时候到拉巴那儿去用手枪自杀了。对这条命他们要负责！”

“那么您怎么样？”

“我吗？没关系。要是他们把我所有的东西全抢走，我就带了阿廖娜往依拉谢克桥下一跳，身上挂一块木牌，写着：‘请看共产党把人逼到这般地步！……’他们要我给他们工作，现在稍懂一点业务的人他们都要。他们肯出我五千克朗，您说有趣不有趣？不，还是等一阵再说：他们不可能长久把西方的忍耐视作可欺！巴泰克的事您听说了吗？我指的是小巴泰克。我叫他别理他们，可是你猜他对我怎么说？他说他们是对的，他的父亲是剥削者，甚至好像还说他自己也要去参加某一项工程！老巴泰克太不果断，要是我早把自己儿子的脖子都扭了下来……”

年青人要跳舞了！红木桌子被移到角落里，餐厅顿时变成舞厅。唱片传出萨克管的哭音和大管的怪叫声，两三对舞伴在沉重的鼓声中身体开始抽搐摆动。最后只剩下鲍利斯和一个染金发的女人，其余的人把他们围在中央，合着歇斯底里的舞蹈节奏拍手跺脚，瞪出迷迷糊糊的眼睛，咧着嘴浪笑。“哦，苏珊娜，苏珊娜，”唱片里的女歌手用刺耳的嗓子唱着，“哦，苏珊娜……”①

---

① 原歌是美国作曲家斯蒂芬·福斯特(1824—1864)所作，这张唱片显然把原作黄色化了。

6

最后到的是一个长方脸的瘦高个儿和一个身材匀称的女人。那男的是个外国人，是西方某通讯社的记者，他对捷克斯洛伐克好多方面感到兴趣。这个人显然在某著名学院受过严格的训练。他虽然已经不能算年轻，但在少年似的脸上经常笑容可掬，只有老练的眼睛才能从他彬彬有礼的面具后面看出残忍轻蔑的神色。他健谈，也善于沉默；有时豪放，有时倨傲——十足是英帝国培养出来的殖民者的典型。

他轻轻握了一下布里赫的手，含糊地报出自己的姓氏：

"吉丁斯。"

当听到布里赫一口虽然不十分流利，但相当正确的英语时，他没有丝毫惊讶的表示。看来他认为这样一个不足道的小国公民懂得英语是理所当然的；布里赫注意到，当女客们费力地说着某种勉强有点儿像英语的怪话时，那外国人在暗暗发笑。

"O yes, certainly[①]!"他频频点头，眼睛在狡猾地闪光。"全是白痴。"他心里显然在这样想。他成了大家注意的中心。

这里形形色色的人物都有！布里赫怀着好奇心观察那外国人带来的女人。她总是跟吉丁斯在一起，吉丁斯对她也特别殷勤，但拉滋把她拉了去向别人介绍。她长得很美，浅褐色的头发披在纤细的脖子上，说起话来微眯着一双富于表情的眼睛，她能从容不迫地一下子跟许多人应酬，一边微笑盈盈，神态自若。别的女客都是一味矫揉做作，拼命想显示自己的高雅隽永，举止谈吐过火到可笑的程度，相形之下，她显得格外落落大方。而在大腹便便的企业主和大商贾之间，吉丁斯的女伴则像是河马群中一头羚羊。当布里赫跟她握手时，她微眯着眼睛；她的手滑爽轻软，宛如一方薄纱手帕。

"爱薇琦卡，这位是我们的弗朗蒂雪克。"拉滋用可憎的亲昵口

---

① 哦，是的，那当然！（英语）——俄译者注

吻给她介绍布里赫，接着又很快地说了些话。

布里赫凝神望着她的脸。

“您可听到，”他苦笑着说，“我是他们的弗朗蒂雪克。”

她还来不及开口，一群女客已经把她挟走，而布里赫则被昂德拉拉去。

“你在我这儿不寂寞吧？人来得很多，我甚至有些吃慌了。老弟，我们到书房去为多年的友谊干一杯！”

昂德拉挽住布里赫的手把他带到长柜那边，倒了两杯金黄色的玛泰尔酒，他举起酒杯。

“她是谁？”布里赫好奇地问，“我指的那个……”

“啊，你问她吗？你说她怎么样？一个漂亮的女人，可不是吗？还聪明得很呢！”

“你怎么认识她的？”

“说来话长。我是两年前她从国外回来时认识她的，她不止一次帮过我的忙。我们别谈她了，还是来干杯吧。为什么呢，我的老朋友？为你的自由好不好？愿自由早日还给我们，同意吗？为民主、为自由、为没有共产党的干净环境干杯！在那里可以舒畅地呼吸，快乐地生活！”

布里赫不说话——他不愿碰杯，昂德拉的话在他听来几乎是一种讽刺。他喝了一杯酒回到客厅里棕榈树下一张圈椅里；头有点晕，因为他不习惯喝酒。书房里传来拉滋激昂的声音——他系着白围腰站在长柜后，把一只调鸡尾酒的玻璃缸高举在头上摇着。其余的人用笑声和喊声拥护这位调鸡尾酒能手。

“热爱民主的朋友们！在这个告别的晚会上，我要请诸位尝一尝一种东西，我敢担保你们终身忘不了它的味道！”

布里赫并不听他的话，自顾抽烟——他觉得很疲倦，心里也乱得很。这一天太可怕了。他回忆着从今天早晨开始接二连三向他袭来的种种怪事。失踪的传单、巴尔托时的目光、舅舅、卡兹达、依尔任娜，还有……

还有巴捷拉！布里赫双手捂住面孔。他想象巴捷拉在地下好几百米深的地方，给煤擦得乌黑的脸上挂着微笑。布里赫低垂着头，他觉得有一股浊流在脑中奔腾。走？

“可以吗？”他身旁有人问。

布里赫抬起涨红的脸眏眏眼睛，那模样颇有几分傻气。刚才拉滋向他介绍的那个女人似乎想在他旁边坐下。布里赫立刻站起来，把就近一张圈椅挪动了一下请她坐。一阵淡淡的幽香徐徐飘来。

“我得声明在前！”他很勉强地说。

“什么？”

“我怕会扫您的兴，因为我很不善交际。”

“要是我想换换口味呢？”她作了一个鼓励性的微笑，“您瞧：那些人无疑都认为自己非常聪明。”

“那您算是找对了，”他点点头，“我在这里是个怪物。”

见她惊讶地扬起两道蛾眉，他又说：

“您不见笑吧？您要知道，国有化前我既不经营财源茂盛的商业，也不开设利市百倍的工厂。很奇怪，不是吗？”

她从喉头发出一阵吃吃的笑声。

“看来，您不太瞧得起他们？”

“是的。”

“我也是！他们不值得注意，只是靠垃圾把自己养得脑满肠肥。假如您向他们提到……弗兰茨·卡夫卡[1]的名字，他们没有一个对他有一丁点儿概念。而您，我敢担保，一定知道。”

“可能！”

她颇感兴趣地对他的脸看了一会，然后摇摇头。

“您应该原谅他们！谁要是想赚很多的钱，他就不能把精力分散到旁的方面。那就需要分工。不过最好您还是谈谈自己。”

“您不是开玩笑吧？在我们的生活中，人们已经对自己不感兴

---

① 奥地利颓废派作家（1883—1924）。——俄译者注

趣。再说，我又不善交际。我事先声明过了。您想听什么呢？也许您要我说您漂亮？当然，这一点我不说您已经知道！”

她在圈椅里生气地把上身挺直。

“嗬，真厉害！可是我猜想您马上要请我跳舞了！”

“请放心，我跳起舞来比河马还要糟。我已经声明在先，因此我不负这个责任。晚上我只做做填字游戏，现在且让我来把您研究一番。您引起了我的好奇心，我想了解的几个问题也许十分冒昧。譬如说，您是谁？您跟这里的人们并不相称。”

“现在我也要声明一下，所谓来而不往非礼也。我觉得您是想追求我。我同意，但有一个条件——到市集上给我买一个上面写着‘纪念永恒的爱情’的鸡心饼。您是否愿意为我在打靶场上打一只猴子？不然的话，您算是什么崇拜者？瞧，我是多么冷酷！不值得冒险，您说是不？”

“我不必冒任何危险，倒是您有过一个无聊的晚上的危险！再者，我也不相信您的直率。这是一种自卫，是铠甲，目的在于挡避可能使敏感者受到伤害的一切。故意显得直率的人通常都有自己的弱点，所以他要披上铠甲。不愉快的是他在自卫的同时却伤害了别人。这样的人心里经常相当沉重。”

“您这是从什么书本上看到的？”她身体微微向前探出，很感兴趣地问。

“记不得了。您问这做什么？”

“请不必向我证明世上还有人能自己想出什么来。所有的妙语警句都已经见诸书本……也许您的话有道理，然而事实要复杂得多！”她露出疲倦的笑容，“不过跟您谈谈很有意思，您在这群大老板中间可说别树一帜。您什么都知道，是吗？我在猜想，您到底抱着什么目的？是要我做您的情妇吗？”

他愕然不知所措，她这种奇怪的坦率他觉得未免太不礼貌了。

“您是这样理解我的吗？难道普通的好奇心必定是想入非非吗？”

“不，不！我事先向您声明过了，正像您向我声明过一样，如此而已。”

他们一见如故，谈得十分投机，她以惊人的坦白谈着自己，可是布里赫对她却觉得愈来愈难以理解。他问她各种各样的事情，竭力想抓住这次不寻常的谈话的线索。

“您听到这张唱片了吗？”隔了一会他问，“这是保罗·罗伯逊唱的。真奇怪！那些公子哥儿居然听得十分感动。‘要使鸟儿唱歌，就得剜掉它的眼睛’……您会说英语吗？”

她调皮地微笑着回答说：

“还可以。战时我一直住在伦敦，直到一九四六年。够了吗？”

“结婚了没有？”

“这跟您的解释有什么关系？”她装作动怒的样子。

“有关系。这首歌是一个受白人剥削的黑奴的怨诉。”

“请问，”她突然被激起了好奇心，“您是不是共产党员？”

“不是。”

她喟叹一声，似乎很失望。

“遗憾！我很想有机会跟一个真正的共产党员谈谈。那么说，您属于反动派？”

“这是廉价的头衔。我不接受。并请您别要求我解释这一点。这太复杂，对您说来也很枯燥。我不打算作无谓的饶舌，这些话也谈够了！”他摇摇头没再往下说。

“不要太孤芳自赏，”她责备他说，“这没有必要。我知道您不是一个庸俗的人。好了，还是去拿一点喝的来吧。”

一个矮小灵活、像通俗喜剧角色一般可笑的人物走到他们跟前，他的小胡髭虽然修得很齐，但仍难掩饰嘴唇的兔缺。他按过时的礼节向爱薇琦卡鞠了一躬。

“向您致敬，尊贵的夫人！您还在这个充满不友好气氛的国家里？”

“说话请留神些，工程师先生！”她装作一本正经的模样堵住他的嘴，一边怪神秘地指指布里赫，“这位先生在警察局做事，说不定明天会去找您。”

她把那个矮子吓跑后，带着一脸顽皮的神气微微一笑。

布里赫站起来向桌子那边走去取酒杯。

书房里长柜旁的一群男人在议论着什么，主人正在讲话。他把胳膊肘支在长柜上，坚决地说：

“想在这里干些什么完全是糊涂……幼稚的想法！这是空想，工厂主先生们！”

“别信他的话，”有人提出反对，“散发对症下药的传单，在各工厂放空气，使人心不安，制造混乱——这些灵验的办法从战时起就……”

“战争！”一个头发花白、颇像德高望重的人醉醺醺地叫喊起来。他整个身体在椅子上摇晃，呆滞的目光无目的地望着前面，他的嘴因嗜酒而变得歪曲。“不知又要死多少人了！”

“您到底是位软心肠的大夫！”拉滋拍拍他的肩膀安慰着说。

“大夫前面还应该加上‘酒鬼’两个字！”那白发大夫自己接上去说。他嘶哑地笑着以温文有礼的姿势把一杯酒倒入口中。他把酒杯举到眼前。“瞧，杯子一点也不晃！做外科手术需要坚定的手腕。这跟搞政治一样的！……”

“我没想到外科大夫也会有感伤主义，”拉滋说着给他的酒杯里斟上白兰地，“至于您说政治家，特别是我们的政治家需要有坚定的手腕，这话的确是颠扑不破的真理。”

“我可以下这样的断语：在酒醉以后总是接连着道德的麻醉，”外科大夫闷闷不乐地咕噜着用哆嗦的手掠了一把头发，“这是不愉快的并发症。”

有几个人看到了冷落的穿堂里演出的一幕短剧。鲍利斯·台赫曼悄悄溜出会客室，开始满屋子闲逛。他发现伊莲娜坐在小房间里一盏电灯旁，就闯进去向她胡说醉话，大吹法螺。她站起来跑到穿堂里，正好碰上拉滋胳肢窝下挟了一匣烟卷走来。

“昂德拉！”

他停下来听完了她的叙述，气得额上出现了一道很深的皱纹。

“你在这儿等一下。”他果断地说。

拉滋把一匣烟卷拿到书房里去后马上又回来，他决心用坚决的手腕解决问题。当他知道有人竟敢觊觎他的妻子时，三分薄醉激起了他八丈怒火。他在穿堂里遇见了那个无耻的东西。鲍利斯带着一副十分苦恼的神情在跟不理不睬的伊莲娜纠缠；他看到了拉滋的脸色，禁不住浑身发抖。活像个闯了祸的小学生！

“别碰我。”他喃喃地说，在拉滋怒火中烧的目光下，他觉得自己的手软得一些儿力气都没有。

拉滋扼住他的手腕用力一扯，冲着他的脸，咬牙切齿地说：

“你这个不要脸的胆小鬼！你以为我到现在还没有看透你吗？够了，该结束了！要不是你喝醉了，我非把你揪到街上去扭断你的脖子不可！现在也不用发抖！快穿上衣服给我滚，否则……”

他以命令的姿态向门那边一指，自顾去招待客人，伊莲娜回到自己房里把门锁上，穿堂里只剩下吓得失魂落魄的鲍利斯在那里发愣。他捧住变了样的面孔。下逐客令！你看到他嘲弄的目光了吗？拉滋冲着他的脸骂他“胆小鬼”！他像一个在大汉的拳头面前吓得发抖的毛孩子，而人家还不屑为他弄脏了手！

鲍利斯一溜烟似的跑了出去，把门关得震天价响。“胆小鬼”三个字还在他耳际发响。到了街上他才收住脚步靠在围墙上，他觉得自己眼看着就会扑倒在马路上嚎啕痛哭而无法一泄心头之恨。现在怎么办？回去当着大家的面拔出藏在口袋里的实弹手枪就放！闹它个落花流水！让大家知道是鲍利斯开的枪！让女人们吓得尖声怪叫……他叹了口气低下头去。不，他连这也不敢！以前鲍利斯也怀疑自己是个胆小鬼，不过一直用怪异的举止、孩子气的浮夸伪装着，可是现在……现在一切都漏了底。还当着她的面！他更恨谁——伊莲娜还是拉滋？他自己也闹不清，实在这次出丑把他一棍子打蒙了。

鲍利斯身体离开墙壁踉踉跄跄向前走去。不！他跟他们没完！他能鼓起勇气，在离开此地以前他还要露这么一手，管叫他们吓得眼前发黑！他要震撼全世界！他恨，恨一切，恨所有的人！他要向他们、向自己证明……

他摇摇晃晃突然撞在路灯柱上，情不自禁地失声惊呼。

布里赫还坐在棕榈树下一张圈椅里那位神秘的女士旁边。他们谈一阵，沉默一阵；她疲倦地靠在椅背上。在片刻的寂静中布里赫听到卧室里钟敲午夜十二点。“我呆在这儿等什么？”布里赫心想，“难道这一切都是现实？”巴捷拉的脸又在他想象中一闪。自从今天巴捷拉不好意思地敲他的房门到现在，布里赫有恍如隔世的感觉。“一边是巴捷拉，另一边是这里的那些人。我到底属于哪一个阵营？属于这里的人一伙？我为什么要跟这个女人扯淡？她能向我说些什么？她很吸引人，能赚人好感，”他从侧面向她瞟了一眼，“你到底是个什么人？是什么风把你吹到这里来的？你在这里似乎也并不如鱼得水！”他忽然注意到她的鼻孔有强烈的蛊惑力，她的嘴也太大了。当然，这是一张刻薄的嘴！

“您在想什么，博士？”她曼声的问话引起了布里赫的不安。

“您怎么知道我……”

“我知道，”她嫣然一笑，“但请您回答我的问题……”

布里赫耸耸肩膀：

“我不在想什么有趣的事情，也许可以说在想真理。真理在何处？在这里吗？”他指指自己周围。

“这是个有趣的问题。虽然我从来没想过。不过我可以对您说：如果真理是存在的话，那决不在这里。请笑吧！”

“我不觉得有什么可笑！倒是值得惊奇！您明明是属于……”

“您那么肯定吗？青红皂白应该分开。观点是另一回事，这不是不容违拗的东西。而生活，也只有生活，才是不容违拗的。我承认，没有钱我是不能生活的。这当然不好，您说是不是？”

“这是可悲的。失去了一切信念而活着，甚至不惜牺牲自己的信仰……我可不能……”

“您很聪明！是的，这是可悲的。但如果一个人只是在醉生梦死，他不应该欺骗自己，说自己生活得很有意思。如您所见，真理是可悲的东西。但没有必要永远住在自己家里，有时住住旅馆也不坏，要是那里比较舒适的话。有时我想……其实这是很愚蠢的！有时我这样想，别人又健康，又坚强，充满了活力。他们什么也不怕！也许，您觉得我很幼稚吧！”

布里赫惊愕地摇摇头问：

“难道您怕吗？怕什么？”

“您想知道什么呢？看来您把我看得太高了。我为什么跟您说得这样坦率？我们一分手可能永远不再见面。可是……已经晚了。说实在的，我什么都怕。比方人会老去，镜子的无情，笼罩在我周围的冷漠气氛。据说，人应该活得使自己死的时候轻松。您能不能向我解释一下这该怎么做？”

“那一定是活着为了别人，问心无愧地生活，牺牲自己……”

“我已经对您说过，我所认为的真理是什么。它在穷人手里。对于我，这会是跟生活的一场亏本交易——我不能！很可能我将害怕一辈子，然后老去，人们将不再对我感兴趣，他们愚蠢的脸和虚伪的话也不再使我恶心……可是也没有别的办法。再说，我才不理会道德呢，我又不是牧师！好吧，我们别谈这个了，我的忏悔神父！”

布里赫半晌没说话，但他决定再提一个问题。

“您就从来不想逃避您的生活吗？”

她点点头，把一只温柔的手搁在他肩上。

“想的，但我竭力抑止着这个愿望！”

布里赫摇摇头。

“为什么？因为害怕吗？”

她想了一会。

“您先得了解我的一生。那是在这里捷克开始的。请想象一个小市镇！那里有一家糖厂，有甜菜的气味，景色如画的郊区，我父亲在那里当一名邮差。我们一家四口，哥哥已经死了。学校里有一个可怜的教员，他永远带着一股大葱味。河滩的坡岸泥泞肮脏。这就是我的童年时代！站在台阶上看得见小山丘上一座木塔，塔上风很大，爬上去似乎能看到全世界！我决心出去见见世面！离开带有大葱味的老师！我先到布拉格，生活很困难，不断劳动而又老是挨饿！后来又到伦敦——总算看到了广阔的世界！我喜欢伦敦，可是相当讨厌英国人。”

“您在那边结了婚！”布里赫料到了。

“是的，但请别向我提起这事。他不是个坏人，一般说来并不笨。他在我处境非常困窘的时候帮了我的忙。虽然他的旧式布尔乔亚家庭反对，我还是做了他的妻子。英国人有时喜欢做一些奇怪的事。他很有钱，比我大二十三岁，他有好些令人讨厌的怪癖。我们一天到晚坐在壁炉旁，在婚后的这些年中，我老是给他倒牛奶红茶。我在他身旁寂寞得要死。原来我盼望看到的世界竟是这个样子！战时，即使炸弹在附近爆炸，他也只略略转过头来说一声：‘笨蛋！’不管我向他说什么，他对我的怨诉总是一味点头，而一切还是照旧。他好像一具僵尸。什么也不能把他激恼，他的冷静至死不变！但他确实爱我！他的爱不可理解地固执而温柔，什么也动摇不了他的意志。说真的，关于他我不知道该说些什么。我们共同生活了五年，他死后，我开始感到自己简直完全不了解他。他身后留下许多钱——别的什么也没有。一个悲惨的故事，可不是吗？可是后来发生的事情更加悲惨。我回到这里……”

“您回来做什么？”

“很难说。这叫做思乡之念，这里终究是我的祖国；也许我的确十分怀念小山丘上风很大的木塔、糖厂里的甜菜气息和带有大葱味的老师……所以我回来了。”

“那您找到了您所找寻的东西没有呢？”布里赫感动地问。

“没有！”她摇摇头，“大概一定得具备一个条件方能回来。那就是心中必须放着那个叫做祖国的东西。我不了解这一点。因此这里的一切，我都觉得冷漠、渺小、局促、讨厌。一切都与我格格不入。您说得对：我在这里并非如鱼得水。我做了件蠢事。不过这些话谈够了。这些话为什么我偏偏对您说呢？”

吉丁斯从书房里走到他们跟前，他大概在找她。他的眼睛因为喝了酒而闪闪发光，但态度仍很沉着。

“哈啰，蒙梯，”她用疲倦的声音招呼他，“跟我们坐一会，讲些特别有趣的话给我们听听。”

他把一张圈椅挪近些，点起一支香烟。然后开始称赞布拉格是个可爱的城市！可惜的是……他说了一半，对布里赫瞧瞧。他们开始娓娓清谈，吉丁斯的话中颇多耐人寻味的停顿和复杂的句子，但布里赫清楚地知道他的用意。他产生了一种不愉快的感觉，觉得这个孩儿面的外国人对他的了解超过了应有的限度，虽然吉丁斯没有喝醉，对国家政体并未发表什么激烈的议论，只是用暗示的方式仿佛在无意间说一些自己观察到的不正常现象。布里赫感觉到吉丁斯企图吸引他作比较坦白的谈话，现在正在进行精细的试探。他带着友善的微笑夸赞布里赫的英语说得好。

“您说得好极了，我的朋友。这样准确的英国话在此地是难得听到的。我甚至可以说出您读过些谁的作品：萧伯纳——我们的带刺的老头——和王尔德[①]，是不是？”

布里赫点点头，虽然他知道这无非是一种合乎礼节的奉承话；他直到现在发音仍有困难，对于长时间的英语谈话还觉得相当吃力。

“我遇到了一些困难，”吉丁斯突然开始说，“贵国的语言我大概是终身学不会的了，而这里英语讲得还可以的人又很少，这实在令人遗憾。要构成我所必需的客观看法，我觉得很困难，因为单靠视觉印象照例是不够的。贵国是一个饶有兴味的美丽的国家！我首先感兴趣的当然是它的经济情况。这是一种大胆而危险的尝试，您说是

① 奥斯卡·王尔德（1856—1900），英国作家，唯美派代表人物。重要著作有小说《道连·格雷的画像》、童话集《快乐王子》等。

不是？”

布里赫紧张地听他拐弯抹角把话题引向一个模糊的目的。布里赫注视着那个坐在圈椅里闭目养神的女人；对外国人的话他只是三言两语地漫应着。

“是这样的，”吉丁斯继续说，“我听到—— 也不仅是听这里的人说起——不少有意思的事情。我承认，我对您的观点很感兴趣。”

布里赫略略扬起眉毛。“他对我到底抱着什么目的？”布里赫怀着戒心暗自沉吟，“要我也咒骂我们的制度，在他面前吐一肚子苦水吗？”想到这里，他不自觉地起了反感，想中断这席谈话，甚至心脏也加剧了跳动。“不，他达不到目的，我不会这样做！这里所发生的一切虽然我并不同意，但这纯粹是这个国家人民自己的事情，不容外人插手。我绝对不愿在外国人面前骂我的祖国！”

他这样想着，悻悻然叹一口气。

“为什么偏偏对我的观点感到兴趣呢？”

坐在对面的吉丁斯微微一笑。

“理由不止一个。您会说英国语。这总是事实。据我所知，您在一个很大的国有企业单位服务，一定知道很多事情……还有，您非常令人好感……”

布里赫一下子全明白了，他忿忿地摇摇头，并不掩饰厌恶的心情：

“我收听西方的广播，据我了解，你们对这个国家已形成了一套主观的看法。这看法是绝对否定的，你们还把它向全世界宣传。对这我没有什么可补充，除了一点：这种看法并不是您个人所希望获得的客观的看法。当然，一切并不如想象的那么简单。我不知道能向您谈些什么……”

“但不妨谈谈……”

“对不起，”他相当不客气地打断了他的话，“我想拉滋向您作的介绍恐怕不够正确。我没有能力做您显然需要我做的事情。既没有能力……而且也不想效劳！”

在这几句生硬干脆的话以后出现了半晌难堪的冷场，但吉丁斯佯装不懂。他甚至不动声色地纠正布里赫在激动中用得不太恰当的词序，然后磕去烟斗里的灰，他的孩儿面在温和的微笑中现出许多皱纹。他诧异地摇摇头。

“我似乎开始明白了。您误解了我的意思，对此我深表遗憾，我的请求是另一种性质的！如果我的话冒犯了尊驾，那请原谅！”

吉丁斯又显得彬彬有礼，他极其巧妙地表示了对布里赫的轻蔑：他转向默默无言的女伴。

“您累了，这个晚会相当令人疲倦，虽然不无趣味。我送您回去吧，假如您允许的话。”

他站起来踏着稳健的步子到穿堂里去取大衣。在门口他向好客的主人告辞，拉滋握着这个外国人的手，勉强迸出几句可笑的英国话。

爱薇琦卡也站起来，她忍住呵欠，向布里赫伸出一只柔嫩的手。

“谢谢您，这是一次奇怪的谈话。抱歉的是我实在疲倦了。”

他怅惘地握了一下她那保养得很好的手。

“可惜我们不能再见了。”

“您愿意见面吗？”她的微笑略带几分挑逗的意味，一双富于表情的眼睛直视着他，她是那么不可思议的娇弱、妩媚，可又那么自信。“我表示怀疑。您是一个脱俗的聪明人，理解力很强，然而不免有些天真。我跟拉滋谈过您的事。您不妨再考虑一下！我不想作说客，但如果我们将来还能见面的话，那一定不在这里！好吧，再见了！我非常乐于再见到您！”

他怀疑地摇摇头。

“我肯定将使您失望。我们是不同的人。如果要我离开小山丘上风很大的木塔，我就很难活下去……”

“那么假如……在祖国……您气喘不过来呢？”她好奇地问，在片刻的沉默之后她又严肃地接着说，“战争将要爆发。遗憾的是它无法避免，虽然我也不希望有战争。那时您站在哪一边呢？我们生活在一个残酷的时代里……”

布里赫还来不及从她的言语、微笑以及她身上的那股淡淡的幽香中清醒过来，她已经飘然消逝了。布里赫觉得思绪纷乱，喝了杯酒，不料变为头晕了。爱薇琦卡很漂亮，她给人一种若即若离的感觉。但她是外国人，跟祖国已经没有任何关联。固然，她对祖国有所眷恋，但同时又依稀怀着一种怜悯之意。甚至有恶感。这一切意味着什么？他为什么会遇到她？她走来是想对他说些什么？是不是来警告他的？他拒绝了露骨的建议，撕毁了传单！为什么？布里赫不能向自己解释，然而他感觉到自己曾与从另一边伸过来的手只有一丝之隔。对，他做得对！可是她？“不，不再见了，我永远不应该再见到她，”他拿定了主意，“也不愿再见她。”他想起巴尔托时，不安又抓住了他的心。传单？要是被他发现了怎么办？

餐厅里一群醉醺醺的年青人声嘶力竭的合唱声打断了布里赫的思路。他们互相勾住肩膀没命地嚷着一支美国进行曲。客人中留下的只是几个头等的酒鬼，带着女儿的太太们在午夜前就告辞了。长柜旁可以听到酒杯的声音和时而爆发的哄笑声。一位客人给得意忘形的拉滋调的鸡尾酒取了个富于刺激性的名字，赢得如雷的掌声——“原子弹”！想得妙！

布里赫想不辞而行，但是烂醉如泥的拉才茨基律师从会客室里跑来跟他纠缠不清。他费力地转动着变得沉重的舌头，还不住打呃。

“博……博士，这简直可……可耻！野蛮！您……您还没失去自由？……您等着瞧……所有的人全……全都得枪毙……仗一定要打，朋……朋友……这里的一切全要完蛋……”

他伏在布里赫肩上嚎啕痛哭，像一个特大的胖孩子。

走到黑暗的穿堂里，布里赫站住了。伊莲娜！他想起了她，五内一下子都收缩起来。要不要去看看她？谁知道他这一辈子还能不能再见到她？向她说些什么临别的话呢？他踌躇有顷，然后敲敲门，旋旋门球。门锁着。他屏住呼吸，听见里边有轻微的穿衣声。伊莲娜在小室里，可是不开门。布里赫想再敲一次，但后面窸窸窣窣的声音吸住了他的注意。他回过头去，见卡洛乌斯的女儿莉雅在衣架旁昏暗的角落里搜索客人的衣袋，现在正好在掏他的大衣口袋。她没有发现布里赫。

他走到莉雅背后，她向他转过惨白的脸来，既不佯装惊奇，也没有丝毫窘色。她神态淡漠，没精打采，像一个做了坏事的小孩一样听凭布里赫扳开她的手掌把她偷取的小东西拿回去：一个烟嘴、一张电车月票、一颗掉下的钮扣。布里赫并不责问她，而她瞪出一双毫无表情的鱼目看着布里赫，怪难看地冷笑着。布里赫没再理她，只管穿上雨衣，出门的时候后面传来莉雅歇斯底里的笑声。他满心厌恶地狠狠关上这所可憎的住宅的门。

他永远不再走进这幢房屋!

7

这天晚上巴尔托时回家走的路径跟平时不同，心情也不同平常。平日他坐电车到了站，眼睛不看路的两旁，老是匆匆忙忙地直接回家去，虽然除了需要足够的睡眠以外，家里没什么吸引着他。“不过，匆忙大概是我们这个时代和我们这个城市居民的一条不成文的法律。”有一次他在笔记本上这样写着。

今天巴尔托时却沿着谢米纳尔花园依稀可辨的小径慢悠悠地行走，只有在经过长椅时加快脚步，以免打扰对对爱侣的绵绵情话。不一会他感到有些气喘，就背靠着矮墙点起医生容许他抽的最后一支烟，可是这支烟味道不好。他把烟卷扔在草地里继续向前走去。

光秃秃的枝条上出现了第一批花朵——他看着那些花朵在星空下的黑暗中闪出点点白光。傍晚下过一场小雨后天空洁净如洗，湿润、芳香的微风抚摸着面庞，轻拂着变得稀少的头发。人间是多么美好!

“我在这儿晃来荡去究竟干什么?”他突然觉得自己非常可笑。很难说!不过，假如冷静地考虑一下的话，他是在执行医嘱——毫无疑问!春天!他何尝体会过这一季节的美妙之处?春天是为青年男女降临的，而对于一个整天埋在公文、精确的数字、日常的事务工作以及党组织工作里的半老公务员来说，春夏秋冬没什么分别。他简直是一棵仙人掌，可是现在却像个六年级学生似的在这里笑对夜色闲逛。以前他一直这样想：他向往的是另一种春天，这可以说是人类的春天！可是闭上眼睛想象一下，却什么也想象不出。它的光辉太耀目了！但为了这样的春天，却值得像牛一样任劳任怨地工作、激动，必要时甚至搏斗！

今年的春天有些不同。在某一天，他终于明白自己爱上了一个女人。这对于他是很意外的，他切实地检讨自己，可是没有得到任何结论——他就是有这样的感觉，不论怎么样，事实总是事实。但这可能吗？

多年来他第一次注意到，在他恪遵医嘱经常去散步的卡姆巴公园里，从泥地下钻出了一种尖尖的小草。这是惊人的发现。这种种现象之间，存在着什么联系？他继续进行观察：最早闯到街上的尖兵是四月的风；随后太阳射出一束束的箭；紧接着春天以突袭的方式占领了城垣；夜里，带黏性的花苞在春风吹拂下发出轻轻的绽裂声，白天太阳一照，使它们完全开放，并赋予娇美的丰姿和新雪一般洁白的光泽。一年一度的春天，它像人一样不能永留人间，可它还是紧紧抓住了他的心！唉，你这个可笑的疯子！恐怕连布里赫也已经有些看出来了。不过，让他看出来也无所谓！

今天他把一切都向她谈了，现在正怀着迷惘、激动、困惑的心情回家去。按理说应该赶紧走，但是一想到冷清清的房间，他就有些害怕。他想在星空下走走，多呼吸一会新鲜的空气，领受春的爱抚。离开那些笔记本远些。他写满了多少本子，渴望了解人们！到头来连对自己也不理解了。

当他沿着坡度很陡的街道往下向家里走去的时候，忽然异想天开：再写最后的一段。他已经好久什么也没写了。“看来你如一池止水，头脑清楚，心中有条不紊，这也是你所努力想达到的。你划定了自己的生活圈子，选定了道路，确定了自己在人们中间的位置。可是现在呢？这个圈子被里应外合地砸垮了，那就需要重新整顿自己！”

这将是最后的一段记录，题目是：《贝德尔齐赫·巴尔托时》。

他回到自己的小房间里，慢条斯理地在桌旁坐下，旋风般的思想驱策着手里的铅笔在纸上飞奔。厨房里传来巴拉什科娃寡妇沙沙的脚步声，但对他并无妨碍，思想自然而然地表达在纸上。

他只听到太阳穴里的声音和自己的呼吸——手不停地写着。

“……这就叫做爱情。是的……在这方面我有相当沉痛的教训。但这是往事。人受了任何打击都会复原的能耐委实值得惊奇。那时我以为再也不会发生这样的事，再也不会爱谁……留下的东西是那么少：一张摄影技术很不高明的照片——是我自己用蹩脚照相机给她拍的；五六封信——我有很久没拿出来读了；以及一颗已经不再作痛的心。一切都完了，今天我知道这是对的，虽然当时很痛苦。而现在呢？为什么偏偏是她？问自己也是白问。你生活中缺少某种内容，有些不大正常。你是一个党员，一个共产党员，你所做的事情是为人民做的！这需要很多的爱，可是你到哪里去汲取这么多的爱呢？你到现在为止爱过谁？人民？但爱人民的同时却不会爱亿万人中的一个，这是可能的吗？孑然一身，怀着一颗干涸的心，披着满身的苔藓，感不到亲人温暖的呼吸，然而却要爱全体人民——这是一道无法可解的难题！这是抽象的爱！这无异于爱祖国而又没有自己的故乡老家！不，这不是个人主义，不是旧思想遗毒，不是对‘自己的小花园’的向往。这是为了不作无根之草。过去，你错误地生活在发霉的洞窟里，像钟楼上的猫头鹰。唉，你这个冷冰冰的救世主，你可知道自己在向周围散布寒气？诚然，你做了许多工作，你对自己甚至没有什么可指责的——但是，你不可能局限在自己一个人、一颗心的圈子里，现在你明白这一点了！战前，党内的同志来自四方，共同的斗争把我们联合在一起，在斗争中各人有自己的任务。在支部里大伙都管我叫弗里采克，我也完成给我的任务。我没担任过党的负责干部，大概我缺乏敢想精神和演说家的口才，没有说服人、鼓动人的本领。我知道这一点，也没有勉强而坏事。我担任着细小的、不显著的工作——筹备开会，做做事务工作，办党的刊物。我着手做的事情都有始有终。大家也知道我的工作。后来进了集中营，妈妈差点儿哭瞎了老眼！我受的苦不能算特别厉害。耳巴子、脚踢、点名[1]。别人受的折磨比我更重，有的甚至牺牲在那里。纳粹分子似乎把我看漏了，我没有引起任何人的注意，也没有激恼过谁。当时最大的痛苦是盼不到头！战后我回来了，继续为党做组织工作。我埋头苦干，我知道党需要我！可是一旦回顾，你终于意识到自己过着孤独的生活，极度需要得到另一个人的力量和温暖。现在你找到了那个人。有人说爱情是天赐的。我认为这是胡话，是对本来相当美好和庄严的事物画蛇添足的唯心主义谬论。这不是偶然的机缘，更不是奇迹，这是一个单身汉心灵上自然的要求。唯有这样的心才有不可名状的奇妙的感觉。饱足的心灵只会沉睡！好吧，既然偏偏是她，又有什么办法呢？她叫玛丽雅·蓝多娃……一个普通的名字！”

巴尔托时写出了她的名字，不知道如何往下写。他搁下铅笔，把笔记本合上。房东太太敲门进来问他要不要喝茶。他深恐健谈的老太太打开了话匣子没法关上，略加迟疑后就三言两语把她打发走了。等她走出去把门带上，他开始回忆今天傍晚的事情。

其实，她早已猜透他的心情。女人在这方面的感觉特别灵敏，仿佛有一种第六感觉。他从她的脸上、从她竭力躲避他的目光的眼睛中看出了这一点，但他并不急于向她倾吐衷曲。她始终规避着早就该进行的开诚布公的谈话。有时他们交谈几句都是无关紧要的话，然而他觉得这些话还有另一层不明显的意思。这使他们都很窘。他注意到她一下班就匆匆离开办公室，并且总是跟伏尔扎洛娃或布里赫同走，仿佛唯恐巴尔托时忽生送她之念……他没有作这样的尝试，可是以后怎么办呢？巴尔托时不知道。天天在微妙的沉默中度过，两个人心里都愈来愈紧张，总不能永远这样佯装镇静。

① 法西斯集中营里每一次“点名”都给被监禁者带来很大的灾难。

稍迟他明白了，再沉默下去是不体面、不礼貌的，他开始觉得她也有同感。“我简直像个毛孩子。”他终于拿定了主意。今天下班后他故意等布里赫先走，他有这样一种印象，仿佛她也在蘑菇。她装作偶然慢走了一步，对着镜子梳理一束朴素的栗色头发，但当巴尔托时站起来走近她的时候，他发现她手里的一把梳子在颤动。他用平静的语调约请她在傍晚时分见面，她背对着他朝镜子里点点头，似乎不敢正眼看他，然后怪不好意思地匆匆跑到走廊里去。雨衣的扣子她到了门外才扣上。

过了这么多年独身生活忽然等起女人来了——这感觉确实不习惯。玛丽雅姗姗来迟，他留意到她脸上施了薄薄的一层粉。他心中暗暗一笑，但是，天知道为什么，总之他觉得挺愉快。当他们沿着河滨大道向民族剧院慢步走去的时候，下了一场四月的小雨，把他们赶进一家咖啡店。在那里靠窗的一张小桌子旁，他说开了头。他把她当作知己向她表白心意。他并没像一般恋人那样充满激情，只是以平直而信任的口吻说，他爱她。

他发现她天天跟打字机打交道的手指神经质地玩弄着茶匙，一双灰眼睛竭力躲避他的目光，望着窗外潮湿的河滨大道，仿佛在期待那边有什么东西能在这一刹那来给她解围。“我爱您！”他向她谈了关于自己的一切，最后还是用那种平直的语气请求她做他的妻子。茶匙啪的一声掉在大理石桌面上，手指因为惊愕而麻木，她想打断他的话，好像他开了个缺德的大玩笑，又好像他在引诱她做一件危险的事情。

她固执地摇摇头。

但是她的眼睛流露了真情。

当她抬头看他的时候，他瞥见她的眼睛里闪着泪光。

“我恳求您别说这话！我的事您一点也不了解……”她怯生生地说，“我事前已经料到您想跟我谈些什么，我来只是为了告诉您……这是不可能的！我们两个人……永远不相称，我早就认了命……这一点请您明白。这样的事早已成了过去，我不愿、也不能相信任何人。

再说，还有小玛莎……”

巴尔托时把自己的手掌按在她的手上，拦住她往下说。

“请听我向您解释，玛丽雅。我可以这样称呼您吗？坦白告诉您，我曾经禁止自己在跟您谈这个问题时害臊！我们都是成年人，如果我竭力要在您眼中表现出是一个多情种子，那未免太可笑了。单从年龄上来说，我已经不适宜扮演这样的角色，要是……”

“不，我没有这样想过。我并不想侮辱您……”

“等等，先让我说完了。我想说，关于玛莎……您瞧：我们年纪都已经不轻，我也知道我们之间有很多不同的地方。您对生活、对……一切有跟我不同的看法。要是我们谈起这些来，非吵架不可。甚至可能互相仇视，我这是老实话，玛丽雅：我不赞成您的观点，我是爱您这么个人。您懂不懂我的意思？但我跟您应该在一起，我必须改变您的看法！非改变不可，玛丽雅！还有玛莎也应该和我们在一起……您要明白，我并不把您看成情妇，我爱您还因为您是母亲！这话怎么向您解释呢，我自己也……总而言之我需要您，这我知道！”

“可是……”她把目光移开喃喃地说，“您将会鄙视我……您要明白……我对我们周围发生的事情了解得不够清楚……不，不仅如此，我还不同意这一切，可是您……我希望您不要来说服我，我不愿意！我到处都听见怨言，看到仇恨，这太不好；我的母亲跟我住在一起，她相信上帝，我不能告诉她，您……”她用一双充满苦痛的眼睛向他的脸看了一下，在惶惑中继续说下去，她要把一肚子的话全说出来，快刀斩乱麻结束这一切。“您别以为我不……我自己也不知道怎么会产生这种感情，我曾作过抵抗，可是它比我强，但我又明明知道我们不能在一起！请原谅，我向您说了我甚至不敢向自己承认的事实，我相信您在其他各方面……是个好人……请不要为这件事怀恨我，也请不要再提它。我不愿、不能、也不会成为您的妻子；如果某一个人所效忠的事业我不以为然，人们又都怕他……我也从来没有信任过他，那我怎么能跟这样的人一起生活？这将是极可怕的，一定没有好结果，而我还有玛莎，我要按我所想的那样教育她。以后请再也不要谈这件事……”

怎么办？巴尔托时知道现在任何言语都不起作用，相反只会加深她的惶恐。他付了两杯咖啡账，微笑着向她点点头。走吧？他们默默地回到电车站，雨点洒在他们发热的脸上，她在巴尔托时旁边走，跟他保持着半步的间隔，这样路上任何人没有理由认为他们之间有着比普通的熟人更密切的关系。

他们面对面站在人很少的电车站上，找不出告别的话，巴尔托时觉得他们永远不可能再这样在一起了。

河上飘来潮湿的凉意，玛丽雅穿着一件旧雨衣在巴尔托时身旁瑟瑟发抖，一边焦急地看有没有她要搭的车开来。

一路电车来了，巴尔托时想等她上车，可是见她站着不动，觉得非常奇怪。忽然她从脚到头对他看了一番，一双灰眼睛无言的央求目光似乎在请他原谅。但他没有领会。下一辆车的制动器轧轧地响着在他们旁边停了下来，她摸着金属的扶手，可是巴尔托时的目光又留住了她。

“喂，您上不上？”车台上一个不耐烦的声音问她。

“不上！”

当当，他们又面对面留在车站上，两个人都惊奇得一句话也不说。她摇摇头，从她微启的嘴里急促地呼出气来。

就在这一刹那发生了不可思议的事情。巴尔托时觉得她的一只冰凉的手拉住了他的手。他抬起了头。玛丽雅带他离开没有人的车站，走到对面河边的人行道上，从几个张着雨伞的行人身旁经过，然后他们沿着河岸默默地走着，走着。雨停了，清风揭开云幛露出夕阳，吹在他们脸上怪凉爽的。她突然停下脚步，巴尔托时莫名其妙。河边的栏杆被雨打湿了，他们头上的一棵树在滴水。路灯照在动荡的河面上，灯光随着微波荡漾。这时她的眼睛……

她站了一会，激动地喘着气，突然把他抱住，凭着一股不知哪来的、不顾一切的勇气把自己的嘴唇贴在他冰凉的薄薄的嘴唇上。

“可是我也爱你。”他如在梦中听到她的声音。树上的水一滴一滴掉在他们的脸上。

树下的一刹那委实令人头晕目眩。巴尔托时想到这里，又拿起铅笔在内心的雀跃下结束笔记本上最后的一段记录—— 他不再犹豫。

“……这是她，我知道！她将来会不会做我的妻子？这我不知道，但我还是不能缺少在我心灵深处滋长的那份感觉。这是珍宝！是力量！是走向人们的道路！斗争、春天—— 一切都互相联系着……昨天我们在区委会讨论五一游行的问题。所有的事照例都委托我办！说是巴尔托时干得了！这倒没什么！可是今年的游行应该特别隆重，同志们！我建议作出这样的决议！必须把这一点写进记录。多少个五一节在警棍挥舞的呼啸声中度过了？可是今年……当我跟同志们一同去游行的时候，我将想到她。八个人一行必须步伐齐整！有太阳就更好！然后我要到她那儿去，使她认识到真理，这是最重要的。今天她不明白真理，还对它抱着否定态度。我应当帮助玛丽雅，但要非常耐心，并且应该时时刻刻看到她身上那份可贵的、美好的、复杂的气质—— 这是以前我晚上独自在笔记本上写那些片面而且荒唐的人生剖析时所没有抓住的。我老是抱着冷冰冰的、单纯是好奇的态度从表面上观察人们，我向人们说的话也是不够生动的！带有教训的口吻！这一切人们都感觉到，包括我自己在内。我的话可能对理智能起作用，但是缺乏能使人心燃烧的火种。也许，我开始明白了，也许……至少我看清楚自己的道路。我能做到吗？应该能！我在执行党的任务时向自己说过不知多少次：应该做到。爱？……多奇怪的字眼，我写这个词儿简直害怕，但我知道事情关系到的不仅于此。在这以后，我独坐斗室不厌其详地把我的观察堆砌在内的那些笔记本都可付之一炬了。爱——只有这样你才能学会了解人！我认为，在自己身上发现活命的水源并把它引给人们—— 这归根到底是一个政治任务。怎么把它引给尚未觉悟的人呢？这里我指的是布里赫。他究竟是怎么回事？我们双方都感到相互关系之紧张，我对布里赫的了解少得可怕，然而我还是觉得现在他正经历着一个困难的时期。他需要帮助。这在目前我还做不到。如何才能深入他的思想？刚才我写过这是一个‘政治任务’。不管怎么样，复杂的人生是有意义的，是美好的！时代，我向你致敬，在这个时代里生活着一个不为人注意的贝德尔齐赫·巴尔托时；我赞美人类壮丽的春天！而看不到这个春天的人是十足的傻瓜和可怜虫。”

末了他写上：“一九四八年四月！”

在末尾画上一个又粗又浓的感叹号以后，他怀着从来没有过的、无限激动的心情从桌旁霍地站起来。心跳到喉咙口卡住了。他第一次对自己的记录感到满意！环渐渐开始合拢，以前他只隐约有这样的信心，现在已成竹在胸。也许有人读了这段记录会说：这是中学生抒发情怀，是夸夸其谈！庸才缺乏真正的生活，只会在纸上空想，不到活生生的人们中去和他们同甘共苦。且不管这些。现在到哪里去？他应该采取某种重大措施，找一个人把一切都告诉他！不，安静一下，不要冲动！

他勇敢地打开房门。巴拉什科娃寡妇的厨房里经常有大葱和治风湿病的药汁的气味，闹钟在阴冷的黑暗中发出很响的滴答声。饶舌的老太太不在厨房里，不用说，准是跑到邻居那儿聊晚天去了。巴尔托时把门关上。“我要从这儿搬走！”

“一定得爬出这个熊穴，在这儿我会闷死。”他在寒森森的房间里来回踱步，心里拿定了主意。他怀着好奇心向脸盆旁边墙上的镜子里照了一下，看到一张疲惫、憔悴的脸，嘴角有几道悒郁的皱纹，头发已渐呈稀疏，他愉快地向自己作了一个孩子气的微笑，仿佛想以欢乐的暖流从内部冲破这张愁苦的面具。瞧，你才四十五岁，爷爷！昨天你还自以为是个老头儿呢！荒唐！

他把临街的窗户开得笔直，探出头去。在下面无数瓦顶之间的隙缝中闪耀着灯光，城市像一个硕大无朋的蜂窝嗡嗡地喧嚷着，精神抖擞，毫无睡态。屋顶上吹来一阵清风，用温柔的手掌轻轻触摸巴尔托时的面庞。

8

卡兹达的家属在讣闻上怀着万分悲痛的心情哀告亲友，主宰生死大数的万能的主召回了自己的奴仆、亲爱的丈夫、慈祥的父亲、伯父、堂兄及姐丈卡列尔·卡兹达……等等！愿你的灵魂得到安息！下面是泣血稽颡者的名字——次序按对亲爱的死者的关系排列；其中也没有漏掉又是朋友、又是连襟的米静纳的名字。

星期一早晨，米静纳全身黑服出现在办公室里，他的眼睛因悲伤而变模糊了。花白的头发泛着丧礼绶带凄凉的银色，说话有气无力，仿佛悲伤夺去了他的声音，神情庄严的脸上似乎罩着死神之翼的阴影。

亲爱的朋友……不幸的卡列尔……现在只有我一个人了。米静纳血泪盈眶。他从早晨起就带着悲苦的脸色接受哀悼的表示和敷衍的安慰。

卡兹达的死在会计科里引起深刻的反响，大家回想起这个工作认真、喜欢嘀咕的老好人，他即使以前还弓着腰坐在“金鱼缸”里的时候也是怪可怜的；各种各样的往事细节在大家的记忆里重现。会计科决定全体去参加葬礼。巴尔托时和感慨万分的葛拉瓦契自告奋勇向同事们凑钱买花圈，早餐前大家起立静默一分钟对死者致哀——只听到米静纳悲痛的喘息。这就是同事们在“老头儿”分上尽到的一分心意。Requiescat in pace! ①

米静纳的伤心非常逼真——现在他的老友不在人世了，心情自然很悲痛。但尽管如此，他还是注意到了布里赫眼睛里的表情，并且开始感到不安。布里赫的目光带着敌意和责难。米静纳企图假装什么也没看到，但最后还是忍不住。他把甥儿唤进“金鱼缸”，把门关严了，抑低声音开始说：

---

① 安息吧！（拉丁语）——俄译者注

“怎么啦？您有什么不顺心的，年轻的批评家先生？你对我有什么意见？……我需要安静！”他废然坐到椅子上，用手帕揉擦红肿的眼皮，“你应该懂得！卡兹达是我的朋友，并且——不管你乐意不乐意，不管你是否了解我——他对于我比任何人都宝贵！要知道……要知道这是我的生命……的一部分，是我们在一起度过的……已经消逝了的……青春的一部分！……”

布里赫自己也觉得奇怪，他竟相信了舅舅是真的伤心。究竟该如何理解这样的友情？他甚至就这件事跟巴尔托时谈过，但这位马克思主义者对于任何问题都用一条公式化的答案：

“这一切的根源是一个，”巴尔托时不假思索回答，“叫做资本主义对人的影响。必须了解人的感情和相互关系是在什么条件下形成的。在资本主义制度下，甚至正常的人与人之间的关系——哪怕是爱情或者友谊——也会变质。”

布里赫心想，某种人的头脑大概被公式堵塞了，但他嘴上没说什么；他不同意这种简单化的解释，虽然觉得其中颇有一部分道理。经济关系，资本主义！这未免太简单了！

现在他对米静纳细细观察，一语不发。舅舅赢了：他口袋里有党证，有什么能阻碍这种不名誉的腾达？偏偏鬼使神差，这条老狐狸竟会是他舅舅，现在他还怕什么？

布里赫怀着满心厌恶回到自己办公桌旁，他时刻感觉到舅舅从“金鱼缸”里注视着他。只要布里赫把头凑近巴尔托时，米静纳立刻从现在只剩下他一个人的办公室里出来，有时他想出的托词甚至非常可笑。他注意着唯恐布里赫说话冒失。“其实他的担心完全多余！”布里赫思忖，“即使我想向人泄露他的秘密，我也不会找这位共产党人，他对我的不显露的注意使我自己也时刻不安！再说，有什么可以揭发的？什么也没有。只有一些怀疑罢了！”但他发觉自己今天隔着桌子弯过身去跟巴尔托时谈些微小事的次数特别多。“让舅舅提心吊胆去吧。”他横了心。

唉，巴尔托时，巴尔托时，你什么也不知道！今天布里赫来上班的时刻忧心如焚——不知会怎么样？巴尔托时已经衔着齿痕累累的烟咀泰然坐在自己的位置上，喜气洋洋的脸甚至朝布里赫作了一个友善的微笑。他这是怎么啦？巴尔托时比平时显得年青、精神了，他系着一条浅色领带，布里赫以前从未见他用过这条领带。

“您好，博士！”巴尔托时回答了他的招呼，随即换上严肃的神色，“一个不幸的消息！卡兹达……您已经听说了吗？”

布里赫点点头。

“他什么也不知道！”布里赫想着松了一口气。但是怀疑的蛆虫又开始蠹蚀他，“那么这两份该死的副本到哪儿去了呢？他会不会在捉弄我？”他发现巴尔托时攒紧的眉下目光咄咄逼人，不禁打了个寒颤。“他到底知道不知道？唉，这下我算是给自己招来了麻烦……”午饭时办公室里只剩下他们两个人。布里赫决定提几个琐碎的问题试探一下。

“您的工作多得使您星期六也得延迟回家吗？前天您什么时候才走？”

回答是给问得摸不着头脑的目光，从这目光里什么也看不出来。

沉吟有顷后，布里赫作了一次大胆的突袭。他拉出第一只抽屉，在钢笔和写满字的纸张中翻了一阵，自言自语地咕噜着：

“我要求给我修锁有一年了，可是总务科的老爷们就是不愿操这份心！不锁抽屉总有些不对劲儿……”

巴尔托时略略掀起眉毛，淡然一笑：

“怎么啦？您在里边藏着情书吗？人们的好奇心有时候会到不礼貌的程度！”

“是人们还是你自己？”布里赫紧张地苦思着。“你葫芦里究竟卖的什么药？你是在装腔作势想把我逼疯不成？我写的是我所想的。你奈何我不得。在全国弄得人心惶惶，难道这不是你们的过失？”他忍不住把自己的想法说了出来，但立即生气地沉默了。他曾立誓不让巴尔托时把他拖进辩论的漩涡，可是现在自己启了争端！

“您说人心惶惶倒是有一部分道理，”巴尔托时点点头，“有些人对自己的影子也快要开始害怕了。良心使他们坐卧不宁。流言像棍敲毯子一样打在他们身上。恐怖是他们自己造成的！有些人本着满腹仇恨大写匿名信，还有他们的西方朋友给他们帮忙，大骂其‘共产主义专政’‘警察制度’……”

“那么你们的看法呢？你们认为这是情理之常吗？”布里赫表示不解。

“话不是这么说的，博士！我们对这不感到奇怪。”他在胸前兜里掏了一阵，取出一封套着浅蓝色公事信封的信递给布里赫。白纸上拙劣地画着一副绞架，绳圈迎风摇晃，下面用印刷体字母写着：“廉价出租。它在恭候大驾呢，赤色分子！算账的日子不远了！”布里赫不屑地把匿名信扔回给巴尔托时。巴尔托时微露疲倦的笑容，继续说：

“按总数这是第三十五封—— 作者是同一个人。他天天给我来信，如果我记错了，那间断的日子也不多。我担任过行动委员会的主席。那又怎么样呢？您对这有没有意见？二月事件是结束了，但阶级斗争并没有结束！只是斗争的方式和手段改变了。敌人愈是无能为力，所选择的手法就愈加肮脏。这是卑怯的小人写的。我敢担保他写信的时候冷汗出不停。英雄！但重要的不是这个……”

“那么是什么呢？”

“重要的是这个国家里谁在害怕。我可以告诉您，厂里的工人并不害怕。每一个正直的人，只要他不为敌人的谣言所惑，都不害怕！我知道，您会说——发生过一些偏差，某些做法偏激了；但我深信，任何人如果无辜受了委屈，总会弄清楚的。主要的不在于此……”

布里赫摊开两手，莫名其妙地摇摇头。

“难道这还不是最主要的？沦陷时期多少人被枪毙，被绞死！几百万犹太人死在焚尸炉里！他们也是无辜的。‘主要的不在于此’……太感谢了！”

“如果谁有权利谈自己身受的迫害，那首先是共产党人！”巴尔托时提高嗓门打断了他。布里赫的话使他愤慨。“那时候是法西斯统治！难道您要把纳粹占领下的‘保护’时期跟我们今天的情况相比？您是不是认真这样想，博士？”

“我指的不是这个，您知道，”布里赫把手一挥，他的脸色苍白，“‘保护’时期的暴行还不仅仅是杀人流血。诚然，不是所有的人都被杀害或遭皮肉摧残，巴尔托时，但一切正直的人都亲身体验到了这不幸。‘保护’时期叫人时时刻刻提心吊胆，卖国贼和特务凶焰逼人，人们喘不过气来——总之没有任何自由……”

“看来您就在那时候给搞昏了头脑，布里赫博士，”巴尔托时激动地说着身体向前倾出，“我们有时候说得太简单了：旧思想残余！我们应该把它确定得具体一些。怎样的旧思想残余？是怎样产生的？为什么？医生说，正确治疗的前提是诊断……”

“那么您就扮演医生吧！”

“为什么不？您头脑里的糊涂观念源起于‘保护’时期。不是您一个人这样。您只要仔细翻阅一下《今日》[①]就能知道这一点被什么人利用了。现在有不少人背着这个腐烂的包袱：顾虑重重，不敢公开发表自己的意见，不敢思想见面，好像在搞精神上的地下活动……这样的人根本不会呼吸真正自由的空气。他们不知自由为何物！当然，您可以把我的话付诸一笑！您在自己头脑里塞了太多的自由主义脏东西和虚假的人道主义，您崇拜的是赝造的珍宝，博士！也许我对您的看法不一定对，但我说的是实话！您崇拜资本主义所宣扬的、虚无缥缈的‘个人自由’，但我告诉您——个人在剥削社会中是不可能自由的！而存在于我们国家中的自由才是真正大多数人的自由，只有对于投机商人、可疑分子、怠工者等一切害群之马来说它才是可怕的。他们的恐惧不无理由，因为我们迟早要惩戒他们。所有那些恫吓性传单的撰写人、无理取闹的肇事者、卑怯的匿名信作者……我们一个也不会放过他们！”

满脸通红的巴尔托时像读起诉书那样说出了这一席话；他严峻的

① 反动的周刊。1948 年 2 月后停刊。——俄译者注

目光像锥子钻着布里赫;凹进去的两边太阳穴上的皱纹成扇形布开。

“他全知道。”这个想法在布里赫疼得快要裂开的脑袋中一闪。他激动地站起来，发疯一般把抽屉砰然关上，但他还来不及转动跟上颚粘在一起的干燥的舌头，巴尔托时已经用比较平静的语调补充说：

“当然，博士，我并不把您列入这类歹徒。您迷失了方向，但您不会成为敌人，因为您本质上是一个真诚、善良的人。这就是在二月里您虽然思想上乱得很却没有投反对票的缘故。我是这样理解的。”

布里赫颓然坐下捧住脑袋，这次谈话的一波三折使得他精力耗竭。正在这时，舅舅从“金鱼缸”里冲出来，坐到巴尔托时桌旁，他简直悲恸欲绝，瘫软得像一袋燕麦。

“原谅我，同志们，”他语不成声地说，“我在里边实在受不了。要知道，我们在那里一起坐了这么久……可是现在？椅子空着……他的钢笔！一包药片！烟灰！他老是在我面前……”

米静纳打断了他们的谈话，两个人都不作声，不知如何是好，直到激动的布里赫用辛辣的讽刺口吻说：

“安静一下，舅舅，他还是在那个世界好些！卡兹达在这里过的是什么日子？您甚至不让他退休，也难怪，离开了朋友叫您怎么过，是不是？您劝他不要吃，不要喝，一点也不能激动……人家啐你一口你就抹抹脸……生活是搏斗，这是您自己说的……要是没有您……”

“他是有病之人！”米静纳打断了他的话头，他坐的椅子开始发出咯吱咯吱的响声，“我多次劝他退休，但这个不幸的人……固执的程度不下于他的善良……虽然，像拉丁话所说的，de mortuis nil nisi bene(只能说死者的好处)，可是我……”

这出不体面的活剧还在演下去。

星期一整天，往来账户科笼罩在默哀的气氛中，大家都不好意思大声说话;连最爱说笑话的葛瓦拉契也埋头工作，伏尔扎洛娃停止了带鼻音的吃吃的笑声。蓝多娃在打字机旁低着头一语不发。春天的阳光透过模糊的玻璃窗射到她脸上。她早晨上班的时候不声不响，不引起谁的注意，跟平时一样开始专心工作，但巴尔托时还是清楚地感觉到她的存在。从她的小桌子那边隐约闪出一种极微弱的、依稀可辨的光亮。有时他们四目相遇，玛丽雅就立刻把目光移开。

打字机打着不变的公式："本公司在查阅账目中……"

白天，巴尔托时被叫去开会，讨论如何组织公司的志愿劳动队到索科洛夫斯柯去支援露天采煤。这件事非常重要。巴尔托时以党委委员的身份负责这件工作，他为它拿出了全部精力。得做说服工作，跟人们谈话，列举参加劳动队的意义，有些人踌躇不决，人数始终凑不齐。最后他恼了，宣布说他自己也去干两个月；虽然大家都不赞成，可是谁也无法说服他打消主意。

"你还是考虑一下自己的身体，"马列达一再劝他，"再说这里的情况也并不妙得可以让你离开……"

下班后，大家都走了，在沉闷的、似乎在等待着什么的寂静中，巴尔托时对走慢了一步的布里赫说：

"博士，您是否认为我们还没有把要说的话说完？我们来严肃地谈谈。"

布里赫把纸张文件胡乱往抽屉里塞进去，对巴尔托时一眼也不看。他只是耸耸肩膀。

"我不知道还有什么可谈的。"

"那就算了，这么说您愿意继续保持这种微妙的关系？"

布里赫不回答，但是巴尔托时不理会这堵由唇枪舌剑和固执的缄默砌成的怀疑之壁，向他正面提问：

"您以为我像警察监视着您？……"

"是的。"布里赫说着，正眼直视巴尔托时。巴尔托时的正面进攻又把布里赫像蜗牛一样从壳里拖出来，使他面临一场无休止的、徒伤精神的辩论。布里赫开始以反攻自卫。但他还没有说完，自己已经感到惭愧。"不过，我们是在互相监视。我也在注意您和蓝多娃小姐……"

巴尔托时毫无窘色，他向窗外看了一眼，点点头。

“您的观察力很敏锐，我也不需要隐瞒：我爱她。难道这使您感到奇怪吗？”

“是的，我是有些奇怪！您不像是这种人！我以为您的全部感情都注在政治上了。您不是要拯救全人类吗？而她仅仅是一个人，何况她……总之您不应该使精力分散！”

“瞧，我甚至可以进一步承认：如果在几天以前，您的话差不多全说对了。从那时起我明白了一些事情，但问题不在这里。政治和人是合而为一的。真正的政治离不开人。这话您听来会觉得像口号，是吗？但事实如此。我们来谈谈您的问题吧！老实说，我时常考虑您这个人，您的确令人深思，博士！一个年轻、能干、热爱生活的人竟拒绝担任更重要的工作！为什么？那是由于知识分子对世上的一切都有不满！如果您以及像您这样的人不那么以自己的学问为奇货可居，跟你们就可以谈谈。可惜，非常可惜，您不跟我们一起走……”

布里赫挥了一下他早晨在桌上发现的一份号召书。

“您是不是指志愿报名去采煤？”

“为什么不？去煤矿又有何不可？但对于您，我知道有更合适的……”

现在只有巴尔托时一个人说话，布里赫保持沉默，拿定主意不再接口——最近几天他被卷在其中的一片混乱简直要把他闹疯了。“他下决心要我接受他们的信仰还是怎么着？”他着恼地暗自思忖，“我跟这个迷了心窍的人永远谈不到一块儿。他把自己封闭在马克思主义的古塔中了。”然而他不得不向自己承认，他对巴尔托时渐渐感到一种不可理解的信任；几天前，他发现巴尔托时对蓝多娃怀着某种沉着的、颇难捉摸的感情时，大为诧异。巴尔托时和蓝多娃？这太不可思议了！不久前她还几乎不敢正眼看他！布里赫甚至愿意用头颅打赌，她把巴尔托时那样的共产党员看作人间的魔鬼。可是现在？……巴尔托时还在说着，说着，最后布里赫忍不住了。

“天哪，您到底要我怎么样？我在工作上似乎没有差错，我的生活也安分……您为什么苦苦缠着我？您知道我不同意你们的观点，我也不是三岁小孩会接受您的政治保护！难道您负有某种监视我、说服我的使命不成？”

他自知在一时冲动下说话失了分寸，所以很觉惭愧地住了口。巴尔托时也不作声，凝视着他的脸，似乎在考虑值不值得再谈下去。最后还是布里赫先开口。

“请原谅，最近几天我……我的心境恶劣极了。反正您对一切都有了定型的看法……关于我……您也知道，在许多事情上……我也赞成……国有化——我也赞成！限制工厂主的利润——我也赞成……我又不是资本家，以前我对一切都相信，我也想象过……社会主义……可是现在事情做得离了经，现在什么都收归国有，我在周围看到的实际情况一团糟……跟我所想象的完全是两码事，巴尔托时，我敢起誓，对社会主义我有过诚恳的愿望，我曾希望拿出一切力量来工作，可是现在——我不能！今年的二月治好了我的幻想病……我不能！一个被剥夺了若干年生命、被抓去当奴隶使用、从雨点样的炸弹下活过来的人的心情，谅您也知道。我没有因害怕而皱过眉头，我耻于……”

“炸弹不是往您一个人头上扔的……”

“您说得对，但现在我懂得了自由之可贵……好了，我们不要谈下去了。要是争论起自由的问题来，我们总得不到一致的见解，自由是一个复杂的概念，甚至是一个哲学名词，但这一切到头来无非是纸上谈兵！我可以在您面前举出几千桩不以为然的事实！”

“不妨请举一个例子。”巴尔托时打岔说。

布里赫犹豫片刻，但没有露出窘色。他有一肚子不满。

“譬如说，管仓库的当了重要科室的副科长。为什么？因为他有担任较高职位的能力吗？没有！他受过什么教育？整个公司里流传着关于他的工作的笑话！这些笑话您显然没有听到过，当然不会知道！”

巴尔托时倒给难住了；布里赫指的是萨斯卡，这一下的确给他触到了痛处。萨斯卡是个混进党内的升官发财主义者。巴尔托时曾在公司党委和地区党委揭露这个大言不惭、工谗擅蛊的家伙，但是虚荣心重的仓库管理员结果还是达到了目的。跟这种玷辱党的名誉的败类还要作多次的斗争！巴尔托时耐心地听取布里赫直率的意见。

“巴尔托时，您认为这是小事吗？我想到的不仅是这桩事情本身，不仅是这位野心家一个人，我在这一点上看到了整个制度！压制自由的制度！过去，在理论方面我虽然有个别不同的见解，但我是拥护社会主义的！可是，难道这也是社会主义？你们要调我去担任比较重要的工作。您想一想：出口部里应由专家担任的职位现在是一位缺乏经验的年青人谢克文斯在担任！他有一定的学问，又是党员，然而这工作究竟不是他所能胜任的。那边乱得一团糟，我知道……”

“那您为什么不去帮助他呢？真是见鬼！谁禁止您了？”

“帮助？”布里赫现出不信任的冷笑，“我到那边去能待久吗？去等一个仓库管理员之流把我挤掉？不，我没有党证，我只有一点有限的学历——我只想工作！但我已经摆脱了这种天真的想法……没有党证的知识分子是吃不开的……”

巴尔托时紧皱双眉点了一支烟，沉吟半晌，然后频频摇头。

“然而您毕竟没有看到事情的本质！我承认今天还有个别的偏差发生。我可以向您举出更多的例子，但这是垃圾！您想以此说明什么呢？您断章取义地罗列一些细小的偏差，但我要告诉您另外一些主要的、严重的……基本事实：西方正在加紧武装，这一点您应该知道！一次反对社会主义的……十字军东征在准备中！或者倒向他们，或者反对他们——没有第三条路。”他把手指交叉起来望着默默无言的布里赫。“您没有想出什么新花样来……反对我们。是啊！许多这样的知识分子都自以为拥护社会主义……可是现在却糊涂了，因为他们天真的幻想没有实现。他们以为这个孕育中的新世界应该合他们的口味。他们固执己见！这是个大错：他们应该自己了解形势发展的必要性、逻辑性……和真正的自由！”

布里赫固执地连连摇头。

“不，您无法向我证明现在有自由！哪里实行专政……哪里就不可能有自由……如果一部分人的得意建筑在另一部分人的失意之上，我不相信这样的情况能够持久。那是不民主、不合理智的。我不相信，所以不接受……我不是米静纳……”

“只要有阶级存在，这种情况不会改变。每一个被收归国有的工厂的厂主、每一个反动派现在都在号叫，而‘自由’这个词简直成了咒语！骗子手、投机商、间谍特务直着嗓门大喊：‘给我们自由，给我们卸去嘴上的皮套，好让我们咬人！让我们在报刊上辱骂你们，挖你们的墙脚。’他们痛悼这样的自由，好像失去了可以用来砍断树根的斧头。令人惊奇的是一个有教养的人在政治见解上竟会落后到这种地步。只看到缺点和偏差，看不到别的……可我告诉您，人非圣贤，有些缺点是不足为奇的，斗争的残酷性也是不可避免的！”他顿住了一会，接着突然向布里赫提出一个奇怪的问题：“您看见过新生婴儿没有？”

“不久前看见过！但我不明白这跟你们的制度有什么共同之点？”

“有。我是想说，新生婴儿通常总是不太好看的。他带着血和黏液来到世上，他的小脸蛋儿皮肤皱缩，红红的，只有知道这一切都会消失的人，才能看到他的美！现在您是在摇篮旁边讲条件。您要这婴儿马上会走路。您要公民的自由，可是您甚至忘了扪心自问：这个称号我是否当之无愧？我能不能称为这个国家的公民？能不能称为这个时代的公民？”

“要不要向您出示身份证？”布里赫刺了一句。

“问题不在这里，您没有理解我的意思！”巴尔托时沉默了一会用手掌摸摸瘦削的面孔，“博士，自由不是天上掉下来的一块石头……”

“我只知道这是千百年来无数优秀儿女为之斗争的无价之宝。”

“但是他们没有争取到自由！也不可能争取到。真正的、完美的自由在我们面前！自由：问题在于这是谁的自由，谁给谁自由，谁剥夺谁的自由！如果您指的是自由主义者的自由，那只不过是一层镀金！资本主义利用这些空洞的口号给他们自己造成了自由。在他们的殖民地他们就有这种为所欲为的自由！现在您在迷惘中徘徊，死啃住陈腐的概念不放，可是结果怎么样呢？孤立、逃避社会！作精神上的侨民！您的手和脚都被缚住了。自己把自己抛在荒岛上，什么也不了解，什么也看不见，您怎么能自由？绝不可能！”

巴尔托时换了一口气，他觉得对方几乎不在听他的话：布里赫望着窗外的屋顶，带着一脸不耐烦的神气抽着烟。巴尔托时料想自己又白费了唇舌，大概他的话还是太抽象了些，因而感到很失望，但隔了一会还是继续说：

“战前我失业过两年！马萨里克的共和国一贯标榜民主，大多数政党竞相以‘自由’这个字眼作为号召。我可从来没有感到过自由。只受到压迫！我被踢在一边过穷苦和黑暗的日子无人过问。他们嘴上说得天花乱坠，都是骗人的！后来我才找到了真正的自由……”

“甚至不用问什么时候。”布里赫点点头。他把这段时间内一直神经质地玩弄着的一把裁纸刀扔在一边，扣好上衣的钮扣准备走了。

“是的，不用问。我摸索了很久。但明白了就开始行动——很简单！事情就是这样。先认识了真理，就起来捍卫真理。那时我又被解雇了，我从那些所谓民主主义者那里吃过不少苦头，他们甚至会毫不踌躇地下令向工人开枪……但我已是自由的人……我不再是无事可做、视而不见、可有可无的一个人……”

这时候米静纳回到办公室里来，他们这才停止无休止的争论。看到他们面对面站着，米静纳惊异地眏眏眼睛，以严厉的目光向布里赫提出诘问。

布里赫不理他。

一小时前，会计处长斯拉马工程师把米静纳叫去，三言两语请他代替已故的卡兹达暂时负责往来账户科的工作，等领导上作出最后的决定。

“我知道，同志，”他用抱歉的口吻说着把一只大手亲切地搁在米静纳肩上，“你们是老朋友，也许今天谈这事有失恰当，但是不能让这样重要的一个科没有领导。你当然会明白……”

米静纳坐在处长对面的圈椅里，手搁在膝盖上，看起来好像处长的话无法穿破他的无限悲痛的铠甲。米静纳目不转睛凝视着一点，最后他严肃、郑重地点了点头。

“我明白，处长同志！”

到了无人的走廊里，他终于禁不住忘形地搓搓手。

布里赫走出办公室，随手把门带上，沿着冷清清的楼梯走下去。他又饿又累，这次难堪的谈话使他筋疲力竭，他好像刚从荆棘丛中钻出来似的。颇不拙劣的宣传！居然头头是道，巴尔托时的确有一手。他用一连串的论点把我围困起来，迫使我投降，盲从，昧着良心为他们服务！他们需要我——这话巴尔托时已经说过——准备把我利用到一定程度，然后……怪不得他们这样热中于宣传！真像哈姆雷特所说的：“空话，空话，空话！”[①]做起来完全是另一回事。政治口号满天飞，报纸上全是歌功颂德的文章，不学无术的人有了党证就身当重任。巴罗赫说得对，国内不满，全世界不满！这是战争的前奏！……然而，布里赫还是不能挺身反对现在的一切。他意识到巴尔托时的这席话搅动了他的心。星期六夜里爱薇琦卡是怎么说的？假如在祖国您喘不过气来呢？莫非这个时期对于我已经来到？这样让人家抛来扔去你能支持多久？应该如何自卫？现在往何处去？离开此地，远远离开这一切！有什么阻挡着你？是伤感的留恋？是害怕离别故土到另一个地方去开始生活？抑或是优柔寡断？但你脚下已经没有坚实的土地，只是晃动的流沙……他心乱似麻，还是找不到出路。只有对自己的怨恨和无法排解的痛苦。

春天的黄昏渐渐降临到街上，傍晚时天转晴了，东风扫除阴霾，

---

① 莎士比亚名剧《哈姆雷特》第二幕第二场，御前大臣波乐纽斯想试探哈姆雷特是否真疯，他问手持一书且读且行的哈姆雷特：“殿下在读些什么？”哈姆雷特答道：“空话，空话，空话！”

红艳艳的夕阳破云而出，现在正慢慢地往彼得逊山背后落下去。

啊，空气多么新鲜！一阵阵有力的风在全城散布芳香和清凉。

布里赫没出公司大门已经看见了伊莲娜。他的心突然收缩拢来。天哪，这要到什么时候才能结束？她挟着一只小提包，没戴帽子，耐心地在街对面等他；看见了布里赫，她穿过马路。

“天气转晴了，”她用这句话代替了问好，“星期六我们差不多没有见面，所以我来找你……”

他点点头，合着她的步子，匆匆带她避开人们好奇的目光。

他们并肩走着，两个人都有些茫然，似乎不知道该互相说些什么。他知道她是来告别的。他信口谈起一些琐碎的事情，想借此驱散愁闷。他说了几句笑话，伊莲娜甚至现出了笑容。还是这样好些：什么也不想，就这样并肩走着，像很久以前那样，不要用无谓的眼泪和言语使最后的一面蒙上忧郁的阴影。

六点钟，电影院大门口吐出密密麻麻的人群，布里赫和伊莲娜不得不从他们中间挤过去，在这里很容易走散。他拉着伊莲娜的手往前挤去。

她说要到旧城音乐学院宿舍去把一些乐谱还给一个同学；他点点头送她去。

他们在这个亲爱的城市里信步走着，顺路拐进一家闷热的自动化餐室，布里赫花去最后的几张肉券拿了两份香喷喷的炸熏肉。他们坐在一张高高的小桌旁吃，布里赫含笑看着伊莲娜咀嚼熏肉发出清脆的声音，她注意着不让油汁溅到她的浅色衣服上。什么也不要想——在你面前的还是昔日的伊莲娜，一切都跟从前一样。你可以挎起她的胳臂去逛热闹的马路，看看陈列家具的橱窗。“瞧！我恰恰想有这么一口书橱，不过颜色要稍微淡些。你别老是想买大沙发床，这太贵了！”当年他们就是这样抱着幻想，而口袋里的钱只够买两张电影院的正厅前座票，剩下的勉强够坐电车！在送她回去的时候，他常常想办法折向卡姆巴公园，在那边的树下和她拥抱……

她还是那个伊莲娜！

旧城的狭街小巷在暮色中若有所思地迎接他们；他听到伊莲娜在身旁说着无关紧要的事情。每走一步，他心里就增一分惆怅，千言万语不知从何说起，两腿愈来愈沉。

最后他们干脆沉默了。

伊莲娜在一条胡同里走到一所古老的出租房屋门口站住：幽暗中看不清她的面庞。布里赫明白她到了目的地。宿舍就在这里附近，趁这里没有旁人，还是分手了吧。

他把手从雨衣口袋里伸出来。

她朝他脸上看了一眼。

“到了！”伊莲娜好容易迸出一丝微笑轻轻地说，“我们就在此地分手吧。别害怕，我能控制自己的感情，我知道你最受不了这些。”

“几时走？……”他用平稳的声音问。

“星期三早晨。”

“这么快？那是说——决定了？”

“嗯。”伊莲娜把头发从前额往后一撂：她站得很近，布里赫脸上感觉到她的呼吸。布里赫看出她在用全力控制自己，他一眼不眨地望着她，努力想把她的形象印在记忆中。还是在“保护”时期开始的一个冗长而多磨的恋爱故事就这样在旧城的路灯下结束了。这段爱情曾耗费过他多少精力，后来突然破裂，虽然他始终不明白为什么！伊莲娜就要离开此地，再也没有必要掩饰什么。她深深地留在他的心里，虽然在失去她以后，布里赫把自己碎了的心胡乱黏合起来，甚至学会照常呼吸、谈笑，照常生活，但是余烬未灭，旧情难忘。现在正面临着一段难挨的时刻，但也得熬过去。更大的痛苦他也熬过来了。

“好吧，剩下要说的只是一句话：祝你幸福，伊莲娜！”

他说这话的语气平静，虽然心痛如绞，柔肠寸断；他把目光移开。

“你没有别的要说吗？”她突然问。

他咬紧牙关不作声。

旁边经过几个行人，但没有注意他们；一个穿雨衣没扣钮扣的人从大门里跑出来，向布里赫借了个火。不知哪儿飘来一股熨衣服的气味，几户人家的无线电里响起了七点钟的报时声，接着开始报告新闻。最后还是伊莲娜开始说：

“你认为还得沉默下去吗？为什么？难道我们就不能作最后一次坦率的表白吗？以后我们永远不会再见面了，这我知道！最近几个星期太可怕了，我向你求助，可是你不了解我。我什么也不怪你。你把一切都藏在心底。你永远不明白，我也永远不会明白，我们为什么作劳燕分飞！然而你对我说来还是那么亲近，我始终爱着你，虽然不同于……离开了你，我在世上不知将多么害怕……”

“伊莲娜。”他想打断她的话。但是没有成功。

“何必再欺骗自己，现在我们都有权利说实话。你装得很平静，沉得住气，但我知道你爱我之心始终未变。我输了，我把一切都输光了，弗朗蒂雪克，我甚至找不到话来……”

“算了，伊莲娜！重要的是我们眼前的情况。”

“我们眼前是什么？你知道吗？我可不知道，我只是害怕，可还是得走……我再也没有力量抵抗。我瞎了眼！可是你！如果你能说一句多少有些人情味的话——也许只需要这么一句……如果你叫我别走，要我留下……帮助我……如果我能知道我害怕跟丈夫走是对的……我有权利……”

她掩面而泣。布里赫握住她的肩膀，自己费劲地在极度惊愕之余渐渐定下神来，他心里非常难过。她究竟对他期望着什么？这太难设想！他能对她说什么？他自己也……不知道以后怎么办。劝她留在这里？留在这个如西方所说的实行专政、实行极权制度的国家？他自己也徘徊在十字路口举棋不定，垂头丧气。他自己也好几次考虑过走，目前还像一株可怜的小草在这里摇摆不定。他何尝不想摆脱束缚住他的手脚的乱绳！他对世界的概念、雄心勃勃的计划、爱情——一切都化成了灰！难道他应该支持她？说他还爱着她？向不久就将有孩子的朋友之妻说这样的话？

布里赫不吭声。一个长脚男孩拿着一只啤酒杯在旁边跑过，他学大人的样吹着口哨，好奇地回过头来看看。伊莲娜恢复了平静，她向站着不动的布里赫伸出一只冰冷的手。

“别了……祝你一切顺利……”

“祝你也顺利，伊莲娜！我相信我们还会……”他没有说完就垂下眼睛，紧紧握了下她的手。现在该走了！走！但他踟蹰原地，两条腿仿佛给钉在路上了，而伊莲娜还站在他面前望着他的脸，像在等待什么。时间一秒一秒地飞逝。对她、对自己、对一切的怜悯和怅惘揉成一团东西卡住在他的喉头。战争将要爆发！……他呼吸感到困难，好容易喘过一口气来……把伊莲娜抱在怀里，像从前那样，不顾偶尔经过的行人看见他们——什么都不在乎，一切都沉没在四瓣嘴唇贴在一起的那短短的一瞬间……

“亲爱的，我始终爱着你……我知道……这是愚蠢的。”

她紧挨着他，激动的手指摸着他的脸，她眼睛里闪出水汪汪的泪花。伊莲娜再也噙不住满眶热泪。

后来一切都过去了，他们惊恐地互相退后一步。

那是一部小说最后的一个句号——现在该走了。

布里赫转身就走，脚步加快，手插在口袋里，牙齿咬紧，一次也没有回过头来。

9

一只车料玻璃盆上镌有台赫曼父子工厂的商标。当初这盆是准备送给外国某艺术“保护者”的，由厂主吩咐技术最好的工匠瓦茨拉夫·斯特拉卡车就。这位磨工创造了一件脍炙人口的艺术品。最后这玻璃盆放到了鲍利斯在布拉格的单人寓所的床畔小几上。

星期六晚上出的那次洋相给鲍利斯打击很大。星期日一整天他足不出户。鲍利斯喜欢这个按照自己的口味布置起来的住所：摩登家具、暖气设备；沙发上有花毡毯，沙发前有踏脚垫；靠窗是一架最新式的收唱两用机，他有一大批心爱的swing music[①]唱片；墙上挂着几幅超现实主义的图画——他自己并不懂，但这些画却吸引许多客人的注意。此外还有一张鬓发斑白的半老美人的放大相片。对这张相片，甚至酒醉的客人也不敢有半句话得罪。那是鲍利斯的母亲。小小过道的软木墙壁上糊着外国酒瓶和各种各样的香烟商标纸；客人在手头一口小橱上可以看到一大堆从法国和美国进口的花花绿绿的画报杂志——其中有几份甚至带一点“适可而止”的色情内容。

多么舒适的环境!

然而星期天鲍利斯在这里还是无所适从，什么也不能解他的闷。

他把昨夜出丑的一幕和自己的溃退反复回味了几百遍。胆小鬼!这句话不停地在他耳朵里响着，惹得眼睛里辣麻麻的，像皮匠的锥子往脑子里直钻。他回想着那张脸、那只把他当淋湿的哈巴狗一样乱抖一阵的有力的手；他有满腔仇恨无处发泄，像受伤的野兽在房间里来回奔跑。他也想着她——那个冷若冰霜的雅沃尔什女人！猎艳猎到了报应，没什么可说的！这全要怨她！一个穷工人家的臭丫头，她哥哥就是如今在他的厂里喧宾夺主的那个共产党员！上次他顺路回家的时候看见过这个人，就在那一天，鲍利斯的父母迁出厂里的一幢洋房搬到园丁的屋子里去。连老家也没有了！母亲在分别她的房间时哭得泪人儿似的，是啊，他——鲍利斯——还是个小娃娃时就在这个美妙、温暖的房间里踉跄学步，那里充满了神奇的童话和歌曲——想到这里，他狠狠咬着自己的嘴唇，好像自己的母亲遭了污辱。好一个厂委会主席！鲍利斯想象着那人在玻璃厂里如何发号施令，领头打劫，搞国有化。这是个自以为了不起的家伙！还有他的妹妹！鲍利斯想来想去，觉得他的仇恨和愤怒流进了同一条河床。

他怀着这样的心情把目光停留在车料玻璃盆上。他把它拿起来掂掂分量，仿佛在考虑要不要把它向墙壁上扔去；一个模糊的、暂时还未成型的主意开始在他脑中结晶。

---

① 爵士音乐。——俄译者注

铃声打断了他痛苦的沉思。

一群喧闹的朋友来找鲍利斯；他们毫不客气地使劲敲门，有一个人发现了电铃，直按到鲍利斯出来给他们开门。他们一共有十来个人，他的要好朋友柯勃里茨兄弟把他们的姑娘也带来了。这哥俩都是不可救药的懒虫、靠父母生活的挂名大学生，然而却是筹备不成体统的小型宴会的能手，宴会上有更加不成体统的姑娘，有酒和hot-jazz[①]；鲍利斯瞧不起他们，可是觉得他们挺滑稽。二月事件以后，他们在自己周围集合了一个地下小组；这伙人每次聚会总是喝得昏天黑地，大做其白日梦，侈谈西方文明；他们撰写一些冗长的传单，伺机塞在人家的信箱里。

这些“体面家庭”出身的年青人根本不讲礼貌，走进房间见什么就打开什么；唱机开始在傍晚的空气中放送唱片，盖没了姑娘们喋喋不休的喧闹声。鲍利斯对这个草草张罗起来的酒会表示相当冷淡，不过暂时还容忍着他们。

他坐在沙发上喝闷酒。

“你怎么啦，鲍利斯？”他们问他。

“呜！”一个大腿很细、头发呈浅褐色的少女指着他说。

“瞧！他的神气好像要把我们全杀掉！”姑娘们窃窃私语。

鲍利斯的气色神秘莫测。有时他上身向前倾出把杯里的酒泼在某一对跳舞的人身上，这在他们是很平常的开玩笑。他疲乏、凶暴、阴郁，他恨全世界。“这班傻瓜，”他心想，“他们不知道这是最后一次看见我了。一群可怜的白痴！”鲍利斯听柯勃里茨兄弟之一在策划继续散发传单，不禁暗暗冷笑。传单、纸片——这也算得上斗争？他想奚落他们一场，把他们轰出去，让自己清静一会。钞票、工厂、系里的地位、舒服的生活、自己的老家——一切都完蛋了，可是这些蠢货还在说着关于传单的梦话，都是狗屁空谈家！他恨他们。“你们瞧着，窝囊废，我要让你们看看大丈夫鲍利斯·台赫曼的能耐，我要干

① 爵士音乐。——俄译者注

一桩惊天动地……骇人听闻的事情给你们看看！”他们哪里知道他受到的侮辱。他回想起那嘲弄性的大笑忍不住颤栗。胆小鬼！鲍利斯拿着一只酒瓶摇摇晃晃地站起来。他需要发泄一番，需要显示一下自己，叫喊几声——他可以把一肚子苦恼和积郁埋葬在叫喊中；嚣嘈声开始使他心烦意乱。

“够了！够了……听见没有？”鲍利斯声嘶力竭地大喊。他醉醺醺地像在风中摇晃；大家把这话当作他的一种愚蠢的玩笑，所以都报之以笑声；不知是谁还在鲍利斯背上拍了两下。他们笑我？会不会被他们嗅出什么来了？他把酒瓶向发出靡靡之音的唱机扔去。豁啷，喀喇！这才静了下来。鲍利斯双手乱挥。

“我讨厌你们！给我滚，空谈家！你们干的简直是儿戏。还想搞抵抗运动，全是胆小鬼！全是！还不走？你们瞪着我干吗？你们要看？好，我数到三，马上给我滚……”

他从抽屉里取出一支实弹手枪，拿着它在自己周围挥来挥去，姑娘们没命的尖叫声逗得他挺乐。

“上帝啊，快把他手里的东西拿掉！鲍利斯，鲍利斯，别胡来！”

“他怎么啦？准是发疯了！”

慌乱中大家像一群兔子在房间里东奔西窜，竭力想躲开那黑洞洞的枪口。鲍利斯数着：

“一……二……”

“活像搅动了一个蚁穴。”他怀着嫌恶的心情想着，同时又感到很大的满足。

“三！”

他扳动扳机。砰！接着是死一般的沉寂。小几上的玻璃盆晃了一下，但没有裂成碎片；被子弹削去的一小块玻璃嵌牢在一张红木书桌中。

这是很好的玻璃——made in Ozechoslovakia[1]。

---

① 捷克斯洛伐克造（英语）。——俄译者注

年青人像无声电影中的人物那样可笑地手忙脚乱全部逃之夭夭；鲍利斯叉开两腿，握着手枪纵声狂笑。这班英雄！地下工作者！你看见了没有？他们一边穿大衣一边逃，同一幢房子的住户被鲍利斯的枪声搅乱了星期天的宁静，纷纷出来看是怎么回事。鲍利斯对这样的结果感到满意，他走到走廊里请他们不要慌张。“没什么，很抱歉，诸位。生日一年只有一次……不过是闹着玩儿罢了……”

他回到人都跑光了的房间里，凝视着玻璃盆。它还在老地方，虽然受到伤害，但抵挡住了他的进攻。鲍利斯倒在沙发上，头埋在软软的靠垫里像个小孩嚎啕大哭。

他直到星期一中午才醒过来，精神颓唐，头痛欲裂，他拿定主意：回家去！跟父亲、母亲告别，弄一笔钱！哼，卡密尔这个混蛋！他当然已经捞饱了，心情愉快地准备周游世界去了。我在这里过着清心寡欲的日子，可是他，我那位异母兄长，可恶的瓷器收藏家，却在大偷特偷！但是你逃不过我的手掌！卡密尔的情妇——那可笑的蠢货对她百依百顺——前天把一切都告诉了鲍利斯。她一心巴望着到了国外能将这个长着鹦鹉鼻子的丑八怪换上他的漂亮得多的弟弟。骚货！当然，鲍利斯到了国外也不会放松他的哥哥，他对卡密尔在国外订货合同上耍的花招知道得很清楚。只有老头子一个人蒙在鼓里。他把公司的大权、营业所的负责工作全交给前妻所生的长子，自己整天玩赏他收藏入迷的枪械。鲍利斯摸清了哥哥的底细，就以此要挟卡密尔经常给他数目可观的钱花，否则就拒绝保守秘密。但现在这不在话下了！

他从叶琳娜处打听到卡密尔也准备到雅沃尔什拜别父母。显然他想尽可能多捞一点，然后扑扑翅膀一飞了事，摆脱弟弟的纠缠。你等着吧，狗东西！我要放掉你一点血！今天就放！

一顿丰腴的午餐恢复了他的精力。他回到自己的“安乐窝”里，把最贵重的东西装了两只手提箱，驱车来到火车站，把箱子放在寄存处。“那边我再也不回去了。”他把住所的钥匙扔进污水坑里。当他离开屋子的时候，那只玻璃盆映入了他的眼帘。“这个我也不留给他们！”鲍利斯拿起了盆，把它扔在自己的“奥彼尔”小轿车的后面座位上。他宁可自己毁掉这玻璃盆！他踏动风门，引擎听话地发动了起来，于是这辆比赛用的小汽车开始风驰电掣地行驶在布拉格的街道上，像一匹壮驹急于上场赛跑。

不一会，城市已经在后面了。

春天的太阳温柔地抚摩着田野。松软的耕地在苍穹的反照下呈现出一片翠绿，地里的种子已经在透芽；接着是一座树林，公路就从树林里笔直穿过去；鲍利斯吸着苔藓、松针、树脂令人心醉的香味和春的气息，但今天他无心留恋于这一切。当“奥彼尔”引擎啪啪响着以高速度冲出树林开到一片空旷的丘陵地上时，鲍利斯才发现西方空中彤云密布。要下雨了！太阳和天边乌蓝的云堆在他心里勾起一阵奇怪的怅惘。

壮举，伟大的壮举！他还不知道将做出什么，但已预感到必须去做，虽然他心中虚得发慌；这是他当仁不让的义务。壮举——惊天地泣鬼神的壮举，人人将受到原子弹爆炸一般的震动——这件壮举将解除心头不足道的痛苦，澄清满脑袋的混乱。他要给些厉害他们瞧瞧！让所有的人瞧瞧！他恨……他觉得一种隐藏的恐惧使他蒙受耻辱，仿佛他被偷去了生活、欢乐、世上的一切！到底该做什么？放火烧厂？愚蠢。不久，总有一天，厂将是属于他的——他要以主人的姿态回来。那么做什么呢？

鲍利斯在中途停车，走到车外伸了个懒腰。公路正在爬上一个山丘，那山丘是被一堵峭壁从右面切下来的，像一只大圆面包；峭壁下面流着一条并不宽阔、但水势很急的小河。凉风从直冒泡沫的湍流顺着岩壁的隙缝吹上来，舔着鲍利斯的面孔。真痛快！他攀住生锈的栏杆向下面深处张望，把一块小圆石用足一踢，看它飞离悬岩消失在奔腾、翻滚于断崖绝壁间的激流中。

鲍利斯回到汽车旁，目光接触到后面座位上的玻璃盆。他把它拿到凉风中，好奇地用手指碰碰子弹留下的一处亮晶晶的缺口。哼！他把玻璃盆拿到栏杆前。现在看你还顶得住不——去！玻璃盆在空中画了一个不大的弧形，在一块尖角的岩石上撞碎了。他听到厚玻璃碎裂的声音，这才松了一口气。他摆脱了它！

这时鲍利斯恍然大悟！对，这正是他想做的！他找到了目标！远方殷殷的雷声扯开了他的一团乱糟糟的思绪，从阴郁的云层后面现出了天狼星，对，这真是他想做的！一个绝妙的主意象镁光一闪照得心里一下子全都豁亮了；他震了一下，迫不及待地坐到驾驶盘前，把车门关上。

“奥彼尔”如离弦之箭迎着已经布满整个天空、开始向地上洒下疏雨的黑云继续飞驶。

从耕地的犁沟，从阴暗的树林里慢慢地升起了黄昏的冥色。

从他们搬出厂里的洋房住到有几扇小窗临一条穷胡同而开的园丁家来的那天起，叶丽扎薇塔·菲里波芙娜·台赫曼诺娃难得离开她的摇椅。三间房的小屋子堆满了从八间洋房里搬来的家具，简直像个仓库。地毯铺在不平整的地板上。两星期前，最后一个女仆也到玻璃厂做工去了。小屋里只有从前的园丁老婆来掸掸灰尘，张罗收拾一下，使他们俩不致脏死，饿死。叶丽扎薇塔·菲里波芙娜不会做饭。本来嘛，过去她从来也没有亲自动手的必要。

她坐在摇椅里，软弱无力的手扶住肘垫，脚上盖一条毛毯，苍白的脸朝着窗那边沉入冥想。早晨，工人们挟着背包在窗外经过，她听到他们“粗野的”谈话和几乎震得玻璃窗格格响的笑声，但并不注意他们。她的心在很远很远的地方！

叶丽扎薇塔·菲里波芙娜的丈夫穿着丝棉寝衣在屋里走来走去，翻箱倒箧似乎在寻找什么可以填补生活空白的东西。原来洋房里有一间屋全部用作置放嵌珠母壳的古董手枪、火铳、机弩、火绳枪、可笑的女用小手枪；现在，所有这些家当在他严密监督下如数搬到此地。他把自己的全部时间都花在武器上，反正现在他什么也不做。他似乎忘记了玻璃厂。厂是他祖父开办的，他祖父是个吹玻璃师傅，当时只有一个工人和两个学徒。父亲给这个小厂添置设备，开始有了磨工车间。那是个多好的企业！可现在台赫曼一家被撵了出来！受到了这样明显的“委屈”，老头儿暗暗埋怨自己的命运——这都是造化弄人。在他看来，共产党仅仅是某种凶残的意志的盲目执行者。他甚至不作抵抗，因为他不是斗士，不是像他祖父和父亲那样精明强悍的实业家。他是做少爷长大的，性格比较软弱，习惯于安逸舒适和无忧无虑地搞自己喜欢的事情。现在他慢慢地陷入一种对一切漠不关心的精神状态，体弱多病，昏聩糊涂，只知自私地保护着他的懒散的安谧。有时他和妻子一连数天甚至日常生活上的话也不交谈，他们双方互相都能尊重对方生活在其中的那个世界。

午饭后，邮递员送来鲍利斯拍来的一份电报。老头儿在走廊里看了以后喊着告诉在摇椅里前后摇晃的妻子：

“丽莎[①]，鲍利斯今天晚上要来！”

一只娇嫩的手有气无力地微微抬起一点，又掉在肘垫上。“鲍利斯要来。”那女人的嘴唇略略动了一下。一颗寂寞的泪珠顺着憔悴的脸上的皱纹淌下来，掉在膝盖上。鲍利斯！这是多久以前的事了！

叶丽扎薇塔·菲里波芙娜·斯米连斯卡雅[②]乌亮的明眸像晚空下的深潭，白净的脸庞犹如斯摩棱斯克城郊庄园里的白桦树干！多么遥远啊！当这个丧偶的工厂主在布拉格遇见她时，她真是个天仙一般的美人！两条沉甸甸的鸦青色辫子一会儿甩到宽阔的背上，一会儿垂在丰满的胸前。那时她家剩下的只有几只塞满小玩意儿的手提箱，女家庭教师不久也回法国去了，叶丽扎薇塔的父亲是个地主，嗜酒如命。他们匆匆收拾行装从红党那里逃了出来。她听说过多少遍：邓尼金、弗兰格尔、高尔察克[③]！可是全垮了台，只得等待，再等待。二十八年了！她亲爱的哥哥——常常扯她辫子的英俊的调皮鬼安得留什

---

① 叶丽扎薇塔的爱称。

② 鲍利斯的母亲是俄国人，原姓斯米连斯卡雅。

③ 邓尼金、弗兰格尔、高尔察克都是在帝国主义支持下企图摧毁年青的苏维埃共和国的白匪首领。

卡——在南线邓尼金部队与布尔什维克的一次血战中丧了命！还有鲍利斯！鲍利斯·特罗菲莫维奇！她在斯摩棱斯克的一个舞会上认识了他——她，丽莎，叶丽扎薇塔·菲里波芙娜是舞会的女皇——而他当时是沙皇军队的一名中尉。如今他在何处？在席卷她的祖国、焚毁庄园、把“顺民变成猛兽”的狂飙烈焰中，他到哪里去了？这一切该怎样理解？她在这个世界上还剩下什么？故乡河滩上的一块石头，反复出现他的名字的舞会节目单和一把扇子——他的礼物。那时候他到前线去了。亲爱的、绝妙的鲍利斯，他只要朝她一看，他那乌黑发亮的眼睛就会因洋溢着欢笑和爱情而变得蒙眬……后来她嫁了自己从来没有爱过的台赫曼，甚至在他们生了儿子——她的小鲍利斯——以后，感情也没有发生变化。她跟这个见第一面就爱上她、并愿把全部财产给她的人始终格格不入；她始终不了解他，也始终看不惯他，正像始终看不惯这个以前她几乎不知道的小国一样。青春和爱情！叶丽扎薇塔·菲里波芙娜生活在回忆中。她怀着希望，等待着，可是年复一年地过去，希望依旧只是希望。不过她有了小鲍利斯！她想象着他将成为一个潇洒大方的美男子，穿着笔挺制服的青年军官，他将以胜利者的姿态去继承那座富庶的大庄园。她用全部的温柔和爱灌注在他身上；当他还在襁褓中时，她就用自己祖国的语言在他耳边轻轻说着蜜一般甜、歌曲一般动听的话。然而她失望了——她眼看着渐渐长大的不是她想象中那样的鲍利斯。当她教他俄语、给他讲广阔富饶的田野、故居庭前的白桦树以及坐三匹马拉的车游玩的情景时，她发现鲍利斯很不耐烦。她家的庄园叫康斯坦丁诺夫卡，多甜蜜的名字！有时她心里偶尔闪起一点希望之火。有一次，一个德国军官库尔特·汉茨凯燃起了这样的火光。他们是在他从莫斯科前线回雅沃尔什来度假期时认识的。他很有教养，举止大方，谈笑风生，还能弹弹钢琴，施特劳斯的曲子他弹得相当不坏。这位英武的征服者将把她的故乡从布尔什维克统治下解放出来。“鲍利斯卡[①]，”当时她兴奋地向儿子耳语，

① 鲍利斯的昵称。

"我们不久可以回家去了，你听见没有！你将得到你外祖父的庄园，鲍利斯卡！"可是无论她如何用母爱和自己的欣喜吸引他，鲍利斯总是不了解母亲的意思。他幻想的完全是别的东西，乡下地方一个小村子根本不在他心上！汉茨凯回到前线去时答应代她向俄罗斯、向她的故乡和白云致意，保证扫荡布尔什维克，还她祖国。她真是太痴心了！过了一年，消息传来，汉茨凯在"围剿"游击队时被打死了。甜蜜的希望之火熄灭了，而当年她随父亲和家庭教师逃亡国外以躲避的那股力量甚至来到了这里雅沃尔什！炮声隆隆，希特勒军队急急往西抱头鼠窜。当黝黑的苏军战士来到这个小城时，她把自己关在洋房的二层楼上，好几个星期足不出户。听着军靴的橐橐声、笑声、手风琴声、花园里放焰火的劈啪声，怅惋和惶遽使她濒于疯狂的边缘。听，那是俄国话！人们笑着，欢呼着，把解放者称为兄弟！周围全是另一个世界里的人！完了，什么都完了！她对世上发生的一切再也不感兴趣。不久前要他们迁居的时候，她甚至没有表示抗议。她已经什么都不在乎了，剩下的只有一个鲍利斯！

傍晚，鲍利斯到了家里，但是坐立不安。他是在雨蒙蒙的暮色中从河边走到园丁的小屋前的；他双手插在口袋里，领子竖起，在紫丁香丛中一条泞滑的路上走着，反复考虑自己的计划。怎样把他从家里引出来？捎一张字条儿？走着瞧！

叶丽扎薇塔·菲里波芙娜抱住儿子高兴得呜咽抽泣。他没有挣扎，因为鲍利斯不能说不爱他的母亲。他甚至在摇椅旁边的一张小凳上坐下，头搁在母亲膝上。这里多好啊！母亲大概是他唯一敬爱信任的人，虽然对她终年不变的眼泪和感慨只是勉强忍受。在她的膝旁安全无虞，在这里他可以觉得自己是个人人宠爱、被母亲娇惯了的小孩子；过了一阵子烦嚣的生活以后，在这里可以得到休息。

鲍利斯对父亲只随口说了几句无关紧要的话，他知道卡密尔没有来过后，心头为之一松；他又到母亲身边，决定用全部余下的时间陪伴她。他们低声谈着。母亲责怪他近来不把她放在心上，鲍利斯推说事情忙。关于他被开除出大学的事她已经知道。人们的心肠多么狠毒！世界是多么冷酷！她像一只老母鸡用慈爱的翅膀把他罩住，抚摸着他的头发和面颊。鲍利斯心头得到了慰抚，但他感觉到不应该让意志松弛下来，他必须完成自己的使命！伟大的壮举！他审慎地没有把自己的计谋告诉母亲。

这里多么凄凉！鲍利斯看看没有收拾好的房间、光秃秃的墙壁，不由得痛切地怜悯起受辱的父母来，喉头也仿佛有什么东西哽住了。他站起来透过纱帘望着窗外寂寞的小巷。一盏孤独的路灯在与雨夜的黑暗作困兽斗。他觉得随着雨点落到石子路上的是痛苦的哀愁，忧伤潜入了他的心房。怎么办？

不，现在他不能退却！决心像一大块又重又硬的泥土压在他身上。

这时鲍利斯差点儿吓得发抖。一桩大大的意外使他呼吸感到困难——窗外闪过一条人影。这是他！鲍利斯一眼就认出这个穿雨衣、黄头发上戴一顶鸭舌帽、体格结实的人。这样不可思议的巧合使他心都快要跳出来了。

这简直是冥冥中有鬼使神差！

他上哪儿去？快跟住他！鲍利斯匆匆披上大衣，对惊慌失色的母亲一句也没有解释，三脚两步跑到黑暗的街上。不多一会他就回来了，周身淋湿，眼睛闪着异样的光芒。决定了！在倾盆的冷雨下他把行动计划作了周密的考虑。现在保持安静！别想这件事！克制手和腿的颤抖。在昏暗的过道里他摸到了雨衣口袋里冷冰冰的手枪。不！用它声音太大，那就有危险！得换一种方式！他悄悄走到黑暗的厨房里；地上至今还放着一箱箱的餐具和器皿。鲍利斯在一只箱子里发现一柄长长的尖头刀，觉得很奇怪——寻常的做饭家伙中间哪来这样的利刃？他试了试刀锋。

晚上剩下的一段时间鲍利斯显得十分温和恭顺。他和父亲一起喝了几杯陈年白兰地，还讲了一段大学里的奇谈逗母亲发笑，但是没有把她骗过去。她凭着一颗敏感的母亲的心猜到他很激动，但是即使她用极其谨慎的提问也没有从儿子口中探出半句真情。不过她还强装笑容。唉，鲍利斯卡，鲍利斯卡！她追溯他还是个胖小家伙时拉住她的裙子蹒跚学步的情景，述说他怎样顽皮淘气，她完全沉浸在回忆中，深深感慨命运之多舛，美梦之幻灭。

鲍利斯大受感动。“他们确实可怜，可是有什么办法呢？应该为他们报仇！我今天就下手！”他要亲手替他们报仇！此外，这里的贵重珠宝财物假如他不拿走的话，那一定被卡密尔这个黑心鬼偷去！不，鲍利斯要拿走，将来他回来再一百倍、一千倍地补偿他们。差不多了——已经九点钟了！

他站起来，捧住母亲的脸，吻了一下她的头发。

“答应我，妈妈，”他轻轻地说，“答应我，你永远不生我的气！永远不！无论发生什么事情……无论……”

“可是，我的孩子……为什么……你究竟怎么啦？……我不明白……”

当他对她说今天就要走时，心中毕竟有些不忍。在她忧郁的目光下，他好不容易酝酿成熟的跃跃欲试的心情开始冷却，勇气渐渐消失。不，他不能退却！母亲要鲍利斯——她的雄鹰、她的宝贝——不久就回来，他勉强应允了。

现在立刻行动起来，快！一切简单得可笑。父亲喝了点白兰地对着他收藏的枪械在打盹，于是鲍利斯悄悄地溜进邻室。这是母亲的衣柜！手指开始工作，锁无声地打开了。他摸到一只金属匣子，像童话里剖蚌挖珠似的把它撬开。他把不值钱的、追不回来的往事留下的纪念品小心翼翼地挪到一边，禁止自己生任何嘲笑之念。跳沙龙舞时用的小道具、一份泛黄了的舞会节目单、一条鸦青色的发辫和一束用俄文写的信件。还有一块石头！见鬼——鲍利斯·特罗菲莫维奇送的一柄扇子吧哒一声掉在地板上！邻室立刻传来叶丽扎薇塔·菲里波芙娜惊悸不安的声音：

“鲍利斯卡！你在哪儿？”他小时候赌气躲在楼梯下角落里时她常这样呼唤他。母亲的声音暂时打断了他匆促的工作。

“我就来……马上就来！”他断断续续地应声说。

一条沉甸甸的钻石项链、一只白金鼻烟盒、三串珍珠、几枚包金的胸针纷纷被塞进一只公文皮包。他屏住呼吸把一堆灿烂夺目的珍宝翻来扒去。啊哈，这是叶丽扎薇塔·菲里波芙娜最心爱的耳饰。鲍利斯犹豫了一下，也把它扔进皮包填不满的肚子里去，但随又取出来放还原处。“这个不能动。”他对自己怀着鄙夷的心情叹了口气。够了！他把皮包拿到过道里，然后回到母亲那儿去。“这不是偷，我只是拿我自己的东西！我本来就有权利承继这里的财产，可是我现在急需这些东西！”他安慰着自己的良心。

“再见了，妈妈！”他匆匆吻别低声啜泣的叶丽扎薇塔·菲里波芙娜，拿起桌上一瓶没喝完的酒——会用得着的！——跑到外面的黑夜里。

鲍利斯循原路穿过栅栏，沿着多石块的河岸走去。他觉得自己像惊险影片中的主角。到了桥上，劲风密雨迎面向他猛袭。前面开来一辆小汽车。鲍利斯掩面避开车灯耀眼的亮光，从车轮下飞起的水柱溅湿了他的裤子，他骂了一声又继续走。事先他谨慎地把自己的汽车停在城外坟场围墙下一条泥泞的小路上。他把皮包放在汽车的坐垫下面，然后拔去瓶塞把剩下的酒一口气喝完。新的勇气和决心随着烈酒注入了他的血管。

他关上车门，把空酒瓶向黑暗中扔去。只听得瓶子噗的一声掉在泡软了的耕地里。

现在向目标前进！

地方相当安全。鲍利斯踩着刚积成的水洼走到这里，躲在神父家花园围墙的门洞里：在这里他淋不到如注的夜雨。小城到这里为止了，再过去一些，泞烂失修的路旁有几扇小窗在潮湿的黑暗中露出灯光，那是纳克尔沙方德工人村。此外没有别的房屋，只有田野、果园、河流。“他一定走这条路回去！”鲍利斯心里盘算着，“等他经过这棵树下的时候，我只要从门洞里闪出来，就……”

该死的雨一个劲儿地下，在头上栗树的树叶丛中和稀烂的便道上哗哗直响。街道尽头一盏电灯被猛烈的风吹得晃个不停，暗淡的灯光下隐约现出物体的轮廓。

周围的景色多么荒凉!

村里一条狗叫了一声，接着别的狗也应声而吠——一场凄怆的音乐会开始了!

火车在岔道口附近长鸣汽笛。随后又是一片寂静!

鲍利斯看着夜光表的字面，冷得牙齿互相打架。还有这颗要命的心！它乱捣乱撞，眼看着就要跳出来，而胸口好像被铁圈紧紧箍住。不，他不怕！决不临阵脱逃！可是鲍利斯还是禁不住全身哆嗦，牙齿打着急鼓，于是他拼命握紧雨衣口袋里的利刃。我一定得干，非干不可！我要他们知道一下厉害！……快些解决了吧！已经十一点了！怎么还不来?“也许他不来了。”他心中闪起一线微弱的希望，但他坚决克制这种心理。鲍利斯心里闷得慌，他似乎消失在这寂寥的黑夜里了，在伟大的壮举面前他显得太孤单了;他咬紧牙关，眼眶里挤出了眼泪。真想回家去待在母亲身边，让她温柔的手抚摸他的头发！不，不能想！成败在此一举！“他是个共产党员，”鲍利斯反复想着，“共产党员，共产党员！他是她的哥哥！”这是夺去他一切的那伙人中的一个！我一定得干，非干不可！十一点半了——看来等一辈子也等不到头。他觉得行动的决心通过身上所有的毛孔每分钟每秒钟一点一点在离开他，夜间的枯守像磨臼把他愈压愈扁。他的腿仿佛被缚住了一般动弹不得，胸口窒闷异常。血液在胸中翻腾。沉住气！我有刀！我不会遇到意外！我不是胆小鬼！什么也不要想！谁也不会料到这是谁干的！但愿快些结束！……

在长久的枯待以后，鲍利斯终于听到有人踩着泥浆在走过来，他紧张得差不多快要晕厥；恐惧使血液在脉管中凝固了，他觉得自己整个身躯正在僵化。

他是不是在做梦？这一定不是事实，他不可能握着口袋里的利刃站在此地，脑袋由于极度的惊慌而发昏；不，他离此很远，在温暖、舒适、安全的地方……

他探头出去，呼吸急促得厉害，眼睛紧张地向黑暗中望着。“是他。”一个声音在鲍利斯内心喊叫。

他紧贴在门洞里，闭上眼睛。

磨工瓦茨拉夫·斯特拉卡在人民委员会开完了会走回家去，人已经相当疲倦。

会上讨论了庆祝五一的问题，时间拖得很晚。节日眼看就要到临，那些先生们总算醒了过来。不用说，玻璃厂照例应该大力协助，像在任何时候、任何地方一样。而作为本城最大一家工厂的厂委会主席，加上又是工厂乐队的灵魂，一定能就这件事发表一些意见。

晚上，人民委员会派人来请他。他推辞了一会，说：既然他们睡醒了，让他们要怎么做就怎么做吧。我们厂早已准备好了！——但最后他还是戴上鸭舌帽去了，打算给人委会那些作风拖拉的大叔迟钝的脑袋瓜儿擦些油。反正今天家里也搞得不痛快。晚饭前父亲又跟他干了起来，晚间休息时大家都憋着一肚子的气。父子俩相对坐在餐桌旁，低头闷吃土豆汤，连孩子们也不敢吱声。简直能叫人发疯！老头儿真是愈老愈糊涂了，如今他一心一意要上布拉格去向女儿哭诉。好像人家都在等他似的！

伊莲娜究竟怎么样了？他写去的两封信都没有回信。瓦茨拉夫每次守候邮递员来，可总是空候一场；他开始焦躁不安，暗暗埋怨她，但心中并不因此稍觉轻松。这个鬼丫头！他试着写第三封信，决定责备她几句，可是这封没写完的信一直在他口袋里。也许这位傲慢的贵妇人生气了？“要是真的这样，那就见她的鬼去吧！”他突然拿定主见。他是希望她好！她像是不懂似的。但他下意识地感觉到这里头一定另有缘故，因为他究竟非常了解自己的妹妹！如果说嫁了那个人……会使她变成这样——不，他不愿相信！

“好吧，不回信就算了！我们不会苦苦哀求，哼！”他闷闷不乐地想着，可还是放心不下。当他的妻子葆日卡在谈话中触及家里这个痛处时，瓦茨拉夫厉声打断她的话头。

伊莲娜到底怎么样了？

他开完了会就这样想着走回家去。在小卖部他喝过一小杯伏特加暖暖肚，现在步子也比较迈得开。可恶的是雨实在太大！

他两手插在袋里，脚步加快。

他在街道尽头的一盏电灯下走过，帽舌的阴影投在他脸上；现在瓦茨拉夫沿着神父家花园高高的围墙很快地走着，留神绕过因为路灯太远而几乎看不见的水洼，一边轻轻吹着口哨。

前面已经看得见村里的点点灯光了。

他经过门洞，但是走了几步，听到后面有费力的喘气声。

瓦茨拉夫迅速回过头来，手伸出口袋，停止吹口哨，向黑暗中望过去。什么也没有！他正想继续往前走，忽然发现门洞里有一个一动不动的人的轮廓。起先他以为是自己眼花，但后来他觉得那黑影好像动了一下。

他向门洞那边走了两三步。的确有一个人紧挨门站着，不声不响，也不动弹，现在可以听到喑哑急促的呼吸声了。

"是谁？！"瓦茨拉夫大声问，并且又走近了一步。

没有回答！……他想去掏口袋里的火柴，但在这一刹那，从门洞里跳出一个人来嘶哑地狂吼一声向瓦茨拉夫一击！一种疯人的歇斯底里蛮力操纵着那人的手。

刺中了——鲍利斯已经感觉到。天哪，这是什么样的感觉啊！

再来一刀！

瓦舍克受到这突如其来的袭击，向潮湿的围墙那边一晃，由于剧痛而发出一声号叫，但旋即伸出一只手掐住凶徒的脖子，手指使劲愈掐愈紧。

"啊，你这……畜生！……"

挨了第二刀后，他喘不上气来了，他又向围墙那边晃了一下——刀深深地插进了他的肩窝。瓦舍克的另一只手挣扎着举起来，在黑暗中抓了个空。

他强壮的身体起了一阵痛苦的痉挛，眼前升起一团白色的火焰，磨工瓦茨拉夫·斯特拉卡像一棵被连根拔起的大树倒在地上。黑暗，一片漆黑！他横倒在路上一个水洼里，激起泥浆四飞，他的知觉很快地愈来愈模糊。

他脸朝下躺在泥潭里，在这没有半点星光的黑夜里，生命正在慢慢地离开他那顽强的躯体。鸭舌帽跌落了，泥潭里散落着从雨衣口袋里掉出来的一叠补助申请书——准备发给家里人口较多的工人——一叠五一庆祝会的请柬……和一封尚未写完的信。

雨又下大了。

鲍利斯抱头逃遁！在恐惧驱使下的两条腿本能地搬动得飞快，顾不得在泡软的耕地里滑跌，在界标石上绊倒。他一会儿跪跌，一会儿整个身体倒在水坑里，但又爬起来，踉踉跄跄继续逃跑，毫不停留。

快！快离开此地！

漆黑的河流在前面喧嚷；鲍利斯滚到乱石遍布的岸边，感到一阵恶心。他觉得自己的五脏马上就要痛得炸裂开来；歇斯底里的痉挛使他全身扭曲，眼眶里涌出了眼泪。他终因畏罪而嚎啕痛哭。

刀！刀还在那里，但是鲍利斯再也没有勇气回去取刀。我的天，他们发现了刀，不是要调查它是谁的吗？那时就要真相大白！他们将带着实弹的手枪和训练有素的警犬连夜在所有这一带地方搜捕他。这是什么——他好像已经听到警犬的吠声？我干了什么？杀人！杀了共产党员，现在……

汽车找到了！他跳到驾驶盘旁，哆嗦的手摸到了变速挡，踏动风门！快！马达发出一阵微弱的轧轧声，可是车仍旧不走。鲍利斯吓得直冒冷汗。怎么办？难道一切都在跟我作对？他拼命扳动变速挡，一次又一次使劲踏风门，一边由于惊恐和紧张气喘吁吁；马达终于发动起来，汽车震荡了一下。车轮在稠泥浆里空转。鲍利斯开足马力，车冲了出来，开始在高低不平的路面上颠簸跳动。谢天谢地，上了公路！

在夜里的路上，汽车以疯狂的速度飞驶！刷玻璃的针在他发烧的面孔前嚓嚓地响，成半圆形刷去玻璃上的水珠；被朦胧的车灯勉强照亮的柏油公路隔着玻璃看不清楚，但鲍利斯并不减低车速。“奥彼尔”飞也似的穿过沉睡的村落，越过岔道口，冒雨冲去；汽车终于驶进黑魆魆的大森林。快！牙齿格格直响，但鲍利斯顾不得抑制颤栗，他全神贯注在这次惊心动魄的夜间行车上。听！那是什么声音？莫非是警备车的汽笛声？他在一部美国电影中看到过这种场面。那是一部侦探片！坐在电影院里看这样的镜头自然挺有意思，可是现在……他从反照镜里向后面看看，镜子里是一团连天的漆黑。什么也看不见……

嘭！出了什么事？

一个前轮的内胎炸了。握着驾驶盘的手感到疾驶中的汽车在往斜刺里溜歪，约在百分之一秒的时间内，路旁一块白色的大石在他瞪出的眼前一闪；鲍利斯使出平生力气紧按制动器，总算在一条水沟边缘把车刹住。他跳到外面，在明白是怎么回事以后，忍不住对准泄气的轮胎狠狠踢了一脚。

现在怎么办？换轮胎没有时间！车灯把两道光柱射在湿漉漉的松树枝上。他关熄车灯，完全绝望地在公路中央淋着雨来回乱跑。

黑暗，伸手不见五指。

最后他从车座下面取出饱鼓鼓的皮包，重新开动马达。汽车勉勉强强开上一条拐向树林的路，在这条路上走了短短的几十米后，在一片幼树丛前停下。他把马达关掉，下了车，砰的一声推上车门。他像孩子似的号哭着向前奔跑！快跑！

鲍利斯没头没脑跑出了树林。在下面不很深的盆地里，小城闪着寥落的几点灯光，因为时候已晚；他看到不远处有暗淡的车站路灯，就踏着播下种子的耕地和青草茂盛的田界径直向那边走去。他穿过山楂丛，掉在水沟里，在石头的尖角上挂破了手掌，但仍熬住痛往前走。他跑到路轨旁，听到两声钟响。幸运之神从黑暗中带来了一班郊区夜车——相当空的车厢的小窗在他眼前闪出救命的灯光。

鲍利斯冲进最后一节车厢，有起死回生之力的热气夹着潮衣服的味儿向他迎面扑来。他向呵欠连连的女列车员买了票，问明了去布拉格的火车时刻。妙极了！鲍利斯挟着皮包倒在长板凳上，这才慢慢地开始从全部恐怖的经历中恢复过来。没什么，只是现在什么也不要想，把一切都忘掉！他得救了！得救了！多甜蜜的感觉！他经过了考验！进了城他准备到柯勃里茨兄弟那里过夜，睡个够，而明天，明天……

车厢房间里坐着几个睡眼蒙眬的铁路员工。他们下了班回家去睡觉，其中两个把发沉的脑袋搭拉在胸前打盹，有三个在一只空背包上玩一副油腻腻的纸牌，背包由一个人搁在腿上。

“现在我们从小牌出起。”坐在靠窗的一个大汉说，纸牌吧哒吧哒打在背包上。

他赢了，得意的脸转向蜷缩在角落里的一个筋疲力竭的年青人，发现他的雨衣湿透了，头发粘在额上，就对他说：

“又下雨了吗？这天气真不像话！”

他旁边的一个人在洗牌的时候见那淋湿的年青人在雨衣口袋里掏来掏去，空掏了好大一会儿，就诚恳地把一包压扁的“女游击队员”递到他面前。

“抽吧，朋友，我知道有烟瘾的人没烟抽是什么滋味。我在战争时期有过亲身的体会……”

鲍利斯接过烟道了谢。他狠狠地、几乎当作一种享受吸着这辛辣的廉价纸烟，然后把两条累得差不多失去知觉的腿在木头地板上伸直，深深地，如释重负地喘一口气。

他在硬板凳上睡着了，疲惫不堪的脸上挂着带三分稚气的、甜蜜的微笑。

他梦见了车料玻璃盆的碎片。

10

跟伊莲娜分手以后，布里赫走回家去。他需要独自待一会儿，定一定神；他在信箱里看到一份印刷品——五一庆祝会的请柬。他困惑不解地把它夹在手指中间转来转去，这才发现背面有几行潦草的字。英德拉·贝朗！他三言两语写着，来访布里赫未遇，并准备在七点半左右再来一次。他迫切需要跟布里赫谈一谈。

七点半多一点点，英德拉来了。

他不等邀请自己在一把摇摇晃晃的椅子上坐下，向房间四周打量了一番。

“你可知道依尔任娜的情况？我在系的大楼旁等她，可是有人告诉我，说她病得很重。她……怎么啦？”

英德拉激动地伸手去搔很硬的头发。布里赫手插在袋里站在他旁边，把嘴一撇，不大愿意地回答说：

“你倒装得好像对这事还挺关心似的。”

“是的，我关心这事！”贝朗用手在大腿上拍了一下，接着又低下头去。他能向布里赫说些什么呢？要命的生活！工作、学习本来已经够忙了，还遇上这样的事……从那个倒霉的晚上起，他不断说服自己，使自己相信他做得对。是的，他做得对！经过长久的考虑以后，有一次他和系里的几个同学一起开完会到他家去聊聊，喝杯淡酒，他终于把自己难以下结论的疑问向他们谈了。他的行为引起了热烈的争论。有的表示赞成，说不值得为一个布尔乔亚家庭的姑娘而苦恼。这些人是少数。大多数都批评他。他固执地摇头说，即使耐心极好的人有时候也沉不住气。不用争得面红耳赤——又不是表决来的！问题不在于此！对他责备最凶的是伊尔卡·凯马尔。他有些了解依尔任娜。

“她是个正派姑娘，”伊尔卡肯定地说，“你占据了有利的地位，摆出最高主宰的面孔，其实是个教条主义者！”

他们走后，英德拉简直想把周围的一切捣毁扯烂。他从未料到这个瘦弱可怜、长得也不太漂亮的姑娘对于他竟是那么重要！以前，她那诚惶诚恐的目光有时还使他着恼呢。“这无非是暂时的不习惯罢了！慢慢就会过去的！”他没多加考虑就认定是这样。他能跟这样一个老是眼泪汪汪、性格软弱的落后女子一起生活吗？她居然入了党！

呸！她永远也不会成为一个共产主义者！永远不会！他想起当他要求她退党时，依尔任娜执意不允……从他们相爱以来那是她第一次反抗！既然这样，小姐，就应该作出相应的结论，而不是躲头藏尾，胆怯颤栗。这一夜他未曾合眼。第二天天一亮，鸟儿在果园里的枝叶丛中叽叽喳喳开始争鸣，他打开窗户，让清凉的春风吹进窒闷的斗室，这时他看到了问题的另一面。“你爱她，”他向自己承认，“这无法否认，不管怎么样，你总是爱她的！你需要她！你要跟她结婚！别想卸脱干系！你百般嘲笑她，挖苦她，讽刺她，你这个蠢东西，你对待她简直像宗教法庭的法官。”自从演了那天晚上的一幕以后，英德拉无法安心看书。他在家里坐立不安，时刻想起那张雀斑点点的脸和一双羞人答答的眼睛。毫无疑问是你折磨了她，凯马尔说得对！英德拉把一支齿痕累累的烟斗在“弗兰次先生”的石膏头颅上磕去烟灰，对夜里在自己脑海中展开的一场思想斗争作出了结论：我要去找依尔任娜，对她说我爱她！并且作自我批评！我们一起把全部事情好好分析一番，然后在笑声中忘掉过去的一切！我将直截了当向她求婚。不，这不是发疯吗？我们在一起又能做些什么？在这个狗窝里我们怎么能生活呢？假如……有了孩子，那怎么办？不，应当等我毕了业再说！不过，我们好好歹歹总能安身下来！决定了！我爱她，如果害怕……那我未免太庸俗了！

现在他坐在布里赫家里，心烦意乱，眉头打结，拳头握紧。

他向布里赫抬起了一张像庄稼汉那样红喷喷的脸，不耐烦地催促着他。说呀，别折磨人，真见鬼！

“既然你愿意知道，”布里赫考虑良久以后才说，“那我就把全部真情都告诉你。但你得向我保证不去看依尔任娜。我先警告你，她不愿见你，否则你会使她遭受不可挽救的损害。事情是这样的：依尔任娜……企图服毒自杀……”

他看到贝朗顿时脸色惨白，就没往下说。英德拉咬住嘴唇，圆睁双目，惶惑地举出一只手，仿佛想排开这句话不可理解的意思。

“你……你说什么？”不结实的椅子吱吱地开始叫饶，“她想……

干吗？为什么？……”

“我认为你自己应当知道，”布里赫忿然打断他说，“我根本不想对你作任何指责——我们是完全不同的人，你对一切有自己的看法，但在这件事上你有责任，这很明显！她不愿见你，她总算拿出了这样一份自尊心，并且明白了你根本不懂得爱，你是个冷酷无情的人，她绝对不需要你这种表示得太迟了的同情！我不为她担心！她用不着你的帮助，自己会清醒过来——请你离她远些！我并不完全同意她的想法，但我充分了解她。如果你有一点点男子的道德，就不要去找依尔任娜，也不要给她写信，她曾严格禁止我把这件事告诉你。完了！”

英德拉从椅子上跳起来，把拳头在空中乱挥乱摇：

“你撒谎！这全是你胡诌出来的，你想离间我们！这是谎话，你这个混账的反动派！如果这都是你信口胡说，那……”

“那怎么样？”面色苍白的布里赫顶上去问。他勇敢地站到英德拉面前。

英德拉长叹一声，放下了拳头。这股无名火冷却以后，他转过身去戴上帽子。

“别生我的气，弗朗塔，”他用沮丧的声音说，“我快要发疯了……请原谅……”

布里赫目送英德拉把头缩在宽阔的两肩中间慢慢地向门那边走去；到了门口，他又回过头来，似乎还想问什么话，但旋即推开房门跑了出去。嘭！

“神经病，”布里赫暗暗骂了一声，“全是这样的宝贝！”然而他禁不住产生一种隐约有些像是怜悯的感觉。让他们全都见鬼去吧！

他又想起了伊莲娜，忽然听见叩门声，接着进来一位不速之客——舅舅米静纳！他还穿着黑色的衣服，一枚银质别针在黑色领带上闪闪发光，手里拿着一根细细的手杖。显然，米静纳在楼梯上碰见了英德拉，因此进门就用手杖的一端指指后面问：

“这是他吗？”

布里赫点点头，舅舅在鼻孔里“哼”了一声。

他再也没提起他。

“我出来散步，因为头有点儿疼……我走着，走着，心想：我看看方达去，跟这个怪人谈谈……”

他在几分钟前英德拉坐过的那把椅子边上坐下来，深恐弄脏衣服，他以同情的目光向房间四周打量了一番。

“你这儿十足像个猪圈，”他说出了他的评价，一边用手杖挑起沙发上皱成一团的睡衣，“你的生活不正常，应该娶个媳妇结束这种荒唐的光棍生活。”

布里赫从小讨厌舅舅，而最近更是一听到米静纳的无聊话就忍不住想挖苦他。

“太令人感动了，舅舅，您真关心我！但据我所知，我最需要您宝贵的关怀是在战时。当然，这可以理解！一个像学徒受不了苦从德国逃回来的穷小子，没有身份证，没有口粮，几乎随时有被捕的危险，谁乐意跟这样的人纠缠上！”

“你在埋怨我，”米静纳沉痛地打断他说，“你明明知道当时的情况，老弟。何必翻旧账呢？”

他交叠着两腿开始默默地用手杖在地上划着什么。布里赫认定舅舅来找他抱有一定的目的。舅舅可不是那种愿意上穷亲戚家门的人。

“你听着，我的好外甥，”舅舅换上温和的语气开始说，“我对你直说了吧：我觉得近来我们之间的关系有些恶化了。我不想谈你对我应有的尊敬，虽然我是你的舅父、你死去的母亲的亲哥哥，至少也比你大几岁年纪，但这些都不在话下……你不觉得？……”

“当然！”布里赫现出嘲笑的神情微微眯着眼睛截住他的话头；他以同样的姿势坐在舅舅对面，带着挑战的意味满不在乎地点起一支烟。他抽了一口，并不提高嗓门，接下去说：“这是因为我干脆恨您，亲爱的舅舅。我一直在空想：几时才有人能把你们这些市侩消灭干净！共产党看来没有这样的能耐，你们太狡猾了。他们才一说到市侩，而你们已经在往他们党里钻了，你们正像目前还没有发明一种药粉能杜绝的臭虫。”

“说下去，说下去，哲学家先生，什么也不要保留。”舅舅倨傲地频频点头。看来他暂时还沉着气勉强不发作。“好，我就算是市侩！这是我的事情！那么你是什么？奶臭未干的小孩儿！疯疯癫癫的书呆子！不过现在且不说这些！我来找你有事商量。”

“请说吧！”

“我早就该跟你严肃地谈一谈——我终究是你的亲戚，希望你好。你的性格变得那么暴躁，简直跟你谈不上话！我不知道你的脑袋瓜儿里究竟是些什么乱七八糟的玩意儿。因此我想，换一个工作……对你也许有好处。在公司里你不会有前途，你应该自己寻求发展！至于我，离退休还早！”他沉吟半晌，接着用甜腻腻的声音说：“听我说，孩子，我爱你死去的母亲，她临死前把你托付给了我，是不是？今天我跟冶金协会的一个负责人马舍克谈过了……他们那里的人事处需要一个青年法学家。你明天自己去谈谈，这对你是个好机会！我个人对你的忠告是：别做傻瓜，入党吧——当然这并不是条件！”

布里赫再也无法控制自己，终于气咻咻地说道：

“不用操心，我不去！我看透了您——请放心，我不会揭发您的隐私。何况即使这样也奈何您不得。如果我想摆脱您的话，我宁愿用枪打死您。这比你们‘四十年真挚的友情’要慈悲、人道得多。”

米静纳像吃了冤枉官司似的透过金丝边眼镜狠狠瞪了他的外甥一眼。

“你指的是什么？”他压紧了嗓子低声问。

“好，既然您要我说，那您就听着，伪君子！”布里赫开始在房间里来回走着，满腔的憎恨使他抑制不住一种强烈的愿望——把舅舅撵出去，结束他们之间这种不堪设想的关系。现在他什么都不在乎。“您到此地来的用意何在？您不愿意看到一个曾经在极不凑巧的时刻里撞见您的人，对吗？您怕我说出来？不，要逮捕您这还不够——我没有任何证据，虽然我知道是您逼死了他！尽管不是一下子置他于死地——您还没有这样的胆量！您是一步一步把他收拾死的！现在您唯恐我说溜了嘴有碍您步步高升！您的行为可以跟《圣经》上的犹大比美！卡兹达因为不愿退休，只落得进了坟墓。恭喜您——干得真利落。”

这一席话引起了爆炸。布里赫注意到舅舅的眼睛变成了两道细缝。米静纳摇摇晃晃从椅子上抬起身来，用手杖在地板上撑住，慢慢地挺直腰板，他的胸膛一起一伏，好像受到侮辱的自尊心在里边鼓着一个大气泡，眼看着就要破裂。手杖的一端举了起来，点在布里赫肚子上。

“你不了解米静纳舅舅，”他用勉强可以听到的哑嗓说，一边机械地摇着鬓发花白的头，仿佛不愿明白所发生的事情，“你还不了解我，年青人！”

“我了解！”布里赫答道，“甚至可以说太了解了。妈妈对您也很了解！她怕您！您是一口朱漆棺木①！您的呼吸、言语毒化着周围的空气……不信您可以去问自己的女儿！……”

舅舅像一棵树被一斧头直砍进树心那样摇摇欲坠，干燥的嘴唇气得直哆嗦。

“庸俗、无礼的……村夫！你以为把我握在掌心中了！当心失算！你还会知道米静纳舅舅不是好欺负的。”

“如果这是挑战，”布里赫嘶哑地说，“我接受！”

这时米静纳举起手杖对准布里赫脸上打下去。一阵剧痛疼得布里赫脑中蹿起血红的火舌；他向舅舅扑过去，夺下他的手杖，用它在桌上猛敲一下，把吓呆了的舅舅的衣襟一把揪住。他们展开了一场恶斗，面对面气呼呼地怒目圆睁；椅子砰的一声倒在地板上。布里赫耳边只听到急促的喘气之声，米静纳背部撞在一口干裂的橱上，瓷质的小佛像怪滑稽地开始点头晃脑，布里赫立刻把舅舅挤到门口，摸到了门球，开直房门。

“滚！”他怒喝一声，一边大口大口地吸气。自持力已经完全丧失，这时布里赫难保自己不会把米静纳杀死。“马上给我滚出去！”

---

① 《圣经》上把假仁假义的人比作外表堂皇、里面尸骸腐臭的朱漆棺木。

黑暗的凉台上空无一人，从关着的窗户里隐隐传出无线电广播声。米静纳回进去拿手杖，把斑白的鬓角掠掠平，戴上帽子。他的面色惨白如纸！米静纳从气得发抖的布里赫的身边经过走到凉台上，踏着瓷砖恢复了平稳、庄重的步态，但在受了侮辱而绷紧的脸上，仇恨之心现于形色。布里赫虎视眈眈地目送着他。米静纳走到凉台尽头回过头来，举起手杖威胁地扬了一扬。楼梯上响起了某人沉重的脚步声。舅舅用手杖探索着黑暗的梯级开始下楼。巴捷拉上楼到凉台上，他纳罕地频频回顾正在下楼的米静纳。见布里赫倚栏向院子里望着，巴捷拉问道：

“那是谁？”

“我也说不上来，”布里赫若有所思地回答，“我想大概是不折不扣的犹大……还是别问的好，巴捷拉！”

巴捷拉望着他莫名其妙。

布里赫耸耸肩膀，回到自己房间里，砰然把门关上。

雨……一清早就下雨！星期二。屋顶在倾盆大雨下像鱼鳞一样闪闪发光，从往来账户科宽阔的窗子里望出去，可以看到低垂的阴云被散布在地平线上的塔尖戳穿了灰溜溜的肚子。

科里谁也不吭声。没有一件不平常的事。舅舅从早晨起没出“金鱼缸”一步，早餐后，他把巴尔托时叫了去。布里赫隔着玻璃见他们在认真商量什么问题，但没有加以重视。

十点钟拉滋来电话。

“明天一早，朋友……你问伊莲娜吗？没问题。那么再见了，我们给你写信。难道没有考虑的余地了？真遗憾，你不知道我将多么想念你……我还欠你一盘象棋呢……总会结清的，你放心！快了！好吧，祝你顺利，大才子，希望你神经坚强！”

布里赫默想着放下听筒，然后到小卖部去吃些东西。当他循着长廊回来时，公司的一个送信的工友把他叫住。“我这里有您的信。”说着一本正经地拿给他一张风景明信片。然后工友走了。布里赫走到窗口想凑亮光看信。突然全身一震，喉咙里觉得干燥难忍。

明信片上拍摄的是阴郁的伦敦塔和泰晤士河，河上有几条轮船，反面用钢笔写着寥寥几句问候的话，具名是缩写O.B.。布里赫看着这封耐人寻味的信，觉得心跳得很厉害。这是什么意思？没什么！……他装得若无其事地把信塞到口袋里，走进办公室。

在这同时，巴尔托时也回到自己桌旁，闷闷不乐地在椅子上坐下，把半支香烟插在烟咀里。他向前面呆视有顷，然后集中思想开始写东西。哒哒哒哒——蓝多娃的打字机一刻不停，窗外，雨打在洋铁皮屋檐上咚咚作声，此外什么也听不见。

过了一会，布里赫感到自己被人注视着。他装作什么也没注意到，但是手指微微哆嗦起来。是怎么回事？他仔细查看文件，仿佛这时除了古莫泰斯公司的账他对旁的事情一概不感兴趣，但是这不解决问题。口袋里的明信片愈来愈沉。空气中悬着一团秘密，填满了整个办公室，打字机哒哒声之间的静寂似乎也分外紧张，简直触摸得到；布里赫觉得自己的呼吸像沸锅里的蒸汽咝咝地响。多么可怕的冷场！舅舅在"金鱼缸"里挺直身体，如霜的两鬓泛着银光，他忐忑不安地在磨旧了的地毯上来回踱步。

一定出了什么事情，空气紧张得几乎凝固了！"今天巴尔托时的目光有些异样，"布里赫暗自思忖，"我数到三，然后正眼逼视他。一、二……"他把头抬起来，两个人四目对视。布里赫先把目光移开，放下铅笔。沉住气！

巴尔托时隔着桌子凑过脸来轻轻地说：

"到走廊里去……我必须立刻跟您谈一谈……我先走……"

布里赫机械地点点头站起来，把自来水笔插在上衣小袋里，像自动玩具似的跟着巴尔托时走出去。他跟巴尔托时在空荡荡的走廊里走，一间间办公室内传出打字机的哒哒声。他们在走廊尽头的厕所附近站住。布里赫摸着背后冰凉的暖气炉。近处有潺潺的水声。他们面对面，默默地站着。巴尔托时神色懊丧，嘴角忧伤的皱纹似乎更深了，他凝视着布里赫的脸。他从袋里取出一张折起来的纸，递到布里赫面前。

“这是不是您写的？”

布里赫一眼就认出是传单的副本，他看着自己亲手打出来的文字发愣，觉得这一切如在梦中。但说也奇怪，他并不怎样惊慌……这与其说是惊慌，倒不如说是茫然。可以听到嚓嚓踏着橡皮地毯的脚步声愈来愈近……不，脚步声要比这刺耳得多……一、二……这是不是钟的滴答声？现在这已经无所谓……现在什么都不在乎了……不，这毕竟是钟的声音！是车站上一座老式带摆的钟……还有犬吠声！想起来了……他从德国逃出来，急于回到母亲那里去，而她已经不在人世了！心在胸膛里疯狂地乱跳。布里赫把心一横，正眼逼视巴尔托时绷紧的脸。是的，朋友，我辜负了你的信任，有什么办法呢……这就是我的本来面目……

“是您写的？”巴尔托时紧紧追问，他气得发抖。

布里赫双手捂住自己毫无表情的脸，使劲地捂着，仿佛想把面容印在手掌上。他点点头。现在何必再抵赖？一切都失去了意义。这都是空想！他坐在暖气炉上，思绪就像一群脏孩子打破了密斯特尔卡先生的糕点铺的玻璃窗四散奔逃！还记得吗？“朋友们，快跑！”

随后，他内心爆发了一阵狂怒。

“这么说……我没有料错，您是一直在监视我！那您有时何必还假仁假义？背后翻别人的抽屉，当面笑容可掬！出色的圈套！这跟你们的世界观是相称的吗？这难道也属于您昨天所鼓吹的那种自由？”

巴尔托时愤愤然打断了他：

“住口！本来我不应该把这告诉您，但这般装模作样我受不了！这是您舅父交给我的。他说这事责任重大，他想表示自己的忠顺态度……”

“啊，原来如此！”布里赫摊开两手。这句脱口而出的话从墙上弹回，深沉的回声在空荡荡的走廊里扩散开来，“那您还迟疑什么？科里有电话簿，打一个电话给保安机关……如您所见……我是个破坏分子……您把我逮住了，而且罪证确凿……我已经什么都不在乎了！……我再也忍不下去！我不抵赖，否则太愚蠢了……请去报告吧……”

巴尔托时抓住他的肩膀抖了一下，使出跟他的模样不相称的力气把布里赫拖到角落里，布里赫甚至完全不作抵抗。

“闭嘴！”巴尔托时气过了限度，他紧握瘦骨外露的拳头，好像准备把布里赫打醒过来。“您要我……去报告？您以为我会犹豫？笨蛋！我把您估计错了，我以为您会幡然悔悟……”

“我对您的想法并不负责……”

“您想借此达到什么目的？使地球停止转动？您是个神经病，昏了头的书呆子！这就是所谓保持中立的结果……好了，游戏做得够了……听见没有，布里赫！”巴尔托时瘦骨嶙峋的手抓住布里赫的上衣翻领，把他当作一个倔强的淘气孩子似的狠狠地摇着。

脸色苍白的布里赫看着他，不懂他为什么这样激动。他挣脱了巴尔托时的手，抹了抹自己的面孔。

“让我安静一会好不好，巴尔托时……去行动吧！我……跟你们有分歧……我不同意许多做法！我不是三岁小孩……我有自己的头脑！……”

“鬼知道您的头脑里是些什么东西！”巴尔托时冲着他的脸说。

“您要我怎么样？您强迫我做什么？”

“我要您醒过来！敲十一点了……您什么也阻止不了！……只会碰得您头破血流……难道您不知道……我们在建设？即使所有像您这样的疯子都起来阻挡……历史的车轮……即使你们个个碾成肉饼……你们也还是一事无成！你们将被当作垃圾扫清！”

“对我这样的人请不要寄予希望！”布里赫吐了一口气，固执地摇摇头。他不再听巴尔托时说话，他想塞住耳朵——把这一切了结了吧！彷徨结束了！强烈的反抗情绪在他心中滋长，恐惧加剧了愤怒，自尊心受到伤害变得非常暴躁。他右手探进口袋摸到光滑的明信片。他刚愎地咬咬牙。走廊里有人向他们走来，巴尔托时停止说话。那人走进厕所，一边轻轻吹着口哨。布里赫与巴尔托时之间出现了紧张的冷场：他们所有的话好像都谈到了头。只差一步就是悬崖绝壁，再过去没有路了！布里赫一动不动地站着，死不开口，紧张的气氛逐渐松弛下来。

一切都已明明白白！

最后，巴尔托时揉揉疲倦的眼睛，恢复平静的语调说：

“我们先谈到这里！今天一切都要解决，就在今天！”他话中明显的命令口吻激恼着布里赫，“在此地我们没法细谈……我明白。今天晚上您到我家来，地址您知道！别向我瞪着眼睛，我不想毁了您！您自己才在毁灭自己。我对您……一直很信任……把您看作一个正直的人，可您……告诉您，您的那些谬论请留在自己家里吧……如今谁也不能袖手旁观，保持什么中立……必须选择道路！至于这件事，”他指指折起来的纸，“您别以为我没有看透您舅父。我想……我想信任您最后一次！也许我会犯错误，将来看吧……”临走他在呆立不动的布里赫胸前推了一下，“就这样，八点钟上我家来！决定了？！”

巴尔托时沿着走廊走去，遇到了一个熟人，跟他谈了起来；布里赫还站在那边发愣，右手始终没从口袋里伸出来。

11

“决定了？是的，决定了！”布里赫一个人留在走廊里寻思。危石离开悬崖掉下去了！这漫长的几星期以来他脑中酝酿的念头现在要集中在一件行动上，它将一下子结束可耻的彷徨。现在只需要冷静地考虑一下如何利用一天剩下的时间办妥所有的事情。得抓紧时间！他走进小卖部要了杯代咖啡，边喝咖啡，边抽完一支烟，然后把烟蒂在烟灰盘里捺熄了，站起身来。

布里赫挂了个电话给昂德拉，可是没有人接。没关系！他回到科里，进门前整了整揉皱的领带，掠了掠头发，带着冷漠但是坚定的表情从打字机旁经过，在玻璃门上敲了两下，走进“金鱼缸”。

舅舅用脚跟旋过身来，那神态活像看见了他外甥的鬼魂。是我，舅舅，甭害怕，目前我还没进监狱！米静纳上衣翻领上别着党徽，桌上放着一份《红色权利报》——舅舅在等待升迁。这是指日可期的，他们没有人能代替他。米静纳把卡兹达坐的椅子扎上一条黑带。他有些情虚地用负疚的目光望着走进来的外甥，深恐对方报复心发作闹出事来，但在明白布里赫的来意以后，他又把腰板挺直，摆出一副上司面孔。

布里赫简单地向他说明觉得自己不舒服，神经纷乱，因此想请几天假。几时开始？现在！米静纳做了一通官样文章，说这是违反制度的，请假至迟须在两星期前打报告，但鉴于他请假确有必要，故布里赫现在就可以开始过假期。这事有舅舅负责！

米静纳脸上现出一丝淡淡的笑容，布里赫注意到舅舅给人事科写准假条时手由于内心的雀跃而颤抖起来。他可以心安理得地摆脱这位外甥了。他甚至在站着木然不动的布里赫背上拍了一下。

“的确，老弟，你的神经太混乱了。一切都由此而起，所以我原谅你。”他大方地说。

“住口！”布里赫把他的手从肩上搿去。

舅舅并不见怪。他知道这不过是形式而已！当布里赫从另一扇门出“金鱼缸”去的时候，舅舅还问了一声，他想到哪儿去。

“去见鬼！”布里赫咬牙切齿地说，“找老卡兹达去……”

米静纳向他伸出一只手，但发现了对方鄙夷的目光后，连忙缩了回来。布里赫一句话也不说，向他脚下啐了一口掉头就走。你赢了，腐臭的市侩，我犯不着为你脏了手！

走！走！现在一切都顺利非凡。当他跑回家去的时候，发现自己在大声吹口哨。他有很久没吹口哨了！这时如果他两足一蹬，说不定会离开潮湿的路面直冲云霄，像晴朗的初秋天气中的蜘蛛网乘暖风飘游天际。哦呵呵！

“决定了！”他一再对自己这样说，心里感到一阵变态的快意。一切都在偶然之中决定了。他把自己的过去用重重铁锁像锁一座腐臭发霉、蹭满蝇粪、蛛网密布的地窖那样锁了起来，然后把钥匙扔在河里。这种感觉大概跟决心毁灭自己的自杀者差不多。

他在热闹的街道上行走，太阳迎面照耀；但不一会，天空重又阴霾四布，下了一场四月的阵雨；有几颗雨珠打在布里赫脸上。行人接踵的马路、汽车的喇叭声、自行车的铃声、摇篮车里红润可爱的婴孩、火车站的高架铁桥！……我是在做梦吗？

快回家去！

他顺着木梯上楼，在凉台上的自来水龙头旁边见两位女邻居手拿空桶站在那里。

她们在那里聊天，池里的水潺潺直响。

“晚上好，博士……”

他需要钱！愈多愈好！刚才他从储蓄所提取了一笔少得可怜的积蓄。他向柜台后面一个人说：“给我全拿出来。”现在他又把橱里值钱的东西全扒出来：母亲结婚时戴的镯子、父亲的带链子的怀表、一盏台灯、一架地球仪、几套衣服、一副钢丝拉力器。

他把这些东西拿出去了又回来。一部分卖给了旧货商店，一部分送进了当铺。当布里赫第四次出现在当铺柜台前时，那里的一个沉默寡言的办事员透过厚厚的眼镜片莫名其妙地注视着他，但是没说什么。他用淡漠的语调开始估价。旧上衣一件——一百五十克朗！绿罩台灯一盏——五十克朗，再多不行！地球仪一架——两百八十克朗……总共一千四百八十克朗！

布里赫的口袋里塞满了当票，走到街上，他做了一件以前从未做过的可笑而不平常的事：雇了一辆汽车。汽车沿着潮湿的马路驶向小城厢，他在马尔塔广场下车，信步走到长老会大广场。他在各条街上走了一遭，向古老的三角墙饰、马头形飞檐和瓦屋顶依依惜别。他再也不能在这里走了！然后又坐上汽车，向司机说：“去河滨！”到了那里，他沿着立有不少塑像的林荫道步行过卡尔桥，后来又在古老的桥塔下走了一阵。

他凭靠石栏俯视因春雨连绵而水位高涨的河面，把当票撕得粉碎向水中扔去。碎片像化装舞会上撒的纸花随风飞舞，飘飘荡荡落到水面上，河水把它们冲往桥下！瞧，这就是你的过去！你的一生！它押在当铺里了！不过现在得抓紧时间！

汽车司机耐心地在十字军广场等候这位行动乖谬的乘客，布里赫对他说："上奥尔尚！"他想去告别一下死去的母亲，好容易找到一座寒伧的泥土泡软了的茔丘。一棵枫树垂在墓前，坟地上散发出湿草和腐烂的枫叶的气息；生锈的灯台一有微风就咿呀作声。坟墓沉默着！他竭力想象母亲的音容和双手：妈妈！

心如捣，泪盈眶。

他怀着沉重的心情回家去。他叫司机把车停在附近一条街上：给人家看见一座蹩脚屋子里的穷房客坐汽车回家未免不像样。他快步沿着坡度很陡的街道向上走；门口有几个孩子在打弹子。他得从他们身上跨过才能走进寒森森的院子。

"您好。"孩子们很有礼貌地齐声说。

布里赫把最必需的东西——一双袜子、母亲的相片、才开始读的一本安德烈·纪德[①]所写的书——塞在一只有了裂缝的皮囊里。现在他镇静、淡漠，充满了决心。他总结以往，把所有的信件付之一炬——过河烧桥。

然后他坐下来写了第一封信。

巴尔托时，朋友！今天晚上将累您空等我一场——请原谅！当您接到这封信时，我已经走远了。也许，在没有希望收到回信的情况下写信有些愚蠢，但我们从多次的争论中互相有了了解，老实说，我可以猜到回信的内容。这并不重要！我应当感谢您，现在我可以承认，您对待我确是真心诚意的。但是值得您这样关心的也许是别人，不是我！您要我作出选择！我不能！否则我非

---

① 安德烈·纪德（1869—1951），法国作家。先后受象征主义和尼采超人哲学影响，在追求"绝对忠实"的口号下，宣扬极端个人主义。

撒谎不可——甚至可能是欺骗自己。因此我必须走。我不想分析一切：也许我对自己也不够了解。我不能贸然同意，甚至不会沉默、顺从，但也不会斗争。我曾经尝试过——可是您亲眼看到了，事情搞得多不光彩，多么可笑。不过得说明一点：这些传单我始终没有寄给任何人！我曾举起软弱无力的手企图作斗争，但把我打倒的不是您，不是您的话，而是另一个极其普通的人。是一个工人，也可说是一个小孩，或者说是你们的生活目标的正义性，虽然我没有把它接受。我的走不是容易的，更不是自愿的。我向您保证，我永远不会反对你们为之奋斗的目标。我要在世上找一个地方，离开这个疯狂的搏斗场，尝试着去做一个问心无愧的正派人。可是在分成了两个阵营的世界里是否存在这样的地方呢？我不知道。但我将努力去找，因为这是唯一的道路。也许，至少在这点上我将不辜负您的信任。我们是不同材料做成的人，然而现在我还是要对您说，不管怎么样，我对您没有恶感，如果不是在这样的局势下，我愿意做您的朋友，并且会十分珍惜这一点。祝您健康，我想您，也想 L[①]，愿你们得到人间的一切幸福。

布里赫

第二封信不写地址，布里赫把它留在显眼的地方——桌子边上；他在这封信上写明是自愿离开这个世界的，谁也不用去找他。他觉得这有点儿像小说中可笑的遗嘱！他请求把家具、旧地毯和母亲传下的一口橱送给他的姑妈，一尊瓷质小佛像送给安诺琦卡，她很喜欢这个会点头晃脑的佛像。布里赫面对这封信坐着，想像着女邻居们在水龙头旁将会怎样谈论这件事。这样年轻、有学问的人，谁能想到他会自杀，上帝啊，上帝！他倒是个好邻居，有一次还帮我们的鲍什珈解过算术题……布里赫把皮夹拿出来整理一下。证件、钞票、洗衣作的发

① 指蓝多娃。

票——他想到衣服已经来不及取了有些懊丧——游泳证，啊……草草写着个地址的一小片纸。他从口袋里掏出那张明信片。巴罗赫！他临别时对我怎么说的？“我相信您会找到正确的道路，我的朋友……”难道就是这条路？还有，星期六晚上那个女人又是怎么说的？“……假如在祖国您喘不起气来呢？……”

他听到隔壁有脚步声，就站起来拿了给巴尔托时的信毫不犹疑地去敲约瑟夫·巴捷拉家的门。他们一家人正在吃晚饭。巴捷拉有些纳罕，他站起来请他吃一盆牛肚汤，但是布里赫急忙谢绝了。

“请别忙！”

他把小佛像给了安诺琦卡，摸摸她的柔发，小姑娘的眼睛亮得真可爱：“妈，你瞧，它会摆头，看见吗？”他把寄往巴尔托时工作地点的信交给巴捷拉，并向这位莫名其妙的邻居解释，说他要离开布拉格一个时期，请他在两天以后把这封信寄出。这个请求相当奇怪，巴捷拉困惑地搔搔后脑，但还是答应说：

“好，我照办……”

布里赫站在他面前感到有些窘迫；说了几句话以后，他就开始告辞，以免对方多问。他走到小床跟前，看看巴捷拉的儿子。那小孩向他鼓出一双圆圆的眼睛，举着两个小拳头在头上挥舞。

“就这样吧，祝你们健康。”布里赫说着跟大家一一握手。他向巴捷拉正眼看了一下，但立刻把目光移开。

“好吧，视您一切顺利，再见。”巴捷拉点点头说。

布里赫怀着乱糟糟的心情回到自己房间里。一切都完了，这出木偶戏演完了！现在得向前看，哪怕前面是黑暗。暮色苍茫中，他穿着防雨外套和系带的高统鞋，背起饱鼓鼓的皮囊，像做贼一般悄悄地从过道里溜出去。房门钥匙他扔在信箱里，然后蹑着脚步在凉台上几扇射出灯光的窗户前走过去。时候大约是七点钟光景，从开着的窗里飘来各种味道混合起来的气息，可以听到食具的声音和餐桌上的谈话；凉台上不坚实的瓷砖最后一次在脚下摇动；昂哥拉猫蹲在窗台上傲慢、轻蔑地看着他。

在楼梯上他遇见住在五楼的那个画家；他拿着一个新的画框气喘吁吁地踏着木梯上楼来，看见布里赫立刻让路。他们有时也交谈几句，现在画家问道：

“已经去过假期了？不太早了些吗？”

“是去过假期……”布里赫含笑点点头，但并没有逗留。

“天气恐怕好不了。真是个莫名其妙的四月——一会儿出太阳，一会儿下雨！”

“一切作假都可以结束了。”布里赫心想，他背着沉甸甸的皮囊在又暗又陡的街上往下走去乘电车。熟悉的房屋、商店，转角上一家小饭馆的小黑板上写着凸肚子大字：“今日供应新鲜肝酱！”从小饭店门内飘来啤酒和令人垂涎三尺的菜肴香味。

他一生中不堪回首的一章到此告终；他正在步步趋近一条界线，过了那条界线再也没有这个举棋不定、犹豫彷徨的知识分子！一个不愿倒向任何一边的疯子兼傻瓜布里赫已临末日！他下定决心，背着皮囊踏上征途……

挤得满满的电车轰隆隆在桥上开过。

布里赫忍不住跳下了电车。

他在岸边卡姆巴公园笑声清越的昏暗中走了一阵，深深吸了几口河上吹来的清风，堤旁的树枝沙沙作声。他向周围作最后一次环顾。

小城厢那边的古老房屋闪着点点灯光，黑暗的天幕前现出旧城钟楼塔尖的轮廓。石桥的木头桥墩被冰块啃蚀了不少，河滨的路灯把一团团颤动的光影投在微波粼粼的河面上，坝下的水声喧嚷……可爱的小岛上一对对情侣谢绝潮湿的长椅的殷勤邀请。

布里赫在一座多年老磨坊前走过，欣赏着这个古城静穆的美，忧郁和怅惘填满了他的心。眼睛里辣麻麻的，他再也噙不住眼泪。

“哦，我的古城！我从来不知道你对于我竟是这样重要！现在我方才明白……愿你万寿无疆，好让我无论到哪里总知道还有祖国存在，那是被我背弃了、丢失了、但我梦寐不忘的祖国！我残余的一生将永远怀念祖国，就像憧憬一个不能实现的奢望一样。

“别了，美丽的布拉格！我在你的怀抱中生长，而现在却像个外国人在街上走马看花，即将匆匆离去。”

他现在比任何时候更想跪下来，用手指去抓不平的石子路面和公园里湿润的草，听堤下河水的低语、树丛中鸟儿的啁啾、红漆电车刺耳的轧轧声以及人们的呼吸、笑声和脚步声！在这里即便是死也比在其他任何地方好受。是什么疯狂的力量要把他从这里赶出去？为什么现在他怀着黯然、自鄙的心情向这座城市告别？

他穿过小城厢广场，迎面走来一个老头向他借个火点一支压扁的纸烟；布里赫欣然满足了他的要求，然后气喘吁吁地从涅鲁达街向上朝旧城走去；满满的背囊压得两肩沉重，高统鞋鞋底的钢钉踩在石子路上嚓嚓地响。

他从旧城俯瞰伸展在如微波起伏的低丘矮岗上的布拉格晚景。这个在河畔不太深的谷地升起了万家灯火的城市是真正的无价之宝。叫他怎能把脱口欲出的长叹抑下去？怎样把心头的重荷拖到底？布里赫觉得自己像被命运之神扔弃的一个破弹壳！但这仅仅是命运吗？

不，不是，一切都是在他身上逐渐酝酿成熟的。向前走吧！

瞧，那幢可诅咒的洋房到了！三天前他决定再也不上这儿来，可现在它以昏暗的灯光迎接着他，阴森森，黑魆魆，犹如陷入的泥塘。

布里赫站在街上踌躇不决。槐荫道上有一个老妇人牵着一条癞皮狗向他走近来，在她后面是一对青年男女身材匀称的影子互相依偎着齐步走过。

当他踏着地毯走上静悄悄的楼梯时，隐约听到远远传来旧城钟楼上庄严的钟声。

布里赫停住脚步屏息静听。

果然……嘭、嘭……金属的碰击声在晚空中荡漾，他忍住心脏的剧跳数着：一、二、三、四……八点钟！

巴尔托时显然也在听着钟声等他！一定在等！

布里赫使劲按铃，铃声在里边像只被掐住脖子的鸟叫了起来。再按一下！穿堂里响起了脚步声和惊慌的低语，终于有人走到门边小心地问：“是谁？”门上的小圆孔中出现一只骨溜溜直转的眼睛，然后就不见了。

又是一片沉寂。

“开门！”布里赫用两个拳头在门板上大擂大敲。连续不断的重击在暗沉沉的楼梯上激起可怕的回声。“开门！我是布里赫！我跟你们一道走！”

第四部　逃　亡

1

早班特别快车顶着风行驶在中部波希米亚平原上，车轮轰隆隆滚过轨缝，在转辙器上敲出单调的节奏；一座座不高的山丘打蒙着水汽的车窗方框外浮掠过去，朦胧的峡谷里又现出遥远的地平线。火车没有停靠经过一个带方匣子式站房的小站；站长室窗台上一盆天竺葵跟站在空荡荡的月台上向列车敬礼的那人的帽子一样鲜红，几个穿蓝制服的铁路工人不知在那里忙些什么。

然后车身起了剧烈的震荡，可以听到金属相碰的巨响——车轮滚过了转辙器——接着又是节奏均匀、愈来愈快的咚咚声……小站的一幅图画往后退去，有人站在路基上挥手(这是一种值得称道的老习惯，它能使不相识的人交朋友）——前面已经又是一个小站在望了；女人背着篓筐、学生背着书包沿着一条稀烂的路急急赶往车站；又是一批洁白的小村庄散布在好像被一只巨掌轻轻地往地下压而形成的谷地里；又是一些露出教堂塔尖的市镇，田野里有人有马；几台拖拉机啪啪响着从一座土墩爬到另一座土墩；火车穿过森林，跨越河流。耕地都翻松了，把微弱的阳光搂在一道道犁沟中。春天的早晨来到了波希米亚的南部，把大地笼罩在黎明的迷雾中。

咚咚咚……大地像个蜂窝嗡嗡直响，唱着平日的劳动歌曲……人们已经在地里干活；在这一切的上空翱翔着一只自由的鸟，它愈飞愈高，撕扯着肮脏的云层。到早晨十点钟左右，阳光拨开乌云倾泻在绵亘起伏的山丘上。

"你不舒服吗？"布里赫从窗口转向悄无声息的伊莲娜。她蜷缩在丝绒软椅上，牙齿咬紧，神经质地把手指互相勾住。

"我受不了颠晃。"

布里赫把窗打开一点点，让风吹拂她的头发。

他们三个人包了一个二等车厢房间；昂德拉坐在对面，腿上铺开一幅地图，俨如一位将军在部署决定性的一仗。他不断抽烟，前额蹙紧。突然，他向布里赫弯过身去。

"在这里，"他用铅笔尖指着舒马瓦山区中央一个橙红色的小点，"我在舒马瓦一带所作的旅行这下起作用了……我熟悉那边的每一块石头。可能走这条路线不够聪明，不太方便，但我不愿冒任何危险，那边是最安全的地方……差不多见不到人……我已经一切都接洽好了——目前越境还比较容易，要是再过两三个月，他们把自己的人派到那里去了，那就……"

布里赫不在听。他抬头对伊莲娜望了不安的一眼——她用手绢按住嘴唇跑到走廊里，脚步踉跄向盥洗室走去。

"出去走走好吗？"他凑在昂德拉耳边大声喊，这时列车驶近一个大站开始刹车准备停靠。这是塔鲍尔站。

"你发疯了？！"

伊莲娜面色苍白地回来倒在座位上，从白净的额前撂开一绺金发，昂德拉凑到她面前说：

"到了布德约维采你等候卡洛乌斯一家跟他们一起坐汽车走。一切他们都已经知道得很详细。我跟弗朗蒂雪克先走去作好各种准备！"

拉滋从伊莲娜的眼神看出她不同意，他把手一挥，不让她开口：

"得了。请不要闹别扭使性子——现在不是时候，亲爱的！"

他搓搓手，以鼓励的语气向看着山丘平地往后退去若有所思的布里赫说：

"一切都会圆满结束的，就像你的事情一样，老弟。我有百分之九十九的把握。你到底也受够了是不是，理想家？”

到了布德约维采的旅馆门前，他们见那里停着一辆装满箱子的汽车。拉滋哈哈大笑，说：

“瞧，皮货商已经全家开到了！他可真急！简直是惊弓之鸟……”

这体面的一家正在餐厅里进丰盛的午餐。拉滋向他们招招手，心事重重的卡洛乌斯赶紧抬起他那肥硕的身躯，从台子之间挤过来迎接他们。

“这太令人高兴了！一路上好吗？”

他身上每一个毛孔都透出恐怖，好像一匹运煤的马累得直冒热气，却故意高声大笑壮自己的胆，一边不厌其详地叙述汽车在路上碰坏的情形。

“我一点也不可惜这口该死的四轮棺材，没有它也能对付！”

卡洛乌索娃太太向拉滋他们望望，心不在焉地揉弄着一方麻纱手帕；莉雅带着一副百无聊赖的神气坐在椅子上，雨衣也不脱，仿佛怕弄脏里面的衣服，一双带一点绿颜色的眼睛懒洋洋地向周围观看，不十分感兴趣的目光落在布里赫身上。进餐时布里赫看到她从桌上偷了一只不值钱的洋磁烟灰碟塞在她的小提包里。卡洛乌斯八岁的儿子——满面雀斑的卡利且克——用叉子把一道菜挑来翻去，一心要弄清楚它的成分，他立刻受到了申斥。

“卡利且克，你这样乱挑乱翻做什么？”

“我看到里边有一根头发。”小孩很调皮地说，眼睛斜瞅着爸爸喝的一杯红酒。后来他又暗暗伸出一只脚，想趁一个年纪很小的招待在旁边跑过时把他绊倒，但他机灵地跨过了障碍。

“嗬，这些女人！”卡洛乌斯向拉滋埋怨自己的妻女，“一个也舍不下她们的凤冠霞帔。带着她们委实活受罪！”

“多可怕的时代！”卡洛乌索娃拖着委屈的调子向默默无言的伊莲娜说。伊莲娜什么也不吃，只是一杯连一杯地喝矿泉水。“亲爱的，您倒说说，这一切引起了您一些什么样的感触？太不堪设想了！真是扣人心弦！就像一部惊心动魄的小说，可不是吗？昨天我跟古高说：古高！……”她见伊莲娜神色不正，问道：“您不舒服吗，亲爱的？是啊，我们真像捷克历史上那些被迫离开祖国的流犯……我觉得自己跟杨·阿莫斯·夸美纽斯[①]差不多！太悲壮了！有时我变得勇敢起来，我就对古高说：古高！……可是后来忽然又产生一种……可以说是triste[②]情绪，实在是思乡病……昨天我想起了我们塞诺格拉贝的花园……那里的玉兰花一定已经开了——天哪，到了遥远的异国没有玉兰花叫我怎么过？！您说，亲爱的……叫我怎么过？……”

“我好像在什么地方看到过您？”莉雅凑到布里赫面前问。他看看她那洋娃娃式的面孔——这时候他无心扯淡。

“您猜吧！”他勉强露出冷淡的微笑，“那地方几乎一片漆黑！”

莉雅对准他眼睛里喷了一口烟。

“弗朗蒂雪克是个怪物，”昂德拉笑着说，“我先警告你，莉雅！”

他们的谈话被卡洛乌索娃打断，她责备继女——莉雅是卡洛乌斯前妻的女儿——烟抽得太多。

“跟您有什么相干？”莉雅顶着说，“还是关心关心自己吧……”

卡洛乌斯赶紧插进来劝阻，一场争吵才告避免。卡洛乌索娃立刻把注意力转向伊莲娜，喋喋不休地说：

“您看来真的不舒服吧？您的脸色这样苍白，亲爱的！我几时想到过会跟这个不中用的卡洛乌斯出去旅行！我对他说：古高！……”

布里赫不经心地听着餐桌上无聊的闲扯，一边吸烟，眼睛关切地注视着伊莲娜。她的愿望已经实现：他终于跟她一同走了！在一尘不染的窗子的外边飘飘洒洒下起了稀疏的小雨。卡洛乌索娃太太“扣人心弦的”叙述开始蒙上伤感的色彩。人们脸上挤出了发愁的皱纹。卡利且克宣布牙疼。卡洛乌索娃担心她的头发的棕红色会不会褪掉。

---

① 杨·阿莫斯·夸美纽斯(1592—1670)，十七世纪捷克伟大的学者、教育家。1620年白山战役后，捷克长期丧失民族独立，夸美纽斯遂离开祖国。——俄译者注

② 忧郁的(法语)。——俄译者注

昨天她在理发馆坐了整整一个下午。“我们不知将被雨淋成什么模样?!”假如这时她命令卡洛乌斯去把雨止住，布里赫将不会感到惊奇。她显然确信杨·阿莫斯·夸美纽斯离开祖国是在晴天，而这场讨厌的雨准是把他们的皮货行交给人民管理的共产党唤来的。卡洛乌斯和颜悦色地安慰着太太;他把招待叫来，掏出一张大额钞票付了账……

到分手的时候了，布里赫和拉滋穿上雨衣准备动身。伊莲娜激动得厉害，但努力控制自己。她顺从、淡漠地向布里赫伸出一只不能自主的手。卡洛乌斯老是抹着额上的汗，嘴里废话连篇，他的一只肥软的手像一团热呼呼的黏土贴在布里赫的掌心。胖子因为心神不宁而不断冒汗：他仿佛被恐惧周身啃蚀得缩小了。从战争结束时起，恐惧一刻也没有离开过这个忙忙碌碌、上了年纪的皮货商，现在更是达到了顶点。他恨共产党把他从安乐窝里撵出来受这份风霜雨雪之苦……

“万一……出了什么事情……怎么办?”他结结巴巴地说，他脸上全部浑圆的线条都变直了。

关键时刻的迫近使他的神经紧张得受不了。

拉滋拍拍这个泄气的皮货商的肩膀给他打气。

“别这样想，朋友！要是这样想，那干脆还是回去乖乖地到厂里做苦工。这样的人那边会有不少！”

拉滋和布里赫冒着下大了的雨步行向车站而去。路上遇见啤酒厂的一群工人——他们竖起衣领，紧夹背包，谈笑风生地走着，走在前面的一个吹着响亮的口哨。不知从哪儿传来工厂的汽笛声：一辆小电车在潮湿的轨道上嘎嘎地开过去。

右边第四条路！布里赫泰然自若，一点也不害怕。他们将坐气喘吁吁的郊区火车直奔舒马瓦山区的心脏。路上昂德拉谈了他的越境计划。凭着一个精明的实业家的经验，拉滋把一切情况都周密地考虑过了，连最微小的细节也估计进去。他们俩扮演的是斥候兵的角色；到时候有向导把他们带往一所没有人住的伐木工小屋里去，他们将在那里等候其余的人。小屋在森林中央，远离所有的大道，与国境线相距却只有快步走二三十分钟的路程。不过他们将尽可能在那边少耽搁，只要他们的运气不是太坏，一切都没有问题。当然，这需要冒一定程度的危险，但目前的边防岗哨力量不强，而且大部分集中在最容易越境的地方。这一点昂德拉也估计到了！

当短短的一列郊区火车开动起来向山区缓缓前进的时候，又下起了倾盆大雨，肮脏的玻璃窗一下子全被打湿。

凄风苦雨！窗外一片漆黑中浮现出一星星昏黄的微光——火车愈往前开，那个发光的点子也就愈来愈大；原来那是一个山区小站粉墙上的一盏灯，火车似乎犹豫不决地在这个站上停了下来。铺着黄沙的、空荡荡的月台从黑暗中出现后又消失在黑暗中。这个小站没有人下车。接着又是当当几下钟声，哨笛划破了只有雨声淅沥的夜空。

布里赫觉得有人碰了一下他的手。一个瘦长的黑影背向灯站着，那人把一只手按在胸前；另一个很矮的人拖着一只大袋子从第一节车厢那里走过来。车身晃了一下，患哮喘病的小火车头在嘟嘟囔囔地喷气——暂时还刚刚起步，仿佛在鼓足勇气继续爬上山去。

“走！”昂德拉向布里赫耳语一声后从踏脚板上往黑暗中一跳。布里赫也跟在他后面跳下去了！手掌摸到湿漉漉的杂草。他躺在离小站几十米的一条浅沟中，听见旁边有频促的呼吸声。

“等一下。”昂德拉悄悄地说。

等火车去远，他们才开始走。起先什么也看不见，周围是黑糊糊的一片，雨又大，雾又浓。在眼睛习惯了以后，渐渐现出天地之间模糊的界线。月台上摇曳不定的光圈熄灭了，沙地上响过一阵迅速的脚步声以后毫无动静，火车的隆隆声也在远处消失，寂静中只听到哗哗的雨声和森林摆动潮湿的树梢的沙沙响。

昂德拉低声说，维尔塔伐河就在不远的小山脚下。不错——布里赫已经辨出一座被毁坏的小桥的轮廓，上山的公路旁有一条白杨林荫道。山坡上有几个颤动的绿色光点戳穿黑暗——那是萤火虫。有人骑着自行车在林荫道上走，车灯的圆锥形微光在泥浆里跳动，舐着白杨的树干。忽然——传来了狗叫声！

“走，”昂德拉离开大路顺着缓坦的山坡走去。布里赫跟着他；他们走的是泥炭地，脚下野草丛生的土壤富有弹性。不久，他们面前出现了黑压压的一堵树墙。昂德拉收住脚步，取出地图。

“给我照着！”

潮湿、阴郁的舒马瓦森林给他们一种庄严而并不好客的印象，阒寂的空山吞噬了他们。风呼啸着摆动松树茂盛的树冠，树枝上被抖落的雨水直往脸上掉。昂德拉看来对这一带地方相当熟悉。

“现在应该不远了。”他抑低嗓门说，然后沿着林中的一条路快步走去。

路长得好像没有尽头。“我们别是迷路了？”布里赫踏着滑腻腻的草暗自寻思。他的手指冻僵了；他得用手接住拉滋拨开的树枝——这些淘气的树枝弹回来时总想打你的脸。布里赫听到昂德拉轻轻骂了一声。

这地方的路乱得真够呛……

他们拐去绕来走了半天来到一处伐木迹地。这时雨霁声寂，云破月涌，把伸展在前面的低地照亮了一刹那。像是童话中黑魆魆的断崖绝壁豁然裂开，现出一片迷人的翠谷。

他们涉水渡过几条有鲑鱼繁殖的小河，河水哗哗冲洗着磨得光光的圆石；往下向宽广的低地走去时，脚下的泥沼啧啧出声。他们走上了大道，可是道上泥泞不堪，雨水在又深又乱的轮辙里闪着微光，他们走了不多一会，还是放弃了它，重新去走草地。

月亮真会骗人！它以给人错觉的光辉洒在山脊、树林和灌木丛生的山坡上，把一切放大到不可思议的程度；它在死一般的沉寂中从膨胀成立体状的浮云的银色边缘滑过去，在水洼里映出自己蓝幽幽的面庞。它使远处弓腰俯视谷地默默忧思的阴暗岗峦显现了轮廓。

沿着这些岗峦的山坡，穿过郁苍苍的密林伸展着蜿蜒曲折的边境线。翡翠色的月光改变着景物的距离，看起来山好像很远很远。布里赫发现山脚下有一个小村子，他向昂德拉腰间推了一下。那村子坐落在沉默的群山所构成的天然屏障的阴影中；这时月华重又照亮了周围的一切，屋顶闪起了银色的反光。万物溶化成一团被动荡的微光射穿的白影。

“现在那边去不得，”拉滋喃喃地说，“要不狗会把全村的人都叫出来。”

他们来到一所低矮的秫秸屋顶给风吹得蓬蓬松松的山中茅屋前，跨进因潮湿而膨胀的门，用手电筒照着光秃秃的墙壁。一个人也没有！风在哀号，狠狠地抖着屋顶，茅屋里有触鼻的干草味和霉烂味；泥地上积着好些个水坑，堆在角落里的干草却没有浸湿，这里又暖又静，很适宜于休息。布里赫和拉滋筋疲力竭地倒在干草上。拉滋眼望着黑暗点起一支烟；布里赫不说话。一阵惆怅忽然又钻进他的心房。国境线显得那么遥远，简直是达不到的！而到了它的那一边又将怎么样呢？布里赫在黑暗中睁开眼睛，摸索着取出烟盒。每动一下，干草就发出苏苏声。

这一夜余下的时间他们就抽烟打发过去，偶尔交谈一两句话，睡不着。

“你是不是想往回走？”拉滋悄声问。打火机喀嚓一声，颤栗的火焰照亮了他的脸。这句问话微含嘲弄的意味。布里赫爱理不理地不知嘟哝了些什么。接着又是沉默，但寂静像石块压在胸口。隔了好半天，拉滋说：

“我们离目的地不远了。现在能不能容许我问一下你突然这样决定的原因？这对我的确是一桩可喜的意外，老弟。”

布里赫没有立刻作答；他身体动了一下——干草开始簌簌作声。

“说这些没有什么意思。原因很荒唐，也许是几句话……没别的……”

“也许是一张传单吧。”拉滋忍住笑追问。

干草的簌簌声停止了，昂德拉听到轻微的呼吸几乎就在自己面前。

“你怎么知道？”

“很简单，我亲爱的博士！是我自己把它寄出的。干净利落，可不是吗？居然克奏神效……否则我们亲爱的布里赫还准备去跟有一百万颗脑袋的凶龙决斗哩！真傻！还是这样好，既方便，又有效。要想从内部推翻这个制度现在谁也办不到了……只有傻瓜才会去玩地下活动的把戏……”拉滋在黑暗中轻轻地说。

布里赫不耐烦地打断了他：

“是你写的？”

“不，我可没有这样的妙笔……你跟传单的作者很快就能见面。他也跟我们一道走。这是一匹识途的老马，他能把死的说活过来。拉才茨基你认识吗？”

拉滋沉默片时，吸了几口香味馥郁的烟，然后问：

“怎么样？难道你又开始动摇了？……”

“动摇已经晚了。”布里赫没精打采地回答。

“你说得对。我的神经也紧张到了极点。按我的计算，再过两三天，对于我可能也太晚了。地面在脚下燃烧……昨天你来敲门的时候，我以为一切都完了，以为……不过也没什么。”

“怎么？你做了什么……”

“见不得人的事？”拉滋哈哈大笑，“哦呵，你这个天真汉！蒙蔽敌人不算欺骗。希腊人藏在木马中混进特洛伊城，他们并不感到惭愧。这难道是欺骗？这是军事计谋！”

“从什么时候起我们的共和国成了你的敌人？”

“从它成立的那天起！我始终下意识地感到这一点。这是共产党一手造成的！国有化……大选……到处是共产党的势力！坐总统交椅的又是个窝囊废①！一点没有意志！只会空谈民主，跟俄国人勾勾搭搭……呸！胆小鬼，不会及时使出厉害，把船引向安全的港湾……二月的事不过是这一切的自然结果——我一点也不奇怪。算了，让所有这一切见鬼去吧！”

---

① 指贝纳斯。——俄译者注

布里赫把两手枕在脑后——手表轻微的滴答声催人入眠。

时间老大不愿意地走向早晨，白天来临得很慢，直到将近六点钟时，门缝中方始透出犹豫的曙色。远远传来鸟儿的啁啾声。稀烂的泥地上可以看到一根折断的、已经烂掉一半的辕木；角落里一只旧鞋张开血盆大口；断柄的耙子、生锈的美国空罐头——多凄凉的一幅静物画！

稍迟传来了儿童的喧嚷声。声音从烂泥道那边愈来愈近——乡下孩子们到镇上上学去了，一路上把一天积下的劲头全使出来，脚踩着泥浆啧啧出声。男孩们高谈阔论，吹着嘹亮的口哨，女孩们大惊小怪地尖声喊叫。小学生到处都一样。他们互相泼溅洼坑里的水，把石块向上抛掷。比比看，谁掷得高？

一块石子偶然敲在门上，接着好像一阵冰雹打在秫秸屋顶上，然后吧哒吧哒地落到茅屋四周的泥浆里。在一阵清脆的笑声之后开始半晌的沉寂。

"这里头有些什么？"一条细声音在门外问。

"你猜猜！……进去瞧瞧！"

"我才不呢，"勇敢的少年说，"我一点也没有兴趣。"

"我知道里头有些什么。尽是大老鼠！"

"爹说，这儿现在常有坏人……小朋友们，走吧，已经七点啦！"

孩子们的声音消失在山中清晨的静穆空气中。

布里赫把一夜间憋得麻木酸软的手和腿伸伸直，从门缝中看看这一带地方。早晨的阳光撕破了薄薄的雾纱，谷地里春光明媚，嫩绿的草地上长春花五色缤纷；左边是一个小山村，村舍的屋顶都是铺的秫秸，开朗的谷地一下子变成蓊郁的树坡攀向舒马瓦山的各条支脉。碧蓝的空中有一只孤独的猛禽在鼓翼飞翔。

昂德拉把他的计划简述了一遍。由他到村子里去找一个人，那人将把他们带到约定的地点；布里赫就在树林边缘等着。他必须极度谨慎，千万不能给边防岗哨发现——虽然这一带并不太危险。

劲风从林中送来令人心醉的芳香，布里赫的脑袋被风一吹，心头松散了些。他一边走，一边回头望，见拉滋弯着腰像一只觅食的山猫从后面悄悄地向村子走去。小村已经开始一天的劳动，圆盘锯在屋后不知什么地方嘎吱嘎吱地响了起来，铁锤的敲击从密实的树墙上激起深沉的回声。在山楂丛中踏着露珠晶莹的青草行走怪舒服的，真想吹吹口哨，让清冷的晨风涤洗一下烟雾腾腾的肺腔！一个兔子家庭在一株枝叶茂密的矮树下的小坑里晒太阳，布里赫把它们吓跑了；在树林边缘他看到一大一小两只羚羊像塑雕似的站着一动也不动。但是布里赫刚在一块石头上绊了一下，它们已经逃进矮树丛去了。布里赫走到林边向四周环顾。什么也没有——只是一片恬美的寂静，它能使紧张的神经平静下来。从灰暗的云杉林中飘来触鼻的树脂味，其中还杂有苔藓的幽香；小溪在脚旁涓涓地流，像一条颤动发光的银带绕过覆着青苔的石块，泡烂了倒下的树干根部，顺着草坡泻到谷地里去。树木昂着蓬松的树梢，在恼人的春色中耳鬓厮磨，迎风婆娑。

布里赫向林中深入几步，在道旁一个老树桩上坐下来。世界是多么美好！真可惜！

来了……

昂德拉循着石块散布的路走上来。在他前面是一个很瘦的人，踏着山民疾徐有节的步子摇摇摆摆地走着。那人穿着破旧不堪的军大衣，军帽上前希特勒士兵的级别符号已经摘去。见了布里赫，他收住脚步，但昂德拉悄悄地向他解释了一切。那人点点头，不过一眼就可以看出他对布里赫不大有好感。他的一双灰蓝色的眼睛以迟钝、冷淡的目光瞪着布里赫；他的右手缺少小指和无名指，然而却相当灵活地握着一根多节的拐杖。扭曲的脸上颧骨高耸，长满了棕色的硬胡碴子。他每说一句话，就要舔舔干裂的嘴唇。

“汉斯先生。”昂德拉指着他向布里赫介绍，那人用他鼻音很重的方言叽叽咕咕不知说了些什么。然后重又弓起背脊顺着陡坡不慌不忙地往上走，再也不注意布里赫。他领头循着一条依稀可辨的苔滑小径从披着地衣的石块之间穿越一片新林；小径一次又一次被水声潺湲的溪流所切断。布里赫和拉滋跟着向导在绿色的幽暗中钻过交叉的树枝，爬越倒在地上的腐烂的树干，拨开蓬勃的羊齿草丛费劲地前进。针叶竖起的云杉枝条筛下少许阳光，早晨空气清凉，露珠在羊齿草上微微颤动。

往上，往上！每走一步——国境线就近一尺！

在这绿色大海一般的林薮丛莽中响起了一声寂寞的鸟鸣。一些被狂风吹倒的树向青绿色的幽冥中伸出痉挛地扭曲的树根，小路到这里似乎完全失踪了。

密林中的寂静异乎寻常。在这里，说话的声音听来分外凄怆。

“通往伐木工小屋的路只有这么一条。”拉滋转身向布里赫说。

布里赫顽强地走着，一步一步小心寻找踏脚的地方，他的心脏像一部马达开足了马力。他间或抬起头来，看见树枝隙缝中现出澄蓝的天，破棉絮似的云块在低空飘游，几乎碰到森林的树梢。

总算到了！密林深处一块不大的空地上，一座用挺粗的云杉木条盖就的小屋出现在他们眼前。这里是天地之涯！小径绕过木屋，消失在屋后一片茂密的幼林中。

“那里是国境线！”汉斯先生操着生硬的德语没好声气地说，一边顺着小径挥了一下拐杖。昂德拉费劲地说着德国话向他问这问那，可是再也没从他嘴里套出什么话来；向导绝少说话，仿佛唯恐他们擅自轻举妄动使他应得的报酬落空。他的模样实在寒伧。事情是这样的：带路越境的并不是他，而是一个被迁移出境的德国人黑尔曼[①]。黑尔曼将从国境线的那一边来领他们。这个人大概是个有经验的私枭，熟悉此地一带的每一棵树，并且善于凭某种本能避免危险。

“不太愉快，但是可靠。”拉滋对情况表示满意。

布里赫发现小屋的木栓拔了起来，他指着那里叫拉滋看。

“谁在里边？”拉滋问那山民，语气没有一丝儿激动。

① 第二次世界大战结束后，居住捷克斯洛伐克北方边境各省的所谓“苏台德区德国人”按照《波茨坦协定》被迁移出这些省份。——俄译者注

“一位先生……昨天就来了。”

他们进了小屋；在门口布里赫得低下头免得碰着楣木。一股霉烂的气味迎面扑来；从百叶窗的隙缝中勉强透进一些光亮。屋里八张硬板床排成一行，有五把胡乱钉就的椅子，塌了一大半的炉子好久没有生火了。床上肮脏的被子散发出男人的汗臭，阴暗的角落里张满了蜘蛛网。泥地上烟头乱丢；显然，这所可怜的、充满霉烂味的小屋子接待过的逃亡者不止一个。一管踩扁的唇膏、几个空罐头、磨破的鞋垫、碎镜子——凌乱不堪；炉子上还有一份旧报纸。

“见鬼！”拉滋大声惊呼，“如果这不是鲍利斯，我愿受绞刑！”

一个穿白色绒线衫的年轻人从长凳上站起来，两手插在口袋里走到他们跟前。他的面孔被阴影遮着还看不清楚。

“猜对了，拉滋！是我，跟往常一样英俊潇洒！”

沉默片刻以后，他略带挑战的口吻添上一句：

“您有什么意见吗？”

拉滋对他凝视良久，然后把扛着的一只袋子扔到地上，回答说：

“一切都决定于您！我们的账已经结清，这里不是争风吃醋的地方。您意下如何？”

鲍利斯松了一口气：

“我同意！这事就作罢论。我认为，我们旁的事情已经够多的了，犯不着在这里打架，虽然……”他把手一挥。

“您是怎么到这里来的？”

“机灵的人哪儿到不了？等卡密尔带着他的姘头来到，那时可乐呢！我现在已经看到他尴尬的笑容，酸溜溜的，像含着柠檬！”

“你们认识吗？”昂德拉试着给布里赫跟鲍利斯俩介绍一下。鲍利斯对布里赫的印象很模糊，他伸出一只保养得很好的手，咧着嘴笑问：

“二月的受难者？”

布里赫不悦地耸耸肩膀，说：

“这要看怎么说法……也许……”

鲍利斯对他再也不感兴趣，就回到原先坐的长凳那儿去。他敬了一支烟给昂德拉，布里赫把背囊搁在炉旁，听他们谈话。他们俩像聊天似的骂着新制度，不动半点肝火；在这个话题谈完以后，又开始埋怨阴湿的寒气——这里的确相当潮湿。鲍利斯往手上呵呵气，搓几下。布里赫不知道汉斯懂不懂捷克话，但看来汉斯是懂了：他从炉旁的板凳上站起来，用一把弯弯的刀从一根含脂丰富的树柴上刨下一堆木片，用走私过来的打火机把木片在炉子里点着了。等屋里阴湿的空气变暖和了，汉斯又若无其事地在凳子上坐下，伸出两条皮包骨的细腿，两手交叉叠在胸前，垂着头开始打瞌睡。

布里赫坐在椅子上吃干酪面包。

默默无言。鲍利斯闷得慌，嘘嘘地吹起一段爵士滥调，脚尖踏着拍子。后来他用手掌在凳上一拍，伸了个懒腰。

“多无聊哇！我从布拉格带来了顶呱呱的唱片，可是这个德国人不让放，憋在这里真要闷死人了！”

“您以为这是一次星期日的郊游还是怎么着？”昂德拉恶狠狠地问。

“天哪，您别把这一切说成惊险小说好不好？卡尔·迈[①]已经过时了！在这儿谁也不会发现我们。万一发现了又怎么样？难道您就乖乖地让他们押下山去关起来？我们即使能带一个赤色分子上极乐世界也是好的，可不是吗？”

“不要过早吹嘘您的勇敢，鲍利斯！我不是怕危险，而是应该谨慎。这不是您一个人的事情！”

“得了，得了！我们来玩会儿牌怎么样？”

他们在桌旁坐下，用大拇指蘸着口液玩牌。鲍利斯虽然好赌，可是牌打得很不高明，不一会已经输掉许多钱，他把纸牌往桌上一扔。

“妈的，真倒霉！”

布里赫把一扇百叶窗打开一点点。沾满蝇屎的玻璃小窗向着国境

① 卡尔·迈（1842—1919），德国作家，写过不少惊险小说。——俄译者注

线那一边。“那里……在高高的云杉峰尖上空鹞鹰盘旋的地方——就是异国。”一怀愁绪又涌上心头。

风从远处送来村钟清脆的当当声。

钟敲正午十二点。

2

傍晚，卡洛乌斯一家人和伊莲娜在雨声潺潺中来到。卡洛乌斯还在门外，他的呼哧声里边已经可以听见。他们把风和雨带进了小屋。领他们来的还是那个像枯杉枝一样干巴巴的汉斯；这回他头上套着一只淋得湿透的袋子当风帽。汉斯戴着这件头饰有些像装神弄鬼的巫师，又像某狂热宗教派别的领袖。

“我们来了……”

他们体力、精神都已耗竭。胖皮货商满头大汗，提着沉重的箱子大声喘气；他的头发淋湿了粘在一起垂到灵活的胖鼻子前，浮肿的脸上神色又激动，又疲倦。

“哦呵！诸位，我以为自己寿限满了呢！”他气急败坏地说着拢住心口，想平息心脏的狂跳。看见炉子里有火，他赶紧走过去开始搓揉冻僵的手，一边满意地自言自语。

“呵！妙极了，妙极了！”

布里赫负责照顾筋疲力竭的伊莲娜——这次上山对她来说比谁都费力。她瘫痪似的坐到炉边一张凳子上，大衣也没脱，头发粘作一堆，面孔埋在手中。她冷得直哆嗦。昂德拉恍然大悟，从手提箱里取出一双羊毛袜给她换上。

伊莲娜并不反抗，她勇敢地克制着疲倦。

“你不舒服吗？”布里赫轻声问。她默默点头，竭力避开他的目光。他把她扶到床上，用又硬又臭的被子给她盖上。她立刻闭上眼睛睡熟了。布里赫向昂德拉说：

“得赶快过境——需要给她找个医生。”

昂德拉抬起头来。

“不行，我们得一齐行动，否则可能迷路，甚至在监牢里结束这部史诗。不过我们不会在此地呆久。这又不是星期天野游，伊莲娜应该熬一下！”

卡洛乌索娃还穿着泡软的鞋子直僵僵站在屋子中央；她拒绝这地方冷漠的招待。她觉得自己像是刚从一场噩梦中醒过来，她皱眉蹙额，尘土代替香粉扑在她脸上。盖世无双的棕红色头发乱蓬蓬的，像个妖婆；她站在那里，手指跷起，仿佛怕被什么弄脏似的，目光在寻找出气的对象。找到了！

“这一切都得怨你，古高！”她把手一拍，向在炉边取暖的胖丈夫大兴问罪之师。“上帝啊，这雨有多大！原来这就是你说的山上小屋子，古高！”

被种种情况完全累垮了的卡洛乌斯没精打采地耸耸肩膀，他想安慰妻子：

“听我说……这能怨谁？”

“怨你！”她把脚一顿，“全怨你！”

卡洛乌斯带着一脸苦相向折磨他的女王合掌哀求。他的面孔病态地扭曲着，以痛苦的声调埋怨妻子：

“天哪，你又来了！难道你没看见我好受不好受？心……”

说完他又回过头去烤他的火。

“古高，你……你可恶！古高！……”太太呜呜咽咽哭了起来，但是无动于中的卡洛乌斯眼睛望着炉火，嘴里不知咕噜着什么话，反正不太客气。

“可敬的夫人，您一定被错觉害了，”昂德拉出面干涉说，“您不是在塞诺格拉贝的玉兰树下，这里也不止您一个人。埋怨几句，叫嚷一阵也就够了，夫人！我不能因为您喜欢演这种闹剧而使我们大家在此地遭到意外的不幸。请放轻声些！”

卡洛乌索娃怀着无限惊讶的感觉抬起头来，一下子把全部怒气转到昂德拉身上：受了这等侮辱，她本想大肆咆哮，但即使像她这样有限的理性也在暗示着她——这个冷酷无情的人未必会器重她的激情。因此她保持高贵妇女的姿势，站在昂德拉面前，向腐朽的梁木跷起鼻子，说：

“我一直就认为您是个粗鲁无礼的人，拉滋先生！现在您当着大家证明了这一点。还算是有教养的哩！”她轻蔑地说，对自己的口才极表满意。

昂德拉哈哈大笑，把手一挥，自顾低下头去看桌上的地图。

“我最想知道我们什么时候能离开此地。”坐在长凳上的鲍利斯说。刚才的一幕着实解了他一会儿闷。他站起来伸了个懒腰。“说真的，这地方的确不太舒服！”

“将来有您舒服的时候，”昂德拉断然说，“我不允许……懂吗，鲍利斯？请您记住了……”

“别来这一套，拉滋！”

“……我决不允许我们中任何一个人轻举妄动……”昂德拉坚决把他的话截断，“这最可能使我们大家身入囹圄。等其余的人到齐，再过几小时我们就安全了。”

他果断的领袖口吻起了一些镇定作用，鲍利斯也不敢反对。他蹑手蹑足挨近雨衣也不脱坐在长凳上一语不发的莉雅。她只是向四周环顾，手指碰到任何东西立刻缩回去。鲍利斯殷勤地帮她脱去雨衣，在她身边坐下。

“两个人一对白痴。”她一本正经给她的父母下这样的断语。

鲍利斯用微笑表示同意，并且拍拍自己的膝盖。

“您这话大体上不能算错。”他把一张俊脸庞向着莉雅。

卡洛乌索娃已经安静下来，开始寻找一只小手提箱；找到了以后，从里边取出一面小镜子和几管不同的油膏，默默地专心于复杂的化妆程序。布里赫把视线从纪德的书上抬起来，看着她往皮肉松垂的脸上搽抹各种油膏，看她用指尖轻轻地敲着前额使皱纹累累的皮肤摄收油脂。几乎已经丧失的自信一下子又回到她身上，她随即宣称：

“被子臭气冲天，无论什么人请我睡我也不睡，哪怕是……反正任何人请我都没用。”

汉斯先生把手臂交叉叠在胸前，两腿伸出，一动不动地在炉旁自己的座位上观察这一群人。他能这样坐上好几小时，你会开始觉得他根本不是个活人。士兵帽以及他整个外表把这位向导和屋里其余的人截然分开。布里赫心想：“哦呵！瞧这副招风耳朵的耳垂多薄！典型的德国兵，几千几万这样的士兵曾在乌克兰泥泞的道路上留下脚印。不知这家伙杀过人没有？他在想些什么？”汉斯先生把淋湿的袋帽挂在一根木档上烤烤干，水珠滴在热炉子上变成水汽。嗤！嗤！声音寂寞、单调……雨停了，窗外迅速降下黄昏的冥色。暗沉沉的山中阒无人声，灰溜溜的夕岚铺在山脊上，顺着小屋周围的山坡流动。

静悄悄……汉斯站起来，准备到村子里去。当他发出的响动打破沉闷的寂静时，大家都骇然昂起了头。这个又瘦又长的人走出去把门带上，插好木栓，于是大伙纷纷向拉滋提出惶惶不安的疑问：

“怎么样？会不会出事情？”

卡洛乌斯从床上拿起一条被子，瑟瑟地抖着把它披在肩上，活像一个印第安女人。他鬼鬼祟祟走到炉旁的凳子那里。

“门上了栓！天哪，这是什么意思？我有这样的感觉，好像我们是一群被赶去吃刀的牲畜。诸位，你们可以认为我是胆小鬼，但这一切确实严重刺激着我的神经。我们到底几时能过境？”

“别大惊小怪，”拉滋低声喝住卡洛乌斯，“请诸位保持冷静的头脑！门上了栓——他做得对。这一点不得不承认。万一偶然——我重复一遍，万一纯粹出于偶然——某人打这里经过，那怎么办？必须保持绝对的安静，就好像屋子里一个人也没有，懂吗？刚才跟我们一起坐在这里的那个家伙不是头一遭当向导。另外将有一个叫黑尔曼的人从国境线的那一边来给我们领路，一直把我们送到美国驻防军那里[①]。请放心！这个人很有经验，他领路越境一带就是几十个人。最迟明天早晨，他一定会到此地。在他未来之前，请诸位控制住自己的

① 捷克斯洛伐克西部边境与美国占领下的西德接壤。

理智和神经。我在这里也不痛快——要知道我们每一分钟都可能那个……你们也应该考虑到这一点——这里不是休养所！诸位可以相信，我们不会像瞎眼的小狗自投罗网。再说……你们应当知道我们这样做为了什么，应当知道我们是在离这个警察国家的国境线只有几步路的地方，而过了这条线就是——自由！自——由！那边没有共产党！那边不没收任何人的工厂和店铺，那边可以自由呼吸！请诸位想一想，这险究竟值得不值得一冒？”

大家渐渐放下了心。昂德拉站起来，关好百叶窗，拉起煤油灯熏黑的玻璃罩，点着了灯芯。模糊的灯光在小屋里散开来，不过没有照到四角。伊莲娜睡在床上，合着手掌枕在苍白的面颊下。布里赫把腿搁在长凳上，两手抱膝。颤动的灯焰把踱来踱去的人们肥胖的影子投在覆着青苔的木条上，影子落到角落里时折曲得非常奇怪。小卡利且克在床上呼呼熟睡，时而在梦中喃喃呓语。从对面山坡上吹来一阵强劲的山风，树丛中响起凄厉的哀号，门也被撼动了一下。人们一齐惊恐地回过头去。

伊莲娜睁开眼睛，无言凝视着布里赫。在她睁大的瞳孔中包含着小孩子一般害怕的神情。布里赫看着她怪可怜的，他努力迸出一丝微笑。昂德拉走过来，向她悄悄地说了几句话，好像在说服她。伊莲娜不理他，只是茫然望着空中：她的眼睛含着热泪闪闪发光，纤细的手指紧紧抓住床板。

鲍利斯靠窗坐在莉雅旁边，握着她的已经听话的手。鲍利斯实在因为没事做而去引她上钩。莉雅像一尾受惊的鱼木然望着他，看样子也闷得慌。鲍利斯表示愿意为她看手相——这一下花招是久经考验的，到目前为止几乎所有的女人都上这个当。看看这只手上写着什么？当然是一大车幸福！等过了境，到一个美丽的城市，等一下……这是尼斯[1]还是佛罗里达[2]？水上滑橇！好莱坞？啊哈……将来嫁一

---

① 尼斯，法国南部著名疗养地。

② 佛罗里达，美国东南部一半岛，气候属亚热带。

个美国阔佬——菠萝罐头厂的老板，在迈阿密[1]海滨有你们雪白的快艇。满足了吗？

“别的什么也看不出来？”莉雅撇着嘴问。

“没有了。或者说……一切都决定于……那么您还想知道什么？”

“譬如说……自杀。”

“呜！您指谁？”

莉雅疲惫地一笑，转过脸去从百叶窗的隙缝中望着愈来愈浓的夜色。窗外风很大。这姑娘面带病容，指甲很长的脆弱手指痉挛地交叉着，由于神经紧张而频频颤动。

“不指谁，”她喟叹一声回答，“我不过随便说说。闷得慌，是吗？生活太无聊了……您喜欢生活？”

“在另一个地方喜欢，”他不假思索地回答，“就是不在这里！所以我要离开。”

“您有钱吗？要不然您恐怕连自己也养不活！”

“我想钱不难弄到，亲爱的，”他愉快地笑了，“不过我们把话题回到自杀上。为什么您偏偏问自杀？”

“有时自杀是唯一的出路。这是自由意志的行动……”

“您到底怎么啦？出了什么事？”他的好奇心被唤醒了。

“没什么。难道可怕不正是因为没什么？我不过是一个多余的人，而人们又蠢得难以想象！什么也不懂。只是一群迟钝的畜生。他们的愿望简单得可怜。吃，喝，钱，无聊的爱情……其实不过是肉欲！爸爸光想赚钱，而后母……您也看到了——她是个傻女人，乖张而又泼辣！还有她的那些秘密……其实没什么了不起！不过是一些肮脏、无聊的隐私。遗憾的是这一切我全知道。知道一切是很可怕的。您也是多余的人，不过您不知道罢了。难道您是在生活？难道您不觉得我们是在腐烂？我们都一样。可是那些人愈来愈强壮健康。总有一

---

① 迈阿密，美国佛罗里达州一城市，滨大西洋。

天我们将被扔进垃圾堆，而我们到过的地方将用水冲洗。这就是下场。也是活该！生活不会停止，它将永远这样无聊、荒唐！但愿我的话没有把您吓一大跳。”

“我的妈呀！”鲍利斯使劲抖着脑袋，“我吓得汗毛直竖。也许您说得有理，不过我们大概还能支持一个时期！只要我活着，我就不绝望！至于以后——哪怕雷打所有这些畜生也无所谓。我们自己死了不怕天塌下来！目前我们紧握门球，只要门砰的一声关上——我们整个发霉的行星就将化为乌有！您是个很有意思的女人。哲学家！等一等，我想再看一次您的手，光线太暗了……是啊，的确是这样！有自杀的企图，但这里有这样一条纹路……表示将有某某人救您并且爱上您……”

“太令人感动了，”莉雅呵呵大笑，但是笑声相当疲倦，“就像在好莱坞的五彩电影中一样。那么我的手上有没有说明这个‘某某人’穿着白色绒线衫呢？”

“这完全决定于您喽，”鲍利斯咧开了嘴露出挑逗性的微笑，“这就是自由意志的行动。”

“然后又是恋爱的田园诗，我连它的题目都已经知道了。您像一切平庸的求婚者一样俗不可耐。还是给我支烟抽吧！”

“请。”鲍利斯取出英国绞盘牌纸烟赌气说。他不悦地把身体扭开去，吹吹口哨，打一个呵欠。

“现在最好来一客牛排，不要煎得太焦，要恰到好处，再来一支好烟卷！”卡洛乌斯嗅到了烟草的香味开始自言自语。他背朝火坐着，用被子裹住身体，像个牧民。“但愿早些到达目的地。昨天我在布德约维采一夜没睡好……”

“为什么？”

“我老觉得国家保安军来敲门，常常从床上跳起来……”

布里赫抬起了头。

“我说……万一到了那边使您失望呢？您是不是知道那边的生活情况？”

“我洗耳恭听。”卡洛乌斯说。其余的人也向他转过头来。

“那边是德国！战时我到过德国。城市大都被毁，经济上一团糟，说不定还有饥荒、棚屋、老鼠、垃圾以及外侨拘留营。在这样短时期……”

“这是共产党的调子，”卡洛乌索娃呷呷地笑了起来，“我要对您说的可不是这样。那边都是正派人。这对我们已经足够了。哪怕光靠喝水吃面包过日子也……”

“对，”卡洛乌斯得意地附和着说，“这对我们已经够了！那边的人不把鼻子伸进别人的口袋。那边做贼就得坐牢。可是我倒要请教！既然……既然您有这样的想法，那么是什么迫使您往那边逃呢？”

布里赫作了一个苦笑，从长凳上跳下来，走了几步，在炉旁站停，透过隙缝看炉门里边的火焰跳着疯狂的舞蹈。

“似乎没有什么迫使我这样做。”他冷淡地回答，头也不抬起来。

“奇怪的幽默。”卡洛乌斯咕噜着把被子裹紧些。

“我们的弗朗蒂雪克开起玩笑来总是非常奇怪，”昏暗中响起昂德拉的声音，“不过我觉得不妨把窗稍微打开一些。否则真要闷死了。”

他把灯芯捻低些；布里赫打开百叶窗，对夜空望出了神。

寒风像讨厌的狗舔着他的面孔，但布里赫胸中灼热异常。他一下子觉得头痛得厉害。风偶一平息，可以听到远远的犬吠声。这是哪儿传来的？莫非狗嗅到了有人偷偷靠近边境……

然后是轻微的说话声、脚步声、鞋底踩在石头上的声音。从黑魆魆的森林里晃出一条有些像古代先知的人影——那是汉斯先生戴着他的尖顶帽踏着平稳的步子摇摇摆摆向小屋走来：后面几个颠踬晃荡的影子跟着他钻出黑暗的树林。有一个人给突出的树根勾住了衣服，叫一声“哎哟”。来的这一批人像一群走私贩。

“来了。”布里赫从窗口回过头去。

“总算等到了——早该来了！”

木栓咯的一声拔了起来，黑暗的门框里出现德国人骨瘦如柴的轮廓；其余的人脚碰在门槛上也跟着走进来。鲍利斯站起来，手插到口袋里，脸上紧张得皮肤也不牵动。风从门外吹进来，空气立刻形成对流，有人高喊：“快关窗！”走进小屋的黑影一个一个像走不完似的，摇曳的灯光照得影子也晃来晃去。

拉才茨基律师跨过门槛立刻挺直熊一样的身躯，满面春风地摊开一双大手。卡洛乌斯热烈地欢迎他。忠实的律师将陪伴他的主顾过境，随时准备着用经验、智谋和乐观的微笑为他们效劳。啊，这真是一位撒播乐观种子的妙人！

在他后面悄悄溜进门来的是卡密尔·台赫曼，这个猥琐可笑的人长着一个鸟鼻子，一双猫头鹰眼睛睐个不停；一顶旅行小帽滑到他耳朵上。沉重的行李累得他气喘吁吁，他长长的猿臂似乎一直从弯曲的肩膀垂到地上。一看见鲍利斯，他顿时仿佛冻牢在门槛上，眼睛在极度的惊愕中睐得更频繁了。卡密尔的情妇把他一推，跟着走进来——她穿着轻装，只拿一只小提箱，一本美国杂志露出在她十分讲究的大衣插兜外面。

“哈啰，诸位朋友！”

当她微微摇摆着从布里赫身旁飘然经过的时候，他嗅到一种高贵香水令人酥软的异香。

一个年青人魁梧的身材堵住了门框，他那乡土气的宽脸膛上蓬勃的朝气使布里赫大感惊奇。他在哪儿见过这张忠厚的脸？对了，这不是在科伦[①]时第二连的马尔库普吗？他们相识的日子很短，但马尔库普一下子也记起了布里赫，并且很高兴看到他。

“你怎么会来的？！”两个人几乎同时惊呼。

“哦，我们要好好聊一聊！”马尔库普友善地用手指在布里赫胸前点了一下。“我已经全想起来了！有一次空袭过后我们在一起卸木板。上帝啊，那条街叫什么名字？……”

---

① 德国西南部莱茵河左岸一城市。

这个健壮的乡下大汉是个出色的小伙子！他依次走到每一个人前面，跟大家紧紧握手，一边以洪亮的声音自我介绍：

“马尔库普，见到您很高兴！”

卡洛乌斯惊恐万状，他急忙把自己的手指从这个大汉的手掌中抽出来揉了半天。乖乖！“他来此地干吗？”布里赫正在诧异，还来不及仔细想这件事，忽然呼吸感到窒息。在他背后的昂德拉蓦地挪开椅子，向又出现了一个人影的黑暗的门框跑过去。这是一个大大的意外！门口站着的正是布里赫在那个难忘的星期六夜里邂逅的那个女人。

3

“奇怪吗？”

她向布里赫伸出一只纤手，从浅褐色的头发上摘下连在式样大方的运动外衣一起的风雨帽。她稍阔的嘴微微张开，现出明朗的笑容。

“是的！”他像中了魔法似的叹一口气，“我佩服您的预见。”

“这并不太难。当时您已经是一串行将成熟的葡萄。后来终于熟透。我该向您说些什么呢？说我高兴？您知道，现在展开在我们眼前的是什么？是茫茫无边的世界！”

“荒凉粗野的世界……”

“这无所谓！我喜欢风！”

布里赫正欲答话，她已经被昂德拉揽去了。“他是怎么啦？”布里赫看着昂德拉殷勤地帮她脱去外套，心中纳罕。昂德拉以他贪婪的拉滋式目光盯着她瞧，布里赫始终痛恨他这种目光；昂德拉向她耳语了一阵，她点点头。

周围正在高声寒暄：精神大振的卡洛乌斯拍拍拉才茨基宽阔的背部，笑着说，现在有他的法律代理人在此地，他什么也不怕了。

“难道这不是快事吗，朋友们？”皮货商高兴得像个小孩子似的。

拉才茨基是个啃惯了法律条文的人，他忸怩作态地说：

“唉，亲爱的朋友，我不止一次把您从泥坑里拉出来过，可是在此地，我恐怕无能为力。道德和法权在警察国家里遭到了粗暴的蹂躏。私有财产以及个人自由被践踏无存，看来需要相当长一个时期我们才能治好那些布尔什维克先生们！”

“相当长一个时期？哦，拉才茨基，您真会耍滑头！我还以为您是个天生的乐观主义者！我看，到秋天他们准完蛋！或者——必要时——赏他们一颗小小的原子弹尝尝，那时我们就可以带着我们的皮箱回去。这些箱子要不要打开我认为还值得考虑呢。不过我们打算在阿尔卑斯山躲过这一关。贱内老是缠着我要到那边去。”

其余的人纵声大笑，好情绪的曲线开始上升。这时候任何一点乐观的表现都受到欢迎。乐于效劳的律师立刻满足大家在这方面的要求，他从旅途劳顿中恢复过来后，开始不厌其详地描述到“这个鬼地方”来的路上经历的种种艰辛，还给大家看他的老茧。不要紧，女士们，先生们，现在有一个老茧，将来我就狠狠地扯一位“同志”的耳朵！我不会便宜他们！

马尔库普不声不响退到角落里去。他握了每一个人的手，而那伙人凭着经过训练的嗅觉断定这不是自己人，就扭过头去不再理他，因此不一会这年青人在自己周围所能感觉到的只是一片空虚。只有布里赫坐到他旁边。马尔库普打开一只很旧的小公事包，从里边取出一些讲义和一截红铅笔，开始把某些段落划出重点，专心于自己的工作。

“你在研究什么？”布里赫问。

马尔库普举起一双惊奇的眼睛，微微一笑。

“你大概想问我过去研究的是什么？”他扬起一个拳头，“医学！”

马尔库普仿佛这才明白如今的处境，他把一截铅笔头往炉子那边一扔。

“习惯这鬼东西的力量真大！哎，当时你是怎么从德国逃出来的？”

卡密尔·台赫曼还在小屋中央呆立不动，像《圣经》上罗得的妻子[①]；他直到这时才把箱子放到地上。箱子着地时声音沉闷。卡密尔付给了汉斯酒钱，然后冷冷地向他的异母兄弟说：

“你到这儿来做什么？”

“我等你呀。”鲍利斯眯着眼睛嘲弄他的哥哥。他站在瘦弱的卡密尔面前，胸膛挺出，两腿稳稳地叉开——十足象征着道义的谴责。后来他放声大笑，笑得那么响，以致昂德拉喝住了他。

“踏破铁鞋无觅处，得来全不费工夫。我凭嗅觉找到了你。衷心欢迎你到这个臭洞里来，亲爱的哥哥。你说，你要走为什么这样严守秘密？你摆脱不了我！我想把你搂在心口……难道你怕我投靠了共产党要告发你？还是为了别的缘故？……”

“住口！”卡密尔厉声怒喝，“别丢我们的脸，小杂种！”

“这哥儿俩真是欢喜冤家，”拉才茨基出来调停，“碰在一起就吵。诸位，你们瞧着，这次历险将使我们所有的人成为弟兄！不过我觉得没有任何理由耽搁。这地方不太舒服，您说是吗，尊贵的夫人？”

卡洛乌索娃默默地举目观天，接着又向丈夫倾倒牢骚和埋怨的瀑布；皮货商重新坐到紧靠炉边的一把椅子上，宣布他要占用这把椅子直到离开此地，因而希望别人谁也不要去坐。他像一只老猫喜欢暖和。

“请问阁下，”鲍利斯当即表示不服，“您凭什么权利？！老子什么时候高兴坐这把椅子就什么时候坐！在这里，一切特权都得见他妈的鬼去！”

一场口角行将爆发，拉才茨基插进来用劝慰的口吻建议和解：

“先生们，先生们，你们犯得着为了一把椅子斤斤计较吗？我们

---

① 源出《旧约·创世记》第19章。耶和华要毁灭所多玛和蛾摩拉城，天使令罗得携妻女逃命，并嘱不可回头看。城毁了，罗得的妻子回头一看，就变成了一根盐柱。

前面的目标比这重要得多……请保持安静，不要恐慌，一切都可以用民主方式和平解决——你们说是不是？”

最后一批人来到以后，小屋里拥挤不堪。坐也没地方坐——椅子都被占了，床上实在太臭。爱薇琦卡从容自若地坐到炉子旁边，这引起了卡洛乌索娃的不满。哼，人来得最迟，地方倒要挑最好的！她算是老几？凭什么权利？古高！……

“喂，可敬的夫人，”昂德拉低声喝住她，“您让她安静一会行不行？她在那里坐定了。请您将就一些。”

“我不跟您说话。”卡洛乌索娃把他顶回去，她要求丈夫拿出男子汉的气概来保护她。但是卡洛乌斯困倦地默不作声，凝视着空中。拉才茨基企图缓和冲突，讲了一个寓意暧昧的笑话——这是他记在小本子上的好些笑话之一——但是反应并不热烈。人们额上出现了忧虑的皱纹。布里赫在跟马尔库普低声谈话，一边观察汉斯先生的神态。那德国人保持着心爱的姿势坐在那里。炉子散发的热气使他的眼睛眯成细缝，他泰然自若，凌驾于周围的芸芸众生之上。布里赫觉得汉斯似在嘲笑。

卡密尔·台赫曼仿佛为了便于看清周围的一切，坐在小屋中央自己的箱子上，不时向鲍利斯投射充满忧惧的试探性目光。他衣服也不脱，每隔五分钟就问拉滋——他们到底什么时候出发越境。

“你为什么对这一点如此关心，亲爱的哥哥？”鲍利斯走过来问，“作为你的弟弟，我反正跟你寸步不离。我放心不下，怕你受人家欺负。你太忠厚了……”

“随你的便，”卡密尔把手一挥，“但是，作为你的哥哥，我劝你还是小心些。”

“谢谢你的忠告，”鲍利斯说着兴高采烈地用全力在他背上一拍，差点儿把他摔倒在泥地上，“应该承认，你对我的关心太使我感动了。我总算有一位哥哥，虽然他想扔下我溜之大吉。骨肉之情究竟不比寻常，您说是不是，大嫂？”

头发染成金色的女人把视线从一本打开着的英语课本上抬起来，

向鲍利斯作了一个会意的微笑。这个过于露骨的微笑使卡密尔脸上的肉抖动了一下，但没有使他离开原位。卡密尔留神观察他们两人，发现她在轻轻地喃喃自语。布里赫听出来了——原来她在强记一些英文动词，发音带着从美国电影中听来的怪腔怪调，他忍不住说：

“您把音调变得太厉害了。”

这一下刺着了她的痛处，她立刻向他回过头去气愤地说：

“也许是的；如果您愿意，可以教我！”

“将来你可以去找一位老师，”卡密尔咕噜着，“现在把这件事扔下，别刺激我的神经。”

鲍利斯恶毒地呵呵大笑。

“最好的老师是一个漂亮的美国小伙子！譬如说一位军官！不过一定要长得英俊，丑八怪我们可不要。大嫂，您跟他一下子就能谈妥，音调也可以纠正过来！”

卡洛乌斯忍不住恣意狂笑，但在太太责备的目光下很快就遏住笑声。卡洛乌索娃向鲍利斯说：

“年青人，您说话太无顾忌，希望您明白这一点！我不喜欢这样！”

卡密尔·台赫曼气得面色发青，但他忍耐着。任何侮辱都不能迫使他从箱子上站起来。

“胡说八道，活像个傻瓜——反正你本来就是傻瓜。”他兀自嘟哝着。

“全都是傻瓜。”忽然莉雅开口说，这引起了大家的注意。她傲慢地抵挡住向她投来的视线；她的嘴角下垂，眼睛里反映出研究家的好奇心。“一堆垃圾！”

大家只当没有听见最后那句话，因为没人愿意去跟这位半痴半癫的颓废派小姐展开辩论。只有卡洛乌索娃向她呵斥：

“喂，喂，小姐，安分些！你不是在家里！”

昂德拉把椅子倒骑，胳膊肘搁在椅背上，他跟爱薇琦卡唧唧哝哝不知在谈些什么。

“您太太怎么啦？”她关切地问。

昂德拉皱起眉尖，漫不经心地回答：

“在来此地的路上累着了点儿。正在休息。没有什么大不了。也许是因为激动的缘故。不过您答应过向我解释一件事情，爱薇琦卡！吉丁斯怎么样？有吗？”

她点点头。

“有，放心，一切都会顺利的。就像您的朋友一样……难道我没对您说过吗？一切都会圆满结束的。”

他耸耸肩膀，说：

“我可没那么大的把握。这个人我不太喜欢——他有点儿古怪……他读了太多的书，而且把其中很大一部分看得太认真了。我们还是来谈谈别的吧：这事儿危险吗？”

爱薇琦卡不耐烦地摆一摆手截断他的话头：

“不！您帮了我的忙，我知道——但我不愿您当着这些人的面全说出来……不要孩子气！这是我的事情！我们还是来谈谈您那位朋友……”

昂德拉抬头问道：

“您好像对他很感兴趣？”

他的语气非常不安。爱薇琦卡微微一笑。

“假如我说是的，您会感到很奇怪吗？他是个诚实的知识分子，跟他在一起挺有意思——同时也会带来一点儿忧郁……”

“是的，有时他的思想很怪，”昂德拉点点头，“他老是跟共产主义眉来目去……在中学里就这样。不过范围仅限于抽象的概念。是个天真的和平主义者，有着一颗艺术家的心灵——没什么意思！这些知识分子都靠不住。他们老是摇摆不定，只知道宣扬纯粹的理智。可是光嘴上说说——这太不够了！二月事件只是在他们的鸡眼上踩了一脚，但没有压断他们的肋骨！这些时候他们会从这阵疼痛中苏醒过来，到那一天他们就会点头称是。意志薄弱的败类！”

爱薇琦卡带着敷衍的笑容听他说，然后用玩笑的口吻补充一句：

“他觉悟不高，对不对？”

这句漫画式的笑话使昂德拉禁不住大笑，他点点头。

布里赫在小屋里来回踱步。他突然渴望到外面去呼吸一下新鲜空气，但是汉斯先生出人意料地离开了小屋，从外面把门锁上。简直透不过气来了！

“请您别跑来跑去好不好？”床上响起了卡洛乌索娃的声音：她还是冒险躺到了臭烘烘的被褥上。“我的神经紧张到了极点！”

布里赫在伊莲娜旁边站住，对她的脸熟视良久。她暗淡无神的眼睛呆呆地望着发出霉味的幽冥，没有发现布里赫；他把手掌按在她额上，觉得她好像在发烧。

“你有什么不舒服吗？”

她摇摇头，把脸转向黑暗的角落。

马尔库普呼呼熟睡。他半张着嘴，鼾声如雷，背靠在粗糙的木条墙壁上，好像候车室里误了车的旅客。他的讲义掉在地板上，被他在睡梦中踩了一脚。红润的脸上现出一个人问心无愧的表情。

拉才茨基在桌旁坐下，解开背包开始晚餐。他不慌不忙地用折刀切了几片面包和牛肝冻送入口中，从瓶子里喝两口白兰地佐餐。他把食物细细咀嚼，一边问：

“将给我们带路那个人叫什么名字？”

“说是叫什么黑尔曼。”昂德拉回答说，眼睛仍盯着爱薇琦卡。

“黑尔曼，”律师点点头笑了起来，“一定是只老狐狸，近来他的收入可真不坏！这也是时运！不过我倒不愿干这一行。纳税的职业安全得多。他怎么，是迁移出境的吗？”

“是的。以前好像是个纳粹分子。”

“哈哈！”高头大马的拉才茨甚摇摇头忍不住笑出来，声如裂帛。

小卡利旦克·卡洛乌斯挨到拉才茨基跟前，看着律师津津有味地大啖大嚼，拉才茨基往他嘴里塞了一小块东西。

那孩子鼓着腮帮问：

“迁移出境是什么意思？”

拉才茨基在小孩屁股上拍了两下，说：

“瞧你多爱打听！是这么回事，孩子：这个黑尔曼在战时打布尔什维克一定很勇敢。他的枪法很准。”

“那么布尔什维克是坏人，对吗？”卡利且克问。

“当然，坏极了！你瞧：我和你爸爸给他们逼得要逃跑！不过就像童话里说的那样：最后会有勇敢的骑士把布尔什维克凶龙所有的九颗脑袋全砍掉，那时我们将重新得到我们的王国和自由。就是这样！”

“这要到什么时候？”

“快了！”拉才茨基信口开河地逗着孩子。看到小卡洛乌斯对于九头龙的故事很感兴趣，于是他把这个故事发展下去。

“亲爱的拉才茨基，现在你说说，我们将得到的奖赏是一位什么样的公主？”皮货商垂涎欲滴地问，他在椅子里笑得喘不过气来。

“难道民族大街上一家每天做五十万生意的好店面不是您的公主吗？”拉才茨基兴奋地说，“再加上一位神通广大的法律顾问！将来单是税款一项您就可以捞回投资的一百倍！到时候我们俩一起来拟一则绝妙的广告——比得上真正的诗篇！”

“拉才茨基，”皮货商笑得嘴也合不拢来，“等布尔什维克滚了蛋，我要离婚！让您重新受理一桩体面的案件！您不应该埋没才能……”

“哎，你呀，”卡洛乌索娃向他温和地喝了一声，“没有我，你顶个屁用！……你这个胆小鬼，蠢东西……”

“夫人，”律师笑得咳呛着说，“各人有各人的公主！我们是民主主义者，对吗？每个人有自己的财产——根本不要什么社会主义！任何人都有自己的时运。譬如现在，幸运就向黑尔曼先生微笑了——黑尔曼……黑尔曼……”

他把这个名字反复念了几遍，直到拉滋请他住口——这个名字实在难听，简直像狗叫。不过律师冲淡紧张气氛的目的已经达到。悄悄罩近的恐怖的阴影被拉才茨基的笑话驱散了，谈笑声起于四座，那个故事被添上许多有趣的细节继续讲下去，男人们开始议论政治——隔不多久，情况似乎变得大可乐观：共产党仿佛已经倒了台，只要稍为再踢上一脚就完了……可不，我早就说过。他们不会管理国家……顶多维持到秋天，长不了！工人已经睁开了眼睛……

拉才茨基大发宏论：

“这个制度不给人独立自主、出人头地的机会。所有的人为了吃饭不得不当一辈子雇工，一直到死。但这是与很大一部分人的气质相悖的！这是枷锁！比方说，我们有多少工人向往着像俗语所说的‘谋个出息’，自己搞一个工场，哪怕是个小小的作坊，但总是自己的！这很重要！从前他们可以这样做，而现在不行！工人的道德和口味太明显了。这就是这个制度长不了的原因所在。这一切到头来自然而然会跟他们造成对立。那时将发生饥荒……”

大家都同意拉才茨基的高论，认为他这一席话辉煌地证明了崩溃是不可避免的。议论继续发挥下去……

……您说什么话，干吗要贝纳斯——不，不，再也用不着他了！这个人已经威信扫地！我们需要一个有魄力的政府！啊，甭提了！希特勒？他是什么人？一个地道的傻瓜！要是他不跟美国闹翻，满可以保持德国的秩序，整个欧洲到现在还会感谢他，自动拜倒在他的脚下……他善于管教共产党，善于执行纪律。没有纪律不可能前进……

……您问我的水貂皮大衣吗？我直到临走前才把它卖了，一想到当初为它出了多大的代价，我简直想哭！以后不知要被哪个臭女工穿着它招摇过市哩……塞诺格拉贝的旧亭子我们要叫人拆去。古高，这样的猪圈不能招待体面的客人……这双袜子我是四六年买的，还跟新的一样……真正的尼龙。您一定不相信！质量好——没话说！……

……不，再也不要共和国！未来的欧洲应当组成联邦：欧罗巴合众国。就拿马歇尔计划来说！您对这个问题的看法如何？法国已经烂到根上。这个正在蜕化的国家长满了共产主义的野草，简直不得了！……啊，等一下……小猫咪，你背后有风吗？

大家谈得兴致勃勃，谁也没听到门声，也没有注意汉斯先生像一阵风从外面冲进又闷又臭的小屋。他举起只有三个指头的手作出警告的姿势，说：

“熄灯！快——安静！”

他这两句鼻音很重的话犹如两声狗叫；拉滋没有吓慌，他跑到灯前把火焰吹灭。听见没有？绝对的安静！一片漆黑……出了什么事？……“古高！”黑暗中发出沙哑的低语声。

……耶稣——马利亚……屋子里乱作一团，椅子倒下了，不知谁呜呜咽咽哭了起来。“轻声——嘘！”昂德拉的嘘声像煤气管破裂。鞋跟踩在地上沓沓地响，断断续续的笑声使人毛骨悚然。

莉雅……有人想从里边把门打开，但是汉斯先生逃到灌木丛中去的时候把门从外面锁上了。那人在门上拼命乱捶乱敲，抓住把手狠狠地摇，仿佛要把门从铰链上拆下来。门打不开。拉滋的拳头把那个冒失鬼打倒在地。黑影幢幢如群魔狂舞，在窒闷的黑暗中互相碰撞。“嘘——轻声些，他妈的，谁想活就别动！走，离开此地，开门，听见没有……快开门！”拉才茨基摸到了卡洛乌斯的头，像瞎子用手在他头上摸来摸去。“白痴，白痴。”莉雅像得了歇斯底里症一个劲儿反复地轻声说着，一边用瘦骨外露的指头敲着木条墙壁，“白痴！……白痴！……”

拉滋费了九牛二虎之力才把局面稳住。

闭塞不通风的小屋笼罩在黏糊糊的静寂中，可以听到牙齿打颤和嘶哑的呼吸声：空气太少了！

“快开窗，”卡洛乌索娃在哭，“我闷死了……”

布里赫坐在长凳上：他把百叶窗打开一半，向浓得化不开的黑暗中望出去。风顺着山坡呼啸。思想如旋风急转！以后怎么办？被搅动的血液直往太阳穴上冒。刚才汉斯大概感到有巡逻队走近小屋。要是……哦嚯，反正要出事！布里赫打了个寒颤，虽然背上在淌汗。瞧，向黑暗中瞧！那里似乎充满了蹑足而行的脚步声，充满了动荡的影子、急促的呼吸、咝咝的低语和武器的响声。脚步声，脚步声！一团光影从灌木丛中滑到风蚀的圆石上。莫非视觉在骗你？揉揉眼睛，作一下深呼吸！远远传来犬吠之声……难道听觉在哄你？

边境线上的犬吠声……四年前的一切又重演了，只是方向恰好相反。当初他从火海中的德国逃出来，急于离开废墟，离开尸首，离开半埋半露的骸骨，离开长着一个“纯优秀人种”鼻子的上等兵弗里茨·马列凯！有一次这个马列凯用拳头打破一个法国青年的面孔，理由是他“企图逃跑”。这个黑头发的洛林人叫什么名字？披耶尔，若望，弗朗梭阿——记不得了。当时我们逃往这个边境几省已被吞没的小国，逃往处于“保护国”状态的“Böhmen und Mähren”[①]。边境线上的狗嗅到了人味狺狺狂吠，吓得你冷汗一身。蛇麻田里的泥土柔软肥沃，摸上去粘手……醒一醒，疯子，一切又重演了！只是恰好相反。这是一场噩梦，像磨盘一样沉重的噩梦。这是什么亮光？是不是月光照在云杉枝条的尖端？脚步声？静悄悄……布里赫觉得有一只手碰到他的后脑，还有激动得断断续续的呼吸。这是爱薇琦卡。

“开窗，”她悄悄地说，“开吧，看在上帝分上……”

他毅然把她拦住，在她细软的秀发上抚摸了几下使她安静下来。时间一秒一秒地挨过去。在这浑浊不堪的空气里，在这随时可能因紧张如弓弦的神经脆裂而炸飞的蒸汽锅炉中，还能支持多久？……

什么也听不见……只有手表的滴答声。过了一分钟，两分钟……五分钟……十分钟…半小时……汉斯在哪里？床板在变重的身体下面嘎嘎作声，黑暗中浮过纸烟头上的一点红光——某人走到门口，每隔一定的时间就去拉拉把手，准备向黑暗中冲出去，跑进树林，像鼹鼠一样在地上扒一个洞躲起来……

“放我出去！”一个女人的嗓音尖声喊叫，但是不知谁的手掌掩住了她的嘴，“放我出……去！”

门口发生扭打——接着又是不自然的沉寂……门外起了脚步声，有人在门上摸索着找木栓。门呀的一声。黑暗的门框里出现古代先知

① “波希米亚与摩拉维亚”（德语），纳粹分子强加于捷克的名称。——俄译者注

的廓影。嚓！

汉斯先生拿着一根擦亮的火柴走到灯前。大家竭力把瞳孔睁大注视着他。

“Inódnung[①].”他若无其事地拖着鼻音说，小屋里又泛出昏黄的灯光。正对门框站着的昂德拉本来快变成化石了，现在如同一座雕像开始活动，赶紧把手枪塞进运动外套的口袋。布里赫透过窗缝往外瞧。

黑魆魆的树梢在午夜前的风中摇曳不定。

4

马尔库普醒来向周围茫然环顾，频频眏着眼睛，像一只被惊醒的猫头鹰。他在酣睡中对刚才的一切完全不知道，现在从地上捡起踩脏的讲义，长叹一声把它们塞进皮包。老是站在门边的那个人是谁？拉才茨基！……他用像一口大橱那样宽阔的背部抵住门框，手揉着淌泪的眼睛。

“不要再生炉子了，”他说完又补充一句，“趁我们还没有发疯，应当采取措施！我不是胆小鬼，但是……”

可以看出他从刚才所经历的恐怖中解脱出来是多么高兴。应当采取措施！卡洛乌索娃太太头发蓬松，像个巫婆；她的丈夫踡坐在椅子上简直是一堆骨头和脂肪。莉雅病态地痴笑连连，她的笑声是那么不自然，犹如一把走了音的小提琴。

“我们将统统被逮住，就像一群耗子，”她笑得上气不接下气，“这也是活该……”

她把小提包的金属锁咯嚓一声打开；从里面掉出一只不值钱的洋瓷烟灰碟，那是从布德约维采的旅馆餐厅里偷来的，不过谁也没有注意。

---

① 好了（不准确的德语）。——俄译者注

“看在上帝分上，叫她闭嘴！”卡洛乌索娃哀求着；她满屋子乱跑，似乎想用鞋跟的笃笃声压倒继女的狂笑，“她要害我们全都进疯人院，快堵住她的嘴！难道你们没看到她神经错乱了？”

“好了，莉雅，”昂德拉用安慰的口吻说，“我知道这一切对您并不好受，但您应当忍耐。沉住气！”

“为什么？”姑娘生硬地问，“这有什么意思，拉滋？天哪，您是多么可笑！自己明明吓得灵魂出窍，可还充英雄！”

“当然，这有意思，莉雅，我的小姑娘，”拉才茨基温和地说，这时他已经定下神来，“怎么没有意思！要知道在您面前展开着整个世界，还有……”

她又是一阵狂笑，把律师的话打断，摇摇头说：

“说吧，说吧，律师先生，鼓起您的如簧之舌！这能使您得到安慰！但是你们个个卑鄙、下流，包括您在内，律师先生。应该把你们全部枪毙！那才精采呢——砰！砰！”

大家都吓坏了——想象中整个地球毁灭的景象使她的瞳子睁大到了极限程度；可怜的卡洛乌斯拖着鞋跟走到她面前，嗓子带着哭音开始像哄小孩子那样劝她。

“应该用皮带揍她，”卡洛乌索娃恶狠狠地说，“她小时候挨的揍太少了！都是爸爸不好——把这丫头惯成这个样子！还安慰她哩！”

皮货商气呼呼地转向妻子：

“住口！住口，你……你到底露出晚娘面孔来了！你这个狠心的晚娘！”

“够了！”昂德拉厉声把他们喝住，他也渐渐耐不住了，“等你们到了安全的地方，尽你们吵呀骂呀闹个痛快！现在请睡觉，谁也不会把你们从这里背走，这一点要记住！”

拉才茨基困惑地摇摇头，把一双大手放到桌上，说：

“‘睡觉’——您说说倒容易……凭良心说，拉滋……我不太喜欢这个地方……”

“您不是在休养所；我也不喜欢这个地方！还有什么要说？”

“还有……”拉才茨基凑到他面前，“这个德国人——您了解吗？他到底可靠不可靠？……会不会……”他向拉滋耳语，但故意让大家恰好可以听到他的声音，“会不会他只是装模作样……弄得我们颠颠倒倒，然后把我们全都……有这样的事，我听人家说过……”

律师说出这个可怕的想法，大家立刻陷于慌乱。昂德拉本想正色呵责拉才茨基，但看到大伙脸上惊恐的神色后没有这样做。他紧咬牙根考虑片刻，对漠不关心的汉斯斜瞅了一眼。那德国人两手交叉在胸前坐在炉旁打盹，他的模样倒还老实。

“这并不说明什么，”当拉滋把他对于向导的看法跟拉才茨甚谈了以后，律师摇摇头说，“我也有经验。”

“跟他打什么哈哈，”鲍利斯凑过来加入他们的谈话，“我认为这不成其为问题——无病无痛送他上西天，不就完了！”

拉才茨基暗暗赞成，但是拉滋断然推翻这个主意。

“你疯了，鲍利斯！……”

“你是胆小鬼！”他也不甘示弱，这个报复的机会使他得意非凡。

“鲍利斯，我可以把你揪住衣领撵出去，使你眨眼间滚进共产党的监牢，只是我不愿污了我的手。如果你不愿折断几根肋骨到达安全的地方，我劝你闭嘴服从。要是你敢乱动，我就把第一颗子弹打进你的愚蠢的脑袋。别忘了，没有他我们过不了国境线！过不去！我们谁也不熟悉这一带地方，我们得依靠他！不过——我也同意对他应当注意……以防万一。”

这是一个明智的建议，男人们商定轮流值班。值班人坐在汉斯后面——不要太显眼，一有什么危险立刻干掉他。

鲍利斯自告奋勇值第一班;其余的人先去休息。

“不劳费神。”卡密尔·台赫曼冲着鲍利斯的脸咬牙切齿地说。他跳起来站到弟弟面前，像一只老母鸡挺身保护它的幼雏;在这个场合中，扮演小鸡角色的是被卡密尔坐热了的那些箱子。“你给我走开！”

“喂，喂，”鲍利斯用嘲笑的语气说，“莫非你打算孵一窝蝙蝠出来？你大概带着你所收藏的瓷器！”

“带着又怎么样？”这个长着鸡皮狭脸的侏儒尖声吱吱地叫。

鲍利斯脸色阴沉地向哥哥的情妇说：

“叶琳娜，现在您也看到了，您的朋友简直是一枚鞋钉。当心别碰到他的箱子。他会像耗子一样咬人。贼做得愈大，就愈是……”

卡密尔把皮肤皱拢的脸向他扭过去，同时在找一些可以刺中鲍利斯要害的话。

“你嚼你的舌根去吧！但我要说，一个正派人可不太愿意跟他同室的人中间有……”他说到这里作了一个戏剧性的停顿，使接下去的话产生鞭子抽响的效果，“……有杀人犯！”

所有的人一齐把目光射向张口结舌的鲍利斯；但是卡密尔还没有说完：

“这个人把自己父母的钱财偷得精光，害得他们好苦！……要不要我把一切都说出来？这一切对于我们中间的一个人……一个女人还有很大的关系！……”

“住口！”鲍利斯竭力想把哥哥的话声压下去，“全是胡说八道，不要脸的贼……强盗……是你自己席卷了老头子所有的一切……”

“一派胡言，混蛋！你是夹着尾巴逃走的，要是你在这儿被抓住，不活活剥你的皮才怪哩！”

“害父亲的是你，不是我！你自己把……”

“不许你说‘父亲’两个字！多亏了我，他才没有受到损失……”

从台赫曼两兄弟对骂中隐隐泄漏的不可告人的秘密像沼地里污黑的臭泥浆泛滥开来；大家急忙阻止他们，似乎唯恐听到还没有说出的话。甚至卡密尔的情妇也出来把他们拉开。

“好了，别发疯了！你们俩都像不懂事的孩子！”

“你给我滚开！”卡密尔向她怒喝，他气得呼吸都急促了，“我知道你安的什么心眼，我不是瞎子，亲爱的！”

他又坐到他那些箱子上去兀自沉思，再也不理他的情妇。叶琳娜伏在鲍利斯肩上呜呜咽咽流着虚伪的眼泪。

在这当儿，谁也没注意到卡洛乌斯连着椅子挨近汉斯，悄悄地向他不知说着什么。汉斯连连摇头，竭力摆脱胖子的纠缠：

“Es geht toch nicht, ab ...[①]”

“卡洛乌斯，你们在那里交头接耳谈些什么？”拉滋把他喊住，“您要他先带您一个人过境是不是？”

皮货商面带抱歉的表情惊恐地转向昂德拉，嘴里喃喃地给自己辩解。

“犹大！”鲍利斯杀气腾腾地说，“叛徒！称我心该把他毙了……”

“他想把我们一脚踢开，自己逃走！……”

“他会引起边防军的注意，那时我们都得被抓去，这像话吗？！”

卡洛乌斯灰溜溜地带着椅子退到一旁，弯下尽是肥肉的颈脖，让责骂像大雨向他头上倾倒。卑鄙无耻的卡洛乌斯！

“难道您不明白这是不可能的？”拉滋把他狠狠地抖着，“您一个人带着这些箱子永远别想过境！您爬得比蟑螂还慢！”

“除非把箱子留在此地。”布里赫以嘲讽的口吻补充一句，这一切已经使他感到恶心；可是卡洛乌斯像被螫了一口急速地向他转过身去。

“只有您才会这样想！”他大声吼叫，“因为您是个穷光蛋！您跑起来利索！可是您知道这箱子里装的是什么？这里头不光是钞票！这是二十年辛勤的劳动和心血！二十年没一夜好睡！而您说得那么轻描淡写：留在此地……假如这样……我一辈子岂不是白活了？……反正您永远不会明白……”

“古高，你看到了没有？”他的太太也插进来说，“我早说过。把

① 不能这样做……（不准确的德语）——俄译者注

我们骗到这里来是准备打劫我们！你瞧他！我们对他一点也不了解！谁知道他是什么人！拉才茨基先生！”她扮着一副受难人的神气向在一旁发愣的律师发出呼吁，“看在上帝分上，请来维持一下秩序，给我们做主，您看看这像话吗？……您是我们的律师……”

“够了，”爱薇琦卡把她的话头打断，“如果您认为被强盗包围了，这对您更没有好处。但是我告诉您，太太，您的模样委实可笑！”

鲍利斯发出幸灾乐祸的大笑，向爱薇琦卡说：

“一比零，您赢了！”

“可是您……您……”卡洛乌索娃的一根食指声势汹汹地指向爱薇琦卡，“谁知道您的底细？您是什么人？”

“尊贵的夫人，”律师终于开腔了，他和气的脸上强装乐观的笑容，“尊贵的夫人，请安静下来！我以人格向您担保，您的忧虑没有根据，而且有失体面，当然，我们大家都原谅您——在这不愉快的时刻里，您的神经紧张过度了。对这里所有的人，包括布里赫博士在内，我都有相当的了解，我向您担保，这里个个都是循规蹈矩的正派人。不要把一切看得这样可怕，夫人！假如某人偶尔脱口说出过火的话，这完全是受了我们所在的这个地方的影响。没有别的原因。明天我们就会忘记这件事，等过境以后到了我们真正的朋友那里——一切都将美得不能再美。”

“您像个说教的神父。”爱薇琦卡觉得很可笑，她长叹一声在靠窗一条长凳上布里赫身边坐下，用胳膊肘支在膝盖上，看着周围的一切。

“我受不了！”布里赫轻轻地说。爱薇琦卡的脸向着他，并不掩饰惊奇的神情：

“连我在您身边也不好些？”

他眼睛看着别处沉痛地打断她说：

“现在我没有兴致作沙龙清谈。”

“难道您还不了解这些人？哦，天真的孩子！这些都是钱袋。钱多了也是一种病。不过您离开这个国家反正跟这些人无关。”

“但总是跟他们同行的。走的路是一条！”

爱薇琦卡不再作声，非常温顺地坐着；布里赫感觉到她身上的暖气，她的香水味使他头晕。

律师还在那里夸夸其谈。在法律以外的领域内他觉得把握不大，只得借助于抽象的空话，轮番以他的主顾们的感情、理智、教养、财产为题大做文章；他在小屋里走去踱来，不断做着手势，他向他们许下金山银海以及可以眺望阿尔卑斯山景色的豪华大饭店——总之像个热心介绍商品的小店掌柜把未来描绘得金碧辉煌。其余的人这时不得已在准备过夜。鲍利斯手插在口袋里坐在汉斯先生背后；小卡利且克·卡洛乌斯像只小狗蜷成一团呼吸得很快，仿佛要赶在天明前做完什么事情。床位问题又引起一番争吵，但昂德拉厉声宣布床铺完全给女人睡。爱薇琦卡拒绝了床位。卡洛乌索娃正在作夜间化妆。马尔库普像个木头人坐在椅子上专心翻着一本金边书。嘴唇翕张微动。布里赫看到，他悄悄划了个十字，然后伸直两条硬邦邦的腿，不一会就发出轻微的鼾声睡熟了，手里还拿着祈祷书。

汉斯先生打断了布里赫的沉思。那德国人从椅子上站起来，取下挂在木档上烘干了的袋子，显然准备出去。大家都骇愕地注视着他。鲍利斯直挺挺站在汉斯后面，如猛兽之将猝扑。他的手从口袋里伸出一点点，但拉滋用手势阻止了他。

“哪里去？……”昂德拉问，他走过去叉开两腿站在汉斯面前。

“下山……到村里去。”

“我们何时继续走？”拉才莰基操着文绉绉的德语问。

“这……我不晓得。”瘦长的汉斯搔搔头皮。布里赫发现他鄙陋的脸上掠过一丝有恃无恐的冷笑。接着他又像个商人不能如期交货给性急的主顾那样堆着笑脸说：“得等黑尔曼来……他不来不能走。”

“真是见鬼，那么这个黑尔曼到底什么时候来呢？”卡密尔·台赫曼这时也沉不住气了，不过他仍坐在他的箱子上。“黑尔曼，黑尔曼——到底有没有这个人？我们需要现实的东西，不要空口许愿！我们付的是现钞，先生！明天早晨他能来吗？”

“也许能来。”汉斯说着一摇一摆向门口走去。

鲍利斯意欲开始行动，他悄悄地说：

“看见没有？够了，别再跟他婆婆妈妈的，拉滋，我想现在您总该全明白了……我去跟在他后面结束这幕喜剧……你们准备出发……”

“慢着。”昂德拉挡住鲍利斯。他把汉斯拉到一旁，向他耳语了半天。汉斯听着，一边点头，后来他朝昂德拉看了困惑的一眼，摇摇手，但最后又默默地点点头，回到老地方，把袋子挂在木档上。人们齐声松了一大口气！汉斯站起来熄了煤油灯，打开百叶窗。大家都睡不着：屋里充满了煤油味，烟熏得眼睛辣麻麻的，想象中一幕幕恐怖的场面使他们几乎停止了呼吸。窗外的风像长长的拖把扫抹着乌云，时而从云层中抖下一阵雨来；雨滴打在木条屋顶上犹如锣鼓点子。

黑尔曼几时能来？……耳朵被恐惧堵塞了，老是听到悄悄地自远而近、不慌不忙的脚步声……忽然有一线亮光闪过——哪儿来的？原来是一只夜游的萤火虫飞过……布里赫坐在长凳上爱薇琦卡和莉雅之间，一眼不眨地望着月黑风高的窗外。思想在脑中如风车急转……黑尔曼，纳粹分子黑尔曼！可能是个被驱逐出境的刽子手……他的双手可能还淌着人血！乌克兰人，犹太人，法国工人，司炉安得列——还记得吗？！——华沙的教授，还有……还有从各处用暴力赶来的一群群累得失去人形的躯体，他们被劫掠了所有的一切，挤在希特勒天堂的垃圾箱里，被恐惧和痛苦摧残得奄奄一息。其中我认识的有多少？可记得奥斯威辛、迈达涅克[①]、布痕瓦尔德上空的黑烟？四年前我走的是回头路。长长的列车满载着人体和恐惧走一阵，退一阵，犹豫不决地开进岔道口；妇女们闷得人事不省；火车经过炸毁的工厂、变成焦土的城市，这个警报日夜长鸣的国家连候鸟都不愿回去，那里甚至空气也在燃烧！死气沉沉的黑暗吞噬了世界，只有车站上微弱的灯光

① 迈达涅克，1940 年德国法西斯在波兰卢布林城附近成立的死亡营。

间或刺破这片黑暗。披耶尔回忆着巴黎。留在披耶尔记忆中的巴黎是几条不知名的街道的一处岔口，那里有花卖。披耶尔是一家纸盒厂的工人，他有许多事情要做：首先要清算贝当这个卖国贼。然后跟玛赛儿结婚。披耶尔给布里赫看一张他自己拍的照片；四角弯曲的照片上一个黑头发的姑娘倚着自行车站在一座小桥上盈盈含笑。她就是玛赛儿。法国卖国贼太多。你知道是谁出卖了法国？就是那个穿皮大衣的商人、工厂主！有一次空袭过后，他们从瓦砾堆下把尸骸拖出来，披耶尔弄熄了电焊器喷出的蓝焰，没头没脑地说：

“我们必须互相发誓尽所有的力量不许这一切重演。这样的游戏不是人做的，”他握着电焊器向周围比划着痛心地说，“这里葬送了多少人的劳动！”

他们互相握了握手——以后布里赫再也没见到披耶尔。但还有另一些人，他们讲着世界上各种各样的语言。其中一部分人的话布里赫能听懂，一部分人他借助于眼神、手势和敬来的香烟了解他们的意思。每个人心里都有一个共同的愿望。“活下去！”他们见面时互相用目光说着这一句话。活下去，活到这个腐朽、破产的旧世界崩溃，然后建设新的。不能死！

“睡着了吗？”旁边传来爱薇琦卡的声音。布里赫没有回答——他不能挣脱自己思想的控制，甚至当他觉得一只轻巧的手碰到他的脖子时他也没有动弹。爱薇琦卡疲乏地把头靠在他肩上，她的柔软的发波在布里赫面孔附近散发着阵阵幽香。脚步声，黑暗中的脚步声？……她要我怎么样？布里赫真想移身离开这个外国女人——但他一动不动；一个热吻盖住了他干燥的嘴唇，简直像什么东西螫了他一口，然而他依旧不动。他见莉雅的黑影不屑地离开了他们。他隐约听到一声惊讶而痛苦的叹息。布里赫悄悄地向爱薇琦卡说：

“这一切都没有意思。不要这样！我不能这样生活，不能，懂吗！这您是不会明白的！”

“您害怕？”她凑在他耳边轻轻地问。

他点点头。

“怕谁？难道怕我？”

布里赫摇摇头说：

“不！应该给我当头一棍。一切……一切无非是骗局！”

爱薇琦卡的手从他脖子上滑下。他们悄悄地交谈起来，深恐惊扰了别人本来就很短暂易醒的睡梦。这究竟算不算是交谈？布里赫觉得他们是在默默地用思想互相答问，只偶尔说出一些第三者不能懂的只言片语。

“钱，不要怪钱，这是死的东西，但又是不可缺少的。”爱薇琦卡说。

隔了一会他说：

“我母亲没有钱。她是穷死的。至于父亲，我记不得他。他从战场上回来带着某种看不见的创伤，不久就死了。现在我开始怀疑，他的死是由于别的某种直到如今我还不能明白的原因。他怎么会死的？没有荣誉，没有金钱！死得冤枉！他是个火车司机，打了胜仗回来却成了战败者！”

爱薇琦卡不作声——她的头又靠到布里赫肩上。

“可怜的人！不过您也不用伤感——您怨谁？”

“我正是在找该怨的人。怨生活？不！这是个太空泛的概念——人们不知道该抱怨谁的时候都怨生活。但我终究开始明白，我的父亲——这个我不认识的人——之所以会死，确实另有其真正的原因！”

爱薇琦卡给他一支烟，打火机喀嚓一声，火光把她的脸照亮了一秒钟。布里赫在她脸上看不出任何表情——这是一张洋娃娃似的脸。火光一熄，她开口说：

“我们俩……算了，不谈这些，反正您不会明白……请您告诉我，像我这样的人能不能恋爱？有没有权利？”

他抚摸着她的头发。

“重要的是这样的人会不会爱。”

布里赫发现爱薇琦卡闪开了他。

“够了，”她带着失望的语调截住他的话，“您是个冷酷的人。”

“也许是，”他说，“可是您对我好像抱有某种目的……”

“是的，我承认，是有过—— 但这个我们也不谈。晚了！”

她把身体坐直，站起来，摸黑走到一张空床边，鞋也不脱就躺下去，向黑暗中凝视。闭上眼睛！布里赫听到某人在低声说话，时而间以意味深长的停歇，他听出是昂德拉。另外还有啜泣声。随后又是沉寂。不知谁狠狠地抽着烟，红红的一个火点子时亮时弱，在黑暗中画着圆圈。

不可估量的漫长的时间一秒一秒挨近早晨。

在一种半睡半醒、近似黏糊糊的昏迷状态中，幻想的力量使生活的大河倒流。一张张充血、虚肿、像是用雾和烟捏成的面孔，零星片断的话语，突然停止而变得毫无意义的动作—— 一齐在脑海中浮现。作为这一切背景的是那个熟悉的声音。满街都是人群！出卖——我们被出卖了！那件事有一个简单的名称：慕尼黑[①]！那天你站在民族剧院附近……哦，那是一片阴森可怕的寂静！从扬声器里夹着啸声一遍又一遍传来竖琴拨出的四下和音。有一个人似乎为了排除胸中使他窒息的一切而攀住了路灯杆。一位老太太在街角上哭！我们受了骗！人们眼睛里的神情难画难描……我们受了骗！这是出卖！我们被出卖了！骇人听闻的大阴谋！工人在城里示威。接着是霪雨烂雪的三月，摩托车轰隆隆开来。那时妈妈死了。后来又怎么样？后来是……终年的黑夜！大学的校门在你面前关上，开始了一连串的审讯！妈妈以前常说：“弗朗蒂雪克，你将来定能出人头地。”可笑！又是满街的人群，他们喊着：“批准辞呈！”你听见吗？这一切是怎么互相联系起来的？

布里赫从半昏迷中醒了过来。我在什么地方？他把腿舒展一下，竭力摆脱像有许多小虫在身上爬的不愉快的感觉；摸摸口袋，想找一支烟抽。天哪，还是那么静！……

---

① 见第 114 页注③。

梦神飞走了，只好在浊黄的灯光下枯待天明。

床上有人在无声地啜泣。

是伊莲娜。

5

朦胧的曙色穿过黎明前的雾幕；到六点钟已经可以看清窗外云杉叉得很开的树枝，但峡谷还沉浸在黑夜中。

“你上哪儿去？”昂德拉问布里赫。

“去透透风。头疼得厉害。出去走走……”

他走出小屋，这一个不眠之夜搞得他头昏脑涨；脚踏在潮湿的山中草地上发出轻微的吱吱声。他感觉到有专注的视线从窗户里边观察着他；他的一举一动都受到监视。树林笼罩在破晓前深沉的寂静中，这时候它使人感到安全和宁谧。后来布里赫听到鸟儿怯生生的啼鸣。回小屋去时，他看见马尔库普卷起方格衬衫的袖管在做体操。过了一会，马尔库普索性把衬衫脱去，袒露强壮、凸出的躯体；他弯折着由一串串发达的肌肉组成的健美的身体，手臂向左右前后挥动，他所有的动作都做得很认真，仿佛在完成一套礼拜自己躯体的宗教仪式。看见了布里赫，他垂下双手不好意思地微微一笑。

“老习惯了……我努力想保持体型。”

“做吧，做吧！老实说在此地也没有其他合乎理智的事情可做。”

“我问你，”马尔库普说，一边把肌肉结实的手臂穿进衣袖，“昨天夜里出了什么事？”

布里赫把手一挥：

“你睡着了也算你走运！在正常情况下，什么都看不出来。卑下的情操在灵魂深处安睡。可是到了这儿，一发即不可收拾。”

“这些同伴也真够糟糕。”马尔库普说。

“我们也属于这一伙。”布里赫提醒他。

马尔库普黝黑而且带一些土气的脸朝下凝视着地上默默沉思。然后摊开两手拍拍自己的大腿，说：

“你的话很对！虽然我不知道对在哪里。我父亲只有一份可怜的家业，我们家有七口人。我好容易争取到助学金，有时候还去机车库运煤。家里人需要贴补。不过你别以为我在抱怨。我……能吃苦。”

“那么究竟为什么呢？！”布里赫十分好奇地问。

“因为他们……都是无神论者，你懂吗？共产主义就是无神论！而我相信上帝。我受的教育就是这样，我不愿自己的信仰受侮辱，被禁止。工作我不怕——正相反！祈祷和干活——我爷爷就是这样教导我们的！我一心想将来给我们村里的人治病。当一个乡村医生——这是多么美妙的生活！穿过田野和森林去看你的病家，一边欣赏大自然的景色。给穷哥儿们整复脱臼的手，给老大爷们拔掉最后的几颗牙。大家都认识你，虽然有时兴许会暗暗骂几句，可是心里还是在说：这是我们自己人。在他们中间有你这么个人。城里我待不惯！可是现在……”

“我不明白——你到底为什么要跑？”

“不知道……我自己也说不上来。不过人总得有信自己的上帝的权利，朋友！可是人家说——共产党不准。据说俄国也把神父赶了出去。政治我不过问，也不懂，可是这一点大概是事实。俱乐部里也都这么说，而我对待生活的态度很严谨。我得出了结论。”

爱薇琦卡从小屋里出来向布里赫眏了下眼睛。她苍白的脸上可以看出一宵没有好好睡在眼睛下面留下的黑色晕圈；她用纤细的手指掠掠蓬乱的头发。马尔库普从她旁边擦身而过溜进小屋。

“您认识他？”布里赫问她。

爱薇琦卡点点头。

“不折不扣的罗耀拉[①]，”她微微一笑，“不过在其他方面是个挺好的小伙子。我跟他是偶然结识的。星期二，他参加了某一个秘密集

① 伊格纳梯·罗耀拉(1491—1556)，西班牙贵族出身的教士，耶稣会创立者。

会出来，东张西望，像一头给惹恼的公牛，就在那时我遇见了他。他说他打算逃出这个共产主义监牢和魔鬼世界，我听了表示愿意帮忙，他立刻把自己的一份简单的大学生行装收拾起来，当天晚上就动身。将来他会后悔的。他在这里不合适。”

“那么您相信我是合适的喽？”

“毫无疑问。”她轻佻地一笑。她又恢复为布里赫在昂德拉家的晚会上认识的那个坦率得不顾礼貌的女人。“至少是因为我的缘故。您不信？我看得出——您内心矛盾重重，而我倒挺喜欢这样。平平稳稳的人会使我感到无聊得可怕。不过，经过了这一夜，我对您不觉得奇怪了。”

“这太下流，”他打断她说，“想起了真叫人恶心……”

“的确，一点也不假。这使您奇怪吗？人本来就是动物。”

“并不都是。这些，”他指指小屋里边，“这些确是动物。谁跟他们同走，就跟他们一起堕落。这就是我从昨天夜里得到的结论。”

“好，”她逗弄似的微笑着说，“就算他们道德败坏。但是，带着装满财物的手提箱道德败坏——这不是妙极了吗，牧师先生？说真的，我觉得您像一个苏格兰牧师。您对人的评论很苛刻——那些人在您看来一定糟不可言。不知我在您看来怎么样？一个堕落、任性、头发染上假色、追求虚荣的女人……也许还很卑鄙，是吗？”

他没有回答，转身想走。她伸出一只纤手把他留住，凝视着他的眼睛。他们站在小屋旁边，国境线近在咫尺；周围的森林弥漫着一团团乳白色的晨雾，从白茫茫的空虚中露出尖尖的树梢，显示着邈远的原始时代的威力。爱薇琦卡和布里赫站着四目对视。当爱薇琦卡开口打破这难堪的沉默时，布里赫觉得她的声音变了样，像是动了真情似的颤栗着。

“您是真的完全不理解？不明白……难道您要我自己对您说？您这个要命的人！”

她无可奈何地摇摇头，掠一掠夜来散乱了的浅褐色头发，以奇怪的、抱怨的目光逼视着他。

“我的天，您多么狠心！佯装不懂。您一定非常自信，是不是？”

布里赫目瞪口呆。门呀的一声，昂德拉走到门口，伸了个懒腰，一双红红的眼睛隐隐包含着威胁的意味把他们打量了一番——仿佛他禁止背着他作任何事情。爱薇琦卡退开几步，低着头经过他身旁走进小屋。

拉滋目不转睛地看她走进去，门关上以后，他用大拇指向后面指指：

“事情怎么样了，博士？”

布里赫把手一摞，什么也没回答，走进木屋去。

汉斯先生到树林里打柴去了。昂德拉默默地跟着他。不多一会，他们抱着潮湿的枯枝循着石径回来了；汉斯的钉鞋踩在石块上发出响亮的嚓嚓声，但是面部依旧毫无表情。

“Is kut[①].”他点点小脑袋说。

“黑尔曼到底几时来？”当他把枯枝堆在炉旁的时候，小屋里的人纷纷向他打听；这德国人眼睛也不眨一眨，只是打一个呵欠，不好意思地用手帕擤了下鼻涕。卡洛乌斯亲热地拍拍他的肩膀，拉才茨基向他敬一支雪茄，汉斯含含糊糊道一声谢，把雪茄头咬去吐在炉里。后来他总算开金口用他那种不容易懂的方言把情况解释了一番。看来国境线上出了什么事情，因此黑尔曼耽搁了，但诸位可以放心，他一定会来的。什么也拦不住他，他比狐狸还狡猾。只要稍为再忍耐一下。诸位在此地差不多可以说毫无危险，虽然……边防岗哨也不在睡大觉，要越过去非得本地人带路不可，即使这样也不是每次都顺利的。汉斯说的时候不做任何手势，而这些沉甸甸的皮箱的主人极度注意地听着他的话，想从他那里得到安慰，这显然使他满意。

无穷长的白天！简直要把人逼疯了！汉斯走出去，拉滋在窗前看他把木栓从外面插好，又看他从窗口爬进来。紧张的枯待在每个人脸

---

① 一切都好（不准确的德语）。——俄译者注

上打上了烙印。寂寞使灰暗的心境益发黯淡，无事可做只得活受罪！鲍利斯对着精致的化妆用品盒里一面小镜子在修面，他的非正式的嫂子手里捧着英语读本，眼睛不时瞟着他。而她的情夫则疲惫地坐在皮箱上，犀利的目光注视着他们俩。他大衣、帽子都不脱，坐在那里想心事，这个丑陋的矮人巴不得第一个走出去，第一个跨过国境线。叶琳娜不大情愿地低下头去，开始强记一些英语句子，可能，在不久的将来她就会看着某一个从堪萨斯[①]或者别处来的高个儿小伙子的脸说出这几句话。不过句子记不住，她感到苦恼。

拉才茨基在滔滔不绝地发表他对国际局势的见解——战争几时爆发，几时结束，到什么地方去暂避一下最好。他一本正经地说，阿尔卑斯的冰山很经得起原子爆炸。佛朗哥的西班牙也是个不坏的地方。夫人，您看到过斗牛没有？德国的对流风太厉害，他们那边的玻璃窗大概都打破了！我有一份《意大利游览手册》，您感兴趣吗？但我着重指出一点——意大利热得很！而且很脏！共产党员也非常多！

拉滋背靠床站着，床上躺着已经醒过来的伊莲娜。

她睁着眼睛，呼吸微弱。昂德拉从后面的口袋里掏出一封未拆开的信。

“临走前邮差送来的；这是你在这个国家里收到的最后一封信，亲爱的。”他竭力想使伊莲娜高兴。她看看信封上陌生的笔迹，邮戳看不清楚。什么也引不起她的兴趣，更不愿当着丈夫读信。她接过信。把它塞在防雨外套的小袋里。昂德拉还在说着什么，但她并不听他，呆滞的视线望着空中。

暮色渐渐降临到山上，得把门打开，好让大家呼吸一下新鲜空气。夜里木栓没有插上——这个该死的混账东西总不能不来吧！

“黑尔曼什么时候来”——这句话成了令人心焦的等待的口令。大家都反复诵念着，好像在盼望一位救世主把他们带往自由、幸福的乐土；不时有人说出这句话，从望之欲穿的眼睛里也可以看到这句

① 美国一城市。

话。看表，打呵欠，听远远的犬吠声，吸煤油的烟和炉子里劈啪作响的潮湿的树枝冒出来的炭气，看汉斯无动于中的脸色和只有三个指头的手——这一切也真够他们受的；窗外的瓢泼大雨在树丛中哗哗直响，这场雨已经一连好几个小时冲洗着郁苍苍的山脊。

那盏肮脏的灯又点亮了，在模糊的灯光下所有的脸又泛出青色；这所木屋里的气氛愈来愈紧张，愈来愈不安，时而爆发无缘无故的争吵，但很快也会糊里糊涂收场。

“你疯了，卡洛乌斯！”昂德拉突然吆喝一声，“这时候还喝酒？！”

他从吓得发抖的胖子手中把酒瓶夺去，怒不可遏地扔到角落里。皮货商望着他，模样活像一条挨了打的狗——他已经酩酊大醉。人人都看出他醉了：卡洛乌斯乐不可支，嘴里自言自语，还尖声尖气地傻笑，不时呃逆打嗝。他那肥胖松软的脸上间或升起不正常的血色。但谁也不去注意他——人们自己的心事也够多的了。

大家又缠住汉斯先生，要他说黑尔曼到底什么时候能从那边来给他们带路。汉斯一味摇头，他的话变得完全不能懂了。怎么办？拉才茨基不住口地安慰别人和自己，时而用手帕揩拭后脑上的汗。昂德拉从一个角落走到另一个角落，脚踢着了鲍利斯的小皮箱，鲍利斯开口就骂：

“他妈的，不能留点儿神吗？！”

“你这里边有什么东西？难道也是黄金？”

不知是谁因为心烦意乱在一张断腿桌子上用手指弹着桌面，其余的人异口同声向他叫喊：停止！

这时发生了一件出乎任何人意料之外的事。在长凳上乖乖地坐了一整天的莉雅站起来像患梦游症似的踏着僵硬的步子向门口走去，谁也没注意她，突然，她将门上的把手一拉，门开了。

“我要自杀！”她喊了一声就消失在黑暗中。

所有的人都大吃一惊；昂德拉和马尔库普冲出去追她，但不久就淋得全身湿透回来。莉雅跑到黑糊糊的树丛中去了。

小屋里开始大起恐慌。

“她会被逮住的，听见没有？！”台赫曼的情妇哭了起来，“看在上帝分上，想想办法吧！要是他们把她抓去了，回头就会来抓我们。卡密尔，我们离开这儿！我用上帝的名义求你，离开这儿吧！”

在一阵可怕的慌乱中，大家纷纷从地板上拿起箱子，门口顿时挤作一堆。昂德拉背向门站着，摊开两手拦住他们，狂怒使他的脸色变成铁青：

“谁也不许出去！你们完全昏了头脑！不许走——任何人都不可能自己过境……我想她不会惹出什么乱子来！”

但是这种不着边际的安慰对谁也不起作用——大家拼命叫喊，你推我挤，要求立刻放他们出去；拉滋坚决不放。他仍劝慰大家：

“放聪明些！也许她真的不过是自杀罢了。安静！别吵！”

这一场风波就在女人无可奈何的哭声中告终。但可以感到那些人再也支持不了多久，紧张已经到了极点。爱薇琦卡面色苍白，她站在木屋中央布里赫身旁，神经质地紧握着他的手。伊莲娜坐在床沿上，脸埋在手心里。“怎么办？”布里赫自己问自己。

“都是你不好！”卡洛乌斯用哭音指责妻子，“你，你，你！你这个狠心的晚娘！你逼走了她，害了她的命！”

“肮脏的畜生！”女的向他反扑，“你居然还敢责备我！这都得怨你自己！怨你的贪得无餍！你惯坏了她，至于有关那个人的事情……要不要我当面对你说出来？”

“闭嘴！马上给我闭嘴！你当时一心想嫁个有钱人！我娶你的时候，你穷得连一件衬衣都没有！”气疯了的卡洛乌斯咬牙切齿地说；他已经不再克制自己，但他的女人也不示弱——她纵声发出一阵恶毒的狂笑，十足像个泼妇在他面前乱蹦乱跳：

“娶我？娶我？你是用你的不义之财买我的，肮脏的畜生！你用钱堵住我的嘴，要是我说出来，准叫你坐牢，你这不要脸的附逆分子！我看透了你！后来法令颁布以后，你才松了一口气，难道你忘记了？”她叉着腰站在卡洛乌斯前面大发雌威，“律师先生还记得你在浑水里摸了些什么鱼——您说是不是，拉才茨基先生？”

拉才茨基不知如何是好，他企图遏止这幕不体面的丑剧：

“夫人，您太激动了！”

“撒谎——你也是个臭商人！他把你也收买了！你们是一路货，但只要我说几句话，哪怕只……”

“夫人！”拉才茨基向她逼近一步，把嗓门提高。

“不许碰我，卑鄙的东西！是的，古高，你买下了我，你怕我说出来，所以劝我嫁给你。当时你还胡扯爱情什么的……当心，当心，古高，一口气喘不上来会闷死的！嘿，你啊……哈哈！要是没有你，今天莉雅满可以成为一个幸福的女人！”

律师和皮货商联合行动才把她制服。拉才茨基用魁梧的身躯把她挤到床铺跟前，一边不住口地用言语劝慰，卡洛乌斯也一下子醉意全消，没让她说出末尾的几句话。

忽然，玻璃窗哗啷一声响。有人从黑暗中扔来一块石头。石头打破了窗子掉在桌上。头脑还保持清醒的昂德拉立刻把灯吹灭，小屋里顿时鸦雀无声。是怎么回事？谁把百叶窗打开的？

黑暗中发出一声轻轻的叫喊，又是一块石头飞进小屋。接着笑声再起——那是莉雅！她在说些什么没法听懂，像在念恶毒的符咒。不知哪个从黑暗里冲出门去，不一会，小屋里关上了百叶窗，点起了灯，昂德拉持枪推着还在顽抗的姑娘走进来，随手把门关上。

“她来了，这位疯小姐！”

莉雅以鄙夷的目光看着一张张青幽幽的面孔；她的模样好像刚从覆满浮萍的深潭里给拉起来；被树枝钩破的脸上杀气腾腾。她没精打采地回到原位——靠窗的一条长凳上，重又陷入对一切漠不关心的默想中。布里赫注意到，哀怨无告的眼泪从她略呈黛青色的眼眶里顺着蜡一样的面颊淌下来。卡洛乌斯战战兢兢挨到她身旁，做出慈父的样子抚摸她的头发和泪湿的脸，费力地找出一些愚蠢的话安慰她。莉雅恶狠狠地把他的手撂开。

“别来缠我！”

拉才茨基重新向汉斯先生发动攻势;汉斯一动不动地坐在他的方凳上，从头到脚打量着那位用官气很重的德语想从他嘴里打探重要消息的律师。可是汉斯毫无反应，他简直是山民庄重性格的化身。

“我说，朋友，”卡洛乌斯堆着笑脸加入谈话，“美国人在干些什么?”

汉斯耸耸肩膀。

“Ja … die Amerikaner … [①]”

他点起律师送给他的一支高级雪茄，津津有味地吐着烟雾，像他这样一个穷山民，只有逢到赶集或者守护天使节才能抽到好烟，现在自然诚惶诚恐。大家一致认为汉斯是个老实人。

“对，老兄，”拉才茨基拍拍他的背，“把这支雪茄抽完表示我们的友谊。我们不是那些勒令德国人迁居的狠心人。我对任何人都公开这样说：这是近几年来最大的罪行。赤化政府对待无辜的德籍公民所采取的手段太野蛮了。”

拉才茨基操着德语，他的话是说给汉斯先生一个人听的，可是对方却连眉毛也不牵动一下。也许他不太懂律师的饶舌，也许他专心在享受那支高贵的雪茄，无暇分散注意。

“下一次战争结束后我们要纠正布尔什维克的错误，”律师向汉斯保证，“从上一次战争中我对德国人有很好的了解。那是一些规矩而勤恳的人。他们有天赋的纪律性。这是十足地道的欧洲人。他们痛恨各种各样的变革和无政府状态。至于德国的士兵尤其卓越！他们的天职是纠正希特勒在俄国的军事错误，拯救人类摆脱布尔什维克魔障！你们是一切正直的民主主义者的盟友，所以我们同情你们！我们知道有些人打算对你们采取残酷的手段，其实，你们……元首的错误和失策怎么能叫你们负责？……”

“当然，”卡洛乌斯连忙附和，“据我所知，在商业方面没有比德国人更好的合伙者！在我看来，一个讲信用的德国人比……唔……比

---

① 唔……美国人……（德语）——俄译者注

一个赤化的捷克人要好一千倍！跟德国人总有个商量，只要他是体面人家出身。我个人跟他们相处得很好。战后许多人骂德国人，骂希特勒——当然，谁也不否认他做了些蠢事：就说集中营吧，这是不够聪明的——但是，没有人能动摇我的看法，我认为'保护'时期是市面繁荣、秩序井然的黄金时代。那时把共产党员抓去坐牢做得对。可惜没有把他们抓尽杀绝。否则，我们至少可以安安稳稳坐在塞诺格拉贝的壁炉旁边，不用在山里瞎闯，不会困在此地！"

"现在还没有绝望，"拉才茨基接上去说，"人们七嘴八舌莫衷一是，可是我可以肯定说：一定要打仗！出路只此一条！这是根本解决问题的办法！仗打不起来，我就不姓拉才茨基。非打不可！我们要叫共产党员在原子音乐声中跳舞。等着瞧吧！至于你们，"他转向默默无言的汉斯，"你们将成为我们最好的盟友。诚然，对于一部分胆小鬼来说这将是不愉快的，不过我们空谈得够了，让我们用冷静的政治现实主义观点来看问题。总之解决的办法只有一个：战争！"

汉斯先生一边吸烟，一边皱眉若有所思。显然，律师的话正在步步深入他简单的头脑，留下肮脏的痕迹。汉斯先生不会从长远的角度考虑问题。他是一个寻常的人。都是希特勒要搞军事冒险，才迫使汉斯离开沉默的山岭，扔下斧子和他装木头到谷地里去的滑橇，不太有劲地跨越苏联辽阔无边的原野；在魏里基卢基附近，他为这次旅行付出了两个指头的代价，当他们的连被往回撵的时候，他一点儿也不生气。他习惯于山居和贫穷，而拉才茨基的政治主张充满了火药气，少不了又要千里迢迢远征异乡，那时说不定脑袋也要跟汉斯再会，因此他不太欢迎。

他把耳垂扁薄的头抬起来，脸上依旧毫无表情。

"我说打仗太野蛮，"他带着浓重的鼻音说，一边举起那只少了两个指头的手，把它凑到灯光下，像宣誓的样子，"太野蛮了！我常常自己问自己：为什么会发生这一切？"

汉斯的思想开始在头脑中排队。他从来不懂得政治，不像那个黑尔曼·缪斯伯克——他把可诅咒的元首的势力带到了村里来；汉斯一直下意识地感觉到，如果他离开了山地的老家就难过日子。可是现在这些人却都不愿留在家乡……他帮助他们越境，但不太明白他们为什么要往外跑；他想着他的小屋子需要重盖屋顶，希望钱会自己到手里来。他的言语平直，常常说了几句要顿住半天，费劲地找适当的话。他一生本来就没有说过多少话！

“我家里有一个女儿和一个儿子。儿子叫齐普。以前我天天进树林子去砍木头，现在斧头握不稳了——都是因为这倒霉的手指。唉，打仗实在太野蛮……”

汉斯搔搔亚麻色的头发，不十分友好地看看跟他说话的人，似乎在恼恨自己不该跟这些老爷们瞎扯，于是重又闭口不言。他把雪茄抽完了，嘶哑地干咳了几声。

“战争有正义的和非正义的，我的朋友。”拉才茨基把脸凑近汉斯继续说，仿佛这个头脑简单的山野村夫的意见对他不知有多么重要似的。“在目前的情况下，战争是挽救人类和文明免遭布尔什维主义浩劫的唯一希望！在军队里一定也有人向你们解释过布尔什维主义是反对道义、反对文明人、反对你们、反对宗教的阴谋。所以要战争！好使像您和其他勤劳的人……不必为自己辛辛苦苦积聚起来的财产提心吊胆。譬如……您有自己的房屋吧？”

汉斯先生讶异地点点头说：

“一所小屋子，两只羊。我想……”

“着哇！”律师急忙打断他的话头，“这一切全都是您的。要保护自己的财产，别让共产党抢了去，老兄！现在还没有绝望！全世界都有您的强有力的盟友！一切主要将取决于你们德国人——希特勒是个神经错乱的门外汉，但是不管怎么样，他终究揭露了共产主义，并且最先给它以打击！不过现在还要给以致命的一击！战争应该在最近期内爆发，它将扫除一切不平，而你们将为人类立下奇功伟勋！您懂吗，老兄？战争一定……——您懂吗？！——一定要爆发，否则世界必遭毁灭！世界需要战火烧尽一切邪恶。战争！……战争！……”

拉才茨基像入了迷的偶像崇拜者反复诵念着这个生硬的、近似咬

牙切齿的德语单词：Krieg! ... Krieg! ... [1]

你听，布里赫！说话的人口才多好，他就是把你迷惑住的那张传单的作者，而你竟会同意他，跟他走，你这受骗的傻瓜！这不是梦——你明明睁大了眼睛站在这里听他慷慨陈辞。该采取什么措施？如何挡住这股浊流？

布里赫屏住呼吸站着，把视线从这一张脸移到另一张脸上——大家都围着律师全神贯注地听他发出号召。他们陶醉于想象中的横扫千军的旋风，变成废墟的城市，血肉模糊的尸体，在巨大无比的钢臼中捣得稀烂的土地，他们一心想以后带着饱鼓鼓的皮箱回到这块土地上去开铺子做买卖！战争！战争！

但你是尝过战争的滋味的！你认识这个青面獠牙的恶魔，被它的利爪掐住了就没命活，机枪的哒哒声就是它的狞笑！你是战争的过来人，你曾经踉踉跄跄走过这个恐怖的地狱。战争！他们的血液、心脏、脑髓——整个披着人皮的躯壳中都充满了战争的细胞！你受骗了！还记得汽笛声吗？埃森、科伦、施文福特、纽伦堡[2]，还有许多叫不出名字的停靠站……破裂的水管把泪泉一般的水柱喷到被炸翻了身的街道上空，地面上弹坑累累，像金钱豹皮的斑点，昨天的雨水还积在里边微微波动。只要闭上眼睛，煤烟、炭气、腐烂的味儿就往鼻孔里直钻；这些气味会塞住你的咽喉，刺得眼睛疼痛。一种动物的恐惧心理全部集中在背脊上，你觉得自己就像紧贴在熏黑的洋铁皮上的一条蛆。还记得吗？瓦片经不住烈火的高温而裂开，弹片像发疯的鸟在空中乱窜狂飞；冰箱一样的火车走一阵，停一阵，甚至后退——一直到火车头咽气为止；民房好像遭到锋利巨刃的正面劈刺，你会噙住眼泪辨出墙上画着一只小熊，画片的玻璃镜框打破了，一些可爱的小玩意儿都是孩子的小手触摸过的：砸碎的小餐具、撕去封面的小书、

---

① 战争！……战争！……——俄译者注

② 均系德国城市名。

停了的闹钟；一辆摇篮车不知给谁推了一下在街上的废墟中滚动。还是不想的好！可是忘得了吗？空气不时被零零落落和同时齐放的枪声所撕破！这是在什么地方？在乌克兰。在利迪泽①。在通电流的铁丝网后面。还有孩子。这是最惨不忍睹的！你看到他们是在火车上：眼睛睁得大大的，瘦弱的小手拿着破条布做的洋娃娃；而其他千千万万伶仃孤苦的孩子在前线的血泊中蹒跚而行。战场上、集中营都有他们的足迹。大地在他们的哭声中旋转。战争——第一次、第二次……这要到几时才能完？全欧洲的士兵在又暗又冷的车站上等亮闪闪的火车头把他们载到遥远的异乡去送死。司炉从机车窗里探出头来——这时候他的脸真像你的父亲。你只有从照片上知道父亲的相貌。唉！可怜的穷人，在任何战争中永远是战败者，即使打了胜仗也是战败者！火车把士兵们送往西部乌克兰平原的枉死城去，而某些人却从中渔利。这是谁的命令？他们为什么要去送死？他忘不了司炉的嘴角这一丝苦笑！这时几十万、几百万士兵的脸都像你的父亲，都是那么模糊，嘴边刻着深深的皱纹，眼睛里充满了忧郁。而另一些人却饱吸他们的鲜血，靠山样高的尸体堆大发横财。这另一些人就是他们，你睁开眼睛瞧瞧吧，布里赫！他们像吃得脑满肠肥的蟑螂——这样的蟑螂你用鞋跟踩的时候会发出响亮的声音。你真是什么也不懂哇，傻瓜！拉才茨基的话你听见了没有？他的声音如战鼓冬冬，在煽动新的大屠杀……

布里赫感觉到，对自己的憎恨和厌恶正使他处在慢性窒息的威胁下。他本能地挣扎着，鼓足勇气，准备采取激烈的行动以免闷死。

“住口吧！”他声嘶力竭地喊叫，“您说的都是疯话！……”

小屋里顿时静了下来，大家都惊愕地向他转过头来。他发现爱薇琦卡朝他看了一眼，从他身旁闪开一步。拉才茨基把身体挺直，他的

---

① 利迪泽是捷克斯洛伐克克拉德诺城附近的一个村子。1942年，因为捷克爱国者惩处了法西斯统治者、血腥的刽子手海得里赫，希特勒匪徒借口搜查将村子完全焚毁，男人和少年俱遭屠杀，妇女和小孩被遣往集中营。

最后一句话没有说完——嘴还张开着。

“如果这里有谁疯了的话，那大概就是您！”他打破了刚形成的静场，布里赫这一声喊叫有些把他闹糊涂了，“不会是别人，我的朋友！”

“您是个小丑！”布里赫冲着拉才茨基涨红的脸说，“你们都是白痴！你们知道战争是什么吗？这是……”

“那就请进修道院去！”卡洛乌斯勃然大怒，开始乱挥乱摇他的一双短短的手，“您的态度在此地已经表现得够明显了！战争非爆发不可，否则一切都要完蛋……”

“什么要完蛋？”布里赫问，他的脸色苍白。

“民主，难道您不知道？”卡洛乌索娃太太很觉诧异地回答。

“是不是你们的民主？是不是那一套骗人的制度？”

“您可真会开玩笑，博士，”律师装做恍然大悟似的笑了起来。他坐到椅子上，拍拍自己肥粗的大腿，企图用轻松的笑声使紧张的空气缓和下来，“简直是位演员！谁能料到……您是这样充满了激情！”

“宁可站着死，不愿跪着活，”台赫曼的情妇也引经据典起来了，“这好像是加符里切克[1]说的，是吗，博士先生？”

“依我看来，”鲍利斯开口说，“战争并不怎么可怕。战争小说总是有些夸大事实，好刺激读者的神经。当然，对于胆小鬼……”

“得了，年青人，”拉才茨基已经恢复平静的语气打断他说，“多争没什么意思！A propos[2]，博士，您对这问题是怎么看的？您不想回祖国吗？难道您认为共产党会自愿离开？别做傻瓜，亲爱的！您要知道，我们谁也不愿屠杀妇女和儿童，但是，假如自由和民主要求用武力把布尔什维克驱逐出去，那时……老实说，哪怕您有三头六臂，

---

① 卡列尔·加符里切克-鲍罗夫斯基(1821—1856)，著名的捷克现实主义讽刺作家。

② 顺便问问（法语）。——俄译者注

也阻挡不了这样的趋势，至于凭您那一套荒唐的思想，那更是做梦——唉，您这个和平主义者！别这样傻劲十足，尤其是当着那位您向她倍献殷勤的女士……”

布里赫不理睬这露骨的暗示。他用目光寻找爱薇琦卡。她独自站在窗前，嘴唇露出冷笑；她听了拉才茨基的话，涨红了脸转过身来说：

“拉才茨基，我知道您有足够的理由向我报复。要不要我当您的面说一件事情？别忙，骗子律师，否则您立刻就会后悔的！”

“哦，尊贵的夫人，”拉才茨基吓得讷讷地说，“我绝对不想惹您生气。这是误会！我只是指布里赫博士……”

“不许说他，”她向律师呵喝，并以果断的手势遏止鲍利斯的笑声，“他是这里唯一的正派人。唯一的，懂吗？而你们是什么东西？不过是一堆渣滓！”

她坐到床上，掩住面孔，大家窘态毕露，莉雅发出一阵阵歇斯底里的痴笑，但爱薇琦卡一概置之不理。

“阿门，”鲍利斯轻蔑地说，“太感动人了，诸位先生，诸位女士！这真是天造地设：一个是社交界名媛，一个是正人君子！我在勃朗菲尔德的书里读到过类似的故事。堪称为一部时髦的言情小说。”

“住口，”马尔库普从角落里提出抗议，他以愤怒的目光打量着鲍利斯，“不许你侮辱人，你……是个没有心肝的东西！”

“够了，”拉滋不耐烦地喝住他们，“该清醒一下了。大家做好动身的准备，再熬第二夜我们谁也受不了……”

“可是，如果那个家伙不来，您打算怎么办？”律师问。

“我们自己走！”拉滋低头看铺在桌上的地图，一边谈出他的打算，“我跟这个人商量一下……叫他给我们带路，不行就用手枪逼着他走。你们谁也不要管，我自己会跟他谈妥的，当然尽可能和平解决。鲍利斯，我警告过你了！只要你敢轻举妄动，使其余的人遭到危险——你就别想活着离开此地！记住了……”

小屋里展开了热烈的讨论，大家都凑过头来看拉滋的地图，分析种种有利和不利的因素，但每个人都很清楚：如果他们不愿发疯的话，无论如何不能再耽搁下去。布里赫站在一边，谁也不注意他。他觉得头在旋转，摇摇晃晃走到门口，开了门，走出浑浊的空气来到外面的黑夜里。起先他什么也看不见，眼前一片漆黑。

到哪里去？他摸黑走着，在小屋背后摸到一个树墩坐了下来，抱住脑袋。脑际出现巴捷拉、巴尔托时的面孔……苦口婆心的言语，诚恳友好的目光！布拉格！……他想起了告别布拉格那一天的晚景。坎坷的生活，多磨的青春！他出生的时候街上还一瘸一拐地走着第一次世界大战的残废者，长大了又赶上第二次。而现在？

门呀的一声，有人跟在他后面走出来。他认出是她！她找我干吗？她轻轻地喊着：

“布里赫……布里赫，您在哪儿？”

他一动不动，也不吱声。她——一个外国女人，没有祖国的随风飘……他开始了解她了，一阵怜悯之意油然而生。爱薇琦卡找到了他——她的纤手搁在布里赫肩上，他站起来。她穿着一件浅色上衣站在他面前冷得瑟瑟抖。

“布里赫……您想做什么？布里赫！”

他坚持不开口，劲风夹着雨点扑面吹来。

“我知道，”她像是在自言自语，“我感觉到……可是很遗憾……”

布里赫握住她的肩膀，但她是非常非常遥远的。

“叫我对您说些什么呢？只能说：谢谢！也许您自己不知道您是怎样帮助我认识了我自己……再这样下去我受不了……您怎么样？”

他觉得她在哆嗦，就放开了她垂下两手。过了一会，她用已经恢复平静的声音说：

“您说得对……我们是不同的人，博士，再这样下去我也受不了！的确如此。我想过另一种生活……但是不能……我拗不过这一股力量——我害怕……做您打算做的事情吧，您这个不解人意的书呆子！我这样对您说，可是我自己也不明白为什么，虽然我并不同意您的……”

说罢，她转身就走，只见一条娇小的黑影一闪；小屋门推开了一点点，模糊的灯光射到外面的黑暗中——一切都消失了。布里赫重又在湿润的树墩上坐下来。

在这距离国境线只有几百米的地方，在迎风摇摆的树梢下，他的头脑开始清醒了。

过了一会，他站起来，挺直腰杆；从谷地里吹来的劲风摇撼着黑魆魆的山坡上的树林，他深深吸了一口清凉的空气，然后回到小屋里去。

他觉得自己走进小屋时已经完全是另一个人了。

他打定了主意！

6

“您要上哪儿去，我的朋友？”拉才茨基问。他从地图上抬起头来，见布里赫在整背囊。布里赫停下手里的事情，向律师看了一眼。拉才茨基显然最先发现事情不对头，立刻不安起来。他站在布里赫前面，宽阔的背部挡住了灯光，只见一个由昏黄的微光勾勒出轮廓的巨大黑影。其余的人也都抬起了头。

布里赫把皮囊扛到背后。到现在为止他还控制着自己。

“既然您想知道，我就告诉您——我要往回走。”

这句话产生的影响简直像一枚炸弹爆炸。人们纷纷从椅子上站起来，失声惊叹。真见鬼！布里赫这时觉得自己像一个演员突然吸住了观众的注意力。然而他并不把他们放在心上。他在大家目瞪口呆的寂静中向门那边走了五六步，但在这当儿，拉才茨基的一只沉重的手搁到他肩上。

布里赫急遽地转过身来把他的手撂开。

“难道您疯了？”律师关切地问，他那两颊肥满的脸向布里赫凑得很近，“我明白……处境很困难！您有热度……”

“我没有热度！”布里赫突然冲着他的脸大声咆哮。他知道再也无法自持，“正相反！现在我才摆脱了昏迷状态！跟你们在一起这种病很容易治好——谢谢你们大家！特别要谢谢您……和您的传单！……”

“神经病！”昂德拉沉下了脸咬牙切齿地说，“你想找死？”

“你爱怎么说就怎么说。但是不要强留我，我决定了。没有重新考虑的余地！”

女人们慌作一团，连声咒骂。人们从四面把他围住，不让他走近门。但也有几个人对他抱着另一种态度。马尔库普激动地站起来，睐着眼睛发愣。爱薇琦卡焦躁不安地频频抽烟，夹在她手指中间的烟卷头上燃红的一点不停地移动，她把眼睛眯成缝望着布里赫。

伊莲娜！他看到她在木板床的床沿上霍地坐起来，手指哆嗦着扣上外套，她的金发闪着微光。她以漠不关心的、像蒙着一层翳膜的目光直视他的脸——布里赫不解其意。她想说些什么？别了，伊莲娜！到分别的时候了……我必须走——非走不可！一定得离开此地！谁也挡不住我。坚强些，坚强些，伊莲娜！唉，你啊……

布里赫周围的叫喊声愈来愈响，但他只当耳边风。

“听我说！”拉才茨基挥动着双手，“听我说，您这个怪人！在这里边境线上您将被扣住，那时您去向他们解释，说您是要回到他们的警察国家去。可是他们会相信您吗？您准被关起来，可笑的英雄！我是为您着想，别做傻瓜！……”

“我会向他们说实话。”

“上帝啊——他发疯了！”卡洛乌索娃双手掩面，“我知道不会有好结果……我们都得上绞架！快想想办法，看在上帝分上，劝劝他吧！古高……”

“妙极了！”莉雅拍着手纵声狂笑；卡洛乌斯战战兢兢地摇摇她的肩膀，莉雅把他推开。

拉才茨基叫大家静下来，准备跟布里赫谈判。他使出浑身解数；走过去拍拍布里赫的肩膀，立即又恢复和颜悦色。他耐心地摇摇头。

“这不合理智，亲爱的同行，”他开始说，“我请您好好考虑考虑。您是学法律的，该知道二乘二等于几。您要明白，这不单单是您一个人的事情，事情关系到其余所有的人。几分钟前，您十分清楚地表明了自己的意见，我了解您，但现在涉及的问题比较严重了！任何事情您爱怎么想都可以，您也可以不同情我们，但是这里有妇女，甚至还有小孩！……”

“您对我说这些话做什么？”

“因为我们不能放您走。我们是在一条船上！清醒一下吧！要是您被抓去——他们就会找到我们，那我们就完了！这就是您目前所处的境况。如果我们被抓去，那都是由于您的固执！等我们过了国境线，那时东南西北您爱去哪儿都可以。”

拉才茨基的语气变得生硬、凶狠——他知道所有他提出的理由都不能打动布里赫。于是他转而进行威胁：

“您知道您将成为什么人？老实告诉您——您将成为凶手！还是不要这样做吧！其实您只要想一想，将来我们回来了，这对您会怎么样。而我们是一定要回来的！我以您的兄长、父辈、同行的身份对您说话！您是个受过教育的知识分子，难道您不明白这对您等于自杀？您将被当作叛国的奸细处罪，我敢担保！这总是您所不愿意的吧？……或者……”

“停止您的饶舌吧。”布里赫喊着把手一挥，好像要扯断律师的话织成的蜘蛛网。怎样打开这个愈围愈紧的圈子？他气急败坏地说着，话像一排排机枪子弹从他口中打出来：

“你们到底要我怎样？要我跟你们一道走？我不能往前再走了！绝对不能！你们都腐烂了！你们是肮脏的罪人，万恶的纵火者！我好不容易……总算看透了你们！你们是人类的仇敌！你们要什么？要新战争？为了什么？”

“快阻止他！”卡洛乌索娃大声嚷嚷，“你们明知他疯了！”

“只是为了你们的钞票，为了你们的店铺，”布里赫继续嘶哑地说，“为了这个，你们像疯狗一样乱叫狂吠，要求什么民主、自由……这完全是鬼话，是骗局！卑鄙的衣冠禽兽！这就是你们盼望新的流血的目的！拉才茨基……您听到了为您而敲的丧钟……知道再也没有人会上您的钩……好一群捍卫民主的英雄！快给我滚开……不许你们干涉我的行动！我要尽一切力量使你们不能……叫你们……死无葬身之地！”

他这样喊叫着，但他的声音很快就淹没在轩然大波之中；大家一齐向他狂吼，有人猛捶桌子。布里赫不由自主地向门口退去——大批拳头在他眼前舞动。呵，那些女人！卡洛乌索娃变成了一个地道的泼妇，她像受了天大的侮辱挥着皮包骨的小拳头。

“立刻堵上他的臭嘴！”鲍利斯嚷着想冲上去，但是一动不动地站在地图前面的拉滋抓住他的手把他拉回去。

“别吵——这件事我们平心静气来解决！”

布里赫想撇开拉才茨基压住他肩膀的那只沉重的手。

“你这个愣小子！”律师嗓子发沙，唾沫一直溅到布里赫脸上。“可恶的丑角……你知道你侮辱了谁？”

他揪住布里赫的外套，粗壮的手指把前襟揉皱，还把他使劲抖着。布里赫好容易推开拉才茨基——律师晃了一下，背向桌子撞去，头碰着了灯——灯熄了。顿时又起了一阵慌乱，黑暗中有人掐住布里赫的脖子，但他一拳打在那人胸前把他击退了。

“点灯！快点灯！”

不一会，小屋里重新闪起了惨绿的微光，这时布里赫看到挨他一拳的原来是鲍利斯。他坐在长凳上，上气不接下气，狂怒的脸色比纸还白。拉才茨基用手帕抹着通红的后脑；他突然伸出一只手指着布里赫说：

“朋友们，这就是布尔什维克宣传的结果！……你这个白痴……穷光蛋！……给乱七八糟的小册子迷了心窍，现在……你凭什么敢对我们下这样的评论，凭什么？……”

“不！”布里赫镇定地回答，“我不能评论你们。因为我自己沾了太多的……你们的脏东西。但是另外有人……”

“你是混蛋！”

“把他的嘴堵上！”

布里赫和拉滋的目光接触了。在这以前，拉滋始终站在桌子前面，用指关节撑在展开的地图上；他的眼睛眯成两条细缝望着布里赫，前额上鼻梁高处出现一道皱纹。布里赫深知这道皱纹预告着什么。现在他才意识到自己面临着真正的危险。在此时此地，他们奇怪而不相称的友谊才真正到了尽头——他们立刻就要最后决裂！拉滋像劈开空气似的举起一只手叫大家安静——所有的人立刻服从。谁也不吱声。一个熟悉的场面似乎又在这里重演了……布里赫，布里赫，你在反抗富人意志的无望斗争中输过多少次了？你还是个六年级学生时就输了，后来又输……拉滋点起一支烟，带着明知自己处于优势地位的神情微微一笑，向上喷出一口烟。

“说下去，朋友！把一切都谈出来！”

“我犯不上跟你们谈！你也别想说服我……现在一切都结束了……我恨你们！也包括你在内……你这个虚情假意的朋友……”

拉才茨基向昂德拉说：

“拉滋，你把一个十足的叛徒带进了我们的圈子。这一切他不是刚想到的，这是一个事先策划好的阴谋——我敢打赌。侦探正在等他的信号，他现在就是打算去报告！拉滋，您可明白您所担负的责任？”

这几句话说下来，又开始了一阵骚乱，但昂德拉再一次把局面稳住。他跨前一步，决心牺牲布里赫以息众怒。

“也许你心中还有什么需要一吐为快的吧，朋友？”他用手掌抹抹自己的脸以嘲弄的口气问。接着他忍不住一肚子怒火气咻咻地说。“诸位，你们看到了这位博士！我一直以为你是个老实的傻瓜，布里赫！已经多少年了？整整十四年！这段时间足够认清一个书呆子兼空谈家了。”他迸出一阵令人毛骨悚然的冷笑，“好一位理想家！我认识你的时候你是个要饭的，屁股露在裤子外面，活像一只有趣的驯化小动物——给什么吃什么！”

“你还有什么要说吗？”布里赫镇静地问。

“等一等，这一切并不怎么简单……我们的友谊到此结束了，我们之间横着一道鸿沟！我想警告你——别自己找死。而这并不难……诸位，当初我抄过他的作文，他是个用功的学生——这不应该否认。小伙子并不笨。后来成了个知识分子。当初他那股理想主义的愣劲曾使我觉得憨态可掬。是的，是的，博士——全世界都有要求公理的愿望！你可以喊你的社会主义万岁！这一切我全知道——只要想一想，几天前你还坚持不走，可是最后又来敲我的门，像一条吓坏了的狗，手里拿着个要饭包裹……可是现在，老弟，事情严重了！这时如果你要用手枪打穿自己的糊涂脑袋，我一点也不会奇怪！我甚至会帮助你。但是你想害我们大家，害所有在这里的人遭殃，那可办不到，我亲爱的！你休想这样做！你知道我不是优柔寡断的人……”

“随你怎么说都可以，可是我偏要这样做。”布里赫说，他站在原地轮换用左右脚支住身体。

拉滋指着他以前的朋友，又发出一阵令人颤栗的狞笑。

“朋友们，该怎么做我知道得很清楚！大家保持安静——我会跟他个别解决。我亲手喂养了他，必要时也会亲手打穿他的脑袋。至于你，我劝你放明白些，听见没有？我的忍耐也有限度。你休想出这扇门，否则可以砍我的脑袋！”

布里赫转身向门那边走了两步，三步，伸手去拉把手！他觉得身上热一阵冷一阵的，但他并不屈服。

人们乱作一团。

皮箱和背包又从地板上拿了起来，大伙准备不顾一切逃到树林中去。卡洛乌斯在拼命地推汉斯先生，向他手里塞钞票；鲍利斯悄悄地挨到哥哥身边；卡洛乌索娃按着儿子的嘴巴，那小孩乱踢乱顿地挣扎着。拉才茨基冲到门口，用宽阔的背部把门堵住，摊开两手，仿佛要求把他钉在十字架上。“看在上帝分上，大家不要惊慌！镇静一下！

别吵，朋友们！”他喊得力竭声嘶，汗淋如雨……

“站住！”只听见一声叱咤。大家都怔住了。布里赫觉得恐惧使他呼吸受阻。在这同时，悲愤震动了他的心。

“我警告你——不许再走一步！”拉滋说，“你知道我的脾气！”

拉滋向前跨了两步，手探进口袋取出一支枪。这一着把大家都吓得面如土色。台赫曼的情妇塞住耳朵，闭上眼睛；卡洛乌斯瞠然而视，连嘴也忘了合拢；马尔库普激动地站起来，身体向前倾出，好像在准备跳跃。

伊莲娜在哪里？布里赫向四下张望，没有找到她。她到哪儿去了？

布里赫摸着了门的把手，拉才茨基立刻从门口退开，竭力离子弹可能命中的地方远些。布里赫的手握在金属门柄上觉得冰凉。他背上冷汗直淋。鸦雀无声。这是暴风雨来临前短暂的宁谧。朋友交情在死一般寂静中结束了，也许他将为此付出生命的代价。他凝视着向他瞄准了的枪口。死神第一次睁开好奇的眼睛一眨不眨地直盯着他瞧。这是不是在做梦？

杀机潜伏的时刻每一秒钟都有一辈子那么长。

“布里赫，”这声音他觉得好像从老远的地方传来，“别把我逼急了……你不要自找死路……”

一阵狂风夹着密雨猛撞小屋的门，风从门缝里钻进来，吹得火苗摇曳不定。寂静中可以听到鲍利斯咝咝的声音：

“还客气干吗？……开枪呀，胆小鬼！他是叛徒！红党的侦探……还不当条狗把他打死！……”

鲍利斯真想拼命喊叫，挥拳乱打——他感到已经按捺不住自己，极度的惶恐使他喉头发痒，手脚失去控制，迫使他的两条腿奔跑。拉滋这个混蛋还迟疑什么？

静悄悄，声息全无……爱薇琦卡像个木偶那样呆板地站起来，走到拉滋附近，两肩低垂；她强装着的镇静已经消失得无影无踪，内心的斗争牵动着大大变了样的面孔。她竭力不跟任何人的目光接触。汉斯先生仍坐在那里木然无动于中，——这一切与他全不相干，而卡洛乌斯在惊愕中始终没想起闭上嘴巴。他想趁早从这里逃走！谁知道会发生什么事情？拉才茨基怔住在床边，像火山爆发时不及逃命的庞培城居民。

“我的朋友们，请保持安静，有话好商量，大家都是有教养的人……”

布里赫手握门柄站在那里发愣。要坚持住！不能被吓倒！伊莲娜在哪儿？他以全部视力透过这惨绿色的幽暗，可还是没有找到她。她到哪儿去了？把注意力集中起来，遏住脑海中这一场狂飙！快对她说……否则要晚了！啊，他积下了多少没有说完的话！巴捷拉、巴尔托时！这些奇怪的人说过：认识了——就行动起来！行动起来！可惜他们不会知道……莫大的遗憾阻隔了他的呼吸，他可惜一个人——布里赫……他还感到愤慨！他切齿痛恨这群万恶的豺狼最后还是把罗网套到了他的头上！怎么办？大喝一声扑过去，挺起胸膛挨枪弹？……不！他没有权利这样做！得活下去，现在他必须活下去——现在他开始明白了……门柄叽叽嘎嘎响了起来，它的呻吟直透骨髓。

“布里赫！”

走！可是怎么走？他转过身去，硬着头皮鼓起剩余的全部勇气，准备跳出樊笼，这是他一生中最难、可能也是代价最高的一跳。急促的呼吸撕扯着肺腔，心如小鹿乱撞—— 但他没有却步。拉滋的前额上涔出大颗大颗的汗珠。

鲍利斯像只疯狗向拉滋扑过去，从他手里把手枪夺过来，穷凶极恶地尖声喊叫：

“见你妈的鬼去！”

但是正当他扣动扳机的那一瞬间，有人把他的臂肘一推。这是爱薇琦卡。挤在四壁中沉闷的一声枪响没有发出回声，只是在人们鼓膜中震起嗡嗡的声音。子弹嵌在布里赫手旁的木头门框中。

他回过头去向爱薇琦卡看了莫名其妙的一眼。她的手掌紧按太阳穴，脸上淌着泪珠。她在长凳上废然坐下。

拉滋用力推开狂热病发作的鲍利斯，把枪夺过来。

马尔库普直到这时惊魂甫定，他像一头牛以整个身体向拉滋撞过来。

“疯子……杀人犯！我不答应！”

拉才茨基用熊爪样的一双大手从后面把他拦腰抱住拖到角落里，马尔库普拼命跺足挣扎。不一会，这个强壮的汉子就把律师掀翻，于是两个人抱得紧紧地在地上打滚。鲍利斯定了定神，又向拉滋喊叫：

“胆小鬼！你们看到没有？他竟不敢开枪！还等什么？难道要等这里的人都发了疯？我可要活着从这里出去！”

黑色的枪口重又对准布里赫的胸膛。“这下算是完了。”这个念头在他模糊的头脑中一闪，但已经没有丝毫忧伤。

他又去扳门的把手……

后来他回想起这件事的时候，觉得一切都像发高烧时做噩梦一样。当时究竟是怎么样的？

小屋里静得使人窒息，从外面传来了响声。也许是树枝被雨打风吹的沙沙声……不，是有人用手拨开树枝发出的声音！鞋底的铁钉踩在石头上嚓嚓作声，接着……小心翼翼的脚步声愈来愈近，已经到了门外。

肃静！……这下全完了！

布里赫把他的同路人的脸一张张看过来。在他们睁得奇大的眼睛里只反映出听天由命的神情。

给逮住了！腿里再也没有逃跑的力量。

拉滋的手果断地移动枪口对准门户。

布里赫感到有人在外面推门，他迅速把手抽开；门慢慢地打开一点点，要想进来的人似乎做了亏心事怀着鬼胎。终于，一个男人的面孔从黑暗中出现在昏黄的微光下，一双鼠目对灯眯成细缝。长满黑胡子的脸上颧骨耸起，一顶蹩脚的软舌便帽盖在很低的额前。昂德拉惊讶地垂下握枪的手，于是那人像条蛇一样钻了进来。他摇摇摆摆走到灯前，怀着戒心而又很不礼貌地仔细端详人们脸上惶惑的表情。

"Na was ...[1]"

那群逃亡者一声不吱，愕然注视着这个陌生人，心里隐隐约约产生了得救的预感。只有汉斯先生喜形于色，从椅子上站起来，用他那种鼻音很重的方言说：

"Aber— das ist toch Hermann! [2]"

7

布里赫得到了溜走的机会，因为在乱作一堆的时候大家都没有注意他。他冲到呼啸着的黑夜中——风猛刮他的背部，推着他前进，扯乱他的头发。火速离开此地！

浓得化不开的黑夜吞噬了他；他像个瞎子颠颠踬踬在高低不平的小径上行走，屋前唯一的这条小路要穿过一座浓密的幼林。布里赫摸黑走着，拖尾巴的树枝打在他的脸上。小径的下坡很陡，碎石从脚底往下跌落，布里赫一步一步很慢地向前走。突出在外的树根勾住了衣服，他摔倒在羊齿草堆里。

他想擦一根火柴，可是点不着——匣子受了潮。他站起来勉强继续走去。

森林像黑压压的一堵墙横在他面前。前进！

走过幼林，布里赫突然睁大眼睛呆住了。他好容易才抑住喊叫，但是心却在胸中怦怦乱跳。莫非他真的神经错乱了？在离他三四步的黑暗中有一团模糊的白色东西。他伸手去摸……忽然摸到……一只暖呼呼的、给雨淋湿的人手……等到他辨清那是一个女人时，终于失声惊呼。布里赫认出了她，赶紧把她抱住，让她的头贴着他的面颊。那女人只穿一件单薄的短外衣，全身哆嗦，力竭筋疲，站也站不稳。

---

① 怎么样……（德语）——俄译者注

② 这不是黑尔曼吗（德语）。——俄译者注

“伊莲娜！”这像是憋了半天松出的一口气。

布里赫怀疑自己在做梦，然而这明明是她！她紧挨在他怀里惊悸地抽泣，喃喃地说着什么，但是风把话从她的唇边吹走，送往阴森森的一片漆黑中去。

在这月黑风高之夜，他们像两个迷路的孤儿站在一起，恐怖的经历使他们不敢回想。布里赫摇摇伊莲娜的肩膀，仿佛想把她从一场噩梦中抖醒。

他取下自己的围巾裹在她脖子上。

现在该怎么办？他一个人，带着一个筋疲力尽的女人，周围是漆黑的一片，密林中的小路曲径随时会从脚下消失，远处传来狺狺的犬吠声。怎么办？

他从啜泣声中听到她在说：

“我再也呆不下去！我不能……我要回家……我不能跟他走！我宁可死也不愿再回到那边去……”

布里赫又开始摇她，安慰她——他得大声喊叫才能盖过树林的喧嚷。他把伊莲娜紧搂在怀里保护她。

“坚强些，伊莲娜……不要哭！”

在这绝望的时刻，他身体里边像起了一阵爆炸。他觉得那是他的心室打开了，从里面飞出断断续续的话语：

“我们回去，伊莲娜……现在不要怕……我们从头开始过另一种生活！”

在这个山中的四月之夜，风猛吹着山坡，从乌云中抖下骤密的细雨，在树梢间呼啸哀号……

布里赫和伊莲娜像喝醉了酒摇摇晃晃摸黑行走，树枝间筛下来的雨滴掉在他们脸上。过了一棵树，又是一棵。小路到哪里去了？

前进，伊莲娜！坚持一下！

有时她摔倒了站不起来，就在他怀里睡着。他跟她说话把喉咙都喊哑了，因为喧嚷的树林如万顷怒涛。他听见她在哭，就抱住她的膀臂。

他们间或休息一会。布里赫抚摸着她的湿漉漉的头发，想鼓起她最后的一点勇气和力量，雨滴和汗珠在他疲惫的脸上纵横交流。

“坚持一下，伊莲娜！”

他们好容易走到树林边缘，这时天开始亮了。

伊莲娜倒在潺潺地跳越石块流向谷地的一条小溪旁。布里赫跪下来，用冰冷的水洗净她的脸。

只好把她抱起来。风像一条使尽了力气的狗不再号叫了。布里赫走出阴暗的绿林。在晓雾中依稀可辨夹在两条山脊间的草谷。

软软的泥塘地在不稳的脚步下啧啧出声。布里赫破雾前进，在不远的地方，狗嗅到陌生人的气息恶狠狠地叫了起来。这么说，村子就在附近。前进！于是他继续一步一晃往前走；指引着他的与其说是意识，不如说是本能；过了不多一会儿，他见寒冷、黏稠的雾幕被晨曦所照亮。布里赫抱着失去知觉的伊莲娜走到几天前他跟昂德拉出发上山的那座无人的茅屋前，这时雾差不多已经消散了。几天前就在这里发生的事情现在他觉得好像在很久很久以前，十万八千里以外。秫秸屋顶犹如古老传说中的幽灵出现在他眼前。

他把门踢开，走进茅屋。把伊莲娜放在角落里的干草上以后，自己在旁边倒下立刻睡着，他终于累倒了。

他不知道什么时候才醒来——时间的概念已经失去。他是被一阵饥饿搅醒的，体内五脏饿得都起了痉挛。布里赫解开背囊，从一大堆东西中掏出一块面包就咬。他向睡着的伊莲娜看看。她躺在他身边，眼皮合拢，头发里粘着去年的干草。布里赫听到她在说梦话，用手去摸摸她白净的前额。额上热得烫手。布里赫站起来，走到门口向外看。谷地里似乎又已暮色苍茫。他们究竟睡了多久？他回到伊莲娜身旁，见她睁大了眼睛呆呆地望着他——她到现在还没闹清楚是怎么回事。

布里赫脱下身上的毛线衣给她盖上，虽然他自己上下两排牙齿在打架。

“伊莲娜！”他轻轻叫了一声。她动也不动——眼睛里睡意犹未全消：她梦见自己在厂里做工，战争正在进行，她得把亮闪闪的接头套上皮管，汽笛拖长了调子叫着！她在考勤钟上把自己的出勤卡打上时间，从打盹的门警身边经过走出门口的岗亭，在拐角处肮脏剥蚀的墙边，这个心爱的人照例笑盈盈地在等她。他时而回过头去看看有没有人监视他。和平的日子就要来到，我亲爱的，人们将不再互相残杀！这双被扳手和皮管接头永远留下磨痕的纤手将重新抚弄雪白雪白的琴键！再也没有警报声划破夜空——战争就要结束！……“我在哪儿？”她的眼睛在问。

她认出了他，并且渐渐从骇愕状态中苏醒过来，她觉得精神好了些。呼吸平稳了。他掰了一块面包给她——伊莲娜津津有味地吃起来。她的嘴唇上掠过一丝不好意思的微笑，仿佛为自己的饥饿表示歉意。布里赫摸摸她的腮帮，含笑鼓励她的勇气。

“你觉得怎么样？”

“好一些了……”

隔年干草的陈腐气息熏得他们迷迷糊糊。他们站起来，在愈来愈浓的冥色中继续赶路。

布里赫小心地抱住伊莲娜的肩膀沿着泥泞的村道走去。吠声汪汪的村子已落在后面；他们慢慢地穿过一处伐木迹地，走进一座新林。布里赫分开桠枝，时而朝伊莲娜看看；一路上他们俩谁也没有说话。布里赫从外套口袋里摸到一个受了潮的烟头，狠狠地把它抽完了。到岔路口他等落后的伊莲娜走近了，把她低垂的肩膀握住。

她昂起头来，正眼看着他，点点头回答了他无言的问题。我能走到！

这样慢慢地走了两小时以后，他们出了树林；下面谷地里一个小镇在晚来的幽暗中闪起了灯光，一列小火车呼哧着驶近那里，现在已经轰隆隆过了桥……布里赫认出了方匣子似的车站站房，就拉着疲乏的伊莲娜的手，踏着滋润的青草往那边走去。

乌蓝的空中轻风吹着毛茸茸的云堆向东飘浮。

布里赫回头一看，见伊莲娜踏着长得很高的青草以坚定的步子跟在他后面，心里暗暗高兴，她低着头，摆开两手保持平衡。布里赫扶她跳过小溪。回家去！愈快愈好！她应该尽快回到亲人那里。他要送她到雅沃尔什去！

可是以后又怎么办呢？他和她究竟还有没有老家？他们后面是炸断的桥、瓦砾堆、荒凉的沙漠！布里赫深深喘了一口气，看看暗下来的天色。他站住脚步，让伊莲娜贴近自己。“这样也好，”他勇敢地想着，“我们重起炉灶！”看着这个软弱无力、在他怀抱里颤栗的女人，他禁不住内心的雀跃。

“亲爱的，车站快要到了……”

他们绕过了一堆堆叠得很整齐的、树脂味挺浓的木板，跨过亮闪闪的铁轨，到了空无一人的月台上，地上铺的沙土在脚下嚓嚓作声。像这种方匣子似的山区偏僻小站，铁路线上有很多；一盏灯像鬼眏眼似的闪着微光，从黑暗中开来一列柴油火车，值勤室里走出一个戴红帽子、身材适中的人，他站在月台上，等旅客下车——下车的只有一位老大娘；汽笛响了，那人转身问布里赫和伊莲娜：

“你们等火车吗？”

布里赫向他解释，说他们今天就想去布德约维采；值班人露出惊奇的神色把他们打量了一番，然后建议他们坐夜车走，并且请他们到候车室去休息一会。

“足足要等三个小时哩。可惜镇上没有旅馆……”

他回到值勤室电报机旁去了，布里赫带着伊莲娜走进候车室。他们在长椅上坐下来；布里赫解开皮囊，给疲惫不堪的伊莲娜换了一双干袜子，把外套披在她身上。

“歇一会吧，我们有的是时间！”

他在背囊里找到一张卷烟纸，把衣服的口袋全部翻过来，从线缝中抖出所有的烟草屑卷成一支很细的纸烟，狠狠地把它抽完。

后来他走到月台上；这时他才听见候车室里一座旧式的钟不慌不忙、疾徐有节地计算着傍晚的时间。

一声无力的叫喊打断了他的沉思。这是不是他神经过敏？他跑进候车室，见伊莲娜呼吸频促，瞪出眼睛望着空中。接着她垂下眼皮，手指紧按在太阳穴上。从她膝上掉下一封拆开的信。

布里赫惊骇万状，赶紧奔到她跟前——他不明白出了什么事，他抓住伊莲娜的肩头。

“你怎么啦？”他捧住她的脸，见她吓得面无人色。她把他推开，自己缩作一团。她指指地上的信，说：

“你瞧……你瞧……”

“这是什么？谁给你的？”

“是他……在那边山上……给我的……你念念！”

他从地上捡起那封信，凑着模糊的灯光开始看，一行行匆促潦草的字在眼前晃荡，跳动，怎么也看不清楚……雨点又开始打在玻璃窗上。

布里赫读完了信，只觉得身上长出一层鸡皮疙瘩。天哪，这一切到底有完没有？

伊莲娜的嫂子葆日卡在信上告诉她，瓦舍克从人民委员会开完会回家时遭人暗算了。保安部门很快就查明，企图谋杀她哥哥的是前玻璃厂厂主的次子鲍利斯·台赫曼，但是他逃跑了，至今尚未找到他。幸而受伤的瓦舍克不久就被厂里从这条路回去的同志发现，现在他躺在医院里。瓦舍克被用尖头切菜刀刺伤了两处，软组织受到严重伤害，医生说，局部残废恐怕难免。“你也知道，伊莲娜，”葆日卡在信上写着，“不能干活，这对瓦舍克将是多大的打击！这事他还不知道哩。他流的血太多了，幸亏身体结实，所以他的伤势没有生命危险。他问你好，伊莲娜，他很想念你。我和孩子们也是。我们家里弄得七颠八倒，我怕自己快要发疯了，而爸爸现在整天像个幽灵在院子里转，出事以后他一句话也没说过……”

布里赫听到伊莲娜的声音，不再往下念。她平稳淡漠的语气使布里赫大吃一惊，因为他明知伊莲娜内心蕴藏着沉痛的悔恨。

“这是我的错，弗朗蒂雪克……现在我明白了。瓦舍克警告过我，他想帮助我……想到两天前我还在……他们中间……我简直怕极了……”

布里赫紧握双拳一语不发，他知道现在她需要吐出全部积郁，所以准备耐心地等这第一阵悔恨的激浪过去；可他还是忍不住坚决地摇摇头打断伊莲娜的话：

“不，这不是你的错！我们俩都瞎了眼……当初我也不会说话。那时你说我是哑巴，这话很对。但是现在应该向前看！”

窗外轰隆隆开过一列货车，火车头气喘吁吁地哼哧着向黑暗中撒出一把火星——接着又归于沉寂，只有钟摆懒洋洋地摆动着计算时间。布里赫抱住伊莲娜，耐着性儿等她平静下来。

她用胳膊肘支在腿上，呆呆地望着前面。

“我把他抛弃了……”寂静中她的声音显得分外空灵，“抛弃了自己的丈夫……”

他仍然保持沉默——他的思想逐渐整理出个头绪来了。当他开口说话的时候，伊莲娜诧异地抬起头来凝视着他的脸。他的语调平静，然而十分坚定：

“你做得对，伊莲娜！当初我无法用言语表达的想法和你的感觉相同……”

他摸到她一只冰冷的手握了一下。

“往后怎么办呢？”过了一会她像在自己问自己。

“别怕……我们回家去！回去！当时如果我能早一些猛省过来……如果我的嘴巴没有封住，这一切也许是可以避免的。我们一道回去，一道重新开始生活……你知道我是始终爱你的……可是以前我连这话也说不出来！”

她用手掌按在他的嘴唇上，布里赫不再往下说——他明白了。她蜷缩在他怀抱里，她脸上还淌着眼泪。

“现在我不受任何人的束缚了……我离开了他……我一直被他慑住……所有这些人都是凶恶的豺狼……难道这也算人？！”

伊莲娜把头靠在他肩上，喃喃地说着不连贯的话，当她回忆所经历的一切时，在她睁大的眼睛里充满了恐怖。

“我怕他说不定会追上来……他什么都干得出来……我要离开此地，弗朗蒂雪克……回家去！”

他轻轻摇了一下她的肩膀——他觉得高热又使伊莲娜的知觉渐趋模糊。

“他会在这儿找到我们，”伊莲娜喃喃地说，“他很狡猾……以前我没有看透他，他善于作假……把我捆住……我以为他爱我……其实他并不爱！他不会爱……也不懂得爱！他只爱自己！在他身边我永远只是一只小灰鼠——他压迫我，甚至当我拼命反抗的时候也压迫我……可你……当我在那边小屋里看到你……那时我就明白，我应该……应该回去……因为我要做人！”

布里赫还握着她的肩膀——在心灵受到剧烈的震动之余，他开始明白这个娇弱的女人经受了一场何等激烈的斗争；他觉得自己正在悠悠苏醒，好几个月以来网住他心灵的一层硬膜破裂了。他重新找到了她——勇敢的、坚强的伊莲娜；虽然恐怖的经历使她到现在还神经质地颤栗着，但是深受感动的布里赫满心为她而骄傲。他再也不说什么，轻轻抚摸了一下她的头发，站起身来。

她靠在硬邦邦的长椅背上，闭上眼睛，迷迷糊糊睡着了。

布里赫蹑足走到月台上。他困倦得头痛眼辣，但呼吸深沉均匀。沙子在脚下发出轻轻的嘎吱声。他竖起衣领，背靠在墙上。好大的风！狂风在谷地里咆哮，把一切不扎实的东西卷进它旋舞的圈子带走；电线发出哀鸣，一块洋铁招牌被掀得哗啷啷响个不停；风从每一个隙缝直透体内。转辙器那里的红灯、混凝土枕木——仿佛一切都在摇晃，在呼啸的夜河中漂流。

刮吧，风，刮吧！布里赫把面孔顶着风。一盏灯在他头上与黑暗展开搏斗。布里赫的手触到了贴胸的夹袋。在这里！他取出皮夹，从证件中找到折着的一小片纸，最近几天他对这张纸考虑得太多了。借着昏黄的微光他把上面匆匆写着的字又看了一遍。他想起了写这张纸的那个人的声音：“这不过是我的伦敦寓所的地址，我不用冒任何危险。我的名字是奥斯卡……我相信您会找到正确的道路。”“是的，”布里赫带着安详的微笑暗暗自语，“在这个月黑风高的夜里我找到了正确的道路。”他把那张小纸撕得粉碎，走到路轨旁，迎着气流把碎片一扔。纸屑在他头上飘舞，不一会就被黑暗吞噬了。

他看看天，把手插在袋里。风推着垂得很低的云堆把它们挤向东方。浓如墨汁的黑暗中传来叮叮两下声音——从值勤室的玻璃门里走出一个身材适中、头戴制帽的影子。值班人扣上腰身紧窄的制服上衣，向布里赫说：

“准备起来吧！火车马上就要到站了。”

8

早班特别快车在轨缝上敲着催眠的节奏；车后拖着长长的一缕烟。窗外翠绿的丘陵此起彼伏。火车穿过松林，在站前的转辙处发出铿锵的巨响。

失而复得的祖国在五月的阳光照耀下呈现出一派和平、壮丽的美景……榉树林、河流、银色丝带似的公路——在眼前掠过；阳光把翻松的耕地搂在温柔的怀抱里。田野有棕色的，有绿色的，也有金黄色的。

一位老太太弓腰拿着一只篮子，很快地努动她的瘪嘴；她对面坐着一位皮肤黝黑的老大爷，他用仅存的两颗牙咬住一支烟斗，由于闲得没事做，用两个指头互相绕着圈子转，一边频频点着头发剪得短短的脑袋附和健谈的老太太。抽了两口烟以后，他告诉那位老太太，他是去看出嫁了的女儿。他手边一只用头巾遮住的小篮里有一群毛蓬蓬的复活节小鸡在叽叽地叫。

靠窗面对面坐着倦容满面的一男一女，像是旅行家模样，他们一眼不眨地望着窗外。当密林挡住全部风景的时候，男的轻轻地问女的：

“你不舒服吗？”

“都是颠晃的缘故，”那女人回答说，接着又振作精神添上一句，“不过这马上就会过去的！”

特别快车出森林开上旷野，阳光射到那女人苍白的脸上。他们相对而坐，女的把手搁在腿上，脸上现出疲乏的笑容。在巡路人屋旁的小花园里，一株幼小的苹果树开着嫩红的花朵。

塔鲍尔——伯奈绍夫——布拉格!

潮水般的旅客把他们从烦嚣的车站大厅直拥到街上。迎接他们的是亲爱的城市、绚烂的阳光和对面街心公园里的鲜花。他们并肩站着，被这一派辉煌的景色射得眼睛也睁不开。

现在往哪里去?

布里赫挎着伊莲娜的胳膊开始徒步行走。

他们手挽着手在里格尔公园的水泥小道上缓缓而行，像两个被弃的孤儿……有什么话可以说呢?布里赫斜瞅着伊莲娜，见她沉浸在使面部表情倏忽数变的思绪中蹒跚地移动沉重的脚步，他不由得露出微笑。布里赫在一丛盛开的紫丁香旁边站住，让伊莲娜歇一会。他折了一枝丁香，把饱经风霜的面颊贴着紫色的花序。他们下面是生气蓬勃、阳光普照的城市，它均匀有节地在土岗小丘和彼得逊山的阴影中呼吸。布里赫眺望了一番辉煌夺目的屋宇以及刀戟林立的钟楼尖顶，又看看身旁默默无言的伊莲娜。

他拉拉她的手，催她继续走。

又到了瓷砖在脚下摇晃的凉台上，角落里旋不紧的龙头里的水一滴一滴掉在池里。家家户户窗里散发出星期日午餐的香味;从街对面什么地方飞来一只彩色皮球，接着响起了一阵淘气的笑声。布里赫挺灵活地把球抓住，抡臂一挥扔了回去。一只肥头胖耳的昂哥拉猫从房东太太家的窗户里用轻蔑的眼神打量着他们，它懒得移动，活像一件毛茸茸的玩具。

布里赫撬开门上的洋铁皮信箱，在箱底找到了房门钥匙，自己先走进阴湿窒闷的房间，等伊莲娜进来后，把门关上。到家了！他迅速走到窗前，把窗子打开——新鲜空气立刻流进室内。

房间里触目皆是人去楼空、如遭洗劫的景象。磨得光光的地毯上散落着布里赫把书拿去卖给旧书店时从书橱里扒出来的几份旧的《今日》和《自由新闻》、剧院说明书、稿纸和一本《英捷经济字典》。他把字典捡起来，吹去上面薄薄的一层灰尘。母亲传下的一口衣橱打开着——除了一些破衣裳，里边所有的东西都搬到当铺去了。唱机没有唱片，沙发上乱扔着被褥和一套绉成一团的睡衣，烟灰碟里盛满了烟蒂……

在桌子边上布里赫找到了他在失去理性的时刻中写下的遗嘱。他怀着愧恨的心情把它撕成碎片扔在没有火的炉子里。

应该从何做起？一切都得重新开始！把一切都换上新的！从衣着、家具到思想信仰。

改变自己的全部生活！没关系！这样更好！扔掉一切破烂！想到这里，这个以前的清苦节俭的大学生觉得松了一口气。

于是他向一语不发的伊莲娜回过头去。

她站在杂乱无章的房间中央，像是第一次来到此地的陌生人！……她神态疲乏，蓬乱的头发搭拉在额上，游荡不定的眼神反映出痛苦经历的痕迹。她把一绺金发往后一掠，这个动作他非常熟悉。她在问自己：我上这儿来做什么？当初我自己离开了这个地方……这是多久以前的事了？这些细节又是多么亲切：沙发上的凹坑更深了，墙上的斑点像只兔子头，你说是吗？还有没有通烟囱的人带着哑铃和扫帚在对面屋脊上从一座烟囱走到另一座烟囱？

她的目光停留在黑色的钢琴上——琴盖上积着厚厚的灰尘。伊莲娜像被人推着一样跌跌仆仆走过去，打开琴盖，纤细的手指按在键盘上。空荡荡的房间里响起了刺耳的假音。多难听啊！“走音了。”伊莲娜觉得扫兴。

她忽然惊恐地转过身去，发现布里赫在微微笑着。他走到伊莲娜跟前，给她把溅满泥浆的外套解开钮扣，再帮她脱去。伊莲娜并不反抗，甚至当布里赫从后面轻轻搂住她低垂的肩膀，让她在一张破旧的圈椅里坐下来，她也没有挣扎。

她心头变得非常畅快。布里赫向她弯下身来，在长久的沉默以后凑在她耳边悄悄地说：

“歇一会吧，伊莲娜！你到家了……”

这时她全明白了，全相信了。

第三天一早，他送她到车站，在月台上直等到车开。

然后他循着走熟的途径向钢骨水泥的化学品公司大楼走去。当他穿着仅剩的一套衣服出现在往来账户科门口并且踏着坚定的步子往里走的时候，大家纷纷向他提出惊异的疑问。他带着安详的笑容接受了这些问题。

“瞧——布里赫回来了！”

“是怎么回事？我们没想到您这么快就回来！……”

好发议论的葛拉瓦契说：

“您回来得对，布里赫！天气简直像在热恋中的姑娘一样疯疯癫癫。还是等到夏天再说！”

布里赫在自己桌旁坐下，他这才发现对面的座位空着。只有齿痕累累的樱木烟咀和黑色的眼镜套放在台玻璃上。蓝多娃轻轻地告诉他说，巴尔托时开会去了。布里赫点点头。

他开始工作。过了一会他抬起头来，看见了“金鱼缸”里舅舅惊愕异常的长脸和斑白庄重的两鬓，禁不住暗暗发笑。让他瞧吧！

隔不多久，玻璃门开了，米静纳把甥儿叫去。舅舅坐在圈椅里摆出一副领导人的姿态；他的右手向前伸出，桌上摊着《红色权利报》，笔挺的紫酱色西服翻领上佩着亮闪闪的党徽。

米静纳以这样的姿态等待着任命他为往来账户科的科长。决定迟迟不见作出，应德尔齐赫·米静纳开始感到不安。

真见鬼，这样拖拖拉拉在搞些什么鬼？这帮官僚主义者——过去，这样的事只要几天工夫就能解决，可是现在事情复杂得多，一切都取决一小撮惹不得的人——也许还取决于那个可恶的巴尔托时！

米静纳对他恨之入骨，但是表面上不动声色。

米静纳桌上放着整整齐齐一大堆马克思列宁主义经典著作。这些书他是在附近一家书店里不加选择地买来装饰门面的。

“给我这本，那本也要，还有那边一本：《劳动在从猿到人过程中的作用》……”那本书名把米静纳吓了一大跳，当时他的想法如何，这始终是一个谜。买了再说！回到家里他把没有裁开的书页仔细裁开，用红铅笔胡乱划了几段以防万一；他甚至试图读它一本，以便在交换意见时派派用场，但没能坚持到底。唉，这个巴尔托时！

有时米静纳把巴尔托时请到“金鱼缸”里去；老是搜索枯肠找一些合乎常情而且不致引起怀疑的理由来赞美党和工人阶级——这并不是件容易事。他极尽夸张之能事回忆着在资本主义共和国时代受到的“奇耻大辱”。他用一个指头敲着报上的某一篇文章，他的表演是那么逼真，两颊甚至升起愤慨的红晕。

“帝国主义老爷们很快就要演完他们可耻的角色，同志。”他激昂地说，一双鹰目盯着巴尔托时神情淡漠的脸。这家伙只是点头，对他的话毫无兴趣，也不开口，跟哑巴一样。但是米静纳并不为对方的冷淡所窘，他继续抒发自己激动的情怀。

“现在，”他目光闪闪地说，“我明白了，在为工人阶级、为全世界的进步服务的工作中，我找到了自己的岗位，现在我自然要全心全意把自己献给党，我要献出我的能力和热情，使自己成长——你明白我的心情……”

他怀着不安和恼恨的心情注意到这个听他慷慨陈辞而无动于中的瘦个儿共产党人嘴唇上现出怀疑的冷笑——米静纳的激情虽然在巴尔托时冷淡的态度驱策下到达了顶点，但他毕竟隐约感觉到自己在无的放矢，他的连珠炮轰不坍不信任和讥嘲的铁壁，他无法跨越巴尔托时不加掩饰地在他们之间划下的那道无形的界线。

混蛋！夜里，米静纳躺在宽大的双人床上，妻子在身旁鼻息浓浓，但他自己在鸭绒垫褥上辗转反侧不能成眠。他反复考虑每一件事情，禁不住全身发抖。这样下去很可能发生危险！现在必须做到一点——坚持住！只要坚持住！

有一次他把巴尔托时叫去，在谈话中有意无意地说：

“同志，某些人我委实不能理解！譬如说斯拉马工程师。你可别以为我对他有什么不满……没有，绝对没有！斯拉马是个好人。可是昨天他对我说要想办法从全体大会上溜走，因为晚上他得陪他的小女儿。他爱人到乡下母亲那儿去了。这我了解，但是也可以请邻居照顾一下小孩儿呀，你说是不是？如果真有什么严重的事——那还情有可原，可是……到乡下去看妈妈！在这需要决定一切……开全体大会的时候——我认为这未免……”

巴尔托时连眉毛也没抬动一下。他点点头，犀利的目光看着米静纳，说：

“能不能劳驾把所有昨天逃会的人开一张名单给我？”

他的请求说得那么坚决而又认真，米静纳同意了，并且立刻取出一张纸，开始一边回想，一边把名字记下来，这个效劳的大好机会使他激动得手足哆嗦。他把名单交给在一旁耐心等候的巴尔托时。巴尔托时用指尖接过那张纸，他对上面的姓名看也不看就把它撕成碎片扔在字纸篓里。

“可敬的同志，以后请记住了。如果你对任何一位同志有什么具体的意见——你就当着大家的面向他直说！”

米静纳知道自己出了个不大不小的洋相，但还没有完全吓慌。

他甚至弄到了会计科党小组副组长的头衔——他对这个工作是那么热心、积极，以致在会计科里赢得了“热心同志”的雅号。听到人家这样称呼他，米静纳考虑了一下，认为这对他不会有什么坏处，也就不表示反对。但他感觉到党委会（他恨这个神通广大的组织）里的人对他并不重视；这很伤害他的自尊心，他决定要扭转他们的看法。晚上他自动放弃休息，以会计师和统计学家特有的才能用彩色铅笔划了一张详细的表格，记录他的小组成员出席会议的情况。这张统计表产生了效果。米静纳还订了所有的党报。党或工会召开会议他照例第一个到会，讨论问题时他总是像个好出风头的小学生一样积极发言。

星期日，他甚至穿上旧衣服，悄悄溜出家门到公园里去参加义务劳动。整个上半天他在那边奋不顾身地与手车和黏土进行决斗，回家时已被这种不习惯的劳动累得半死。星期日的下半天，他就伸手挺足躺在沙发上长吁短叹，这时，生活以最晦暗的色彩出现在他的想象之中。

但是，尽管他采取了种种用心良苦的措施，正式任命的决定到现在还没有宣布。“我哪一着错了？”米静纳百思不得其解。

现在，他把两个大拇指扣在背心肩孔中，向布里赫提出一连串的问题。从甥儿的答话中米静纳体味到明显的反感和侮辱性的嘲弄，只得沉住气放他走，怏怏地目送他出“金鱼缸”。

玻璃门在布里赫后面格啷啷关上以后，米静纳摇摇他那两鬓苍苍的脑袋，莫名其妙。

天哪，难道我的烦恼还不够多，偏偏再给添上这位布里赫！

正当葛拉瓦契把一大堆未经处理的信交给布里赫的时候，巴尔托时回来了。他胳肢窝里挟着一叠纸，心事重重，而且显然在生气；他向布里赫只斜瞅了一眼，小心地把裤腿提起一些，然后坐下来，好像什么事也没有发生。他把半支烟插进烟咀——脸上看不到丝毫惊奇的神色。

“回来了？”

“回来了。”布里赫点点头。他的眼睛第一次主动寻找巴尔托时专注的目光；布里赫也取出一支烟卷，在口袋里掏了一阵。巴尔托时看着暗暗好笑，就扔了一匣火柴给他。

“请吧，博士！”

说罢他立即低下头去专心工作，以致布里赫没来得及注意到他薄薄的唇边皱纹里一现即逝的一丝淡淡的笑意——或者说只是微笑的影子。

打字机哒哒地响了起来，时间以常速前进，不快也不慢。

直到中午大家都到饭厅里吃饭去了，布里赫才放下工作抬起头来。巴尔托时望着他，瘦骨嶙峋的手指交叉起来搁在桌上；他微微一笑，似乎从布里赫脸上看到了没有说出口的问题。

“告诉您，我没有无缘无故大惊小怪的习惯。何况这没有什么值得奇怪的地方。”

他用左手把一张白纸移到自己面前，用铅笔在上面划着几何图形一般严整的线条。电话铃声打断了他这工作。他不知跟谁谈了好久，然后搁上听筒，嘴里嘀咕着：

“懒汉……我们几时才能治好这家伙的病？在资本家那里他倒不敢这样，而现在竟以为什么都可以了……”

他发现布里赫以等待的目光看着他，就说：

“您有什么话要问吗？谈吧！”

如此直爽的邀请却使布里赫窘住了。在他想象中这次与巴尔托时见面不是这样，而是比较富于戏剧性的。现在他只好耸耸肩膀。

“我不知道从何谈起……假如……今天晚上我到您家去赴一星期前的约会……您看怎么样？在这段时间内我明白了许多事情……”

“您不觉得我们已经费了太多的唇舌？”巴尔托时露出不悦的口吻，但旋即克制着自己补充说，“当然，我没有意见，家里只我一个人，您不会妨碍任何人。不过，有话您现在就可以说！您到底明白了些什么？”

五月的阳光倾泻在对面屋顶上。布里赫若有所思地凝视着那边，他开始说：

“明白了什么？不……我不能对您说我全明白了。这将是撒谎，我对许多事情还不尽同意……甚至我对自己也还没有完全搞清楚。但是我人在此地，巴尔托时！这就是我要说的一切！也许以后我们还会争吵，我可不会摇身一变立地成佛……”

“谁又要求您这样呢？”巴尔托时眼睛看着纸上气鼓鼓地打断了他的话，“不要随随便便同意任何事情！怀疑不是用棉花塞得住的，对于您或我这样的人来说，这需要经历一个相当长的过程。往下说吧……”

布里赫努力想把自己要表达的思想整理清楚，但是没有成功。这些思想变成了杂乱无章、残缺不全的语言，布里赫眉头打结，只恨自己嘴笨。

“这怎么对您说呢？可以肯定，我只是明白了……如您所说的最主要的东西。明白了基本的事实。哪里是光明，哪里是黑暗；哪条是生路，哪条是死路；什么是未来，什么是过去。您也许觉得这些话激昂得可笑，但是您会明白我的意思的……有一点我是认定了：要是你……袖手旁观……逃避冲突……要是你看到了邪恶而不跟它斗争……要是你不愿站在任何一边……那就不可能做一个正派人。老实说，我脑袋里直到现在还乱得一团糟，但是我明白了一点：我应该站在这一边……离开此地我不能生活……”

他说到这里顿住，以困惑的目光看了一下巴尔托时瘦削的脸。这些话他自己觉得过于夸诞，不够确切。巴尔托时皱眉听着这一席匆促的自白。他把冒着烟的烟头吹到烟灰碟里，继续用铅笔不知划着什么东西。看样子布里赫的话丝毫也没有打动他。

“以后又怎样呢？”

“以后？不知道……也许这是多余的，但我应该感谢您，巴尔托时……以前我讨厌您对我的关心，现在我明白了。昨天一整天我考虑着这个问题：以后怎么办？以后我能做些什么呢？首先我得恢复一下人形，然后……不过，我还不打算……入党。我不能这样做，否则会是一种伪装，虽然我开始相信……”

“对，这会是一种伪装，”巴尔托时生硬地打断他说，“共产党员不是宗教信徒，不是礼拜堂的职员。共产党员应该了解自己的使命，而您距离这一点还很远，再说，谁知道将来您会不会明白……不要抱着成见看周围的事物——我知道您会怎么想，”他默默地指指后面“金鱼缸”的门，“这些混在正派人一起钻进党内的着实不少，但我可以告诉您——他们的假面具戴不了多久。甚至徽章也眼看着快要掉下来了……他们的道路不应该成为您的道路，这一点我能相信您。在您面前是一条艰苦的道路。”

“我知道！可是现在我该做些什么呢？”布里赫问，他对自己很不满意，“我明白了一些事情，我要从中得出结论。这是一次惨败，而我已经习惯于认输……可是现在该做些什么呢？”

巴尔托时在纸上画了一个正方形，整整齐齐一丝不苟地把它作二等分，四等分……然后把纸搓成一团生气地扔在篓里。

他向迫切地等他回答的布里赫看了一眼，说：

“做一个公民！”

“这话有一次您对我说过了……那时我还要给您看身份证……”

巴尔托时把手一挥。

“您得把这个词儿好好体味一下。它有具体的内容。今天做一个真正的公民有很大的意义！我们需要千百万这样的公民……他们是起积极作用的。站在我们共和国这一边……建设共和国的人才是公民。当然，他同时也是为自己建设！做一个公民——这不是口袋里放着身份证呆在一旁，或者随波逐流，只做必要的、不出岔子的事情，更不是无病呻吟！公民是这个国家的主人，是绝对自由的……他是集体——具体说就是像我们这样的共和国——的成员。而您以前并不是这样的公民，只能算是一个居民——希望您明白这一点并且永远记住！行动起来吧！”

他们甚至没有发现“热心同志”脸上画满了疑问号从“金鱼缸”里注视着他们。这个目无尊长的小子回来干吗？他们葫芦里卖的是什么药？过了一会，米静纳踏着稳健的步子走出门来，一边扣上紫酱色上衣的钮扣。

“不去吃饭吗，同志？”他亲切地问巴尔托时，可是没得到回答。米静纳落了个没趣，只好用手掌把斑白的鬓角压压平，自己下台：

“那我先走一步了，祝你食欲旺盛……”

他们直等到他出去。现在巴尔托时伏在桌上不说话，似乎不再注意沉思中的布里赫。他用削尖的彩色铅笔在长长一张名单上做着各种记号：有的画圈；有的画钩；有的打上问号；有的用括弧括起来。事无巨细，总得有条不紊！他的不大的头部差不多完全消失在灰色的烟雾中。“我烟吸得太多了。”他暗暗责备自己，并且立刻把香烟在烟灰碟边上捺熄。

“您这是在做什么？”布里赫沉默了一会以后问道。

“没什么，”巴尔托时含糊地说，“是去矿井的志愿劳动队名单。下午我得公布队伍的成员。真是件伤脑筋的工作，两条腿都跑断了——那些先生们就是不愿意从安乐椅上抬起他们的贵体。不过现在已经没有问题了。”

他发现布里赫意欲启口，急忙把手一挥抢在他前面说：

“我知道您这时想到了什么。我完全不是为了这个意思才对您说的。请不要打肿了脸充胖子。”他微微一笑，“二月事件以前，义务劳动被称为是共产党的宣传手段；我敢打赌您也这样想过。且不谈这些——现在的问题是需要多采煤，而知识分子的脱胎换骨不是一朝一夕的事情。不过，我知道有一件工作在目前可以给大家带来更多的益处。”说到这里，他顿住了。

“这工作我也知道，”布里赫沉吟片刻后感慨地说，“您以为，在发生了这一切以后的现在，我还可以？……不，我应该先恢复一下人形，巴尔托时，我……”

“您应该这样做！您问可以不可以。我认为这不是可以，而是应该！很可能，您真正的道路将从那里开始。不过这是您的事情，我早跟您说过了。”

他毫不激动地朝布里赫脸上看看，似乎感到很满意。他觉得布里赫的两颊微微泛红；他注意到这个年轻人有些不安——这是大有好处的不安。布里赫也解颜一笑，如释重负地松了口气。

“我不是懒骨头，也不是胆小鬼，巴尔托时！”他毅然敲了一下桌子勇敢地说，“我要向您证明这一点，无论您怎样不肯轻易相信和激动……”

他们相对而坐，脸上时而掠过一丝淡淡的笑意；忽然巴尔托时想起一件事来，顿时面露悻悻之色。布里赫正在疑惑处，巴尔托时已经把一封信扔到他面前。布里赫接过那封信哑口无言——他认识这个白信封！是他自己在上面写着巴尔托时的地址，现在他激动地从里边抽出自己写的信和两份揉皱的传单。

“您收到了？”他满面羞惭地迸出这么一句。

“邮局有不把信送到地方的吗？里头尽是废话！我一点也没被感动。拿去吧，博士！我不愿让一个傻瓜的胡扯淡弄脏我的手。您可以读一下，不知今天您对这封信又将作何感想。”

他眯着眼睛看布里赫把信撕成一片一片丢在字纸篓里。

“这就是我的感想，巴尔托时。”

“装腔作势，”巴尔托时提出了严刻的评语，“纸总是撕得破的。但这只能算是开始。还没有发生了不起的变化……”

“我知道！”

巴尔托时站起来，把铅笔插在口袋里。他把桌上的东西收拾得整整齐齐，把满满一碟烟蒂倒在篓子里，用罐头给萎靡的荨麻浇了一遍温水，然后露出满意的笑容向注视着他的布里赫说：

“走吧，走吧！我又抽了很多烟，忘了按时吃饭。待会儿要是我的胃病发作，那全怪您。走吧，博士，要不饭厅里会把我们的一份罂粟籽面条给吃掉了！”

这天晚上，第三十七本笔记本上未经整理的零星记录以下面短短的几句话告终：

“……我不想预测将来可能发生什么事情，但我认为，这个书呆子会变得聪明些。我对他说：‘做一个公民！’谁知道他究竟明白了没有……我怎么心血来潮说了这样的话？在整个这件事情上我起了什么作用？其实我自己对自己也提不出如何生活的高见。人——这真是个复杂的玩意儿！”

巴尔托时又想了一会，再也想不出什么可补充，心里不大痛快。接下去又是什么呢？接下去是未来。而未来是没有穷尽的。他合上笔记本，把它扔到箱底去跟以前的三十六本做伴，内心预感到将来未必会去翻开它们。

这项无聊的统计工作结束了！永远结束了！

大约过了一星期，在五月里一个晴朗的早晨，布里赫毫不犹豫地去敲三楼公司出口部主任办公室的门。他预先跟那边通过电话，因此不用等候。

“请进来！”

布里赫把门推开，毅然跨过门槛。一个年纪还轻的人从办公桌后面站起来，他具有运动员一般经过良好锻炼的体魄，方格衬衫的袖子向上卷起。他迎着布里赫走过来，一双灰色的眼睛端详着他。他们握了握手，他指指桌旁一把空椅子请布里赫坐下。虽然他带着几分倦容，但是一举一动依然朝气蓬勃。

门关上了，没有发出响声，办公室里开始了一席严肃的谈话。

但这已经属于布里赫一生中另外的一章—— 也是精采的一章了。

训斥（小品文）

〔苏联〕列奥尼德·连奇　著

马克西姆·康德腊杰维奇·鲍罗甫柯夫被派去视察几个集体农庄，目的就是所谓去“纠偏”和“训斥”，现在他视察完毕，正在回城里去。

马克西姆·康德腊杰维奇这次没有坐他自己的“胜利牌”汽车去。在出城的时候，他就不喜欢这次所坐的“胜利牌”汽车上的那个司机。因为他老是不开口，甚至有点阴郁，一张脸很奇怪，额骨突起，留着一撮蓬松松的“夏伯阳式”胡髭，柔软的大鼻子上架一副镶着讲究的玳瑁边的眼镜，头上戴一顶制服帽，坦克兵式的帽圈已经变成了褐色。人家开汽车的总是谈笑风生，使你在路上不会感到无聊，可是他一点也不会！不过话得说回来，这个老是愁容满面的人（他姓波洛迦也夫），却把汽车驾驶得相当出色。

鲍罗甫柯夫对这次视察极表满意。说来真滑稽！他一天工夫视察了六个农庄；在一个农庄里吃了一顿丰盛的早点，在另一个农庄里吃的一顿中饭也很不坏，伏特加也喝了个痛快，可是主要的——“纠偏”工作，却不用做，因为粮食供应的数字十分令人满意。这些数字一定能使鲍罗甫柯夫明晨将向上级提出的报告生色不少。要晓得报告中的一个好的数字，完全无异于汤羹中的一尾鲜美的鲟鱼。

鲍罗甫柯夫舒舒服服地坐在汽车的后座，心里很得意，他想：一回到家里，就洗一把脸，换件衬衣，喝点热茶，躺在干干净净的床上睡一觉。这对别人也许不配，不过他是配享这份清福的！

突然，波洛迦也夫刹住了车子，回过头来，很不好意思地说：

“糟糕！油不够了！我没算准……”

马克西姆·康德腊杰维奇本想把司机结结实实“训斥”一通，不过他忍住了。

“你说怎么办呢？”

“现在只好走小路到彼世金诺村去。从前那儿是‘十月先声’农庄，合并以后，现在是‘革命灯塔’农庄的第二工作队。我们可以到那儿去加油。”

不到二十分钟，“胜利牌”开进了彼世金诺村的空旷的街道。天已经完全黑了。夜来的清风把刚烤好的面包和热腾腾的牛奶的香味送进马克西姆·康德腊杰维奇的鼻孔。家家户户的灯火都好像在殷勤地接待客人。

波洛迦也夫停了车，他走去找一个管粮仓的熟人。原来全体庄员都在开会。

他又把汽车开到一座当阅览室的房子跟前。波洛迦也夫又去找人，他回来的时候把工作队长带了来。这是一个二十七岁光景的青年，人很瘦小，一双手挺长，生着一个结实的大鼻子和一双聪明的小眼睛。他说他叫马克西姆·诺斯柯夫，他请这位“省里来的同志”趁司机加油的时候去跟庄员们谈谈。

“好，我很愿意！”马克西姆·康德腊杰维奇欣然应允，“真巧，我也叫马克西姆。同名人永远会帮助同名人的。走吧！”

马克西姆·康德腊杰维奇还不知道去跟彼世金诺村的庄员们谈些什么，不过这种情况从不曾使他感到一点踌躇。鲍罗甫柯夫是属于我们屡见不鲜的那一类被称为“自来水演说家”的人的。那种演说家只有开头有点困难，但只要龙头旋开，话就像水一样滔滔不绝地流出来，这种水不太烫，也不太凉，刚好是室内温度。他说的全都对，就是不知怎么搞的，听众的眼皮会重得像铅，面孔会变得呆板，眼睛里会露出受刑似的难熬的神情。

阅览室里挤满了人。有几排的人在窃窃私语：

“是啥等样人啊？看上去不像区委会的！”

“像是省里来的。咱们区里的同志皮肤还要来得黑一点！”

工作队长把那位客人领到主席台前，他向大会宣布，说这位“省里来的同志”路过彼世金诺村，愿意跟大家谈谈。

“那么咱们好好听吧。不过对带小孩的妇女们有一点要求，”临了他说，“母亲同志们，请你们自觉：要是小孩一哭，就请把他带到外面去。咱们说定了？说定了！”他自己回答了自己，于是坐下来。

在队长把他向彼世金诺村的庄员们介绍的当儿，马克西姆·康德腊杰维奇已经想好了他的发言提纲。他站起来，诚挚地朝不久前刷白的天花板看了看，然后又转过目光向那些带着坦白、善良的好奇心望着这位客人的彼世金诺村庄员的脸上看了看，他干咳一声，于是……旋开了龙头。

鲍罗甫柯夫对彼世金诺村的庄员们讲了些什么话，说明些什么问题呢？其实，内容只有一个：就是农庄要获得丰收，必须学习先进工作者的农业技术经验。这条人人知道的真理谁也不会去辩驳，更不用证明。但是鲍罗甫柯夫要证明！他好像在和另一个假想出来的、怀疑二乘二等于四的鲍罗甫柯夫展开争论，他提出许多正面的理由来赞成这种说法，也提出不少反面的理由来反驳这种说法。

“必须学习先进农庄的经验！”鲍罗甫柯夫努力要使彼世金诺村的庄员们相信，“必须学习，同志们！”

他意味深长地顿了一顿，又重复着说：

“必须永远牢记，学习先进农庄的经验是绝对必要的。绝——对——必——要，同志们！……”

“我们有义务熟悉我们的先进工作者。有义务，同志们！必须记住，如果我们把他们忘记了，我们就不可能把先进工作者的经验学好。就不可能，同志们！……”

……第一个忍不住的是坐在前面凳子上的一个老年庄员。

他起先很注意地听鲍罗甫柯夫讲话，一个字也不放过，后来开始悄悄地打呵欠，不过还很识相地用一只晒得黝黑、布满皱纹的手掩住嘴巴；再后来又打了几个呵欠，这下已经是公开的了，声音很高，还不大乐意地啧啧出声；最后，他的淡蓝色的、没有光泽的眼睛开始模糊，蒙上了一层白茫茫的烟雾，就像刚宰的公鸡的眼睛似的。这可怜的老大爷把他的拐杖掉在地上，头垂到胸前，轻轻地打起鼾来。旁边的人推了他一下。他勉强挺直腰板，坐在凳上局促不安，他说了一声，声音很响："对不起，是我不好。"说罢，他用那紧张、温和、痛苦的目光重又注视着鲍罗甫柯夫。

不久，后面一排上有一个孩子怪声叫起来。那母亲连忙带着他往外走，不知是谁说了一句整个阅览室都听得见的话，这句话不无一点讥讽的意味：

"是该出去了，达丽雅！难道叫小孩子也得熬着吗！……"

鲍罗甫柯夫明白，现在是他"关龙头"的时候了。他把话头作了一次巧妙的转变，再一次提醒庄员们不能忘记"学习经验是绝对必要的"，这才坐下。

队长——大会的主席说，现在可以提出问题。

立刻有一个健壮的小伙子站起来，他穿一件格子衬衫，一头蓬松的金黄色头发已经好久没剪了。

"这是谁？"马克西姆·康德腊杰维奇轻声向队长问了一句。

"他叫叶列姆金，是拖拉机手，青年团员，"队长也轻声回答，接着提高了嗓门说，"叶列姆金，你说吧！"

"我有这样一个问题，"叶列姆金说，"我听说东乌拉尔有一个叫马里采夫的庄员，得过斯大林奖金。他改进了自己的农业技术，经过实地试验成功。鲍罗甫柯夫同志，请您能不能谈一下，马里采夫的窍门在哪儿？请您尽可能讲得具体一点……"

马克西姆·康德腊杰维奇的确听到过东乌拉尔有个马里采夫，不知几时还看到过关于他的文章，不过详细情形一点也不知道。但是总不能老老实实说："对不起，我不知道！"他那省级干部的尊严不容许他这样说。

鲍罗甫柯夫皱了皱眉头，说：

"叶列姆金同志的问题又一次证明，学习先进工作者的经验是必要的，同志们！关于马里采夫的工作方法有不少文字记载。同志们应该去看看！必须永远记住，不看农业书籍，我们就不能学习先进工作者的经验。不能，同志们！”

龙头又旋开了……

在马克西姆·康德腊杰维奇答完叶列姆金的问题后，主席疲倦地问：

“还有问题没有？”

“我有一个问题！”后排响起了一个女人的声音，“为什么‘革命浪涛’农庄巴蓝尼柯夫的收获要比咱们多一倍？土地明明是一样的——他们的怎么样，咱们的也怎么样。请省里来的同志解释解释！”

“省里来的同志”的眼睛不安地溜来转去。巴蓝尼柯夫是省里有名的先进工作者，连省委书记在一次大会上也讲起过。可是他在“革命浪涛”农庄到底做了些什么呢？不知道。

马克西姆·康德腊杰维奇为了赢得时间；慢吞吞地站起来。他的全部希望全在那个神通广大的龙头上了。但是，遗憾得很，龙头是旋开了，可是水流不出来。鲍罗甫柯夫的嘴里只吐出一些含糊的声音，正好像自来水龙头在管子里没水的时候发出来的怪声音一样。下面的人都在吃吃地笑。

正在这尴尬的一刹那，马克西姆·康德腊杰维奇看见了他的司机。他站在门口，做着什么手势。马克西姆·康德腊杰维奇的心里热溜溜的，对这位稳重、机灵的波洛迦也夫真是感激涕零。他想出了一条脱身的妙计。

“同志们，我本来非常乐意回答那位女同志的问题，”鲍罗甫柯夫说时已经恢复了原有的优雅动作，“但是那边我的司机同志来催我了。时候不早，我该走了，同志们！关于巴蓝尼柯夫的问题很大，回答这个问题一定要很详细，不能三言两语……所以只得留待下次再谈，同志们！……”

马克西姆·康德腊杰维奇正想跟主席握手告别，而且已经把一只软绵绵的手伸给他了，忽然发生了一件莫名其妙的事：司机波洛迦也夫竟要求讲几句话。鲍罗甫柯夫狼狈地坐回到椅子上。

波洛迦也夫走到讲台前，脱下那顶制服帽，捋捋胡髭，说：

“这儿的路我熟得很，请专员同志放心，我一定很快送他回去。不过那位女同志的问题应该回答……”

说罢，那司机从外衣口袋里掏出一本用旧了变厚的笔记本，开始自告奋勇地对彼世金诺村的庄员们讲“革命浪涛”农庄巴蓝尼柯夫的光荣创造。他讲得很通俗、很轻松，讲到了事情的实质。

阅览室里马上兴奋起来。问题提出很多。波洛迦也夫一一回答。连那位拄拐杖的老大爷也精神抖擞，要求讲讲“巴蓝尼柯夫果园”的情况，他说：“大伙说那边的‘白浆苹果’大得不像苹果，像西瓜了！……”波洛迦也夫看了看笔记本，把果园的情况也讲了一点。

马克西姆·康德腊杰维奇气得面色发青，他用膝头在桌下碰了一下主席。主席站起来说，时候真的不早了，抱歉得很，只好到这儿结束。这时，青年团员叶列姆金坐着不客气地喊起来：

“我建议向省里来的那位……（这时叶列姆金顿了一顿）司机同志致谢，他给我们做了一个有意义的报告！”

阅览室里爆发出一阵掌声。

……汽车在小路上行驶的时候，马克西姆·康德腊杰维奇和波洛迦也夫一语不发，直到汽车开上公路，鲍罗甫柯夫气咻咻地说：

“喂，你打哪儿学来这……这一套本领的？”

“我送各种各样的专员同志到过许多农庄，”司机回答说，他头也不回，“我对农业很有兴趣。我也喜欢跟庄稼人聊聊。就这样学到了一点……”

……第二天，马克西姆·康德腊杰维奇把他的一份报告用打字机打得很清楚，送到那个派他到各农庄去视察的机关里。

一个工作同志接过了那份厚厚的报告，很客气地问他：

“这次视察怎么样，马克西姆·康德腊杰维奇？”

“基本上还不错！”

“纠偏纠了吗？”

“纠了，”马克西姆·康德腊杰维奇叹了口气，说，“训斥也训了！有几个着实给我训了一番！……着实训了一番！……”（荣如德译自苏联作家出版局一九五四年出版的讽刺小品集《两位贵客》，此文作于一九五三年，刊于《解放日报》，一九五四年十月二十四日第三版。）